〈괴테 초상〉 요한 요제프 슈멜러

《파우스트》〈발푸르기스의 밤〉의 한 장면 독일 화가 람베르크

〈악몽〉 요한 하인리히 퓌슬리. 낭만주의 회화의 온갖 요소를 보여 주는 이 그림에는 '몽마(夢魔)'가 등장한다. 몽마는 잠자는 사람을 덮쳐서 괴롭히는 악마인데, 《파우스트》에서는 메피스토펠레스의 말로 나온다.

〈바이마르 성관 정원〉 클라우스. 앞에 보이는 다리는 성관으로 이어지는 슈테른 다리. 괴테가 바이마르로 부임했을 때 그의 나이는 스물여섯 살(1776)이었다. 그때는 궁정 사람들도 젊었다. 칼 아우구스트 공과 루이제 공비는 둘 다 열여덟 살이었다.

〈마인츠 전투〉 프랑스군에 점령된 마인츠는 1793년 4월 말이 되자 연합군에게 포위되었다. 6월 16일에 시내 포격이 시작되자, 호기심 많은 구경꾼들과 근처에 사는 농민들이 그 광경을 구경하러 몰려왔다.

〈아우구스트와 크리스티아네〉 괴테와 크리스티아네 사이에는 다섯 아이가 태어났지만 무사히 자란 아이는 아우구스트 하나뿐이었다. 1789년 괴테의 장남이 태어났을 때 이름을 지어 준 대부는 칼 아우구스트 공이었다.

〈늙은 베티나 집에서 열린 음악회〉 멘첼의 제자 칼 아놀트 그림. 베티나는 한때 괴테의 아내 크리스티아네의 연적이었다. 오른쪽 깊숙이 앉은 사람이 베티나 브렌타노이다.

〈비서를 상대로 구술하는 괴테〉 그는 마치 글을 읽듯이 술술 말을 쏟아냈다. 뒷짐을 지고 방 안을 왔다갔다하면서 구술했다. 에커만은 충직한 그의 조수였다.

세계문학전집013

Johann Wolfgang Goethe

FAUST/DIE LEIDEN DES JUNGEN WERTHER

파우스트/젊은 베르테르의 슬픔

요한 볼프강 폰 괴테/곽복록 옮김

동서문화사

디자인 : 동서랑 미술팀/표지 : Johann Wolfgang von Goethe

파우스트/젊은 베르테르의 슬픔
차례

파우스트

Faust

파우스트

드리는 글*

아물거리는 모습들*이여 너희들은 다시 다가오는구나.
그 옛날 한때 내 흐린 눈*앞에 나타났던 모습들이여.
이번에는 기어코 너희들을 붙잡아 볼 수 있을까?
내 마음 아직도 그 날의 환상*에 끌리고 있는 것인가?
너희들이 몰려오고 있구나. 그럼 좋다. 놀과 안개* 속에서 나와 5
내 주위에 나타나 마음대로 해보려무나.
너희들 행렬에서 풍겨오는 야릇한 숨결에
내 가슴은 흔들려 다시 젊어짐을 느끼는구나.

너희들이 즐거웠던 시절의 모습들로 다가오니,
많은 그리운 옛 모습들*이 떠오르고, 10
마치 반쯤 잊어버렸던 옛 이야기같이
첫사랑*도 우정과 함께 되살아 오는구나.
고통은 새로워지고, 내 탄식 소리는
인생의 미궁 같은 어지러운 길을 다시금 헤매며
아름답던 시절의 행복에 속아, 15
내 앞에 사라져간 저 착한 사람들의 이름을 불러 본다.

내게서 처음 노래를 듣던 사람들은,
다음에 오는 내 노래는 못 듣고 마는구나.
정답던 모임은 뿔뿔이 흩어져 버리고,
처음 듣던 메아리마저 아아, 사라져 버렸네. 20
내 슬픈 노래는 낯선 무리의 귀에만 울려퍼지니,
그들의 박수갈채마저도 나에게는 두렵구나.

옛날에 내 노래를 즐겨 듣던 이들은
아직 살아 있다 해도 이 세상에 흩어져 헤매고 있으리.

고요하고 엄숙한 저 영(靈)의 나라에 대한 25
잊은 지 오랜 그리움이 사무치니,
속삭이는 내 노래는 바람에 울리는 에올스의 하프*처럼
그저 아련한 음향 속에 울려 나가기만 하네.
온 몸이 떨리고, 눈물이 하염없이 쏟아져 흐른다.
엄한 마음은 부드럽게 풀려지는 듯하며, 30
내가 지금 가진 모든 것들*은 아득하게 멀어지고,
사라진 모습들이 다시금 내 눈앞에 나타나네.

《파우스트》의 저자 괴테, 바우어 그림

무대 위에서의 서막*

단장*, 전속시인*, 어릿광대*.

단장 두 사람은 지금까지 여러 차례
고통과 슬픔을 겪을 때마다 나를 도와 주었으니,
이번 흥행이 과연 이 독일 여러곳에서 35
얼마나 성공을 거둘 수 있을는지 말해 주게나.
나는 대중을 마냥 즐겁게 해주고 싶다네.
그들은 자기도 즐기고 남도 즐겁게 하니까.
이미 기둥도 서고, 무대도 마련*되었으니,
이제는 너나없이 잔치만 기다리고 있다네. 40
벌써 눈썹을 치켜올리고 유유히들 앉아
깜짝 놀라게 해달라고 하고 있단 말일세.
나도 그들의 마음을 만족시킬 줄 모르는 바 아니지만,
그러나 이번만큼 어리둥절해 본 적은 없다네.
물론 그들은 최상급의 연극만 보아온 건 아니지만, 45
어쨌든 무척 많은 책을 읽었다네.
어찌하면 모든 것이 산뜻하고 새롭고
뜻 있고 마음을 흐뭇하게 할 수 있을까?
나도 사실 이런 구경꾼을 보고 싶어 그렇다네.
그들이 물밀듯이 우리 가설극장으로 몰려와 50
좁은 은총의 극장 문*으로 들어가고자
아우성으로 법석을 떨면서,

네 시도 채 못된 밝은 대낮*에,
매표구로 앞을 다투어 밀고 들어가
마치 흉년 때 빵집으로 뛰어들듯, 55
한 장의 입장권에 목숨을 내거는 광경 말일세.
이런 기적을 여러 사람들에게 불러일으키는 건,
오직 시인뿐이니, 친구여, 오늘은 꼭 그 솜씨를 보여주게.

시인 제발, 저 어수선한 무리들에 대한 이야기는 마십시오.
그들을 보기만 해도 시인의 영감은 달아나 버리고 맙니다. 60
싫어하는데도 우리를 소용돌이 속으로 끌어넣으려고
넘실거리는 그런 무리를 내 눈앞에서 가려주십시오.
아니, 오직 시인을 위하여 순수한 기쁨이 꽃피는
고요한 천상*의 한구석으로 나를 데려다 주십시오.
거기에서는 사랑과 우정이 우리 마음의 축복을 65
거룩한 손길로 고이 어루어 주고 길러 줍니다.
아! 우리의 가슴 깊이에서 우러나와
입안에서 수줍게 맴돌다가
때로는 잘 안 되기도 하고 때로는 잘 되기도 하지만
벌써 순간의 모진 힘*이 그것을 삼켜 버리니 70
그것이 몇 년을 겪은 후에야 비로소
완성된 모습으로 나타납니다.
반짝 빛나는 것은 순간을 위해 태어난 것이지만,
참된 것은 후세에까지 멸망하지 않고 남게 되는 것이지요.

어릿광대 후세라는 말만은 듣고 싶지 않아요. 75
가령 나 같은 게 후세를 운운한다면
대체 누가 이 세상 사람들을* 웃길 것인가요?
어쨌든 모두 웃고 싶어하니 웃겨 주지 않으면 안 되지요.
멋진 젊은 배우가 있다는 건
그것만으로도 벌써 뜻있는 일이랍니다. 80
자기 생각을 그럴듯하게 전달할 줄 아는 사람은

관중들의 심술*쯤에 화를 내지 않지요.
오히려 감동의 효과를 더욱 확실하게 돋굴 수 있으니까
관중들이 많기를 바라고 있지요.
그러니까 당신도 당당하게 한번 솜씨를 보여서 85
공상에다가 오만 가지 합창을 곁들여 들려주세요.
이성, 오성, 감성 그리고 정열, 다 좋아요.
그러나 명심하세요. 익살을 잊어서는 절대 안 됩니다.

단장 무엇보다 사건을 많이 담아야 하네!
모두들 구경하러 오고, 보고 즐기기를 좋아하니까. 90
놀라서 입이 딱 벌어지도록
온갖 것이 눈앞에서 전개되면,
널리 관중들의 환심을 얻어
자네는 틀림없는 인기 작가가 될 것이네.
많은 수는 역시 양으로 다뤄야 하지. 95
그러면 각자는 그 중에서 무언가를 골라 가니까.
그저 많이만 늘어놓으면 여러 사람들이 조금씩 얻어 듣고,
제각기 만족해서 극장에서 나오게 되는 거라네.
작품 하나라도 되도록 잘게 토막을 쳐서 내놓게.
이러한 잡탕쯤은 간단하게 만들 수 있겠지. 100
손쉽게 구상해서 손쉽게 내놓게.
자네가 애써 완전한 것을 만들더라도 무슨 소용이 있겠나?
결국 구경꾼*은 따로 따로 뜯어 가고 말텐데.

시인 그런 수법이 얼마나 나쁜지를 느끼지 못하시는군요.
그건 참된 예술가에겐 얼마나 어울리지 않은 일인지. 105
엉터리 작가들의 속임수가
아마 당신들의 신조인 것 같군요.

단장 그런 비난에는 나는 꿈쩍도 하지 않는다네.
사나이가 제대로 한번 큰 일을 해보려고 하면,
그에 가장 알맞은 도구를 택해야 하는 법이지. 110

자네는 무른 나무를 쪼개는 일*을 맡고 있다는 걸 명심해야 하네.
누구를 위해 쓰는 건지 명심하게나!
어떤 이는 따분한 시간을 채우기 위해 찾아오는가 하면,
또 어떤 이는 진수성찬으로 포식한 배로 오기도 하지.
이 중에서도 가장 고약한 것은 115
많은 이들이 신문*을 읽다가 지쳐서 오는 것이라네.
오직 호기심으로 마치 가장 무도회에라도 가는 것처럼 발에 날개가 돋친 듯,
산만한 마음으로 여기에 달려오는 것이네.
여자 구경꾼들은 얼굴과 몸단장을 보이려고 오니
보수도 안 받고 함께 연극을 해주는 셈이지. 120
그래 자네는 시인의 고귀성을 내걸고 무엇을 꿈꾸고 있나?
초만원이라 해서 기쁠 것이 없다는 말인가?
단골 손님들을 좀 가까이 살펴보게!
무관심이 반이고, 무취미가 반이오.
연극이 끝나면 카드놀이를 하려는 자가 있는가 하면 125
창녀의 젖가슴에 안겨 난잡한 밤을 지새려는 자도 있지.
그런 목적으로 우아한 시의 여신을 괴롭히는 건*
불쌍한 바보의 짓이 아닌가?
그러니 그저 많이만 내놓게나.
그렇게만 하면 목적한 것에서 벗어나지는 않을 걸세. 130
관중들을 어리벙벙하게만 만들어 놓게나.
그들을 만족시키기란 어려운 일이니까.
아니, 왜 그러지? * 감동해서인가, 괴로워서인가?

시인 그렇다면 당신의 노예를 따로 찾아보세요!
자연이 준 최고의 권리를, 인간의 권리를, 시인*이 135
당신 때문에 함부로 버리라는 말인가요?
무엇으로 시인은 만인의 가슴을 울리는 것일까요?
무엇으로 그는 자연의 모든 요소를 이겨내는 것일까요?

가슴속에서 우러나와, 온 세계를 그 가슴속에 다시 휘감아들이는
조화가 아니고 무엇이란 말인가요? 140
자연이 끝없이 긴 실을
아무 생각 없이 돌리며 물레에 감을 때,
만물의 조화를 이루지 못한 무리가
어설픈 음향을 울리고 있을 때,
그 언제나 한 가지로만 흐르고 있는 단조로운 행렬을 145
생기 있게 움직여 가락이 나도록 하는 것은 누구인가요?
따로따로 떨어져 있는 것을 전체의 조화 속에 불러 들여
멋진 화음을 내게 하는 것은 누구인가요?
폭풍에 정열을 일게 하는 것은 누구인가요?
저녁놀을 뜻깊게 불타오르게 하고 150
사랑하는 사람들이 걸어가는 길 위에
아름다운 봄꽃을 뿌려 주는 것은 누구인가요?
누가 보잘것없는 푸른 나뭇잎을
갖가지 공을 세운 사람들을 위하여 영예의 관으로 엮어 주는가요?
또한 올림포스 산*을 반석처럼 견고한 곳으로 만들고,
신들을 155
한자리에 모아 놓는 것은 누구인가요?
그것은 오직 시인에게만 계시되는 인간의 힘이랍니다.

어릿광대 그렇다면 당신은 그 훌륭한 힘을 사용하여
마치 우리가 연애 행각이나 하듯이
시문학 장사를 해보세요. 160
사람들은 서로 가까워져, 서로 느끼고 사랑하는 사이가 되지요.
그러다가 점점 엉클어지고
행복이 커지면 공격을 받고,
황홀해질 새도 없이 괴로움이 닥쳐온답니다.
그러면 어느덧 한 토막의 소설이 되지요. 165
연극도 이렇게 만들어 보세요!

충실한 인간 생활 속에 손을 대세요!
누구나 삶을 살고 있으면서, 그런 줄은 모르고 있으니,
그걸 휘어잡으면 모두 흥미를 느끼게 되지요.
오색찬란한 것들 속에 명료한 것, 170
많은 오류에 한 가닥의 진리의 빛을 담으면,
온 세상 사람이 흥분하고 교화되는
최상의 술을 빚어낼 수 있지요.
그러면 청춘남녀의 아름다운 꽃들이
당신의 연극을 보러 모여들고, 당신의 계시에 귀를 기울이게 되지요. 175
감상적인 마음들이 당신의 작품에서
멜랑콜리의 자양분을 흡수하게 되면,
그들 마음이 이리저리 흔들려서,
모두 다 마음에 품은 것을 보게 되지요.
이런 젊은이들은 곧잘 울기도 하고 웃기도 하지요. 180
감정의 비약을 좋아하고 허식을 즐기지요.
기성인들은 이미 어찌할 수 없지만
성장하고 있는 사람들은 언제나 고맙게 여길 겁니다.

시인 그러면 내게도 그 시절을
다시 돌려주세요. 185
그때 내 안에선 끊임없이
시의 샘물이 용솟음쳤고,
세계는 나에게 아직 안개처럼 뒤덮여 있었으며,
꽃봉오리는 미지의 기적을 약속하여,
골짜기마다 만발한 꽃들을 나는 꺾었지요. 190
나는 아무것도 안 가졌어도
충만된 기분이었고,
진리욕에 불타면서 환상도 즐겼지요. *
나에게 그때의 충동을,

깊고도 고통에 찼던 그 행복을 195
증오의 힘과 사랑의 힘을 돌려주세요.
내 청춘을 나에게 다시 돌려주세요!

어릿광대 나의 친구여, 그런 청춘이 필요한 때란 따로 있지요.
전쟁터에서 적의 습격을 받았을 때,
아리따운 아가씨가 200
당신 목에 꼭 매달렸을 때,
빨리 달리기 경주에서 아직 멀리 있는 결승점으로부터
승리의 월계관*이 당신에게 손짓을 할 때,
벅찬 회오리춤을 추고 난 다음에
며칠이고 먹고 마시면서 향연의 밤을 지새울 때지요. 205
그러나 대담하면서도 우아하게,
익숙한 솜씨로 거문고를 타고,
스스로 세워 놓은 목표를 향하여
정다운 미궁 속으로 들어가 헤매어 보는 것도,
당신같이 나이든 분들이 할 일이지요. 210
그래도 당신을 존경하는 데에 변함이 없지요.
늙으면 노망이 든다고들 말하지만, 그런 것은 아니고
늙어갈수록 더 천진난만해지는 것이지요.

단장 이만하면 논쟁은 충분히 교환됐으니
이제는 실제 행동을 보여주게나! 215
서로 좋은 말을 주고받을 동안이면
좀 보람 있는 일이라도 할 수 있을 것이네.
기분을 자꾸 말한들 무슨 소용이 있겠소.
망설이는 자에게 기분이 생길 리가 없는데.
자네는 시인이라고 자처하고 나섰으니 220
호령하듯 시를 구사*해 보게나.
우리가 무엇을 필요로 하는지, 자네도 잘 알고 있을 것이니
하여간 독한 술이 필요하네.

그러니 지체말고 그런 술을 빚어내게.
오늘 되지 않는 일은 내일도 마찬가지일 것이니, 225
하루라도 놓쳐서는 아니되네.
될 만한 소재가 있으면,
과감하게 결단을 내려 그 목덜미를 확 휘어잡게나.
그러면 다시 그걸 놓치지 않을 것이고,
틀림없이 일은 잘 진전하여 갈 것이라네. 230

알다시피, 우리 독일 무대에서는
누구나 자기가 하고 싶은 것을 시도하고 있으니.
이번에도 배경이며 도구며,
무엇이든 마음대로 써 보게.
해도 달도 쓰고*, 235
별도 사용하게나.
물도, 불도, 높이 솟은 바위도, 새도, 짐승도,
물론 빠져서는 안 되지.
비록 좁은 무대 위에서라도,
창조의 온갖 영역을 두루 돌아다니고 240
천상에서 이 세상을 지나 지옥*에까지
알맞은 속도로 지나가 보게나.

천상의 서곡*

주님, 천사의 무리들,
뒤에 메피스토펠레스*,
주천사 셋*이 앞으로 나선다.

라파엘 태양은 옛날과 다름없는 가락으로,
형제의 천체 안에서 경쟁의 노랫소리를 울리며,
정해진 궤도를 245
우렁찬 걸음으로 돌고 있다.
비록 아무도 태양의 신비를 규명할 수는 없어도
천사들은 이 광경을 보면 힘을 얻는다.
그 이해하기 어려운 숭고하고 신비한 우주의 위력은,
천지 창조의 날과 마찬가지로 장엄하기만 하다. 250
가브리엘 그리고 빨리, 상상할 수 없도록 빠른 속도로
장엄한 지구는 회전하며,
천국의 눈부신 광명은
깊고 무서운 밤과 교대하고 있다.
바다는 폭넓은 조류를 이루고, 255
바위의 깊은 바닥에 부딪쳐 용솟음치고 있다.
그리고 영원히 빠른 천체의 회전 속에
그 바위도 바다도 휩쓸려 가고 있다.
미하엘 그리고 바다에서 육지로, 육지에서 바다로,
폭풍은 다투어 몰아치며, 260
이로 인해 깊고 깊은 활동의 연쇄 작용이

그 주위에서 이루어진다.
이따금 파괴의 벼락불이
천둥 길 앞에서 번쩍거린다.
그러나 주여, 당신의 천사들은, 265
당신의 하루하루의 평온한 움직임을 우러러 봅니다.

셋이 함께 비록 아무도 당신의 뜻을 헤아릴 수는 없지만,
당신을 보면 천사들은 강한 힘을 얻습니다.
당신의 숭고한 우주 영위는
그 천지 창조의 날처럼 장엄합니다. 270

메피스토펠레스 오, 주님, 당신이 또 다시 이렇게 오셔서
우리가 어떻게 지내는지를 물어봐 주시고,
나 같은 것조차도 언제나 잘 대해 주시니,
나도 하인들 사이에 끼어* 나왔습니다.
죄송하오나, 나는 고상한 말은 할 줄 모르니 275
모두가 나를 비웃어도 하는 수 없는 일입니다.
고상한 척 해봤자 당신의 웃음거리만 되겠지요.
하긴 벌써 웃음 따위는 잊으셨는지 모르겠습니다만.
나는 태양이니 이 세계니 하는 것은 전혀 모릅니다.
그저 인간들이 고생하는 꼴만 보일 뿐입니다. 280
이 세상의 작은 신*이라고 자처하는 인간은 언제나 똑같은 꼴을 하고 있고
천지 창조의 그날처럼 괴상하기만 합니다.
만약 당신이 천상의 불빛을 비추지 않았더라면
지금보다는 좀더 잘 살았을 것입니다.
인간은 그걸 이성이라고 부르면서 285
어느 짐승보다 더 짐승답게 사는 데에만 이용하고 있습니다.
당신 앞에서 이런 말을 하여 죄송합니다만,
인간들은 다리가 긴 메뚜기*처럼,
언제나 훌쩍 날고 뛰어다니다가,

들라크루아 그림

곧 풀 속에 들어가서는 옛날 그대로의 노래를 부릅니다. 290
풀 속에 들어가 가만히 있으면 좋으련만,
온갖 쓰레기통에 코를 쑤셔 넣습니다.

주님 자네가 할 말은 그것뿐인가?
언제나 불평을 늘어놓기 위해서 오는 것인가?
지상은 영원히 네 마음에 들지 않는단 말인가? 295

메피스토펠레스 그렇습니다. 주님! 언제나 볼 때마다 마음이 언짢아집니다.
인간들이 비참하게 사는 꼴을 보면 불쌍해집니다.
나조차도* 그 불쌍한 것들을 괴롭히고 싶지 않을 지경입니다.

주님 자네는 파우스트를 아는가?

메피스토펠레스 그 박사 말입니까?

주님 그래 내 종 말이다.*

메피스토펠레스 과연 그렇군요! 그 자는 당신을 섬기고는 있지만 어딘지 남다른 데가 있습니다. 300
그 바보 녀석이 먹는 음식은 지상의 것이 아니고,
끓는 가슴은 그를 더욱 더 먼 곳으로 이끌어 가고 있지요.
자기가 어리석은 짓을 하고 있다는 것도 반은 의식하고 있습니다.
하늘로부터는 가장 아름다운 별을 원하고,
지상에서는 가장 큰 향락을 맛보고 싶어합니다. 305
그러니 가까운 것이나 멀리 있는 모든 것이,
깊이 설레는 그의 마음을 만족시키지 못하고 있지요.

주님 설사 그가 지금은 갈피를 잡지 못하고 나를 섬긴다고 할지라도
얼마 안 가, 나는 그를 청명한 곳으로 인도할 것이다.
마치 정원사가 어린 나무가 푸르게 싹트는 것을 보면, 310
다음 해에는 꽃이 피고 열매가 맺힐 것을 알고 있는 것과 같으리라.

메피스토펠레스 무슨 내기를 할까요? 당신이 허락해 주신다면,
그 자를 내 길로 살짝 끌어 들여,

당신에게서 빼앗아 보이겠습니다.

주님 그가 지상에 살고 있는 동안은,* 315

자네가 무슨 짓을 해도, 나는 말리지 않겠다.

인간이란 노력하는 동안은 헤매게 마련이다.

메피스토펠레스 정말 고맙습니다. 나는 죽은 놈하고는

원래부터 상종하지 않으니까요.

나는 토실토실하고 싱싱한 볼을 제일 좋아합니다. 320

송장이 찾아오면 나는 면회 사절이지요.

마치 고양이가 쥐를 쫓는 거나 마찬가지입니다.

주님 그럼 좋다. 자네에게 맡기겠다!

그 자의 영혼을 그 근원에서부터 빼내어,

자네의 힘으로 할 수 있다면, 325

자네의 길로 끌고 내려가 보아라.

그러나 자네가 이렇게 고백하게 되는 날에는 자네도 부끄러워하게 되리라.

착한 인간*은 어두운 충동 속에서도

옳은 길을 잘 의식하고 있는 법이다라고.

메피스토펠레스 좋습니다! 오래 가지는 않을 겁니다. 330

난 내기에 지리라는 걱정은 없습니다.

내 목적이 달성될 적에는

마음껏 승리의 노래를 부르게 해주십시오.

쓰레기를 그 자에게 먹이겠습니다. 좋아서 먹을 겁니다.

내 아주머니 뻘되는 유명한 뱀*처럼 말입니다. 335

주님 언제든 생각이 있으면 나타나도 좋다.

나는 한번도 너의 무리들을 미워한 적이 없다.

부정을 일삼는 영들 중에서

바로 자네 같은 장난 꾸러기가 나에겐 제일 짐이 되지 않는다.

인간의 활동*은 너무나 쉽게 해이해지기 마련이고, 340

무조건 휴식을 취하려고만 한다.

그래서 나는 자극을 주어 정신을 차리게 하는 친구를
인간에게 붙여 주어, 악마로서 일을 시키고 있는 것이다!
그러나 너희들 진정한 신의 아들들*은
이 생생하고 풍성한 아름다움을 즐겨라! 345
영원히 활동하며 살아가고 있는 생성의 힘*은
사랑의 그윽한 울로 너희를 에워쌀 것이니,
흔들거리는 현상* 속에 떠다니는 것을
지속적인 사상으로 굳게 붙잡아 두어라.

(하늘은 닫히고 주천사들은 흩어진다.)

메피스토펠레스 (혼자서)가끔 저 늙은이를 만나는 것이 나는 좋아. 350
그래서 그와 사이가 나빠지지 않도록 조심하고 있지.
악마에게까지 저렇게 인간적으로 상대해 주는 건,
위대한 분으로선 대단한 일이야.

비극 제1부

밤*

높고 둥근 천장의 고딕식 좁은 방,
파우스트는 자못 불안하게 책상 앞
팔걸이 의자에 앉아 있다.

파우스트 아! 나는 철학*도
법학도 의학도 355
심지어는 신학까지도*
있는 힘을 다해 철저하게 연구하였다.
그러나 나는 불쌍한 바보에 지나지 않아
옛날에 비교하여 영리해진 것은 없다!
석사*니 박사니 하면서 360
벌써 십 년 세월을,
위로 아래로 가로로 세로로,
학생들의 코를 쥐고 흔들고는 있지만
결국 우리는 이 세상의 아무것도 알 수 없다는 것을 나는 알고 있다!
그것을 생각하면 내 가슴이 타 버릴 지경이다. 365
하지만, 나는 박사니, 석사니, 문필가니, 목사니 하는
세상의 모든 멍청이들보다는 낫다.
나는 불안이나 의혹도 모르고,
지옥도 악마도 무섭다고 생각하지 않는다.
그 대신 내게선 모든 기쁨도 사라져 버렸고, 370
정말 무엇을 알고 있다는 능력도 없고
사람을 선도하고 마음을 바꾸도록
가르칠 수 있으리라는 자부심도 없다.
그렇다고 재산이나 돈이 있는 것도 아니고

이 세상의 명예와 영화도 없다. 375
이래서야 개라도 이 이상 더 살고 싶지 않을 것이다.
그래서 영의 힘과 계시를 통해
많은 비밀을 알 수 없을까 해서,
나는 마술*에 몸을 바친 것이다.
그렇게 하면 식은땀을 흘려 가면서 380
내가 모르는 걸 말하지 않아도 된다고 생각했고,
이 세계의 가장 깊은 곳에서 통합하고 있는 것이 무엇일까
그것을 알고,

슈타센 그림

모든 작용을 일으키는 힘과 씨*를 볼 수 있다면,
더 이상 말을 뒤적거리지 않아도 되지 않겠는가, 하고 생각했었다. 385
오오, 온 누리에 가득한 둥근 달이여,
이것이 내 고통을 내려다보는 마지막이었으면 좋겠다.
얼마나 많은 밤을 책상머리에서 지새우면서
네가 떠오르는 것을 기다렸던가.
그러한 밤이면 구슬픈 벗이여, 390
너는 내 책들과 종이 위를 비춰 주었지!
아아! 너의 그 사랑스러운 빛을 받으며
높은 산 위를 거닐 수는 없을까,
산 동굴 주위를 영들과 함께 떠다닐 수는 없을까,
어슴푸레한 그 빛을 받으며 풀밭 위를 헤맬 수는 없을까, 395
모든 지식의 괴로움에서 벗어나,
네 이슬에 흠뻑 몸을 적실 수 있다면 얼마나 좋을까!

슬프다! 나는 아직도 감옥과 같은 이 서재 안에 죽치고 있단 말인가?
여기는 저주받을 음산한 돌벽의 굴,
다정스러운 하늘의 빛까지도 여기에는 400
채색된 유리창을 통하여 희미하게 흘러 들어올 뿐이다!
좀먹고 먼지에 덮인 책들이
높고 둥근 천장 가까이까지 쌓여서,
이 방을 비좁게 하고 있다.
책마다 연기에 그을린 종이가 꽂혀 있다. 405
주위에는 유리병과 깡통들이 놓여 있고,
온갖 실험 도구로 가득 차 있다.
이 방안에는 대대로 물려받은 가구까지 들어 있다.
이것이 너의 세계라니! 이것도 하나의 세계란 말인가!
이래도 너는, 네 심장이 가슴속에서 410
불안하게 압박을 받고 있는 걸 이상하다고 생각하는가?

무엇인지 알 수 없는 고통이 너의 생명의 약동을
가로막고 있는 것을 이상하게 여기는가?
신이 인간을 위해 만들어 주신
약동하는 자연 대신에 415
연기와 곰팡이 속에서
동물과 인간의 해골에 싸여 있단 말이다.

도망치라! 일어나라! 넓은 세상으로 나가라! *
여기 노스트라다무스*가 친히 써 준
비밀로 가득 찬 이 책을 420
너의 안내자로 삼기엔 충분하지 않는가?
그것으로 별들의 운행을 알게 되고,
이리하여 자연이 너에게 가르침을 주게 되면
마치 영이 다른 영에게 말을 하듯,
너의 신령의 힘이 트이게 될 것이다. 425
이렇듯 메마른 사색만으로
이 신성한 부호를 해명해 본들 무슨 소용이 있단 말인가.
영들이여, 너희들은 내 옆을 떠다니고 있구나.
내 말이 들리거든 대답해 다오!

(파우스트, 책을 펼치고 대우주*의 부호*를 본다.)

아아! 이것을 보니 갑자기 무한한 기쁨이 430
나의 모든 감각에 넘쳐흐르는구나.
젊고, 신성한 생명의 행복이,
새로운 불꽃이 되어 내 신경과 혈관 속으로 흘러 드는구나.
이 부호를 쓴 이는 신이 아닐까?
이 부호는 내 마음속의 광란을 가라앉혀 주고, 435
내 가난한 가슴을 기쁨으로 채워 주고,
신비에 가득 찬 충동으로
나를 둘러 싼 자연의 힘들을

들라클루아 그림

드러내 보여주는구나.
내가 신이 아닐까? * 이상하게 마음이 밝아 온다!
이 순수한 부호의 모양을 보고 있노라면, 440
자연의 섭리가 뚜렷하게 내 영혼 앞에 나타나
옛 현자의 말*을 이제 비로소 깨닫게 되는구나.
「영의 세계는 닫혀 있는 것이 아니라,
너의 감각이 닫혀 있고, 너의 마음이 죽어 있다.
일어나라, 학도여, 굳은 의지로, 445
새벽 햇빛에 너의 지상의 가슴을 씻어내라」

(파우스트, 부호를 들여다본다.)

하나하나의 개체들이 어울리어 모든 것이 전체를 이루고,
서로서로 작용하며 약동하고 있구나!
하늘의 힘이 오르내리며
황금의 두레박을 서로 주고받고 있는가! 450
그 모든 것이 축복의 향기를 풍기면서 너울거리며
하늘에서 지상으로 관통하여,
조화를 이루며 만물 속에 울려 퍼지고 있다!
이 무슨 장관인가! 그러나, 아아, 나에겐 한낱 구경거리*에 지나지
않는다!
무한한 자연이여, 나는 너의 어디를 붙잡아야 한단 말인가? 455
너희들 젖가슴이여, 어디 있단 말인가?
너희들에게 하늘과 땅이 매달려 있고,
시들어진 내 가슴이 끈질기게 그리는
생명의 샘이여
너희들은 샘솟으며 만물에 목을 축여 주고 있지만, 나는
이처럼 헛되이 목말라해야 한단 말인가?

(파우스트, 못마땅하다는 듯 책장을 넘기고, 지령*의 부호를 본다.)

이 부호가 나에게 주는 작용은 왜 이다지도 다를까! 460
대지의 지령이여, 너는 나에게 훨씬 더 가깝구나.

렘브란트 그림

벌써 내 힘이 더 높이 솟아나는 것을 느낀다.
새로운 술에 취한 듯이 벌써 온 몸이 달아오른다.
과감히 세상으로 뛰어들어
지상의 고통과 행복도 달게 받고, 465
폭풍과 싸워,
삐걱거리며 배가 부서져도 굴하지 않는 용기를 나는 느낀다!
내 머리 위에 구름이 낀다——
달빛이 숨어 버리고——
등불이 꺼진다! 470
연기가 피어 오르는구나! ——붉은 불이
내 머리 주위에서 번쩍인다——
둥근 천장에서 음산한 기운이 내려와 나를 붙잡는구나!
내 주위를 떠도는 것을 느낀다.
내가 애원했던 영이여. 475
모습을 나타내라!
아! 내 가슴이 찢어지는 것 같구나!
새로운 느낌에
나의 모든 감각이 용솟음친다!
내 마음을 송두리째 너에게 맡겨 버린 느낌이다! 480
어서 너의 모습을 나타내라! 내 목숨을 걸어서라도 말이다!

(파우스트, 책을 손에 들고 지령의 주문을 신비로운 말로 왼다.
붉은 불꽃이 일어나더니 지령이 불덩이 속에 나타난다.)

지령 나를 부르는 자는 누구냐?
파우스트 (얼굴을 돌리며) 무서운 얼굴이구나!
지령 너는 오랫동안 내 영역에서 젖을 빨며,
강한 힘으로 나를 잡아당기며 살았지. 그래 어쩌자는 거냐——
파우스트 아아, 괴롭다! 견딜 수 없구나! 485
지령 너는 숨가쁘게 나를 보고 싶어하며,
내 목소리를 듣고, 내 얼굴을 보기 애원했었다.

너의 힘찬 영혼의 간청에 감동되어
나 여기 왔다! 불쌍하기 짝이 없는 공포가
초인인 너를 엄습하고 있구나! 너의 영혼의 부르짖음은 어디로 갔단 말인가? 490
자기 안에 하나의 세계를 만들고 받들고 길러낸 가슴,
우리 영과 같은 높이에 올라서려고
기쁨에 몸부림치며 부풀었던 가슴은
지금은 어디에 있느냐?
너 파우스트, 그 억센 목소리가 나에게까지 들려왔고
있는 힘을 다하여 나에게 다가온 파우스트, 495
내 입김만 닿아도
생명의 깊은 속까지 떨며,
비겁하게 움츠러드는 벌레가 바로 너였던가?

파우스트 불덩이 모양*을 한 너의 앞에서 내가 물러설 줄 아느냐?
나다. 나는 파우스트다. 너와 꼭 같은 존재다! 500

지령 삶의 흐름 속에서, 활동의 폭풍 속에서,
나는 오르락내리락하며,
이리 뛰고 저리 뛴다.
탄생과 무덤,
영원한 바다, 505
변천하는 생물의 약동,
타오르는 생명,
이렇게 바삐 도는 시간의 베틀에 앉아,
신의 생생한 옷을 짜고 있다.

파우스트 넓은 세계를 돌아다니는 바쁜 영이여, 510
너와 정말 가깝다고 느끼겠구나.

지령 너는 네가 이해할 수 있는 영과는 닮았을지 몰라도
나와는 닮진 않았어. (지령, 사라진다)

파우스트 (쓰러지면서) 너를 닮지 않았다고?

그럼 누구를 닮았다는 말이냐? 515
신의 모습 그대로의 내가
너와는 닮지 않았다니!

(문을 두드리는 소리가 난다.)

에이, 빌어먹을! 누군지 알겠어――저건 내 조수다――
아름다운 행복이 이제 깨어져 버리는구나!
이처럼 지령의 출현이 가득찬 순간에 520
저 무미건조한 친구에게 방해를 받다니!

(바그너가 잠옷을 입고 잘 때 쓰는 모자를 쓰고,
손에 등불을 들고 등장. 파우스트, 불쾌한 듯 외면해 버린다.)

바그너 용서하십시오! 선생님이 낭독하시는 걸 들었습니다!
틀림없이 그리스의 비극을 읽고 계셨지요?
저도 이 수사학*을 잘 익혀 보람을 느끼고 싶습니다.
요사이 그것이 아주 유행이니까요. 525
사람들이 그것을 자주 칭찬하는 것을 듣습니다.
희극 배우도 목사를 가르칠 수 있다*고 하더군요.

파우스트 목사가 배우라면* 그럴 수도 있지.
그런 일이 때로는 있을 수 있으니까.

바그너 아아, 이처럼 연구실에 파묻혀서, 530
세상을 보는 건 겨우 공휴일에
멀리에서 망원경으로나 내다보는 처지로는
어떻게 세상 사람들을 설득해 낸 단 말입니까?

파우스트 그것은 스스로 느끼고,
마음속에서 우러나와, 535
듣는 모든 사람의 마음을 끈기 있는 흥미로 정복할 수 없다면
세상 사람들을 사로잡을 수는 없지.
그저 우두커니 앉아서, 조각을 모아 아교로 붙이고,

남이 먹다 남은 향연의 찌꺼기로 잡탕을 만들어,
자네가 긁어모은 잿더미에서 540
초라한 불을 불어서 일구어 보게나!
그런 건 어린아이나 원숭이들이라면 감탄하겠지.
그것이 또 자네 구미에 맞는다면 별문제지만 말이야.
그러나 자네의 마음속에서 우러나온 것이 아니라면
다른 사람의 마음을 움직일 수는 없지. 545

바그너 웅변술만이 연설가를 성공시켜 주지요.
나는 그것을 잘 알고 있으나 아직은 거기까지 미치지 못합니다.

파우스트 정직하게 일해서 성공하도록 하게!
방울만 울리고 다니는 바보*는 되지 말게!
이해력과 옳은 생각만 있다면, 550
기교를 부리지 않아도 연설은 저절로 되는 법이지.
절실하게 할 말이 있다면,
말은 꾸며댈 필요는 없지 않은가?
자네 연설은 번쩍거리긴 하지만,
그 내용이란 휴지조각을 구겨 놓은 것이며, 555
가을에 가랑잎을 스치는
습기 머금은 바람처럼 불쾌한 것이야!

바그너 아아! 예술은 길고*
우리 인생은 짧습니다.
나처럼 비판적 연구를 하다보면, 560
가끔 머리와 가슴이 답답해질 때가 있습니다.
의리가 고전의 원천*에까지 거슬러 올라갈 수 있는
방법인 고전어*를 터득하기란 참 어려운 일입니다!
가는 길을 반도 가기 전에
우리처럼 불쌍한 바보는 죽고 맙니다. 565

파우스트 한 모금 마시면 영원토록 갈증을 없애 주는
신성한 샘처럼 양피지에 쓰곤 했던 옛날 책 말인가?

상쾌한 샘이 자네 자신의 영혼에서 솟아 나오지 않고선
언어질 수는 없는 것이지.

바그너 죄송합니다! 그렇지만 각 시대의 정신속에 몸을 옮겨, 570
이전의 성현들이 어떻게 생각했는지를 살피고,
우리가 그것을 결국 얼마나 훌륭하게 발전시켰는가를 되돌아본다는
것은 참으로 즐거운 일입니다.

파우스트 그렇구 말구, 저 멀리 별에까지 발전시켜 보라지.
이것 보게, 과거의 시대란 우리에게는 575
일곱 겹의 봉인*을 한 불가사의한 책과 같은 것일세.
자네가 시대 정신이라고 부르는 것도
그것은 본시 각 시대에 비쳐진,
언어학자 자신의 정신에 지나지 않는 것이지.
그러니 정말 비참한 일이 가끔 일어나지! 580
사람들은 자네들을 보자마자 도망쳐 버릴 것이니,
쓰레기통이나 고물찌꺼기를 넣어 두는 광이 아니면,
기껏해야 소란을 피우는 신파조 사극*에나
그럴싸한 실용적인 교훈을 덧붙여 넣은
꼭두각시의 대사에는 어울리는 것이지! 585

바그너 그렇지만 이 세계! 인간의 마음과 정신!
누구나 그것을 책 속에서 인식하고자 합니다.

파우스트 그렇지, 그 인식이라는 것이 문제야!
그러나, 누가 발견한 진리를 아는 그대로 말할 수 있단 말인가?
하기야 소수의 사람들*이 진리를 안다고 해서 590
어리석게도 그걸 가슴에 담아 두지 않고,
그가 느낀 바, 본 바는 바보들에게 밝혔지만,
결국 십자가에 매달리기도 하고, 화형을 당했지.
여보게, 벌써 밤이 깊어졌구만.
이제 이야기는 이만하기로 하세. 595

바그너 나는 언제까지나 이렇게 자지 않고

박식한 선생님과 학문적 이야기를 나누고 싶습니다.
그럼, 내일은 부활절 첫날이니,
그때 또 몇 가지 질문을 하게 해주십시오.
나는 지금까지 연구에 정진하여 600
아는 것도 많지만, 그러나 모든 것을 알고 싶습니다.
(퇴장)

파우스트 (혼자서) 저 사람은 언제나 모든 희망을 버리지 않고,
언제나 보잘것없는 문제에만 달라붙어
보물을 얻고자 열심히 파고 있으며
지렁이를 발견해도 기뻐하지. 605

신령들의 기운이 넘쳐 있는 이 방 안에서,
저런 인간의 목소리가 울려도 좋단 말인가?
그러나 아아, 이번만은 나도 자네에게 감사하노라.
지상의 인간 중에서도 가장 불쌍한 자네에게 말이다.
내 감각을 거의 파괴하려던 절망의 구렁에서 610
나를 구해 주었으니까.
아아! 저 지령의 모습이 그토록 거대했기에,
나는 내가 꼭 난쟁이 같은 느낌이 들었다.

신의 모습을 닮은 나는,
영원한 진리의 거울에 가까워졌다고 생각하고, 615
지상의 아들의 허울에서 벗어나,
천국의 후광과 광명 속에서 스스로를 즐기며,
불꽃 천사 케르프*보다도 상좌에 있는 나는, 자유로운 내 힘이
이미 자연의 혈관 속을 넘쳐흐르며,
창조하면서 신들의 생활을 맛보고 있다고, 620
은근히 자부하고 있었는데, 이 어찌된 벌의 보답이란 말인가!
벼락 같은 한마디*에 나는 정신을 잃고 말았다.

너와 닮았다고 생각한 것은 주제넘은 짓이었다.
나는 너를 끌어당길 힘은 가졌으나,
너를 붙잡아 둘 힘은 없었다. 625
저 이를 데 없이 행복한 순간에,
나는 내 자신을 아주 보잘것없게, 또 얼마나 위대하게 느꼈던 것인가.
너는 나를 사정없이
덧없는 인간의 운명 속으로 다시 몰아 넣었다.
나는 이제 누구에게서 배우고 무엇을 피해야 한단 말인가? 630
저 마음의 충동을 그대로 따라가도 좋단 말인가?
아아, 우리 인생의 앞길을 막는 건,
우리의 고난만이 아니고, 우리의 행동까지도 그렇구나.

우리 정신이 받아들인 가장 훌륭한 덕성에도,
항상 이질적인 불순물이 따르게 마련이고 635
우리가 이 세상의 선에 도달하게 되면
보다 더 고귀한 것을 오직 허위요 망상이라고 부른다.
우리에게 생명을 마련해 준 아름다운 감정은
속세의 혼잡 속에 굳어 버리고 마는구나.

환상이 평소에는 대담한 날개를 펴고 640
희망에 차 영원에까지 날아가다가도,
행복이 시간의 소용돌이 속에서 차례로 부서지게 되면
그 환상도 좁은 공간 속으로 움츠러든다.
그러면 곧 마음속 깊숙이에 근심*이 깃들고,
남모를 고통이 싹터 645
불안스레 꿈지럭거리며, 기쁨과 안식을 깨뜨린다.
그 근심은 늘 새로운 탈을 쓰고 나타나서,

집이 되고, 저택이 되고, 아내가 되고, 자식이 되고,
불과 물이 되며, 비수와 독약의 모습이 되기도 한다.
그리하여 너는 당하지 않은 모든 일에 떨어야 하며, 650
결코 잃지 않은 일에도 언제나 울어야 한다.

나는 신을 닮지는 않았다! 이제 그것을 뼈저리게 느낀다.
나는 먼지 속을 파고드는 벌레를 닮았다.
그 먼지를 먹이로 살아가다가
길 가는 사람에게 짓밟혀 묻히고 마는 그런 벌레를. 655

높은 벽을 따라 수백으로 나누어진 책장 칸이
내 주위 공간을 비좁게 하는 것과,
이 좀벌레의 세계에서 나를 압박하는
수천 가지 잡동사니 고물들, 이것도 티끌이 아닌가.
이곳에서 내게 모자라는 것을 찾아내라는 말인가? 660
세계 어느 곳에서도 인간은 고통을 당했고,
간혹 하나쯤 행복한 자가 있었다는 걸,
수천 권의 책 속에서 읽어내라는 말인가? ——
속이 텅 빈 해골바가지여, 왜 이빨을 드러내어 나를 비웃고 있는가?
한때는 너의 두개골도 나와 마찬가지로 헤매며, 665
명랑한 날을 찾다가 황혼 속에서 답답하게
진리를 추구하고자 비참하게 방황했겠지.
수레바퀴, 롤러, 손잡이가 달린 실험 기구들이여,
너희들은 나를 비웃고 있구나.
내가 비밀스런 자연의 문 앞에 서 있을 때, 너희들은 열쇠가 되어
주어야만 했다. 670
그러나 너희 열쇠는 뾰족뾰족 패었어도, 문 빗장을 열어 주지는 못
했다.
자연은 밝은 대낮에도 신비에 싸여

베일을 벗어 보여주지 않으니,
자연이 나의 정신에게 보여주려고 하지 않는 것을
지렛대와 나사로 억지로 틀어 열 수는 없다. 675
나에겐 아무 소용없는 낡은 도구들이여,
너희들은 오직 내 아버지가 사용했기 때문에 여기 있는 것이다.
오래된 양피지의 두루마리여, 이 책상에서 흐린 등불이
연기를 내는 동안 너는 그 연기에 그을려 갈 뿐이다.
이 얼마 안 되는 물건을 짊어지고 진땀을 빼느니보다 680
차라리 팔아버렸더라면 좋았을 것을!
조상한테 물려받은 것을 소유로 만들기 위해
그저 취득했을 뿐이다.
사용하지 않고 그냥 두는 재산이란 무거운 짐이 될 뿐이며
순간의 필요에 따라 만들어진 것만이 이용할 만한 가치가 있는 법
이다. 685

그런데 어째서 내 눈은 저기 붙어서 떨어지지 않을까?
저기 있는 작은 병은 내 눈에는 지남철이란 말인가?
마치 어두운 숲속에서 달빛이 우리를 비춰주는 것처럼
어찌하여 내 마음이 갑자기 즐거워지며 밝아오는 것일까?

너 오직 하나의 플라스크병이여, 나는 너에게 인사하고, 690
공손한 마음으로 집어 내려놓는다.
네 속에 들어 있는 인간의 지혜와 기술에 경의를 표한다.
자비로운, 영원히 잠들게 하는 약의 정화여,
죽음을 가져오는 모든 힘의 정수여,
너의 주인에게* 호의를 보여주려무나. 695
너를 보면 고통이 가라앉고,
너를 손에 쥐면 의욕이 줄어들고,
정신의 물결이 점점 물러가는구나.

슈타센 그림

넓고 넓은 바다로 향하여 이끌려 나가니,
내 발 밑에는 거울 같은 바다가 빛나며, 700
새로운 날이 새로운 언덕으로 나를 부른다.

불꽃 수레*가 가벼운 날개를 타고
나를 맞으러 다가온다! 나는 창공을 뚫고 새로운 길로 나가
순수한 행동*의 새로운 세계로 향할
마음의 준비가 되었음을 느끼나니, ― 705
이 거룩한 생활, 신들이 맛보는 이 기쁨!
아직 벌레에 불과한 네가 이것을 받을 자격이 있단 말인가?
좋다. 다정한 지상의 태양으로부터
과감히 몸을 돌려라!
누구나 그 앞을 슬쩍 피해 지나가고 싶어하는 710
죽음의 대문을 밀쳐 열 용기가 있으면 해보아라!
사나이의 위엄은 신들의 권위 앞에서도 무릎 꿇지 않고
환상이 스스로 만든 고통 속으로 빠지는
저 어두운 동굴 앞에서도 떨지 않고,
좁은 입구에 모든 지옥의 불길이 타오르는 715
저 통로*를 향하여 돌진하며
비록 허무 속으로 흘러 들어갈 위험이 있더라도,
명랑한 기분으로 실천에 옮기려는 결심을
행동으로 증명할 때는 바로 이때다.

이리 내려오너라! 자, 수정의 맑은 잔*이여, 720
오랜 세월 동안 너를 잊고 있었지만,
이제는 낡은 상자 속에서 나오너라!
너는 조상들이 기쁜 잔치를 베풀었을 때 빛을 발하며,
이 손에서 저 손으로 너를 돌릴 때면
점잖은 손님들을 즐겁게 해주었다. 725

네 위에 아름답게 새겨 넣은 온갖 그림을 보며
시를 지어 읊으면서,
단숨에 그 술잔을 들이키는 것이 술 드는 사람들의 의무였노라.
이제 이런 젊은 시절의 많은 밤들이 나의 기억에 되살아나는구나.
그러나 오늘밤만은 너를 이웃 손님에게 돌리지도 않을 것이며, 730
네 술잔 위에 그려진 예술품에 나의 재치를 피력하지도 않으리라.
여기에 빨리 사람을 취하게 하는 액체가 있으니,
일찍이 내가 골라 만들어 놓은
이 갈색의 액체가 너의 빈 잔에 가득 채워진다.
그럼 이 마지막 잔을 들며 충심으로 735
이 새벽을 위해서 건배를 올린다!

(잔을 입에 댄다.)

(종소리와 합창소리)

천사들의 합창 그리스도 부활하셨다!
죽음을 타고난 인간들에게 기쁨 있으라.
남몰래 스며들어, 사람들을
멸망시키는 세습적인 온갖 죄*에 740
얽매인 자들에게 기쁨 있으라!

파우스트 저 은은한 종소리와 맑은 노랫소리는
내 입에서 세차게 술잔을 떼어 가는구나.
저 은은한 종소리는 벌써
부활절의 첫 축제 시각을 알리는 것인가? 745
너희들 합창대는
그 옛날 어두운 무덤가*에서 천사의 입술에서 울려 나와,
신약의 확신*을 준
위안의 노래를 부르는가?

여인들의 합창* 우리들은 향유를 750

주님의 몸에 발라드렸고,
우리 충실한 자들은
주님을 누우시게 하여
천과 끈으로 깨끗이 싸드렸다.
아아! 그러나 그리스도는 755
이미 여기 안 계시다!

천사들의 합창 그리스도 부활하셨다!
사랑에 가득찬 주여, 행복하소서.
괴로움은 컸어도
구원을 얻으시고 튼튼히 만드는 760
시련을 이기셨다!

파우스트 하늘의 노랫소리여, 왜 너희들은 힘차고 부드럽게
이 티끌 속에 묻힌 나를 찾고 있는가?
마음씨 부드러운 사람들이 있는 곳에서 울려퍼져라.
복음 소리는 들려오지만, 나에게는 신앙이 없다. 765
기적은 신앙이 가장 사랑하는 아들이로다.
저 기쁜 소식을 알리는
영역으로 나는 감히 들어갈 수가 없구나.
그러나 저 노랫소리는 어렸을 때부터 내 귀에 젖어 있었기에,
지금도 저것이 나를 다시 생명 속으로 불러 들인다. 770
옛날에는 천상에서 내려오는 사랑의 키스가
엄숙한 안식일의 고요 속에, 나에게로 왔다.
그때 종소리는 그다지도 뜻 있게 들려왔었고
기도는 열렬한 기쁨이었다.
그리고 알 수 없이 그윽한 그리움이 775
나로 하여금 숲과 풀밭을 헤매게 하였고,
하염없이 흐르는 뜨거운 눈물과 함께
하나의 새로운 세계가 생긴 것을 느꼈도다.
저 노래는 청춘의 즐거운 놀이와

봄 축제의 자유로운 행복을 알려 주었지. 780
이런 추억이 지금 어린아이와 같은 감정과 더불어
이 마지막 엄숙한 행동에서 나를 멈추게 하는구나.
오오, 너희들 감미로운 하늘의 노래여, 계속 울려다오!
눈물이 흐르니, 지상은 나를 다시 찾았도다!

사도들의 합창 무덤 속에 묻히신 주님, 785
살아서 거룩하신 주님은
이미 장엄하게
하늘로 승천하셨다.
생성의 기쁨 속에 주님은
창조의 기쁨에 가까이 가셨네. 790
아아, 지상의 품에 매달려 있는
우리는 슬프다.
주님은 그를 따르는 우리를
한숨지으며 여기 남게 하시니,
아아, 스승이여, 우리는 795
승천하신 당신의 행복에 우나이다!

천사들의 합창 부패한 세상을 이기시고
그리스도는 부활하셨다.
너희들은 기쁜 마음으로
지상의 속박에서 벗어나라! 800
행동으로 주를 찬송하며
사랑을 증명하고,
의좋게 식사를 나누며,
전도의 길을 같이 다니고
내세의 기쁨을 알리는 805
너희들 가까이에 주님은 계시나니.
너희들을 위하여 계시는도다!

성문 앞에서*

여러 모습 여러 색깔의 산책자들이 성문 밖으로 나온다.

몇몇 수공업 직공 왜 그리로 가는 거지?
다른 동료들 사냥꾼 집으로 가는 길이네.
처음 사람들 우린 물방앗간 쪽으로 가려고 하는데. 810
직공 한 사람 그보다는 호숫가 주막으로 가는 것이 낫지 않을까.
두번째 직공 거기 가는 길은 아주 나빠.
두번째 직공 몇 사람 그러면 너는 어디로 갈 테냐?
세번째 직공 모두가 가는 데로 따라가지.
네번째 직공 성곽 마을로 가기로 하자.
거긴 처녀들도 제일 예쁘고, 맥주도 최고, 815
멋진 싸움판도 벌일 수 있지.
다섯번째 직공 미친 녀석. 이번이 세번째인데
벌써 몸이 근질근질하나?
난 그런 곳엔 안 간다. 난 생각만 해도 무서워.
하녀 싫어, 싫어. 난 마을로 돌아갈 테야. 820
두번째 하녀 저 버드나무 가에 그이가 와 있음에 틀림없어.

처음 하녀 와 있댔자 그건 내겐 아무 상관없어.
그 사람은 너하고만 거닐고,
무도장에서도 너하고만 춤을 출 테지.
너 혼자 좋았지. 내게 좋을 게 뭐 있니! 825

두번째 하녀 그 사람 오늘은 틀림없이 혼자 오지는 않을 거야.
그 고수머리하고 같이 온대.

학생 이크, 저 계집아이들 멋지게 걸어가는구나!

여보게, 가세! 우리 저것들 뒤를 따라 가보자.
독한 맥주, 매운 담배*, 830
단장한 여자, 이것이 내 취미야.

양가의 처녀 저 미남 학생들 봐요!
정말이지 수치스러운 일이야.
양가의 처녀와 사귈 수 있는 자들이
하녀의 꽁무니를 따라다니다니! 835

두번째 학생 (첫번째 학생에게) 그렇게 급히 가지 마!
뒤에 둘이 오고 있는데 멋지게 차려 입었어.
하나는 우리 이웃집 처녀야.
난 저 처녀한테 아주 반해 버렸어.
저렇게 천천히 걸어가고 있으니까 840
결국 우리와 어울리게 될 거야.

첫번째 학생 여보게, 아니야, 나는 얌전을 빼는 건 싫어.
빨리 가자. 잘못하면 저 하녀를 놓쳐 버린다.
토요일엔 빗자루를 들던 손이
일요일엔 자네를 제일 잘 어루만져 줄 거야. 845

시민 아니야, 이번 새 시장은 내 마음에 들지 않아.
갈수록 거만해지기만 하고,
그래, 그는 마을을 위해 무엇을 했단 말인가?
모든 일이 날로 나빠질 뿐,
시민들은 전보다 더 복종해야 하고, 850
세금은 전보다 더 많이 내고 있어.

거지 (노래한다) 착한 신사분들, 어여쁜 마나님들,

화려한 옷차림에 붉은 뺨.
제발 제 꼴을 좀 보시고,
불쌍한 저의 처지를 동정해 주세요! 855
풍금을 헛되이 울리게 하지 말아 주세요!
적선을 하셔야 복을 받지요.
여러분들이 즐겁게 노시는 이 날이
저에게는 추수하는 날이지요.

다른 시민 일요일이나 명절날에는 무엇보다도, 860
전쟁과 전쟁의 함성 소리에 대한 이야기가 제일이지요.
멀리 터키의 나라에선 군인들이
서로들 싸우고 있는데,
우리는 그저 창가에서 맥주를 마시며,
가지각색 배들이 강물 아래로 내려가는 것을 바라보고, 865
저녁이면 즐거운 마음으로 집으로 돌아가,
평화와 태평세월을 축복하지요.

세번째 시민 이웃 양반, 당신 말씀이 옳습니다.
남들이야 대가리가 깨져도 상관없고
모든 것이 뒤범벅되어도 그만이지요. 870
우리들만 태평세월이면 그만이지요.

노파 (양가의 처녀들에게) 참 멋지게 차려입었구려! 예쁘고 젊은 아가씨들!
그러니, 누구라도 입을 벌리고 보지 않을 수 없어요.
그러나 그렇게 너무 뽐내지는 말아요! 다 알고 있으니까!
아가씨들 소원쯤은 나도 들어줄 수 있다오. 875

양가의 처녀 아가테야 빨리 가자!

저런 마귀 할멈하고 같이 다닐 수는 없잖니.
하기야 성 안드레아스 밤*에
내 미래의 신랑감을 실제로 보여주긴 했지만!

다른 처녀 나한테는 신랑감을 수정 속*에 비쳐 보여주었지. 880
억센 사람들 사이에 끼어 있는 군인이었어.
그래서 그 뒤로 유심히 살펴보지만,
좀처럼 그런 사람을 만나지는 못했어.

군인들 높다란 벽과
총안(銃眼)을 갖춘 성곽, 885
거만하고
콧대 높은 처녀들을
나는 정복하고 싶다!
힘은 들겠지만
그 보답은 클 것이다. 890

소집의 나팔소리 울리면,
우리는 뛰어 가노라.
환락경으로 가든,
전쟁터로 가든, 가리지 않고.
이것이 돌진이다. 895
이것이 인생이다!
처녀도 성곽도
함락되고 말리라.
힘은 들겠지만
그 보답은 클 것이다. 900
군인들은 이렇게
전진하노라.

(파우스트와 바그너 등장.)

파우스트 포근한 봄기운에 생기를 얻어
강과 시내에도 얼음이 풀렸구나.
골짜기에는 희망찬 행복이 푸르르다. 905
겨울은 늙고 시들어
거친 산 속으로 물러갔다.
산 속으로 겨울은 달아나면서,
힘없는 싸락눈 소나기를 푸른 들판에
얼룩이 지도록 뿌리고 있다. 910
그러나 태양은 남아 있는 흰 빛을 용서하지 않는다.
모든 곳에서 생성과 노력이 꿈틀거리고 있으니,
태양은 만물에게 색칠을 하여 소생시키려 한다.
그러나 이 강 근처에는 아직 꽃이 피지 않았다.
그 대신 태양은 색색으로 차려입은 사람들을 비춰 주고 있다. 915

루돌프 실리더 그림

자, 몸을 돌려 이 언덕에서
마을을 바라보기로 하세.
텅 비고 어두컴컴한 성문에서
울긋불긋 차려입은 사람들이 나오고 있다.
너나없이 오늘은 양지 바른 곳으로 나가려고 하네. 920
그들은 주님의 부활을 축하하고 있지만
자기들도 부활하였기 때문이지.
나직한 집의 음침한 방에서,
수공업과 상업의 속박에서,
용마루와 지붕의 압박에서, 925
붐비는 좁은 거리에서,
교회의 근엄한 어둠 속에서,
사람들은 모두 양지바른 곳으로 나오고 있다.
저걸 보게! 얼마나 많은 사람들이 활발하게
정원과 들 위로 흩어져 가고 있는가. 930
강물에는 이리저리 흥겨워하는 사람을 태운
많은 배들이 울렁거린다.
저 마지막 배마저 가라앉을 만큼
사람을 가득 싣고 떠나가고 있구나.
저기 저 먼 산의 오솔길에도 935
온갖 울긋불긋한 옷들이 빛나고 있지.
벌써 마을 쪽에서 웅성거리는 소리가 들려온다.
여기야말로 민중의 진정한 천국이다.
늙은이나 젊은이나 흥겨워 노래하고 있어.
여기서는 나도 사람*으로 통하고, 사람다울 수 있다. 940

바그너 박사님과 함께 산보를 한다는 것은
영광이며 얻는 바도 많습니다.
그러나 저는 거친 것은 모두 싫어*하므로
혼자서는 이런 데에 오지 않습니다.

바이올린 켜는 소리, 떠드는 소리, 볼링 굴리는 소리, 945
정말 모두가 싫은 소리들뿐입니다.
사람들은 악마에게 홀린 것처럼 떠들어대며,
그것을 재미니 노래니 하고 부르고 있습니다.

(보리수 밑의 농민들
춤추며 노래한다.)

춤추려고 차리고 나선 목동
얼룩덜룩한 조끼에 리본과 꽃으로 950
꾸민 양이 멋지다.
보리수 근처는 벌써 만원,
모두 미친 듯 춤추고 있다.
「유흐헤! 유흐헤!
유흐하이자! 하이자! 헤!」 955
이렇듯 바이올린 소리도 멋지다.

목동이 춤판에 뛰어들었네,
어쩌다 그의 한쪽 팔꿈치가
아가씨와 부딪쳤네.
억센 아가씨가 돌아서며 하는 말, 960
「당신은 바보!」
「유흐헤! 유흐헤!
유흐하이자! 하이자! 헤!」
좀 얌전해야 해요.

그래도 재빨리 뱅글뱅글 돌았네. 965
이리저리 춤추면서 돌아가니,
옷자락도 너풀대며 휘날리네.

불그락 후끈,
팔에 팔을 끼고 숨을 돌리며 쉬었네.
「유흐헤! 유흐헤! 970
유흐하이자! 하이자! 헤!」
어느새 허리에는 팔이 돌아가 있네.

그렇게 추근추근 굴지 말아요.
얼마나 많은 사나이들이, 자기 애인을
속이고 버리고 갔던가요! 975
그는 그녀를 꾀어서 옆으로 끌고 갔네.
멀리 보리수 쪽에선 아직도 왁자한
소리가 들려오네.
「유흐헤! 유흐헤!
유흐하이자! 하이자! 헤!」
떠드는 소리, 바이올린 소리. 980

늙은 농부 박사님 잘 오셨습니다.
저희들을 업신여기지 않고,
이렇게 들끓는 군중 속에,
이렇게 높으신 학자님이 와 주시다니.
자, 이 시원한 맥주 한 잔 드십시오. 985
방금 술통에서 새로 따른 것입니다.
이것을 드시면
갈증이 풀어질 뿐만 아니라,
이 잔에 담긴 술방울 하나하나의 수효만큼
선생님께서 오래오래 사시기를 비는 바입니다. 990
파우스트 그러면 마음을 상쾌하게 하는 이 술을 들며,
감사와 더불어 여러분의 건강을 빌겠습니다.

(사람들, 동그라미를 그리면서 그의 주위에 모여든다.)

늙은 농부 정말 오늘 같이 기쁜 날에 잘 나오셨습니다.
옛날에 저희가 재난*을 당했을 때 995
저희들은 많은 은혜를 입었습니다.
여기 이렇게 살아 있는 군중 가운데도
고열에 허덕이는 것을
선생님의 아버님께서
간신히 살려주신 사람들이 많이 있습니다. 1000
그때 선생님께서 아직 젊으셨지만
환자의 집을 하나하나 다 둘러봐 주셨습니다.
수없이 시체가 실려 나갔지만
선생님께선 무사하셨고
온갖 어려운 시련을 다 이겨내셨습니다. 1005
하나님은 사람을 구하는 분을 도와주시는 법입니다.
모두들 아무쪼록 만수무강하셔서
앞으로도 오래오래 우리를 구해 주십시오!
파우스트 도움을 가르쳐 주시고 도움을 보내 주시는,
저 하늘에 계신 분에게 머리를 숙이십시오. 1010

(바그너와 함께 걸어간다.)

바그너 선생님, 이렇게 많은 사람들의 존경을 받는
그 기분은 어떠하십니까?
선생님은 자기 재능의 힘으로 이렇게까지
성공하셨으니 참으로 부럽습니다.
여기에 있는 아버지는 자기 아들에게 당신을 가리켜 보이고, 1015
모두 묻고, 밀치고, 뛰어오고,
바이올린 소리도 그치고 춤도 멈추는군요.

당신이 지나시는 길에는 사람들이 열을 지어 서서,
모두 모자를 하늘 높이 날리지요.
그야말로 성당에서 성체가 지나가듯이* 1020
모두들 거의 무릎을 꿇어 경배하지요.

파우스트 조금만 더 가서, 저기 돌 있는 데서,
많이 걸었으니까 쉬기로 하세.
나는 여기서 가끔 혼자 생각에 잠기며,
기도와 단식으로 몸을 괴롭힌 적이 있네. 1025
그때 나는 희망에 넘치고 신앙도 굳어,
하늘에 계신 주님께 어떻게 해서라도
저 무서운 흑사병을 없애 달라고,
눈물 흘리고, 한숨 지으며 손을 비볐지.
저 사람들의 칭찬하는 소리가 내게는 이제 비웃음처럼 들리네. 1030
아아, 자네는 이 내 가슴속을 읽을 수는 없겠지만,
그러한 칭찬받을 만한 일을
아버지나 나는 하지 못했네.
아버지는 어둠 속에 묻혀 지내는 학자였어.
자연과 그 신성한 영역에 대해 알려고, 1035
성실하지만 독특한 방법으로
무척 애를 쓰면서 연구했었지.
연금술사의 한 사람으로서,
침침한 실험실*에 틀어박혀서 문을 닫아 걸고는
한없이 많은 처방에 따라 1040
서로 상반되는 약품을 조제했었지.
거기서 대담한 구혼자인 붉은 사자*를
미지근한 탕 속에서 백합*과 섞어
활활 타오르는 불로 이 돌을 지져
이 신방에서 저 신방으로 몰아 대면, 1045
젊은 여왕*이 유리 그릇 속에

들라크루아 그림

여러 가지 색깔로 나타났었지.
이렇게 해서 약이 나왔고, 환자들은 이걸 마시고 죽었어.
그런데 누가 병이 나았느냐고 묻는 자도 없었지.
이렇게 우리는 터무니없는 탕약을 가지고 1050
이 골짜기에서 저 산으로 먹이고 다녔으니,
사실은 흑사병보다도 더 많은 몹쓸 짓을 했지.
나 자신도 수천 명에게 이 독약을 주어 사람들은 죽어 갔지만.
사람을 죽인 죄인인 나는 이렇게 살아 남아서
칭찬을 받게 되다니. 1055

바그너 그런 일로 걱정하실 게 뭐 있습니까.
선인에게서 물려받은 그 의술을
성실하고 정확하게 시행만 한다면,
선량한 인간으로서 할 일은 다 한 것이 아니겠습니까.
선생님이 젊으실 때 아버님을 존경하신 만큼 1060

그분의 가르침을 기꺼이 물려받으셔야지요.
그리고 어른이 되어 더욱 지식을 쌓으시면,
아드님께서는 더욱 높은 경지에 오를 수 있지요.

파우스트 아아, 이 미궁의 바다에서 빠져나가기를
아직도 바랄 수 있는 사람은 얼마나 행복한가! 1065
우리들이 필요로 하는 일은 알지 못하고
알고 있는 일은 도움이 되지 않네.
그러나 이렇게 우울한 일을 생각하여
이 순간의 아름다운 행복을 헛되이 할 수는 없어.
자, 저기 녹음에 둘러싸인 오막살이집들이 1070
저녁 햇살을 받아 곱게 빛나고 있는 걸 보게나.
해는 점점 물러가고 오늘 하루도 지나가니,
해는 저쪽나라로 가서 새로운 생활을 채촉하는 것일세.
아아, 이 몸에 날개가 돋쳐, 땅을 떠나
저 해의 뒤를 쫓을 수 있다면 얼마나 좋을까! 1075
그러면 영원한 석양 노을 속에
고요한 세계가 내 발 밑에 보이며,
모든 봉우리는 불타고, 골짜기는 잠자고,
은색의 시냇물은 황금의 강물로 흘러들어 가리라.
그러면 가파른 산들도, 깊은 골짜기도 1080
신과 같은 내 행로를 막지는 못할 것이다.
놀란 내 눈앞에는
따스한 만을 끼고 있는 바다가 트이리라.
그러나 태양의 여신은 결국 가라앉을 것이다.
다만 새로운 충동*이 눈을 뜨게 되어, 1085
태양 여신의 영원한 빛을 마시고 싶기에,
밤을 뒤로, 낮을 앞으로 하고
머리 위에 하늘을 업고 발 밑에 물결을 바라보며, 나는 쫓는다.
이것은 아름다운 꿈이다. 그러나 태양의 신은 사라진다.

아아, 정신의 날개에 육체의 날개*가 1090
서로 만나 쉽게 어울리지를 못하는구나.
그러나 우리 머리 위, 푸른 공간에 자취를 감추고,
종달새가 우짖고
전나무 우거진 험준한 산꼭대기에
독수리가 날개 펴고 날 때, 1095
또한 들과 바다를 넘어
학이 제 고향을 찾아가고 있을 때,
감정이 위로 앞으로 오르고 싶은 건
누구든지 타고난 천성일 것이다.

바그너 저 역시 가끔 변덕스런 환상*에 사로잡힌 때도 있었지만, 1100
그런 충동을 느껴본 적은 없습니다.
숲과 들판의 경치는 실컷 보면 그만이지요.
결코 새의 날개를 부러워하지는 않을 것입니다.
그러나 한 권 한 권, 한 장 한 장 책을 읽어 가는
정신적인 기쁨은 얼마나 다릅니까! 1105
기나긴 겨울밤도 그윽하고 다정한 밤이 되고,
기분좋은 생기가 온 몸을 따습게 해 줍니다.
더구나 귀중한 양피지 두루마리를 펼쳐 보게 되면,
마치 하늘 전체가 나한테로 내려온 느낌입니다.

파우스트 자네는 오직 하나의 욕망밖에는 모르니, 1110
다른 하나는 모르고 지내는 것이 좋겠다.
아아, 내 가슴속에는 두 개의 영*이 도사리고 있는데,
그 하나가 다른 하나와 떨어지려고 한다.
그 중 하나는 격렬한 정욕에 사로잡혀
현세에 매달려 악착 같은 관능으로 육체적인 만족을 얻으려 하고 1115
다른 하나는 억지로 이 속세를 벗어나,
숭고한 선인들의 세계로 오르려 한다.
아, 이 하늘과 땅 사이를 지배하면서

대기 속을 떠다니는 영들이 있다면,
제발 황금빛 아지랑이 속에서 내려와, 1120
나를 새롭고 다채로운 생활로 인도하여 다오.
정말이지 마술외투라도 손에 넣을 수 있다면
그것은 나를 다른 나라로 날라다 줄 것이다.
그것은 나에게는 가장 값진 옷으로,
왕의 외투와도 바꿀 수 없는 것이다. 1125

바그너 제발 그 악명 높은 귀신들을 부르지 마십시오.
그 귀신들은 대기 속을 활개치고 다니며,
사방에서 나타나
인간에게 온갖 위험을 끼치려 하고 있어요.
북쪽에서는 날카로운 이빨에 1130
뾰족한 화살 같은 혀를 가진 귀신들이 몰려오고,
동쪽에서는 풀과 나무를 시들게 하고
선생님의 허파를 먹고 살찌는 놈이 덤벼든다.
사막에서 불어오는 남쪽 귀신은
선생님의 정수리 위에 뜨거운 불을 지르고, 1135
서쪽 귀신은 처음에는 기분이 상쾌하지만
이내 선생님과 논과 목장을 물에 잠기게 합니다.
말을 잘 듣는 건 사람을 해치려는 것이고,
복종을 잘하는 건 우리를 속이려는 것이지요.
하늘에서 보내온 것처럼 태도를 취하고, 1140
거짓을 말할 때면 천사처럼 속삭입니다.
그러나 이제 가십시다! 땅거미가 내립니다.
바람이 싸늘하고 안개가 내리고 있습니다.
저녁이 되니 비로소 집의 고마움을 알게 됩니다. ──
왜 멈춰 서서, 무엇을 놀라 바라보십니까? 1145
이 황혼 속에서 무엇을 그렇게 감동하십니까?

파우스트 자네 저기 그루터기와 묘목 사이를 뛰어가는 검정개*가 보이는가?

바그너 예, 아까부터 보고 있지만 대수로운 것은 아닙니다.

파우스트 잘 보게! 저 짐승이 자네는 무엇으로 보이는가?

바그너 삽살개지요. 개들이 하는 버릇대로 1150
잃어버린 주인을 찾고 있는 거지요.

파우스트 잘 보게, 저 개가 달팽이처럼 널따랗게 원을 그리면서
점점 우리 쪽으로 다가오고 있지 않은가?

들라크루아 그림

그리고 내 착각인지는 모르나, 그가 지나가는 자리에는
불꽃이 소용돌이치면서 뒤따르고 있지 않은가. 1155

바그너 저에게는 검은 삽살개밖에 보이지 않습니다.
아마 선생님이 잘못 보신 게지요.

파우스트 내 생각으로는 장래의 인연을 맺기 위해
우리 발 주위에 살짝 마술의 덫을 치는 것 같은데.

바그너 제가 보기엔 주인 대신 낯선 두 사람을 보고 1160
불안하고 겁이 나서 뛰어다니는 것 같은데요.

파우스트 원이 작아졌다. 벌써 가까이 왔다!

바그너 보십시오! 그저 개일뿐입니다. 귀신은 아니에요.
으르렁거리고 멈칫거리다가 땅에 엎드려,
꼬리를 흔듭니다. 모두 개가 하는 버릇 그대로입니다. 1165

파우스트 우리한테 와! 이리 와라!

바그너 삽살이답게 어리석은 놈입니다.
선생님이 멈춰 서시면, 앞으로 와서 앉고,
말씀하시면 뛰어듭니다.
무엇이든 던지시면 주워 옵니다. 1170
물 속까지 뛰어들어서 지팡이라도 물고 오겠죠.

파우스트 글쎄. 자네 말이 맞겠지. 영의 흔적은 없고
모든 게 훈련에 달렸나 보다.

바그너 훈련을 잘 받은 개라면
현명한 분의 마음에도 들 것입니다. 1175
이놈은 평시에 학생들의 좋은 동반자이니까.
확실히 선생님의 사랑을 받을 겁니다.

(두 사람, 성문으로 들어간다.)

서재*

파우스트 (삽살개와 함께 들어오며)깊은 밤에 잠긴
들과 목장을 뒤로하고 나는 돌아왔다.
밤은 예감에 찬 신성한 외경심과 함께 1180
우리의 마음에 보다 나은 영을 일깨워 준다.
난폭한 행동을 하려는
야성의 충동은 잠들고,
이제는 오직 인간에 대한 사랑과
신의 사랑만이 되살아난다. 1185

삽살개야, 조용히 해라! 이리저리 뛰어다니지 말라!
저기 문지방에서 무슨 냄새를 맡고 있는 거냐?
저기 난로 뒤에 가서 누워 있거라.
내가 제일 좋아하는 방석을 주마.
밖에서, 저 산길을 내려오면서, 1190
달리고 뛰면서 우리를 즐겁게 해주었던 것처럼,
이제는 환영받는 얌전한 손님이 되어
내 접대를 받아 보아라.

아아, 우리의 좁은 방 안에
등불이 다시 다정스레 켜지면, 1195
우리의 가슴속은 밝아지고
자신을 아는 마음속도 밝아진다.
이성은 다시 말하기 시작하고,
희망도 다시 꽃피게 된다.
우리는 생명의 시냇물을 그리워 하고 1200
아아, 생명의 샘물도 그리게 된다.

삽살개야, 으르렁대지 말아라! 신성한 음조가
지금 내 온 영혼을 차지하고 있을 때,
짐승의 소리는 여기에 어울리지 않는다.
우리는 흔히 보아왔지만 1205
인간들은 자기가 이해하지 못하는 것을 비웃고,
가끔 귀찮게 여겨지는
선과 미에 대해서도 투덜거리는데,
개도 인간처럼 투덜거리는 건가?

그러나 아아, 벌써 정성껏 노력을 했는데도 1210
이 가슴에선 만족감이 솟아오르지 않는다.
그런데 왜 강물이 이렇게 빨리 말라버려
우리는 또다시 목말라하지 않으면 안 되는 것일까?
이런 것은 내가 여러 번 겪어 온 일이다.
그러나 이런 결함은 메워질 수 있으니 1215
우리는 초현실적인 것을 존중하게 되고,
하늘의 계시를 그리워하고 있다.
그것은 다른 어디서보다도
신약 성서* 안에서 값지고 아름답게 빛나도다.
그래서 원서를 펼쳐들고, 1220
성실한 기분으로, 한 번
신성한 원문을
내가 사랑하는 독일어로 번역하여 보겠다.

(파우스트, 한 권의 책을 펴들고 번역 준비를 한다.)

기록하여 이르노니, "태초에 말씀이 있었느니라*!"
여기서 벌써 나는 막혀버린다! 계속 할 수 있도록 나를 도와줄

사람은 누구일까? 1225

나는 이 '말씀'을 그렇게 높이 평가할 수는 없다.
진정 내가 영의 올바른 계시를 받고 있다면
이것과는 다르게 번역이 되어야겠다.
기록하여 이르노니, "태초에 뜻이 있었느니라!"
첫 줄을 깊이 생각하여 1230
붓을 경솔하게 놀리지 말도록 해야지!
만물을 만들고 작용하는 것이 '뜻'일까?
이렇게 씌어져야 할 것이다. "태초에 힘이 있었느니라!"라고.
그러나 이렇게 써내려 가고 있는 동안에 벌써
이래서는 안 된다는 생각이 든다. 1235
어느덧 영의 도움으로 그렇게 해서는 안 되겠다는 생각이 나서
안심하고 다시 쓴다, "태초에 행동이 있었느니라!" 라고.

삽살개야, 나하고 함께 이 방에 있고 싶으면
으르렁거리지 말아야 해.
짖어대지 말아라! 1240
이렇게 방해하는 놈을
옆에다 둘 수는 없다.
우리 둘 중의 하나가
이 방을 나가야 한다.
나는 손님의 권리를 취소하는 것을 원하지 않지만 1245
문은 열려 있으니, 자유로이 나가 다오.
아니 그런데 이게 어찌된 일인가!
아니 세상에 이럴 수가 있을까?
이것은 환상일까, 현실일까?
삽살개가 가로세로로 커지고 있다! 1250

힘차게 일어나고 있다.
저것은 개의 모습이라고 할 수 없다.
내가 무슨 도깨비를 집으로 끌어들인 것일까?
이것은 벌써 하마처럼 보이는구나.
불 같은 눈, 무서운 이빨을 가지고 있구나. 1255
옳지, 너는 내 손아귀에 들어 있다!
너 같은 반 지옥의 족속에 대해서
솔로몬의 열쇠라는 주문*이면 잘 들을 것이다.

귀신들 (복도에서) 저 안에 한 놈이 잡혀 있다!
모두 밖에 남아 따라가지 말라. 1260
덫에 걸린 여우처럼,
늙은 지옥 삵괭이가 떨고 있다.
그러나 주의하라!
이리 둥실 저리 둥실 떠돌아다니다가
오르고는 또 살며시 내려온다. 1265
저 친구는 기어코 도망치리라.
저 친구를 도와줄 수만 있다면
그대로 내버려두지는 말자!
지금까지 우리 모두 저 놈에게
신세를 많이 지고 있으니까. 1270

파우스트 이런 짐승에 맞서려면
먼저 네 가지 원소의 주문*이 필요하다.

불의 정, 살라만더여 불타거라.
물의 정, 운디네여 물결쳐라.
바람의 정, 질페여 사라져라. 1275

땅의 정, 코볼트여 일하라.

이 네 가지 원소와
그 힘과
그 성질을
모르는 자는 1280
신령들을 다스리는
스승이라고 할 수는 없다.

불꽃이 되어 사라져라.
불의 정, 살라만더여!
출렁이며, 합쳐 흘러가라. 1285
물의 정, 운디네여!
유성의 아름다움 속에 빛나라.
바람의 정, 질페여!
집안일을 거들어라.
땅의 정, 코볼트여! 1290
앞으로 나와 결판을 내라.

네 가지 원소 중의 어느 것도
저 짐승 속에는 들어 있지 않구나.
태연하게 누워서, 나를 노려보고 있다.
이 주문으로는 아직 끄덕도 하지 않는다. 1295
좀더 강한 주문을
들려 줄 테니 어디 보자.

너는 지옥에서
도망쳐 나온 놈이냐?
그렇다면 이 부적*을 보아라. 1300

요코 그림

암흑의 마귀들도
이 앞에선 몸을 굽히느니라!

놈은 벌써 바늘 같은 털을 곤두세우고 부풀어오르고 있다.

망할 놈아!
이것을 읽을 수 있겠는가? 1305
그는 생겨난 일이 없고,*
말로써는 표현할 수 없고,
온 하늘에 뿌려져 흘러 넘치고,
무참하게 못 박히신 분이다.

난로 뒤에 갇혀 1310
놈은 코끼리처럼 부풀어올라
온 방 안을 가득 채우고
안개가 되어 흩어지려 하는구나.
천장으로 올라가지 말라!
스승의 발 밑에 꿇어 엎드려라! 1315
알겠느냐, 나는 공연히 위협하는 것은 아니다.
이 신성한 불길로 너를 태우겠다!
세 겹으로 타오르는 불꽃*을
기다리지 말라!
내 수법 중에서 가장 강한 수법을 1320
기다리지 말라!

(안개가 사라지자, 메피스토펠레스가 방랑하는 학생 차림으로
난로 뒤에서 나타난다.)

메피스토펠레스 그렇게 야단칠 건 없지 않아요? 무슨 일인가요?

파우스트 그러니까, 이것이 삽살개의 정체였구나!
방랑하는 학생*인가? 참말로 웃긴다.
메피스토펠레스 학자님께 인사를 드리지요. 1325
당신 때문에 진땀을 뺐어요.
파우스트 너의 이름은 무엇인가?
메피스토펠레스 그건 대수롭지 않은 질문 같은데요.
말을 멸시하고, 모든 외관을 멀리하며,
오직 사물의 본질만을 파고 들어가려는 당신에겐 말이에요. 1330
파우스트 그러나 너희들 따위는, 이름만 들으면, 대강 본질을 짐작할 수 있어.
파리의 신*, 파괴자, 거짓말쟁이 하면
너무 뚜렷하게 드러나지.
그럼 좋다. 너는 대체 누구냐?
메피스토펠레스 늘 악을 원하면서도,* 1335
도리어 늘 선을 행하는 것이 제 힘의 일부랍니다.
파우스트 그 수수께끼 같은 말은 무슨 뜻이지?
메피스토펠레스 나는 언제나 사물을 부정하는 영이랍니다.
그리고 그것은 당연한 일이지요. 왜냐하면 발생하는 모든 것은 멸망하기 마련이니까요.
그러고 보면 아무것도 발생하지 않았더라면 1340
더 나았을지도 모르겠어요.
그래서 당신들이 죄악이니 파괴니
한 마디로 말해서 악이라고 부르는 모든 것들이
내 활동의 영역이지요.
파우스트 너는 일부분이라고 하면서 전체로서 내 앞에 서 있지 않는가? 1345
메피스토펠레스 그것은 그저 약간의 진리를 말한 것뿐이지요.
인간은 어리석기 그지없는 작은 세계를
언제나 전체라고 생각하고 있지만, ——

나는 처음에는 전체였던 부분의 한 부분이지요.
빛을 낳은 저 암흑의 한 부분 말입니다. 1350
그 오만한 빛은 어머니인 밤에게서
옛날의 지위와 그 공간을 빼앗으려고 무진 애를 쓰고 있지만,
그러나 아무리 애를 써봐도 그것이 잘 안 되는 건,
빛이 물체에 달라붙어 떨어지지 않기 때문이지요.
빛은 물체에서 흘러나와 물체를 아름답게 보이게 하지만, 1355
물체는 빛이 가는 길을 가로막고 있으니,
내가 보기엔, 빛이 물체와 더불어
멸망하는 날도 멀지 않은 것 같습니다.

파우스트 이제 너의 거룩한 임무를 알았다!
너는 사물을 대규모로는 파괴할 수 없으니 1360
작은 것에서부터 부수기 시작하려는 것이로구나.

메피스토펠레스 물론 그것으로 큰 성과를 내지는 못했어요.*
무(無)와 대립하고 있는 그 무엇
말하자면 이 어설픈 세계에 대해서는,
지금까지 별 짓을 다해 보았지만, 1365
어떻게 할 수가 없었답니다.
파도, 폭풍, 지진, 화재 따위로 손을 대보았지만——
결국 육지와 바다가 여전히 남아 있으니 말이에요!
그리고 저 저주받을 동물이며 인간이며 하는 족속들은
도무지 어떻게 할 수가 없어요. 1370
난 지금까지 얼마나 많은 놈들을 파묻었던가요!
그래도 여전히 신선한 피가 돌아가고 있어요.
모든 것이 이 모양이니 나는 정말 미칠 지경이지요.
공기에서도, 물에서도, 흙에서도,
천만 가지의 싹이 트고 있어요. 1375
마른 곳에도, 젖은 곳에도, 따뜻한 곳에도, 추운 곳에도 말이에요!
만약 내가 불을 잡아 두지 않았으면,

들라크루아 그림

나를 도와줄 특별한 물건이 내게 남지 않을 뻔했지요.

파우스트 그렇게 너는, 영원히 쉬지 않고,

자혜롭게 창조하는 위력에 대하여, 1380

너의 냉혹한 악마의 주먹을 휘두르고 있지만

그렇게 심술궂게 주먹을 불끈 쥐어 봤자 소용없는 일이야!

혼돈이 낳은 기괴한 자*여!

이제 좀 다른 일을 시작해 보는 것이 어떤가?

메피스토펠레스 정말이지 생각해 봐야겠어요. 1385
다음 기회에 더 자세히 이야기하도록 하고,
그럼 오늘은 이만 물러가도 되겠지요?

파우스트 왜 그걸 나한테 묻는지 알 수 없군.
이젠 너와 알게 되었으니
언제든지 좋을 때에 찾아오려무나. 1390
여기 창문이 있고 저기에는 문이 있다.
저 굴뚝도 네가 사용할 수 있겠지.

메피스토펠레스 그런데, 솔직히 말해, 내가 밖으로 나가기에는
작은 장해물이 있어요.
저 문지방에 그려진 마귀를 물리치는 별표의 부적* 말입니다. 1395

파우스트 저 별표가 걱정이란 말이지?
그렇다면 말해 보라, 지옥의 아들아,
저것이 너를 묶어 두고 있다면 어떻게 들어왔지?
저 영을 어떻게 속였느냐 말이야?

메피스토펠레스 잘 보세요! 그건 제대로 그려져 있지 않았어요. 1400
밖으로 향하는 한쪽 모서리가
보는 바와 같이 약간 틈이 벌어져 있지요.

파우스트 그건 우연히도 잘 들어맞았구나!
그래 네가 내 포로가 되었단 말이지?
이것은 뜻하지 않은 성공이군. 1405

메피스토펠레스 삽살개로 뛰어들어왔을 때는 몰랐지만,
이제는 사정이 달라져서,
악마는 이 방에서 나갈 수가 없지요.

파우스트 그런데 왜 창문으로 나가지 않지!

메피스토펠레스 악마와 유령에게는 법이 있어서 1410
들어온 곳으로만 다시 나가야 하니까요.
들어올 때에는 자유의 몸이지만 나갈 때에는 노예의 신세지요.

파우스트 지옥에도 법이 있단 말인가?
그것은 잘 된 일이군. 그러면 너희 같은 신사들하고도 계약*을 맺을 수 있다는 말이지? 1415
메피스토펠레스 그건 약속만 하면 어기지 않지요.
아무도 떼어먹지는 않습니다.
그러나 그것은 간단하게 설명할 수는 없으니까
다음에 더 자세히 이야기하기로 하고
이번만은 이대로 놓아주도록 1420
간절히 부탁하는 바입니다.
파우스트 그렇지만 잠깐만 더 머무르면서
재미나는 이야기라도 들려주게.
메피스토펠레스 이번만은 그냥 가게 놔주세요. 곧 또 올테니까요.
그때에 가서 무엇이든지 물어 보시고요. 1425
파우스트 내가 너를 함정에 빠뜨린 게 아니고
네가 제 발로 그물에 들어온 것이니
악마를 붙잡은 이상 잡아 두어야지!
두 번 다시 그렇게 쉽게 안 잡힐 테니 말이야.
메피스토펠레스 그토록 소원이라면 나도 1430
여기서 말동무가 되어 드리도록 하지요.
다만, 심심풀이로 내 요술을
보여준다는 조건을 붙인다면요.
파우스트 그러면 좋아. 네 멋대로 해봐요.
그러나 그 요술은 내 마음에 들어야 돼. 1435
메피스토펠레스 단조로웠던 지난 일 년에
당신의 관능이 누렸던 것보다
더 알찬 것을 이 한 시간 동안에 맛볼 수 있게 해주지요.
지금부터 귀여운 영들이 노래를 부르고
아름다운 모습을 보여주는 것이 1440
어수룩한 마술의 장난만은 아닙니다.

코에서는 향기가 풍기고,
혀에서는 단맛이 나고,
촉감도 황홀해질 겁니다.
미리 준비할 필요는 없습니다. 1445
자, 모두들 모였으니 시작들 하지!

귀신들 사라져라. 머리 위의
어둡고 둥근 천장이여!
푸른 하늘이여,
정답고 아름답게 1450
방안을 들여다보라!
저 검은 구름은
흩어지거라!
별들은 반짝거리며,
다정한 햇빛이 1455
비치고 있다.
천상의 아들들의
아름다운 모습이
너울거리며 허리 굽히고
부유하며 지나간다. 1460
그리운 마음으로
그들의 뒤를 따라가거라.
펄럭이는 옷의
리본은
들판을 덮고, 1465
사랑하는 두 사람이
깊은 생각에 잠겨
일생의 인연을 맺는
정자를 덮는다.
정자는 나란히 늘어서고 1470

포도 덩굴에는 싹이 튼다!
주렁주렁 달린 포도송이가
밀려드는 압착기에 눌려서
통 속으로 들어가면
거품이 이는 포도주는 1475
시냇물처럼 쏟아져
맑은 보석처럼
바위틈을 졸졸 흘러서
가파른 고지대를
뒤에 남기고 1480
초록이 우거진
언덕을 돌아
호수로 들어간다.
새들은
기쁨의 술을 마시고 1485
해를 향하여 오르고
물결 사이에
넘실거리는
밝은 섬으로,
날아가네. 1490
그 섬에는
기쁨에 넘치는 합창 소리 들리며
풀밭 위에서는
춤추는 무리가 보인다.
그들은 모두 1495
들판에서 즐기고 있다.
산 위를
오르기도 하고
바닷물 속에서

헤엄치고 1500
둥실 뜨기도 하며
모두들 생명으로
먼 곳으로
성스럽고 은혜로운
사랑의 별이 있는 곳으로 향하네. 1505

메피스토펠레스 이제 잠들었구나. 경쾌하고 싹싹한 아이들아! 잘 해 주었다.
너희들은 열심히도 노래를 불러 주었다!
이 합창의 은혜는 잊지 않겠다.
너는 아직 악마를 잡아둘 만한 인간은 못 돼.
이 자를 꿈속으로 홀려서 1510
환상의 바다 속에 처넣어라.
그런데 이 문지방의 마력을 깨뜨리자면
쥐의 이빨이 필요하다.
쥐를 불러내는 데는 주문을 오래 욀 필요는 없지.
벌써 한 놈이 거기서 바스락거리는데 곧 내 말이 들리겠지. 1515

큰 쥐, 생쥐, 파리, 개구리, 빈대,
너희들 어르신네의 명령이다.
빨리 이리 나와
저 문지방을 갉아 버려라.
문지방을 기름으로 바르자마자—— 1520
벌써 뛰어나와 있구나!
자, 빨리 일을 시작하여라! 나를 사로잡고 있는
그 맨 앞쪽의 가장자리 말이다.
한 번만 더 갉아라. 이젠 됐다.——
그럼 파우스트, 다시 만날 때까지 꿈이나 꾸게. 1525

파우스트 (잠을 깨면서) 나는 또 속았단 말인가?
꿈속에 악마를 보고 홀렸고,
삽살개 한 마리는 도망쳤으니,
현란하게 몰려온 귀신도 이렇게 사라졌단 말인가?

서재*

파우스트, 메피스토펠레스

파우스트 누가 문을 두드리는가? 들어오시오! 또 누가 나를 괴롭히려는 것인가? 1530
메피스토펠레스 나예요.
파우스트 들어오게!
메피스토펠레스 세 번 말해 주어야 해요.
파우스트 들어오라니까 그래!
메피스토펠레스 이제 됐어요.
앞으로 가까이 지낼 수 있으면 좋겠군요.
당신의 심란한 마음을 몰아내기 위해
이렇게 귀공자 차림*으로 나섰지요. 1535
붉은 옷에다 황금색으로 단을 둘렀고
외투는 빳빳한 비단 천이고,
모자에는 닭의 깃을 달았고,
길고 뾰족한 칼도 찼지요.
간단히 말하자면, 1540
당신도 나와 똑같은 옷차림을 하기를 권합니다.
그래야만 해방이 되어, 자유로이
인생이 어떠한가를 맛보실 수 있을 테니까요.
파우스트 어떤 옷을 입어도 나는,

갑갑한 지상 생활의 괴로움을 느낄 것이다. 1545
놀며 지내기에는 너무 늙었고,
욕망 없이 살기에는 너무 젊다.
이 세상이 나에게 과연 무엇을 줄 수 있단 말인가?
부족함을 참고 살라! 없는 대로 참고 살라!
이것이 우리의 한평생, 1550
매시간마다 목쉰 소리로,
누구의 귀에나 울려오는 영원한 노래다.
나는 아침마다 놀라 눈을 뜬다.
하루가 지나는 동안 단 하나의, 오직 하나의 소원도 채워지지 않고
흘러가는 1555
날을 생각하면,
저 쓰라린 눈물을 흘리며 울고만 싶어진다.
모든 기쁨의 예감마저도
짓궂은 트집으로 산산이 부서지고,
내 가슴의 활발한 창조욕도 1560
이 세상의 온갖 언짢은 일들로 방해받는다.
또 밤이 찾아와도
불안스럽게 잠자리에 들어야 하니,
거기서도 안식을 얻지 못하고,
사나운 꿈자리에 놀라게 되는 것이다. 1565
내 가슴속에 살고 있는 신은
이 마음속을 송두리째 흔들어 댈 수 있지만,
내 모든 힘 위에 군림하고 있는 신은
밖을 향해서는 아무것도 움직이지 못한다.
그래서 이 세상을 살아가는 것이 나에게는 짐이 되고 1570
죽음이 갈망되며, 삶이 싫어졌다.

메피스토펠레스 그렇다고 죽음이 환영받을 만한 손님은 못되지요.

파우스트 아아, 승리의 영광 속에서

피로 물든 월계관을 머리에 쓰고 죽는 자는 행복하도다!
빠른 박자의 벅찬 춤을 추고 난 뒤 1575
아가씨의 팔에 안겨서 죽는 자는 행복하도다!
아아, 나도 저 숭고한 지령을 직접 보았을 때,
기쁨에 넘쳐 정신을 잃고 차라리 쓰러져 죽었으면 좋았을 것을.

메피스토펠레스 그래도 누구는 그 날 밤에
갈색의 약물을 마시지 않았더군요. 1580

파우스트 그러고보니 남을 엿보는 것이 자네의 취미인 것 같군.

메피스토펠레스 나는 전지전능하지는 않지만 알고 있는 것이 많지요.

파우스트 저 무서운 마음의 혼란 속에서도
귀에 익은 감미로운 소리에 끌려
어린 시절의 감정의 여운이 1585
옛 기쁨의 화음에 속기는 하였지만,
유혹과 요술로 이 마음을 사로잡고
눈속임과 감언이설로
이 슬픔의 동굴인 육체 속에 얽매어 두려는
모든 것을 나는 저주한다! * 1590
정신이 스스로를 싸고 드는
오만한 마음을 나는 무엇보다도 저주한다!
우리의 오관을 흔들어 대는
현상의 현혹을 저주한다!
우리를 꿈속에서 속이는 1595
명예니 후세의 영광이니 하는 거짓을 저주한다!
처자나 노예, 쟁기 같은
소유물로 되어 우리에게 알랑거리는 모든 것을 저주한다!
보물의 매력으로 모험을 하게 하고
허무한 쾌락으로 1600
부드러운 잠자리를 펴주는
황금의 신을 나는 저주한다!

포도에서 나오는 향기로운 즙을 나는 저주한다!
사랑의 최고신의 보금자리를 저주한다!
희망을 저주한다! 신앙을 저주한다! 1605
그리고 무엇보다도 인내심을 저주한다!

영들의 합창* (모습은 보이지 않는다) 슬프다! 슬프다!
그대는 아름다운 세계를
억센 주먹으로 파괴하였다.
세계는 쓰러지고 허물어졌다! 1610
신을 자처하는 인간은
이 세상을 쳐부쉈다!
우리는
그 조각을 허무 속으로 운반하며,
잃어버린 아름다움을 1615
슬퍼한다.
지상의 아들 중에서
강한 그대여,
한층 더 아름답게
이 세상을 재건하라. 1620
그대의 가슴속에 일으켜 세우라!
맑은 정신으로
새로운 인생 행로를
시작하라.
그러면 새로운 노랫소리가 1625
그대를 위해 울려오리라!

메피스토펠레스 이것들은
내 집 어린 꼬마들이지요.
주제넘게 환락과 행동을
당신에게 권하는 걸 들어 보세요! 1630

감각과 혈액 순환이 막힐 듯한
외로운 곳에서
넓은 세계로
당신을 끌어내려는 것이에요.
독수리처럼 당신의 생명을 쪼아먹는 1635
번민과의 장난은 이제 그만 두세요.
아무리 하찮은 인간과 함께 있다 하더라도
인간과 더불어 있을 때에 비로소 인간이라는 걸 느끼게 되니까요.
그러나 이렇게 말한다고 해서 당신을
천한 놈들 속에 밀어 넣으려는 것은 아니랍니다. 1640
나는 위대한 축에 들지는 않지만,
그래도 당신이 나와 함께 어울려
세상을 구경해 볼 양이라면
나는 기꺼이

라치빌 그림

당신 것이 되어 주겠어요. 1645
우선 길동무로 같이 다니다가,
내가 하는 일이 당신의 마음에 든다면
하인이나 종이라도 되어 주지요!

파우스트 그럼 그 대신 나는 자네에게 무엇을 해야 되는가?

메피스토펠레스 그것은 아직 바삐 서둘 것은 없습니다. 1650

파우스트 아니야, 안 되지! 악마는 이기주의자니까.
남에게 이로운 일을
쉽사리 해주지는 않을 거야.
조건을 확실하게 말하게.
그런 하인이란 집에 화를 불러들이는 법이거든. 1655

메피스토펠레스 그러면 이 세상에서는 내가 정성껏 당신의 시중을 들고
쉬임없이 지시하는 대로 따르지요.
대신 우리가 죽어서 저승에서 다시 만나는 날에는
당신이 나에게 꼭 같은 일을 해줘야 해요.

파우스트 지옥 같은 건 나는 그다지 염려하지 않아. 1660
자네가 이 세계를 산산이 부숴 버리더라도
그 뒤에는 곧 다른 세계가 생기겠지.
이 대지에서 나의 기쁨이 솟아 나오고
이 태양이 나의 고통을 비춰 준다.
내가 이 세상과 헤어진 다음에는 1665
그 앞의 일은 어찌되어도 나에게는 아무 상관이 없다.
저승에도 사랑과 미움이 있는지,
그 세상에도 이 세상과 같이
높고 낮음의 구별이 있는지, 그러한 것에 대해서
난 이제 듣고 싶지도 않다. 1670

메피스토펠레스 그런 생각이라면 한번 실행해 보지요.
계약을 맺읍시다. 그러면 가까운 장래에
내 요술을 구경할 수 있게 될 테니까요.

아직 어떤 인간도 보지 못한 것을 말이죠.
파우스트 초라한 악마인 자네*가 내게 무엇을 보여주겠다는 말인가? 1675
숭고한 노력을 하는 인간의 정신을
자네 따위가 이해한 적이 있단 말인가?
그러나 자네가 가지고 있는 것은 배부를 줄 모르는 음식인가?
수은처럼
끊임없이 손가락 사이에서 흩어지는 황금인가? 1680
결코 이기는 일이 없는 노름인가?
내 품에 안겨 있으면서
이웃 사내에게 추파를 던지는 아가씨 같은 것인가?
유성처럼 사라지는
명예의 아름다운 황홀감이란 말인가? 1685
따기도 전에 썩어버리는 과일이나, 날이 갈수록 신록이
우거지는 나무를 보여달라!
메피스토펠레스 그런 주문으로 나를 놀라게 할수는 없어요.
그런 정도는 대령할 수 있으니까요.
그러나 당신도 맛있는 음식이나 1690
편안히 먹고 싶을 때가 올 겁니다.
파우스트 만일 내가 안락 의자에 편안하게 드러눕게 되는 날이면,
그때에는 나도 볼장 다 본 거야!
나를 달콤한 말로 얼러,
나 스스로에게 자족의 마음을 일으켜, 1695
향락으로 나를 속일 수 있다면,
그것은 나의 마지막 날일세!
내기를 하세!
메피스토펠레스 좋지, 좋아요!
파우스트 나도 악수로 약속했네!
어느 순간을 보고
"멈추어라! 너는 정말 아름답구나!" 하고 말한다면, 1700

자네는 나를 쇠사슬로 묶어도 좋다.
그때 나는 나락으로 떨어져도 좋다!
그때는 장례식을 알리는 종소리가 울리겠지.
그렇게 되면 자네의 봉사도 필요없게 되겠지.
시계가 멈추고 바늘이 떨어질 테니, 1705
그것으로 내 일생은 끝나는 것이야!

메피스토펠레스 잘 생각해서 말하세요. 우리는 그 말을 잊지 않을 테니까요.

파우스트 그 일이라면 자네가 완전한 권리를 갖고 있는거야.
나는 함부로 무모한 짓을 한 것은 아니니까.
만약 내가 한 가지에만 집착한다면 나는 노예지. 1710
자네의 노예건 다른 누구의 노예건 그건 상관없네.

메피스토펠레스 그렇다면 오늘 당장 박사학위 취득 축하연*에서
하인이 되어 내 임무를 다하지요.
다만 한 가지! 만약에 일어날 불상사를 막기 위해서
몇 줄 좀 적어 주어야겠습니다. 1715

파우스트 무슨 증서를 받자는 건가? 옹졸하게.
사내 대장부의 한 마디가 어떻다는 것을 모른단 말인가?
내가 한 말*이 영원히
내 생애를 지배한다는 것으로 불충분하다는 말인가?
세계의 모든 흐름은 잠시도 쉬지 않는데 1720
나 혼자 약속에 얽매여 있어야 한다는 말인가?
그러나 이런 망상은
우리 마음속에 깊이 뿌리박고 있어서
가슴속에 깨끗이 믿음을 품고 있는 사람은 행복하지.
그런 사람은 어떠한 희생도 후회하지 않네! 1725
다만 글이 씌어지고 도장이 찍힌 양피지에 대해서는
모두 다 도깨비를 대하듯 겁을 내는 법이지.
말이란 붓으로 옮기기만 해도 벌써 생명을 잃어버리고,

봉랍(封蠟)이나 양피지에 지배되고 말지.
이 사악한 악마여, 자네는 내게서 무엇을 원하는가? 1730
놋쇠, 대리석, 양피지 그렇지 않으면 종이인가?
철필*로 쓸까, 끌로 새길까, 펜으로 쓸까?
나는 자네가 하라는 대로 하겠네.

메피스토펠레스 그렇게까지 당장 화를 내면서
과장하는 언사를 쓰지 않아도 될 텐데요. 1735
아무 종이 쪽지라도 좋아요.
피* 한 방울로 서명만 하면 되니까요.

파우스트 그것으로 자네가 아주 만족한다면
우습기 짝이 없는 노릇이지만 그렇게 하지.

메피스토펠레스 피라는 것은 아주 특별한 액체니까 말입니다. 1740

파우스트 내가 이 약속을 깨뜨릴 것이라고 염려하지는 말게!
내가 힘을 다해 노력하고 있는 것은
자네에게 약속하는 것과 다름이 없으니까.
나는 너무 고고한 척 자만하고 있었지.
기껏해야 자네하고 같은 지위였는데. 1745
위대한 지령은 나를 뿌리쳤고,
자연은 내 앞에서 문을 닫아 걸었네.
사색의 실마리는 끊어져,
오래 전부터 모든 지식에 대해서 구역질이 날 지경에 이르렀네.
관능의 깊은 곳에서 1750
불타는 정열을 진정시켜 주게!
침범한 일이 없는 마술의 너울 속에서나마
어서 갖가지 기적을 마련해 달라!
시간의 소용돌이 속으로,
사건의 수레바퀴 속으로 몸을 던지자! 1755
그 속에서는 고통과 향락이
성공과 불만이,

서로서로 제멋대로 교체할 것일세.
사나이만이 쉬지 않고 활동하는 것이네.

메피스토펠레스 당신에게 척도나 한계는 두지 않겠어요. 1760
어디서나 낚아채고,
도망치다가도 뭐든지 좋은 것을 집어가고,
마음에 드는 것이면 집고,
빨리 손을 대세요. 그리고 우물쭈물하지는 말고요.

파우스트 잘 들어주게. 쾌락이 문제가 아니야. 1765
나는 비틀거리는 도취에, 가장 고통스런 향락에,
사랑에 빠진 증오에, 상쾌에 따르는 불쾌에, 몸을 맡기겠네.
지식에 대한 욕망에서 해방된 이 가슴은,
앞으로는 어떤 고통도 달게 받고,
인류 전체에게 주어진 것을 1770
나 자신 안에서 맛보아 보겠네.
내 정신으로 인간의 가장 높은 것, 가장 깊은 것을 파악하며,
인류의 행복과 슬픔을 가슴에 쌓고,
이 자아를 인류의 자아에까지 확대하여,
마침내는 그 인류와 같이 나도 멸망하겠네. 1775

메피스토펠레스 수천 년 동안이나, 딱딱한 음식을
씹고 지내온 내 말을 믿으세요.
요람에서부터 관 속에 들어갈 때까지
이 오래된 빵의 효모*를 소화해 낸 사람은 아무도 없지요.
귀담아 들어봐요. 이 모든 것은 신이 아니면 소화할 수 없는 것이
지요. 1780
그는 영원한 빛 속에 있으면서,
우리들은 어둠 속에 밀어놓고,
당신들에게는 낮과 밤을 마련*해 주고 있습니다.

파우스트 그러나 나는 해보겠어!

메피스토펠레스 그거 참 듣기 좋은 말인데요! 1785

그러나 한 가지 염려되는 것은
시간은 짧고, 예술은 길다는 것입니다.
내가 좋은 것을 가르쳐 줄 테니 배우는 것이 좋겠어요.
시인과 결탁하세요.
그리하여 그로 하여금 사상의 세계를 헤매게 해서 1790
온갖 훌륭한 성질들을
당신의 명예의 관 위에 쌓도록 하세요.
사자의 용맹,
사슴의 날렵함,
이탈리아인의 끓는 피, 1795
북방인의 끈기를 말이오.
그 시인에게 부탁하여 너그러운 마음과 약삭빠른 지혜를 결부시켜
따뜻한 청춘의 정열을 가지고
계획대로 연애를 하는
비법을 얻도록 하세요. 1800
나도 그런 분을 가까이 알게 되면
소우주 선생님이라고 불러 모시고 싶군요.

파우스트 그러나 내가 있는 힘을 다하여 추구하고 있는
인류 최고의 정상 획득이 불가능하다면,
나는 대체 무엇이란 말인가? 1805

메피스토펠레스 당신은 결국 당신일 뿐이에요.
몇 백만의 고수머리로 만든 가발을 쓰더라도,
아무리 굽 높은 구두*를 신더라도,
결국 당신은 여전히 당신일 뿐이지요.

파우스트 나도 그렇게 생각하고 있어. 인간 정신의 모든 보물을 1810
내 위에 긁어모아 보았으나, 그것도 부질없는 일이었지.
결국 이렇게 앉아 보아도,
안에서 새로운 힘은 솟아 나오지 않아.
털끝만치도 키가 자라지 못했고,

무한에 한 걸음도 더 가까이 가지 못했네. 1815

메피스토펠레스 아니, 선생, 당신은 사물을
세상 사람들이 보듯이 보고 있군요.
인생의 기쁨이 사라지기 전에
좀더 영리하게 사물을 보아야지요.
물론 팔, 다리, 머리, 엉××*는 1820
당신 것이지만.
그러나 내가 새로이 누리게 되는 것이 있다고 해서
그것은 내 것이 아니란 말인가요?
만약 내가 여섯 마리 말 삯을 지불할 수 있다면,
그 말들의 힘이 내 것이 아니란 말인가요? 1825
그것들을 신나게 달리게 한다면 나는 당당히
스물 네 개의 다리를 가지고 있는 것이지요.
그러니 곧 행동에 옮기세요. 쓸데없는 생각은 그만두고,
나와 함께 곧 바로 세상속으로 뛰어듭시다.
내 말을 들어요. 사색에 잠기는 자는, 1830
악마에 홀려 푸른 목장을 놔두고,
풀 없는 벌판을
헤매는 동물과 같은 꼴이랍니다.

파우스트 그럼 우리는 어떻게 시작하지?

메피스토펠레스 곧장 떠납시다.
여기는 마치 무슨 고문장과도 같지 않아요? 1835
이런 곳에서 자기 자신과 학생들까지 싫증나게 만들면서
살아 있다고 말할 수 있을까요?
그런 것은 동료인 이웃 뚱뚱보 선생*한테나 맡기시지요!
왜 이삭도 없는 지푸라기를 두들기느라고 고생입니까?
당신이 알고 있는 최상의 진리는 1840
학생들한테는 말할 수 있는 처지가 아니잖아요!
참, 방금 복도에 학생 하나가 와 있는 것 같던데요!

파우스트 지금 만날 수는 없네.

메피스토펠레스 그 불쌍한 녀석 오래 기다리고 있었으니,
위로의 말 한마디도 없이 그냥 보낼 수는 없지요. 1845
자, 그 윗도리와 모자를 좀 빌려 주세요.
이 변장은 나한테도 잘 어울리는데요.
(메피스토펠레스, 옷을 갈아입는다.)
그럼 뒷일은 내 재치에 맡기세요.
십오 분이면 충분할 걸요.
그동안에 당신은 즐거운 여행 준비나 하시지요. 1850

(파우스트 퇴장.)

메피스토펠레스 (파우스트의 긴 옷을 입고)
앞으로는 이성이니 학문이니 하는
인간 최고의 힘을 멸시하고
요술과 마법으로
너의 거짓 정신을 북돋우어라.
그렇게 되면 너는 어쩔 수 없이 내 것이다. —— 1855
아무런 속박도 받지 않고, 마구 앞으로 나아가려고 하는
정신을 운명적으로 타고났기 때문에,
성급하게 노력하는 동안에
지상의 쾌락을 모르고 지내왔다.
지금부터는 내가 그를 거친 생활 속에, 1860
평범한 속세 속으로 끌고 다니리라.
손발은 허우적거리며 굳어지고 달라붙게 하고,
만족을 못 느끼는 탐욕의 입술 앞에
진수성찬에 맛좋은 술을 어른거리게 해 주리라.
그는 견딜 수 없는 갈증을 채워 달라고 헛되이 애걸하겠지. 1865
그렇게 되면 악마에게 몸을 맡기지 않더라도

파멸하지 않을 수 없을 테지!

(한 학생 등장.)

학생 저는 바로 얼마 전에 이곳으로 왔습니다만
누구나 경의를 표하는
교수님을 한 번 뵙고 말씀을 듣고자
삼가 찾아왔습니다. 1870

메피스토펠레스 정중한 인사를 해주니 매우 고맙네!
나도 다른 사람들처럼 평범한 인간이네.
벌써 이 근처를 둘러보았는가?

학생 부디 교수님께서 잘 보살펴 주십시오! 1875
저는 대단한 용기를 갖고 찾아왔습니다.
학비도 넉넉하고, 혈기도 왕성합니다.
어머니께선 저를 떠나 보내려 하지 않으셨지만,
이런 객지에서 뭔가 올바른 것을 공부하고 싶었습니다.

메피스토펠레스 그렇다면 바로 제대로 찾아 왔네. 1880

학생 솔직히 말씀드린다면 어쩐지 다시 돌아가고 싶습니다.
이 돌담과 넓은 강당을 보니
도무지 마음에 들지 않습니다.
어쩐지 마음이 압박받는 것 같고,
푸른 초목도 보이지 않습니다. 1885
강당에 나가 자리에 앉으면
아무것도 안 들리고, 안 보이고, 머릿속까지도 멍해집니다.

메피스토펠레스 그것은 그저 습관에 달려 있다고 하겠네.
갓 낳은 아이에게 어머니의 젖을 물리면
처음에는 곧 덤벼들지 않는 법이지. 1890
그러나 얼마 안 가서 맛있게 젖을 빨게 된다네.
그와 마찬가지로 자네도 날이 갈수록

들라클루아 그림

지식의 젖가슴을 좋아하게 될 걸세.

학생 저도 학문의 품에 안기고 싶은 마음이 간절합니다.

어떻게 하면 거기에 도달할 수 있을지 가르쳐 주십시오. 1895

메피스토펠레스 다른 이야기를 하기 전에,

어떤 과를 택할 것인지 말해 보게나.

학생 저는 정말이지 학자가 되고 싶습니다.
지상의 일과
천상의 것을 다 배우고, 1900
학문과 자연에 통달하고자 합니다.
메피스토펠레스 그건 옳은 생각이네.
그러나 한눈을 팔아서는 안 되지.
학생 그 점에 있어서는 몸과 마음을 다 바쳐서 하겠습니다.
그러나 즐거운 여름 방학 같은 때는 1905
조금은 자유를 얻어, 즐거운 시간이라도
가졌으면 좋겠습니다.
메피스토펠레스 세월은 빨리 지나가는 것이니, 시간을 잘 이용해야
하네.
그러나 규칙적으로 움직이면 시간이 절약되지.
그러니 내 충고가 듣고 싶다면 1910
먼저 논리학*을 듣게나.
그러면 자네의 정신이 훈련되어,
마치 스페인의 장화*를 신으면 잘 죄어들 듯,
사상의 길을 더듬어 가는 데도
조심스럽게 천천히 걷게 될 걸세. 1915
도깨비불이 이리저리 가듯,
가로세로로 뛰어다니지 않게 되지.
그 다음에 배워야 할 것은,
예를 들면 자유로이 마시고 먹고 하듯이
지금까지는 단숨에 해치우던 것을, 1920
하나, 둘, 셋*식으로 순서를 정해 하는 것이 필요하네.
사상의 공장도
훌륭한 직조 기계의 작업 솜씨와 다를 것이 없어.
한번 밟으면 수천의 실이 움직여,
베틀의 북이 왔다 갔다 하고, 1925

실은 눈에 안 보일 정도로 빨리 흘러,
한 번 움직이면 수천의 올이 생기는 법이네.
철학자가 앞으로 나와서,
이것은 이래야 한다, 라고 증명해 주지.
첫째는 이렇고, 둘째는 이러니, 1930
셋째는 이렇고, 넷째는 이렇다.
만약 첫째와 둘째가 없다고 하면,
셋째와 넷째는 결코 있을 수 없다고.
이런 논법을 학생들은 어디서나 좋아하지.
그러나 아무도 뛰어난 방직공, 즉 철학자가 된 자는 없네. 1935
누구나 산 것을 인식하고 서술하려고 할 때면
으레 정신을 몰아내려고 하지.
그래서 부분적인 것은 손안에 쥐고 있지만,
유감스럽게도 정신적 맥락이 통해 있지 않아.
화학에선 그걸 자연 조작법이라고 부르는데, 1940
이것은 자기 자신을 비웃는 말이고,
그 이치를 모르는 것이네.

학생 하시는 말씀 전부가 도무지 이해가 가지 않습니다.

메피스토펠레스 그건 자네가 모든 것을 환원해서
각기 알맞게 분류하여 생각하게 되면,
차차 더 잘 알게 될 걸세. 1945

학생 마치 물레방아가 머릿속을 돌고 있는 듯이
모든 이야기에 정신이 멍해집니다.

메피스토펠레스 그리고 그 다음에는 무엇보다도
형이상학*을 공부해야 하네!
그러면 사람의 머리로 해결할 수 없는 것을 1950
깊게 파악하게 된다네.
머릿속에 맞는 것에나 안 맞는 것에나,
훌륭한 술어가 마련되어 있어서 편리하지.

그런데 처음 반 년 동안은
청강 순서를 잘 세워야 하네. 1955
매일 다섯 시간의 강의가 있는데,
종이 울리면 곧 교실에 들어가 있어야 하네!
미리 예습을 잘해 두어서,
책의 각 구절*을 머릿속에 넣도록 하게.
그러면 선생은 결국 책에 있는 것 이외에는 1960
아무것도 말하지 않는다는 것을 뒤에 잘 알게 될 걸세.
그러나 필기는 열심히 해야 하네.
마치 성령이 자네에게 받아쓰게 하는 것이라고 생각하게.

학생 그것은 두 번 말씀 안하셔도 됩니다!
필기가 얼마나 중요한가는 잘 알고 있습니다. 1965
무엇이든 백지 위에 검게 적어 둔 것은
안심하고 집으로 가지고 갈 수 있으니까요.

메피스토펠레스 그런데 무슨 과를 택할 건지 말해 보게나!

학생 법학은 택하고 싶지 않습니다.

메피스토펠레스 나도 그 학문이 어떤 것인지 알고 있으니 1970
자네 마음이 내키지 않는 것도 무리라고 생각지는 않네.
법률이니 제도니 하는 것은
영원한 질병처럼 유전되는 것이지.
대대손손 끌려가며
나라에서 나라로 서서히 옮겨가지. 1975
그동안에 도리가 비리가 되고, 선이 악이 되는 법이지.
말세에 태어난 자네가 안됐어!
그런데 우리가 태어날 때부터의 권리는
유감스럽게도 문제가 되지 않는다네.

학생 그 말씀을 들으니 점점 더 싫어집니다. 1980
교수님의 지도를 받는 사람은 참으로 행복하겠습니다!
그렇다면 신학을 공부하고 싶습니다.

메피스토펠레스 글쎄, 자네를 잘못된 길로 인도하고 싶지는 않네.
이 학문으로 말하면——
옳지 않은 길을 피하기가 퍽 어렵네. 1985
그 학문 안에는 숨어 있는 독소*가 너무 많아서,
약(藥)이 되는 것과 구별하기가 거의 불가능하지.
가장 좋은 방법은, 오직 한 사람의 강의만 듣고,
그 교수의 말을 지켜나가는 것이네.
대체로——말을 존중하는 게 좋지! 1990
그러면 안전한 문을 지나
확신의 전당으로 들어갈 수 있네.
학생 그러나 말에는 어떤 개념이 있어야 하지 않습니까.
메피스토펠레스 그야 그렇지! 그러나 너무 불안하게 생각하지 않는 게 좋을 걸세.
왜냐하면 개념이 없는 바로 그 자리에 1995
말이 알맞게 나타나기 때문이지.
말을 가지고 훌륭히 토론할 수 있고,
말을 가지고 학문의 체계도 세울 수 있네.
말을 가지고 신앙의 길을 걸어갈 수도 있어.
말에선 아주 사소한 것까지도 빼놓을 수가 없다네. 2000
학생 여러 가지 질문으로 시간을 빼앗아 죄송합니다만,
몇 마디 더 묻겠습니다.
의학에 대해서도
유익한 말씀을 해주실 수 없을까요?
3년이란 짧은 시간인데 2005
학문 분야는 너무 넓습니다.
교수님께서 암시만 해주시면,
그것으로 앞으로 넉넉히 더듬어 나갈 수 있겠습니다.
메피스토펠레스 (혼잣말) 이제 무미건조한 말투에는 싫증이 났다.
다시 악마로* 돌아가야겠다. 2010

(소리 높게) 의학 정신이란 이해하기 쉽네.
자네는 자연계와 인간계를 두루 연구하고,
결국에는 신의 뜻대로,
놔두는 수밖에 없네.
자네가 아무리 학문을 배우려고 이리저리 헤매어 봐도 헛수고일세. 2015
배울 수 있는 것밖엔 못 배우는 법이니까.
그러나 기회를 잘 포착하는 것이
옳은 사나이가 할 일일세.
자네는 보기에 체격도 좋고,
담력도 있을 것 같은데. 2020
자네 자신에게 자신만 가진다면
다른 사람들도 저절로 자네를 믿게 되네.
무엇보다 여자를 다루는 방법을 배워야 하네.
여자란 여기가 아프다느니 저기가 아프다느니
불평이 그칠 새가 없지. 2025
그런 것은 오직 한 군데*로 고쳐질 수 있단 말일세.
자네가 성실하게 해나가기만 하면
여자들은 모두 수중에 넣을 수 있지.
무엇보다도 박사 학위를 따 가지고 세상의 어느 의술보다
자네의 의술이 더 낫다는 것을 믿게 해야 하네. 2030
남들은 몇 년 걸려야 만질 수 있는 일곱 군데를
첫인사로 만져 주게.
맥 짚는 것도 잘 알아서 해야 하네.
그리고 뜨겁고 교활한 눈짓으로
날씬한 허리가 얼마나 단단히 졸라 매여져 있는가를 2035
더듬어 봐야 할 것일세.

학생 그 말씀을 들으니 어디를 어떻게 해야 하는가를 알 수 있어서 좋습니다!

메피스토펠레스 여보게, 모든 이론은 회색 빛깔이고,

생명의 황금나무는 푸른빛을 띠고 있다네.

학생 솔직히 말씀드린다면 저는 마치 꿈을 꾸고 있는 것만 같습니다. 2040

새로이 선생님의 학문의 가장 깊은 곳을 들으러

다시 한 번 찾아뵈어도 좋겠습니까?

메피스토펠레스 내가 할 수 있는 일이면, 기꺼이 해주겠네.

학생 그냥 갈 수는 없습니다.

여기 제 기념첩*에 선생님의 친필을 받아야겠습니다. 2045

교수님께서 들려주신 유익한 말씀의 표시를 적어 주십시오.

메피스토펠레스 어려운 일이 아닐세. (적어서 돌려준다)

학생 (읽는다)

"너희들 신(神)과 같이 되어* 선악(善惡)을 알기에 이르리라."

(학생은 공손히 수첩을 접고 물러간다.)

메피스토펠레스 이 옛 격언과 내 아주머니인 뱀이 시키는대로 하여라!

언젠가 너도 신을 닮게 되는 것을 두려워하게 되리라! 2050

(파우스트 등장.)

파우스트 어디로 갈 것인가?

메피스토펠레스 어디든지 당신 마음에 드는 데로지요.

먼저 작은 세상*을 보고 그 다음에 큰 세상*을 보기로 합시다.

이런 과정을 공짜로 즐길 수 있다는 것은 얼마나 재미있고 유익한 것인가요!

파우스트 그러나 이렇게 수염이 길어서야 2055

경쾌한 생활을 할 수가 있겠나.

해보아도 잘 되지 않을 걸세.

나는 세상과 어울릴 줄 모르는 사람이네.

남의 앞에 나서면 자신이 몹시 작아지는 것이 느껴져

언제나 당황할 뿐이야. 2060

메피스토펠레스 선생님, 그런 건 다 잘될 겁니다.

자신만 가지면 잘 지낼 수 있는 방법도 알게 되지요.

파우스트 그런데 이 집에서 어떻게 나가지?

말, 하인, 마차는 어디 있나?

메피스토펠레스 이 외투를 펴기만 하면 됩니다. 2065

그걸 타면 하늘을 날 수 있지요.

이런 대담한 모험에는

큰 짐은 필요없습니다.

내가 약간의 불타는 가스*를 만들기만 하면,

그것이 우리를 훌쩍 지상에서 뜨게 해줄 겁니다. 2070

그리고 우리가 가벼울수록 곧장 오르게 되지요.

그럼 당신의 새로운 인생 항로를 축하합니다.

라이프치히의 아우에르바하 지하 술집*

즐거운 패들의 술자리.

프로쉬* 너희들은 술도 안 마시고 웃지도 않나?

찌푸린 상통을 보여줄까!

오늘은 어째 축축하게 젖은 지푸라기 같구나. 2075

전에는 언제나 불처럼 활활 타오르던 놈들이.

브란더* 그것은 너 때문이야. 네가 가만히 앉아 바보짓도 장난도 하지 않으니까 그렇지.

프로쉬 (브란더의 머리 위에 술잔을 붓는다) 자, 두 가지 다 받아라.

브란더 돼지 같은 자식!

프로쉬 네가 원한 게 아니냐, 응당 받아야지. 2080

지이벨* 싸움질 하는 놈은 밖으로 나가라!
가슴을 펼치고 룬다*를 부르자. 술을 마시며 소리 지르자!
자, 훌라 호!
알트마이어* 아이구 못 참겠다. 죽을 지경이구나!
솜 좀 갖다 다오! 귀청이 터지겠다.
지이벨 천장이 울릴 지경이라야 2085
비로소 베이스의 근본 위력을 알게 되지.
프로쉬 인제 됐어. 불평이 있는 놈은 밖으로 나가라! 아! 타라 랄라 라!
알트마이어 아, 타라 랄라 라!
포로쉬 목청이 들어맞는구나.
(노래한다)
사랑하는 신성로마제국*이여, 2090
그대는 어떻게 아직도 지탱하고 있는가?
브란더 듣기 싫은 노래다! 나빠. 정치적인 노래야!
꼴불견 같은 노래다! 신성로마제국 하곤 아무 관계가 없다는 걸
신에게 아침마다 감사해야 하네!
나는 황제도 아니고 재상도 아니라는 걸 2095
천만다행으로 생각하고 있어.
그러나 우리도 좌상이 없어선 안 되니까,
자 교황*을 뽑기로 하자.
그를 추대하는 데에 어떤 자격이 결정적인지는
너희들 잘 알고 있겠지. 2100
프로쉬 (노래한다) 꾀꼬리 부인 날아가거라.
내 애인에게 천만 번 안부 전해 다오.
지이벨 애인에게 안부라니, 집어치워라! 그 따위 소리는 듣고 싶지 않다!
프로쉬 애인에게 인사와 키스를 전해 다오! 방해하지 말아 줘!

(노래한다) 빗장을 열어라! 고요한 밤에 2105
빗장을 열어라! 임은 깨어 있으니.
빗장을 닫아라! 이른 새벽에.

지이벨 그래, 얼마든지 노래해라. 그 계집을 찬양하여라! *
얼마 안 가서 내가 웃어줄 때가 올 것이다.
내가 속았듯이 너도 속아 넘어 갈 때가 올 것이다. 2110
그 계집의 서방으로는 도깨비가 알맞을 거야!
그 놈은 그 계집하고 네거리*에서 놀아날 수 있으니까
브로켄 산에서 돌아오는 늙은 숫염소*가
뛰어가면서 그 계집에게 안녕 하고 인사하면 꼭 맞지!
진짜 피와 살을 가진 훌륭한 사나이는 2115
그 계집의 상대자로는 아깝다.
그런 계집한테 인사가 다 뭔가.
차라리 창문에 돌이라도 던져 주지.

브란더 (책상을 두드린다) 이봐, 내 말을 들어!
자네들한테 솔직히 말하지만 나는 세상맛을 다 안 사람이야. 2120
여기 여자한테 반한 친구들이 있으니,
그 친구들에게 오늘밤 흥을 돋우기 위해
적당한 대접을 해야겠네.
자, 들어봐! 최신식 노래야!
후렴을 힘차게 같이 불러 주게! 2125
(노래한다) 지하실 구멍에 쥐가 한 마리,
기름과 버터만을 먹고 살아서
배가 불룩하게 불렀더라네.
마치 루터* 박사처럼.
식모 아주머니가 그놈한테 독약을 먹이니 2130
갑자기 온 세상이 답답해졌네.
가슴에 사랑을 품고 애태우듯.

합창 (신이 나서)가슴에 사랑을 품고 애태우듯.

브란더 주위를 뛰어다니다 쫓아와
웅덩이로 가서 물을 마시고 2135
온 집 안을 갉아대고 할퀴고
몸부림을 쳐봤지만 소용이 없었네.
고통에 못 이겨 뛰어도 봤지만
그 불쌍한 놈 잠잠해졌다네.
가슴에 사랑을 품고 애태우듯. 2140

합창 (신이 나서) 가슴에 사랑을 품고 애태우듯.

브란더 환한 대낮에 고통으로
부엌까지 뛰어들어,
아궁이에 쓰러져 허우적거리다 늘어져
애처로이 가삐 숨쉬었다네. 2145
독을 먹인 식모 아줌마가 웃어대며
"하하, 이놈이 마지막 피리를 분다.
가슴에 사랑을 품고 애태우듯."

합창 가슴에 사랑을 품고 애태우듯.

지이벨 저 속물들이 좋아하는 꼴 좀 보라지! 2150
불쌍한 쥐새끼에게 독을 먹이는 것이
좋은 재주인 양!

브란더 자네 쥐를 동정하는구나.

알트마이어 대머리 뚱뚱이 녀석!
계집 운이 나빠지더니 마음이 온순해졌어. 2155
퉁퉁 부어오른 쥐꼴을 보더니
자기꼴과 똑같다고 생각하나봐.

(파우스트, 메피스토펠레스 등장.)

메피스토펠레스 무엇보다 먼저
즐겁게 노는 패들한테로 데리고 가야겠어요.
이걸 보면 세상을 얼마나 편히 살 수 있는지 알 수 있지요. 2160

이들에게는 매일이 명절이지요
얼마 안 되는 기지로, 크게 만족하고,
꼬리를 물고 돌아가는 고양이 새끼처럼,
제각기 뱅뱅 돌면서 춤을 추고 있지요.
숙취로 머리를 앓지도 않고 2165
술집 주인이 외상으로 마시게만 해주면
걱정 없이 만족하고 살아가지요.

브란더 저자들은 여행길에서 돌아오는 길이군.
이상한 옷차림으로 알 수 있어.
여기 온 지 한 시간도 안 될 걸. 2170

프로쉬 그렇다. 자네 말이 맞아! 나는 라이프찌히를 찬미한다.
이곳은 작은 파리*라고 부를 만해. 여기 있으면 세련되기 마련이야.

지이벨 너 저 낯선 자들을 어떤 자로 보니?

프로쉬 내게 맡겨 두어! 한잔 톡톡히 먹여서 아이들의 이빨을 뽑듯이,
저자들의 정체를 알아낼 테니 보고 있어. 2175
거만하니 불만스러워하는 품이
아마 귀족 출신이겠지.

브란더 내기를 하자! 협잡꾼들임에 틀림없어.

알트마이어 그럴지도 몰라.

프로쉬 두고 보게, 내가 가서 놀려 줄 테니까! 2180

메피스토펠레스 (파우스트에게) 이 패들은 악마라는 것을 전혀 모르지요. 목덜미를 잡히는 일이 있어도 모르지요.

파우스트 안녕하시오, 여러분!

지이벨 고맙소, 안녕하시오.

(메피스토펠레스를 옆에서 보며, 작은 소리로)

저자는 한쪽 다리를 저는구나*?

메피스토펠레스 자리를 같이해도 괜찮을까요? 2185
좋은 술은 없는 것 같으니까.
그대신 함께 재미나게 놀아봅시다.

알트마이어 당신들은 입이 아주 고급인가 보지요.

프로쉬 당신들은 아마 리파하 마을*을 늦게 떠나셨지요?
거기서 한스 군하고* 저녁을 같이했던가요? 2190

메피스토펠레스 오늘은 그를 만나지 않고 지나왔소이다!
요전번에 우리들이 만났을 때엔
당신들 이야기를 많이 합디다.
자기 사촌이라고 하면서 여러분에게 안부를 전합디다.

(프로쉬를 보고 고개를 끄덕한다.)

알트마이어 (낮은 소리로) 넌 졌어! 저쪽이 한 수 위야!

지이벨 방심 못할 놈이야! 2195

프로쉬 가만 있어. 내가 혼구멍을 내주지!

메피스토펠레스 내가 잘못 듣지 않았다면
연습을 쌓은 목소리로 합창을 하시는 것 같던데요?
여기서 노래하면
저 둥근 천장에 틀림없이 잘 울릴 것이오. 2200

프로쉬 당신들은 음악가들인가요?

메피스토펠레스 천만에요. 재주는 없지만 취미는 풍부하지요.

알트마이어 노래 하나 불러주시지요!

메피스토펠레스 원하신다면 얼마든지요.

지이벨 최신 노래여야 해요! 2205

메피스토펠레스 우리는 방금 스페인에서 돌아오는 길이오.
그곳은 술과 노래의 나라니까요.
(노래한다) 옛날에 왕 한 분이
큰 벼룩*을 갖고 있었다.

프로쉬 들었냐! 벼룩이란다! 알아들었냐?
벼룩이란 깨끗한 손님이야. 2210

메피스토펠레스 (노래한다) 옛날에 왕이 한 분 계셨는데,
큰 벼룩을 갖고 있었대요.
자기 자신의 아들 못지않게

귀여워했더래요.
어느 날 재단사를 불렀더니 2215
재단사가 뛰어왔다네.
자, 도련님 옷을 지어라
바지의 치수도 재라.

브란더 재단사 놈에게 분부하게나
치수가 정확해야 하며 2220
목숨이 아깝거든
바지에 주름이 나도 안 된다고!

메피스토펠레스 비로드에다 비단으로 만든 옷
도련님 옷 잘 차려 입었네.
옷엔 리본이 달리고 2225
십자훈장까지 달았대요.
당장에 장관으로 임명이 되고
커다란 훈장도 하나 받았더래요.
그러자 가까운 형제 자매들도 궁중에 들어
높은 자리를 차지했다네. 2230

궁중의 고관과 귀부인들은
안에 들자마자 뜯겨 다녔다.
왕비를 비롯하여 시녀들도
온 몸이 찔리고 물렸대요.
그러나 벼룩을 눌러서 터뜨려도 안 되고 2235
가렵다고 물리칠 수도 없었대요.
우리 같으면 물기만 하면
곧 눌러서 죽여 버리지.

합창 (신이 나서) 우리 같으면 물기만 하면
곧 눌러서 죽여 버리지. 2240

프로쉬 좋아! 좋아! 참 멋진데!
지이벨 벼룩 같은 건 그렇게 해치워야 해!
브란더 손가락을 잘 펴서 실수 없이 집어 내야 해!
알트마이어 자유 만세! 술 만세다!
메피스토펠레스 나도 그 자유의 영광을 위하여 한잔하고 싶은데, 2245
술이 좀 더 좋았으면* 하는데.
지이벨 그런 소리는 다시 듣고 싶지 않소!
메피스토펠레스 이 술집 주인이 뭐라고 하지 않는다면 귀한 여러분께
우리 지하 창고에 있는 제일 좋은 것으로 대접하고 싶소. 2250
지이벨 걱정 말고 가져와요! 잔소리는 내가 듣지요.
프로쉬 좋은 술 한잔 내놓으면 칭찬해 드리지요.
이왕이면 적게 술맛만 보여서는 안 되오.
나에게 술맛을 감정하게 하려면
입안에 가득 차게 해주어야 해요. 2255
알프마이어 (작은 소리로) 내가 보기엔 라인 지방에서 온 자들* 같은데.
메피스토펠레스 송곳을 갖다 주시오.
브란더 송곳은 무엇에 쓰려고요? 설마 문 밖에 술통이 와 있는 건 아니겠지요?
알트마이어 이 술집 주인의 연장 상자는 저 뒤에 놓여 있어요.
메피스토펠레스 (송곳을 손에 들고 프로쉬에게) 당신이 마시고 싶은
술은 무엇인지 말해 보시오. 2260
프로쉬 그건 물어 어쩌려고요? 여러 가지가 있소?
메피스토펠레스 누구에게나 좋아하는 술을 드립니다.
알프마이어 (프로쉬에게) 아하, 너는 벌써 입맛부터 다시는구나.
프로쉬 좋소! 선택할 수 있다면, 라인 포도주로 하겠소. 역시 국산이 최고지요. 2265
메피스토펠레스 (프로쉬가 앉아 있는 식탁 가장자리에 송곳으로 구멍을 뚫으며) 곧 마개를 해야 하니 초를 좀 가져오시오!

알프마이어 아하, 이건 요술이구나.

메피스토펠레스 (브란더에게) 당신이 원하는 것은?

브란더 나는 샴페인, 거품이 잘 이는 걸로요.

(메피스토펠레스, 송곳으로 구멍을 뚫는다.
그동안에 한 사람이 초로 마개를 만들어 틀어막는다.)

들라클루아 그림

브란더 외국산이라고 항상 싫다고 할 수는 없어. 2270
때론 우수한 것이 먼 나라에 있기도 하니 말이야.
진정한 독일 사람이라면 프랑스 놈들을 좋아하지는 않지만
프랑스 산 포도주 같으면 즐겨서 마시지.
지이벨 (메피스토펠레스가 자기가 앉아 있는 자리에 다가서자) 솔직히 말해서 난 신 것은 싫소.
진짜 단 것으로 한잔 주시오. 2275
메피스토펠레스 (구멍을 뚫는다) 그럼 당신에게는 토카이 술*을 드리지요.
알트마이어 여보, 나를 똑바로 보시오!
당신들은 우리를 놀리자는 것이지요, 나는 알고 있소.
메피스토펠레스 천만에요! 당신들 같은 점잖은 손님들에게
그런 짓을 한다는 것은 좀 지나친 것이지요. 2280
빨리! 서슴지 말고 말하시오!
어떤 술을 드릴까요?
알트마이어 어떤 술이든 좋소! 귀찮게 묻지 마시오.

(구멍을 다 뚫고 마개를 한 다음,)

메피스토펠레스 (이상한 몸짓으로) 포도송이는 포도 덩굴에 열리고,
뿔이 나는 것은 숫염소 2285
포도주는 액체이고 포도덩굴은 나무
나무 탁자에서도 포도주는 솟는다.
자연의 속을 깊이 들여다보는 눈!
이것이 기적이니 믿으시라!
자, 여러분 마개를 빼고 맛보시오! 2290
일동 (마개를 뽑자 각자의 잔에 원하는 술이 들어온다)
야아, 이건 아름다운 샘이 솟는구나!
메피스토펠레스 엎지르지 않도록 주의하시오!

(모두 연거푸 마신다.)

일동 (노래한다) 정말이지 기분 좋구나.
5백 마리 꿀돼지들처럼.

메피스토펠레스 이 사람들은 얼마나 자유로운가. 봐요, 얼마나 즐거워합니까! 2295

파우스트 나는 이제 떠나고 싶어.

메피스토펠레스 아니, 지금부터 주의해 보시오.
야수 같은 기질이 이제 희한하게 나타날 테니까요.

지이벨 (어설프게 마시다가 술을 엎지르니 불꽃이 된다)
사람 살려! 불이다! 사람 살려! 지옥이 불탄다!

메피스토펠레스 (불꽃을 보고 주문을 왼다) 가라앉아라, 사랑하는 원소여! 2300

(일동을 향해.)

이번에는 한 방울의 연옥 불로 끝났습니다.

지이벨 이게 뭐야? 거기 있어! 두고 보자!
우리를 뭘로 아는 거야.

프로쉬 한 번만 더 그런 짓을 해봐라!

알트마이어 저놈을 조용히 쫓아 버리는 게 좋겠다. 2305

지이벨 이봐, 뭐야? 당돌하게
여기서 요술을 하겠다는 거냐?

메피스토펠레스 조용히 해. 술통 같은 뚱뚱보 녀석!

지이벨 이 빗자루 같은 녀석!

브란더 거기 있어. 주먹이 빗발칠 테니까! 2310

알트마이어 (식탁에서 한 개의 마개를 뽑으니, 불꽃이 확 올라온다)
나는 불에 뎄다! 불에 뎄다!

지이벨 마술이다!
저놈 죽여라! 때려눕히자. 저놈은 무법자다!

(모두 칼을 빼들고 메피스토펠레스에게 덤벼든다.)

메피스토펠레스 (엄숙한 태도로) 거짓 형상과 말,

의미와 장소를 바꾸어라!
여기도 좋고 저기도 좋다. 2315

(모두 놀라 일어나 서로 쳐다본다.)

알트마이어 여기는 어디냐? 얼마나 아름다운 곳이냐!

프로쉬 포도밭이다! 정말인가?

지이벨 그리고 포도송이가 손에 잡힌다!

브란더 이 푸른 정자 밑에,
보아라, 이렇게 무성한 포도 덩굴! 탐스런 포도송이를!

(그는 지이벨의 코를 쥔다.
다른 사람들도 서로서로 코를 쥐고, 칼을 든다.)

메피스토펠레스 (전과 같은 태도로) 거짓이여, 눈을 덮은 헝겊을 걷어 치워라! 2320
그리고 악마의 장난이 어떠한가를 알아차려라.

(파우스트와 함께 사라진다. 모두 서로 손을 놓는다.)

지이벨 어찌 된 일이지?

알트마이어 무슨 일이야?

프로쉬 그게 네 코였구나.

브란더 (지이벨에게) 나는 네 코를 쥐고 있었어!

알트마이어 벼락 맞은 것처럼 온 몸이 찌르르 통했어!
의자를 갖다 줘. 쓰러질 것만 같다! 2325

프로쉬 아니, 도대체 무슨 일이 일어났단 말이냐?

지이벨 그놈은 어디 갔지? 다음에 보기만 하면
그대로 살려 보내지는 않을 테다!

알트마이어 그놈이 술통을 타고* 이 지하실 문을 나가는 것을——
나는 이 눈으로 똑똑히 보았어—— 2330
다리가 납덩어리처럼 무겁다.

(식탁 쪽으로 향한다.)

아아, 술이 아직 나오지 않을까?

지이벨 다 거짓이었어, 눈속임이었어.

프로쉬 나는 정말 술을 먹은 것만 같았어.
브란더 그러나 그 포도송이는 어찌 되었을까? 2335
알트마이어 이래도 기적을 믿어서는 안 된다는 말인가!

마녀의 부엌*

나직한 화롯불 위에 큰 냄비가 걸려 있다.
그 냄비에서 피어오르는 김 속에 여러 가지 형상이 나타난다.
꼬리 긴 암원숭이가 냄비 옆에 앉아 거품을 걷어내며
냄비 속이 넘치지 않도록 젓고 있다. 수놈과 새끼들은
그 옆에 바짝 붙어앉아 불을 쬐고 있다. 벽과 천장은
마녀가 사용하는 이상한 도구들로 장식되어 있다.

파우스트, 메피스토펠레스

파우스트 이런 미친 마술*은 내 성미에 맞지 않아.
이 어수선하고 산란한 혼돈 속에서
내 마음이 가라앉으리라고 자네는 장담하는 것인가?
나보고 노파의 말을 들으라는 말인가? 2340
이 추잡스런 요리로
내가 먹은 나이를 삼십 년이나 더 젊게 해줄 수 있다는 말인가?
자네가 이보다 더 나은 방법을 모른다니 슬픈 일이다.
내 희망은 벌써 사라져 버렸다.
자연이나 현자들이 지금까지 2345
아무런 영약도 발견하지 못했다는 말인가?
메피스토펠레스 당신은 또 불평을 늘어놓기 시작하는군요!
당신을 젊게 하는 데는 자연 요법*도 있어요.
그러나 그것은 전혀 딴 책*에 적혀 있는 것으로,

그 내용이 기묘하지요. 2350

파우스트 나는 그것을 알고 싶다.

메피스토펠레스 좋아요. 그것은 돈도, 의사도, 마술도 없이, 얻을 수 있는 것이요.

당장에 들로 나가서,

땅을 갈고 헤쳐보시지요.

그리고 아주 제한된 범위 내에 2355

당신과 당신의 정신을 가두고

소찬을 들고

가축과 더불어 가축처럼 살며, 당신이 거두는 밭을,

당신 스스로 거름을 주는 걸 부당하다고 여기지는 마시오.

그것이 무엇보다 좋은 방법이니, 2360

당신이 팔십이 되어도 젊을 수가 있지요.

파우스트 그것은 내 몸에 배지 않은 것이고

손에 괭이를 들 마음도 나지 않는다.

답답한 생활은 나한테 맞지 않아.

메피스토펠레스 그러면 역시 마녀의 신세를 져야지요. 2365

파우스트 그러나 왜 하필 노파란 말인가!

자네가 그 약을 스스로 조제할 수는 없는가?

메피스토펠레스 그건 이만저만 시간을 빼앗기는 일이 아니외다!

그럴 틈이 있으면 마술의 다리*를 천 개라도 놓을 걸요.

저런 약은 기술과 학문만으로 되는 게 아니지요. 2370

그 일에는 인내가 필요해요.

찬찬한 성질이 오랜 세월을 두고 애를 써,

시간만이 약의 발효를 강하게 하는 것이지요.

게다가 이 약을 만드는 데 필요한 것은

이상한 것들 뿐이니까요! 2375

하기는 그것도 악마가 마녀에게 가르친 것이지만,

악마 자신이 이것을 만들 수는 없어요.

(짐승들을 보며) 봐요, 얼마나 예쁘게들 생겼어요!
저것이 하녀고, 이것이 하인이요!
(짐승들에게) 마나님은 집에 없나 보지? 2380

짐승들 굴뚝으로
집을 빠져나가
잔칫집에 갔어요!

메피스토펠레스 보통 얼마 동안이나 쏘다니다 오는 건가?

짐승들 우리가 앞발을 쬐고 있는 동안이지요. 2385

메피스토펠레스 (파우스트에게) 저 귀여운 것들이 어때요?

파우스트 내가 본 중에서 가장 시시한 것들이야!

메피스토펠레스 아니, 이것들하고 이야기 하는 게
나에게는 제일 재미있는데!
(짐승들에게) 이 빌어먹을 꼭두각시 같은 놈들아, 말해 보아라. 2390
너희들이 휘젓고 있는 그 죽은 대체 무엇이냐?

짐승들 이것은 거지들에게 주는 멀건 죽입니다.

메피스토펠레스 그럼 손님이 많구나.

수원숭이 (다가와서 메피스토펠레스에게 아양을 부린다)
자, 어서 주사위를 던져
부자가 되게 해주세요.
돈을 벌게 해주세요!
가엾은 신세랍니다.
저도 돈만 있으면
사리를 분별할 수 있게 되지요. 2395

메피스토펠레스 알고 있다. 원숭이라도 복권에 돈을 걸 수 있다면 2400
행복하겠다는 말이구나.

(그 틈에 작은 원숭이들이 큰 공을 가지고 놀다가
그 공을 앞으로 굴리며 나온다.)

수원숭이 이것이 세상이다.
올라갔다 내려가며
쉴새없이 돈다.
유리같이 울리니 2405
깨지기도 잘한다!
그 속은 텅 비어 있다.
이쪽이 번쩍이면
저쪽은 더 환히 빛난다.
나는 살아 있다! 2410
귀여운 나의 아들아,
멀리 떨어지거라!
너는 죽어야 해!
이 공은 진흙으로 구운 것이니
부서지면 산산조각이 난다. 2415

메피스토펠레스 저 체*는 무엇에 쓰는 것이냐?

수원숭이 (체를 내린다) 만약에 당신이 도둑이라면
이것으로 곧 알 수 있어요.

(암원숭이한테로 뛰어가 비추어 보여준다.)

자, 이 체를 들고 바라보아라!
도둑을 알더라도*,
이름을 대서는 안 돼요. 2420

메피스토펠레스 (불에 다가서며) 그러면 이 단지는?

수컷과 암컷 바보로구려.
단지도 알지 못하고,
냄비 하나도 알지 못하네! 2425

메피스토펠레스 버릇없는 짐승들 같으니라고!

수원숭이 이 먼지떨이를 들고
안락의자에 앉으세요!

(메피스토펠레스를 억지로 앉힌다.)

파우스트 (그동안 거울 앞에 서서 가까이 갔다 물러섰다 하더니) 내
눈에 비치는 저게 뭘까? 이 요술 거울*에 비치는 저 모습은
참으로 천상의 것이로구나! 2430
사랑이여, 네 가장 빠른 날개로
나를 저 여인 있는 곳으로 데려가 다오!
아아, 내가 이 자리에 멈춰 있지 않고
앞으로 다가서면,
그 모습은 안개 속에 휩싸인 것처럼 희미하게 보인다! —— 2435
여인 중에서도 가장 아름다운 여인!
이렇게 아름다운 여인이 세상에 있을까?
이 쭉 뻗고 누운 몸에서
천상의 정수를 볼 수 있다니?
이렇게 아름다운 여성을 지상에서도 찾아볼 수 있을까? 2440
메피스토펠레스 물론이지요. 신이 엿새 동안 일을 하고 나서
마지막에 자기 스스로 훌륭하다고 말할 정도였으니
그럴 듯한 것을 만들지 않았겠어요.
이번에는 실컷 눈요기만 하세요.
얼마 안 가 저런 귀여운 여자를 찾아주겠으니. 2445
운이 좋아서
저런 여자의 신랑이 되는 자는 행복하지요.

(파우스트는 여전히 거울 속을 들여다본다.
메피스토펠레스는 안락의자 위에서 기지개를 켜고,
먼지떨이로 장난하며 말을 잇는다.)

여기 앉았으니 왕이 옥좌에 앉아 있는 것과 같구나, 군주의 왕홀(王笏)도 여기 있으니, 왕관만 없을 뿐이구나.

짐승들 (그때까지 온갖 괴상한 동작을 하고 있다가 고함을 지르며 왕관을 하나 메피스토펠레스에게 가져온다)

제발 부탁이오니 2450
이 깨어진 왕관을
땀과 피로 붙여 주소서.*

(서투르게 다루다가 왕관을 두 개로 깨어,
그 조각난 것을 가지고 뛰어다닌다.)

인제 영영 틀렸다!
우리는 말하고 눈으로 보고,
귀로 들어, 시를 짓는다.—— 2455

파우스트 (거울을 보며) 괴롭구나! 미칠 것만 같구나.

메피스토펠레스 (짐승들을 가리키며) 이젠 내 머릿속도 어지러워지는구나.

짐승들 우리도 운이 트이고
잘만 되면,
사상이 있다고 하겠지요! 2460

파우스트 (여전한 태도로) 내 가슴이 불타기 시작한다!
빨리 함께 이곳에서 떠나자!

메피스토펠레스 (같은 태도로) 글쎄, 솔직히 말해서, 이놈들이 시인이라는 것만은 인정해 주어야겠어요.

(그 틈에 암원숭이가 소홀히 하고 있던 냄비가 넘쳐,
큰 불꽃이 일어나 굴뚝으로 빠져나간다.
마녀가 무서운 소리를 지르면서 불꽃 속을 뚫고 내려온다.)

마녀 아우, 아우, 아우, 2465

망할 놈의 짐승들! 빌어먹을 돼지들!

냄비는 버려 두어, 마나님을 데게 하다니,

빌어먹을 짐승들! (파우스트와 메피스토펠레스를 보고)

여기 이것들은 또 뭔가?

자네들은 어떤 놈들인가? 2470

무얼 하러 여기 왔지?

살짝 들어온 게 누구냐?

뼈 마디마디에 사무치도록

불로 지져 줄까?

(마녀는 국자로 냄비를 휘저어,
파우스트, 메피스토펠레스, 짐승들에게 불꽃을 튀긴다.
짐승들이 비명을 지른다.)

메피스토펠레스 (손에 먼지떨이를 거꾸로 쥐고, 유리그릇, 질그릇을 두드린다)

두 동강을 내어라! 두 동강! 2475

죽은 흐른다!

유리는 조각났다!

이것도 장난이다.

늙은 년아.

네 노래에 맞추는 장단이다. 2480

(마녀가 놀라서 물러가는 걸 보고)

해골 같은 년아! 나를 몰라보느냐?

네 주인이며 두목인 나를 몰라보느냐?

이러고도 내가 참을 줄 아느냐? 덤벼들어
너와 고양이 괴물들도 때려 부숴 버린다!
이 붉은 조끼*를 몰라보느냐? 2485
수탉 깃이 안 보이느냐?
내가 얼굴이라도 가렸다는 말이냐?
내 이름을 내가 말해야 하겠느냐?

마녀 아, 주인님이시군요. 무례한 짓을 용서하세요!
말굽을 미처 보지 못했습니다. 2490
그리고 두 마리 까마귀는 어디 있지요?

메피스토펠레스 이번만은 살려 준다.
하기는 서로 안 본 지가
벌써 오래됐으니까 말이다.
이 세계를 핥고 다니는 문화라는 것이 2495
악마에게까지도 손을 뻗쳤지.
북국의 도깨비는 인제 볼 수 없게 되었어.
뿔이며, 꼬리며, 발톱이 어디 보이느냐?
다만 발은 없어서는 안 되지만,
사람들에게 보여서는 곤란해. 2500
그래서 나도 젊은 놈들이 하듯이, 오래 전부터
가짜 종아리를 달고 다니지.

마녀 (춤을 추며) 사탄 나으리가 또 오셨으니,
나는 좋아 미칠 것 같군요!

메피스토펠레스 아서. 그런 이름을 불러서는 안 돼! 2505

마녀 왜요? 그 이름이 어떻단 말이에요!

메피스토펠레스 그건 동화책에 씌어진 지 이미 오래다.
그렇다고 인간이 나아지진 않았어.
악마한테서는 벗어났지만 악당들은 여전히 남아 있지.
앞으로는 나를 남작님이라고 불러라, 그게 좋아. 2510
나도 남들과 마찬가지로 당당한 기사야.

내 고귀한 혈통을 의심하는 건 아니겠지.
봐라. 이것이 내가 가지고 다니는 문장이다!

(메피스토펠레스는 음탕한 몸짓을 한다.)

마녀 (하염없이 웃는다) 오호호, 오호호, 당신답군요!
예나 지금이나 다름없는 악한이군요! 2515

메피스토펠레스 (파우스트에게) 어때요, 잘 배워 두세요!
이것이 마녀를 다루는 방법입니다.

마녀 그래 당신들은 무엇을 원하시죠?

메피스토펠레스 그 유명한 물약을 한잔가득 마시고 싶구나!
그렇지만 가장 오래된 것이라야 돼. 2520
해를 거듭할수록 효력이 커지는 약이니까 말이다.

마녀 좋습니다! 여기에 한 병 있어요.
나도 가끔 입에 대지요.
인제는 퀴퀴한 냄새도 나지 않습니다.
좋으시면 이것을 한 잔 드시지요. 2525

(작은 목소리로.)

그러나 이 사람이 아무 준비 없이 마시면,
당신도 아시지만 한 시간도 못 살지요.

메피스토펠레스 좋은 친구이니 효험을 보도록 해야 한다.
너의 부엌에서도 가장 좋은 것을 마시게 하고 싶다.
동그라미를 그리고*, 주문을 외어라. 2530
한잔 가득히 드리도록 해라!

(마녀, 이상한 몸짓으로 원을 그리고,
그 안에 이상한 물건들을 늘어놓는다.
그동안에 유리그릇, 냄비가 울리며 음악이 시작된다.
마지막에 원숭이들을 원 속에 놓고는 큰 책을 꺼내어,
한 마리 원숭이를 탁자로 쓰기도 하고,
횃불을 들게도 한다.

그리고 마녀는 파우스트에게 손짓하여
원 속에 들어가게 한다.)

파우스트 (메피스토펠레스에게) 아이, 말해 봐, 이건 어쩌자는 거야?
이러한 어리석은 짓, 미치광이 짓,
흥이 깨지는 속임수는 나도
잘 알고 있다. 정말 질색이다. 2535

메피스토펠레스 아니, 이것은 단지 웃기는 것이지요. 장난일 뿐이에요.
그렇게 딱딱하게 굴지 마세요!
저것도 의사니까 물약이 당신에게 잘 듣도록
마술을 해야 하지 않아요.

(노파가 파우스트를 억지로 원 속에 들어가게 한다.)

마녀 (크게 강조하며 책을 낭독한다) 그대는 알아 두라! 2540
하나에서 열을 만들고,
둘은 그대로 가게 하고,
당장 셋을 만들라!
그러면 너는 부자가 된다.
넷은 버려라! 2545
다섯과 여섯에서,
마녀는 이렇게 말한다.
일곱과 여덟을 만들라.
그렇게 하면 이루어지리라.
그리고 아홉은 하나요, 2550
열은 무다.
이것이 마녀의 구구법*이다!

파우스트 노파가 열이 올라 헛소리를 하는가 보다.
메피스토펠레스 끝나려면 아직도 멀었어요.
나는 잘 알고 있지만, 저 책은 끝까지 저런 식이지. 2555
나도 저 책 때문에 시간을 많이 버렸답니다.
왜냐하면 완전히 모순된 것은,
현명한 자에게나 어리석은 자에게나 똑같이 신비스러운 거니까요.
선생, 예술이란 오래고도 새로운 것이지요.
어느 시대나 삼위일체*니 일체삼위니 해서 2560
진리 대신에 거짓을 펴는 법이에요.
이렇게 거침없이
지껄여대며 제멋대로 가르치지요.
누가 이런 바보들을 상대하겠어요?
대개 인간이란 말만 듣고서도 그대로 믿는 법이지요. 2565
그 말에는 뭔가 생각할 것이 들어 있다고 믿는단 말이요.
마녀 (계속한다) 학문의
숭고한 힘은
온 세계에 숨겨져 있다!
사색하지 않는 자도, 2570
이것을 받으리라.
애쓰지 않고 그것을 얻으리라.
파우스트 저 마녀가 무슨 잠꼬대를 늘어놓는 것인가?
당장 머리가 터질 것만 같다.
마치 십만 명의 바보가 2575
합창하는 소리를 듣는 것 같구나.
메피스토펠레스 이제 그만 됐다, 훌륭한 무당이다!
약을 가져와, 술잔 끝까지
넘치도록 채워 드려라!
이 친구는 그 약으로 탈이 날 염려는 없을 것이야. 2580
지금까지도 여러 가지 약을 마셔

꽤 많은 학위*를 가진 분이니까.

(마녀는 여러 가지 의식을 곁들여 약을 잔에 따른다.
그것을 파우스트가 받아서 입술에 댈 때, 작은 불꽃이 일어난다.)

메피스토펠레스 빨리 들이키세요! 쭉쭉!
곧 기분이 좋아질 겁니다.
악마하고 너나 하는 사이인데 2585
불 같은 걸 무서워할 것 없지 않아요?

(마녀, 원을 풀어주니 파우스트, 밖으로 나온다.)

메피스토펠레스 자, 빨리 나갑시다! 가만히 있어선 안 됩니다!
마녀 그럼, 그 약이 기분을 돋우기를 빌겠습니다!
메피스토펠레스 (마녀에게) 나한테 부탁할 게 있으면
사양 말고 발푸르기스의 밤에 말하도록 하라. 2590
마녀 여기 노래* 하나 있어요! 가끔 불러 보세요.
특별한 효과가 있을 거예요.
메피스토펠레스 (파우스트에게) 자, 빨리 오세요. 내가 안내할 테니까요.
약 기운이 안팎으로 스며들어
땀을 흘리지 않으면 안 돼요 2595
이제부터 안일의 귀한 맛을 가르쳐 드리지요.
곧 몸 안에 사랑의 신*이 기동하여 이리저리 뛰어다니는 것을,
흥겹게 느끼게 될 겁니다.
파우스트 잠깐 한 번만 더 저 거울을 보게 해주게!
저 여인의 모습은 너무도 아름다웠어! 2600
메피스토펠레스 아니, 안돼요. 머지 않아서 이제 모든 여자 중에서도
전형적인 여자를 실제로 보여드리지요.

(작은 목소리로) 저 약이 온 몸에 배어들어 갔으니까,
네 놈에겐 얼마 안 있어 모든 여자가 헬레나처럼 보이리라.

길거리*

파우스트, 마르가레테가 지나간다.

파우스트 어여쁜 아가씨*, 2605
감히 이 팔을 내밀어 당신을 집까지 모셔다 드릴까요?
마르가레테 저는 아가씨도 아니고 예쁘지도 않아요.
혼자서도 집에 갈 수 있어요. (그녀는 뿌리치고 가 버린다.)
파우스트 정말 아름다운 처녀다!
지금까지 저런 처녀는 본 일이 없어. 2610
저렇게 얌전하고 예절 바른 데다
좀 새침한 데도 있거든.
저 붉은 입술, 빛나는 볼을
나는 평생 못 잊겠다!
저 눈을 내리감은 모습은 2615
내 가슴속에 깊이 새겨졌고
저 뾰로통하게 뿌리치는 것이
나를 홀딱 반하게 만드는군.

(메피스토펠레스 등장.)

파우스트 여보게, 저 처녀를 내 품에 안게 해줘!
메피스토펠레스 어느 처녀 말입니까?
파우스트 금방 지나간 처녀 말이야. 2620
메피스토펠레스 아, 그 처녀 말입니까? 그 애는 지금 막 신부
한테 갔다가 돌아가는 길이지요.
신부는 그 애에게 아무 죄도 없다고 말했어요.

슈타센 그림

나는 고해석 바로 곁을 살짝 지나왔는데
잘못한 일도 없으면서 고해를 하러 간
정말 순진한 처녀지요. 2625
저런 애한테는 내 힘이 미치지 못해요!

파우스트 그래도 열네 살*은 넘었을 걸.

메피스토펠레스 당신은 난봉꾼 같은 소리만 하는군요.
고운 꽃은 모두 손에 넣고 싶어하고
자기가 꺾을 수 없는 여자의 애정은 있을 수 2630
없다고 자부하는 것 같군요.
그러나 언제나 그렇게 되지는 않을 걸요.

파우스트 이 도학자 선생아.
그런 일반적인 도덕률을 가지고 나를 설교하려 들지 마!
그리고 단도직입적으로 말하겠는데, 2635
저 사랑스런 젊은 아가씨가
오늘밤 내 품안에 들어오지 않는다면,
한밤중까지 갈 것 없이 우리 헤어지자.

메피스토펠레스 그러나 일의 가능성 여부를 생각해야 하잖소!
기회를 잡으려면 2640
적어도 두 주일의 여유는 있어야 해요.

파우스트 나 같으면 일곱 시간의 여유만 있으면
저런 아가씨 하나 유혹해 내는 데
악마의 손을 빌지 않아도 돼.

메피스토펠레스 당신은 벌써 프랑스 사람 같은 말투*군요. 2645
그러나 제발 언짢게 생각하지 말아요.
바로 손아귀에 넣는다면 무슨 재미가 있겠어요.
흔히 남쪽 나라 이야기에도 있듯이
먼저 들어올리기도 하고 빙빙 돌려보기도 하며
온갖 우회 작전을 쓰고 나서 2650
저 귀여운 인형을 이리저리

반죽도 하고 요리도 하는 것이
오히려 더 재미있는 거지요.
파우스트 그런 짓 하지 않아도 나는 입맛이 나.
메피스토펠레스 자, 험담이나 농담은 그만두기로 하고,
나는 말하지만, 예쁜 아이를 2655
당장에 손에 넣을 수는 없는 겁니다.
공격으로 점령하려고 해서는 안 돼요.
모략의 길을 택하는 수밖엔 없습지요.
파우스트 그럼 저 천사의 물건이라도 내 손에 넣게 해줘!
저 애의 침실에라도 안내해 줘. 2660
저 애 가슴을 감싼 목도리나
양말 끈이라도 사랑의 선물로 가져다 줘!
메피스토펠레스 내가 당신의 안타까운 심정을 이루어 주고
도와줄 생각이라는 것을 보여드리기 위해
오늘 안으로 지체 없이 2665
그녀의 방으로 인도하겠소.
파우스트 그 애를 만날 수 있겠나? 그 앤 내 것이 되는 건가?
메피스토펠레스 아니오!
그녀는 이웃집에 가 있을 거요.
그동안 당신은 혼자서
미래의 기쁨을 마음속에 그리면서 2670
그녀의 향기가 풍기는 방 안에서 실컷 즐길 수 있어요.
파우스트 지금 곧 갈 수 있나?
메피스토펠레스 아직은 너무 일러요.
파우스트 그럼 그녀에게 줄 선물을 마련해 다오! (퇴장)
메피스토펠레스 당장에 선물을 한다고? 그것 좋은 생각이다! 그것
이면 성공할 거야! 2675
옛날에 묻어 둔 보물*이
있는 곳을 많이 알고 있는데 좀 살펴봐야겠어. (퇴장한다)

저녁*

아담하고 깨끗한 방

마르가레테 (머리를 땋아 올려 끈으로 매면서) 오늘 그분이 누구였는지 알 수만 있다면
무엇이든지 드리고 싶어!
아주 씩씩한 분이야. 2680
귀족 출신임에 틀림없어.
그것은 그이의 이마를 보고 알 수 있었어. ——
그렇잖으면 그렇게 대담하게 나오지는 못했을 거야. (퇴장)

(메피스토펠레스, 파우스트 등장.)

메피스토펠레스 들어와요. 살짝 들어와요!
파우스트 (잠시 묵묵히 있다가) 제발 나를 혼자 있게 해 줘. 2685
메피스토펠레스 (두리번거리면서)이렇게 방을 깨끗이 해 두는 아가씨도 드물 걸요. (퇴장)
파우스트 (주위를 둘러보며) 이 성스러운 방을 감돌고 있는 다정한 황혼 빛이여,
그대는 잘 와주었다!
내 가슴을 붙잡아 다오, 그대 감미로운 사랑의 슬픔이여!
희망의 이슬을 먹으며 살고 있는 그대여! 2690
고요함과 질서와 만족의 기운이
이 주위를 감돌고 있구나!
이 가난한 살림 속에 깃들인 이 충만함!
이 감방과 같은 방 속에 깃들인 이 축복이여!

(침대 옆에 있는 가죽 의자에 몸을 던진다.)

요코 그림

오, 나를 받아 다오. 의자여, 너는 저 애가 아직 태어나기 전의 세
상 사람들을 2695
기쁠 때나 슬플 때나 팔을 벌려 맞아 주었지!
아아, 집안 어른의 자리인 이 의자 주위에는
얼마나 자주 아이들의 무리가 매달렸을 것인가!
아마 저 애도 토실토실한 어린이의 볼을 하고
크리스마스 선물에 감사하면서 할아버지의 여윈 손에 2700
경건한 키스를 했을 테지.
아아, 귀여운 소녀여, 날마다 어머니처럼 그대를 가르쳐서
이 식탁 위에 상보를 깨끗이 펴게 하고,
발에 밟는 모래*까지 아름답게 물결치듯 뿌리게 한,
저 오붓함과 질서의 정신이, 2705
내 몸 주위에서 사뿐거리는 걸 느낀다.
아아, 신의 손을 닮은 귀여운 그대의 손!
그대로 인하여 이 오두막집이 천국으로 되는구나.
그리고 여기는! (손으로 침대의 커튼을 치켜든다)
몸이 오싹해지는 기쁨이 나를 사로잡는구나.
나는 몇 시간이라도 여기 머물러 있고 싶다. 2710
자연이여, 그대는 여기 가벼운 꿈속에서
저 타고난 천사를 길러 냈구나!
부드러운 가슴에 따뜻한 생명이 가득 차
저 어린아이는 여기에 누워 있었고
거룩하고 깨끗한 작용으로 2715
저 신과 같은 모습으로 자라난 것이다!

그런데 너는! 무엇이 너를 이곳으로 이끌어 왔는가?
여기 와서 얼마나 마음 깊이 감동을 받았는가!
너는 여기서 무엇을 원하는가? 왜 가슴이 이렇게 답답해지는가?
불쌍한 파우스트여! 너는 아주 딴 사람이 돼 버렸구나. 2720

여기서는 지금 마력의 안개가 나를 둘러싸고 있는 것일까?
나는 마구 즐겨보려는 욕망에 사로잡혔는데,
이제는 사랑의 꿈속에 잠겨 흘러가 버릴 것만 같구나!
우리는 공기의 압력이 변하는 대로 변해야 한단 말인가?

만약 이 순간에 저 애가 들어온다면 2725
나의 뻔뻔스러운 행동을 어떻게 속죄해야 한단 말인가!
이 허풍선이 바보, 왜 이리 움츠려 있을까!
녹아 버리듯 저 애의 발 밑에 엎드려라.

메피스토펠레스 빨리, 빨리! 그 애가 밑에서 오고 있어요.
파우스트 가자, 가! 여기엔 다신 안 온다! 2730
메피스토펠레스 여기 꽤 묵직한 상자가 있어요.
내가 딴 데서 가져온 건데,
이것을 어서 장 속에 넣어 두어요.
저 애가 보면 정신을 잃을 것만은 틀림없어요.
저 안에는 귀부인이라도 손에 넣을 수 있게 2735
여러 가지 물건을 넣어 두었지요.
어디까지나 계집은 계집이고 장난은 장난이니까.
파우스트 글쎄 그런 짓을 해도 좋을까?
메피스토펠레스 무슨 말이 그리 많아요?
아니, 이 보물을 당신이 보관하겠단 말씀인가요?
그렇다면 당신도 방탕자답게 2740
아까운 시간을 허비하지 말고
내게도 앞으로 수고를 덜게 해줘요.
당신은 그렇게까지 인색하지는 않겠지요!
내가 머리를 긁고 손을 비벼서 당신을 위해——

(상자를 장 속에 넣고 자물쇠를 잠근다.)

자, 빨리! 빨리 갑시다—— 2745
저 귀여운 젊은애를 당신의 소원과 뜻대로 응하게 해 주려고
이렇게 애쓰고 있잖아요.
그런데 당신의 얼굴은 뭔가요.
지금부터 강의실에라도 나갈 작정인가요.
물리학과 형이상학이 몸소 2750
당신 앞에 서 있는 것 같군요!
자 빨리 가요! (퇴장한다)

마르가레테 (등잔을 들고 등장) 어쩐지 여기는 무덥고 답답하구나. *

(창문을 연다)

바깥도 그다지 덥지 않은데,
웬일인지 기분이 이상하구나—— 2755
엄마가 돌아오시면 좋겠다.
온 몸이 오싹오싹 해지는 것 같다——
난 정말 어리석은 겁쟁이야!

(옷을 벗으며 노래하기 시작한다.)

옛날 툴레에 왕*이 계셨네.
무덤에 가서도 변치 말자고 약속한 사랑하는 왕비가
왕에게 2760
죽을 때 황금의 잔을
남겨두고 가 버리셨다.

왕은 이 잔보다 더 사랑하는 것이 없었다.
이 잔으로 잔치 때마다 마셨다.

이 잔을 들 때마다 2765
왕의 눈에는 눈물이 어리었다.

왕이 죽음의 날이 왔을 때
나라 안의 고을을 모두 헤아려
세자에게 모든 걸 상속해 주었지마는
그 잔만은 물려주지 않았다. 2770

바닷가 성 위,
높은 선조 대대의 누각에서
왕은 기사들을 둘러 앉히고
마지막 주연을 베풀었다.

늙은 왕은 일어서서 2775
마지막 생명의 술을 들이마시고
신성한 그 잔을 물결 저 아래로
향하여 던졌다.

바다로 떨어져 기울어지며
깊숙이 가라앉는 잔. 2780
왕은 눈을 내리감으니
이후로는 한 잔도 마시지 않았다.

(옷을 넣으려고 장을 열고 상자를 본다.)

이런 예쁜 상자가 어떻게 여기 들어 있을까?
장에 자물쇠를 단단히 잠가 두었는데.
참 이상도 하지! 대체 무엇이 들어 있을까? 2785
아마 누가 엄마한테 돈 얻으러 와서*

담보로 맡겼을 거다.
여기 열쇠가 끈에 달려 있구나
열어 봐도 괜찮겠지!
이게 뭐지? 어머나! 이것 봐. 2790
이런 것은 내 생전에 본 일이 없어!
패물이로구나! 귀부인이 축제일에
달고 나갈 수 있는 거로군.
이 목걸이는 나한테 어울릴까?
이런 훌륭한 것은 대체 누구의 것일까? 2795

(패물을 몸에 달고 거울 앞에 다가선다.)

이 귀걸이만이라도 내 것이었으면!
당장 딴 사람으로 보이겠지.
젊고 예뻐도 무슨 소용이 있어?
물론 그것도 아름답고 좋기는 하지.
그러나 남들은 그저 그 정도로밖에 알아주지 않아. 2800
칭찬을 해주면서도 절반은 가엾게 여기지.
모두 따르고
달라붙는 것도 돈 때문이야.
아아, 우리처럼 가난한 사람은 가련도 하지!

산책*

파우스트, 생각에 잠기어 이리저리 걷고 있다.
거기에 메피스토펠레스 등장한다.

메피스토펠레스 사랑하다가 퇴짜맞아라! 지옥의 불꽃에 떨어져라! 2805
이 이상 더 나쁜 저주의 말은 없을까!
파우스트 무슨 일이야? 왜 그렇게 화를 내지?
그런 얼굴은 태어나서 처음 본다.

메피스토펠레스 나 자신 악마가 아니라면,
당장 악마에게라도 몸을 맡기고 싶소! 2810
파우스트 머릿속이 뒤범벅이라도 되었나?
미치광이처럼 날뛰는 것이 네게는 잘 어울리는구나.
메피스토펠레스 생각해 봐요. 그레트헨*에게 주려고 마련한
저 패물을 신부가 앗아가 버렸으니 말입니다! ——
어머니가 그것을 보더니, 2815
어쩐지 겁을 먹기 시작했지요.
이 여자는 아주 냄새를 잘 맡아요.
언제나 기도서 속을 냄새 맡아 보고,
가구도 하나하나 코에 대어보고,
신성한 것과 속된 것을 가려내는 거지요. 2820
그래서 저 패물에 축복이 들어 있지 않다는 걸
알아냈단 말입니다.
어머니가 하는 말이 "애야, 옳지 않은 물건은
영혼을 사로잡고 마음도 편치 않게 돼.
이것을 성모 마리아께 바치기로 하자. 2825
그러면 천상의 음식*으로 우리를 기쁘게 해 주실 테니까."
마르그레트라인은 입을 삐쭉거리면서 생각하기를,
"선사받은 말*은 시비도 말라고 했는데,
친절하게 그것을 갖다 준 사람은
마음씨 나쁜 사람은 아닐 텐데!" 2830
어머니는 신부를 불러오게 했어요.
신부는 이야기를 듣자마자
물건을 보고 흐뭇해하면서 말하기를
"그것은 참으로 기특한 생각이십니다.
자신을 참고 이기는 자는 얻는 것이 있습니다. 2835
교회는 큰 위장*을 가지고 있어서
지금까지 허다한 나라를 전부 삼켜 버렸어요.

배탈이 난 일이 없답니다.
부인들이여, 좋지 않은 재물을 소화시킬 수 있는 것은
오로지 교회뿐입니다." 2840

파우스트 그것은 어디서나 통하는 방법이지.
유대인도 국왕도* 그렇게 하고 있으니까.

메피스토펠레스 신부는 팔찌, 고리, 반지 할 것 없이
아무 가치 없는 물건처럼 쓰서 넣고,
호두 한 바구니를 받은 것처럼 2845
고맙다는 말만으로,
모든 보답은 하늘에서 있을 것이라고 약속했지요.
그래도 여자들은 그것을 고마워했어요.

파우스트 그러면, 그레트헨은?

메피스토펠레스 마음을 잡지 못하고 2850
밤낮으로 패물을 생각하고
더욱이 그것을 갖다 준 사람을 생각하고 있지요.

파우스트 귀여운 그 애가 그렇게 고통을 겪고 있다니 딱하군.
곧 다른 패물을 마련해 줘!
처음 것은 대수로운 것이 아니었어. 2855

메피스토펠레스 그러지요 뭐, 나으리에겐 모든 일이 어린애 장난 같을 테니까요!

파우스트 내가 시키는 대로 해!
우선 자네는 이웃집 여자를 손안에 넣어야 해!
악마가 그렇게 죽처럼 물렁물렁해서는 안 돼.
다른 패물을 어서 마련해! 2860

메피스토펠레스 네, 네, 시키는 대로 하겠나이다.

파우스트 (퇴장한다)

메피스토펠레스 여자한테 반한 저런 바보 놈은 그 애인을 위해선,
태양이나, 달이나, 별이건 모두 불꽃처럼,
하늘로 쏘아 올리는 법이지. (퇴장한다)

이웃 여인의 집*

마르테 (혼자서) 하나님, 제 남편을 용서해 주십시오. 2865
그이는 저한테 몹쓸 짓을 많이 했지요!
저를 이렇게 홀로 내버려두고
그는 훌쩍 세상으로 나가 버렸어요.
사실 저는 그에게 걱정을 끼친 일도 없고,
그를 진심으로 사랑했다는 것은 하느님도 알고 계실 겁니다. 2870
(마르테 훌쩍거린다.)
혹시나 그는 죽었는지도 몰라! ——아이구머니! ——
이왕이면 사망 증명서라도 있으면 좋으련만.
마르가레테 (등장한다) 마르테 아주머니!
마르테 그레텔헨이구나. 웬일이지?
마르가레테 나는 깜짝 놀라 주저앉을 뻔했어요!
이런 상자가 또 내 장롱 안에 있지 않겠어요. 2875
재목은 흑단이고,
안에 들어 있는 물건은
요전번 것보다 훨씬 좋고, 더 훌륭해요.
마르테 그건 어머니한테 말하지 마라.
또 고해하러 가지고 가면 안 되니까. 2880
마르가레테 좀 보세요! 이것 좀 보세요!
마르테 (마르가레테를 치장해 준다) 참, 너는 행복한 아이로구나!
마르가레테 그렇지만 이걸 달고는 한길에 못 나가고, 교회에도 갈 수 없어요.
마르테 언제라도 나한테 와서 2885
몰래 패물을 몸에 달아 보아라.
그래서 한동안 거울 앞에서 걸어 보아라.
그것만으로도 즐거울 테니까.
그러다가 명절이라든지 그런 기회가 생겨

리첸마이어 그림

그럴 때 하나씩 사람들에게 보인단 말이다. 2890
처음에는 목걸이를, 다음엔 귀에 진주를 달지.
어머니도 모르실 거야. 또 알아도 핑계 댈 수 있지.
마르가레테 누가 이런 상자를 두개씩이나 가져왔을까요?
좋지 않은 물건일 거예요! (문을 두드리는 소리)
어머나! 큰일났어. 엄마가 아닐까? 2895
마르테 (커튼을 들고 내다본다) 모르는 분인데——들어오세요!
메피스토펠레스 (등장) 함부로 쑥 들어왔습니다.
부인들에게 용서를 빌어야겠습니다.
(마르가레테 앞에서 공손히 한 걸음 물러선다)
마르테 슈베르트라인 부인을 뵙고자 합니다.
마르테 접니다. 무슨 일이시죠? 2900
메피스토펠레스 (작은 소리로) 당신이군요. 이렇게 뵈었으니 다행입니다.
귀한 손님인 아가씨께서 찾아오신 줄도 모르고
큰 실례를 하고 말았습니다.
오후에 다시 오겠습니다.
마르테 (큰소리로) 저런. 그레트헨아, 너 들었니? 2905
이 분이 널 귀족집 아가씨로 생각하시나 봐.
마르가레테 저는 가난한 평민의 딸이에요.
그렇게 생각하시면 정말 딱합니다.
이 패물은 제 것이 아니에요.
메피스토펠레스 아니, 패물만 가지고 하는 말이 아닙니다. 2910
인품이며, 게다가 눈매가 날카롭군요!
이대로 있어도 좋으시다면 정말 고마울 데가 없겠습니다.
마르테 무슨 말씀을 하러 오셨지요? 듣고 싶어요.
메피스토펠레스 글쎄 좀더 좋은 소식이었으면 싶은데!
제발 저를 원망하지는 마십시오. 2915
당신 남편이 돌아가셨어요. 당신에게 안부를 전합디다.

마르테 죽었다고요? 아이구머니! 그 양반이!
아이고, 내 남편이 죽었다니! 아아, 미치겠다.
마르가레테 아주머니, 너무 상심하지 마세요!
메피스토펠레스 자, 비참한 이야기를 들어 보시죠! 2920
마르가레테 그래서 저는 평생 사랑은 하지 않을래요.
사랑하는 이를 잃는다면 슬퍼서 죽을 지경이겠지요.
메피스토펠레스 기쁨 뒤에 슬픔이, 슬픔 뒤에 기쁨이 따르는 법이지요.
마르테 그이의 마지막을 이야기해 주세요!
메피스토펠레스 저 파두아의 성 안토니우스* 교회 옆에 있는 2925
아주 신성한 장소에
묻혀서, 거기를
영원히 차가운 잠자리로 삼고 있지요.
마르테 그 밖에 저한테 가져오신 건 없으신가요?
메피스토펠레스 네, 아주 어려운 부탁이 있죠. 2930
당신이 그 사람을 위해 삼백 번 미사를 올려 달라는 것입니다.
그리고 호주머니는 빈털터리입니다.
마르테 뭐라고요! 동전 하나, 패물 한 개도 없단 말씀인가요?
그런 건 직공들도 주머니 바닥에다 아껴 두었다가,
기념품으로 잘 간직하면서, 2935
굶어 빌어먹을망정 내놓지 않는 법인데!
메피스토펠레스 참 부인께서는 안 됐어요.
그러나 돈을 헛되이 쓴 건 아니지요.
그리고 자기 자신도 잘못을 뉘우치고 있습니다.
자기의 불운을 더욱 한탄하고 있었어요. 2940
마르가레테 아, 사람이란 불쌍한 거로군요!
저도 그이를 위해서 미사를 올려 드리겠어요.
메피스토펠레스 보기에 아가씨는 곧 시집가도 괜찮겠어요.
참 마음씨 고운 아가씨로군요.
마르가레테 어머, 별말씀을. 아직 멀었어요. 2945

들라클루아 그림

메피스토펠레스 뭐, 남편까지는 아니더라도 우선 좋은 분하고 교제
하시지요.
사랑하는 사람을 품에 안아 보는 것만 해도
세상의 가장 큰 선물 중의 하나니까요.
마르가레테 이 고장에서는 그런 짓을 하지 않습니다.
메피스토펠레스 관습이든 아니든 있을 수 있는 일이지요. 2950
마르테 어서 이야기해 주세요!

메피스토펠레스 저는 그가 임종하는 자리를 지켰지요.
거름더미보다는 약간 나은 거의 썩은 거적 위에서였어요.
그러나 그리스도교 신자로서 죽었지요.
아직도 속죄할 것이 많다고 하면서 말하기를,
"나는 내가 정말 미워 죽겠어. 2955
이런 직업과 마누라를 저렇게 두고 죽다니!
아아, 생각만 해도 미치겠어.
제발 살아 있는 동안 마누라가 나를 용서해 주면 좋겠어!"
마르테 (울면서) 아아, 참 좋은 사람! 나는 벌써 용서해 드렸는데요.
메피스토펠레스 "그러나 하나님은 잘 알고 계시다. 나보다는 마누라가 더 나빴지." 2960
마르테 거짓말쟁이! 죽어가면서 거짓말을 하다니!
메피스토펠레스 아, 그런가요. 전 잘 모르지만,
아마, 마지막 숨을 거둘 때의 헛소리겠지요.
이렇게 말합디다. "나는 잠시도 한가하게 있진 않았지.
자식새끼들이 생기고, 그것들을 위해 빵을 벌어야 했어. 2965
그 빵도 넓은 의미의 빵을 말이야.
그런데도 난 편히 앉아 내 몫을 먹을 수도 없었어."
마르테 아니, 내가 그렇게 밤낮을 고생하며
그처럼 소중히 섬겨 드린 걸 잊어버리고!
메피스토펠레스 아니오. 그 일은 마음속 깊이 고마워하고 있었습니다. 2970
이렇게 말하더군요. "말타 섬을 떠났을 때는
처자식을 위해서 열심히 기도했었지.
때마침 운 좋게
술탄의 보물을 가득 실은 터키의 배*를
우리 배가 덮쳐서 붙잡았지. 2975
용감하게 일을 한 보람이 있어서,
당연하지만, 받을 만한 몫은

나도 듬뿍 받았어."
마르테 아니, 그러면 어디다가 그것을 묻어 두었을까요?
메피스토펠레스 글쎄, 동서남북 어느 바람이 날려 버렸는지 누가 알
겠어요. 2980
나폴리에 닿아서 낯선 거리를 헤매고 있을 때,
예쁜 아가씨*가 그를 정성껏 돌봐 주었지요.
그 대가로* 그는 죽는 날까지
뼈저리게 고생을 해야 했지요.
마르테 나쁜 사람! 차라리 제 자식 것을 훔쳐 먹지! 2985
아무리 비참하고, 어려워져도,
바람피는 것만은 버리질 못했구려!
메피스토펠레스 그랬어요! 그 대신 그는 죽었지요.
만약 내가 당신 입장이라면,
앞으로 일 년은 얌전하게 상복을 입고, 2990
차차 새 애인이라도 구하겠어요.
마르테 그런 말씀을 하시다니요! 먼저 남편 같은 사람은
이 세상에서 쉽게 찾을 수는 없어요!
정말 마음씨 좋은 바보 같은 사람이었어요.
흠이라면, 너무 떠돌아다니기를 즐기고, 2995
술과 여자를 좋아하고,
게다가 또 노름을 너무 좋아한 것이 탈이었지요.
메피스토펠레스 당신 남편 쪽에서도 당신을
그렇게 너그럽게 보아 주었다면
그럴 수도 있겠지요. 3000
그런 조건이라면 저 같은 것도
당신하고 반지를 교환하고 싶소이다!
마르테 어머나! 마음에도 없는 농담만 하셔!
메피스토펠레스 (혼잣말로) 이젠 그만 끝을 맺어야지.
악마의 말꼬리를 제법 알아차릴 여자로군. 3005

(그레트헨에게) 그런데 당신의 심정은 어떠신지요?
마르가레테 무슨 말씀이세요?
메피스토펠레스 (혼잣말로) 참 천진난만하구나!
(큰소리로) 자, 두 분 다 안녕히 계십시오!
마르가레테 안녕히 가세요!
마르테 아, 좀 묻고 싶은데요!
증명서가 하나 있으면 해요.
제 남편이 언제 어디서 어떻게 죽고 묻혔는지요. 3010
저는 언제든지 꼼꼼히 처리해 두는 성미라서
될 수만 있으면 이곳 주간 신문*에라도 실렸으면 해서요.
메피스토펠레스 뭐, 증인 두 사람만 있으면
어디서라도 진실로 인정해 줍니다.
저한테는 좋은 친구가 하나 있는데 3015
이 사람이 언제라도 재판소에 함께 가 줍니다.
한 번 데려오리다.
마르테 네, 그렇게 해주세요!
메피스토펠레스 그럼 이 아가씨도 같이 나오시겠지요? ——
내 친구는 씩씩한 좋은 녀석이지요! 여행을 많이 해서 아가씨들한테 실례될 짓은 하지 않습니다. 3020
마르가레테 그런 분 앞에 나가면 전 부끄러워 얼굴이 빨개질 거예요.
메피스토펠레스 아니, 이 세상 어느 임금님 앞에 나가도 그럴 것까지는 없지요.
마르테 그럼 저쪽 뒤뜰에서,
오늘 저녁, 두 분을 기다리겠습니다.

길거리*

파우스트, 메피스토펠레스

파우스트 어때? 잘됐나? 곧 어떻게 될 것 같은가? 3025

메피스토펠레스 됐소! 정열이 넘치는군요.

얼마 안 가, 그레트헨은 당신 것이 될 겁니다.

오늘밤에 이웃집 여자 마르테의 집에서 만날 수 있어요.

중매나 뚜쟁이로는

둘도 없는 여자지요! 3030

파우스트 거 참 잘 되었다!

메피스토펠레스 그런데 이쪽에게 바라는 게 있어요.

파우스트 그야 서로 도우며 살아야지.

메피스토펠레스 그건 그 여자의 죽은 남편의 뻗어 버린 송장이 파두아의 신성한 곳에 묻혀 있다는 것을 법률상 유효하도록 증명서를 써 주는 것이에요. 3035

파우스트 좋아! 그러면 우선 파두아에 갔다 와야겠군.

메피스토펠레스 너무 순진하게 행동*하지 말아요! 그럴 것 까진 없어요.

사실은 몰라도 증언만 하면 되는 거니까요.

파우스트 다른 더 좋은 생각이 없다면 그 계획은 취소하겠네!

메피스토펠레스 또 군자가 나타나셨군! 그러니 성인이라고 할 수 있지! 3040

대체 거짓 증언을 하는 것이

이번이 태어나서 처음이란 말인가요?

지금까지 당신은 신과 세계와, 그 안에 움직이는 것에 대해,

또 인간과 그 머릿속에서 생각하는 것에 대해

척척 정의를 내리지 않았던가요? 3045

그것도 뻔뻔스럽고 대담한 마음으로.

그러나 가슴에 손을 얹고 잘 생각해 보세요.

솔직히 말해서 이러한 것은 슈베르트라인이란 사나이의 죽음보다
더 확실히 알고 있다고 할 수는 없는 겁니다.
파우스트 이 궤변가야, 자네는 항상 거짓말만 하는군. 3050
메피스토펠레스 당신 마음속을 좀더 깊이 모른다면 그렇겠지요.
당신은 내일이면 점잔을 빼고,
마음 깊이 그대를 사랑하노라고
저 가련한 그레트헨을 속여넘기겠지요?
파우스트 정말 그녀를 진심으로 사랑하고 있어.
메피스토펠레스 좋습니다! 3055
그리고 영원히 변함 없는 진실이니 사랑이니,
모든 것을 초월하는 오직 하나의 열정이니——
이런 것 역시 마음 깊이에서 우러나오는 것이라고 말하겠죠?
파우스트 그만두게! 그건 정말이야! ——내가 느끼고,
그 느낌, 그 애절한 가슴을 3060
무엇이라 표현하려 하여도 적당한 말을 찾지 못하고,
마음이 가는 한, 온 우주를 더듬어 다닌 끝에,
최상급의 말을 붙잡아,
이 몸을 불태우는 이 정열의 불길을,
무한이다, 영원이다, 하고 부른다고 해서 3065
그것이 악마들의 거짓말, 장난이란 말인가?
메피스토펠레스 그래도 제 말이 옳습지요!
파우스트 이봐! 이것만은 명심해 줘——제발 내 목청을 좀 아껴 주게.
자기 주장을 내세우려고 오직 한 가지 말만 고집하면 누구하고 말
다툼을 하더라도 틀림없이 이기게 되지. 3070
자, 이젠 가자. 나도 이 이상 더 지껄이기 싫어졌다.
자네 말이 옳다고 하지.* 당장은 별 도리가 없으니까.

정원*

마르가레테는 파우스트의 팔에 매달리고,
마르테는 메피스토펠레스와 나란히 이리저리 거닌다.

마르가레테 당신은 저를 아껴 주시고
겸손하게 대해 주시니 부끄러워요.
여행하시는 분이라서, 언제나 그렇듯이 3075
일부러 친절하게 행동하시는 거겠지요.
많은 경험을 쌓으신 분에게 시시한 제 이야기가
아무 재미도 없다는 것을 잘 알고 있어요.

파우스트 아니, 당신이 한 번 나를 쳐다보며 하는 말 한 마디가
이 세상의 모든 지식보다도 더욱 귀중합니다.
(그녀의 손에 키스한다) 3080

마르가레테 억지로 그런 짓 하지 마세요! 이런 손에 키스하시다니요?
이렇게 손이 더럽고 거친데요!
저는 해야 할 일이 너무나 많았어요!
어머니가 아주 엄격하시거든요.

(지나간다.)

마르테 그런데 당신은 앞으로도 여행만 하실 겁니까? 3085

메피스토펠레스 그렇지요, 직업과 의무에 쫓기니까요!
지방에 따라서는 떠나기 싫은 곳도 많았습니다만,
주저앉을 수는 없으니까요!

마르테 젊을 때는 그렇게 세상을 자유롭게 이리저리
돌아다녀 보는 것도 좋지만, 3090
그러나 결국은 나이가 들어서
홀아비 신세로 무덤길을 혼자 걸어간다는 것은,
누구에게나 반가운 일은 아닐 거예요.

메피스토펠레스 그렇죠. 멀리서 그게 보이니까 무섭지요.

마르테 그러니까 일찍이 잘 생각해 두셔야죠. 3095

(두사람, 지나간다.)

마르가레테 그래요. 눈에 안 보이게 되면* 자연히 잊게 되지요.
당신은 누구한테나 늘 친절하게 대하시는 게 몸에 배었나봐요.
당신은 친구들도 많을 텐데
모두 저보다는 훨씬 똑똑한 분들이겠지요.
파우스트 글쎄요, 그 똑똑하다는 것이 3100
오히려 허영이 아니면, 천박과 다름없는 것이지요.
마르가레테 어머나, 어째서지요?
파우스트 아, 이렇게 단순하고 순진한 여자는 자기 자신의 훌륭한
가치를 모르고 있구나!
겸손과 자기를 낮추는 것이야말로
자비로운 자연이 베푸는 최고의 선물이지요—— 3105
마르가레테 당신께서 저를 잠시만이라도 생각해 주신다면,
저는 오래오래 잊지 않겠어요.
파우스트 당신은 혼자 있는 일이 많은가요?
마르가레테 네, 우리 집 살림은 작은 편이지만,
그래도 돌볼 일이 많이 있어요. 3110
하녀가 없어서, 밥 짓는 일, 청소, 뜨개질, 바느질 할 것 없이
아침부터 밤늦게까지 줄곧 쫓아다녀야 해요.
어머니가 무슨 일에나
여간 꼼꼼하지 않으세요!
하긴 그렇게까지 검소하지 않아도 돼요. 3115
남들보다는 더 잘 살고 있으니까요.
아버지가 약간의 재산과, 교외에
정원이 딸린 자그마한 집 한 채를 남겨 주셨거든요.
그래도 요새는 꽤 한가해요.

오빠는 군대에 가 있고 3120
어린 동생은 죽었거든요.
그 아기 때문에 저는 애 많이 태웠어요.
그래도 그런 고생 같으면 다시 한번 해보고 싶어요.
정말 귀여운 아기였어요.

파우스트 당신을 닮았으면 천사와 같았겠군요.

마르가레테 제가 그 애를 길렀기 때문에 저를 퍽 따랐어요. 3125
아버지가 세상을 떠나신 다음에 낳은 아기예요.
어머니는 희망이 없을 정도로
쇠약하셔서 누워 계셨고,
회복도 오래 끌었지요.
그런 어머니가 아기에게 젖을 먹인다는 것은 생각할 3130
수도 없는 일이어서
제가 혼자서 우유와 물로 길렀지요.
그래서 제 아기가 되어 버렸어요.
안아 주고, 무릎에 앉혀 주고 하면,
좋아하며, 바둥거리며, 점점 커 갔어요. 3135

파우스트 당신은 인생의 가장 순수한 행복을 맛보았군요.

마르가레테 그래도 괴로울 때가 사뭇 많이 있었어요.
밤이면 아기의 요람을
제 침대 옆에 두고, 꼼지락거리기만 해도
곧 눈을 떴어요. 3140
금방 우유를 먹이다가, 금방 안아서 재우다가
그래도 보챌 때는 일어나
흔들면서 방안을 돌아다녔어요.
그러면서도 아침에는 일찍 일어나
빨래하고, 장보고, 부엌일을 도와야 했어요. 3145
하루하루가 다 이랬어요.
그래 언제나 기분이 유쾌한 건 아니었어요.

그 대신 밥맛이 좋았고 밤에는 잘 잤어요.

(지나간다.)

마르테 우리 같은 여자는 정말 별도리가 없어요.
혼자 사는 남자들을 설득시킬 수가 없으니까요. 3150
메피스토펠레스 나 같은 사람을 뜯어고치는 것은
당신 같은 사람 손에 달려 있지요.
마르테 솔직히 말씀하세요. 아직 좋은 사람 구하지 못하셨나요?
마음을 정해 두신 게 아닌가요?
메피스토펠레스 속담에도 있지요. '자기 집 부엌*과 착실한 3155
아내는 금과 진주의 가치가 있다.'
마르테 마음에 드신 곳이 아무 데도 없었느냔 말이에요.
메피스토펠레스 어디 가나 정중한 대우를 받았지요.
마르테 마음을 주신 데가 있느냐니까요.
메피스토펠레스 부인들하고 농담을 해서는 안 되지요. 3160
마르테 아아, 내 말 이해를 못하시는군요!
메피스토펠레스 참 미안합니다!
하여간 당신이 친절하다는 것만은 알고 있어요.
(지나간다)
파우스트 내가 정원에 들어왔을 때,
나라는 걸 곧 알았나요?
마르가레테 제가 눈을 내리감은 것을 못 보셨어요? 3165
파우스트 그럼 요전에 성당에서 돌아오실 때,
뻔뻔스럽게 한 짓을 용서해 주시겠지요?
마르가레테 전에 없던 일이라 저는 놀랐어요.
저는 이제껏 나쁜 말을 들은 일은 없었어요. 3170
그래서 제 태도에 어딘지 얌전치 못한 데가 있었나
하고 생각했어요.

아무렇게나 대해도 좋은 여자로 보신 것 같았어요.
솔직히 말해서 그때에는 제 마음속에서 당신을
좋게 생각하기 시작한 줄은 저도 미처 몰랐어요. 3175
그러나 당신에게 화를 내지 못해서
제가 미웠어요.

파우스트 요, 귀여운 사람!

마르가레테 좀 기다려 주세요!

(별꽃을 꺾어 꽃잎을 한잎 한잎 딴다.)

파우스트 뭘 하는 거죠? 꽃다발을 만들려고요?

마르가레테 아니, 그저 장난하는 거예요.

파우스트 뭐라고요?

마르가레테 가세요! 웃으실 거예요. 3180

(꽃잎을 따면서 중얼거린다.)

파우스트 무엇을 중얼거리지?

마르가레테 (약간 큰소리로) 그는 나를 사랑한다——사랑하지 않는다——

파우스트 그대는 참 귀여운 사람이야!

마르가레테 (계속한다) 날 사랑한다——사랑하지 않는다——사랑한다——사랑하지 않는다——

(마지막 꽃잎을 따며 몹시 기쁜 듯이.)

그는 나를 사랑한다!

파우스트 그럼, 사랑하고 말고!
이 꽃점을 하나님의 말씀이라고 생각해요. 나는 당신을 사랑하고 있으니까! 3185
알겠지요, 남자에게 사랑을 받는다는 것이 무슨 뜻인지?

(마르가레테의 두 손을 잡는다.)

토니 조아노트 그림

마르가레테 어쩐지 몸이 떨려요!

파우스트 그렇게 떨지 말아요! 당신을 보는 이 눈,
당신의 손을 쥐는 이 손에, 말로는 할 수 없는 것을 말하게 해줘요. 3190
나는 당신에게 생명을 바칠 것이며
영원히 변치 않는 기쁨을 느낄거요. 영원한! ——
만약 이 기쁨이 사라진다면, 그때는 절망뿐이리.
아니, 사라질 리는 없지! 결코 사라지지 않으리라!

(마르가레테, 그의 손을 꼭 쥐었다가 뿌리치고 달아난다.
파우스트, 잠시 멈칫하여 생각에 잠기다가 그 뒤를 따른다.)

마르테 (등장하면서) 날이 저물어 가는군요.

메피스토펠레스 네, 우린 가야지요. 3195

마르테 더 오래 계시도록 붙들면 좋겠는데,
워낙 말이 많은 곳이라서
이웃 사람 하는 것을 엿보고 엿듣는 것밖에는
하는 일이 없는 것 같아요. 3200
그러니 어떤 것을 해도 소문이 나게 마련입니다.
그런데 두 분은?

메피스토펠레스 저쪽 길로 뛰어갔어요.
들뜬 나비들 같군요!

마르테 그 애가 저 분의 마음에 들었나 보죠.

메피스토펠레스 아가씨도 그가 마음에 들었나 보군요. 세상일이란
그런 거지요.

정자*

마르가레테, 뛰어들어와 문 뒤에 숨어 손가락 끝을 입술에 대고 문틈으로 밖을 내다본다.

마르가레테 아, 그이가 오셨다!

파우스트 (등장한다) 장난꾸러기, 날 놀리는구나! 3205

잡았다. (그녀에게 키스한다)

마르가레테 (부둥켜안고 키스를 갚으며) 사랑하는 그대!

그대를 진정으로 사랑해요!

(메피스토펠레스, 문을 두드린다.)

파우스트 (발을 구르며) 누구야?

메피스토펠레스 친구지요!

파우스트 짐승 같은 놈!

메피스토펠레스 돌아갈 시간이 됐어요.

마르테 (등장하며) 정말 늦었어요.

파우스트 당신 데려다 줄까?

마르가레테 안 돼요. 엄마가——안녕!

파우스트 가지 않으면 안 되는가?

그럼 안녕!

마르테 안녕히.

마르가레테 다시 만나요! 3210

(파우스트, 메피스토펠레스 퇴장.)

마르가레테 참 저 분은

무엇이든 다 알고 계시거든!

나는 그 이 앞에 우두커니 서서,

무슨 말에도 그저 네, 네, 대답할 뿐이야.

나는 아무것도 모르는 바보건만 3215

내 어디가 마음에 드는 건지 모르겠어. (퇴장한다)

숲과 동굴*

파우스트 (혼자서) 숭고한 영*이여, 그대는 나에게
내가 요구하는 모든 것을 주었다.
불 속에서 그대의 얼굴을 내게 돌려준 건 헛일이 아니었다.
아름다운 자연을 내 왕국으로 삼게 해주었고, 3220
그것을 느끼고 즐기는 힘도 주었다.
다만 냉정하게 놀란 눈으로 바라보게 했을 뿐 아니라,
친구의 가슴속을 보는 것처럼,
대자연의 품속을 들여다보게 해주었다.
그대는 생물의 대열을 내 앞에 지나가게 하였고, 3225
고요한 숲과 공기와 물 속에 사는
나의 형제들을 만나게 해주었다.
그리고 폭풍이 숲속에서 요란하게 불고,
커다란 전나무가 쓰러지며
이웃 나무의 가지와 줄기를 부수며 쓰러뜨리고 3230
그 소리가 허공을 지나, 퉁탕 하고 언덕에 우레 소리처럼 아득하게
메아리칠 때,
그대는 나를 안전한 동굴 속으로 데리고 가서
나 자신을 스스로 돌아보게 하였으니
내 가슴속 비밀의, 깊은 기적이 드러난다.
그리고 내 눈앞에 밝은 달이 나를 위로하듯 떠오를 때, 3235
돌벽에서, 또한 촉촉이 젖은 풀숲에서는
옛날 세계의 은빛 모습들이 떠올라,
성찰의 준엄한 마음을 부드럽게 해주었다.

아아, 인간에게는 완전한 것은 하나도 주어지지 않는다는 것을 3240
나는 지금 느낀다.

그대는 나에게 신들에게 더 가까이 다가서게 하는
이 기쁨을 주는 동시에
동행자를 하나 붙여 주었는데, 그 놈은 냉혹하고 뻔뻔스러워서
나를 스스로 비굴하게 느끼게* 만들고
당신이 내게 준 물건을 단 한 마디 말로 망쳐 버리는데도 3245
나는 그 놈 없이는 지낼 수 없게 되었다.
그 놈은 내 가슴속에 저 아리따운 모습*을 그리워하는
사나운 불길을 일으켜 놓았다.
이리하여 나는 욕망과 향락으로 비틀거리며,
또 향락하는 동안에도 나는 욕망을 애타게 그리워하고 있다. 3250

(메피스토펠레스 등장.)

메피스토펠레스 당신도 이제는 이런 생활에 싫증이 나겠지요?
그렇게 질질 끌어서는 재미있을 리가 없지요.
물론 한 번쯤 시험해 보는 것도 좋지만,
또 다른 새로운 일을 시작해야지요!

파우스트 내가 기분이 좋을 때 와서 귀찮게 구느니 3255
자네도 할 일이 많이 있지 않겠는가.

메피스토펠레스 아니, 당신의 휴식을 방해하고 싶지는 않습니다.
저한테 정색을 하고 그렇게 말해선 안 되지요.
당신처럼 그렇게 인사성 없고, 불친절하고, 미치광이 같은 친구는
정말 없어도 섭섭하지 않아요. 3260
하루 종일 할 일은 얼마든지 있소이다.
다만 당신한테는 무엇을 해드려야 좋을지,
얼굴만 보아서는 알 수 없어 하는 말입니다.

파우스트 그것이 자네가 할 수 있는 가장 좋은 말투이지!
나를 지루하게 해 놓고 생색을 내자는 것인가. 3265

메피스토펠레스 당신과 같은 불쌍한 지상의 인간은,
내가 없었으면 어떻게 살았을까요?
갈팡질팡하는 공상의 혼란을

당분간 내가 일어나지 않게 고쳐 주었지요.
내가 없었으면 당신은 이미 3270
이 지구상에서 사라지고 말았을 거요.
무엇 때문에 부엉이처럼
동굴과 바위틈에 기어 들어가 앉아 있는 건가요?
왜 축축한 이끼와, 물방울이 떨어지는 바위에 입을 대고,
두꺼비처럼 먹이를 빨아먹고 있는 거지요? 3275
멋지고 달콤한 심심소일이로군요!
당신 몸에는 아직도 박사성이 틀어박혀 있어요.

파우스트 이렇게 호젓한 곳을 헤매고 있으면
새로운 생명력이 솟아난다는 것을 어찌 자네가 이해 할 수 있겠나?
만약에 자네가 그것을 안다면, 3280
이런 행복을 내가 누리지 못하도록 악마다운 심술을 부릴 거야.

메피스토펠레스 초지상적인 쾌락이란 말이군요!
깊은 산 속에서, 밤에는 이슬을 먹으며 잠자고,
기쁨으로 대지와 하늘을 품안에 안고,
신이라도 된 듯, 스스로 가슴 부풀어 하고, 3285
온갖 상상의 힘을 갖고 대지의 정수를 깊이 파고들어,
6일간의 신의 천지창조의 작업을 자신의 가슴으로 느끼고,
잘난 체하면서 자기도 알 수 없는 사물을 맛보고,
때로는 넘치는 사랑으로 만물에 취해 보고,
지상의 아들이라는 모습이 완전히 사라져 버려서,
결국은 이 고상한 직관적인 통찰을—— 3290

(추잡한 몸짓을 해 가면서.)

좀 말하기는 거북하지만, ——이런 식으로 끝맺자는 것이지요.

파우스트 괘씸한 녀석!

메피스토펠레스 마음에 안 드시는 모양이군요.
그러니 당신은 점잖게 괘씸한 녀석이라고 하는군요.
하기는 깨끗한 마음을 가진 사람도 그것 없이는 지낼 수 없는 것을 3295

깨끗한 귀에 대고 말해서는 안 되는 것이니까요.
간단히 말해서, 때때로 자기를 속이는
쾌락을 맛보는 것도 무방하지요.
그러나 이런 상태로 당신은 오래 배기지 못할 겁니다.
당신은 벌써 지쳤어요. 3300
이것이 더 오래 가면 미치광이가 되어 버리고 마는 겁니다.
불안하게 되고 겁쟁이가 되어 버리지요!
자, 이제 그만하지요! 그건 그렇고, 당신 애인은 집 안에 죽치고 앉아서,
모든 것이 답답하고 슬프기만 하답니다.
아무래도 당신이 잊혀지지 않는가 봐요. 3305
당신을 한없이 사랑하고 있지요.
처음에는 당신이 그 뜨거운 사랑을
마치 눈이 녹아 시냇물이 넘치듯이
저 애 가슴속에 쏟아 넣었지만
지금은 당신의 시냇물이 말라붙어 버렸어요. 3310
당신이 숲속의 옥좌에
앉아 계시느니보다는,
저 불쌍한 어린애의 사랑에
보답하는 것이 어른다운 일이라고 생각하는데요.
저 애에게는 하루가 참을 수 없이 지루해져서 3315
창문 가에 서서, 옛 성벽 위로
구름이 지나가는 것만 보고 있지요.
"이 몸이 새라면*!"이라는 노래를
낮이나 밤이나 부르면서 말입니다.
명랑한 때도 있지만 대개는 우울하게 지내고 3320
한동안 눈물에 젖는가 하면,
또 조용해지는 것 같더군요.
그러나 당신에게 홀딱 반해 있는 것만은 사실이지요.

파우스트 이 뱀*, 뱀 같은 놈아!

메피스토펠레스 (혼잣말로)옳지! 자네는 인제 내 것이다! 3325

파우스트 악당아! 여기서 물러가라.

저 귀여운 아이 이름을 부르지 말라!

거의 미쳐 버린 내 마음속에

저 귀여운 애의 몸에 대한 욕망을 일으키게 하지 말라!

메피스토펠레스 그러면 어쩔 셈인가요? 저 애는 당신이 도망간 걸로 알고 있어요. 3330

사실 당신도 거의 도망친 거나 다름없지요.

파우스트 아니, 나는 저 애 옆에 있다. 비록 멀리 떨어져 있을지언정.

나는 그 애를 잊어버리지 않는다. 버리지도 않는다.

저 애 입술이 가 닿는다고 생각하면

주님의 성체*까지도 원망하게 된다. 3335

메피스토펠레스 그렇겠지요! 나 역시 당신이 부럽더군요.

장미꽃 밑에서 풀을 뜯고 있는 쌍둥이 새끼 사슴*을 생각할 때면요.

파우스트 꺼져 버려라. 이 뚜쟁이 같은 놈!

메피스토펠레스 좋아요! 실컷 악담을 해보세요. 나는 웃지 않을 수 없어요.

남자와 여자를 창조하신 하느님*도

자기가 중매를 해보자 곧, 3340

이것을 가장 고상한 직업이라고 인정하게 되었지요.

자, 빨리 가보지 그래요, 그 애는 불쌍하기 짝이 없어요!

죽으러 가라는 게 아니고

애인의 방으로 가보라는 말씀입니다.

파우스트 그야 저 애를 안고 있으면 천국인 듯 기쁘긴 하지만, 그게 무슨 소용이 있는가? 3345

저 애의 가슴에 기대어 몸이 포근할 때에도

나는 늘 저 애의 고통을 느끼지 않을 수 없지 않는가?

나는 망명자가 아니냐? 집 없이 헤매는 방랑자가 아니냐?

마치 바위에서 바위로 떨어지는 폭포수가 심연으로 뛰어들어가듯이,
나는 목적도 쉴 곳도 없는 비인간적인 존재가 아니냐? 3350
그런데 저 애야말로 어떠한가.
어린애처럼 철없는 마음으로 알프스 고원의 오막살이집에나 살 듯,
집안에서 하는 일이란,
작은 세계 속에 한정되어 있다. 3355
그런데 저주받은 나는,
바위를 붙잡고,
그것을 산산이 부숴도 모자라!
저 애를, 저 애의 평화를,
파묻지 않을 수 없었다! 3360
지옥 같은 놈아, 네 놈은 이런 희생이 필요했단 말이냐!
악마 같은 놈아, 제발 이 내 번민의 기간을 줄여 다오!
아무래도 피할 수 없는 일이라면 당장 일어나라!
저 애의 운명이 내 머리 위에 떨어져서
나와 함께 나락으로 가도 좋다! 3365

메피스토펠레스 또다시 끓고 불이 타오르기 시작하는군요!
어서 가서 달래 주지 그래요, 바보 같으니라고!
이렇게 속이 좁은 사람은 출구가 안 보이면,
이내 죽음을 생각하는 법이지요. 3370
무엇이든 다부지게 배기는 자만이 만세를 부르게 되지요!
당신도 이제는 제법 악마다워졌어요.
이 세상에 절망하고 있는 악마처럼
꼴보기 싫은 것은 없단 말이오.

그레트헨의 방*

그레트헨 (혼자 물레 옆에 앉아서) 마음의 평화 사라지고
내 가슴은 무겁다. 3375
그 마음의 평화
이제는 다시 돌아오지 않으리.
임 없는 이 세상은
차디찬 무덤.
온 세상은 오직 3380
쓰기만 하네.

가련한 이 머리는
미칠 듯이 어지럽고
가련한 이 마음,
갈가리 찢어지네. 3385

마음의 평화 사라지고
내 가슴은 무겁네.
그 마음의 평화
이제는 다시 돌아오지 않으리.

행여 임이 오시려나 3390
창문을 내다보고
행여 임을 만날까
집 밖으로 나가 본다네

의젓한 그의 걸음,

슈타센 그림

우아한 그의 모습, 3395
그 입가에 흐르는 미소
그 눈에 담긴 강한 정기.

마술 같이 흐르는,
그의 이야기
아름진 그 손길, 3400
그의 달콤한 키스

내 마음의 평화 사라지고
이내 가슴은 무겁네.
그 마음의 평화
이제는 다시 돌아오지 않으리. 3405

내 가슴은
오직 임을 그릴 뿐
아, 임을 붙잡고
매달려 보고 싶구나.

내 마음껏 3410
임과 키스하고 싶어라,
임의 키스에
비록 이 몸이 부서진다 할지라도!

마르테의 정원*

마르가레테와 파우스트

마르가레테 하인리히*, 내게 약속해 주세요!
파우스트 내가 할 수 있는 일이라면 무엇이든지!
마르가레테 당신은 종교에 대해서 어떻게 생각하고 계시는지 말해 보세요. 3415
정말 마음이 착한 분이지만,
종교에 대해서는 그다지 중요하게 생각하지 않으시는 것 같아서요.
파우스트 그런 이야기는 그만둬요! 내가 당신을 사랑하는 것을 알고 있잖아요.
나는 사랑하는 사람을 위해서는 피와 살을 아끼지 않소만,
누구에게서나 그 사람의 감정이나 종교를 뺏으려 하지는 않아요. 3420

마르가레테 그건 옳지 않아요. 우리는 믿어야 해요!
파우스트 우리는 믿어야 한다고?
마르가레테 아, 참 어떻게 해드릴 수 없을까요!
당신은 교회의 성사*를 공경하지 않지요?
파우스트 공경하고 있어요.
마르가레테 그러나 진심에서 우러나오는 것은 아니지요. 3425
미사와 고해에도 오랫동안 나가시지 않았지요?
당신, 하느님을 믿으시나요?
파우스트 이봐요, 대체 누가 "나는 하느님을 믿는다"고 말할 수 있나요?
신부나 현자에게 물어 보시오.
그 사람들의 대답은 그걸 묻는 사람을
비웃는 것으로밖에 들리지 않을 것이오. 3430
마르가레테 그러면 안 믿는단 말씀이죠?
파우스트 사랑하는 당신, 오해하지는 말아요!
대체 하느님의 이름을 부르며 "나는 하느님을 믿는다"고
누가 고백할 수 있겠소?
또 자기 스스로 느끼면서 3435
"나는 믿지 않는다"고
감히 말할 사람이 어디 있겠소?
만물을 감싸고 있는 것,
만물을 받들고 있는 것이라면,
당신도 나도 또 자기 자신도 3440
감싸고 받들고 있는 것이 아닐까요?
하늘은 저렇게 드높이 둥글게 덮여 있고,
땅은 이렇게 발 아래에 탄탄히 깔려 있지 않소.
그리고 영원한 별들은 다정하게 반짝거리며
저렇게 높이 떠오르고 있지 않소? 3445
이렇게 나와 당신이 눈과 눈을 마주 보고 있으면,

모든 것이 당신 머리로
당신 가슴으로 밀려와
영원한 신비 속에 보일락 말락
당신 곁을 움직이고 있지 않소? 3450
그것을 당신 가슴속에 받아들여
그 느낌으로 온전한 축복을 얻었을 때,
그것을 행복이다, 정이다, 사랑이다, 신이다, 라고
당신 마음대로 불러 보시오.
나는 그것을 뭐라고 부르면 좋을지 모르겠소! 3455
느끼면 그만이지요.*
이름이란* 하늘의 불을 자욱히 싸고 있는
속이 텅 빈 울림과 사라지기 쉬운 연기에 지나지 않는 거요.

마르가레테 당신 말씀은 다 아름답고 훌륭해요.
신부님의 말씀도 대개 그와 비슷하지요. 3460
다만 말투가 조금 다를 뿐이에요.

파우스트 그야 갖가지 마음을 가진 사람들이 하늘의 햇빛 아래에서
제각기 자기 말투로 이야기하는 거지요.
난들 내 식으로 말을 해서 나쁠 리 없지요. 3465

마르가레테 그 말씀을 듣고 있으면 그럴 듯하지만,
그러나 역시 어딘지 잘못된 데가 있는 것 같아요.
당신은 그리스도 교도가 아니라서 그런 건가봐요.

파우스트 무슨 말이오!

마르가레테 당신이 저런 분하고 함께 다니는 것을 보고
나는 벌써부터 마음이 좋지 않았어요. 3470

파우스트 왜 그렇지?

마르가레테 저, 늘 당신하고 계신 분말예요.
어쩐지 그이가 싫어 못 견디겠어요.
그 사람의 보기 싫은 얼굴을 볼 때처럼
가슴이 찔리는 일은

여태까지 경험해본 적이 없어요. 3475

파우스트 귀여운 내 사랑, 그 자를 무서워하지 말아요!

마르가레테 그 사람이 있으면 내 피가 끓어 올라와요.

나는 누구한테나 호의를 가지고 있지만,

당신을 그리워하면 할수록

그 사람 앞에서는 이상하게 무서워져요. 3480

그리고 그 사람은 나쁜 사람 같아요!

만약에 내가 틀렸다면 미안한 일이지만!

파우스트 세상엔 그런 괴짜도 있어야죠.

마르가레테 그래도 나는 그런 사람하고 같이 있기 싫어요!

문에서 들어올 때면 3485

남을 조롱하는 듯한 얼굴을 하고,

약간 또 성이 나 있어요.

그 사람은 어떤 것에도 관심이 없는듯 보여요.

아무도 사랑하고 싶지 않다는 것이

그 사람의 이마에 씌어 있어요. 3490

난 당신 팔에 안겨 있으면 행복하고

그대로 맡겨 버린 듯 포근한데,

저 사람이 있으면 가슴이 죄어드는 것 같아요.

파우스트 당신은 참 예감이 풍부한 천사야!

마르가레테 그런 기분에 사로잡혀서 3495

우리들이 있는 곳에 저 사람이 오기만 하면

벌써 난 당신을 사랑하지 않는 듯한 기분까지 들어요.

그리고 저 사람이 있으면 기도를 드릴 수가 없어요.

그래서 난 정말 마음속 깊이 걸려요.

하인리히, 당신도 그러시죠? 3500

파우스트 성격이 안 맞는 거겠지!

마르가레테 이젠 가야겠어요.

파우스트 아아, 단 한 시간만이라도

마음놓고 당신 품에 안겨서
가슴과 가슴, 마음과 마음을 서로 통하게 할 수는 없을까?

마르가레테 나 혼자만 잔다면 얼마나 좋겠어요! 3505
오늘밤 빗장을 질러 놓고 싶지 않지만,
어머니는 깊이 잠드시지 않아요.
어머니한테 들키기라도 한다면,
나는 그 자리에서 죽어 버리겠어요!

파우스트 그런 건 염려할 것 없어요. 3510
여기 작은 약병*이 있소! 이 안에 든 약을 세 방울 어머니가 마시는 음료 속에 넣어 드리면,
아무것도 모르고 단잠을 자게 돼요.

마르가레테 당신 때문이라면 무슨 짓인들 못하겠어요?
그러나 몸에 해롭지는 않겠지요! 3515

파우스트 설마 독이 되는 것을 내가 하라고 시키겠소!

마르가레테 난 당신 얼굴을 보고 있으면
무엇이든 시키는 대로 안 할 수 없어요.
당신 때문에 지금까지도 많은 일을 했으니까요.
이제 더 이상 할 일도 없을 것 같아요. (퇴장) 3520

(메피스토펠레스 등장.)

메피스토펠레스 그 풋내기! 가 버렸나요?

파우스트 또 엿듣고 있었나?

메피스토펠레스 자세히 들었지요.
박사님이 교리 문답을 받고 있더군요.
틀림없이 당신에게도 좋은 효과가 있었을 겁니다. 3525
원래 여자란 상대가 옛날 식으로 신앙심이 깊고
순진한지 어떤지를 알려고 하는 법이니까요.

종교에 굴복하는 남자라면 자기에게 순순히 따라오는 것이라고 생각하는 것이지요.

파우스트 자네 같은 괴물은 모를 거야.
저 귀여운 천사의 마음은
오로지 그 믿음만으로도
축복을 받는다는 신앙심으로 가득차 있어, 3530
자기가 가장 사랑하는 남자가 신의 은총을
잃게 되지나 않을까 하고 몹시 애태우고 있는 것이야.

메피스토펠레스 세상 일은 초월한 듯하면서도 계집을 좋아하시는 구혼자인 당신은
계집애의 손아귀에서 놀아나고 있군요. 3535

파우스트 이 똥과 불로 태어난 병신 같은 녀석!

메피스토펠레스 게다가 그 애는 관상도 잘 보더군.
내가 있으면 어쩐지 기분이 이상하다지요.
내 얼굴이 그 애에게 어떤 숨은 뜻을 말하고 있단 말이군요.
그애는 적어도 내가 천재고, 3540
아마 악마일지도 모른다는 걸 느끼고 있어요.
그런데 오늘밤에는 드디어――?

파우스트 자네하고 무슨 상관이 있지?

메피스토펠레스 아니, 저도 그것이 반가워서 그러는 거지요!

우물가에서*

그레트헨과 리스헨, 물동이를 이고 이야기한다

리스헨 너 베르벨헨에 대한 소문 들었니?

그레트헨 아니, 사람들과 잘 어울리지 않으니까. 3545

리스헨 정말이란다. 오늘 아침 지빌레가 말하더구나.
그 애는 결국 속아넘어가고 말았단다.

얌전한 척하더니 그 꼴이지!

그레트헨 어떻게 됐는데?

리스헨 소문이 자자하단다!

이제는 먹고 마시는 것도 뱃속에서 두 사람 분이라야 한대.

그레트헨 저런! 3550

리스헨 잘 됐지 뭐.

오랫동안 그 사내한테 붙어 다녔으니까!

소풍을 간다느니

마을 무도장에 나간다느니 해서,

어디서나 제일 가는 여자처럼 내세워 주고, 3555

포도주랑 만두랑 사서 비위를 맞추어 주니

예쁜 얼굴에 콧대가 높아졌지.

사내에게 선물을 받는 걸

부끄럽게 여기지 않을 만큼 뻔뻔스러워졌어.

서로 핥고 빨고 하는 동안에 3560

어느새 꽃마저 떨어져* 버린 셈이지!

그레트헨 불쌍한 것!

리스헨 불쌍할 게 뭐야!

우리는 물레 곁에 앉아 있고,

밤에는 어머니가 바깥에 내보내 주지도 않는데,

그 애는 정이 든 녀석하고 즐기면서 3565

컴컴한 복도니 문간의 걸상에서

시간가는 줄을 몰랐지.

지금은 기진맥진하여 죄인의 속옷*을 입고

교회에 가서 회개를 해야 할거야!

그레트헨 그래도 그 남자는 베르벨헨을 자기 아내로 삼을 거야. 3570

리스헨 그런 짓 하면 바보지! 똑똑한 사내라는데,

다른 데서도 얼마든지 즐길 수 있을 게 아냐.

그 남자는 벌써 떠나 버렸대.

그레트헨 그건 너무해!

리스헨 그 사내를 얻어도 호된 꼴을 당해. 3575

청년들은 머리에 쓴 그 애의 화관*을 빼앗아, 뜯어 버릴 것이고,

우리는 문 앞에 잘게 썬 짚*을 뿌려 줄텐데! (퇴장)

그레트헨 (집으로 돌아가면서) 전에는 불쌍한 여자가 잘못을 저지르면

나도 얼마나 흉을 보았던가!

남들이 저지른 죄를 욕할 때엔

나도 어지간히 수다스러웠지! 3580

남이 한 짓이 검게 보이면, 그 검은 빛이 충분치 못하다고 생각하고는

그것에 더욱 검은 칠을 하려고 했었어.

그리고는 자신을 스스로 축복하고 잘난 체했었지.

그런 나도 이제는 스스로 죄에 빠져 버렸구나!

그러나 이렇게 되기까지는 모든 것이 3585

얼마나 좋았고, 아름다웠던가!

성곽 안쪽 길*

돌벽이 후미진 곳에 고난의 성모상이 있고,

그 앞에 꽃병이 놓여 있다.

그레트헨 (싱싱한 꽃을 그 병에 꽂는다)

고통 많으신 성모 마리아시여,

저의 괴로움을

보살피어 얼굴을 이리로 돌리시옵소서!

가슴을 칼에 찔리시고* 3590

그지없는 슬픔으로

아드님의 죽음을 지켜보시옵나이다.

하늘에 계신 아버지를 우러러 보시며

당신과 아드님의 고난 때문에
탄식을 하늘로 보내시옵나이다. 3595

뼈 마디마디에*
고통이 깊이 사무치는 것을
누가 느껴 주리오리까?
안타까운 이 가슴이
겁내고 떨며 무엇을 바라는지 3600
오직 당신만이 아실뿐이옵니다.

어디를 가나
저의 가슴속은
쓰리고, 쓰리고, 쓰리나이다.
혼자 있기만 하면 3605
저의 가슴이 미어질 듯
울고, 울고, 또 우나이다.

여기 당신께 드릴 이 꽃을
오늘 아침 꺾었을 때
창문 앞 화분을 3610
눈물로 적시었나이다.
저의 방에
아침 햇빛이 비출 때면
저는 이미 침대 위에서 3615
시름에 잠겨 있나이다.

부디 제가 치욕과 죽음을 면할 수 있도록
도와주소서!
수많은 고난을 겪으신 성모 마리아시여,

얼굴을 이리로 돌리시어
저의 괴로움을 보살펴 주시옵소서.

밤*

그레트헨의 집 앞 길거리.

발렌틴 (군인. 그레트헨의 오빠) 누구나 제 자랑을 하기 좋아하는 3620
술자리에 내가 앉았을 때면,
모두들 소리 높여
처녀들의 칭찬에 꽃을 피우고,
그 칭찬을 안주삼아 술잔을 가득 채울 때——
팔꿈치로 턱을 괴고 3625
나는 유유히 자리에 앉아
모두가 하는 잡담을 듣고 있다가,
웃으면서 수염을 어루만지며
가득 따른 술잔을 손에 쥐고는 이렇게 말했었지.
"그야 제각기 제 멋은 있겠지! 3630
그러나 우리 집 귀여운 그레텔과 비교할 수 있고
내 누이동생에게 시중을 들 만한 계집애를
이 나라 전체에서 찾을 수 있단 말인가?"
옳다, 옳아! 찰랑이는 술잔 소리가 왁자하고
어떤 사람은 외쳤지, "자네 말이 맞아. 3635
그 애는 여성 전체의 자랑이다!"
그러면 먼저 칭찬하던 자들도 잠잠해졌지.
그런데 지금은 어떤가! ——머리털을 뜯고 싶고,
벽에라도 기어올라가도 때는 이미 늦었다!
온갖 잡놈들도 코를 실룩하고 빈정거리며 3640
비꼬아서 나를 놀려댄다.

나는 빚을 진 사람 모양 웅크리고 앉아서
귓전에 들리는 말 한 마디 한 마디에도 진땀을 흘려야 한다!
그 놈들을 모조리 때려 주고도 싶지만,
거짓말쟁이라고 부를 수는 없게 되었다. 3645

저기 오는 것이 뭔가? 살금살금 다가오는 놈이 누구일까?
잘못 본 게 아니라면, 저게 바로 그 두 놈이다.
정말 그놈이라면 당장 멱살을 움켜잡고,
살려 보내지 않을 테다!

(파우스트, 메피스토펠레스 등장.)

파우스트 저기 교회 법의실(法衣室) 창문에서 3650
영원한 등불이 위로 비치고
옆으로 퍼져가며 점점 희미해지니,
어둠이 사방에서 덮쳐 오듯이,
내 가슴도 어둠에 잠기는구나.
메피스토펠레스 그런데 내 마음은 마치 저 비상 사다리를 따라 3655
담벼락에 붙어 몰래 살살 기어가는
고양이 같은 기분입니다.
내게는 도둑놈 마음보와 색골 마음보가 약간씩 섞여 있기는 하지만,
대체로 퍽 기분이 좋습니다.
어쩐지 온 몸에 즐거운 3660
발푸르기스의 밤* 축제 기분이 스며드는 것 같군요.
인제 모레면 그 밤이 다시 돌아오는데,
사람들이 왜 잠을 안 자고 설치는지 알게 될 겁니다.
파우스트 이러는 동안 저 먼 곳에 불꽃이 타는 것이 보이는데,
보물이* 지금 저 땅 밑에서 솟아 올라오고 있는 것이 아닌가? 3665

메피스토펠레스 당신은 머지 않아,
그 보물 단지를 캐올리는 기쁨을 맛보게 될 겁니다.
요전번에 곁눈으로 슬쩍 보았더니
사자문양이 새겨진 멋진 금화가 들어 있더군요.
파우스트 내 귀여운 애인이 치장할 3670
보석이며 반지는 없단 말인가?
메피스토펠레스 글쎄요,
진주*를 꿰어 놓은 목걸이 같은 것이 보이기는 하던데요.
파우스트 그러면 됐다!
그녀한테 빈손으로 간다는 것이 어쩐지 마음 아파. 3675
메피스토펠레스 공짜로 재미를 본다고
당신 마음이 언짢아서는 안 되지요.
하늘엔 총총 별들이 빛나고 있는 밤이니,
내가 진짜 예술적인 노래를 하나 들려 드리지요.
그 애의 마음을 이상해지게 만들어 놓기 위해 3680
아주 도덕적인 노래를 불러 주지요.

(키타라*의 반주로 노래한다*)

이 첫새벽에
사랑하는 임의 집 문 앞에서
카타리나여
넌 무엇을 하고 있느냐? 3685
아서라, 그만두어라!
문을 들어설 때는
숫처녀의 몸이지만
숫처녀로 나오지는 못하리라.

몸을 조심하여라! 3690
다 끝나 버리면

안녕하고 가 버린다.
불쌍하고 불쌍한 처녀들아!
자기 몸이 소중하면
도둑에게 3695
마음을 주지 말아라.
반지를 받는 그 날까지는.

발렌틴 (앞으로 나선다) 여기서 누구를 꾀어내자는 것이냐? 괘씸한 놈들!
이 저주받을 쥐잡이 놈들!
먼저 그 악기를 부숴 버리겠다! 3700
그 다음은 노래하는 놈의 차례다!
메피스토펠레스 키타라가 둘로 쪼개졌다! 인제는 쓸모가 없다.
발렌틴 이번엔 대가리를 부셔 놓을 테다!
메피스토펠레스 (파우스트에게) 박사님, 물러서지 말고 기운을 내야 합니다!
딱 붙어 서서 내가 하라는 대로 해요. 3705
그 칼을 빼 들어요!
자, 찌르기만 해요! 내가 막아낼 테니.
발렌틴 이걸 받아라!
메피스토펠레스 왜 못 받아?
발렌틴 이것도 받아라!
메피스토펠레스 물론이지!
발렌틴 상대는 악마 같구나!
이게 웬일일까? 벌써 손이 저려 온다. 3710
메피스토펠레스 (파우스트에게) 자, 찔러요!
발렌틴 (쓰러진다) 아아, 분하다!
메피스토펠레스 녀석, 이제 조용해졌군!

들라클루아 그림

그러나 자, 여기를 떠납시다! 얼른 사라져 버려야 해요.
벌써 살인이라는 고함소리가 들리는군요.
나는 경찰을 속여넘기는 데는 도사지만,
재판소에 끌려가는 것은 질색입니다. 3715

마르테 (창가에서) 모두들 나와 보세요!

그레트헨 (창가에서) 등불을 가져오세요!

마르테 (전과 마찬가지로) 욕지거릴 하면서 붙잡고 싸우고 있어요.

사람들 저기 벌써 한 사람 죽어 있어요!

마르테 (집 문에서 나오며) 살인자들은 도망쳐 버렸나요?

그레트헨 (집 문에서 나오며)여기 쓰러져 있는 사람은 누구일까?

사람들 네 어머니의 아들*이다. 3720

그레트헨 어머나! 어쩌면 좋아!

발렌틴 나는 죽는다! 할 말이 있지만,

그보다 더 먼저 죽게 될 것이다.
여자들이여, 어째서 거기 서서 울고불고 하는가?
이리 와서 내 말을 들어 주오! (모두들 발렌틴을 둘러 싼다) 3725
이것 봐, 그레트헨! 너는 아직 어려.
그리고 아직 철이 들지 않았어.
그래서 일을 저지르고 말았다.
너에게만 말하지만
너는 이젠 창녀나 다름없다. 3730
아마 그게 너에게 적합한 이름일 거야!

그레트헨 오빠! 아아, 하느님! 어떻게 그런 말을 하세요?

발렌틴 농담이라도, 하느님을 입에 올리지 말아라!
일어난 일은 하는 수 없지만,
앞으로는 될 대로 될 거다. 3735
처음에 너는 남몰래 한 놈하고만 시작했지.
얼마 안 가 상대의 수가 늘어나서
그것이 한 다스나 되면
그때 너는 고을 안의 노리갯감이 되지.

수치의 씨를 배게 되면, 3740
남의 눈을 피해 살짝 낳아서,
머리 위에서 귀밑까지
밤의 너울로 씌워 버리겠지.
사실 죽여 버리고 싶은 마음일 것이야.
그놈이 자라서 점점 커지면, 3745
대낮에도 밖으로 나다니겠지만,
수치의 씨앗은 별로 신통한 것이 되지 못하고,
얼굴이 더욱더 추해질수록
더더욱 대낮의 햇빛을 찾게 된다.

들라클루아 그림

벌써 내 눈앞에 선하다. 3750
점잖은 시민들이 모두
염병에 죽은 시체를 피하듯
창녀나 다름없는 너를 비켜서게 될 것이니 말이다.
남들이 네 얼굴을 찬찬히 살피면
너는 가슴이 섬뜩해질 것이다! 3755
이제는 금목걸이*도 달 수 없을 것이다! 성당에 가도
제단 앞에는 설 수 없으리라!
고운 레이스가 달린 옷을 입고
무도장에 나가서 즐길 수도 없으리라!
비렁뱅이나 병신들 틈에 끼어서,
침침한 한탄의 그늘에 숨어 지내야 하며, 3760
비록 하느님은 용서하시더라도,
이 세상에서는 영영 저주받는 몸이 될 것이다!

마르테 하느님께 당신 영혼이나 건져 주시도록 비세요!
그런 나쁜 소리로 죄를 걸머질 생각이오? 3765

발렌틴 이 낯간지러운 뚜쟁이 같은 년아!
나는 그 말라빠진 몸뚱아리를 두들겨 주고 싶을 지경이다.
그러면 내 죄값음이
충분할 테니까.

그레트헨 오빠! 얼마나 아프세요! 3770

발렌틴 울지 말아라, 눈물을 거두거라!
네가 순결을 잃었을 때,
내 가슴은 가장 큰 타격을 받았다.
이제 나는 잠들 듯 죽어
훌륭한 군인으로서 하느님에게로 가는 것이다. (죽는다) 3775

성당*

장례 미사, 오르간과 노랫소리.

많은 사람들 사이에 그레트헨, 그레트헨 뒤에 악령이 있다.

악령 그레트헨, 너도 많이 변해 버렸구나.
네가 아직 천진난만했을 때는
이 제단 앞으로 걸어나와
다 해진 기도서를 펼치고
더듬대며 기도를 올렸지. 3780
반은 어린이의 유희
반은 신앙심에서!
그레트헨!
네 정신은 지금 어찌 되었느냐?
네 가슴속엔 3785
얼마나 큰 악행이 자리잡고 있느냐?
너 때문에 길고 긴 고통*을 받으면서 돌아가신
어머니의 영혼을 위해 기도 드리고 있느냐?
너의 집 문지방엔 누구의 피가 흘렀느냐?
——그리고 네 가슴속에서는 3790
이미 죄악의 씨가 불룩 움지락거리며,
앞날을 걱정하는 듯
지금 너와 그 아이 자체*를 두렵게 하고 있지 않느냐?

그레트헨 아, 괴롭고 괴롭구나!
마음속을 오락가락하며 3795
나를 괴롭히는
이 생각에서 벗어날 수는 없을까!

합창 "분노의 날이 오면, 그 날이 오면,*
세상은 불타서 재가 되리라."

들라클루아 그림

(오르간 소리.)

악령 신의 분노가 너를 사로잡는다! 3800
나팔 소리가 울린다!
무덤들이 모두 떤다.
그리고 네 마음은
죽음의 재와 같은 안식에서
이글거리는 불길의 고통으로 3805
다시 북돋우어
떨며 일어서리라!
그레트헨 여기서 나갈 수 있었으면 좋겠다!
저 풍금 소리는
내 숨통을 틀어막는 것 같구나. 3810
저 노랫소리는
내 심장을 속속들이 녹여 버리는 것 같구나.
합창 "그리하여 심판자가 자리에 앉게 되면,
모든 숨긴 일이 드러나리니,
벌받지 않고 남는 일은 없게 되리라." 3815
그레트헨 아, 가슴이 죄어드는 것 같구나!
벽의 기둥들이
나를 옥죄고
저 천장이
위에서 나를 짓누르는구나! ——아아, 숨이 막혀! 3820
악령 몸을 숨겨봐라! 그러나 죄와 치욕은
숨길 수 없느니라.
숨이 막히느냐? 눈앞이 아찔한가?
불쌍한 것!
합창 "가엾은 나, 그때에 무슨 말을 하리오? 3825
누구에게 보호를 구하리오?

정의로운 사람마저 불안스런 그때에."

악령 빛에 가득 찬 자*들은 너를 보고
고개를 돌리리라.
마음이 깨끗한 자들은 너의 손을 쥐려 할 때 3830
그들의 몸을 떨리라
불쌍한 것!

합창 "가엾은 나, 그때에 무슨 말을 하리오?"

그레트헨 옆에 계신 아주머니! 향수병*을 좀! ——(실신한다)

발푸르기스의 밤*

하르츠 산. 시르케와 엘렌드 부근.

파우스트, 메피스토펠레스

메피스토펠레스 당신은 빗자루*가 필요하지 않은가요? 3835
나는 억센 숫염소* 한 마리가 있으면 좋겠어요.
목적지까지는 아직도 꽤 걸어야 하니까요.

파우스트 내 다리가 아직 기운이 있는 동안은
이 울툭불툭 마디진 지팡이 하나로 넉넉하다.
길을 재촉해 본들 무슨 소용이 있어! —— 3840
골짜기의 꾸불꾸불한 길을 걸어가서
영원한 샘이 솟아 나오는
이 바위에 기어올라가는 것이
이런 산길을 걷는 사람에게 흥을 돋우어 주는 유쾌한 일이다!
봄은 어느덧 자작나무 가지에서 살랑거리고, 3845
전나무까지도 이미 봄기운을 느끼고 있다.
그러니 우리의 사지에도 그 봄이 작용하지 않겠는가?

메피스토펠레스 나는 좀처럼 그것을 느끼지 못하겠어요!
내 몸은 아직도 겨울 같기만 하니.

들라클루아 그림

내가 걷는 길엔 눈이나 서리가 내렸으면 좋겠어요. 3850
보아요.
저 이지러진 붉은 달이 가는 빛을 띠며 슬피 떠올라
어슴푸레하게 비치기 때문에,
한 발짝 옮길 때마다 나무나 바위에 부딪칠 것 같군요!
잠깐만, 도깨비불*을 하나 빌어 봅시다! 3855
저기 멋지게 불타고 있는 놈이 있군요.
여보게! 친구! 우리 쪽으로 와 줄 수 없겠나?
그렇게 헛되이 빛을 내고 있을 텐가?
제발 부탁이니, 우리가 올라가는 길을 비춰 주게나!

도깨비불 황송합니다. 되도록 3860
휘청거리는 성질을 고쳐 보겠습니다.
갈지자걸음만은 우리의 습관인지라.

메피스토펠레스 이 녀석이! 인간의 흉내를 내 보자는 거군.
악마의 이름으로 말하지만, 똑바로 가야만 해!
그렇지 않으면 너의 깜박불의 생명을 불어서 꺼버리겠다. 3865

도깨비불 네, 당신이 여기 산 속의 두목이라는 것을 잘 알고 있습니다.
분부대로 하고 싶은 마음 간절합니다만,
워낙 오늘밤은 온 산중이 미친 듯 들끓고 있어,
도깨비불이 당신들을 안내는 해 드리지만,
너무 까다롭게 하지는 마십시오. 3870

파우스트, 메피스토펠레스, 도깨비불 (번갈아 노래*한다)

꿈속으로, 마귀의 나라로
우리는 어느덧 들어온 것 같구나.
잘 인도하여 영광을 얻어라.
우리들을 저렇게 넓고
적적한 들판에 곧 이르도록 하여라! 3875

나무 뒤에 또 나무들이

재빨리 물러가고,
구부린 멧부리도,
기다란 바위 코도,
드르렁 코를 골고 있구나. 3880

돌사이를 돌고, 풀밭을 지나,
시냇물과 산골물이 졸졸 흐른다.
들리는 건 물소리냐? 노랫소리냐?
천국과 같던 젊은 날의
감미로운 사랑의 탄식 소리냐? 3885
아, 우리는 무엇을 바라고, 무엇을 사랑하는가!
지나간 날의 옛 이야기처럼,
메아리 그윽하게 울려오는구나.

우휴! 슈후! 가까이 들려 오는 올빼미 소리.
부엉이, 푸른 도요, 여치들도, 3890
모두들 잠들지 않았나 봐?
덤불 밑을 기어가는 건 도롱뇽인가?
긴 다리에 불룩한 배!
바위틈에서, 모래 속에서,
나무 틈에서, 모래 속에서,
나무 뿌리는 마치 뱀이나 되는 듯, 3895
이상한 허리띠를 꿈틀거리며,
우리를 혼내고, 잡으려 하는구나.
꿈틀거리는 억센 나무의 옹두리는
해파리 다리 같은 팔을 뻗치고
우리 나그네의 가는 길을 가로막는다. 3900
쥐들은 가지각색으로 떼지어
이끼와 풀밭 위를 몰려다니는구나!

반딧불은 날며,
오종종하게 떼를 지어,
길가는 사람을 어지럽힌다. 3905

그러나 말해 다오, 우리들은 멈추고 있느냐,
아니면 계속 가고 있느냐?
모든 것이 빙빙 도는 것 같구나.
괴상한 얼굴을 한
바위도 나무도 그리고 도깨비불도, 3910
점점 늘어나고 부풀어 오르는구나.

메피스토펠레스 내 옷자락을 단단히 붙들어요!
여기가 중턱쯤이오.
산 속에 묻혀 있는 황금*이 빛나는 것을 보고
사람들이 놀라는 곳이지요. 3915
파우스트 마치 먼동이 틀 때처럼 구슬픈 빛깔이
저 골짜기에서 이상하게 빛나고 있구나!
더구나 그 빛이 심연까지도
깊숙이 비추고 있다.
저기에는 김이 일기도 하고, 증기가 서려 있기도 하며 3920
여기에는 자욱한 안개와 아지랑이 속에서 불이 타고 있다.
그 불이 부드러운 실처럼 연하게 흐르다가,
또 샘처럼 솟아오르기도 한다.
어떤 데는 수백의 광맥이 굽이치듯,
이 골짜기의 긴 부분을 덮고 있는가 하면, 3925
이쪽 좁은 구석에선,
갑자기 산산이 부서지고 있다.
여기 또 가까운 곳에는,
황금의 모래를 뿌린 듯, 불꽃이 튀고 있다.

그러나 저기를 보라! 저 바위 절벽은 3930
온통 벌겋게 타오르고 있다.

메피스토펠레스 황금의 주인께서 오늘 이 축제를 위해서
대궐 안을 휘황찬란하게 밝혀 놓은 것이 아닐까요?
당신이 이것을 보았으니 무엇보다 다행입니다.
들어가려고 법석을 떠는 손님들이 벌써 느껴지는군요. 3935

파우스트 세찬 바람이 미친 듯이 불고 있구나!
내 목덜미를 무섭게 후려치고 있다!

메피스토펠레스 그 늙은이의 갈빗대 같은 바위를 꽉 잡아요.
잘못하면 저 골짜기의 밑바닥으로 떨어집니다.
안개가 끼어서 밤을 더욱 짙게 하는군요. 3940
저 숲속에서 나무들이 우지끈거리는 소리가 들리지요!
부엉이도 겁을 먹고 날아가 버리는군요.
영원히 푸르른 궁궐의
기둥이 무너지는 소리를 들어 보세요.
가지들이 우지직거리며 부러지고, 3945
나무 줄기는 큰소리를 내며 부러집니다.
뿌리는 삐걱삐걱 흔들리며 큰 입을 벌리는군요!
모두가 무섭게 엎치고 덮치며
비명을 지르면서 쓰러집니다.
그리고 부서지고 쓰러진 나무들로 뒤덮인 골짜기에는 3950
바람이 휙휙 불어 댑니다.
저 높은 곳, 멀고 가까운 곳에,
울리는 소리가 들리는가요?
이 산을 온통 뒤흔드는
우렁찬 마귀의 노래가 울려퍼지는군요! 3955

마녀들 (합창한다) 브로켄 산으로 마녀들이 간다.
그루터기는 누렇고 묘목은 초록빛인데
거기에 모두들 몰려간다.

우리 안주인께서 위에 계신다.
돌, 나무뿌리 위를 넘어서 가니, 3960
마녀는 방○ 뀌고 염소는 똥냄새 풍기는구나.

목소리 바우보 할멈이 혼자서 온다.
새끼 밴 돼지를 타고 온다.

합창 존경받을 사람이면 존경해야지!
바우보 할멈, 앞장서서 안내하라! 3965
기운 찬 돼지에 할멈이 탔으니
마녀의 무리는 줄지어 그 뒤를 따라간다.

목소리 어느 길로 왔지?

목소리 일젠슈타인 고개를 넘어서 왔다!
지나는 길에 부엉이 둥지를 들여다봤더니 커다란 눈을 부릅뜨더라! 3970

목소리 시시한 소리는 작작해!
어째서 그리 바삐 달리지!

목소리 나를 손톱으로 할퀴더구나.
여기 상처를 봐라!

마녀의 합창 가는 길은 넓고도 멀다.
왜 이렇게 밀치락거리고 야단이지? 3975
갈고리로 찌른다. 빗자루가 할퀸다.
갓난아기는 숨이 막히고, 어미는 배가 터진다.

마녀의 두목 (반수 합창)
우리는 집을 둘러 쓴 달팽이처럼 천천히 간다.
여자들은 모두 다 앞질러 갔구나.
악마가 있는 곳을 찾아갈 때면 3980
여자가 천 걸음이나 앞장서야 하니까.

다른 반수 우리는 그것을 이러니 저러니 말하지 않겠어.
여자가 천 걸음을 먼저 간다지만
제아무리 서두를지라도

남자는 한 번만 뛰면 성큼 따라가지. 3985

목소리 (위에서) 어서 와요. 바위 연못 친구들, 어서들 와요!

목소리 (밑에서) 우리도 같이 올라가고 싶어요.
몸은 매일 씻어 반짝이지만
평생 아기는 배지 못해요.

쌍방의 합창 바람은 자고, 별은 사라지고, 3990
구슬픈 달빛마저 숨어 버리네.
마귀의 합창단이 떠들어대면
수천의 불꽃이 튀어 올라간다네.

목소리 (밑에서) 거기 서요! 거기 서요!

목소리 (위에서) 저 바위틈에서 부르는 게 누구냐? 3995

목소리 (밑에서) 나를 같이 데려가 다오! 나를 같이 데려가 다오!
이미 300년 동안이나 오르고 있지만,
아직도 꼭대기에 이르지 못하는구나.
나도 동료들과 어울리고 싶어.

쌍방의 합창 지팡이도 태우고, 빗자루도 태우네. 4000
갈고리도 태우고, 숫염소도 태우네.
오늘밤에 오르지 못하면
영원히 오를 수 없는 낙오자가 된다네.

절반 마녀 (밑에서) 나는 종종걸음으로 걸은 지 이미 오래지만
남들은 벌써 저렇게 멀리 가 버렸어! 4005
집 안에 있으면 마음이 들떠,
여기까지 왔으나 따를 수가 없구나!

마녀의 합창 고약을 발라서 마녀는 기운을 내지.
누더기라도 돛으로 달 수 있고
아무런 통이라도 훌륭한 배가 된다. 4010
오늘 날지 못하면 영영 날지 못하리.

쌍방의 합창 우리가 꼭대기를 날면서 돌 때,

너희들은 땅바닥을 기어가라.
넓게 펼쳐진 땅바닥을 기어가라.
떼지어 몰려드는 마녀들의 무리. 4015

(절반 마녀들 앉아서 쉰다.)

메피스토펠레스 밀치고, 부딪치고, 허둥거리고, 덜그럭거리고!
씩씩거리고, 빙빙 돌고, 잡아당기고, 노닥거리고!
빛을 내다가는 불을 뿌리고, 방귀뀌다가 불에 타기도 한다!
이것이야말로 정말 마녀의 세계로구나!
자, 딱 붙어서요! 그렇지 않으면 떨어져요. 4020
당신은 어디 있나요?

파우스트 (멀리서) 여기 있네!

메피스토펠레스 뭐라고요! 벌써 거기까지 밀려갔어요!
전가의 비법을 쓰지 않으면 안 되겠는 걸요.
비켜라! 볼란트 공자님이 오신다. 비켜라! 부하들아, 썩 물러서라!
자, 박사님 나를 붙잡으세요! 여기서 한 번 풀쩍 뛰어서 이 혼잡 속에서 빠져나갑시다. 4025
하도 혼란스러워서 나도 질려 버렸어요.
저기 뭔가 이상한 불빛이 빛나고 있군요.
저 덤불 쪽에서 무언가가 나를 끌어당기는데
자, 어서! 저 속으로 들어가 봅시다.

파우스트 이 모순 투성이 마귀 같으니라고! 자, 몸을 움직여라! 어디든지 나를 끌고 가거라. 4030
그렇지만 정말 근사한 걸 해냈어.
발푸르기스의 밤에 브로켄 산에 와서
제 멋대로 이런 곳으로 피신을 한 셈이야.

메피스토펠레스 저기를 좀 보세요. 오색찬란하게 불들이 타고 있군요!
유쾌한 무리들의 모임인데요. 4035

사람 수효는 적지만 외로워 보이지는 않습니다.

파우스트 그러나 나는 저 위로 가보고 싶다!
벌써 화염과 뭉게뭉게 떠오르는 연기가 보인다.
그런데 모두 악령을 향해 달려가고 있으니
저기 가면 많은 수수께끼가 풀릴 것이다. 4040

메피스토펠레스 그러나 또 많은 수수께끼가 생기기도 할 겁니다.
저 넓은 세상은 떠들게 내버려두고
우리는 여기 조용히 있기로 합시다.
큰 세계 안에 작은 세계를 만드는 것이
옛날부터 내려오는 관습이지요. 4045
저기 젊은 마녀들은 온통 벌거벗고 있고,
늙은 것들은 현명하게 옷으로 몸을 가리고 있군요.
제발 저를 위해서 좀 다정하게 대해 주시오.
조금만 노력하면 재미가 많을 테니까요.
무슨 악기를 타고 있는 소리가 들리는군요! 4050
빌어먹을 소리로구나! 귀에 익을 때까지 하는 수 없이.
자, 같이 가세요. 별도리가 없어요.
내가 먼저 가서 당신을 소개하여,
새로운 인연을 맺게 해드리지요.
어때요? 결코 작은 장소가 아니지요. 4055
저쪽을 봐요! 끝이 거의 안 보일 겁니다.
수많은 불길이 줄지어 타고 있어요.
춤추고 지껄여대고, 요리를 하고 술을 마시고 사랑을 하네.
여기보다 더 나은 곳이 어디 있으면, 말해 보세요.

파우스트 그런데 우리를 여기서 소개할 때에 4060
자네는 마술사로 행세할 것인가 아니면 악마로 나설 것인가?

메피스토펠레스 사실 나는 평시엔 이름 없이 다니는 것을 좋아하지만
명절에는 훈장을 달고 나서지요.
'가아터' 훈장*은 저를 돋보이게 하지 않지만

여기서는 말발굽이 아주 존경받지요. 4065
저기 달팽이가 보입니까? 이쪽으로 기어오고 있군요.
자기의 더듬거리는 촉각으로
내가 좀 다르다는 것을 냄새맡고 있어요.
여기서는 제 정체를 숨기려 해도 헛일이지요.
자, 오세요! 이 모닥불에서 저 모닥불로 따라가 봅시다. 4070
나는 중매쟁이이고, 당신은 구혼자니까요.

(사라져 가는 숯불에 둘러앉은 몇몇 사람들에게.)

노인장들*, 이런 구석에서 뭣들 하고 있소이까?
좀 당당하게 한복판에 나아가,
젊은 축들이 마시고 떠드는 사이에 끼셔야지요.
우두커니 혼자 있으려면 집에선들 못하겠어요. 4075

장군 누가 국민을 믿을 수 있다는 말인가!
나라를 위해 아무리 공을 세웠더라도
민심이라는 것은 마치 여자의 마음과 같아서
언제나 젊은 놈들을 최고로 모신단 말이야.

장관 요즘은 사람들이 정도에서 너무 멀어져 있어요. 4080
나는 역시 착한 노인의 편이지요.
우리가 무조건 신임받던 시대가
진정 황금시대였지.

벼락부자 사실 우리도 바보는 아니었지만,
남 못할 짓도 자주 했지요. 4085
그러나 우리가 한 번 잡은 것을 꼭 붙잡으려 하는 판에
세상은 이제 완전히 뒤집혀져 버렸어요.

작가 요즈음 온건하고 깊이 있는 내용의 책이 나와도
누가 그것을 읽으려고 하겠소!
그리고 젊은이들로 말한다면 4090
요새처럼 건방지게 굴었던 적은 전에는 없었을 것이요.

메피스토펠레스 (갑자기 아주 늙은 모습으로 나타난다) 내가 마지막으로 마녀의 산에 올라왔지만
이 친구들이 최후의 심판을 받을 날이 가까워 온 것 같아요.
어쨌든 내 술독의 술이 흐려진 것을 보면
이 세상도 말세가 되었군요. 4095

고물을 파는 마녀 여러분들, 그렇게 슬쩍 지나가 버리지 마세요.
좋은 기회를 놓쳐서는 안 됩니다!
내 물건들을 잘 보세요.
여기엔 별의별 것이 다 있어요.
우리 가게는 이 세상 어느 것과도 비교할 수 없는 데로서 4100
인간이나 세상에서,
한 번도 큰 화를 입히지 않은 물건은
단 한 개도 없답니다.
피를 흘리게 하지 않은 비수도 없으며,
싱싱한 성한 몸에 생명을 빼앗는 뜨거운 독을 4105
따라 붓지 아니한 잔도 없어요.
사랑스러운 여자를 유혹하지 아니한 패물도 없으며,
맹세한 친구를 배반하고 상대방을 암살할 때
쓰이지 않았던 칼도 없답니다.

메피스토펠러스 아주머니! 당신은 세상물정을 모르고 있군요. 4110
벌어진 일은 지난 일이고, 지난 일은 벌어졌던 일이오!
새 것을 팔도록 하시오!
새 것만이 우리의 마음을 끌 것이라오.

파우스트 어쩐지 제 정신을 차릴 수 없구나!
나는 큰 장터에 와 있는 게 아닐까! 4115

메피스토펠레스 이 북새떠는 무리들이 무턱대고 위로 오르려고 하고 있으니까,
당신은 밀고 있다고 생각할는지 모르지만 실은 밀려 가고 있지요.

파우스트 저건 누구지?

메피스토펠레스 자세히 보세요!
릴리트*입니다.
파우스트 누구라고?
메피스토펠레스 아담의 첫번째 부인이지요. 4120
저 아름다운 머리카락을 자랑하듯 달고 있는
저 단 한 개의 장식품에 주의하세요.
저것으로 젊은 사내를 휘감아 낚기만 하면
좀처럼 놓아주지 않으니까요.
파우스트 저기 두 사람이 앉아 있구나. 늙은 여자하고 젊은 여자 말이야.
저것들은 벌써 어지간히 춤을 추었나 보지! 4125
메피스토펠레스 아니지요, 오늘은 쉬지 않는 날입니다.
또 추려 하고 있어요. 자 오세요! 우리도 끼어 봅시다.
파우스트 (젊은 마녀와 춤추며)
언젠가 나는 좋은 꿈을 꾸었지.
사과나무 한 그루 서 있는 꿈을
그 나무엔 먹음직한 사과 두 개*가 빛나고 있었지. 4130
마음이 끌리어 올라가 보았지.
아름다운 마녀 그 사과는 에덴 동산 때부터
당신네 남성들이 몹시도 좋아하는 것.
우리 집 뜰에도 열려 있으니
난 기뻐 어쩔 줄 모르겠어요. 4135
메피스토펠레스 (노파와 함께)
언젠가 나는 스산한 꿈을 꾸었지.
줄기가 갈라진 나무를 보았네.
그 나무에는 ○○○*이 있었는데
하도 ○○* 맘에 들었지.
노파 말발굽을 가진 기사님을 4140
충심으로 환영합니다!

◯◯◯라도* 준비하세요.
◯◯◯이* 싫지 않으면요.

엉덩이로 유령을 물리치는 자* 저주받을 녀석들! 무슨 짓들을 하는 거야!
도깨비가 정상적인 발로 서지 않는 것은 4145
이미 오래 전부터 증명되어 있지 않느냐?
그런데 너희들은 우리 인간처럼 춤을 추다니!

아름다운 마녀 (춤추면서) 저 사람은 우리 무도회에 와서 무엇을 하려는 거지요?

파우스트 (춤추면서) 말 말아요! 저놈은 어디라도 나타나는 놈이야.
남이 춤을 추면 옆에서 비평을 해 대지. 4150
스텝을 밟을 때마다 한 마디 하지 않으면
디뎌도 디디지 않은 것이나 마찬가지라는 거야.
우리가 앞으로 나가는 것이 저놈에게는 가장 질색이지.
저놈이 자기 집 낡아빠진 물레방아에서 돌 듯이
너희들이 그저 한 군데를 빙빙 돌고만 있으면 4155
아주 좋다는 거야.
특별히 비평이라도 해 달라고 부탁하면 더욱 좋아하지.

엉덩이로 유령을 물리치는 자 너희들은 여전히 춤을 추고 있구나!
정말이지 있을 수 없는 일이다.
썩 꺼져라! 우리는 이미 세상 사람들을 계몽하지 않았던가!
악마 놈들은 사물에 법칙이 있다는 걸 통 무시하지. 4160
이렇게 세상이 개화되었는데요 아직도 데겔 근처에는 도깨비가 나오다니.
나는 오랫동안 이 미신을 쓸어 내려고 애를 썼지만
깨끗이 되는 날은 없단 말이냐. 있을 수 없는 일이다.

아름다운 마녀 그렇게 우리를 성가시게 하지 말아요!

엉덩이로 유령을 물리치는 자 뭐, 나는 너희들 도깨비들에게 맞대놓고 말한다. 4165

나는 도깨비의 독재를 참을 수가 없어.
내 힘으로 다스릴 수가 없으니까. (춤이 계속된다)
이 상태로는 오늘은 성공하지 못하겠는데,
그러나 여행일기*만은 언제나 가지고 다니며
내가 마지막 한 걸음을 디디기 전에 4170
악마도 시인도 혼을 내주어야겠어.

메피스토펠레스 저 놈은 곧 물구덩이에 주저앉아 버릴 겁니다.
그렇게 해서 기분을 푸는 것이 저놈의 버릇이지요.
엉덩이에 거머리가 달라붙어서 열심히 피를 빠는 동안에,
도깨비와 자신의 심령으로부터도 해방되는 거지요. 4175

(춤추는 곳을 떠난 파우스트에게.)

춤을 추며 그렇게 귀엽게 노래하던

들라클루아 그림

저 계집애를 왜 놓아 버렸지요?
파우스트 에에, 더러운 것! 한참 노래하고 있는데
그 입에서 붉은 생쥐*가 튀어나왔단 말이야.
메피스토펠레스 별로 이상하게 생각할 것 없잖아요! 그런 것을 갖고
골똘히 생각하지 말아요. 4180
회색 쥐*가 아니어서 다행입니다.
둘이서 한창 재미보고 있는데 누가 그런 것을 묻겠어요?
파우스트 그리고 눈에 띈 것이 있어. ——*
메피스토펠레스 뭔데요?
파우스트 메피스토, 저기
파리한 얼굴을 한 예쁜 애가 홀로 떨어져 서 있는 것이 보이지?
그 자리에서 아주 느리게 움직이는 것을 보면 4185
쇠사슬로 묶인 두 발로 걷고 있는 것 같아.
사실대로 말하면, 어쩐지 저 애는
착한 그레트헨을 닮은 것 같아.
메피스토펠레스 내버려두어요! 저런 모습은 좋지 않아요.
그건 마술의 환상이고, 살아 있지 않은 허깨비입니다. 4190
저런 것을 만나면 좋을 것 없어요.
메두사* 이야기는 당신도 들었겠지요?
저 뚫어지게 쳐다보는 눈을 보게 되면
사람의 피가 굳어져 돌로 변하지요.
파우스트 정말이지 저것은 사랑하는 손이 4195
감겨 주지 못한 죽은 자의 눈이지만, 그러나
저 가슴은 내게 바쳤던 그레트헨의 가슴이고,
저 몸은 나를 즐겁게 해준 포근한 그 몸이로구나.
메피스토펠레스 저건 마술 속임수입니다. 그렇게 쉽게 속아 넘어가
서는 안 돼요!
저 여자는 누구에게나 자기 애인처럼 보이는 거지요. 4200
파우스트 나는 한없는 기쁨과 한없는 슬픔을 동시에 느낀다!

나는 저 눈길에서 헤어날 수가 없구나.
그리고 저 아름다운 목을 장식하고 있는 건, 이상하게도,
칼등보다 넓지 않은
붉은 끈 한 줄뿐*이란 말이다! 4205

메피스토펠레스 맞았어요! 제게도 보여요.
저 여자는 자기 머리를 옆구리에 끼고 다닐 수도 있지요.
페르세우스*에게 잘려진 목이니까——
그렇게 늘 망상에 사로잡혀서는 안 돼요!
자, 이 언덕으로 올라가 봅시다. 4210
여기는 프라터 유원지*처럼 즐거운 곳이군요.
내 머리가 돌지 않았으면
진짜 연극을 하고 있군요.
대체 거기서 무엇을 상연하고 있소?

안내역 곧 또 시작합니다.
이것은 신작이지요. 일곱 개 중의 마지막 작품입니다. 4215
그렇게 많은 수의 연극을 보여주는 것이 이 지방의 관습이니까요.
이 작품을 쓴 사람은 아마추어이고
실제로 연극을 하는 배우들도 아마추어입니다.
실례합니다. 잠깐 사라져야겠습니다.
나도 아마추어로 막을 올려야 하니까요. 4220

메피스토펠레스 당신들을 이 브로켄 산에서 만나게 된 것은 잘된 일이오.
여기가 당신들에겐 정말 잘 어울리는 곳이니 말이오.

발푸르기스의 밤의 꿈*

또는

오베론과 티타니아의 금혼식

간주곡

도구주임 미이딩씨*의 씩씩한 젊은이들이여,
오늘은 우리도 한 번 놀아보세.
오래된 산에 축축한 골짜기, 4225
바로 이곳이 우리의 무대라네.

해설자 금혼식을 치르기 위해서는
오십 년의 세월이 지나가야 합니다.
그보다도 부부 싸움이 끝났으니
그것이 나에게는 금과 같이 귀중합니다. 4230

오베론 여봐라, 도깨비들아! 가까이에 있으면
지금이 나타날 때다.
왕과 왕비가
새롭게 인연을 맺게 되었다.

푸크* 푸크가 나와 비스듬히 돌고 4235
사뿐 스치면서 춤을 춥니다.
그 뒤에는 그와 함께 즐기려고
도깨비가 수백 명 따라옵니다.

아리엘 천국에서 울리는 것과도 같은 소리로
아리엘*이 감동적으로 노래합니다. 4240
그 노래에 끌려 추한 자들도 몰려들지만,
그 안에는 예쁜 얼굴들도 있답니다.

오베론 부부간에 금실 좋게 지내려면
우리들 내외의 본을 받으라!
두 사람이 사랑하게 만들려면 4245
서로 떨어져 살아야 하지요.

티타니아 남편이 삐쭉하고 아내가 앵 하고 돌아서면
날쌔게 두 사람을 붙잡아다가
여자는 남쪽, 남자는 북쪽으로 보내는 게 좋아요. 4250

관현악 합동 연주 (가장 강하게)
파리 주둥이에 모기의 콧등
게다가 그들의 친척들,
나뭇잎 속의 개구리에 풀 속의 귀뚜라미,
이것이 모두 우리의 악사들이다.

독창 보아라, 저기에 가죽 피리*가 온다! 4255
비누 방울 도깨비구나.
납작한 코 속에서 나오는 소리는
슈넥케, 슈티케, 슈나크 이 소리를 들어보시오.

아직 어린 영 거미의 발과 두꺼비의 배.
작은 놈이지만 날개도 있다! 4260
물론 이런 동물이 있을리 없지만
시(詩)에서라면 존재한다.

젊은 한 쌍 꿀같이 달콤한 이슬 밟고 향기 맡으며
아장아장 걷고 껑충 뛰며 나란히 간다.
물론 애써서 바삐는 가지만 4265
공중으로까지 날아오르지는 못하리라.

호기심 많은 나그네*
이것이 아마도 가장무도회의 장난이겠지?
이 눈을 믿어도 좋을 것인가.
오베론이라 하면 아름다운 신인데
오늘밤 이런 곳에 나와 계시다니! 4270

정통파 신자* 발톱도 꼬리도 둘 다 없다!
그래도 의심할 여지가 없이
그리스의 신들도 그렇다지만
저것도 악마가 틀림없다.

북방의 예술가* 내가 지금 손을 대고 있는 것은 4275
물론 습작에 불과하지만
언젠가는 기회를 봐서
이탈리아 여행에 나설 작정이다.
정통 보수파* 아아! 여기에 오다니 불행이로구나.
여기는 방탕한 곳이구나! 4280
이 모든 마녀의 무리 속에서
둘만이 머리 단장을 하고 있구나.
젊은 마녀 머리 단장이며 옷차림을 꾸미는 것은
늙고 백발의 할멈들이 할 짓이오.
그래서 나는 알몸으로 숫염소 등에 앉아서 4285
이렇게 포동포동한 몸을 자랑하지요.
늙은 귀부인 우리는 행실이 단정하니 만큼
너희들과 말다툼은 하지 않는다.
제발 그 젊고 날씬한 몸 덕분으로
너희들은 썩어서 없어져 버렸으면 좋겠다. 4290
악장 파리 주둥이와 모기의 콧등*
발가벗은 여자한테는 덤벼들지 말라!
나뭇잎 속의 개구리에 풀 속의 귀뚜라미,
너희들도 노래의 박자를 맞추어라!
바람개비* (한쪽을 향해) 더할 나위 없는 아가씨들이죠. 4295
정말 꽃다운 신부감이죠.
총각들도 모두 다 하나하나,
장래가 유망한 분들뿐이오!
바람개비 (다른 쪽을 향해) 만약에 이 대지가 입을 벌려
이것들을 모조리 삼켜 버리지 않는다면 4300
차라리 내가 달음질쳐서
곧장 지옥으로 뛰어들겠소.
크세니엔* 작지만 날카로운 집게발을 가진

벌레가 되어서 우리는 와 있습니다.
우리들 아버지인 마왕에게는 4305
마땅한 경의를 표하려고요.

헤닝스* 보아라, 와글와글 한패가 되어서
순진하게 노는 것을!
마지막에는 마음은 좋다고
말하겠지. 4310

무자게트 나도 이 마녀들 무리에
뛰어들어가고 싶구나.
나는 뮤즈의 여신들보다
이 마녀들을 지휘하는 쪽이 더 익숙하니까.

전 시대 정신(前時代情神)* 높은 사람들과 어울리면 출세한다. 4315
자, 와서 내 옷자락을 붙잡아라!
브로켄 산이나 독일 파르나스 산은
꼭대기가 정말 넓은 곳이야.

호기심 많은 나그네 말해 줘요. 저 무뚝뚝한 사나이가 누구지요?
거만하게 걸어다니며 4320
언제나 냄새를 맡고 다니니,
"그는 예수회 회원을 찾고* 있지요."

학* 나는 맑은 물에서 고기잡기를 즐기지만
흐린 물에서도 고기를 잡지요.
그러니까 믿음이 깊은 신사들이 4325
악마와 사귀는 것도 이상하지 않지요.

현실주의자* 그렇지요. 믿음이 깊은 사람들에게는
세상의 모든 것이 방편이지요.
그러니까 이 브로켄 산 위에서도
비밀 집회를 가지지요. 4330

춤추는 무리 저기 정말 새로운 합창단이 오는 건가?
멀리서 북소리도 울려옵니다.

"조용히들 계세요! 저건 갈대 속에서 단조롭게
합창을 하고 있는 왜가리들이지요."

무용 선생 모두들 다리를 높이 올리는구나! 4335
자기를 돋보이려고 애를 쓰고 있구나!
꼽추도 뚱뚱보도 제 모습을 생각 않고
뛰고 있구나.

바이올린 악사 저 건달 놈들. 평시에는 서로를 미워하고 있어
서로들 죽는 것을 원하건만 4340
오르포이스*의 거문고에 모이는 짐승들처럼
여기서는 저 가죽 피리 소리에 모여들고 있구나.

독단론자* 비판론과 회의론을 끄집어내어 아무리 외쳐도
나는 당황하지 않는다.
악마도 반드시 그 무엇일 것이다. 4345
그렇잖으면 악마란 있을 수 없잖은가?

관념론자* 이번에는 공상이 내 마음속에서
너무나 활개를 펴고 있구나.
이것이 모두 다 나라고 하면
나는 오늘 머리가 좀 이상하다고 하겠다. 4350

실제론자* 이들의 본질은 처리하기 어려워
나를 몹시 괴롭히고 있다.
여기 와서 처음으로
내 입장이 흔들리게 되는구나.

초자연주의자 나는 여기서 희희낙락하게 4355
이 자들과 즐기고 있다.
왜냐하면 악마 편에서 보면 사실
착한 영을 판단할 수 있으니까.

회의론자 놈들은 불꽃의 자취를 따라가면
보물을 찾을 수 있다고 믿고 있다. 4360
악마의 악하고 의혹의 혹하고는 운도 맞으니

내가 여기 있는 것은 적재적소다.

악장 나뭇잎 속의 개구리와 풀 속의 귀뚜라미,
너희들은 빌어먹을 아마추어다!
파리 주둥이에 모기의 콧등, 4365
너희들은 역시 악사들이다!

처세의 능수들* 무사태평회, 이것이
즐거운 우리들의 이름이라네.
발로써 걷지 못하게 되었으니
이제는 머리로 걷고 있지. 4370

곤경에 빠진 자들*
지금까지는 아첨을 떨어 얻어먹고 지냈지만
이제는 정말 어찌할 수 없게 되었네!
춤추는 동안에 구둣바닥이 구멍이 나 버려
맨발로 걸어 다니는 신세랍니다.

도깨비불* 우리들은 늪에서 태어나 4375
늪에서 올라왔지만,
춤추는 무리 속에 뛰어들자,
멋진 미남자가 되어 버렸지요.

유성* 별빛 불빛을 뿜으며
높은 하늘에서 쏜살같이 내려왔지만 4380
지금은 풀 속에 누워 있어요. ──
누가 나를 일으켜 주지요?

뚱뚱보들* 비켜라, 비켜! 널찍하게 비켜!
풀들도 척척 눕는다.
도깨비들*이 지나간다. 도깨비들은 역시 4385
팔다리가 튼튼하단 말이야.

푸크 코끼리 새끼처럼 투박한 몸으로
그렇게 함부로 움직거리지 말라.
그런데 오늘 제일 뚱뚱한 건

이렇게 말하는 푸크뿐이라네. 4390

아리엘 자비로운 자연과 영은
너희들에게 날개를 주셨다.
가볍게 날아가는 내 뒤를 따라서
장미의 언덕*으로 올라오너라!

관현악 (가장 약하게) 떠나가는 구름과 안개의 장막이 4395
위에서 점점 걷히어 가는구나.
나뭇잎과 갈대 사이에 바람이 일어 만물은 흩어졌도다.

흐린 날, 들판*

파우스트, 메피스토펠레스

파우스트 비참하도다! 저런 꼴을 당하고 절망하고 있구나! 가엾게도 오랫동안 헤매 다니다가 이제 붙잡히고 말았구나! 죄를 지은 여자라 하여, 저 귀엽고 불행한 아이를 옥에 가두어 끔찍한 욕을 보게 하다니! 이렇게까지, 이렇게까지 되도록 내버려두다니! ——사람을 속이기만 하는 아무 쓸모 없는 악마야. 이런 것을 너는 내게 감추고 있었구나! ——그대로 서 있어라. 서 있어! 그 악마의 눈동자를 성난 듯이 머릿속에서 굴리고 있어라! 그대로 서서 내겐 참을 수 없는 모습으로 거역해 보아라! 그 애는 갇혀 있다! 다시 돌이킬 수 없는 비참한 신세가 되어 있다! 악령들에게 이끌려 인정 없는 재판관에게 몸을 맡기고 있다! 그러는 동안에 너는 나를 재미도 없는 위로로 어르면서 끌고 다니고, 저 애의 더욱 심해지는 고통을 감춘채, 기어코 저 애를 구할 길이 없는 파멸의 구렁에 빠지게 하고 말았구나!

메피스토펠레스 저 여자만이 처음으로* 저런 꼴을 당하는 것은 아닙니다.

파우스트 이 개 같은 놈! 이 더러운 짐승 같은 놈아! ——아, 그지없는 지령이여! 이놈을 이 벌레*를 도로 옛날의 개 모습으로 돌려 다오. 요전까지도 밤이면 이 놈은 개의 모습이 되어, 나같이 아무 생각 없이 거닐고 있

들라클루아 그림

는 사람 앞으로 뛰어와, 발 밑을 굴러다니고, 넘어진 사람의 어깨에 앞발을 걸려고 하였지. 자기가 좋아서 된 개 모습으로 다시 이 놈을 돌려주시오. 그러면 나는 이 흉악한 놈이 모래 위를 기면서 내 앞에 왔을 때, 발로 짓밟아 줄 수 있으리라! ——"저 여자만이 처음으로 당하는 게 아니라고!"——아, 얼마나 비참한 일인가! 인간으로서는 도저히 이해할 수 없는 일이다. 아아, 저런 고통의 심연에 빠지는 게 한 사람만으로는 부족하단 말인가! 영원히 죄를 용서하는 신*의 눈앞에서 숨이 끊어지는 고통을 처음 한 사람*이 받는다면, 그 이후 모든 인간의 죄는 그것만으로도 속죄되어야 할 것이 아닌가! 내게는 이 단 한 사람의 여자의 고난과 슬픔이 골수에 사무치고 생명을 뒤흔들고 있다! 그런데도 너는 수천의 그런 운명에 대해 태연하게 비웃는 얼굴로 보고 있단 말이냐!

메피스토펠레스 이제 여기서 서로 피차간에 지혜의 한계에 도달한 셈이어서 당신들 인간의 머리도 돌아 버리게 되지요. 당신은 끝까지 해낼 수 없다면 왜 공동 생활로 들어왔어요? 하늘을 날고는 싶어도 어지러워 자신이 없다는 건가요? 내가 당신한테 졸라댔던가요 아니면 당신이 나한테 만나자고 요구했던가요?

파우스트 제발 넙죽거리는 이빨을 내밀어 나한테 대들지 말아 다오! 그걸 보면 속이 메스꺼워진다! ——위대하고 장엄한 지령이여. 그대는 나에게 그대의 모습을 보여주지 않았던가? 그대는 내 마음도 정신도 알고 있으면서 어찌하여 인간의 고통을 보고 좋아하며 인간의 파멸을 보고는 입맛을 다시는 뻔뻔스러운 이런 놈을 떨어지지 않게 나에게 붙여 주었단 말이오?

메피스토펠레스 그것으로 말 다했습니까?

파우스트 저 애를 살려 줘! 그렇지 않으면 수천 년을 두고 가장 혹독한 저주가 너에게 있기를 바랄 뿐이다!

메피스토펠레스 나로서는 재판관이 얽어맨 쇠사슬*을 풀 수도 없고 그 빗장을 열 수도 없어요. ——그 애를 구하라고요! ——저 애를 파멸시킨 것은 누구지요? 난가요, 당신인가요?

파우스트 (눈알을 거칠게 굴리면서 주위를 돌아본다.)

메피스토펠레스 당신은 나를 태워 죽이려고 벼락불을 붙잡으려고 하는 건가요? 다행히도 죽을 운명을 타고난 불쌍한 인간에게는 그러한 힘이 주어져 있지 않아요! 죄 없이 상대해 주고 있는 사람을 때려부수고자 하는 것은 난처한 나머지 화풀이하는 폭군의 짓이 아닐까요?

파우스트 나를 그곳에 데려가 다오! 그 애를 살려야만해!

메피스토펠레스 그러면 당신이 무릅쓰게 되는 위험은 괜찮다는 말인가요? 당신은 저 도시에서 그 손으로 행한 살인의 죄가 아직도 그대로 남아 있다는 것을 알아야 해요. 피살자의 장소 위에는 복수의 귀신들이 떠돌며 살인자가 돌아오기를 노리고 있어요.

파우스트 그런 것까지 네 입에서 들어야 하는가? 죽어도 아깝지 않은 괴물 놈아! 잔소리말고 나를 그곳으로 데리고 가. 그리고 그 애를 살려야 해!

메피스토펠레스 당신을 데리고 가서 내 힘닿는 데까지 도와주기는 하겠소. 그러나 들어 봐요! 내가 천지를 자유로이 할 수 있는 힘이라도 가지고 있다는 건가요? 간수의 정신을 희미하게 할 수는 있으니 당신이 열쇠를 수중에 넣어, 당신 같은 사람의 손으로 그 여자를 끌어내야 해요! 나는 밖에서 망을 봐 주겠어요. 마법의 말*을 준비해 두겠으니, 그것을 타고 함께 도망가도록 해요. 이것이 내가 할 수 있는 일이지요.

파우스트 자, 그러면 출발하자!

밤, 넓은 들판*

파우스트, 메피스토펠레스, 검정말을 타고 마구 달린다.

파우스트 저것들은 저 사형장*에서 무엇을 하고 있는 건가?

메피스토펠레스 무엇을 끓이고 무엇을 만들고 있는지 나도 모르겠어요. 4400

파우스트 둥실 떴다가 내려오고 몸을 구부렸다가 웅크리고 있다.

메피스토펠레스 마녀의 무리들이지요.

파우스트 재를 뿌리고 주문도 외고* 있구나.

메피스토펠레스 자, 어서 지나갑시다! 어서요!

감옥*

파우스트 (손에 한 묶음의 열쇠와 등불을 들고, 철문 앞에 선다)

오랫동안 잊고 있었던 전율이 내 몸을 사로잡는구나. 4405

인간의 온갖 고통이 나를 사로잡는구나.

이 축축한 담벽 뒤에 그 애가 갇혀 있는 것이다.

순수한 사랑에서 온 잘못으로 저지른 죄이건만!

너는 그 애한테 들어가는 것을 망설이고 있구나!

그 애를 다시 보는 것을 겁내고 있구나! 4410

어서 가자! 너의 망설임은 그 애의 죽음을 재촉할 뿐이다.

(자물쇠를 쥔다. 안에서 노랫소리가 들린다.)

이 몸을 죽인 건*
창부인 내 엄마!
이 몸을 먹은 건
악당인 내 아빠! 4415
내 어린 누이동생이
뼈를 주워 모아
시원한 곳에 묻어 주었습니다.
그러자 나는 아름다운 숲의 새가 되어
날아갑니다! 날아갑니다! 4420

파우스트 (자물쇠를 열면서) 쇠사슬이 찰랑 하는 소리,
지푸라기가 바스락대는 소리를
애인이 여기서 듣고 있을 줄은 그녀는 꿈에도 모르리라.

(들어간다.)

마르가레테 (자리에서 몸을 숨기면서)
아아, 어떻게 하면 좋아! 어떻게 하면 좋지! 나를 죽이러 온다.
아, 참혹한 죽음!

파우스트 (작은 소리로) 조용히! 조용히 해요. 당신을 구하러 내가 왔소.

마르가레테 (그의 앞으로 쓰러진다)
당신도 사람이면* 저의 고통을 살펴 주세요. 4425

파우스트 그렇게 소리를 내면 간수가 잠을 깨요!

(쇠사슬을 쥐고 풀려고 한다.)

마르가레테 (무릎을 꿇고) 누가 망나니인 당신에게
나를 마음대로 다룰 권리를 주었어요!
아직 한밤중인데 나를 데리고 가시나요.

나를 가엾이 여겨 제발 살려 주세요! 4430
내일 새벽이라도 늦지는 않잖아요?

(일어선다.)

나는 아직도 이렇게, 이렇게 젊지 않나요!
그런데 벌써 죽지 않으면 안 되는가요!
나도 예뻤어요. 그것이 내 몸을 망치게 했어요.
그분은 내 곁에 있었는데, 지금은 멀리 가 버렸어요. 4435
화관*은 망가지고, 꽃은 흩어져 버렸어요.
그렇게 나를 거칠게 붙잡지 마세요!
측은하게 여겨 주세요! 제가 당신한테 무슨 잘못을 했어요?
제발 이 소원을 들어 주세요.
나는 당신을 지금까지 한 번도 뵌 일이 없지 않아요! 4440

파우스트 이 비참한 꼴을 보고 어찌 견딜 수 있을까!

마르가레테 인제 나는 당신을 거역할 수 없어요.
아기한테 젖먹일 동안만* 기다려 주세요.
나는 밤새도록 안고 있었어요.
나를 괴롭히려고 남들은 그 아기를 내게서 빼앗아 갔어요. 4445
내가 아기를 죽였다고들 말하고 있어요.
나는 다시는 마음이 편할 수 없어요.
나에 대한 노래를* 부르는 짓궂은 사람들이에요!
어느 옛날 이야기 끝이 그러했어요.
그 노래가 나의 경우라고 할 필요는 없지 않아요? 4450

파우스트 (몸을 던진다) 이 비참한 감옥살이에서 당신을 구해 주기 위해
당신 애인이 발 밑에 엎드리고 있소.

마르가레테 (그에게 몸을 던진다)
부디 함께 무릎을 꿇고 성인들에게 호소합시다!

보세요! 이 계단 밑에는, 4455
이 문지방 밑에는
지옥이 이글거리고 있어요!
악마가
무섭게 화를 내며
큰소리를 지르고 있어요!
파우스트 (큰소리로) 그레트헨! 그레트헨! 4460
마르가레테 (주의해서 듣는다) 저건 그분의 목소리*다!

(펄쩍 뛴다. 쇠사슬이 떨어진다.)

어디 계시는 걸까? 나를 부르셨어.
나는 살았다! 아무도 그분은 막지 못한다.
그분의 목에 매달리고
그분의 가슴에 안기고 싶어! 4465
그레트헨이라고 부르셨어! 저 문지방 위에 서서,
지옥이 떠들어대는 속에서,
노기가 등등한 악마의 비웃음 속에서
저 부드럽고 그리운 그의 목소리가 들려 왔어.
파우스트 나요!
마르가레테 당신이군요! 한 번 더 말해 주세요! 4470

(파우스트를 얼싸안고.)

그분이구나! 그분이야! 내 괴로움은 다 어디로 사라져 버렸지?
감옥살이와 쇠사슬의 공포는 어디로 갔을까?
당신이군요! 나를 구하려고 오셨군요.
나는 이제 살았다! —— 4475
당신을 처음 뵙던

그 거리가 저기 보여요.
그리고 마르테 아주머니하고 당신을 기다리던
그 즐겁던 뜰도 보여요.

파우스트 (데리고 나가려 하며) 같이 갑시다! 같이 가요!

마르가레테 그래도 잠깐만 기다려요!
나는 당신이 계신 데에 있고 싶어요. 4480

(그를 쓰다듬는다.)

파우스트 빨리 갑시다!
만일 서두르지 않으면,
우리는 큰 봉변을 당해요.

마르가레테 왜 그러지요? 이제는 키스도 안 해 주세요?
잠시 떨어져 있었다고 4485
당신은 키스마저 잊으셨나요?
이렇게 당신에게 매달려 있는데요, 왜 가슴이 답답할까?
전에는 당신이 말씀을 하신다든지, 나를 보시면,
하늘이 온통 이 몸을 안아 주었고
숨이 막히도록 키스도 해 주셨지요. 4490
키스해 주세요!
당신이 안 하시면 내가 할게요!

(파우스트를 껴안는다.)

아, 웬일일까! 당신 입술이 왜 이리 차가워요?
왜 말이 없어요?
당신 사랑은 4495
어디 가 버렸어요?
누가 내 사랑을 빼앗아 갔을까?

슈타센 작

(그를 등지고 돌아앉는다.)

파우스트 갑시다! 나를 따라와요! 정신을 차려요!
나중에 천 배의 정열로 사랑해 줄 테니까.
내 뒤를 따라오기만 하면 돼요! 제발 빌어요! 4500
마르가레테 (그를 돌아보며) 정말로 당신이에요?
틀림없이 당신이지요?
파우스트 나요! 함께 갑시다!
마르가레테 당신이 쇠사슬을 풀어 주시고,
나를 다시 안아 주시는군요.
어째서 당신은 내가 두렵지 않으세요? ——
당신은 어떤 여자를 살리시려는지 알고 계시나요? 4505
파우스트 가요! 가요! 깊은 밤이 벌써 물러가려 해요.
마르가레테 나는 엄마를 죽이고,
아이를 물 속에 빠뜨려 죽였어요.
그 아이는 당신과 나의 아기가 아니었던가요?
당신이 아빠죠——당신인가요! 어쩐지 믿어지지 않아요. 4510
당신의 손을 주세요! 꿈이 아니군요!
당신의 부드러운 손! ——아아, 그런데 손이 젖었군요!
어서 씻어 버리세요!
어쩐지 피가* 묻어 있는 것 같아요.
아아! 당신은 무슨 일을 저질렀나요! 4515
그 칼을 집어넣으세요.
부탁이에요!
파우스트 지나간 일은 지나간 것으로 합시다.
그런 말을 하면 나는 죽을 것만 같소.
마르가레테 아니오, 당신은 살아 계셔야 해요! * 4520
당신에게 무덤 자리를 부탁드리고 싶어요.
내일 곧

그 자리를 봐 주셔야 해요.
엄마를 제일 좋은 자리에 모시고,
오빠를 바로 그 옆에 4525
그리고 내 것은 좀 떨어진 데 마련해 주세요.
그러나 너무 멀리 떨어지면 안 돼요!
그리고 내 오른쪽 가슴에 아기를 묻고,
그 밖에 내 옆에는 아무도 묻어서는 안 돼요!
나는 당신 곁에 꼭 붙어 있었던 일이 4530
정말 흐뭇하고 행복했어요!
그러나 이젠 그럴 수가 없어요.
어쩐지 내가 억지로 당신 곁으로 가고 싶어하는 것 같고,
당신은 나를 밀어내는 것만 같아요.
그러나 역시 당신이군요. 이 정답고 진실된 눈. 4535

파우스트 나라는 것을 알았으면 어서 가요!

마르가레테 저리로 나가나요?

파우스트 밖으로 나가야지.

마르가레테 저 밖에 무덤이 있고, *
죽음이 기다리고 있다면, 그럼 가겠어요!
나는 여기서 영원한 안식처로 가겠어요. 4540
그 이상 한 걸음도 더 안 가겠어요. ——
당신 벌써 가시나요? 오 하인리히,
나도 함께 가고 싶어요!

파우스트 갈수 있어! 마음만 먹으면 되오! 문은 열려 있소.

마르가레테 나는 갈 수 없어요. 아무래도 쓸데없는 짓일 것 같아요.
도망쳐야 무슨 소용이 있겠어요? 모두들 나를 노리고 있는 걸요. 4545
비렁뱅이가 되는 것처럼 비참한 일은 없어요.
게다가 양심의 가책까지 받아야 하는 걸요!
낯선 곳을 헤매고 다니기란 비참한 일이고,
결국 나는 붙잡히고 말 거예요!

파우스트 내가 당신 곁에 있지 않소. 4550

마르가레테 빨리요! 빨리!

당신의 불쌍한 아기를 살려 주세요.

가세요! 저 길을 곧장

시내를 따라 위로 올라가

다리를 건너 4555

숲속으로 들어서면,

왼쪽에 나무다리가 있는 연못 속이에요.

아기를 빨리 붙잡으세요!

떠오르려고 4560

아직도 팔다리를 허우적거리고 있어요.

살려 주세요! 살려 주세요!

파우스트 정신을 차려요!

단 한 걸음만 나가면 당신은 자유의 몸이 되는 것이오!

마르가레테 어서 이 산을 넘어 갔으면! 4565

엄마가 저기 돌 위에 앉아 계세요.

어쩐지 머리채를 잡힌 것처럼 섬뜩한 기분이에요!

엄마가 저기 돌 위에 앉아서

머리를 흔들고 계세요.

손짓도 안 하시고, 고개를 끄덕도 안 하셔요, 머리가 무거우신 거죠. 4570

너무 오래 주무셔서 인제 영영 안 일어나셔요.

우리들이 즐길 수 있도록 주무신 거예요.

그 시절은 참 행복했었어요!

파우스트 아무리 애걸하고 말해도 소용이 없다면,

나는 억지로라도 당신을 안아서 나가야겠소. 4575

마르가레테 그러지 마세요! 억지로 그러면 싫어요!

그렇게 죽일 듯이 붙들지 마세요!

지금까지 당신을 위해 무엇이든지 하지 않았어요.

파우스트 날이 샌다! 제발! 여보!

슈타센 작

마르가레테 날이 새는군요! 나의 마지막 날이 오는군요! 4580
나의 혼례식 날이 될 뻔했을 텐데!
아무한테도 당신이 나에게 왔었다고 말하지 마세요.
내 화관은 망가져 버렸어요!
일이 벌어진 거예요.
이제 지나간 일은 할 수 없어요!
또 다시 만나요. 4585
그러나 춤추는 곳에서는 싫어요.
지금 사람들이 다가오고 있지만, 아무 소리도 안 들려요.
광장에도, 골목길에도,
사람들이 넘치고 있어요.
종이 울리고,* 작은 막대기가 부러졌어요. 4590
나를 칭칭 동여매고 묶었어요!
나는 벌써 처형 의자로 끌려 왔어요.
지금 막 칼날이 누구의 목덜미에도,
내 목에도 떨어졌어요.
온 세상이 무덤처럼 조용해졌어요! 4595
파우스트 아아, 나는 이 세상에 태어나지 않았으면 좋았을 것을!
메피스토펠레스 (문 밖에 나타난다) 어서 떠나요! 안 가면 죽어요.
왜 쓸데없이 머뭇거리며 망설이지요! 무슨 말이 그렇게 많소.
내 말이 떨고 있어요.*
날이 밝아 와요. 4600
마르가레테 저기 땅 속에서 무엇이 솟아 나오지요?
저 사람! 저 사람말예요! 쫓아내 주세요!
저 사람이 이 신성한 곳*에 무엇하러 왔어요?
나를 끌고 가려는 거지요!
파우스트 당신은 살아야 해요!
마르가레테 신이여, 심판을 내리소서! 제 몸은 당신께 맡기나이다! 4605

메피스토펠레스 (파우스트에게) 가요! 어서 가요! 그러지 않으면
저 여자와 함께 내버려두고 가겠어요!

마르가레테 하늘에 계신 아버지시여! 제 몸은 당신 것이옵니다.
저를 구해 주옵소서! 천사들이여! 성스러운 무리들이여!
부디 저의 주의를 둘러싸고 지켜 주옵소서!
하인리히! 나는 당신이 무서워요. 4610

메피스토펠레스 그 여자는 심판을 받았다! *

소리 (천상에서) 구원을 받았다!

메피스토펠레스 (파우스트에게) 이리 와요! *

(파우스트와 함께 사라진다.)

소리 (안에서 아득히 사라지듯이) 하인리히*! 하인리히!

비극 제2부

제1막
풍경 좋은 지대*

파우스트는 꽃이 핀 잔디밭에 누워,
지쳐서 안정을 잃고 잠을 청하고 있다.
황혼이 질 무렵. 요정의 무리, 우아하고 작은 모습으로
공중을 떠돌며 움직인다.

아리엘 (에올스의 하프를 반주하면서 노래 부른다)

마치 봄비*가 내리듯, 꽃들이
모든 것 위에 휘날리며 떨어지고,
들에 넘치는 초록빛 축복이, 4615
지상에 태어난 모든 사람 위를 비추면,
마음이 착한 작은 요정들은
구원을 베풀 수 있는 곳으로 달려가노니,
거룩한 사람이건, 악한 사람이건,
그들은 불행한 자*를 불쌍하게 여기는구나. 4620

바람 따라 이분의 머리 위 공중을 떠돌고 있는 너희들은
여기서도 숭고한 요정답게 너희 본분을 다해다오.
이분의 가슴속에 일고 있는 무서운 고뇌를 달래 주고,
불타는 듯 쓰라린 비난의 화살*을 뽑아 주고,
지금까지 맛본 공포*로부터 그의 마음을 씻어 다오. 4625
밤 시간은 넷으로* 나누어져 있으니
이제 서슴지 말고 친절하게 그 시간을 채워다오.
먼저 이분의 머리를 시원한 베개 위에 눕히고,
그를 레테 강물의* 이슬로 목욕시켜라.
새벽녘 동이 틀 무렵까지 쉬어 기운을 회복하면, 4630
경련으로 굳어버린 손발도 곧 부드러워지리라.

요정의 가장 신성한 의무를 다하여,
그를 거룩한 빛 속으로 돌려보내 주어라.

합창* (혼자서, 둘이서 또는 몇 사람이서 번갈아 가며, 혹은 함께 모이면서 노래한다)

훈훈한 산들바람 4635
초록으로 둘러싸인 들에 가득 차고,
황혼이 달콤한 향기와
자욱한 안개를 불러 내리면,
즐거운 평화를 조용히 속삭이며
마음을 달래어 어린애처럼 잠재운다.
여기 지쳐 버린 이 사람의 눈앞에 4640
하루 동안 문을 닫아 주어라.

밤은 벌써 찾아와,

툰 호(湖)에서 본 융그프라우산

별과 별은 성스럽게 어울려,
커다란 빛, 작은 불꽃,
가까이 반짝이고, 멀리서도 빛나며, 4645
여기 호수에 비쳐서 반짝이고,
저 맑은 밤하늘에서 깜박거린다.
깊은 안식의 행복을 기리며.
달빛은 하늘 가득히 찬란하게 흐른다.

어느덧 몇 시간이* 지나가고, 4650
고통과 행복도 사라져 버렸으니,
그것을 미리 깨달아라! 그러면 그대는 건강해지리라.
새로운 새벽빛을 믿어 보려무나.
골짜기는 푸르고, 언덕은 부풀어 올라
수풀은 그늘의 쉼터를 이룬다. 4655
곡식은 은빛으로 물결치며,
거둬들여 줄 날을 기다리고 있다.

소원을 하나하나 이루려면
저기 아침 햇빛을 바라보아라!
그대는 잠깐 사로잡혔을 뿐, 4660
잠은 껍데기니, 벗어 버려라!
세상 사람들이 모두 머뭇거리며 헤매더라도,
용감하게 일어나서 행동하라.
사리를 판단하고 빨리 손을 쓰는
훌륭한 사람은 무엇이든 다 해낼 수 있다. 4665

(요란스런 소리가 태양이 가까이 오는 것을 알린다.)

아리엘 들어라! 계절의 여신 호렌*이 일으키는 폭풍 소리에 귀를 기울여라!
요정의 귀에 요란한 소리가 울리더니,
벌써 새로운 날이 탄생하였다.
바위 문이 삐걱하고 울리니,
태양신 푀부스*의 수레바퀴는 우렁차게 굴러간다. 4670
빛은 이다지도 굉장한 소리를 낸단 말인가!
크고 작은 나팔소리 울려 퍼지고,
눈은 반짝이고, 귀는 놀라니,

베크만 그림

들어보지 못한 것은 듣지 못할 뿐,
꽃부리 속으로 살짝 스며들거라. 4675
조용히 살기 위해, 더 깊숙이,
바위 사이와 나뭇잎 밑에 숨어라.
그 소리에 부딪치면 귀가 멀게 되리라.

파우스트 삶의 맥박*이 힘차게 뛰기 시작하고,
대기의 여명을 향해 부드럽게 인사를 보내는구나. 4680
대지여, 그대는 지난밤에도 변함없이
새로이 기운을 차리고 나의 발 밑에서 숨을 쉬며,
벌써 기쁨에 넘쳐 나를 둘러싸기 시작하는구나.
그대는 나를 일깨워 굳은 결심을 하게 하고,
최고의 존재*를 향해 끊임없이 노력하게 하는구나. —— 4685
세상은 벌써 새벽의 여명을 받아 열려 있고,
숲속에는 수천의 생물들의 노랫소리가 울려 퍼지니,
골짜기 안팎으로는 안개의 장막이 길게 뻗어 있다.
그러나 밝은 하늘빛은 어떤 깊은 곳에도 스며들어
크고 작은 나뭇가지들은, 밤새 몸을 숨기고 잠자던 4690
향기로운 깊은 골짜기에서 생기 있게 싹튼다.
꽃과 잎사귀의 떨리는 진주이슬이 떨어지면서
그 대지로부터 온갖 아름다운 빛깔이 하나하나 떠오르고 있으니
나를 둘러싸는 세계는 마치 천국과도 같구나.

위를 쳐다 보라! ——거인과 같은 산봉우리는 4695
벌써 가장 엄숙한 시간을 알리고 있다.
산봉우리는 제일 먼저 영원한 빛을 받을 수 있고,
그 빛은 우리들에게로 비쳐온다.
이제는 알프스의 초록빛 목장에도,
새로운 빛과 밝음이 감돌고, 4700
차츰 아래로 그것이 내려가고 있다!

태양이 드디어 나타났다! ——그런데 벌써 눈이 부셔,*
눈의 아픔에 못 이겨, 나는 얼굴을 돌리지 않을 수 없구나.

그리던 희망이 가장 높은 소원을 향해
꾸준히 올라가다가, 성취의 문이 4705
활짝 열려 있는 것을 본다면, 바로 이런 기분이리라.
그러나 저 영원한 심연에서 넘치듯 무서운 불길이
터져 나오면, 우리들은 놀라 발걸음을 멈춘다.
우리들은 그저 삶의 횃불에 불을 붙이려고 했을 뿐인데,
불바다가 우리를 둘러싸 버리니 이 어찌된 불이란 말인가! 4710
우리를 둘러싸고 활활 타오르고 있는 것은 사랑의 불길인가? 미움
의 불길인가?
고통과 기쁨이 번갈아 가며 무섭게 달라붙는다.
그래서 우리들은 싱싱한 녹색 베일* 속에 몸을 감추려고,
다시 대지로 눈길을 돌린다.

태양은 내 등뒤에 머물러 있어라! 4715
바위 틈새에서 쏟아지는 폭포수를 바라보고 있으면,
내 마음도 점점 더 황홀해진다.
잇달아 쏟아져 내리는 폭포수는 이제,
수천 줄기의 거센 물결로 되어,
하늘 높이 물방울을 튀기며 거품을 일으킨다. 4720
이렇게 쏟아지는 물거품에서 생겨난
일곱 가지 무지개*의 변화 속에 영속하는 모습은 또 얼마나 장엄한가!
선명한 빛깔이 나타나는가 하면, 공중으로 흩어져 사라지며,
향기롭고 시원한 소나기를 사방에 뿌려준다.
이 무지개야말로 인간의 노력을 비추는 거울이니, 4725
그것을 보고 생각하면, 더 명백하게 알게 될 것이다.
인생이란 채색된 영상*으로만 파악될 뿐이라는 것을.

황제의 궁성*

옥좌가 있는 홀.

국무위원들이 황제*를 기다리고 있다.
나팔소리.
각 부처의 신하들이 화려한 옷차림으로 나타난다.
황제가 옥좌에 앉는다.
그의 바른편에 천문학 박사가 자리 잡는다.

황제 먼 곳 가까운 곳에서 모여든
충성심이 지극한 친애하는 그대들에게 경의를 표하는 바이오!
현명한 박사*는 내 옆에 보이는데, 4730
익살꾼은 어디에 있소?

귀공자 폐하의 겉옷 자락 바로 뒤를 쫓아가다가
계단 위에서 넘어졌습니다.
그 기름진 뚱뚱보를 누군가가 떠메고 나갔는데,
죽은건지 취한건지, 알 수가 없습니다. 4735

둘째 귀공자 그러자 신기하게도 재빠르게
그 자리를 헤치고 들어온 자가 있습니다.
퍽 값비싼 옷으로 꾸미고 있지만,
꼴이 하도 괴상하기에, 모두들 놀라고 있습니다.
파수병이 창을 열십자로 세우고서 4740
그 자를 문턱에서 막고 있지만——
그런데도 저기 나타났습니다! 저런 대담한 바보 같으니라고!

메피스토펠레스 (옥좌 앞에 무릎을 꿇으면서) 불청객이면서도 언제나 환영받는 것은 무엇이겠습니까?
그립다고 하면서도, 늘 쫓겨나는 것은 무엇이겠습니까?
한결같이 보호를 받는 것은 무엇이겠습니까? 4745
심한 꾸지람과 잔소리를 듣는 자는 누구이겠습니까?

베크만 그림

폐하께서 오라고 불러서는 안 되는 자가 누구이겠습니까?
모두들 그 이름을 듣고 은근히 기뻐하는 자는 누구이겠습니까?
옥좌의 계단 가까이에 다가오는 자는 누구이겠습니까?
자기 스스로 추방을 당하도록 한 자는 누구이겠습니까? 4750

황제 이번만은 말을 삼가 주게!
여기서는 그런 수수께끼 같은 말은 당치도 않아.
수수께끼는 훌륭한 이분들의 소관이다. ——
그런 자리에서라면 얼마든지 수수께끼를 풀어 보게나! 얼마든지
들어줄 테니까.
어쩐지 나의 늙은 어릿광대는 먼 곳으로 가버린 것 같으니,* 4755

자네가 대신 그 자리를 맡고, 내 옆으로 오도록 하라.

(메피스토펠레스는 계단을 올라가 왼편에 선다.)

군중의 중얼거리는 소리 새로 온 어릿광대다——새로운 골칫거리다——
어디서 왔지? ——어떻게 들어왔지? ——
늙은 놈은 쓰러졌다——볼장 다 본 거지——
그 놈은 술통이었다——이번 놈은 부스러진 나뭇조각 같구나—— 4760
황제 자, 충성심이 지극한 친애하는 그대들이여,
먼 곳, 가까운 곳에서 잘 와주었소!
여러분은 운수가 대통한 별 아래 이렇게 모여 주었으니,
하늘에는 우리의 행운과 축복이 새겨져 있도다.
그래서 우리들은 근심 걱정 같은 건 벗어버리고 4765
가장 무도회답게 가면을 쓰고,
재미나게 즐겨 보려고 하는데,
어째서 하필이면 이런 좋은 날을 택하여
회의를 열고, 골치를 썩히려는 것이오?
그러나 여러분이 어찌할 도리가 없다고 하기에, 4770
이렇게 처리한 것이니, 실천에 옮기도록 해 보시오.
국무총리* 마치 성스러운 후광처럼, 높은 덕망이
폐하의 머리를 둘러싸고 있습니다.
오로지 폐하만이 그 덕망을 뜻 있게 발휘하실 수 있습니다.
이것은 정의의 덕망으로서, 모든 사람들이 사랑하고 4775
요구하고, 바라고, 없어서는 안 되는 것으로,
이 덕망을 백성들에게 베푸는 것은, 바로 폐하의 마음에 달려 있습니다.
아아, 그러나 나라 안이 열병에 걸린 듯 들끓고 있고,
또한 악이 악을 낳고 있는 이 마당에,
인간의 분별 있는 정신과 선한 마음, 4780

일해보려는 의지가 넘치는 손들이 있다 하더라도 무슨 소용이 있겠습니까?
이 높은 궁전에서 넓은 나라 안을 내려다보면
괴물이 괴상한 모습으로 날뛰고,
불법이 합법인 양 행세하고,
그릇된 세계가 벌어지고 있음을 보게 되어, 4785
마치 악몽에 사로잡힌 듯한 기분이 될 것입니다.
어느 놈은 가축을 약탈하고, 또 어느 놈은 부인을 겁탈하고,
제단에서 잔과 십자가와 촛대를 훔쳐내도
세월이 오래도록 무사태평으로 상처 하나 입지 않고, *
도리어 자기가 한 일을 자랑하고 있습니다. 4790
고소인들이 법정으로 몰려 들어와도
높은 자리에 앉은 재판관은 뽐내고만 있을 뿐이고
폭동은 날로 점점 심해 가기만 하여,
사나운 홍수처럼 물결치고 있습니다.
세력을 떨치는 공범자에게 의지할 수 있는 자는, 4795
파렴치한 짓을 하고서도 큰소리치고 있습니다.
그 대신 죄가 없어도 자기 외에 의지할 데가 없으면
유죄! 라는 선고를 받게 된답니다.
이렇게 세상은 산산조각이 나고,
양심껏 질서를 지키는 사람은 오히려 어리석은 사람이 되어 버리니, 4800
우리들을 정의로 이끄는 단 하나의
분별력이 어떻게 발달할 수가 있겠습니까?
나중에는 마음씨 착한 사람도
아첨하고 뇌물을 바치는 자에게 기울어지며,
죄를 처벌할 수 없는 재판관은, 4805
결국엔 범죄자와 한패가 되어 버립니다.
이렇게 말씀드리면, 시꺼멓게 색칠한 그림 같지만
차라리 두꺼운 포장으로 그림을 감추고 싶은 심정입니다.

(잠깐 사이를 두고.)

이제는 결단을 내리실 때입니다.
모두가 해를 입고 괴로워하면, 4810
폐하의 존엄성마저 빼앗기게 될 것입니다.

국방장관 이 난세의 소란은 정말 어이없습니다!
모두들 남을 때리고 또 얻어맞고,
명령 같은 건 한 귀로 듣고 한 귀로 흘려버립니다.
시민들은 성벽 뒤로 모습을 감추고, 4815
기사들은 바위 소굴에서 농성하며,
떼를 지어 맞서려 들면서
그들의 힘을 굳히고 있습니다.
또 용병들은 초조해서
무턱대고 급료를 요구합니다. 4820
그러나 우리가 미루지 않고 다 값을 치르게 되면
놈들은 모조리 도망쳐 버리고 말 것입니다.
그렇다고 그들의 요구를 거절하게 되면,
마치 벌집이라도 쑤신 것처럼 야단일 것입니다.
그들이 지켜나가야 할 이 나라는 4825
약탈과 황폐 속에 빠진 채 버려져 있습니다.
이렇게 그들의 난폭한 행동을 내버려 둔 결과
이미 나라의 절반은 절단이 나 버렸으나,
나라 밖에도 여러 왕들이 계시지만,
누구 하나 관심을 가져 주는 분은 안 계십니다. 4830

재무장관 누가 동맹한 왕*들을 믿을 수 있겠습니까!
우리에게 약속한 원조금도,
끊어진 수돗물*처럼 그쳤습니다.
폐하의 이 넓은 국토의 소유권이
대체 누구의 손안으로 들어간 것입니까? 4835

어디로 가 봐도, 새 사람이 주인인 양,
독립하여 살아가려고 하고 있습니다.
우리는 그가 하는 짓을 방관하는 수밖에 없습니다.
그동안 너무나 많은 권리를 포기*했기 때문에
우리에겐 아무 권리도 남아 있지 않습니다. 4840
그리고 당파라는 것도, 그것이 뭐라고 불려지든 간에
오늘날에는 전혀 믿을 것이 못됩니다.
그들이 찬동을 하거나 비난을 하거나
사랑과 미움, 모든 것에 냉담해져 버렸습니다.
황제당과 교황당*은 4845
몸을 숨기고 쉬고 있습니다.
이제 제각기 스스로 할 일도 벅찬데
누가 이웃을 도와주려고 하겠습니까?
황금의 문은 닫혀져 있기 때문에
사람들은 저마다 긁고 파고 모아서 먹고 지내는 형편이니 4850
우리의 국고는 언제나 비어 있습니다.

궁내장관 저도 얼마나 재난을 겪고 있는지 아십니까!
매일 아끼려고 하지만,
나날이 지출이 더 늘어가기만 해서
날마다 새로운 걱정이 생겨납니다. 4855
요리사들은 물자가 모자라도 괴로울 것은 없습니다.
산돼지, 사슴, 토끼, 노루에다가
칠면조, 닭, 거위, 오리 등,
현물로 바치는 확실한 소작료가
아직도 상당히 들어오고 있기 때문입니다. 4860
그러나 마침내 포도주가 바닥이 났습니다.
전에는 지하실에 술통이 겹겹이 쌓이고,
생산지나 연도도 가장 좋은 고급 포도주뿐이었는데
귀하신 분들이 한없이 마셔대기 때문에,

이젠 마지막 한 방울도 남지 않게 되었습니다. 4865
그래서 시청의 재고품까지 소매로 사들이고 있지만,
저마다 큰 잔으로 들이키고, 대접으로 마시기에,
요리는 식탁 밑으로 쏟아지기가 일쑤입니다.
그런데 계산과 지불은 다 제가 해야 한답니다.
유대인은 형편도 봐주지 않고 4870
세입을 담보로만 돈을 꾸어 주기 때문에,
해마다 다음해 수입을 미리 먹어 치웁니다.
돼지는 살찔 겨를도 없고,
침대의 이부자리도 담보에 들어가 있고,
식탁의 빵도 외상으로 먹고 있는 지경입니다. 4875

황제 (잠시 생각하고 나서 메피스토펠레스에게) 말해 봐라! 어릿광대, 너도 어려운 일이 있는가?

메피스토펠레스 제가 말입니까? 아무것도 없습니다. 이렇게 폐하와 귀하신 분들의 별처럼 빛나는 모습을 우러러보고 있습니다.
폐하께서 무조건 명령을 내리시고,
거역하는 놈은 폐하의 펼치신 권세로 쳐부수고 4880
또 이성으로 인해 강력하게 된 믿음과 여러 방면의 활동력이
갖추어져 있는데, 왜 신망이 부족하겠습니까?
이렇게 귀하신 분들이 별처럼 빛나고 있는데,
무엇이 모여들어 재앙과 어둠을 불러낼 수 있겠습니까?

중얼거리는 소리 저 놈은 악당이다.—— 4885
제 딴엔 꿍꿍이속이 있는 거다.——
거짓말을 해서 환심을 사면——그것이 얼마나 갈까——
나는 빤히 들여다보고 있어——저 놈의 뱃속을——
대체 앞으로 어떻게 나올는지? ——어쨌든 나쁜 계략이겠지——

메피스토펠레스 이 세상 어디로 가나 부족이 없는 곳은 없습니다.
저곳에서는 저것, 이곳에서는 이것, 그리고 이 나라에서는 단지 돈이 부족한 것뿐입니다. 4890

물론 돈을 마룻바닥에서 긁어모을 수는 없지만,
그러나 지혜의 힘만 빌린다면, 아무리 깊은 곳에서도 파낼 수 있습니다.
부어 만든 금화나 부어 만들지 않은 금을 그대로,
산의 광맥이나 돌담의 바탕에서 찾아 낼 수 있습니다.
누가 그것을 캐어 내느냐고 물으신다면 4895
재능 있는 사람*의 천성과 정신의 힘이라고 말씀드리겠습니다.

국무총리 천성과 정신*이라니——그것은 그리스도 교도에게 할 말은 아니지——.
그런 말씨는 지극히 위험스러워서
무신론자를 태워 죽이게 된다네.
천성은 죄악이고 정신은 악마다. 4900
이 두 가지가 함께 합치면,
의혹이라는 기형아가 생겨나는 법이다.
우리들은 그런 것은 질색이다! ——황제의 오랜 나라에는,
두 계통의 씨족만이 생겨서 4905
황제의 옥좌를 정중히 지키고 있다.
즉, 성직자와 기사가 그것이다.
그들은 어떤 폭풍우에도 견디어내고,
그 대가로 교회와 국가를 물려받고 있다.
혼란한 정신을 가진 천민들의 의식에서
자라나는 것은 반항일 뿐. 4910
이단자나 마술사가 바로 그들이다.
이 자들이야말로 도시와 국가를 망쳐 놓는다.
자네는 건방진 농담으로 지금 그런 놈들을
이 고귀한 궁정으로 살짝 끌어들이려고 하고 있다.
그런데 여러분들은 이런 파괴적인 마음씨에 오히려
호감을 가지고 계신 것 같은데 4915
이단자나 마술사들이 이런 어릿광대와 같은 패거리들인 것이다.

메피스토펠레스 말씀을 듣고 보니 당신이 학자라는 것을 알았습니다!

요코 그림

직접 손에 닿지 않는 것은 몇 십 리 밖에 있고,
직접 손에 잡히지 않는 건 전연 존재하지 않는 것이나 다름없지요.
직접 세어 보지 않은 것은 진실이 아니라고 생각하고, 4920
직접 무게를 달아 보지 않은 것은 중량이 없는 것이며,
스스로 부어 만들지 않은 돈은 두루 쓰이지 않는다고 생각할 겁니다.

황제 그런 말 따위로 우리의 부족한 재정이 해결되지는 않는다.
총리는 지금 단식절의 참회 설교**와 같은 소리를 해서 어쩌자는 거요?
언제나 반복되는 이러쿵저러쿵 하는 소리에는 이제 진력이 났소. 4925
돈이 모자란다면, 좋소, 돈을 만들어 내시오.

메피스토펠레스 필요한 만큼 만들어 내겠습니다. 아니, 그 이상으로 만들어 내겠습니다.
사실 그것은 쉬운 일이지만, 쉽다는 것이 도리어 어려운 일입니다.
돈은 실제로 여기 있습니다. 그런데 있는 것을 손에 넣는 것이
기술입니다. 그런데 누가 그 일을 해낼 수 있겠습니까? 4930
좀 생각해 보십시오. 이민족의 물결*이
국토와 백성을 삼켜 버린 저 공포 시대에,
너나 할 것 없이 모두가 겁을 집어먹고,
자기가 가진 가장 귀중한 것을 여기저기에 감추었습니다.
일찍이 막강한 로마 시대부터 그랬고, 4935
어제, 아니 오늘까지도 계속해서 그렇습니다.
그래서 모든 보물은 그대로 땅 속에 파묻혀 있습니다.
땅덩어리는 폐하의 소유*이기에, 폐하께서 그 보물을 차지하시는 것이 당연합니다.

재무장관 어릿광대로서는 제법 그럴듯한 말을 하는데,
사실 그것은 옛날부터 황제의 권리입니다. 4940

국무총리 악마가 여러분들에게 금실로 엮은 올가미를 치고 있는 것입니다.
신의 뜻에 맞는 올바른 일은 아닐 것입니다.

궁내장관 아무튼 궁중에서 환영받을 물건을 대어 주시오.
약간 부정한 것이라도 상관없소.
국방장관 어릿광대는 똑똑하며, 누구에게나 도움이 되는 것을 약속하고 있다. 4945
군인은 돈이 나온 데 같은 건 문제삼지 않는다.
메피스토펠레스 만일 여러분들이 제게 속아넘어갔다고 생각하신다면
여기 마침 좋은 분이 계십니다. 이 천문학 박사에게 물어 보십시오!
이 분은 하늘의 구석구석까지도 시각과 별자리를 다 알고 계십니다.
오늘 하늘의 모양은 어떤지 말씀해 주십시오. 4950
중얼거리는 소리 두 놈 다 악당이다——벌써 서로 작당을 하고 있는 것이다.——
어릿광대와 허풍선이가——저렇게 옥좌 가까이에서——
듣기도 지겨운——케케묵은 이야기로구나——
바보가 귀엣말로 쑥덕거리고——박사가 입을 연다——
천문학 박사 (메피스토펠레스가 귓속말로 얘기하자 그 말을 그대로 옮긴다)
태양 그 자체는 순금으로 되어 있습니다.* 4955
또 사자인 수성은 은혜와 보수를 위해 일합니다.
비너스 부인인 금성은 여러분들을 유혹하여
아침저녁으로 다정스럽게 여러분들을 쳐다보고 있습니다.
순결한 달님은 변덕스러운 심술쟁이이고,
화성은 여러분을 태워 죽이지는 않더라도 그 힘으로 위협합니다. 4960
목성은 역시 여전히 가장 아름답게 빛나고 있으며,
토성은 크지만, 우리 눈에는 멀고도 작게 보입니다.
토성은 금속으로서는 그다지 귀중하지 않습니다.
중량은 무겁지만 가치는 적습니다.
그렇지요! 해와 달이 정답게 어울리면 4965
금과 은이 함께 어울리기 때문에 세상은 밝아지고

베크만 그림

그 밖의 나머지 모든 것을 다 얻을 수 있습니다.
궁전, 정원, 예쁜 젖가슴 그리고 빨간 뺨 등 모든 것을
우리들 가운데선 아무도 할 수 없는 일을
저 대학자*는 빼놓지 않고 거뜬하게 마련해 줍니다. 4970

황제 그 사람의 이야기는 이중으로 들리는데*,
하여간 나에게는 납득이 가지 않는다.

중얼거리는 소리 그것이 우리들에게 무슨 소용이 있어? ——

터무니없는 수작이다——
달력을 점치거나——연금술 노름이지——
종종 들은 이야기지만——늘 기대에 어긋났다—— 4975
그 사람*이 나타났다고 하더라도——역시 사기꾼에 지나지 않아——

메피스토펠레스 여러분은 모두 주위에 둘러서서 놀라고 있을 뿐,
이 훌륭한 발견물에 대해서는 조금도 믿으려고 하지 않으면서
어떤 이는 만드라고라의 뿌리*로 부자가 된다는 둥,
어떤 이는 검은 개*를 사용하여 보물을 캐낸다는 둥의
허튼 소리는 믿습니다. 4980
똑똑한 체하고 비판을 하며, 마술은 돼먹지 않았다고
호소해 본들 무슨 소용이 있습니까.
그도 간혹 발바닥이 간지러울 때가 있는가 하면,
걸어가는 다리가 말을 듣지 않을 때도 있습니다.

여러분들은 영원히 지배하는 대자연의 4985
신비스러운 작용을 몸소 느끼고 있습니다.
대지 속 깊숙이 밑바닥으로부터 활발하게 움직이는 흔적이
휘감겨 오기 때문입니다.
온통 사지가 꼬집히는 것 같거나,
그 자리에서 기분이 나빠지면 4990
당장 그곳을 파헤쳐 보십시오.
거기에는 악사가 묻혀 있기도* 하고 보물도 파묻혀 있는 수가 있습니다.

중얼거리는 소리 나는 발이 납처럼 무겁다——
나는 팔에 경련이 인다——그것은 통풍이다——
나는 엄지발가락이 근질거린다—— 4995
나는 등이 온통 쑤신다——
이와 같은 징조로 보아 여기에는,
엄청난 보물이 묻혀 있는 것이리라.

황제 빨리 서둘러라! 이제 자네를 놓치지 않겠네.
자네의 거품 같은 거짓이 진실이라는 증거를 보이고, 5000
바로 그 귀중한 장소를 가르쳐 주게.
자네의 말이 거짓이 아니라면,
나는 칼과 홀도 버리고,
이 귀한 손으로 그 일을 완수하리라.
그러나 만일 그것이 거짓이라면 자네를 지옥으로 쫓아 버리겠다! 5005

메피스토펠레스 그리로 가는 길은 잘 찾아 낼 수야 있겠지만——
가는 곳마다 임자도 없이 사람을 기다리듯, 파묻혀 있는 보물은
하나하나 다 말씀드릴 수는 없습니다.
밭고랑을 갈던 농부가 흙덩이와 함께
황금 항아리를 파내는 일도 있고 5010
진흙 담벽 속에서 초석을 파내려다가,
번쩍번쩍하는 금화 뭉치를 보고는 놀라,
기쁨에 넘쳐 가난에 시달린 그 두 손으로 움켜쥘 때도 있습니다.
보물이 있는 곳에 능통한 사람은
어떤 아치형 동굴이라도 폭파하며, 5015
또 어떤 심연이나 갱도 속이라도,
지옥 근처에라도 파고 들어가지 않으면 안 될 것입니다!
예부터 소중히 지켜서 내려오는 넓은 술창고 속에는
금으로 된 큰 술잔, 대접, 접시가
줄지어 늘어서 있는 것이 눈에 띕니다. 5020
루비로 만든 긴 잔이 있습니다.
그것으로 한잔 마시고자 하면,
그 옆에는 오래 묵은 포도주가 있습니다.
그러니까——이 방면에 정통한 제 말을 믿어 주신다면——
술통의 나무는 벌써 썩어 버리고 5025
주석이 굳어 술통처럼 되어 있습니다.
황금과 보석뿐만 아니라,

베크만 그림

이처럼 고귀한 술의 정수까지도,
어둠과 두려움 속에 감추어져 있습니다.
현자는 이런 곳을 끈기 있게 찾고 있으나, 5030
대낮에 물건을 판별한다는 것은 어린애의 장난에 지나지 않습니다.
신비스러운 것은 어둠 속에 자리잡고 있는 법입니다.

황제 신비 같은 것은 자네에게 맡겨 둔다! 어둠이 무슨 소용이 있나?
값어치가 있는 물건은 밝은 데로 끌어 내지 않으면 안 된다.
누가 깊은 밤에 악한을 정확하게 가려낼 수 있겠는가? 5035
암소는 검게, 고양이는 회색*으로 보이기 마련이다.

황금으로 가득 찬 땅 속의 항아리를
쟁기를 사용하여 밝은 곳으로 파내 오너라.

메피스토펠레스 곡괭이와 삽을 들고 손수 파 내십시오.
농부의 일은 폐하를 더욱 위대하게 할 것이며, 5040
금송아지*가 떼를 지어,
땅 속에서 용솟음쳐 올라올 것입니다.
그러면 거리낌없이 기쁨에 넘쳐,
폐하 자신만이 아니라 애인까지도 꾸밀 수 있을 겁니다.
색깔이나 광택에 빛나는 보석은 5045
아름다움과 위엄을 한층 더 드높여 줄 것입니다.

황제 빨리 하세! 빨리! 언제까지 우물쭈물할 건가?

천문학 박사 (먼저와 마찬가지로*)
폐하, 그런 성급한 욕망일랑 가라앉히시고,
우선 다채롭게 즐거운 노름이나 끝내십시오.
마음이 가라앉지 않으면 목적을 이루지 못하오니, 5050
먼저 마음을 편안하게 갖고 신과 화해해서,
하늘을 통해 지하의 보물을 얻지 않으면 안 됩니다.
착한 것을 원하면* 스스로 착한 자가 되어야 하며
기쁨을 원하면 자기의 혈기를 가라앉혀야 하니,
술을 마시고 싶으면 무르익은 포도송이를 짜십시오. 5055
기적을 바라는 굳은 믿음*도 지녀야 합니다.

황제 그러면 즐거운 놀이로 시간을 보내기로 하세.
안성맞춤으로 성회(聖灰) 수요일*이 다가온다
그때까지는, 여느 때보다 즐겁게,
마음껏 사육제*를 축하하기로 하라. 5060

(나팔소리. 퇴장.)

메피스토펠레스 공로와 행복은 서로 얽혀 있다는 사실을 바보들은 언제나 알아차리지 못한다.
설사 저자들이 현자의 돌*을 손에 넣었다고 하더라도
그 돌에는 현자가 따르지 않을 것이다.

곁방들이 달린 넓은 홀*

가장 무도회를 위해 화려하게 장식이 되어 있다.

의전관 여러분들은 악마춤, 바보춤, 해골춤의 본고장인 5065
독일 국경 내에 있다고 생각해서는 안 됩니다.*
즐거운 남국의 축제가 여러분을 기다리고 있습니다.
폐하께서는 로마로 행차하셨을 때,
당신의 이익과 또 여러분을 즐겁게 해주기 위해
높은 알프스 산을 넘어서, 5070
이 명랑한 나라를 얻으셨습니다.
그리하여 폐하는 우선 교황의 슬리퍼에 입을 맞추시고,*
비로소 권력을 행사하기 위한 권리를 요청하여 받으셨습니다.
그리고 왕관을 받으러 행차하셨을 때
우리를 위해 어릿광대의 모자도 갖고 오셨습니다. 5075
그래서 우리는 모두 새로 태어난 기분이었습니다.
처세술이 능한 사람은 누구나 이 모자를
머리 위에서 귀까지 기분 좋게 푹 눌러 써보세요.
겉으로 보기엔 머리가 돈 바보같이 보이지만
이 모자를 쓰면, 영리해집니다. 5080
벌써 많이들 몰려오고 있는 것이 보입니다.
비틀거리며 갈라지기도 하고, 정답게 쌍쌍이 되기도 합니다.
합창의 무리도 줄기차게 모여듭니다.
연달아 들락날락 그저 여전합니다.
결국 이 세상은 예나 지금이나 변함 없이, 5085

몇 십만 번 익살을 부린다 해도
이 세상은 하나의 커다란 바보에 지나지 않습니다.

여자 정원사들* (만돌린의 반주로 노래 부른다)

여러분들의 갈채를 받으려고,
우리들 플로렌스 처녀들은
오늘밤 몸을 꾸미고, 5090
화려한 독일 궁전을 찾아왔어요.

갈색빛 고수머리를
아름다운 많은 꽃으로 장식했어요.
비단실과 비단 뭉치가,
여기서는 장식 구실을 하고 있지요. 5095

아무튼 이런 장식은 아주 요긴하여,
참으로 칭찬받을 만한 가치가 있어요.
우리가 만든 아름다운 꽃들은
일년 내내 계속 피어* 있어요.

오색의 색종이 조각들은, 5100
고르게 균형이 잡혀 있지요.
하나하나 조각을 보면 흠도 많지만,
전체를 보시면 마음이 끌릴 거예요

정원에서 일하는 우리 처녀들은
붙임성 있고 보기에도 예쁘지요. 5105
그것은 여자의 타고난 천성이
예술에 가깝기 때문이지요.

의전관 머리에 이고 가는 바구니,
팔에서 아롱다롱 부풀어나고 있는 바구니에서

베크만 그림

풍성한 꽃들을 보여드려서 5110
어느 분이나 마음에 드는 꽃을 고르시게 하렴.
나뭇잎으로 그늘진 길이 순식간에
꽃밭으로 변하도록 고르십시오!
꽃 파는 처녀들이나 꽃들을,
빙 둘러보지 않겠습니까. 5115

여자 정원사들 자, 여기 기분 좋은 곳에서 사 주세요,
그러나 값을 깎지는 마세요!

뜻 깊게 써 붙인 짤막한 글로써
사 가실 꽃이 어떤 것인지 알 겁니다.

열매가 달린 올리브의 가지*
나는 어떤 꽃송이도 부러워하지 않습니다. 5120
나는 모든 다툼을 피합니다.
그것은 내 성미에 맞지 않으니까요.
나는 원래 모든 나라의 정수이며,
확실한 담보와 같은 것이기 때문에,
모든 고장의 평화의 상징으로 되어 있답니다. 5125
그러나 오늘은 될 수만 있다면,
아름다운 머리를 예쁘게 장식하고 싶습니다.

이삭의 관 (황금빛) 이삭의 여신 체레스*의 선물은 여러분
들을 장식하는 데에
정숙하고 우아하게 잘 어울릴 겁니다.
쓸모가 있어서, 가장 근사한 이 물건이 5130
또 여러분들을 아름답게 장식해 줄 겁니다.

공상의 화환 당아욱과 비슷한 오색의 꽃,
이끼에서 피어난 기적의 꽃!
자연에서는 거의 보기 드문 것이라도,
유행이 그것을 돋보이게 합니다. 5135

공상의 꽃다발
식물학의 아버지인 테오프라스토스*라도,
내 이름을 여러분에게 말해 드리지는 못해요.
그러나 모든 분들의 환심은 못 사더라도,
부인들 몇 사람의 마음에는 들겠지요.
그분들의 소유물이 되고 싶어요 5140
나를 머리에 꽂아 주시고,
마음을 정하시어,
앞 가슴 한구석에 자리를 마련해 주세요.

장미꽃 봉오리(도전)* 화려한 환상의 꽃은
그날그날 유행에 따라 피어도 좋으리라. 5145
자연 속에 그 모습을 나타낸 적이 없는
신비스런 모습을 나타내 보이는 것도 좋은
일이리라.
초록빛 줄기에 황금빛 방울꽃이
숱이 많은 고수머리 사이로 비쳐 보이는 것도 좋지요!
그러나 우리들은 숨어 있기로 하지요. 5150
산뜻한 우리들을 찾아낸 분은 행복할 거예요.
여름이 소식을 전하고,
장미꽃 봉오리에 불이 켜지면
누가 이 행복을 맛보지 않겠어요?
꽃 피기를 약속하고 그것을 지키는 것이 5155
꽃이 만발한 이 나라에서는 지배하고 있지요.
눈과 마음과 영혼까지도 다 함께.

(초록빛으로 그늘진 길에서,
정원을 가꾸는 여자들이 아름답게 그들의 조화를 장식한다.)

정원사 (테오르베*의 반주로 노래 부른다)
꽃이 조용히 피어 나서,
여러분의 머리를 멋지게 꾸미는 것을 보세요.
그러나 나무 열매는 유혹하려고 하지 않으니, 5160
그것은 맛보고 즐기는 것이지요.

버찌, 복숭아, 자두들이
햇볕에 그을은 얼굴을 내밀었네.
사시라! 혀와 입을 빌지 않고선
눈만으로는 맛을 정하기 어려우니까요. 5165

어서 오세요. 가장 잘 익은 과일을
맛있게 즐겨 잡수세요!
장미꽃은 시로 읊을 수 있으나
사과는 깨물어 씹어봐야 맛을 알지요.
허락해 주신다면, 우리들도 기꺼이 5170
당신네들 생생한 꽃과 어울려
잘 무르익은 물건을
이웃하여 수북히 장식할 테니까요
재미나게 얽힌 덤불 밑에서,
장식된 정자 한 구석에서 5175
한꺼번에 볼 수 있지요.
봉오리, 잎사귀, 꽃, 열매들을.

(기타와 테오르베의 반주로 서로 번갈아 노래하며
두 합창단은 물건을 층층으로 높이 장식하고
그것을 팔려고 한다.)

(어머니와 딸이 등장한다.)

어머니 얘야, 네가 이 세상에 태어났을 때,
나는 예쁜 머릿수건으로 너를 단장해 주었지.
참말로 얼굴도 귀엽고
그렇게 부드러운 몸매일 수가 없었어. 5180
그래서 벌써 신부가 된 것처럼,
돈 많은 사람과 결혼해서
네가 부인이 된 것처럼 생각했지.

아아, 그런데 많은 세월이 5185
헛되이 흘러가 버리고 말았구나.

구혼자도 많았지만
그대로 지나가 버리고 말았지.
너는 어떤 남자와 신나게 춤을 추면서,
또 다른 남자에게는, 5190
팔꿈치로 살짝 인사한 적도 있었지.

어떤 파티를 마련해 보아도,
아무 효과도 없이 끝났지.
벌금 놀이나 술래잡기 같은 것을 해 보았어도
잡을 수가 없었어. 5195
오늘은 어릿광대 놀이가 있을 테니
너도 앞치마를 치켜올려 보려무나.
혹시 걸려들지도 모르니까.

(젊고 아름다운 여자 친구들이 한몫 끼여들어와
큰소리로 정답게 이야기를 주고받는다.
어부와 새잡이들이 그물과 낚싯대, 끈끈이 막대기와
그 밖에 다른 도구를 가지고 나타나 아름다운 소녀들 틈에 낀다.
서로 제 것으로 하려고 붙들고 달아나고,
꼭 붙잡으려고 하다가 결국엔 즐거운 대화가 벌어진다.)

나무꾼들 (떠들썩하며 거친 태도로 나타난다)
비켜라! 비켜!
자리가 있어야 해. 5200
우리들이 나무를 베면
소리를 내며 쓰러진다.
우리들이 나무를 짊어지면
여기저기 툭툭 부딪친다.
자랑은 아니지만

베크만 그림

이것만은 알아줘야 한다. 5205
왜냐하면 나라 안에서
거친 놈이 험하게 일하지 않으면
어떻게 귀하신 분들이
혼자서 살 수 있을까? 5210
아무리 똑똑한 체하더라도
이것만은 꼭 알아줘야 하네!
우리들이 피땀 흘려 일하지 않으면

당신네들은 얼어 죽을 테니까.

익살꾼들 (서두르며, 거의 멍청하게) 당신네들은 바보야, 5215
낳을 때부터 허리가 꼬부라졌지.
우리들은 영리해서
짐은 져 보지도 않았어.
우리들의 모자나
웃옷과 누더기 옷도 5220
아주 가벼운 옷이지.
그리고 유쾌한 마음으로
언제나, 한가롭게,
슬리퍼를 신은 채,
장터와 혼잡 속을 5225
여기저기 싸돌아다니며
입을 벌리고 구경하고선
벗들과 고함지르지.
그 고함소리에 맞추어
밀리는 사람들 속을 5230
뱀장어처럼 빠져 나와
함께 날뛰고,
한데 섞여서 발광한다네.
당신네들이 우리를 칭찬하든
욕설을 퍼붓든
우리들은 그저 그대로 놔둘 뿐이다. 5235

식객들 (아첨하며 탐내는 듯이)
당신네들, 씩씩한 나무꾼이나
의형제인
숯 굽는 사람은,
우리에겐 소중한 분들이지요. 5240
무턱대고 허리를 구부리고

고개를 끄덕이고
아첨을 떨고
또 상대방의 기분에 맞춰
따뜻하게나 또는 차게 5245
두 갈래 숨결로 비위를 맞추는데
그것이 무슨 소용이 있겠소?
하늘에서
많은 불이
내려오는 일도 있겠지만 5250
그래도 아궁이에 가득히,
이글이글 불을 피워 주는 장작과 숯이 없으면
아무 소용이 없지요.
그것이 있어야 굽고 끓이며
삶고 찔 수도 있어요. 5255
진짜 맛을 아는 사람이라면
접시 바닥까지 핥으며
구운 고기 냄새 맡아보고
생선이 있는 것을 짐작하지요. 5260
그래야만 주인집의 식탁에서
실력을 발휘하게 되지요.

술주정꾼 (제 정신을 잃고)
오늘은 어떤 놈이건 내 비위를 거스르지 말라!
아주 훨훨 날 것 같은 기분이야. 5265
유쾌한 분위기와 즐거운 노래도
내가 가져오지 않았던가.
그래서 나는 마신다! 마시고 또 마신다.
잔을 부딪치자! 쨍 쨍!
거기 뒤쪽에 있는 분, 나오시오!
건배나 합시다. 이제 됐소이다. 5270

우리 집 마누라가 성이 나서 소리 지르고
울긋불긋한 옷을 보고 얼굴을 찌푸리네.
아무리 내가 뻐겨 보아도
가장 무도회의 옷걸이 같다고 나무라네.
그러나 나는 마신다! 마시고 또 마신다! 5275
잔을 서로 부딪치고 쨍 쨍 소리를 내자!
가장 무도회의 옷걸이 여러분, 잔을 부딪치자.
소리가 나면 그것으로 됐어요.

나보고 길 잃은 자라고 말하지 마라.
나는 마음 내키는 곳에 있으니까. 5280
술집 주인이 외상을 안 주면
주인 아주머니가 줄 거고.
나중에는 하녀가 외상술을 줄 거야.
아무튼 나는 마신다! 마시고 또 마신다!
다른 분들도 술 좀 드세! 마시고 마셔!
한 사람씩 차례로 잔을 부딪쳐요! 5285
이제 제대로 된 것 같네.

어디서 어떻게 즐기든
그대로 내버려 둬 줘.
내가 누운 곳에 내버려 둬. 5290
이제는 서 있기가 거북해지니까.

합창 형제들이여, 모두들 마시고 또 마셔요!
신나게 건배 올리세. 쨍 쨍!
의자나 빈 술통 위에 단단히 앉아요!
식탁 밑으로 떨어지는 놈은 끝장이다.

(의전관이 각양각색의 시인들이 나타난다고 알린다.
자연 시인, 궁정 시인, 기사 시인, 상냥한 시인,
정열적인 시인 등이 나타난다. 모두들 서로 앞을 다투어
상대방에게 낭독하는 기회를 주지 않는다.
시인 한 사람이 짤막한 시구를 읊더니 슬금슬금 사라진다.)

풍자시인 그대들은 시인인 나를 정말, 5295
기쁘게 하는 게 무엇인지 아는가?
아무도 듣고 싶어하지 않는 것을
나는 노래부르고 말하는 것이오.

(밤의 시인과 무덤의 시인*은 나오지 못한다고 용서를 구한다. 그들은 지금 새로
소생한 흡혈귀와 재미나게 한참 이야기하고 있는 중이고,
아마도 거기서 새로운 종류의 시가 발전해 나올지 모르기
때문이다. 의전관은 그것을 인정하고, 그동안에 그리스 신화를
불러낸다. 그리스 신화는 근대적 가면을 쓰고 있지만, 그
성격과 애교를 잃지는 않았다.)

우아한 세 여신* 그라치에들.

빛의 여신, 아글라이아 나는 우아를 세상에 보낸다.
물건을 줄 때에도 우아함을 다해야 한다. 5300
행복의 여신, 헤게모네 물건을 받을 때에도
우아한 마음씨가 필요하다.
소원을 이루는 것은 얼마나 기쁜 일인가.
기쁨의 여신, 오이프로지네 조용한 나날이 계속되는 동안에,
감사의 말도 우아하게 해야 한다.

운명의 세 여신* 파르체들.

베크만 그림

생명의 실을 끊는 여신, 아트로포스

가장 나이 먹은 나는 이번에, 5305
실을 짜라고 초청을 받았다.
삶의 실이 너무나 가냘프기에,
깊이 생각할 일이 많다.
그 실이 가늘고 부드럽도록
가장 좋은 아마를 골랐다. 5310
미끄럽고 흠 없이 고른 실을 뽑으려고,
익숙한 손가락으로 다듬었다.

즐겁게 춤을 출 때에,
너무 도가 지나칠 때에는,
이 실오리의 한정된 힘을 생각하라. 5315
조심하라! 실이 끊어지는 수가 있으니까"

실을 짜는, 클로오토 여러분, 내 말을 들어 보세요, 운명의
가위가 나에게 맡겨졌어요.
언니 아트로포스의 행동을,
달갑지 않게 생각하고 있기 때문이지요. 5320

언니는 소용없는 실오리들을
길게 잡아당겨 빛과 바람에 매어놓고,
찬란하게 빛나는 희망의 실마리를
끊어서 무덤으로 끌고 가지요.
그러나 나 역시 젊었을 때에는 5325
수백 번 잘못을 저질렀어요.
오늘은 나 자신을 억제하려고
가위를 가윗집 속에 넣어 두었어요.

나는 이 교훈을 달갑게 받고,
정답게 이곳을 바라보지요. 5330
여러분들 이 자유로운 시간에
마음놓고 놀아 보세요.

운명을 정하는, 라케시스 나 혼자만이 분별을 알기 때문에,
질서를 유지하는 역할을 맡았어요.
나의 물레는 쉴새없이 돌아가도 5335
한번도 엉클어져 본 적은 없어요.
줄줄 돌아나오는 실을 물레에 감고,
실가닥마다 제 길로 이끌어 주며
하나라도 벗어나지 않게 하지요.

실이여, 빙빙 돌며 따라오너라. 5340

내가 만일 정신을 놓게 되면
세상은 무서운 꼴이 되겠지요.
시간은 재고, 해는 그것을 저울질하며
옷감을 짜는 조물주*는 운명의 실뭉치를 잡고 있어요"

의전관 여러분이 아무리 고대 문헌에 능통하더라도, 5345
이번에 나오는 사람들은 알지 못할 겁니다.
나쁜 일을 많이 저지르는 여자들이지만
환영받는 손님이라고 말할 겁니다.

복수의 여신들인데, 곧이 믿어지지 않을 겁니다.
예쁘고 날씬한 데다 다정스럽고 나이도 젊습니다. 5350
사귀어 보시면 아시겠지만,
이런 비둘기 같은 여인들이 뱀처럼 사람을 해치기도 한답니다.

참으로 심술궂은 여인들이지만 오늘만은 모두들,
바보가 되어 못난 걸 자랑하는 날이기에,
그들도 천사라고 칭찬을 받는 것을 바라지도 않기에 5355
도시나 시골서 남을 괴롭히는 존재라고 자처하고 있답니다.

복수의 세 여신* 푸리에들.

증오의 여신, 알렉토 여러분은 우리를 믿는 수밖에 별 도리가 없어요.
우리는 예쁘고 젊고 고양이 새끼처럼 아양까지 부리니까요.
여러분 가운데 귀여운 애인을 가진 분에게는,
우리가 익살을 떨며 그의 귀를 긁어 드리지요. 5360

나중에 우리는 눈과 눈을 마주 보며 이렇게 말하지요.

그 여자는 당신 말고도 다른 남자들에게도 추파를 보내고,
머리는 우둔한데 등은 구부러지고 다리까지 저니,
신부로서의 자격은 없다고 말하지요.

우리는 그 신부에게 이렇게 위협하지요. 5365
당신이 사랑하는 그 남자는 몇 주일 전에,
다른 여자에게 당신을 중상 모략했다고요! ——
그러면 나중에 화해하더라도 뭔가 석연치 않은 것이 남게 되지요.

적의의 여신, 메게라 그것은 농담에 지나지 않지요! 두 사람이 맺어지게 된다면,
이번에는 내가 도맡아서 어떻게 하든 5370
가장 아름다운 행복까지도 변덕으로 망쳐 버리지요.
사람도 변하고 시간도 무상하니까요.

아무도 자기가 얻은 것을 품안에 꼭 지니지 못하지요.
최고의 행복조차 습관에 젖어,
어리석게도 더욱 탐나는 것을 그리워하지요. 5375
따뜻한 태양을 버리고, 서리처럼 차가운 것을 녹이려고 하니까요.

나는 이런 경우에 대처하는 수단 방법을 알고 있기에,
부부의 사이를 갈라놓는 아스모디*는 친구를 데려와서,
알맞은 시간에 불화의 씨를 뿌리고,
짝을 지은 사람들에게 훼방을 놓지요. 5380

생명을 빼앗는 여신, 티지포네

나는 배신자에게 함부로 독설을 퍼붓는 대신에
독약을 먹이고 칼날을 세우지요.
다른 여자를 사랑하면 조만간에
당신에게 파멸이 오게 되지요.

잠시동안 달콤한 기쁨이 5385
거품이 부글대는 쓰디쓴 독약으로 변하지요!
흥정도 에누리도 없이!
저지른 잘못은 깨끗이 속죄돼야 해요.

아무도 죄를 용서하며 노래하지 마세요!
나는 바위에게 나 자신을 호소하겠어요. 5390
들어 보세요! 산울림이 복수라고 대답하지요!
여자를 바꾸면 살려두지 않겠어요.

의전관 여러분들 옆으로 비켜 주시오.
이번에 오는 것은 여러분들과 같은 종류가 아니니까요.
보시다시피 산더미가 밀려오고 있습니다. 5395
옆구리에는 다채로운 양탄자를 자랑스럽게 걸치고 있습니다.
머리에는 기다란 이빨과 뱀 같은 코를 내밀고 있습니다.
정체를 알 수 없지만 수수께끼를 푸는 열쇠를 보여드리지요.
목덜미에는 예쁘고 얌전한 여자가 앉아서, 5400
가느다란 채찍으로 교묘히 그를 부리고 있습니다.
위에 서 있는 훌륭하고 고귀한 부인에게서는
후광이 비치고 있어 눈이 부십니다.
옆에는 우아한 부인들이 쇠사슬에 묶여 걸어갑니다.
한 사람은 불안하나, 다른 한 사람은 즐거운 표정입니다.
한 사람은 자유를 원하고, 다른 한 사람은 자유를 누리고 있습니다. 5405
그러면 제각기 자기 소개를 해주십시오.

공포 그을음을 내뿜는 횃불, 등불, 촛불들이
어지러운 축제를 희미하게 비추네
거짓 얼굴이 많은 가운데

아아, 나는 쇠사슬이 묶여 있네. 5410

비켜라, 너희들 웃고 있는 자들아!
그 이지러진 상통이 수상하구나.
나를 저주하는 원수들이 모조리,
오늘밤 나에게 몰려오는구나.

여기! 친구 하나는 적이 되어 버렸네. 5415
나는 벌써 그가 쓴 가면을 알고 있어
그놈은 나를 죽이려고 하였는데
이제 발각되어 도망을 치고 있다.

아아, 어느 쪽이라도 좋으니 이 세상에서,
빠져나갈 구멍은 없는 것일까. 5420
그러나 저 세상에서도 나를 없애 버리려고 하네.
나는 연기와 공포 속에 갇혀 있구나

희망 잘 와 주었소. 그리운 자매들이여!
그대들은 어제도 오늘도
가장무도회의 옷차림으로 즐겼지만, 5425
내일이면 그대들은
옷을 벗어 버려야 한다는 것을 알고 있다.
우리들은 횃불에 비쳐서,
마음은 그다지 흐뭇하지 못하지만,
맑은 날을 맞이하면, 5430
제각기 마음먹었던 대로,
여럿이 함께 또는 혼자서,
마음껏 아름다운 들판을 헤매어 다니고,
멋대로 쉬거나 뒹굴기도 하며,

걱정 없이 흡족하게, 5435
무엇 하나 부족함이 없이 계속해서 정진할 것이다.
어디 가나 반가운 손님으로 여겨지며
안심하고 문 안으로 들어가리라.
어디서든 다시 없이 귀한 것이
발견되는 것은 틀림없으리. 5440

지혜 사람의 가장 큰 원수 두 가지,
공포와 희망*을 쇠사슬로 묶어서,
사람들 사이에 가까이 가지 못하도록 하겠다.
길을 비켜라! 여러분은 구제되었다.

보아라, 탑을 등에 짊어진 5445
살아 있는 큰 짐승을 나는 끌고 간다.
그 짐승은 험한 비탈길을
한 걸음 한 걸음 끈기 있게 앞으로 걸어간다.

탑 위에 있는
날쌔고 커다란 날개를 펼치고 서서 5450
여신은 승리를 거두려고
사방으로 몸을 돌린다

여신을 둘러싸는 영광스러운 빛,
멀리 사방팔방을 비춰 준다.
스스로를 승리의 여신이라고 부르며, 5455
세상의 모든 활동을 다스리는 여신*이로다.

남을 헐뜯는 초일로와 테르지테스* 이거 참! 마침 잘 왔구나.
너희들은 모두 다 나쁘단 말이야!

그러나 내가 목표로 삼고 있는 것은
저기 탑 위에 있는 승리의 여신이야. 5460
한 쌍의 하얀 날개를 펴고,
마치 독수리인 양 거만스럽게,
자기가 어디든지 몸을 돌리면,
모든 나라의 땅이나 백성이 제 것이 된다고 생각하고 있구나.
그런데 명예스러운 일이 성공을 하면, 5465
나는 화가 치밀어 견딜 수가 없구나.
낮은 것은 높아지고, 높은 것은 낮아지며
비뚤어진 것은 똑바로, 똑바른 것은 비뚤어지고,
이렇게 돼야만 내 속은 시원해지는 거지.
온 세계가 이렇게 되기를 바라는 거야. 5470

의전관 이 깡패 같은 놈아, 이 소중한 지팡이
맛이나 한 번 보아라!
몸을 비틀고 꿈틀꿈틀 돌아 봐라! ——
난쟁이가 두 놈 겹쳐서 생긴 모습이
보기에도 흉한 덩어리로 뭉쳐버렸다! —— 5475
——이건 이상하다! ——덩어리가 알로 변하더니,
그것이 부풀어올라 둘로 쪼개진다.
그 속에서 쌍둥이가 튀어나온다.
하나는 살무사와 다른 하나는 박쥐로다.
살무사는 먼지 속을 슬슬 기어가고, 5480
박쥐는 시꺼먼 모습으로 천장으로 날아 오른다.
그것들은 바깥에서 또 한 몸이 되려고 한다.
나는 그들의 세번째 친구가 되고 싶지 않다

중얼거리는 소리 자! 안에서는 벌써 춤을 추고 있어요——
아니! 나는 이제 돌아가려고 생각하고 있어—— 5485
알겠어요. 저 유령 같은 놈들이
우리를 둘러싸고 있어요——

머리 위를 날고 있는데——
발에 차갑게 닿은 모양이지요——
그러나 아무도 다치지 않았어요—— 5490
그런데도 모두들 겁을 먹고 있어요——
모처럼의 즐거움이 엉망진창이니까요——
저 짐승들이 그것을 바랬던거야.

의전관 나는 가장 무도회가 열릴 때마다
계속해서 의전관의 역할을 맡아 보게 되었는데, 5495
여러분의 이 즐거운 모임에
수상한 놈이 기어들지 못하도록
문을 지키고 엄중히 단속하여
한 발짝도 자리를 뜨는 일은 없답니다.
그러나 두려워하는 것은 하늘을 나는 도깨비가, 5500
창문으로 들어오지 않을까 하는 것이고,
귀신이나 유령에 대해서는 나라고 할지라도
여러분을 보호할 수는 없습니다.
앞서 그 난쟁이도 수상한 놈이지만,
저기 안쪽 깊숙이에서 억센 놈이 나옵니다. 5505
대체 저런 꼴이 무엇인지, 그 정체를
직무상 설명하고 싶지만,
알 수 없는 것은
전혀 설명할 도리가 없습니다.
여러분이 도와서 좀 가르쳐 주십시오! —— 5510
저 군중 속을 어른거리며 오는 것이 보입니까?

네 마리의 말이 끄는 훌륭한 마차 한 대*가
모든 사람들 사이를 뚫고 달려옵니다.
그렇다고 군중을 헤치고 달리는 기색도 없고,
아무래도 혼잡을 일으킬 것 같지는 않습니다. 5515

멀리서 오색 찬란한 빛이 번쩍이고
여러 가지 별들이 환등과도 같이
깜박거리며 반짝이고 있습니다.
수레를 끄는 용마가 거친 콧바람을 내면서 달려옵니다.
비키십시오! 소름이 끼칩니다!

소년 마부* 멈춰라! 5520
용마들아, 날개를 접어라!
언제나 낯익은 내 고삐를 느낀다면
내가 너희들을 부리는 것처럼, 너희 스스로 억제하라!
내가 너희들을 북돋워 주면 달려야 한다.
이런 자리*에서는 경의를 표시하도록 하자! 5525
주위를 돌아 보라. 놀라는 사람들이 점점 많아져
몇 겹으로 원을 그리고 있다.
자, 의전관님 당신 나름으로,
우리가 떠나기 전에,
우리를 설명하고 소개해 주세요. 5530
우리는 알레고리에 지나지 않으니까요.
이렇게 말하면 알 수 있을 겁니다.

의전관 너의 이름은 댈 수는 없지만,
너의 모습만은 설명할 수 있지.

소년 마부 그러면 해 보시오!

의전관 솔직히 말하자면, 5535
우선 자네는 젊고 아름답다.
제법 어른다운 소년이다. 여자들은
완전히 남자가 되어 버린 자네 모습을 보고 싶어할 것이다.
자네는 앞으로 난봉꾼이 될 것이다.
정말 타고난 바람둥이로구나. 5540

소년 마부 그것은 퍽 재미있군요! 더 계속하세요.
수수께끼를 푸는 것 같은 재미있는 말을 궁리해 보세요.

베크만 그림

의전관 두 눈에서는 검은 번갯불이 비치고 새까만 고수 머리는,
보석 끈으로 곱게 장식되어 있다!
또 얼마나 아름다운 옷이 어깨 위에서 5545
발끝까지 늘어져 있는가.
자주빛 가장자리와 번쩍이는 장식까지 달려 있구나!
계집아이 같다고 비난할지 모르지만,
이러니저러니 해도 자네는 지금 벌써
처녀들에게 인기가 대단할 것이다. 5550

자네는 처녀들에게서 사랑의 첫걸음을 배웠을 것이다.
소년 마부　그러면 이곳 수레 위 옥좌에 앉아 있는
빛나는 이분*은 누구시죠?
의전관　부유하고 인자하신 임금처럼 보이는데,
이 분의 은총을 받은 자는 행복할 것이야!　5555
그는 이 이상 애써서 손에 넣어야 할 것도 없으시니
어디에 부족한 것이 없는가 두루 살피시며,
베풀어 줄 때의 깨끗한 즐거움은
소유나 행복보다 더 크다고 생각하실게다.
소년 마부　거기서 그만둬 버리면 안 돼요.　5560
그분에 대해 더 자세히 설명해야 해요.
의전관　그 당당한 위엄은 도저히 설명할 수 없구나.
그러나 달처럼 건강한 얼굴
두툼한 입술, 꽃이 핀 두 뺨이,
터번의 장식 밑에서 빛나고 있다.　5565
주름진 옷을 입고 자못 기분 좋은 모습이다!
단정한 몸가짐은 뭐라고 말하면 좋을는지?
통치자로서 알려진 분처럼 생각되는데!
소년 마부　부귀의 신이라고 불리는 플루투스지요!　5570
이렇게 훌륭한 옷차림으로 나오신 것은
높으신 황제께서 오시기를 원하셨기 때문이지요.
의전과　그러면, 자네 자신은 누구며, 뭐 하는 사람인지 말해 봐요!
소년 마부　아낌없이 뿌려대는 일을 하는 시인이란 말이오.
가장 귀중한 보물을 아낌없이 뿌려서
자기 스스로를 완성하는 시인이지요.　5575
나는 헤아릴 수 없이 많은 재산을 가지고 있단 말이오.
플루투스와 비교해 보아도 조금도 손색이 없지요.
그분의 무도회나 향연을 흥겹게 장식해 드리고,
그분에게 모자라는 것*을 내가 나누어 드리지요.

의전관 큰소리치는 것이 자네에게 잘 어울린다만, 5580
어디 솜씨를 좀 보여주려무나.
소년 마부 이것 좀 봐요, 이렇게 손가락으로 튀기기만 하면,
순식간에 마차 주위가 번쩍번쩍 빛나지요.
저기 진주 끈이 튀어 나왔지요.

(계속해서 손가락으로 튀긴다.)

사양 마시고 금목걸이와 귀걸이를 잡으시오. 5585
흠 잡을 데 없는 빗과 작은 관도 나오며,
가락지에 박는 값진 보석도 나오지요.
때로는 조그만 불꽃도 한 몫 하지요.
어디에 불을 붙일 수 있을까 기대하면서요.
의전관 저 소박한 사람들이 떼를 지어 얼마나 움켜잡고 낚아채고 야
단인가! 5590
이래서는 주는 쪽이 궁지에 몰리겠구나.
마치 꿈을 꾸는 것처럼 손가락으로 보석을 튀긴다.
모두들 넓은 홀 안을 줍고 돌아다닌다.
그런데 이번에는 새로운 솜씨를 보여주는구나.
한 사람이 애써서 움켜쥐었는데, 5595
얻은 물건이 펄럭펄럭 날아가 버렸다.
정말 보람 없이 헛수고를 했구나.
진주 알을 꿰던 끈도 풀어지니,
손에는 딱정벌레*가 기어다닌다.
불쌍하게도 그 녀석이 허둥지둥 그것을 내버리자, 5600
딱정벌레는 머리 주위를 붕붕 날아다닌다.
또 다른 사람들은 확실한 것을 붙잡았다고 생각하지만
잡아보니 그것은 엉뚱한 나비더라.
그런데 그 놈은 거창하게 약속해 놓고,

겉만 번지르르하게 금빛으로 빛나는 것을 주었구나! 5605

소년 마부 그러고 보니 당신은 가장 무도회에 대한 설명을 하는 것 같은데,
껍질 속의 알맹이를 밝혀내는 일은
의전관으로서 궁전에서 할 임무는 아닌 모양이군요.
그러기 위해서는 더 날카로운 시력이 필요하겠지요.
그러나 나는 어떤 일로도 싸움 같은 건 피하고 싶어요. 5610
그러하오니 주인님, 저는 여쭈어 볼 말이 있사옵니다.

(플루투스를 향해서 몸을 돌린다.)

당신은 용 네 마리가 끄는 회오리바람 같은 이 빠른 마차를
저에게 맡기지 않으셨습니까?
저는 지시대로 용 마차를 잘 부리지 않았습니까?
그리고 당신이 지시하는 곳으로 가지 않았습니까? 5615
또 용감무쌍하게 날아서
당신에게 명예스러운 종려나무*를 갖다 주지 않았습니까?
저는 당신을 위해서 몇 번이나 싸워서,
그때마다 번번이 승리를 하였습니다.
당신의 머리 위에 빛나고 있는 월계관*도, 5620
제가 정성을 다해 손으로 엮어 드린 것이 아니겠습니까?

플루투스 내가 너에게 증명의 말을 해야 된다면,
너는 내 정신의 정신이라고, 기꺼이 말하리라.
너는 언제나 내 마음에 맞게 행동한다.
그리고 너는 나 자신보다 더 부유하다. 5625
너의 수고에 보답하려고, 이 초록빛 월계 나뭇가지를
나의 모든 왕관보다도 더 소중히 여긴다.
나는 모든 사람들에게 진심으로 말을 전하려고 한다.
나의 사랑하는 아들아, 너는 진정 내 마음에 든다고

소년 마부 (군중에게) 보시오! 내 손에 들어 있는 가장 큰 선물을 5630
나는 주위 모든 사람들에게 뿌렸지요.
이 사람 저 사람의 머리 위에는,
내가 붙인 작은 불꽃이 타고 있어요.
그 불은 이 사람에게서 저 사람에게로 번져,
어떤 사람에게는 머물지만, 또 어떤 사람에게서는 빠져나가 버리지 5635
요.
아주 드물게는 확 타올라서
순식간에 아름다운 불꽃으로 빛나지요.
그러나 많은 사람들의 경우에는 눈 깜박할 사이에,
슬프게도 꺼져 버리고 말지요.

여자들의 떠드는 소리 저기 말 네 마리가 끄는 용 마차 위에 앉은
사람은 5640
틀림없이 협잡꾼이야.
그 뒤에 어릿광대가 쭈그리고 앉아 있지요.
굶주림과 목마름에 야윈 꼴은
지금까지 한 번도 본 적이 없어요.
꼬집어도 아픈 줄도 모를 거예요. 5645

마른 남자* 내 옆에 가까이 오지 마라, 기분 나쁜 계집들아!
내가 너희들의 마음에 들지 않는 것을 알고 있어——
여자가 부엌일을 돌보고 있었을 때에는,
나는 알뜰한 살림꾼이라는 말을 들었어.
그때는 우리 집의 형편도 좋았었지. 5650
들어오는 것은 많았고, 나가는 것은 전혀 없었으니까!
나는 열심히 상자와 옷장을 만드는 일에만 매달렸는데,
그것을 악덕이라고 말하는 사람이 있었지.
요즈음의 여자들은
물건을 아끼는 습관은 없어지고, 5655
돈을 잘 다스리지 못하는 사람처럼,

가진 돈보다도 욕심이 훨씬 많아졌어.
이러니 남편은 고생만 해야 하고,
어디를 보아도 빚 투성이야.
여자는 긁어내서 몰래 모은 돈을 5660
몸치장을 하거나 자기 정부에게 바치는 거야.
그리고 아첨하는 엉터리 사내들과,
더 잘 먹고 마시고 하지.
이러니 나도 돈에 대한 욕심이 커져서,
이제는 남성 족속 중에서 인색한 놈이 되어 버렸어! 5665

여자 두목 용은 용끼리* 서로 욕심을 부리는 게 좋아.
결국은 거짓과 속임수이니까 말이야!
그 사람은 남자들을 선동하러 왔어.
그렇지 않아도 남자들은 손을 댈 수 없는데.

여자들의 무리 허수아비야! 빰을 후려갈겨 줄 테다! 5670
저렇게 십자가에 매달린 사람처럼* 마른 놈은 무서울 게 없어.
그 찌푸린 얼굴은 두려울 것 하나도 없지.
용이라는 것은 나무와 마분지로 만든 것이니,
자, 용기를 내서 저 놈에게 덤벼들자!

의전관 이 지팡이*에 걸고 명령한다! 조용히 하라! —— 5675
그런데 내가 나설 것까지도 없군 그래.
보라, 미친 듯이 날뛰는 무서운 괴물이
바로 주위 사람들을 쫓아 버리고 자리잡은 다음,
두 쌍의 날개를 활짝 펼쳤다.
화가 난 용이 비늘로 둘러싸인 커다란 아가리로 5680
불을 내뿜으면서 흔들거리고 있다.
군중들은 도망치고 그 자리는 깨끗이 비어 있다.

(플루투스는 수레에서 내린다.)

수레에서 내리시는 모습이 정말 당당하시군!
그분이 신호를 하자, 용들이 움직이더니,
탐욕과 황금이 든 궤짝을 5685
마차에서 내려
그분의 발 옆에 놓는구나.
어찌하여 이런 일이 일어났는지 기적 같기만 하다.

플루투스 (마부에게) 이제 너는 힘들고 괴로운 짐에서 풀려났다.
지금부터는 자유롭고 거리낌없는 몸이니 씩씩하게 너의 세계로 가거라*! 5690
이곳은 너의 세계가 아니다! 여기선 괴상망측한 모습들이
어수선하게 뒤섞여서 우리를 둘러싸고 우글거린다.
그저 네가 밝은 눈으로 깨끗하게 갠 천지를 내다보고
네가 아주 너의 것이 되고, 너 자신만을 믿게 되며,
오로지 아름다운 것과 착한 것만이 마음에 드는 곳으로 5695
저 고독한 세계로 가거라! ——거기서 너의 세계를 만들거라.

소년 마부 그러면 저는 당신의 귀한 사신이라고 생각하고
당신을 가장 가까운 친척*으로서 모시겠습니다.
당신이 머무르시는 곳에는 충만이 깃들고,
제가 있는 곳에서는 모두들 훌륭한 수확을 거뒀다고 느낄 것입니다. 5700
개중에는 당신을 따를까, 나를 따를까,
서로 엇갈린 세상에서 망설이는 자도 있을 것입니다.
당신에게 붙으면, 물론 한가롭게 지낼 수 있지만
나를 따르면 언제나 분주합니다.
나는 남몰래 숨어서 일할 수가 없습니다. 5705
가볍게 숨을 쉬기만 해도 벌써 나는 탄로납니다.
그러면 안녕히 계십시오! 당신 말씀대로 고독한 행복이나 맛보겠습니다.
그러나 작은 목소리로 부르시더라도, 곧 바로 다시 돌아오겠습니다.

(나타났을 때와 마찬가지로 물러간다.)

플루투스 이제 보물을 풀 때가 왔도다!
의전관의 지팡이를 빌어 자물통을 두드리니 5710
열린다! 보아라! 놋쇠 냄비 속에서
무엇인지 부풀어 오르고, 황금의 피가 끓어 오른다.
먼저 관, 목걸이, 반지 등의 패물이 나왔다.
그러나 부글부글 끓기 때문에 장식품을 온통 녹여서 삼켜 버릴 것
만 같다

군중들이 번갈아 외치는 소리
여기를 보아라! 이쪽을 보아라! 얼마든지 솟아 나온다. 5715
상자 모서리에까지 넘쳐흐른다——
황금통이 녹아 버린다.
금화로 묶은 다발이 굴러 간다——
주조된 두카텐 금화가 튀어나온다.
보고 있어도 가슴이 두근거린다—— 5720
내가 원하는 건 무엇이든 있구나!
땅바닥에까지 굴러 나온다——
너희들에게 주는 것이니, 사양말고 써라.
허리를 구부리고 주워서, 부자가 되거라——
우리들은 번갯불처럼 재빨리 5725
그 궤짝을 몽땅 집어 가리라.

의전관 어찌된 일이야. 바보 같으니라고!
이것은 그저 가장 무도회의 놀음에 지나지 않는데,
오늘밤은 이 이상 욕심을 내서는 안 돼.
당신들은 진짜 돈이라도 주는 걸로 생각하는가? 5730
이런 놀음에는 카드 놀이에서 사용하는
가짜 돈*도 아까울 지경이지.
요령이 없는 사람들! 재치 있는 가식이

베크만 그림

그대로 아무 멋도 없는 진실이 되다니.
도대체 진실이란 여러분에게 무엇이겠는가? ——여러분은 악착같이 5735
막연한 망상의 꼬리를 붙잡고 있는 거야——
가장 무도회의 왕자, 가면을 쓴 플루투스님,
이 사람들을 이 자리에서 쫓아내 주세요.

플루투스 너의 지팡이는 이럴 때 쓰라고 만들어 둔 것이다.
잠깐만 내게 빌려 주시게—— 5740
이것을 재빨리, 이글이글 타오르는 불 속에 넣어 보겠다——
이제 가면을 쓰고 나온 여러분, 각별히 조심해야 될 것이다!

얼마나 번쩍번쩍 빛나고, 빠작빠작 타오르면서 불꽃을 튀기고 있는가!
지팡이는 벌써 빨갛게 달아 올랐다.
너무 가까이 다가오는 자는 5745
사정없이 불에 태워 버리겠다——
어디, 이걸 가지고 한 번 돌아보기로 할까.

비명과 혼란 아이구 못 견디겠다, 우리는 끝장이다——
도망칠 수 있는 자는 도망쳐라! ——
여봐, 뒷전에 있는 사람, 물러나요, 물러나! 5750
뜨거운 불꽃이 내 얼굴에 튀긴다——
뜨겁게 단 지팡이의 무게에 눌리고 있다——
우리는 이제 다 끝장이다——
물러나, 물러나, 가면을 쓴 사람들!
물러나요 물러나, 제 정신을 잃은 사람들! —— 5755
날개가 있으면, 날아서 도망칠 텐데——

플루투스 이미 사람들의 무리는 물러갔다.
아무도 불에 덴 사람은 없을 것이다.
군중들은 물러가고,
놈들은 쫓겨갔다—— 5760
그러나 질서를 유지하기 위해서 담보로
눈에 보이지 않는 밧줄*을 쳐두자.

의전관 당신은 훌륭한 솜씨를 보이셨습니다.
당신의 현명한 조처에 얼마나 감사한지 모르겠습니다.

플루투스 자네는 아직 좀더 참아야 해. 5765
아직도 여러 가지 소동이 일어날 것만 같다네.

인색 이제는 마음대로 즐겁게
이 자리에 모인 사람들을 볼 수 있구나.
어떤 진귀한 구경거리나 먹을 것이 있기만 하면
먼저 나서는 것이 여자들이지. 5770
아직 나도 늙어 꼬부라지지는 않았으니까!

예쁜 여자는 언제 봐도 예쁘다.
게다가 오늘은 돈도 들지 않으니까,
마음 놓고 여자라도 낚으러 가자.
그러나 사람들이 웅성거리는 곳에는, 사람의 말이 5775
누구의 귀에나 다 들린다고는 할 수 없으니,
머리를 써서, 몸짓으로 전달하는
방법을 쓰면 성공할 거야.
그러나 손발과 표정만으로는 충분치 못하니까,
반드시 익살을 부려야만 될 거야 5780
나는 축축한 진흙을 주무르듯 금을 다루어 봐야지.
이 금속은 어떤 모양으로나 변할 수 있으니까 말이야.

의전관 저 마른 바보는 무엇을 시작할 작정인가!
저렇게 굶주린 놈에게도 익살이 있을까요?
그는 모든 금을 주물러서 반죽으로 만들지요. 5785
금이라도 그 놈이 손만 대면 부드러워진답니다.
아무리 그것을 누르고 뭉쳐도
여전히 보기 흉한 모양이네요.
그것을 그놈은 여자들에게 보이려 합니다.
여자들은 모두 소리를 지르며 도망치려 하는데, 5790
모두 싫은 표정을 짓고 있어요.
그 고약한 놈은 엉큼한데,
풍기를 문란케 하는 것을 그놈은 기쁘게 생각하는 것이 아닐까요.
나는 잠자코 보고만 있을 수는 없다. 5795
그 놈을 쫓아버릴 테니 제 지팡이를 주십시오.

플루투스 지금 밖에서 무엇이 우리를 위협하고 있는지,
그 자는 알지 못한다.
바보 흉내를 내게 내버려 두어라!
이제는 그런 어리석은 짓을 할 데도 없을 테니까.
법률의 힘은 강하지만 현실의 필연의 힘은 더 강하니까. 5800

혼잡과 노랫소리
산꼭대기와 숲의 골짜기로부터,
난폭한 무리들이* 몰려온다.
막을 수 없이 쳐들어온다.
위대한 신, 판*에게 제사 드리는 거다.
우리는 아무도 알지 못하는 것*을 그들은 알고 있다. 5805
아무도 없는 둘레* 속으로 들어간다.

플루투스 나는 너희들이나 위대한 목축과 사냥의 신, 판을 잘 알고 있다!
함께 어울려서 대담한 짓을 했구나!
나는 알고 있다. 아무도 알지 못하는 것을 알고 있기에
이 좁은 둘레*를 열어 주는 것이 나의 당연한 의무이리라. 5810
그들에게 좋은 운명이 따르면 좋겠는데!
아주 기적 같은 일이 일어나면 좋겠는데!
그들은 어디로 가야 할지 모르고 있어
전혀 조심 같은 건 생각하지 않는 모양이다.

난폭한 노래 옷치레 화려한 사람들, 겉만 번지르르하구나! 5815
높이 뛰고, 빨리 달리며
사납고 거칠게 찾아와,
힘차고 줄기차게 발로 땅을 구른다.

숲의 신 파우누스들* 즐겁게 춤을 추는
파우누스의 무리들, 5820
고수머리에는
떡갈나무 잎사귀로 엮은 관,
가늘고 뾰족한 귀가
고수머리 위에 솟아 나오고 있다.
납작한 코, 넓적한 얼굴, 5825
그래도 여자들에게 흉이 되지 않네.
숲의 신 판이 손을 내밀면,

가장 아름다운 여자라도 쉽사리 춤을 거절할 수 없네.

숲의 신 사티로스* 이번에는 사티로스가 뒤에서 뛰어 나온다.

염소 발에 가느다란 다리 5830
마르고 힘줄이 많은 이 다리는
알프스의 영양처럼 높은 산에 올라서
사방의 경치를 즐기기 위해서이다.
자유로운 산의 공기를 마시면 기분도 상쾌해
아지랑이와 연기가 자욱한 골짜기 밑에서 5835
살아 있다고 자랑하며,
즐겁다고 생각하는 아이와 남자와 여자를 비웃는다.
깨끗하고 방해하는 것도 없는, 산 위는
오로지 사티로스만의 세계다.

흙의 신 그놈*들 난쟁이들의 무리가 아장거리며 걸어 나온다. 5840

그들은 둘씩 짝을 짓는 것은 싫어한다.
이끼로 만든 옷을 입고 밝은 램프를 손에 들고,
이리저리 재빨리 달려가며,
각자 혼자서 일하는 모양은
마치 빛나는 개미들이 우글거리는 것과 같다. 5845
여기저기 아장거리며,
가로세로로 분주하게 뛰어다닌다.
친절을 베푸는 작은 집안 요정의 친척이며
바위의 외과 의사*로도 널리 알려져 있다.
우리들은 높은 산에서 피를 뽑아내고 5850
풍부한 혈관에서 피를 뽑는다.
조심하시오*! 조심하시오! 서로 정답게 인사를 나누면서
파내는 금속은 산더미 같다.
이것은 마음속에서 우러나온 것이고,
우리들은 선량한 인간의 편이다. 5855
그러나 일껏 애써서 파낸 이 금도,

도둑과 중매의 계기가 되고,
집단 살인을 모색하는
거만한 사람들의 무기를 만드는 쇠붙이로 이용된다.
세 가지 계율*을 무시하는 사람은, 5860
다른 계율도 소중히 여기지 않는다.
그렇게 되어도 모두가 우리의 잘못은 아니다. *
그러니 모두들 우리처럼 참아야 한다.

거인들* 난폭한 사내라고 불리며
하르츠 산에서는 잘 알려져 있다. 5865
낳을 때부터 맨몸에 힘은 장사고,
모두들 거인답게 걸어 나온다.
오른손에 소나무 줄기의 지팡이를 짚고,
굵은 끈을 허리에 감고
나뭇가지와 잎사귀들로 엮은 까칠한 앞치마를 두르고 있다. 5870
교황도 거느리지 못하는 호위병이다.

물의 요정 님프들*의 합창 (위대한 숲의 신 판을 둘러싼다)
그분도 오셨다! ——
세계의 만물이
위대한 판 신에
구현되어 있다. 5875
흥겨운 여러분, 그분을 둘러싸고,
마술의 춤을 추어 보시오.
그분은 엄격해 보여도 마음은 부드러우시니까,
모두들 놀고 즐기면 기뻐하지요.
위대한 신은 푸른 천장 밑에서도 5880
언제나 눈을 뜨고 계셔요.
그러나 시냇물이 그분 앞에서 졸졸 흐르고,
산들바람이 솔솔 불어 그분을 고요히 잠으로 이끌지요.
대낮에 잠을 주무시면*

가지의 나뭇잎도 하느작거리지 않지요. 5885
싱싱한 초목의 그윽한 향기는
소리도 없이 고요한 공기에 가득 차지요.
물의 요정도 활기를 띠지 않고,
서 있는 곳에서 그대로 잠들어요.
드디어 갑자기 큰 신의 소리가 5890
천둥이나 바다의 파도소리처럼 힘차고
우렁차게 울려 퍼질 때는, 모두들
어쩔 줄 몰라 하고
싸움터의 용감한 군대도 사방으로 흩어져 버리며,
그런 와중에서 영웅도 몸을 떨어요. 5895
그러니 숭배해야 할 신을 숭배해야지요.
우리들을 이곳으로 인도해 준 이분에게 만세!

흙의 신 그놈들의 대표 (위대한 신 판에게)
저 빛나는 풍부한 보물이
실처럼 산골짜기를 누비고,
오로지 신통한 마술 지팡이*에게만 5900
그 미궁을 알려준다네.

어두운 굴 속에 둥근 천장을 뚫고,
굴 속의 백성처럼 산다면,
맑은 바람이 부는 대낮에
그대는 인자하게 보물을 나누어 주신다네. 5905

우리들은 이제 가까운 곳에
기적의 샘을 찾아냈다.
그것은 얻기 어려운 것을
기꺼이 주겠다고 약속해 주는 샘이라네.

베크만 그림

그대는 그것을 능히 이룩할 수 있지요. 5910

주여, 그것을 보호해 주소서. 그대가 손에 가진 모든 보물은

온 세상에 행복을 갖다 주지요.

플루투스 (의전관에게) 우리들은 마음을 가다듬고 의젓한 자세를 취해야 한다.

그리고 일어나는 일은 태연하게 일어나게 해야지 5915

자네는 항상 강한 용기를 지닌 사람이었지.

이제 곧 소름이 끼치는 일이 눈앞에 벌어질 것이다.

지금 사람과 후세 사람들이 그것을 한사코 부인할 것이니,
자네는 충실하게 그것을 기록에 남겨 두도록 하라.

의전관 (플루투스가 손에 들고 있는 지팡이를 붙잡고)
난쟁이들이 위대한 신인 판을 5920
불꽃의 샘으로 조용히 데리고 간다.
불꽃의 샘은 깊고 깊은 심연에서 끓어 오르다가,
다시 밑바닥으로 가라앉으면,
벌어진 입 언저리가 어두워진다.
또다시 새빨갛게 타고 끓으면서 용솟음친다. 5925
위대한 신인 판은 기분이 자못 좋아져서,
신기한 것을 기뻐한다.
진주의 거품이 왼편 오른편으로 튀긴다.
그분이 왜 이런 것을 믿는 것일까?
그는 깊숙이 속을 들여다보려고 허리를 구부린다—— 5930
그때 그의 수염이 속으로 떨어진다! ——*
그 미끈미끈한 턱의 주인공은 대체 누구일까?
우리들이 못 보도록 손으로 얼굴을 가리고 있다——
이때 정말 엄청난 일이 일어난다.
저 수염에 불이 붙어 되날아온다. 5935
그분의 관, 머리, 가슴에도 불이 붙었다.
기쁨이 고통으로 변한다——
불을 끄려고 사람들이 달려오지만,
누구하나 불길에서 헤어나지 못한다.
아무리 탁탁 치고 두드려 봐도, 5940
새로운 불꽃이 일어날 뿐이다.
불길 속에 휩쓸려서,
가면을 쓰고 있는 무리들은 모두 타버린다.

그런데 귀에서 귀로, 입에서 입으로,

전해지는 말은 대체 무엇일까! 5945
아아! 영원히 불행한 밤이여,
너는 왜 우리들에게 이런 괴로움을 갖다 주었던가!
아무도 듣고 싶지 않는 이 말이
내일은 사람들이 다 알게 되겠지.
방방곡곡에서 이렇게 외치는 소리가 들린다. 5950
"황제 폐하께서 끔찍한 고통을 당하셨다."
제발 이것만은 사실이 아니면 좋으련만!
황제 그리고 시종들도 불에 탔다.
황제를 유인하여*
송진이 많은 나뭇가지로 몸을 감고 5955
울부짖듯이 노래부르고 날뛰면서
모두를 멸망으로 끌어 넣은 자는 저주받을 지어다.
아아, 청춘이여, 청춘이여, 그대는 기쁨의
올바른 절제를 지키지 못하겠는가?
아아, 폐하여, 폐하여, 당신은 전지 전능하신데, 5960
현명하게 행동하시지 못하십니까?

벌써 숲이 불에 번져 타오르고 있다.
불꽃은 뾰족한 혀로 핥으면서
나무격자로 엮은 천장에까지 올라간다.
온통 어디에나 불길이 퍼질 것만 같다. 5965
재난도 이미 그 도를 넘어서고 있다.
누가 우리를 구해 줄지 모르겠다.
그다지도 누리던 황제의 영화도
하룻밤 사이에 잿더미로 변하는구나.

플루투스 충분히 공포는 퍼졌다. 5970
이제 구제의 손이 뻗치지 않으면 안 된다! ──
땅이 흔들리고 울릴 만큼,

베크만 그림

이 신성한 지팡이로 힘껏 내리쳐야지!
널리 퍼져 있는 대기여
싸늘한 향기가 넘치거라! 5975
물기를 머금고 흘러가는 안개여,
몰려와서 주위에 떠돌고,
불에 타서 혼란에 빠진 사람들을 덮어 다오!
졸졸 흐르고, 살랑거리고, 뭉실뭉실 구름을 일으키어,
둥실 떠서 스며들어 불길을 누르고 5980
곳곳에서 불을 꺼 다오.
불길을 가라앉힐 줄 아는 습기를 띤 너희들은

이렇게 허영에 가득 찬 불꽃의 장난을
단 하나의 번갯불로 바꿔다오! ——
신령들이 우리를 해치려고 할 때면, 5985
마술의 위력을 나타내야 하리라.

유원지*

아침 햇빛.

황제와 신하들, 그리고 단정하고 눈에 띄지 않은 수수한 옷차림의
파우스트와 메피스토펠레스가 무릎을 꿇고 있다.

파우스트 폐하, 마술의 저 불꽃놀이*를 용서하여 주시겠습니까?
황제 (일어나라고 손짓하면서)
나도 저런 장난을 아주 좋아한다——
나는 갑자기 불타는 공간으로 들어섰기 때문에
마치 지옥의 신 플루토*가 된 기분이었다. 5990
어둠과 석탄 속에서 암석 밑바닥이
솟아올라와,
작은 불길에서 불꽃이 타오르고 있었다.
여기저기 깊은 골짜기에서는,
수천의 불길이 소용돌이쳐 타 올라와
그 불길이 가물거리며 둥근 천장모양을 이루었다.
불은 둥근 천장 꼭대기에까지 혀를 내밀며, 5995
둥근 정상을 이루기도 하다가 사라지고 말았다.
이어진 불기둥이 늘어선 넓은 홀 저편에,
백성들이 열을 지어 움직이는 광경이 보이고,
그들은 커다란 원을 그리며 가까이 몰려와
여느 때와 다름없이 충성을 나타냈다. 6000

베크만 그림

개중에는 궁중 신하들도 몇 명 눈에 띄었다.
마치 나는, 수천의 불의 신령을 다스리는 그들의 군주*가 된 기분이었다.

메피스토펠레스 사실 폐하께서는 그렇습니다! 모든 원소는,
폐하의 권리를 절대적인 것이라고 인정하고 있기 때문입니다.
불의 복종심을 지금 시험해 보셨습니다. 6005
거센 파도가 날뛰는 바다 속에 뛰어들어가 보십시오.
진주가 많은 바다 밑에 발을 디뎌 넣자마자,
바닷물이 솟구쳐 매력적인 원을 이룹니다.
가장자리가 자주빛으로 물들어서, 가볍게 출렁이는 초록색 파도는
위아래로 부풀어서 가장 아름다운 궁전이 될 것입니다. 6010
그 한복판에 폐하가 계십니다. 그리고 발걸음을 옮길 때마다,

어느 쪽으로 걸어가도 궁전이 함께 움직입니다.
물로 된 사면의 벽 그 자체도 삶을
화살처럼 빠르게 밀려왔다가 되돌아가는 것을 즐기게 됩니다.
바다의 괴물들은 새롭고 부드러운 빛이 그리워서 6015
몰려오지만, 안으로는 들어올 수 없습니다.
거기에는 금색 비늘을 가진 용들이 놀고 있습니다.
상어가 입을 딱 벌리면,
폐하께서는 그 속을 들여다보고 웃으실 겁니다.
지금 궁전 사람들은 황홀한 기분으로 폐하를 둘러싸고 있지만,
폐하께서는 바다 밑의 번잡한 광경을 아직 보신 일이 없으실 것
입니다. 6020
그곳에도 사랑스러운 것들이 없지는 않습니다.
호기심 많은 바다의 요정 네레이데들*이
영원히 신선한 물 속 궁전을 구경하러 올 것입니다.
가장 나이 어린것들은 마치 물고기처럼 수줍어하고, 탐내고
나이 먹은 것은 능청스럽습니다. 언니뻘 되는 테티스*가 이것을 눈치
채고, 6025
폐하를 둘째 번 페레우스라고 생각하고 손과 입을 내밀 것입니다. ——
그리고 옥좌를 영원불멸한 올림포스 산* 위로 옮기면…….

황제 허공의 세계는 너에게 맡겨 두기로 한다.
그 옥좌라면 훨씬 더 일찍이 올라갈 수 있지.

메피스토펠레스 그리고, 폐하! 대지는 이미 폐하가 차지하고 계십니 6030
다.

황제 '아라비안나이트'에서 직접 빠져 나온 것처럼,
자네가 이곳에 찾아온 것은 얼마나 다행한 일인가?
자네가 저 세헤라자데*에 못지않게 창의성이 풍부하다면,
이 세상에서 제일가는 은혜를 보상해 주겠다.
가끔 있는 일이지만, 이 현실 세계가 아주 싫어질 때가 있으면, 6035
자네를 부를 테니 준비하고 있어라.

궁내장관 (급히 등장) 폐하, 저는 평생 동안 이와 같은 최고의 행복을 알려드리게 되리라고는 미처 생각지 못하였습니다.
그처럼 기쁘기 그지없이,
폐하 앞에 나와서 감격하고 있습니다. 6040
계산이란 계산은 모두 청산되고,
고리대금업자의 손톱도 누그러졌습니다.
참말로 지옥의 고통을 면했습니다.
천국에 가더라도 이처럼 명랑하지는 못할 것입니다.

국방장관 (급히 뒤따라 등장) 군인의 급료도 할부로 지급하였고 6045
군대 전부가 새 계약을 맺었습니다.
사병*들은 활기차게 피가 도는 것을 느끼며
술집 주인이나 여자들까지도 좋아하고 있습니다.

황제 너희들은 가슴을 펴고 숨을 쉬고 있구나!
주름잡힌 얼굴도 밝아졌구나! 6050
자네들은 얼마나 서둘러서 찾아왔는가!

재무장관 (나타나며) 이 일을 처리한 이 두 사람*에게 물어 보십시오.

파우스트 총리께서 말씀드리는 것이 좋을 것입니다.

국무총리 (천천히 다가온다) 오래 살고 볼 일입니다. 이렇게 기쁜 일을 맞이하게 되었으니.
그러면 이 중요한 문서의 내용을 들으시고 나중에 보시기 바랍니다. 6055
이것이야말로 모든 슬픔을 기쁨으로 바꾸었다고 하겠습니다.

(낭독한다.)

"알고자 하는 자에게 널리 알린다.
이 지폐는 천 크로네*의 가치가 있다.
그 확실한 담보로서는 제국영토 안에
매장되어 있는 수많은 재물로 이것을 채운다. 6060
이 풍부한 보물을 즉시 발굴하여

보상하는 데에 도움이 되도록 강구할 것이다."

황제 괘씸한 일이, 어마어마한 사기가 이루어진 모양이구나!
황제의 친서를 여기에 본떠서 쓴 것은 누구냐?
이런 범죄가 벌도 받지 않고 그대로 넘어간단 말이냐? 6065

재무장관 기억하고 계실 겁니다! 폐하께서 직접 서명하셨습니다.
바로 어젯밤 일입니다. 폐하께서 위대한 신인 판으로 계셨을 때,
국무총리가 우리와 함께 폐하 곁에 다가가 말씀드렸습니다.
"훌륭한 이 축제의 기쁨이 백성의 행복이 되도록
몇 줄 글씨를 써 주시옵기 바라나이다"라고. 6070
그러자 폐하께서 직접 써 주셨기 때문에 어젯밤 중으로
마술사에게 부탁해서 곧 수천 매를 찍었습니다.
그리고 은혜가 모든 백성에게 고루 미칠 수 있도록,
곧바로 그 모든 것에 차례로 날인하여,
10, 30, 50, 100크로네짜리의 지폐가 생겼습니다. 6075
그것이 백성들을 얼마나 기쁘게 했는지 아마 잘 모르실 것입니다.
도시를 보십시오. 이제까지 반 죽어 곰팡이가 끼어 있던 것이
모두 되살아나서 기쁨에 넘쳐 돌아다니고 있지 않습니까!
폐하의 이름은 일찍이 이 세상의 행복을 가져온 것이었긴 했지만,
이번처럼 정다운 시선으로 바라본 적도 없습니다. 6080
다른 글자는 이제 소용이 없게 되고
친서하신 글자에서만 모두 행복하게 됩니다.

황제 그러면 그것이 백성들에게 금 대신으로 두루 쓰인다는 것인가?
궁정과 군대의 급료도 그것으로 충분한 것인가?
그렇다면 이상한 일이지만 인정하지 않을 수 없구나! 6085

궁내장관 이제 새삼스럽게 유통되고 있는 지폐를 거두어 들이기도
어렵습니다.
번개처럼 빠른 속도로 유통되고 있기 때문입니다.
환금 은행은 문을 활짝 열고 있으며,
물론 거기서 지폐를 한 장씩 할인*도 하지만,

베크만 그림

금화나 은화로 바꾸고 있습니다. 6090
그리고 거기서 푸줏간, 빵집, 술집으로 가는 겁니다.
세상 사람 절반은 그저 맛있는 음식이 먹고 싶고,
나머지 절반은, 새로 만든 옷을 입고 자랑하고 싶어합니다.
포목상에서 옷감을 뜨면, 양복점에서는 재봉합니다.
지하 주점에서는 "황제 만세!"를 외치는 소리가 들끓고 6095
삶아내고 구워내고 달그락거리는 그릇들의 소리가 요란합니다.

메피스토펠레스 공원 테라스를 혼자서 걷고 있노라면,
화려하게 단장한 절색 미인이

한 쪽 눈을 자랑스러운 공작 부채로 가리고,
웃으면서 지폐를 곁눈질하는 것을 보실 겁니다. 6100
이쯤 되면 재치나 말솜씨로 녹이는 것보다도 이런 것이 훨씬 빨리
사랑과 애정을 안겨 줍니다.
지갑이나 돈주머니처럼 거추장스럽지 않고
지폐 한 장쯤 호주머니 속에 넣어두고 다니기도 간단하며
연애 편지와도 잘 어울립니다. 6105
신부는 경건하게 기도서 속에 넣어두고,
군인은 허리띠도 가벼워*져서
민첩하게 몸을 돌리 수 있습니다.
너무나 이야기가 장황해서 훌륭한 업적의
품위를 떨어뜨린다면, 폐하, 용서해 주시기 바랍니다. 6110

파우스트 남아 돌아가는 보물이 폐하께서 다스리는 나라의 땅 속 깊이*
이용되지 않은 채 그대로 파묻혀서 캐내어 주기를 고대하고 있습니다.
아무리 웅대한 사상이라 해도 이런 풍부한 자원에 비하면,
옹색한 테두리를 벗어나지 못합니다.
또 공상의 날개를 타고 높이 날아가더라도, 6115
헛되이 노력할 뿐이고 도저히 미치지 못합니다.
그러나 깊이 통찰하는 힘을 갖춘 사람은
무한한 것에 대해서 끝없는 신뢰를 갖게 된답니다.

메피스토펠레스 이렇게 금이나 진주 대신 쓰는 지폐는
아주 편리해서, 자기가 갖고 있는 돈의 액수도 알 수 있습니다. 6120
그래서 우선 물건값을 흥정하거나 돈을 바꿀 필요도 없이
흥이 나는 대로 사랑과 술에 취할 수 있습니다.
금화를 원하면, 환전업자가 있습니다.
금이 없다면, 잠깐 파내면 됩니다.
파낸 술잔과 목걸이는 경매에 붙입니다. 6125
지폐를 받으면 즉시 상환할 수 있습니다.

이렇게 되면, 우리를 건방지게 비웃던 의심 많은 자에게 창피를 줍니다.
익숙해지면 누구나 지폐가 가장 좋다는 것을 알게 됩니다.
이제 앞으로는 제국 영토 내에
보석, 황금, 지폐가 얼마든지 있게 될 것입니다. 6130

황제 우리나라는 너희들 덕분으로 큰 번영을 누리게 되었다.
가능한 한 공로에 알맞게 보답하고자 한다.

라이프치히 시장

제국의 땅 속은 너희들에게 맡기겠다.
너희들은 보물의 가장 훌륭한 관리자다.
보물이 묻혀 있는 넓은 곳을 알고 있기 때문에 6135
그것을 파낼 때는 너희들의 말에 따르겠도다.
이 나라의 보물을 다루는 대가*인 두 사람은 서로 힘을 합쳐
그대들의 중대한 사명을 기쁜 마음으로 완수하도록 하라.
지상과 지하의 세계가 기쁘게
서로 일치단결해야 하리라 6140

재무장관 우리들은 이 두 사람과 조금이라도 다투는 일이 없도록 해야겠습니다.
마술사를 동료로 삼게 되어 잘 되었습니다.

(파우스트와 함께 퇴장)

황제 궁중에서 봉사하는 사람들에게 개별적으로 지폐를 줄 테니,
무엇에 쓸 것인지 말해 보아라.

사동 (받으면서) 즐겁고, 유쾌하고, 재미있게 지내는 데 쓰겠습니다. 6145

다른 시동 (똑같이) 당장 애인에게 목걸이와 반지를 사 주겠습니다.

시종 (받으면서) 이제부터는 배나 되는 고급술을 마시겠습니다.

다른 시종 (똑같이) 도박을 하고 싶어서 주사위가 호주머니 속에서 근질근질합니다.

방기 기사*(신중하게) 성과 논밭을 담보로 얻어 쓴 빚을 갚아 버리겠습니다.

다른 방기 기사 (똑같이) 이 보물을 다른 보물에 합치겠습니다. 6150

황제 나는 새로운 일을 하려는 흥미와 용기를 은근히 기대하고 있었다.
그러나 너희들을 알고 있는 사람에게는 쉽게 추측이 갈 것이다.
이제 알았지만 아무리 보물의 꽃이 피어도,
너희들은 결국 예나 지금이나 다름이 없는 인간들이구나.

광대*(가까이 다가오면서) 주실 것이 있으면 저에게도 나누어 주십시오. 6155

황제 너는 되살아나도, 그것으로 또 마셔 버릴 것이다.

광대 마술의 지폐라니요! 저는 도무지 이해할 수가 없습니다.

황제 그건 그럴 거야. 아무튼 너는 씀씀이가 헤프니까 말이야.

광대 지폐가 또 떨어졌습니다. 어떻게 하면 좋을지 모르겠습니다.

황제 너에게 돌아갈 몫이니 받아 두어라. (퇴장) 6160

광대 5천 크로네가 내 손에 들어왔다!

메피스토펠레스 이 두 발 달린 술 주머니야, 다시 생기가 도느냐?

광대 이런 일이 종종 있긴 하지만,이번처럼 기쁜 적도 없습니다.

메피스토펠레스 땀을 흘리는 걸 보니 무척 기쁜 모양이구나.

광대 잠깐 봐주십시오. 이것이 돈의 값어치를 지니고 있나요? 6165

메피스토펠레스 그것만 있으면 목구멍이나 배가 요구하는 것을 얻을 수 있어.

광대 밭, 집, 가축 같은 것도 살 수 있나요?

메피스토펠레스 물론이지! 흥정만 붙이면 무엇이든지 살 수 있어.

광대 그러면 숲, 사냥터, 양어장이 있는 성도 살 수 있나요?

메피스토펠레스 틀림없지! 자네가 영주가 되는 것을 보고 싶네. 6170

광대 오늘밤에는 지주가 된 꿈이라도 꾸어 봐야지! (퇴장)

메피스토펠레스 (혼자서) 이래도 우리 광대의 기지*를 의심하는 자가 있을까?

어두운 복도*

파우스트, 메피스토펠레스

메피스토펠레스 왜 이 어두운 복도로 끌고 가지요?
그 궁정 안에서는 아직도 쾌락이 모자라십니까?
빈틈이 없고 화려하게 웅성거리는 잡다한 사람들 가운데서는 6175
농담과 속임수로 재미 볼 기회가 없으시던가요?

파우스트 그런 소리 하지 말게, 그런 것은

과거에 싫도록 맛보지 않았던가!
자네가 이제 이리저리 왔다갔다하는 것은
나에게 명백한 대답을 피하려는 것이지. 6180
그러나 나는 싫어도 해야 될 일이 있어.
궁내장관과 시종이 나를 재촉하니 말이야.
황제께서 헬레나와 파리스*를 눈앞에 보고 싶으니,
지금 당장 여기로 데려오라는 거야.
남자와 여자의 이상적인 모습을 6185
분명한 모습으로 보셔야 하겠다는 거야.
곧 일에 착수해 주게! 약속은 어길 수 없으니까.

메피스토펠레스 경솔하게 약속을 하다니 우스운 일이군요.

파우스트 이봐, 자네의 술책이 우리를 어떤 지경으로 몰아넣는지 생각해 보지 않았지. 6190
황제를 부유하게 해드렸으니까,
이번에는 즐겁게 해드리지 않으면 안 된다고.

메피스토펠레스 그런 일은 간단히 해 낼 수 있다고 생각하는 모양이지요.
이번에는 더 험한 계단에 서 있어요.
전혀 관계도 없는 낯선 분야에 손을 대어 6195
결국은 무모하게도 새로운 빚을 지게 되는 것이지요.
금화 대신으로 사용되는 그 지폐 괴물처럼——
헬레나를 그렇게 쉽게 불러낼 수 있다고 생각하시나 보지요.
얼빠진 마녀나 가짜 허수아비 도깨비나
병신 난쟁이들 같으면 당장 마련해드리겠어요.
그러나 설사 괜찮다고 하더라도, 악마의 애인 따위를 6200
고대의 유명한 여주인공 대신으로 내놓을 수는 없어요.

파우스트 또 지루하기 짝이 없는 소리로군!
자네를 상대하면 언제나 애매한 데로 빠져버리고 만단 말이다.
자네는 모든 장해의 장본인이야. 6205

조금 수고를 해주고는 바로 보수를 바라지.
그저 주문을 몇 마디 중얼거리기만 하면 가능한 일이 아닌가!
사람들이 한눈을 팔고 있는 동안에, 자네는 두 사람을 데리고 올 수 있을거야!

메피스토펠레스 나는 이교도 백성*들하고는 아무 상관도 없어요.
그들은 자기들만의 지옥 속에 살고 있지요. 6210
그러나 방법이 하나 있긴 하지요.

파우스트 우물쭈물하지 말고 이야기해봐!

메피스토펠레스 실은 중요한 비밀을 밝히고 싶진 않지만,
여신들*은 고독한 곳에 도도하게 앉아 계시지요. 그 영역에는 공간도 없고 시간도 없어요.
그 여신들에 관해서는, 이야기하기가 난처해요. 6215
그들은 어머니들*이지요!

파우스트 (깜짝 놀란다) 어머니들이라고!

메피스토펠레스 소름이 끼치나요?

파우스트 어머니들, 어머니들! ——참으로 이상하게 들리는데*!

메피스토펠레스 사실 이상스럽지요. 그 여신들은 죽을 운명을 타고난 당신들은 도무지 알 수 없고,
우리도 그 여신들의 이름을 부르고 싶지 않아요.
그들이 사는 데로 가려면 아주 깊은 곳까지 기어 들어가야 해요. 6220
우리가 그들을 필요로 하게 된 것은 당신의 잘못 때문이지요.

파우스트 그곳으로 통하는 길은 어디지?

메피스토펠레스 길은 없어요. 아직 가본 일이 없고 들어갈 수 없는 곳,
바란다 해도 갈 수 없을 뿐더러,
도저히 갈 수 없는 곳인데도 가 볼 각오가 되어 있는지요? —— 6225
열 수 있는 자물쇠나 빗장도 없어요.
그저 쓸쓸함과 고독이 무엇인지 알고 있는지요?

파우스트 그런 말은 그만하게.
여기에서도 저 마녀의 부엌 냄새가 나는데

베크만 그림

까마득하게 흘러간 옛날의 냄새 말이야. 6230
나도 과거에는 이 세상과 사귀지 않았던가?
헛된 일을 배우기도 하고, 가르치기도 하지 않았던가? ——
내가 스스로 관조한 것을 이치에 맞게 말하자면,
반대하는 소리가 몇 배나 높이 울려오곤 했지.
그래서 나는 이 지긋지긋한 세상일을 피해서 6235
고독한 곳으로, 황량한 자연으로 도피하지 않으면 안 되었지.
그러나 완전히 세상을 등지고 혼자 살기가 싫어서

결국 악마에게 몸을 내맡기고 말았지.

메피스토펠레스 그러나 당신이 대양을 헤엄쳐 건너가면서,
한도 끝도 없는 곳을 바라본다고 한다면, 6240
물에 빠져 죽을 염려가 있긴 하지만,
밀려오는 파도를 쳐다볼 수도 있을 거요.
아무튼 그 무엇을 볼 수 있지요. 잔잔한 바다의
푸른 물을 지나가는 돌고래도 볼 수 있고,
흘러가는 구름과 해, 달, 별도 볼 수 있지요. —— 6245
그러나 영원히 막막한 머나먼 곳에서는 아무것도 보이지 않지요.
자기의 발걸음 소리도 들리지 않을 것이고
기대고 쉴 만한 단단한 물건 하나 없을 것이요.

파우스트 자네는 일찍이 새로 들어온 충실한 제자를 속이는
비교의 모든 스승 가운데서 제일 가는 자의 말을 하는구나. 6250
단지 정반대일 뿐이다*. 자네는 나를 허공 속으로 몰아 넣고는
거기서 나의 기술과 실력을 발휘하는 것을 보려고 하는구나.
자네는 저 뜨거운 불 속에서 알밤을 꺼내다주는
암고양이처럼 날 취급하려 드는구나.
좋다 시작해 보자! 끝까지 밝혀 보기로 하자. 6255
나는 자네가 말하는 허무 가운데서 모든 것을 찾아내 봐야겠다.

메피스토펠레스 나와 헤어지기 전에 당신을 칭찬해 드리지 않을 수
없어요.
확실히 당신은 악마를 잘 알고 있어요. 자, 이 열쇠를 받아요.

파우스트 이렇게 작은가!

메피스토펠레스 작다고 무시하지 말고, 우선 손에 쥐어 보시지요. 6260

파우스트 손에 쥐니까 커지는데! 번쩍번쩍 빛나는데!

메피스토펠레스 어떤 보물을 얻게 되었는지 곧 아시겠어요?
이 열쇠가 올바른 장소를 냄새맡아 알아맞힐 것이오.
그것을 따라가면 어머니들이 있는 곳으로 안내해 줄 것입니다.

파우스트 (몸서리치면서) 어머니들이 있는 곳이라고! 들을 때마다
한 대 얻어맞는 것 같구나! 6265
이 말이 듣기 싫은 것은 무슨 까닭일까?
메피스토펠레스 새로운 말이 귀에 거슬릴 정도로 당신은 소심한가요?
언제나 익히 들어왔던 말만을 듣고 싶은가요?
이제부터 어떤 소리가 들리더라도 태연해야 해요.
벌써 상당히 이상한 일에는 익숙해 있을 테니까요. 6270
파우스트 그러나 나는 무감각 상태에서 행복을 찾으려고 생각하지는
않는다.
미지의 세계에 대해 감동을 느낄 수 있다는 것*은 인간이 타고난
감정 중에서 가장 좋은 부분이지.
세상은 사람들에게 이 감정을 좀처럼 맛보지 못하게 하지만
이 감정에 사로잡혀 보아야 진정 어마어마한 것을 깊이 느낄 수 있
으리라.
메피스토펠레스 그러면 내려가라, 올라가라 말해도 좋겠군요. 6275
매한가지니까요. 이미 생겨난 것을 피해서
형체가 풀려서 흩어져 있는 나라로 가십시오!
이 세상에서는 이미 존재하지 않는 것을 즐겨보세요.
그러면 떠다니는 구름처럼 서로 얽혀서 움직이는 무리와 만날테니.
그때는 열쇠를 휘둘러서 몸에 닿지 않도록 피하십시오. 6280
파우스트 (감격하면서) 이 열쇠를 꼭 쥐니까 새로운 힘이 솟아나오
며 가슴이 후련해지는군.
이제, 큰일을 하러 나가보자.
메피스토펠레스 나중에 삼발이 향로가 빨갛게 타*고 있는 것이 보이면,
당신은 가장 깊은 밑바닥에 닿았다는 것을 알 수 있게 되지요.
그 빛으로 어머니들을 알아 볼 수 있지요. 6285
그들은 앉아 있기도 하고, 서 있기도 하고, 걸어다니기도 하지요.
모두 그때그때 형편에 따르지요. 모습을 만들고 바꾸기도 하면서
영원의 뜻을 가진 영원한 유희를 하고 있을 거예요.

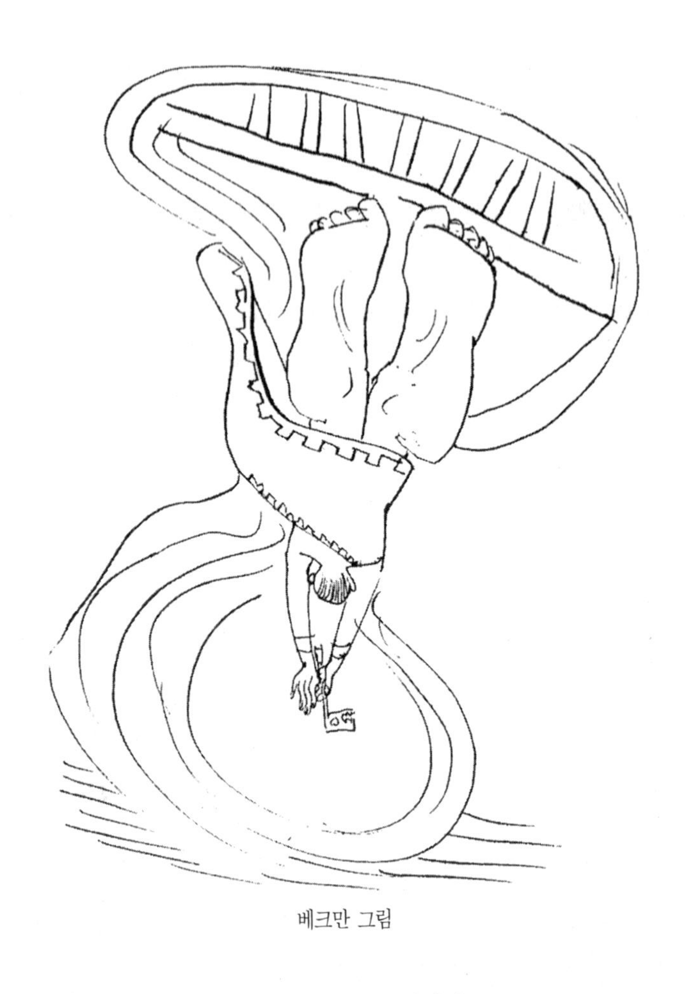

베크만 그림

주위에는 모든 피조물의 모습이 감돌고 있지만,
어머니들에게 보이는 것은 그림자뿐이니까, 당신의 모습은 보지 못해요. 6290
그러나 퍽 위험스러우니까 용기를 내서, 곧장 삼발이 향로 있는 데로 다가가서,
이 열쇠로 그것을 건드리세요!
(파우스트는 열쇠를 가지고 단호하게 명령을 내리는 태도를 취한다)

메피스토펠레스 (그를 바라보면서)
그러면 됐어요!

삼발이 향로는 고분고분히 충실한 하인처럼 따라오지요.
거기서 당신이 침착하게 올라오면, 행운이 당신을 끌어 올려 줄 것
이오. 6295
어머니들이 눈치채지 않는 사이에 당신은 삼발이 향로와 함께 돌아
오게 되지요.
그리고 향로를 이 세상으로 가져오면,
옛날의 영웅이나 미녀도 어둠 속에서 불러낼 수 있어요.
그러면 당신은 이 일을 해낸 최초의 사람이 되는 셈이지요.
이리하여 일은 이루어지고, 그것은 당신의 공적이지요. 6300
그 다음에 고도의 마술*을 부리는 데에 따라서 향로의 연기가 신들
로 변하는 거지요.

파우스트 그러면 이제 어떻게 하면 되지?

메피스토펠레스 있는 힘을 다해 내려가도록 해야 해요.
발을 구르며 내려가고 또 올라올 때도 다시 발을 굴러야 해요.
(파우스트는 발을 구르면서 내려간다)

메피스토펠레스 열쇠가 그에게 도움이 되면 좋겠는데! 6305
다시 되돌아올 수 있을지 흥미로운 일이다.

밝게 불 밝힌 홀들*

황제와 영주들, 그리고 움직이는 신하들.

시종 (메피스토펠레스에게) 앞으로 유령의 장면을 보여 줄 예정이지요.
빨리 시작하시오! 폐하께서 몹시 기다리고 계셔요.

궁내장관 방금, 폐하께서 물어오셨지만,
우물쭈물하고 있다가는 폐하의 체면이 손상*된단 말이오. 6310

메피스토펠레스 그러기 때문에 저의 친구가 떠났소이다.
그 사람은 어떻게 해야 할지를 알고 있어서
문을 닫아 걸고 조용히 실험*을 하고 있어요.

그야말로 수고가 이만저만이 아니지요.
왜냐하면 미(美)라는 보물*을 캐어 내는 데는, 6315
현자의 마법이라는 최고의 기술이 필요하기 때문이지요.

궁내장관 어떤 기술을 필요로 하는가는 상관할 바 아니고,
폐하께서는 그저 빨리 완성시키라는 말씀뿐입니다.

금발의 여인 (메피스토펠레스에게) 여보세요, 잠깐만! 제 얼굴이 지금은 예쁘지만 6320
실은 여름이 찾아오면 그렇지가 못하지요!
갈색의 붉은 얼룩점이 튀어나와
하얀 살결을 정떨어지게 덮어버리니 짜증이 나 죽겠어요.
약이 있으면 약을 주세요!

메피스토펠레스 그거 안 됐군요! 당신 같은 미인이, 5월이 되면 표범삵괭이처럼 점이 생긴다니, 6325
개구리의 알과 두꺼비의 혀에서 맑은 즙을 짜내어,
만월 달빛에 주의 깊게 증류시켜,
달이 기울어질 때 깨끗이 바르시오.
봄이 오면 반점은 없어져요.

갈색머리의 여인 사람들이 떼를 지어 몰려와서 당신을 둘러싸는군요.
약을 주세요! 발이 얼어서 6330
걸을 때나 춤출 때, 지장이 많아요.
인사를 할 때도 제대로 움직이지 못할 지경이에요.

메피스토펠레스 실례가 안 된다면 제가 좀 밟아 드리지요.*

갈색머리의 여인 그것은 사랑하는 남녀들끼리나 하는 것이에요.

메피스토펠레스 아가씨! 내가 발로 밟는 데는 더 큰 뜻이 있어요. 6335
어떤 병이라도, 같은 것끼리 다스리지*요.
발은 발로 고치고, 그리고 다른 부분도 고치기는 마찬 가지지요.
가까이 오세요! 아시겠어요! 보답은 필요없어요.

갈색머리의 여인 (외치면서) 아파요, 아파! 화끈거려요! 너무 심하게 밟으셨어요!

말발굽*으로 밟히는 것 같아요. 6340

메피스토펠레스 이제 병이 나았어요.
앞으로는 마음껏 춤출 수 있어요.
식사를 하면서, 애인과 발장난*도 할 수 있어요.

귀부인 (바짝 다가와서) 들어가게 해주세요! 아파 죽겠어요.
가슴속이 들끓어 오르는 것만 같아요.
그이는 어제까지만 해도 내 눈에서 행복을 찾았는데, 6345
오늘은 벌써 딴 여자와 소곤대며, 나에게서 등을 돌렸어요.

메피스토펠레스 사태가 심상치 않지만 내 말을 잘 들어 보세요.
그분 옆으로 살짝 다가가세요.
그리고 이 숯을 가지고 그분의 옷소매, 외투, 어깨 등,
아무데나 적당한 곳에 줄을 하나 그어 놓으세요. 6350
그러면 그분은 가슴속에 후회의 쓰라림을 느낄 겁니다.
그러나 그 숯을 곧 삼켜 버려야 하고
술이나 물을 입에 대서는 안 되지요.
그분은 오늘밤 안으로 당신 문 앞에서 한숨을 지을 거요.

귀부인 설마 독이 든 것은 아니겠지요?

메피스토펠레스 (화를 내면서) 죄 받을 말씀하지 마세요! 6355
이런 숯을 구하려면 멀리까지 가야 해요.
이것은 옛날에 부지런히 불을 지펴서 일으켰던
화형 장작더미*에서 나온 것이라오.

사동 나는 사랑을 하고 있는데, 상대방은 나를 어른이라고 생각하지 않아요.

메피스토펠레스 (옆을 향하여) 어느 쪽 말을 들어야 옳을 지 알 수 없네. 6360
(사동에게) 너무 어린 여자에게 행복을 걸어서는 안 돼요.
중년여자라면 너를 사랑해 주겠지만——

(다른 사람들이 몰려온다.)

또 다른 사람들이 몰려왔구나! 이건 정말 악전고투로군!
결국 사실을 말하고 이 곤경을 빠져나가는 수밖에
지극히 졸렬한 방법이지만! 고생이 말이 아니다—— 6365
아아, 어머니! 어머니들이여! 파우스트를 빨리 돌려주시오!
(주위를 둘러본다) 벌써 홀의 등불이 어슴푸레하게 비치는구나!
궁중사람들이 한꺼번에 움직이기 시작한다.
순위에 따라 열을 지어 단정하게
긴 복도와 먼 회랑을 지나가는 것이 보이는구나. 6370
이젠 모두들 저 넓은 옛 기사의 홀에 모이는구나.
그러나 전부 다 받아들일 수는 없지.
넓은 벽에는 양탄자를 두르고,
구석과 벽의 오목한 부분에는 무기가 장식되어 있구나.
여기서는 마술의 주문도 소용없을 것 같아. 6375
유령이 저절로 나올 것만 같구나.

기사의 홀*

어슴푸레한 조명.

황제와 궁정의 신하들이 등장.

의전관* 연극을 알리는 내 원래의 역할도
유령들의 은밀한 계략 때문에 방해를 받고 있습니다.
유령을 불러내는 자들의 이상한 행동을 이치에 맞게
설명한다는 것은 아무리 해도 헛된 일입니다. 6380
안락의자나 걸상 같은 것은 이미 다 마련되었고,
벽 앞에다 폐하를 모시기로 했습니다.
벽걸이 융단에 그려진 제국 전성시대의
전쟁 그림을 편안히 앉아 구경할 수 있을 겁니다.

이제 폐하와 궁중신하들도 모두 둘러앉으시고, 6385
뒤쪽에는 긴 의자들이 꽉 들어 차 있습니다.
연인도 유령이 나올 만한 음산한 시간에
애인 옆에 좋은 자리를 발견했습니다.
이렇게 모두 알맞게 자리를 잡았습니다.
준비는 다 되었으니, 유령들아 어서 나오너라! (나팔 소리) 6390

천문학 박사 곧 연극을 시작해다오.
폐하의 명령이시다. 벽들아 빨리 열리거라!
여기서는 아무런 방해도 없이 자유자재로 마술을 부릴 수 있는 세상.
융단도 불꽃에 휘말리듯 타 없어지고
벽면도 갈라지며 쓰러져 버린다. 6395
깊숙한 무대가 세워지고
불빛이 하나 우리를 이상하게 비추고 있으니
나는 무대의 앞쪽으로 올라가련다.

메피스토펠레스 (프롬프터의 구멍*으로부터 몸을 내밀고) 나는 이곳에서 관객들의 호의를 기대하겠습니다.
대사를 속삭여 주는 것이 악마의 화술이죠. 6400

(천문학 박사에게)

당신은 별이 움직이는 박자를 알고 있는 분이오.
내가 속삭이는 말까지도 똑바로 알아들을 수 있겠지요.

천문학 박사 신비스런 힘에 의해서 묵직한
고대의 신전이 여기에 나타났다.
옛날 하늘을 받들었던 아틀라스*처럼 6405
많은 기둥이 열을 지어 서 있다.
기둥 두 개만으로도 능히 큰 건물을 받치고 있으니까.
이것이면 충분히 바위의 무게를 지탱할 수 있을 것이다.

건축가 이것이 소위 고대 양식인가요! 훌륭하다고는 할 수 없습니다.
우둔하고 너무 육중하다고나 할까요. 6410
거친 것을 고상하다고 하고, 졸렬한 것을 웅대하다고 부르고 있네요.
한없이 위로 올라가려는 좁은 기둥*을 나는 좋아하는데
끝이 뾰족한 아치형의 천장은 정신을 높여 줍니다.
그런 건축이야말로 우리에게는 무엇보다 고마운 것입니다.
천문학 박사 운명의 별로 빛나는 이 시간을 경건한 마음으로 받아들여라. 6415
마술의 주문으로 이성을 묶어 버리는 것이 좋지.
그 대신 훌륭하고 대담한 상상력을
마음껏 넓고 먼 데까지 작용케 하라.
여러분들이 대담하게 바라고 있는 것을 눈으로 보시라.
불가능한 것이기 때문에* 더욱 믿을 만한 가치가 있지요. 6420

(파우스트는 앞무대의 반대쪽에서 올라온다.)

천문학 박사 신부의 옷을 입고 관을 쓴 이상한 사람이 나타나서
자신을 가지고 시작한 일을 이제 완성하려고 한다.
텅 빈 동굴에서 삼발이 향로도 함께 올라온다.
벌써 접시에서* 향료의 연기가 풍겨오는 것 같구나.
그는 이 훌륭한 작업*을 축복하려고 만반의 태세를 갖추고 있으니, 6425
이제부터는 일이 순조롭게만 진행될 뿐이다.
파우스트 (당당하게) 어머니들이여, 그대들의 이름으로 나는 이 일을 행하노라.
그대들은 무한한 곳에 군림하고, 영원히 쓸쓸한 곳에 살면서도,
정답게 지낸다. 그대들의 머리를 둘러싸고,
생명이 없이 움직이는 생명체가 떠돌고 있다. 6430

과거에 빛과 가상 속에 존재하였던 것이
거기서 움직이고 있다. 그것은 영원히 있기를 바라기 때문이다.
만능의 위력을 가진 그대들은 그것을 나누어서
한쪽은 낮의 천막으로, 또 한쪽은 밤의 창공으로 보낸다.
거기서 어떤 자는, 인생의 그윽한 행로를 받아들이고, 6435
또 어떤 자는 대담한 마술사를 찾기도 한다.
마술사는 자신만만하게
모든 사람들이 원하는 것을 아낌없이 보여주리라.

천문학 박사 빨갛게 단 열쇠가 접시에 닿기가 무섭게,
자욱한 안개가 곧 이 홀을 뒤덮는다. 6440
안개는 퍼지고, 뭉치고, 작아지고, 서로 얽혔다 흩어지는가 하면
다시 짝을 이루어
스며들고, 구름처럼 물결쳐 온다.
저렇게 유령을 다루는 멋진 솜씨를 보시라!
안개가 움직이는 데에 따라서 음악소리가 일어난다.
공중에 울리는 음향에서, 알 수 없는 그 무엇이 솟아 나고, 6445
안개가 흘러가는 동안 모두 좋은 선율*로 변한다.
둥근 기둥도, 그 위에 있는 세 줄기의 장식*도 함께 울린다.
마치 신전 전체가 노래하고 있는 것 같다.
아지랑이가 가라앉자 엷은 베일 속에서,
아름다운 젊은이가 박자를 맞추며 걸어나온다. 6450
이것으로 내 역할은 끝났다. 그의 이름을 말할 필요는 없다.
절세의 미남 파리스를 모르는 사람이 어디 있을까!

(파리스*가 나타난다.)

귀부인 어쩌면 저렇게 청춘의 꽃이 활짝 핀 빛나는 미남일까요!

두번째 귀부인 싱싱하고 붉기가 흐르는 갓 따온 복숭아 같아요!

세번째 귀부인 감미로운 입술을 살포시 내밀고 있어요! 6455

베크만 그림

네번째 귀부인 당신은 그가 입술을 댄 술잔으로 살짝 마셔 보고 싶으신가요?

다섯번째 귀부인 고상하다고는 할 수 없지만 미남인데요.

여섯번째 귀부인 조금만 더 재치가 있으면 좋겠어요.

기사 목동*과 같은 인상을 주네요.
왕자다운 점은 찾아 볼 수 없으며, 궁중의 예법도 전혀 모릅니다. 6460

다른 기사 정말, 그렇습니다! 아름답게 보이지만, 절반은 벗은 거나 마찬가지니까.
한번 갑옷을 입혀 보아야 알 수 있어요!

귀부인 부드럽고 기분 좋게 앉았어요.
기사 그의 무릎 위에 앉으면, 기분이 좋겠다는 말이지요?
다른 귀부인 팔을 머리 뒤로* 멋지게 돌려서 받쳤어요. 6465
시종 버릇이 없어! 도저히 용서할 수 없어!
귀부인 남자 분들은 무엇이든지 흠만 잡으려고 하시네요.
시종 폐하 앞에서 함부로* 손발을 벌리다니!
귀부인 그러나 저것은 연기를 해 보이는 것뿐인걸요! 그는 자기 혼자만 있다고 생각하고 있는 거예요.
시종 아무리 연극이라고 하더라도, 여기서는 예절을 지켜야 돼. 6470
귀부인 부드러운 얼굴을 하고 고이 잠이 들었어요.
시종 이제 곧 코를 골겠지. 완전히 본성을 드러내*고 있어.
젊은 귀부인 (황홀해져서) 향료의 연기에 섞여서 풍겨오는 냄새는 무엇일까요?
나는 가슴 속속들이 시원해졌어요.
중년 귀부인 정말! 마음속까지 깊숙이 스며드는 향기인데요. 6475
그에게서 오는 거예요!
가장 나이 먹은 귀부인 그것은 한창 피어난 꽃이고,
젊은이의 몸 속에서 영약으로 빚어져
공중에서 주위에로 가득히 퍼지는 거지요.

(헬레나 등장.)

메피스토펠레스 바로 이 여자로군! 이 여자라면 안심해도 좋아.
예쁘기는 하지만, 내 마음에는 안 들어. 6480
천문학 박사 명예를 존중하는 사람으로서 정직하게 고백한다면,
이번에는 더 이상 할 말이 없어.
이런 미녀가 나오면, 불꽃 혓바닥을 가지고도* 말로 다할 수가 없어! ——
예부터 미인에 대해서는 여러 가지로 찬양되어 왔지만——

저 여자가 나타나면 누구나 넋을 잃고 만다. 6485
저 여자를 차지하게 되는 사람은 행복에 겨워 버리고 말 것이다.

파우스트 나에게는 아직도 눈이 있던가*? 아름다움의 샘이 넘치듯
쏟아지는 것을 마음속 깊이 느끼지 않는가?
나의 무서운 여행은 다시 없이 고마운 선물을 갖다 주었다.
이제까지 이 세상은 얼마나 보잘것 없고 꽉 막힌 채 있었던가! 6490
그런데 내가 성직자가 된 후로부터는 어떤가?
세계는 비로소 원할 만한 가치가 있고, 바탕이 있으며 영속할 수 있는 것이 되었다!
만일 내가 앞으로 그대가 없는 생활로 되돌아간다면
그때는 살아 숨쉬는 힘이 사라져도 좋다! ——
언젠가 내 마음을 황홀하게 하였던 그 아름다운 모습, 6495
요술 거울* 속에 나타나 무한히 기쁘게 하였던 형상은
지금 이 미인에 비한다면 거품과 같은 환상에 지나지 않는다! ——
내가 모든 힘의 발동을, 정열의 정수를
사모, 사랑, 흠모, 광란을
바치게 될 사람은 바로 당신이다. 6500

메피스토펠레스 (프롬프터의 상자 안에서) 정신차려요, 자기 역할을 잊으면 안 돼요!

중년 귀부인 키가 크고 몸매도 날씬한데, 머리가 너무 작은 것* 같아요.

젊은 귀부인 저 발을 보십시오! 얼마나 볼품 없이 생겼나요!

외교관 군주 부인들 중에서 이런 발 모양을 본 적이 있습니다.
제게는 머리에서 발끝까지 아름답다고 생각됩니다. 6505

궁내관 잠자고 있는 남자에게로 꾀를 부려서 정답게 다가갑니다.

귀부인 청순한 젊은이의 모습에 비교하면 얼마나 보기 싫은지 모르겠어요!

시인 저 젊은이는 여자의 아름다움에 빛을 받고 있습니다.

귀부인 엔디미온과 루나*! 그림 모습과 꼭 같군요!

시인 맞았습니다! 여신은 몸을 아래로 구부렸습니다. 6510
몸을 굽히고, 그 남자의 입김을 마시려고 합니다.
부럽구나! ——키스를 한다! ——아아, 이건 너무하다.
시녀장 모든 사람이 보는 앞에서! 미친 짓이오!
파우스트 저런 소년에게 지나친 총애를 주는군! ——
메피스토펠레스 조용히! 잠자코 계세요! 유령이 하는 대로 내버려
두시죠! 6515
궁내관 여자는 살짝 물러갑니다. 남자는 잠이 깨었습니다.
귀부인 여자가 돌아보는군요! 나는 그러리라고 생각했어요.
궁내관 남자는 놀라고 있습니다! 그에게 기적이 일어났으니까요.
귀부인 여자 쪽에서는 눈앞에 보이는 것이 기적도 아무것도 아니지요.
궁내관 얌전하게 남자에게로 돌아갑니다. 6520
귀부인 여자가 남자를 가르치려는 거지요. 나는 잘 알고 있어요.
이런 경우에 남자들이란 모두 바보지요.
자기가 첫번째 남자라고 우쭐해 하니까 말이에요.
기사 그 여자는 내 맘에 듭니다! 고상하고 우아합니다! ——
귀부인 음탕한 여자로군! 저런 여자를 천하다고 하는 거예요! 6525
사동 내가 저 남자라면 좋겠는데!
궁내관 누구라도 저런 그물에 걸리지 않겠어요?
귀부인 여러 사람들의 손을 거쳐 간 보물이군요.
도금한 것이 상당히 벗겨졌겠네요.
다른 귀부인 열 살 때부터* 못된 짓만 했으니까요. 6530
기사 누구나 그때그때에 가장 좋은 것을 취하게 마련입니다.
나라면 저 아름다운 여자가 처녀가 아니라도 상관없습니다.
학자 그 여자의 모습은 분명히 보이지만, 솔직히 말해서
그 여자가 진짜인지 어떤지 의심스럽다.
눈앞에 나타난 것은 사람을 과장으로 끌어가기 쉬운 것이다. 6535
나는 무엇보다 쓰여 있는 문헌에 의존하겠다.
또 실제로 읽어보면, 그 여자는 사실

베크만 그림

트로야의 수염이 하얀 원로들의 마음에 각별히 들었다는 것이다.
내가 보기에, 이것은 완전히 이 경우에 들어맞는다는 생각이 들고,
나는 젊지는 않지만, 저 여자가 마음에 듭니다. 6540

천문학 박사 이제는 소년이 아니네요! 남자라는 대담한 영웅이 되어서
여자를 꼭 껴안으면 저항하지도 못할 겁니다.
그가 팔에 힘을 주어 여자를 공중으로 높이 들어 올리네요.
그녀를 채 갈 작정인가요?

파우스트 괘씸한 바보자식 같으니라고!

어리석은 짓을 하다니! 내 말이 들리지 않느냐! 그만 해! 너무 지
나치다! 6545

메피스토펠레스 한마디만 덧붙인다! 이제까지 일어난 정황으로 보아
이 연극을 '헬레나의 약탈'이라고 부르려 합니다.

파우스트 뭐, 약탈이라고! 내가 이 자리에 가만히 있을 것 같아!
이 열쇠가 내 손아귀에 들어 있지 않은가! 6550
이것이 나를 이끌어, 쓸쓸한 곳의 공포와 파도를 물리치고,
안전한 기슭으로 데려다 주었다.
여기에 나의 발판이 있으며, 또 이곳에는 여러 가지 현실이 있다.
여기서부터 정신이 유령들과 싸워서
이상과 현실을 합친 위대한 이중의 왕국*을 세울 수 있다. 6555
그 여자는 저렇게 멀리 떨어져 있었지만 어찌 이보다 더 가까이 할
수 있겠는가!
내가 그 여자를 구해 주리라. 그러면 그 여자는 이중으로 내 것이
되리라!
용기를 내서 해보라! 어머니들이여! 어머니들이여 용서해주시오!
한번 그 여자를 알게 된 자는 다시는 놓칠 수 없으리라.

천문학 박사 무슨 짓을 하는가, 파우스트! 강제로 여자를 붙잡으려 하다
니. 6560
벌써 여자의 모습이 흐려졌다.
이번에는 젊은이 쪽으로 열쇠를 돌려
그에게 닿는구나! *——아 야단났구나! 위험하다.
이런, 순식간에 일이 일어났구나!

(폭발, 파우스트는 땅에 쓰러진다.
남녀 유령들은 연기와 안개가 되어 사라진다.)

메피스토펠레스 (파우스트를 어깨에 메고서) 그것 봐! 이런 바보 녀
석을 떠맡았다가는

나중에는 악마 자신까지 손해를 본단 말이야. 6565

(암흑, 소동.)

제2막
높고 둥근 천장의 고딕식 좁은 방*
과거에 파우스트의 거실, 옛날 모습 그대로*

메피스토펠레스 (막 뒤에서 나타난다. 커튼을 쳐들고 돌아다 볼 때 오래된 침대 위에 누워 있는 파우스트의 모습이 보인다)
여기 누워 있거라.
풀리지 않는 사랑의 굴레로 이끌려간 불쌍한 자여!
헬레나에게 푹 빠져버린 자는
제 정신으로 돌아가기는 어렵지. (주위를 둘러본다)
위를 쳐다보나 여기저기를 바라보아도 6570
조금도 변한 것은 없고 옛날 그대로일뿐.
채색된 유리창은 전보다도 더 뿌연 것 같고
거미줄도 더 많아졌구나.
잉크는 말라붙었고 종이는 누렇게 색이 바랬다.
그러나 모든 것이 같은 장소에 놓여 있구나. 6575
파우스트가 악마에게 몸을 팔겠다는 증서를 쓴
그 펜도 아직 이곳에 놓여 있구나.
그렇다! 펜대 속 깊숙이에는
내가 꾀어서 빼앗은 피가 한 방울 엉켜 있겠지.
이렇게 다시 없는 진품을 손에 넣어, 6580
대수집가를 기쁘게 해주고 싶구나.
낡은 털가죽 윗도리까지도 낡은 옷걸이에 걸려 있다.
그것을 보니, 언젠가 내가 나이 어린 학생*에게,
훈시를 베풀던 그때가 생각나는구나.
청년이 된 지금도 그는 나의 가르침을 되씹고 있겠지. 6585
털이 북슬북슬한 따뜻한 겉옷을 다시 한번 내 몸에 두르고,
세상 사람들이 지당하다고 우러러보는

파우스트는 절세의 미녀 헬레나를 만난다.

대학교수가 되어 한 번 자랑해 보고 싶은
생각이 마음속에 일어나는구나.
학자들이라면 당연히 바라고 싶은 일이겠지만, 6590
악마에게는 그런 기분이 오래 전에 사라져 버렸다.

(가죽 옷을 내려서 털자, 귀뚜라미, 딱정벌레, 나방 등이
튀어나온다.)

곤충들의 합창* 어서 오세요. 어서 오세요!
옛날의 은인이여!

붕붕거리고 날면서도 벌써
우리들은 당신을 알아보고 있어요. 6595
당신은 남몰래 하나하나,
우리들을 길러 주셨지요.
아버지시여, 우리는 수천 마리로 자라
춤추며 이리로 왔어요.
가슴속의 장난꾸러기는, 6600
재빨리 몸을 감출 수 있지만,
털가죽 안에 숨어 있는 것들은
재빨리 기어 나오지요.

메피스토펠레스 뜻밖에도 젊은 생물들과 만나게 되니 기쁘구나!
씨만 뿌려 놓으면 언젠가는 수확을 거둘 수 있지. 6605
또 한 번 낡은 털가죽 옷을 털어 보자.
여기저기서 한 마리씩 튀어나오는구나——
날아올라라! 기어다녀라! 귀여운 것들아.
서둘러서 구석구석으로 자취를 감추어라.
저기 헌 상자가 놓여 있는 곳이든지, 6610
여기 갈색빛을 띤 양피지 속이나,
낡은 항아리의 먼지투성이의 깨진 조각 속에,
저 해골의 움푹 들어간 눈 속에도 숨어라.
이런 잡동사니나 곰팡이가 우글거리는 속에는,
언제가 벌레들이 있기 마련이지. (털가죽 옷을 입는다) 6615
자, 내 어깨를 또 한 번 감싸다오!
오늘 나는 다시 선생이 되었다.
그러나 그렇게 불러봤자, 헛일이지.
나를 인정해 줄 사람들이 어디 있단 말인가?

(초인종의 끈을 잡아당기니, 몸서리쳐 질 듯이 요란스러운
소리가 울리고, 그 때문에 홀들이 진동하고 문이 활짝 열린다.)

조수 (길고 어두운 복도를 비틀거리며 온다)
대체 무슨 소리인가, 이 무슨 전율인가! 6620
계단이 흔들리고 벽도 떨린다.
덜컹대는 채색된 유리창으로부터,
번갯불이 번쩍 하는 것이 보인다.
땅바닥은 갈라지고, 천장에서는
벗겨진 석회와 흙덩이가 쏟아진다. 6625
단단히 빗장을 걸어 놓았던 문이 기적적으로 열려 버렸다. ——

저것이 무엇이냐, 소름이 끼친다!
어떤 거인이 파우스트의 오래된 가죽 옷을 입고 서 있다!
그 눈초리와 시선을 받으면, 6630
나는 그저 그 자리에서 주저앉을 것만 같다.
도망칠까? 그대로 서 있을까?
아, 나는 어찌 되는 것일까!
메피스토펠레스 (눈짓을 하면서) 이리 오게, 나의 친구! ——자네
이름은 니코데무스*라고 했지.
조수 그렇습니다. 선생님! ——기도를 드려야겠습니다*. 6635
메피스토펠레스 그건 그만두기로 하지!
조수 제 이름을 기억하고 계시니 정말 기쁩니다!
메피스토펠레스 자네를 알고 있다. 자네는 나이를 먹었어도
아직 학생이군.
만년 학생이로군! 학자도 달리 도리가 없으니까
그렇게 연구를 계속하는 거지.
그리하여 초라한 판잣집이나 세우는 거지. 6640
그러나 아무리 위대한 학자라도 집을 완전하게 짓지는 못하지.
그런데 자네 선생말이야. 그분은 참 훌륭한 분이시지.
석학인 바그너 박사*를 모르는 사람은 없단 말이야.

지금은 학계의 제일인자이거든!
학계를 통괄하고 있는 인물이고, 6645
날마다 지혜를 증진시키는 이는 그분뿐이지.
온갖 지식욕에 불타는 청강생들은 속속들이
그의 주위로 떼지어 모여들고 있지.
그이만이 강단에서 빛을 발하고 있지.
마치 성 베드로*처럼 열쇠를 가지고, 6650
천국과 지상의 문을 활짝 열어 보인다.
그는 남달리 빛나고 반짝이기 때문에,
아무도 그의 명성과 명예를 따를 수 없지.
파우스트의 명성도 무색할 지경이니
독창적인 재능으로는 그 사람과 어깨를 겨눌 사람이 없으니 말일세. 6655

조수 잠깐, 선생님! 이런 말씀을 드리면,
건방지게 말대답을 하는 것 같습니다만,
지금 하신 말씀은 문제가 안 됩니다.
겸손은 그의 타고난 성품입니다.
파우스트 박사님께서 알 수 없게 자취를 감추신 후 부터는, 6660
어찌할 바를 모르고 있습니다.
박사님께서 돌아오시는 것에 그분 스스로의 위안과 행복을 기대하고 있습니다.
파우스트 박사께서 떠나신 후에도, 방은 그대로,
조금도 다름없이 손도 대지 않고,
오직 선생님께서 돌아오시기만 기다리고 있습니다.
저 같은 건 감히 방 안으로 들어갈 엄두도 못 낸답니다. 6665
별의 움직임으로 보아, 지금 몇 시쯤 되었습니까? ——
벽도 겁을 집어먹고 떨고 있는 듯하며,
문기둥도 흔들리고 빗장도 벗겨졌습니다.
그렇지 않았더라면 당신도 들어올 수 없었을 겁니다. 6670

메피스토펠레스 자네 선생님은 어디 계신가?
나를 그분에게 안내하든지, 그분을 이리로 모시고 오도록 하게!
조수 그런데, 엄격한 분부가 계시기 때문에,
그렇게 해도 좋을지 모르겠습니다.
지난 몇 달 동안 박사님은 큰 작업 때문에* 6675
조용하게 이곳에 파묻혀 살고 계십니다.
학자 중에서도 가장 우아하고 박식한 분이신데,
마치 숯을 굽는 사람 모양으로,
귀에서 코끝까지 검정투성이이고,
불을 불어대기 때문에 눈은 충혈되어, 6680
시시각각 애타는 마음으로 성과를 기다리고 있습니다.
부젓가락이 달가닥거리는 소리가 음악처럼 들립니다.
메피스토펠레스 내가 들어가는 것을 거절할 것이란 말인가?
나는 작업의 성공을 빠르게 해줄 사람이야.

(조수 퇴장. 메피스토펠레스는 의젓하게 앉는다.)

내가 여기에 자리를 잡고 앉자마자, 6685
저기 뒤에서 잘 아는 손님이 하나 이리 오는군.
그러나 그 사람이 이번에는 최신학파에 속하고 있으니까,
한없이 뻔뻔스럽게 건방진 소리를 할거야.
학사* (복도를 달려온다) 대문도 방문도 열려 있구나!
이젠 드디어 지금까지처럼, 6690
살아 있는 사람이 죽은 사람 모양
곰팡이 속에서 움츠리고 썩어서
살면서도 죽은 거나 다름없는
어리석은 일은 없을 것이다.

이 돌담이나, 이 벽도 6695

기울어져 허물어질 것만 같구나.
재빠르게 도망치지 않으면,
밑에 깔려 죽게 될 것이다.
나는 누구보다도 대담하지만,
더 이상 안으로 들어가지 못하겠구나. 6700

그런데 오늘은 이상한 경험을 하는구나!
여기는 몇 해 전, 내가 대학 신입생이었을 때
불안에 떨며
두려움을 안고 찾아왔던 곳이 아닌가?
그리고 덥석부리 늙은 교수를 믿고 6705
그들이 지껄이는 소리조차 고맙게 여겼다.

그들은 낡은 양피지 책 속에서,
알아낸 사실과, 알아도 믿지 않는 사실을 그럴 듯하게 속여서,
자기 자신과 나의 생활까지도 망쳐 버렸다. 6710
아니? 저기 뒤쪽 작은 방에,
어둑어둑한 곳에 아직도 누군가가 앉아 있구나!

가까이 가 보니 놀라운 것은,
저 자는 아직도 갈색 가죽옷을 입고 있는데,
바로, 내가 그 자와 헤어졌을 때와 마찬가지로 6715
북실북실한 가죽 옷을 입고 있구나!
그때는 인품을 잘 알지 못했기 때문에,
그를 노련한 학자라고 생각했었지만
오늘은 그렇게 쉽게 넘어가지는 않을 것이다.
힘차게 그와 부딪쳐 보기로 하자! 6720
노선생님, 망각의 강 레테의 흐린 물결이
수그리고 계신 대머리를 다 적시지 않았으면,

대학의 회초리를 벗어난 옛 학생이
여기로 찾아왔으니 아는 척 해주십시오.
선생님은 그 당시와 조금도 변함이 없지만, 6725
저는 아주 다른 사람이 되어 다시 왔습니다.

메피스토펠레스 내 초인종 소리를 듣고 자네가 와주니 반갑기 그지없네.
나는 그 당시도 자네를 업신여기지는 않았다네.
애벌레나 번데기를 보면, 언젠가 그것이
오색찬란한 아름다운 나비가 된다는 것을 알고 있으니까.
자네는 고수머리에다가, 깃에는 레이스를 달고, 6730
어린애처럼 순진하고 유쾌한 감정을 품고 있었지.
자네는 한 번도 머리를 땋아 내리지*는 않았지?
한데 오늘은 스웨덴식 머리*를 하고 있군.
제법 과단성 있고 씩씩하게 보이지만, 6735
절대주의자가 되어 집에 돌아가지는 말게.

학사 노선생님! 우리는 옛날과 똑같은 곳에 있지만,
시대의 변천을 고려하시어,
애매한 말은 삼가 주십시오.
이젠 서로가 사물을 보는 눈이 아주 다릅니다. 6740
선생님은 선량하고 성실한 젊은이를 놀렸습니다.
그때는 아무런 기교를 부리지 않고 성공하였지만
오늘날에는 어느 누구도 그런 짓을 하지 않을 겁니다.

메피스토펠레스 젊은이에게 솔직하게 진실을 말하면,
주둥이가 노란 자들은 결코 마음에 들어하지 않는다네. 6745
그러나 그 자들도 세월이 흐르고 흘러서,
그 진실성을 체험을 통해서 절실히 느끼고 나서는,
그것이 자기 자신의 머리에서 나온 것처럼 뻐기고,
저 선생님은 바보였다고 말하기가 일쑤지.

학사 교활한 자였다고 말할 수 있겠죠! ——어느 선생이라도, 6750
우리들에게 진실을 곧바로 말해 주지 않기 때문입니다.

베크만 그림

모두들 착한 아이들을 상대로 적당히 조작하여
어느 때는 점잔을 빼는가 하면, 어느 때는 유쾌하고 재치 있게 다루는 겁니다.

메피스토펠레스 배우는 데는 물론 때가 있지.
자네는 벌써 가르칠 준비가 된 모양이로군. 6755
그로부터 오랜 세월이 흘렀으니까,
자네도 틀림없이 충분한 경험을 쌓았을 거야.

학사 경험이라고요! 그런 것은 물거품이나 티끌과 마찬가지지요!
결코 정신과는 비교가 안 됩니다.

정직하게 말씀하십시오! 이제까지의 지식은 6760
조금도 알 가치가 없는 것이지요.

메피스토펠레스 (잠시 후에) 오래 전부터 느끼고 있었지만,
나는 바보였어.
이제는 나 자신이 천박하고 어리석게 생각되는구나.

학사 그 말씀을 들으니 매우 기쁩니다. 현명한 지성의 소리가 들립니다.
분별 있는 노인을 만난 것은 선생님이 처음입니다! 6765

메피스토펠레스 나는 파묻혀 있는 황금의 보물을 찾으러 갔다가
불쾌한 석탄덩이를 파내 온 셈이지.

학사 솔직히 말씀하세요. 당신의 두개골, 당신의 대머리는
저기에 있는 텅 빈 해골보다도 나을 것이 없어요.

메피스토펠레스 (흐뭇한 기분으로) 아마도 자네는 자기가 얼마나 무례한지 모르는 모양이군. 6770

학사 독일서는 너무 공손하면 거짓말쟁이입니다.

메피스토펠레스 (자기가 앉아 있는 바퀴 달린 의자를 점점 무대 앞쪽으로 끌고 가서 일층에 있는 관객들을 향해*)
이렇게 높은 곳에 있으니, 눈앞이 아찔하고 숨도 막힐 지경이오.
여러분들 사이에 끼여들어 갈 수는 없겠소?

학사 시대에 뒤떨어져서 이제는 아무 가치도 없는데,
자기가 훌륭한 존재라고 생각하는 것은 건방진 일이죠. 6775
인간의 생명은 피 속에 있는데,
젊은이의 육체만큼 그 피가 활발히 약동하는 곳이 어디 있겠습니까?
생명에서 새로운 생명을 창조해 내는 것은
활기찬 힘을 지닌 살아 있는 피입니다.
거기선 모든 것이 약동하고, 무언가가 이루어져 6780
약한 자는 쓰러지고, 유능한 자는 앞으로 나아갑니다.
우리가 세계의 절반을 정복하고 있는 동안에,

당신들은 대체 무엇을 했습니까? 졸면서 생각하며
꿈을 꾸고 이것저것 계획만 세우고 있었겠지요.
사실 나이를 먹었다는 것은 찬 열병과 다름이 없어서, 6785
변덕스러운 고통의 오한으로 빠져들게 됩니다.
사람이 삼십이 넘으면*
이미 죽은 거나 마찬가집니다.
늙은 당신네들은 일찌감치 죽어 버리는 것이 좋을 겁니다.

메피스토펠레스 이쯤 되면, 악마도 할 말이 없는데. 6790

학사 내가 원하지 않는 한, 악마는 존재해서는 안됩니다.

메피스토펠레스 (옆을 향하여) 얼마 안 가서 그 악마는 자네의 가랑이를 걸어 넘어뜨릴 거야.

학사 이것이 젊은이의 가장 숭고한 사명입니다!
세계는 내가 창조할 때까지는 존재하지 않았습니다.
태양은 내가 바다에서 끌어 올렸으며 6795
달이 차고 기우는 과정도 내가 시작한 것입니다.
낮은 내가 가는 길 위를 곱게 단장해 주었고,
대지는 나를 맞이하여 푸르러지고 꽃을 활짝 피게 하였습니다.
그 첫날밤에는 나의 눈짓에 따라서,
온 별들이 화려하게 빛났습니다. 6800
속인의 옹졸한 사상의 굴레에서
당신네들을 해방시킨 것은, 내가 아니고 누구이겠습니까?
나 자신은 신령이 고하는 소리에 따라 자유롭고 흐뭇하게 내부의 빛을 좇으며,
암흑을 등지고, 빛을 눈앞에 바라보며, 6805
그지없는 황홀감에 잠기면서 씩씩하게 전진합니다. (퇴장)

메피스토펠레스 독특한 놈*, 멋대로 나아가라! ——
아무리 어리석거나, 똑똑한 것을 생각해 낸다하더라도
이미 선인들이 생각하지 못한 것은 하나도 없다고,
깨달으면 자네는 괴롭겠지—— 6810

그러나 저런 놈이 있다고 해서 우린 조금도 걱정할 필요는 없어.
몇 해가 지나면 달라질 테니까.
포도즙이 아무리 이상한 거품을 내더라도,
결국에 가서는 포도주가 되고 말거든.

(박수 갈채도 하지 않는 1층의 젊은 관객들에게.)

자네들은 내 말을 듣고 나서도 냉담하지만 6815
착한 아이들이니까 너그럽게 봐 주지.
그러나 생각해 봐요. 악마는 늙었으니까.
악마의 말을 이해하려면, 나이를 먹지 않으면 안 돼요!

실험실*

중세식*의 실험실, 공상적 목적에 사용되는
여러 가지 복잡하고 다루기 까다로운 기계들.

바그너 (화로 옆에서) 무서운 초인종 소리가 울리더니
그을린 벽이 구석구석까지 진동을 하는구나. 6820
진지한 기대가 실현되는지 안 되는지는
이제 이 이상은 더 애매하게 계속 되지는 않겠지.
드디어 암흑이 환하게 밝아졌다.
시험관 속 한복판에,
빨갛게 타는 석탄불꽃 같은 것이, 6825
아니 루비처럼 매우 아름답게 빛나는 것이,
어둠 속에서 번갯불처럼 빛난다.
아, 밝고 하얀빛이 나타났다!
이번에야말로 놓쳐서는 안 되겠다! ——
아아, 문을 흔드는 것은 누구일까? 6830

메피스토펠레스 (들어오면서) 안녕하세요? 좀 도와 드릴까 해서 왔어요.

바그너 (불안해 하면서) 어서 오세요. 마침 별의 움직임이 좋을 때에 왔어요!

(나지막한 소리로)

그렇지만 말은 하지 말고 숨도 죽이고 계세요.

이제 곧 굉장한 일이 이루어지려고 해요.

메피스토펠레스 (더욱 나지막한 소리로) 대체 무슨 일인데요?

바그너 (더욱 나지막한 소리로) 사람을 만들고 있어요. * 6835

메피스토펠레스 사람이라고? 대체 어떤 사랑하는 남녀를,

그 연기 구멍 속에 가두어 넣었는가요?

바그너 천만에 말씀! 이제까지 유행하고 있던 생산방법은

우리는 어리석은 익살극이라고 말하지요.

생명이 튀어나온 미묘한 결합점. 6840

몸의 내부에서 충동이 용솟음쳐서 주거니 받거니 하다가

자기 자신의 모습을 아로새기고, 우선은 가까운 것을,

다음에는 생소한 것을 자기 내부에 받아들이도록 정해져 있는,

그 사랑스러운 힘은 이제 그 성스러운 자리에서 물러났어요.

동물은 앞으로도 계속 그런 것을 즐길지 모르지만, 6845

인간은 위대한 천분을 타고났기 때문에,

장차 한층 더 고상한 근원에서 태어나지 않으면 안 되지요.

(화로 쪽을 향해서.)

보세요! 빛나고 있지요! ——이제는 정말 희망이 있어요.

수백 가지 물질을 섞어——

사실 이 혼합 자체가 중요한 것이지만—— 6850

인간의 원료를 적당히 섞지요.

실험실에서 인조인간 완성에 열중하고 있는 바그너

그 다음에 큰 시험관 속에 넣어서 밀봉한 다음, 그것을 알맞게 증류하지요.
그러면 일은 조용히 끝납니다.

(다시 화로 쪽을 향하여.)

생성되어 가고 있어요. 덩어리가 더욱 맑게 움직이고 있어요! 6855
확신하고 있던 것은 점점 더 진실이 되어 나타납니다.
즉 우리는 자연의 신비라고 찬미해 오던 것을,
지성의 힘으로 시험해 보는 거지요.
그리고 자연이 지금까지 유기적으로 이룩한 것을,
우리는 무기적으로 결정시켜 보는 겁니다. 6860

메피스토펠레스 오래 살다 보면 여러 가지 일을 경험하는 법이고,
그에게는 이 세상에서 새로운 일이란 별로 일어나지 않지요.
나는 곳곳을 여행하고 돌아다녔을 때에,
결정체로 만들어진 인간 족속*을 본 일이 있어요.

바그너 (이제까지 계속 플라스코를 주시하면서)
올라온다. 반짝인다. 점점 굳어진다. 6865
이제 곧 이루어질 것이다. 위대한 계획은
처음에는 미친 짓인 듯하지만
장차, 우연을 비웃어 줄 것이다.
그리하여 우수한 사고능력을 가진 두뇌도,
앞으로는 사상가에 의해서 만들어질 것이다. 6870

(기쁨에 넘쳐서 플라스코를 응시하면서.)

유리병이 사랑스러운 힘으로 움직여서 소리를 낸다.
흐려지더니 다시 밝아진다. 이제는 틀림없이 이루어질 것이다!
귀여운 작은 인간이

우아한 몸짓을 하고 있는 것이 보인다.
우리들은 이 이상 무엇을 원하며 바랄 것인가? 6875
비밀이 백일하에 드러났으니 말이다.
이 소리에 귀를 기울여 보시오.
그것은 목소리가 되어 말로 변하지요.

호문쿨루스* (시험관 속에서 바그너에게)
어떻습니까? 아버지, 이것은 농담이 아니었습니다.
자, 저를 정답게 가슴에 껴안아 주십시오! 6880
그러나 너무 꼭 껴안으면 유리병이 깨집니다.
사물의 성질에 대해서 말씀드리지요.
자연적인 물체에게는 우주도 충분하지 않지만,
인공적인 물체는 닫혀진 공간을 원합니다.

(메피스토펠레스에게.)

그런데 장난꾸러기 아저씨*, 당신도 여기 오셨습니까? 6885
마침 잘 오셨습니다. 감사합니다.
당신이 이곳에 오신 것은 다행한 일입니다.
저도 존재해 있는 이상, 활동하지 않을 수 없습니다.
당장 일에 착수하기 위해서 준비를 하고 싶습니다.
당신은 솜씨가 좋은 분이니까, 지름길을 가르쳐 주십시오. 6890

바그너 잠깐 한 마디만! 이제까지 늙은이나 젊은이들이
까다로운 문제를 갖고 몰려오기 때문에 애를 먹었어요.
예를 들면, 이것은 아무도 풀 수 없는 문제였지만
영혼과 육체는 이렇게 잘 어울려,
서로 결합한 채, 결코 떨어지려고 하지 않는데 6895
어째서 날마다 서로를 괴롭히고 있는 것일까!
그리고——.

메피스토펠레스 잠깐만! 나라면 차라리 이렇게 묻겠소.

베크만 그림

어째서 남자와 여자는 이다지도 사이가 나쁘냐고요.
당신은 이 점이 좀 석연치 않을 것이요.
여기에 할 일이 있는데, 이것이야말로 이 꼬마가 할 일이지요. 6900

호문쿨루스 할 일이 무엇입니까?

메피스토펠레스 (옆문 하나를 가리키면서) 여기서 너의 재능을 보여 다오!

바그너 (아직도 시험관을 들여다보면서) 정말, 너는 다시 없이 귀여운 소년이로구나!

(옆문이 열린다. 파우스트가 침대 위에 누워 있는 것이 보인다.)

호문쿨루스 (깜짝 놀라면서) 정말 대단한데*! ——

(시험관은 바그너의 손에서 빠져 나와
파우스트의 머리 위를 떠돌면서 그를 비춘다.)

주위의 경치는 아름답구나! ——우거진 숲속에
맑은 물이 흐르고 있다! 여자들이 옷을 벗는다.
아주 아리따운 여자들이다! ——매력이 점점 더해간다. 6905
그러나 한 여자가 유난히 빛나고 있다.
아마 다시 없는 영웅이나 신들의 핏줄일 것이다.
그 여자는 맑게 들여다보이는 물 속에 발을 담그고 있다.
귀한 몸의 부드러운 생명의 불꽃이 부드러운 물결의 결정체에 닿아
서 식어간다—— 6910
그런데 날개치는 소리가 왜 이토록 소란스럽게 들리는 것일까.
무엇이 찰싹찰싹 소리를 내며 시끄럽게 거울 같은 물 위를 어지럽
히는 것일까?
처녀들은 겁을 내고 도망가는데,
여왕만은 태연한 자세로, 백조의 왕*이
넉살좋고도 정답게 그녀의 무릎으로 다가드는 것을, 6915
자랑스럽고도 여자다운 즐거운 표정으로 쳐다보고 있다.
갑자기 안개가 피어오르더니 백조는
그 촘촘히 짜인 베일로,
가장 매혹적인 장면을 가려버리고 만다. 6920

메피스토펠레스 정말 못하는 말이 없이 지껄이는구나!
너는 자그마한 몸이지만 굉장히 엄청난 공상을 하는 구나!
나에게는 아무것도 보이지 않는데——

호문쿨루스 그럴 겁니다.

당신은 북쪽 출신이고 중세의 암흑시대에 태어나서,
기사나 승려들이 득실거리는 속에서 자라났으니 6925
어떻게 눈을 자유로이 뜰 수 있었겠습니까!
어둠 속이야말로 당신의 본고장이지요.
(주위를 둘러본다) 곰팡이 핀 기분 나쁜 갈색 돌벽이
뾰족한 고딕식 아치를 이루며 구불구불 얕게 내리누르고 있습니다! ──
이 사람이 여기서 잠이 깨면 또다시 괴로운 일이 생깁니다. 6930
그는 당장에 죽어 버릴 것입니다.
숲속의 샘, 백조, 나체 미인 등을
이 사람은 예감하면서 본 꿈입니다.
그런 그가 어떻게 이런 곳에 정이 들 수 있겠습니까!
가장 태평스런 나도, 이것은 도저히 참을 수 없습니다. 6935
자아, 이분을 데리고 갑시다!

메피스토펠레스 그런 해결책이라면 괜찮지.

호문쿨루스 군인은 싸움터에 나가라고 명령하시고, 아가씨는 춤추는 데 데리고 가십시오.
그러면 모든 일이 곧 처리됩니다.
언뜻 생각난 일이지만, 지금은 바로 6940
고전적 발푸르기스의 밤*입니다.
지금 할 수 있는 최선의 길은
이분을 성미에 맞는 곳으로 데리고 가는 일입니다!

메피스토펠레스 그런 축제에 관해서는 들어본 적이 없는데.

호문쿨루스 어떻게 당신의 귀에 들어가겠어요? 6945
당신이 알고 계신 것은, 낭만적인 유령뿐입니다.
진짜 유령은 고전적이어야 합니다.

메피스토펠레스 그러면 어느 쪽으로 가면 되나?
고대에 미쳐서 날뛰는 작자들은 듣기만 해도 싫어.

호문쿨루스 마왕님, 당신에겐 서북쪽*이 가장 즐거운 경지입니다. 6950

그러나 이번 우리들이 돛을 올리는 방향은 동남쪽*입니다. ——
넓은 평야를 페네이오스 강이 유유히 흐르고,
수풀과 나무에 둘러싸여 조용하고 축축한 후미를 이룹니다.
평야는 산골짜기까지 펼쳐져 있고
그 위에 신구(新舊) 두 개의 파르잘루스 도시*가 있습니다. 6955

메피스토펠레스 재미없다, 집어치워라!
폭군제도와 노예제도의 다툼* 같은 건 그만둬 다오.
겨우 끝났다고 생각하면, 또다시 새로 시작하기 때문에,
지루하기 짝이 없어.
더구나 뒤에 숨어 있는 불화의 악마 아스모데우스*에게 6960
우롱 당하고 있다는 사실을 아무도 알아차리지 못하는구나.
놈들은 자유권을 위해서 싸운다고 하지만,
자세히 보면 노예끼리의 싸움*에 지나지 않아.

호문쿨루스 사람의 지기 싫어하는 성질을 봐 주십시오.
누구나 어렸을 때부터 있는 힘을 다해 자기 몸을 보호해야 하고, 6965
그렇게 하다가 결국 어른이 되는 겁니다.
지금 문제는 어떻게 이 사람을 치유할 수 있을까 하는 것뿐입니다.
당신에게 무슨 방법이 있으면, 여기서 그것을 시험해 보세요.
그러나 할 수 없으면 나에게 맡겨 주십시오.

메피스토펠레스 브로켄 산에서 하는 마술에는 시험해 볼 만한 것도
있지만, 6970
그리스 이교도의 빗장*은 나에게는 닫혀져 있어.
대체로 그리스 사람이란 쓸모가 없지!
그러면서도 자유로운 관능의 유희로 너희들을 현혹하고
사람의 마음을 즐거운 죄악으로 유혹하지.
그래서 우리의 죄악은 언제나 더 음침하게 보이지. 6975
그러면 어떻게 하지?

호문쿨루스 당신은 보통 때는 어리숙하지 않습니다.
그래서 내가 테살리아의 마녀들*이라고 말하면,

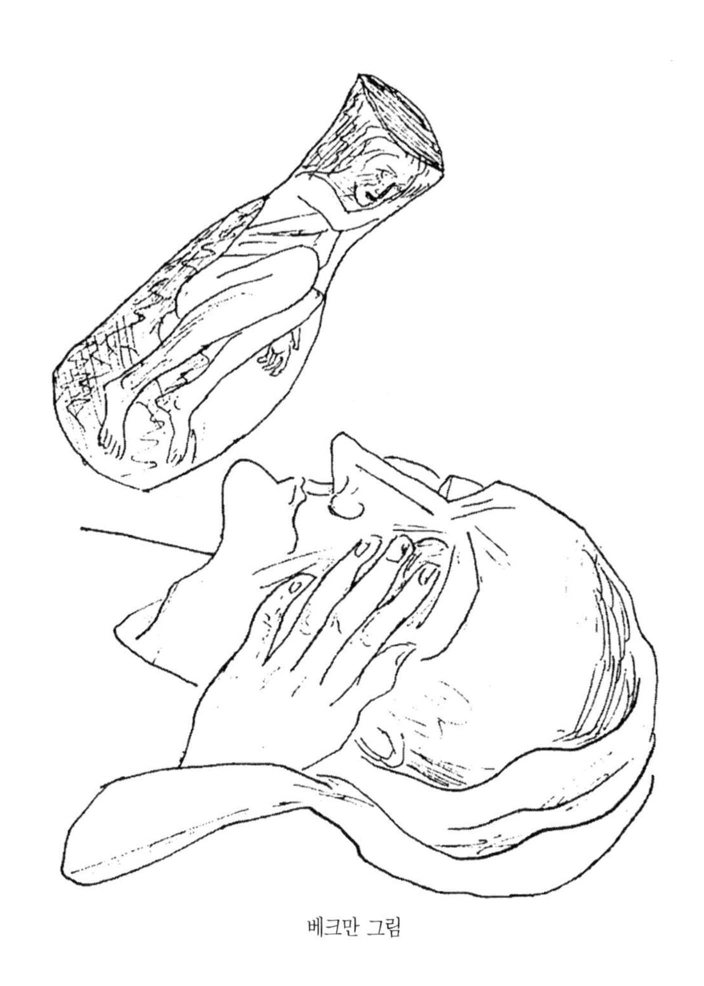

베크만 그림

무엇인지 짐작이 갈 이름을 댔다고 생각합니다.

메피스토펠레스 (음탕하게)

테살리아의 마녀들이라고! 그럴 듯한데,

그것은 내가 오랫동안 찾아다니던 여자들이다. 6980

그녀들과 밤마다 같이 지낸다는 건

그다지 마음에 드는 일은 아니지만,

그저 찾아가서 시험해 보는 것이라면——

호문클루스 그 겉옷을 빌려 주십시오.

여기에 있는 기사*에게 둘러 드리려고 합니다.

이 천조각이 전과 마찬가지로 6985
당신네 두 분을 모셔다 드릴 겁니다.
제가 앞길에 불을 밝히겠습니다.

바그너 (불안스럽게) 그러면 나는?

호문쿨루스 그렇군요.
당신은 집에 남아서* 가장 중요한 일을 해주십시오.
낡은 양피지 책을 펼치고,
처방에 따라 생명의 원소를 모은 다음, 6990
조심스럽게 하나하나 배합해 주십시오.
'무엇을' 해야 하는가를 더 생각해야 합니다.
그동안에 저는 세계를 좀 돌아다니면서
마지막 마무리*를 짓도록 최선을 다해 보겠습니다.
그러면 큰 목적은 다 이루어지는 셈입니다. 6995
이렇게 노력하면 그만한 보답이 있습니다.
황금, 명예, 명성, 건강과 장수,
거기다가 학문과 덕망까지도 얻게 될 것입니다.
안녕히 계십시오.

바그너 (슬픈 듯이) 잘 가거라! 마음이 무거워진다.
나는 너를 다시는 만나지 못할 것만 같구나. 7000

메피스토펠레스 자아, 기운을 내서 페네이오스 강변으로 내려가자!
이 어린 친구도 무시할 수는 없는데,
(관객 쪽을 향해서) 결국 우리는 우리가 만든 인간에 의해서
끌려 다니는 신세가 되었군.

고전적 발푸르기스의 밤*

파르잘루스의 들판

암흑.

마녀 에리히토 나는 에리히토*라고 하는 음침한 여자입니다. 7005
전에도 종종 그랬듯이 오늘밤에도 그 무시무시한 축제*에 나갑니다.
심술궂은 시인들*이 너무 과장해서 나쁘게 말하는 것처럼,
나는 그토록 흉측한 여자는 아니랍니다…… 시인들은 칭찬할 때이건, 비난할 때이건 도무지 끝이 없어요.
……멀리 계곡 저쪽까지, 연달아 물결치는 회색 천막 때문에 희뿌옇게 보입니다. 7010
그것은 근심과 공포에 싸였던 밤이 남긴 환상이지요.
이미 몇 번이나 되풀이되었을까요! ……아무도 나라를 다른 사람에게
맡기려 하지 않고, 힘으로 빼앗고 강력하게 다스리는 자에게는,
아무도 나라를 넘기려 하지 않는 법입니다.
마음속의 자아를 7015
지배할 수 없는 자일수록 스스로 교만한 마음으로
이웃 사람의 의지를 지배하려고 하는 법이니까요…….
그러나 여기에 그 커다란 예로서 무자비한 싸움이 벌어졌었지요.
폭력이, 더 무서운 폭력에 대항해 싸우고
천 송이의 아름다운 꽃으로 엮어진 자유의 화환은 망가진 채, 7020
굳어진 월계관이 승리자의 머리에 감기게 되지요.
여기서 폼페이우스는 지나간 빛나던 영광의 날을 꿈꾸었고
저기서 시저는 흔들리는 운명의 바늘*을 살펴보면서 밤을 새웠지요!
승부는 결정되겠지요. 어느 쪽이 이겼는지는 세상이 다 알고 있습니다.

화톳불은 빨간 불꽃을 내며 타고, 7025

대지의 숨결은, 흘린 붉은 피를 반사하고 있습니다.
그리고 진기하고 신비스런 밤의 빛에 이끌려서
그리스 전설의 수없이 많은 군단이 모여들고 있습니다.
어느 화톳불 주위에도, 옛날 이야기에 나오는 모습들이
불안하게 흔들리기도 하며 편안히 앉아 있기도 합니다……. 7030
보름달은 아니지만 달은 환하고 밝게 빛나며,
하늘 한가운데 떠올라 부드러운 빛을 사방에 뿌립니다.
천막의 그림자는 사라지고 불은 파랗게 타고 있습니다.

그런데 머리 위에는! 웬 뜻하지 않은 유성*일까요?
그것은 빛내며, 둥근 덩어리를 비추고 있습니다. 7035
살아 있는 것 같습니다. 내가 해치게 될 살아 있는 것에,
가까이 가는 것은 나에게는 적합하지 않습니다.
그것은 나의 소문만 나쁘게 하고 이롭지도 못하지요.
벌써 내려오는군요. 조심해서 이 자리를 피하도록 해야겠습니다.

(마녀 에리히토, 멀리 물러간다.)
(공중을 나는 자들, 위에서)

호문쿨루스 횃불과 괴물 위를, 7040
다시 한번 원을 그리며 떠돕시다.
산골짜기와 평지는
온갖 유령들이 들끓고 있는 듯이 보입니다.
메피스토펠레스 낡은 창문*을 통해 북쪽 나라의
혼란과 공포에 싸인 광경을 내다보듯이 7045
여기서도 기분 나쁜 유령들이 보이니
저기나 여기나 다 집에 있는 거나 마찬가지다.
호문쿨루스 저기 보십시오! 키다리 에리히토가 성큼성큼 우리 앞을
지나갑니다.

베크만 그림

메피스토펠레스 우리들이 공중을 나는 것을 보고, 7050

틀림없이 두려워서 그러는 걸 게다.

호문쿨루스 그냥 가도록 내버려 둡시다!

그리고 당신의 기사를 내려놓으십시오.

곧 다시 살아날 겁니다. 그는 그리스의 우화의 나라에서

생명을 찾는 사람이니까요. 7055

파우스트 (땅에 닿자마자) 그 여자*는 어디 있어?

호문쿨루스 그건 알 수 없습니다.

그러나 여기서 물으면 아실 수 있을 겁니다.
날이 새기 전에 바삐 서둘러서 횃불마다 찾아 다녀 보십시오.
어머니의 나라까지 갔던 분이니, 7060
이 이상 두려워할 것도 없습니다.

메피스토펠레스 나도 여기서 잠깐 할 일이 있다.
아무래도 우리들이 행복을 얻는 최선의 길은
각자가 횃불 사이를 빠져서
저마다 모험*을 시도해 보는 수밖에 없지. 7065
그리고 우리가 다시 합치기 위해서는
꼬마야, 너의 등불을 소리내면서 비춰 다오.

호문쿨루스 이렇게 반짝이게 하고 이와 같이 울리도록 하겠습니다.

(유리가 우렁차게 울리며 맹렬히 빛난다.)

그러면 새로운 기적을 보러 떠납시다!

파우스트 (혼자서) 그 여자는 어디 있을까? ——이제 새삼 물어볼
것도 없다…… 7070
이 땅이 그녀가 발디딘 땅이 아니고,
이 물결이 그녀를 맞이하여 밀려왔던 물결이 아니라도,
이 공기는 그 여자의 말을 전한 공기이다.
기적에 의해, 나는 이곳 그리스 땅에 와 있다!
내가 서 있는 땅이 바로 그곳이라는 것을 느꼈다. 7075
잠자고 있던 나에게 새로운 정신이 불타오르니,
나는 대지에 닿자마자 힘을 얻은, 거인 안테우스*와 같은 기분이었다.
설사 기괴한 것들이 모여 있을 지라도
나는 열심히 이 불꽃의 미로를 찾아 돌아다니겠다.

(퇴장.)

(페네이오스 강의 상류에서)

메피스토펠레스 (여기저기 살피면서)

이 횃불 근처를 지나가다 보니, 7080

나는 아주 낯선 사람같이 느껴지는구나.

거의 모두들 벌거숭이이고, 속옷을 입은 자는 어쩌다 보일 뿐이다.

스핑크스*는 부끄러움을 모르고, 그라이프*는 뻔뻔스럽다.

모두들 고수머리와 날개를 달고 있으며,

앞이나 뒤가 눈에 환히 다 보인다…… 7085

우리도 그리 얌전한 편은 못되지만,

이 고대 사람들은 너무나 본성을 드러내고 있어.

이런 것들른 최근의 감각으로 극복하여,

현대식 풍토에 맞도록 다양하게 칠을 해야겠다……

아주 지긋지긋한 패거리들이로구나! 그러나 싫어하는 기색을 보이지 말고, 7090

새로 온 손님으로 정중하게 인사를 해야겠다……

안녕하시오! 아름다운 부인들, 현명한 노인들이여!

그라이프 (탁한 목소리로) 노인이 아니라 그라이프야! ——아무도

노인이라는 말을 듣기 싫어야지. 어떤 말이나 그 뜻을 규정하는 어원의 여운은 남아 있는 법이야. 7095

어두침침, 침울, 실쭉, 소름끼침, 무덤, 몸서리침 등등.

어원학적으로는 그라이프와 꼭 같은 음향을

가지고 있어서, 비위에 거슬린다.

메피스토펠레스 그러나 얘기가 빗나가는 것은 삼가기로 하고,

존칭인 그라이프의 첫머리 그라이는 마음에 드시지요.

그라이프 (역시 전과 마찬가지 소리로)

물론이지! 친척 관계는 증명된 것이고, 7100

가끔 욕도 먹었지만, 칭찬은 더 많이 받았지.

색시나 왕관이나 황금 같은 것을 누구나 붙잡는 것이 좋지

붙잡는 자에게는 대개 행운의 여신이 은총을 베풀기 마련이야.

개미들* (굉장히 큰 종류) 황금이라고 말씀하셨으니 말이지만, 우리는 그것을 듬뿍 모아서,
바위틈이나 동굴 속에 몰래 처박아 두었습니다. 7105
그런데 애꾸눈의 아리마스펜족*이 그 냄새를 맡고,
그것을 멀리 날라다 놓고 거기서 비웃고 있습니다.

그라이프들 우리가 그놈들을 붙들어 자백시키고야 말테다.

애꾸눈 아리마스펜 제발 자유스럽게 즐기는 이 환락의 밤만은 참으십시오.
내일까지는 몽땅 깨끗이 다 써 버릴 테니까 말입니다. 7110
이번만은 아마 잘 될 것입니다.

메피스토펠레스 (스핑크스들 사이에 앉아 있다.)
이 땅에 정들기란 즐겁고 쉬울 것 같다.
누가 하는 말이라도 다 잘 알아들을 수 있으니까.

스핑크스 우리들이 유령의 목소리를 내고 있어요.
그것을 당신은 구체적인 말로 바꾸시는 거지요. 7115
우선 이름을 대세요. 결국 당신을 알게 되겠지만.

메피스토펠레스 세상 사람들은 별의별 이름으로 나를 부르는 모양인데
여기에 영국 사람이 있는가요? 그들은 여행을 즐기고,
옛 싸움터, 폭포니 허물어진 성벽 등,
유서 깊고 음산한 곳을 찾아 돌아다니는데, 7120
여기도 그들이 찾아올 만한 장소일거요.
이것도 그들이 만들어 낸 것이지만, 옛날의 연극에서는,
나를 보고 '낡은 악덕'*이라고 불렀어요.

스핑크스 왜 그렇게 불렀지요?

메피스토펠레스 왜 그런지 나 자신도 모르겠어요.

스핑크스 그럴 수도 있겠지요! 별에 관해서는 좀 아시나요? 7125
지금 시간이 얼마나 됐는지 말해 줄 수 있을까요?

메피스토펠레스 (위를 쳐다본다) 별들이 연달아 날아가고,
반달이 밝게 비치고 있다.

나는 이 정다운 장소에서 기분 좋게 너의 사자털*로 따뜻하게 몸을 감싸고 있다.
일부러 별세계에 올라가는 것은 쓸데없는 일이지. 7130
수수께끼라도 던져 주지 않겠나. 글자 맞추기라도 좋아.

스핑크스 당신 자신의 말씀을 해 보세요. 그것 자체가 벌써 수수께끼*예요.
당신 자신을 자세히 풀어보도록 하세요.
"착한 이나 악한 이나 다같이 필요한 것이며,
착한 이에게는 욕망을 억제하는 투쟁의 갑옷이 되고, 7135
악한 이에게는 광태를 부릴 때의 친구가 된다.
요컨대 둘 다 오로지 제우스신을 즐겁게 하기 위해서다."

첫째 그라이프 (탁한 목소리로) 나는 저 놈이 싫어!

둘째 그라이프 (더 탁한 목소리로)우리에게 무엇을 원하는 거지?

양자(兩者) 저런 야비한 자는 여기에 어울리지 않아!

메피스토펠레스 (난폭하게)
너는, 이 손님의 손톱이 너의 날카로운 발톱만큼, 7140
할퀴지 못한다고 생각하는가?
한 번 시험해 봐라.

스핑크스 (부드럽게) 언제까지라도 여기 계셔도 좋아요.
그러나 결국 우리들에게서 빠져나가시겠지요.
당신 나라에서는 여러 가지 즐거운 일이 많으신 것 같은데,
여기는 별로 마음에 안 드실 겁니다. 7145

메피스토펠레스 너의 상반신은 보기만 해도 입맛이 당기지만,
아래쪽은 짐승이기 때문에 무시무시하군.

스핑크스 그런 허튼 소리를 하는 당신은 단단히 벌을 받아야 해요.
우리들의 앞다리는 아주 억세니까요.
오므라든 말발굽을 가진 당신은, 7150
우리들 사이에 끼어서 마음이 편할 리 없지요.

(바다의 요정 지레네들*, 위쪽에서 전주곡을 노래한다.)

메피스토펠레스 저 강변에 있는 포플러 나뭇가지 사이로 흔들리는
새는 무엇일까?

스핑크스 조심하세요! 아무리 훌륭한 양반이라도,
그 노랫소리에는 맥없이 무릎꿇고 말았으니까요. 7155

지레네들 아아, 어째서 당신들은
추한 괴물에게 정답게 구시나요!
들어 보세요. 우리들은 몰려와서
아름다운 노래를 부르니
이것이 지레네들에게 어울리는 것이지요. 7160

스핑크스들 (지레네들을 비웃으면서 같은 가락으로)
새들의 무리를 밑으로 내려오도록 하세요!
그네들은 추악한 매의 발톱을
저 나뭇가지들 속에 숨겨놓고
날카롭게 노리고 있다가
당신들이 노랫소리에 귀를 기울이면
덤벼들어 해치려고 하고 있어요. 7165

지레네들 미움과 시기는 버리세요!
하늘 밑에 흩어져 있는
맑고 깨끗한 즐거움을 모아봅시다!
물 위에서나 땅 위에서나,
가장 명랑한 행동으로 7170
반갑게 손님을 맞이합시다.

메피스토펠레스 정말 이런 신식의 가곡은 질색이다.
목구멍에서 나오는 육성과, 줄에서 나오는 현음(絃音).
그것이 서로 얽혀 있구나.
이렇게 떨리는 소리는 내게 아무 효과도 없다. 7175
귓전을 간질이기는 하지만,
가슴속에까지 사무치지는 않는다.

스핑크스 가슴이 어떻다고는 말하지 마세요. 그것은 헛소리예요!

베크만 그림

그보다는 쭈그러진 가죽주머니 따위가
당신 얼굴에 어울릴 거예요. 7180

파우스트 (가까이 다가오면서)* 참 훌륭하군! 보기만 해도 만족스럽다.
보기 싫은 추한 것 형상들에 위대하고 힘찬 모습이 깃들어 있다.
나는 벌써 축복받은 운명을 미리 느낀다.
이렇게 진지하게 쳐다보면, 나를 어떤 추억의 세계로 데려갈 것인가
(스핑크스들에 관해서.)

옛날에 이것들 앞에 오이디푸스가 섰었다. 7185

(지레네들에 관해서.)

이것들의 유혹이 두려워서 율리시즈*는 대마의 밧줄로 자기 몸을 묶게 했었지.

(개미들에 관해서.)

이런 것들이 가장 귀중한 보물을 저장해 두고 있었다.

(그라이프들에 관해서.)

그리고 이런 것들이 충실하고 실수 없이 보물을 지켜 왔다.
신선한 정신이 내 몸에 스며드는 것을 느낀다.
형상이 위대하기에, 과거의 추억 속에 나타나는 모습도 위대하다. 7190

메피스토펠레스 전 같으면 이런 것은 주문을 외워 물리쳤겠지만,
이제는 이런 것도 도움이 되는 모양이군요.
애인을 찾아온 땅*인 만큼,
괴물까지도 환영하는 마음이 일어나는 모양이지요.

파우스트 (스핑크스들에게) 여보시오 부인들, 잠깐 묻겠는데, 7195
당신들 중에서 헬레나를 본 사람은 없습니까?

스핑크스들 우리는 헬레나가 살던 시대*까지 못 올라가요.
우리들의 마지막 생존자가 헤라클레스*에게 살해당했어요.
현자 히론*에게 물어 보세요.
그분은 유령이 나오는 이런 밤에는 사방으로 뛰어다녀요. 7200
그분이 상대해 준다면, 그것으로 이미 성공이지요.

지레네들 당신에게도 틀림없이 이로운 일이 있을 거예요……
율리시즈도 우리를 업신여기고 그냥 지나치지 않고,
우리들에게 머물렀을 때,
여러 가지 이야기를 들려주었지요. 7205
당신이 푸른 바닷가에 있는
우리들의 마을을 찾아 주신다면
그 이야기를 모두 해 드리지요.

스핑크스 귀하신 분이시여, 속지 마세요.

율리시즈처럼 몸을 묶이는 대신에, 7210
우리의 친절한 충고를 따르세요.
히론 선생만 만나시면,
제가 당신에게 약속한 말을 아시게 될 거예요.

(파우스트 퇴장.*)

메피스토펠레스 (화를 내면서) 날개를 치며, 까아까아 울면서 날아
가는 것은 무엇이냐?
보이지 않을 정도로 쏜살같이 7215
연달아 한 마리씩 날아 지나간다.
사냥꾼도 기진맥진할 것이다.
스핑크스 휘몰아치는 겨울 바람처럼
알케우스의 손자인 헤라클레스의 화살도 따라가지 못할 지경이지요.
그것은 날쌔기로 유명한 슈팀팔리덴*이며, 7220
매의 주둥이와 거위의 발을 가지고 있지만,
까아까아 우는 것은 악의 없는 인사지요.
우리들 사이에 한몫 끼어서, 자기네들도
같은 핏줄임을 보이려고 그런답니다.
메피스토펠레스 (겁먹은 것처럼)
그 밖에도 간간이 쉿쉿 소리를 내는 것이 있군요. 7225
스핑크스 그것을 두려워할 필요는 없어요!
레르나의 뱀*대가리지요. 몸통에서 잘려졌는데도,
아직 대단한 척 하고 있어요.
그런데 당신은 어떻게 할 작정인지 말해 보세요.
왜 그렇게 안절부절이신가요? 7230
어디로 가시려하나요? 그럼 빨리 떠나세요! ……
알았어요 저기 합창단 쪽으로,
고개를 돌리고 있군요. 사양하지 마시고 어서 가 보세요!

베크만 그림

매력적인 얼굴의 몇몇 여자들에게 인사하세요!
저것은 라미에들*로, 남자를 유혹하려고 색욕에 불타는 요부이며, 7235
입에는 미소를 머금고, 뻔뻔스러운 표정을 하고
숲의 신, 사티로스 족의 마음을 사로잡고 있지요.
숫염소의 발을 가진 남자라면 거기서 뭐든지 할 수 있어요.

메피스토펠레스 너희들은 계속 여기 남아 있겠지? 다시 만나고 싶은데.

스핑크스 네, 있어요! 경박스런 여인들 사이에 섞여 보세요. 7240

우리는 이집트 시대부터 천 년이나,
같은 장소에 앉아 있는 것이 습관이 되어 있어요.
우리들의 위치에 경의를 보내세요.
월력과 일력*은 우리가 정하지요.
여러 민족들의 최후 심판을 보려고* 7245
우리는 피라미드 앞에 자리를 잡았습니다.
강물은 넘쳐흐르며, 전쟁과 평화는 되풀이 되지만——
우리들은 한 번도 얼굴을 찌푸리지 않았어요

(페네이오스 강의 하류에서
페네이오스 강, 늪과 물의 요정인 님프들에게 둘러싸여 있다.)

페네이오스* 나부껴라 속삭이는 갈대여! !
살며시 숨쉬어라. 갈대의 누이들이여. 7250
살랑거려라, 버드나무 숲이여.
소곤거려라, 포플러 나뭇가지여.
끊어진 꿈의 자취를 더듬으며! ……
은근히 기분 나쁜 무서운 예감. *
남몰래 만물을 뒤흔드는 떨림이, 7255
넘실대는 물결 사이에서 잠자는 나를 깨운다.
파우스트 (강가를 걸어가면서)
내가 잘못 들은 것이 아니라면
이 나뭇가지와 관목의 무성하게 얽힌
잎사귀 그늘에서부터,
사람의 목소리 비슷한 소리가 들려온다. 7260
어쩐지 강물도 말을 하는 것처럼 느껴지고,
산들바람까지도——흥겨운 듯이 즐기고 있구나.
님프들 (파우스트에게) 그대에게 권하노니
여기 편안하게 드러누워

서늘한 곳에서, 7265
지친 몸을 쉴 것이며
보통 때는 얻기 어려운
휴식을 취하시라.
그대에게 보내노라.
산들바람, 흐르는 물, 속삭이는 노랫소리를. 7270

파우스트 나는 눈을 뜨고 있는가! 아아, 저 모습을,
내 눈에 띈 그 모습대로, 그곳에 머물러 있게 해 다오.
이상한 감정이 온 몸에 스며든다!
이것은 꿈인가, 그렇지 않으면 추억인가? 7275
벌써 언젠가 나는 그와 같은 행복*을 맛본 적이 있었다.
사뿐하게 흔들리는 우거진 관목의
시원한 숲속 사이로 물이 흐르고 있다.
소리도 내지 않고, 졸졸 흐를 뿐이다.
사방에서 모여드는 수백 물줄기의 샘은 7280
함께 합쳐져 맑고 깨끗한 물이 되어
목욕하기에 적합한 얕은 웅덩이를 이룬다.
건강한 젊은 여자들의 팔다리*가
거울같은 수면에 비쳐서 이중으로
이 눈을 즐겁게 해준다! 7285
여자들은 정답고 즐겁게 목욕을 하며,
대담하게 헤엄을 치고, 조심스레 물을 건너기도 한다.
나중에는 고함을 지르며 물장구를 치고 물싸움을 시작한다.
나는 이 광경을 쳐다보는 것만으로 만족하여,
여기서 보고만 있으리라. 7290
그러나 내 마음은 더 앞으로 치닫고 나아가서,
눈초리는 날카롭게 저 나무 그늘 쪽을 더듬는다.
초록빛으로 우거진 나무 잎사귀들이
고귀한 여왕님*을 감추고 있다.

베크만 그림

이상스럽게도 후미 쪽에서부터, 7295
백조의 무리도 당당하게,
헤엄쳐 온다.
유유하게 떠다니고, 정답게 어울리지만
한편으로는 자랑스럽게, 스스로 만족을 느끼면서
머리와 주둥이를 움직이고 있지 않은가…… 7300
그런데 그 중 한 마리*가 눈에 띄도록,
가슴을 내밀고 대담하게 우쭐대면서

요코 그림

다른 백조들 사이를 누비면서 재빨리 앞으로 나간다.
온 몸의 깃털을 세워 크게 부풀리면서,
스스로 파도처럼, 물결 위에 잔물결을 일으키며, 7305
저 신성한 곳으로 향해 들어간다……
다른 백조들은 조용하게 깃을 빛내면서,
가끔 활발하고 화려한 싸움을 하지만
그것은 겁을 먹은 처녀들의 마음을 돌려서, 7310
그녀들의 안전만을 생각하는 나머지,
여왕을 수호하는 임무를 잊게 하기 위해서다.

님프들 자매들이여, 이 강변의 초록빛 층계에,
귀를 대고 들어 보십시오.
내 귀가 틀림없다면, 어쩐지 7315
말굽 소리가 들려 오는 것 같습니다.
오늘밤 축제에 급한 소식을
가지고 오는 이는 누구일까?

파우스트 쏜살같이 달리는 말굽 밑에서,
대지가 울리는 것 같다. 7320
내 눈이여, 저쪽을 보라*!
벌써 일찌감치 행운*이,
나를 찾아오는 것인가?
아아, 다시 없는 기적이다!
말을 탄 사람이 달려온다. 7325
지혜와 용기를 겸비한 사람 같은데,
눈이 부시도록 하얀 말을 타고 있다……
틀림없다. 저 사람이라면 나도 알고 있다.
저 사람은 필리라의 유명한 아들*이로다! ──
잠깐만, 히론씨! 말을 멈춰 주십시오. 드릴 말씀이 있으니까요…… 7330

히론 왜 그래? 무슨 일이야?

파우스트 걸음을 늦추어 주십시오!

히론 나는 쉬어갈 수가 없소이다.
파우스트 그러면 소원이니 함께 데려가 주십시오!
히론 올라타시오! 그러면 나는 마음대로 물을 수 있지.
어디로 가는가? 자네는 강변에 서 있지만*,
나는 자네를 태우고 이 강물을 건네줄 수 있지. 7335
파우스트 (말에 올라타며) 어디든지 당신이 원하는 곳으로 가지요.
은혜는 영원히 잊지 않겠습니다……
당신은 위대한 인물이고, 고결한 교육자*이며,
영웅의 일족을 길러서 명성을 높이고,
저 아르고 배*에 탔던 훌륭한 일단의 사람들과
시인세계에 감명을 준 유명한 사람들을 길러 냈습니다. 7340
히론 그런 말은 하지 말기로 하자!
팔라스*도 스승으로서는 칭찬을 받지 못하고 있다.
결국, 제자란 교육을 받지 않은 듯이
각자가 자기 방식으로 계속해 나간다.
파우스트 당신은 모든 식물의 이름을 알고, 7345
그 뿌리에 관해서 깊이 연구하였으며,
환자의 병을 고치고, 상처를 낫게 하는 유명한 의사입니다.
지혜와 용기를 겸비한 그런 분을 난 지금 꼭 껴안고 있습니다!
히론 내 곁에서 영웅이 다치게 되면
나는 그를 도와줄 수 있었다. 7350
그러나 나는 내 의술을 결국,
나무뿌리로 약을 만드는 무당이나 신부*들에게 맡기고 말았다.
파우스트 당신은 참으로 위대한 분입니다.
칭찬하는 말에 귀도 기울이려고 하지 않는군요.
겸손하게 화제를 돌리고 7355
자기와 같은 사람은 얼마든지 있다는 태도입니다.
히론 자네는 아첨을 떠는 말솜씨가 대단하구만!
군주나 백성들에게도 환심을 살 수 있겠어.

파우스트 그러나 이 점만은 인정해 주실 겁니다.
당신은 당신의 시대에 가장 위대한 인물들을 보고, 7360
가장 고귀한 사람들의 사업을 본떠 이를 달성하려 애쓰고,
절반 신처럼* 성실하게 살아 왔습니다.
그런데 영웅들 가운데서 누가,
가장 뛰어난 분이라고 생각하십니까?
히론 아르고 배를 탄 고귀한 사람들*은 7365
각자가 제나름대로 훌륭하며,
각자는 스스로 생명을 불어넣는 힘에 따라서,
다른 사람에게 부족한 점을 보충해 나갔다네.
넘쳐흐르는 청춘과 아름다운 용모로 뛰어난
디오스쿠렌 형제*가 언제나 승리를 차지하였지. 7370
결단과 빠른 행동으로 남을 구원한
보레아스의 아들들*은 하늘에서 훌륭한 사명을 받았다.
또 생각이 깊고 굳세며, 똑똑하고 재주와 슬기가 뛰어나
대원들을 통솔하고, 여자들에게도 인기가 좋았던 것은 야손*이다.
오르페우스*는 우아한 데다가 항상 조용하고 신중하며 7375
누구보다도 뛰어난 솜씨로 칠현금을 탔지.
시력이 날카로운 린코이스*는 밤낮을 가리지 않고,
성스러운 배를 몰고 암초와 해변을 뚫고 지나갔다.
힘을 합쳐야만 위험을 극복해 나갈 수 있기에
한 사람이 일하면, 다른 사람들은 모두 칭찬을 한다. 7380
파우스트 헤라클레스에 관해서는 아무 말씀도 안 하십니까?
히론 아아, 그런 이름으로 내 그리움을* 자극해선 안 되지.
나는 태양신 푀부스*를 한 번도 본 적이 없으며,
군신 마레스와 신들의 사자 헤르메스도 본적이 없다.
그러나 모든 사람들이 신처럼 숭앙해 마지않는 그 사람만은, 7385
눈앞에 서 있는 것을 보았다.
그 사람은 진실로 이 세상에 태어날 때부터 왕이었으며,

젊은 시절에는 보기에도 훌륭한 풍채를 갖추고 있었다.
형님에게는 순순히 복종하였으며,
아주 예쁜 여성들에게도 정중하게 봉사하였다. 7390
대지의 여신 게아도 두 번 다시 그런 사람을 낳지 않을 것이며
청춘의 여신 헤베*도 다시는 그와 똑같은 사람을 하늘로 이끌지는
못할 것이다.
그를 노래로 읊으려고 해도 소용이 없고
아무리 그를 돌에다 새기려고 해도 잘 되지 않는다.

파우스트 조각가가 아무리 자기가 만든 작품을 자랑해도, 7395
당신의 이야기처럼 그를 훌륭하게 표현한 사람은 없습니다.
그러면 가장 잘 생긴 미남의 이야기를 들려 주셨으니,
이번에는 가장 아름다운 미녀*의 이야기를 해주십시오!

히론 뭐라고! …… 여성의 아름다움*이란 사실 아무것도 아니야.
인형처럼 굳어 버린 모습이 되기 쉬우니 말이야. 7400
내가 아름다움이라고 찬양하는 것은 오로지,
유쾌한 마음으로 삶을 즐기는 데에서 생기는 모습이지.
아름다움은 스스로 만족하기 쉬운 것이지만,
우아한 멋이 있어야만 비로소 거역하기 어려운 매력이 생긴다.
내가 태워서 날라주었을 때의 헬레나처럼 말이야. 7405

파우스트 당신이 헬레나를 태워 주셨습니까*?

히론 그래, 이 등에다 태워 주었지.

파우스트 그렇지 않아도 나는 벌써 어리둥절해서 어찌할 바를 모르
겠는데,
이 등에 나도 함께 태워 주시니 행복합니다!

히론 그 여자는 바로 자네가 지금 하고 있는 것처럼,
내 머리칼을 꼭 붙잡고 있었다.

파우스트 아아, 나는 갑자기 정신이 아찔해집니다! 7410
그 여자는 내가 소원하는 단 한 사람입니다!
어디서 어디로 그녀를 태우고 가셨는지

제발 말씀해 주십시오.

히론 그 질문에 대답하기는 아주 쉽다.

그 당시, 디오스쿠렌 형제*가 7415

어린 누이동생을 도적의 손에서 다시 빼앗았다.

그런데 도적들은 정복당해 본 적이 없었기 때문에,

용기를 내어, 뒤에서 쫓아왔다.

형제와 헬레나는 바삐 도망쳤는데,

엘로이지스* 근처의 늪에서 길이 막혔지. 7420

형제는 걸어서 건너고, 나는 헬레나를 태우고 물장구치며 헤엄쳐 건너갔지.

그러자 헬레나는 뛰어내려서 물에 젖은 나의 갈기를 쓰다듬더니 애교를 부리며 고맙다고 인사를 했는데, 얼마나 귀엽고 재치 있고 품위 있던지!

정말 매력 있고, 그 젊음이 늙은이까지 기쁘게 해주었지. 7425

파우스트 그때는 겨우 열 살쯤 되었을 텐데요……

히론 그것은 문헌학자가,

자네는 물론 자기 자신까지도 속이고 있는 것이다.

신화 속에 나오는 여자는 특별한 존재로

시인이 필요에 따라 묘사해 보이는 것이다.

언제 어른이 되었고, 노인이 되었다는 사실조차 없이 7430

언제 보아도 구미에 당기는 모습이기에

어렸을 때는 유괴 당하고 나이를 먹은 다음에도 청혼을

받는 수가 있으니, 요컨대 시인은 세월에 구속을 받지 않는다.

파우스트 그러면 그 여자도 시간의 구속을 받지 않아도 좋겠네요!

아킬레스가 페레에서* 그녀를 만난 것도 7435

시간을 초월한 이야기죠. 얼마나 희귀한 행복입니까.

운명을 거역하고* 사람을 얻었으니 말입니다!

나라고 해서 절실한 동경의 힘으로,

오직 하나인 그녀의 모습을 소생시키지 못할 리 없겠지요?

베크만 그림

우아하고 위대하며 부드럽고 숭고하며, 7440
신들 못지 않는 불멸의 그 존재 말입니다.
당신은 옛날에 그녀를 보았으며, 나는 오늘 그녀를 보았습니다.
매혹적이며 동시에 열망을 불러일으키는 아름다움입니다.
이제 나는 몸과 마음이 완전히 사로잡히고 말았으니,
그녀를 손에 넣을 수 없다면 살아갈 수가 없습니다. 7445

히론 낯선 친구여! 자네는 인간으로서는 열중하고 있는지 모르지만,
영들 사이에서는 미치광이*로 보일 것이다.
그런데 여기 자네에게 다행한 일이 있다.
해마다 잠깐 동안이지만
의술의 신 아스클레피오스의 딸 만토*한테 7450
내가 들르기로 되어 있다. 그녀는 남몰래 기도를 드리고,
아버지에게 이렇게 탄원하고 있다.
제발 아버지의 명예를 위해,
이제 의사들의 어두운 마음을 밝혀 주어서,
생사람을 죽이는 일은 중단시켜 달라고……
이 만토는 무녀들 중에서 내게 가장 귀여운 존재다. 7455
상을 찌푸리고 떠들지도 않고, 다정스럽고 얌전하다.
자네도 잠시 그곳에 머무르면,
약초 뿌리로 병도 뿌리뽑을 수 있을 것이다.

파우스트 고치고 싶지도 않아요. 나의 마음은 건전합니다.
병이 고쳐지면 다른 이들처럼 속된 인간이 될 것입니다. 7460

히론 고귀한 샘터의 치료를 소홀히 해서는 안 된다!
어서 내려라! 벌써 도착하였다.

파우스트 말씀해 주십시오! 당신은 나를 이 무서운 밤중에,
자갈이 깔린 냇가를 지나 어느 강변으로 데려 오셨습니까?

히론 여기서 로마와 그리스는 서로 맞붙어* 싸웠다. 7465
오른쪽에는 페네이오스 강이 흐르고, 왼쪽에는 올림포스 산이 있다.
가장 위대한 나라*는 허무하게 사라져 버렸다.

왕은 도망치고, 시민들이 개가를 올렸다. 위를 쳐다보아라!
바로 눈앞에 가까이,
불멸의 신전이 달빛 속에 서 있다. 7470

만토 (신전 안에서 꿈을 꾸면서) 신전 신성한 계단에
말발굽 소리가 울린다.
반신들이 가까이 오신다.

히론 바로 그렇다!
눈을 떠 봐라! 7475

만토 (잠이 깬다) 어서 오세요! 잊지 않고* 찾아오시네요.

히론 그대의 신전이 언제나 옛날 그대로 서 있으니까!

만토 여전히 끈기 있게 돌아다니시는군요.

히론 당신이 늘 울타리 속에 조용히 들어앉아 지내고 있는 것처럼,
나는 여기저기 뛰어다니는 것이 즐겁다. 7480

만토 나는 가만히 있는데, 시간이 나의 주위를 돌아가지요.
그런데, 이분은?

히론 악평이 자자한 오늘밤 축제*가
이 사람을 소용돌이 속에 휩쓸어 이곳으로 데리고 왔다.
헬레나에게 미쳐서
그녀를 자기 손에 넣고 싶다는 거야. 7485
그러나 어디서부터 어떻게 손을 써야 좋을지 모르고 있다.
무엇보다도 아스클레피오스의 치료를 받아야 할 사람이다.

만토 그렇게 불가능한 것을 바라는 사람을 나는 좋아해요.

(히론은 벌써 멀리 떠나 버렸다.)

만토 들어오세요. 대담한 분이시여, 좋은 일이 있어요!
이 어두운 복도는 페르세포네*로 통하고 있어요. 7490
올림포스 산기슭에 있는 동굴 속*에서,
그분은 남몰래 금지되어 있는 인사말에 귀를 기울이고 있는 거예요.

(페네이오스 강의 상류에서
전과 같다)

언젠가 나는 여기서 오르포이스를 비밀리에* 들여보내 준 일이 있었어요.
그분보다도 더 잘 해보세요*! 자아, 용기를 내세요!

(두 사람 내려간다.)

지레네들 페네이오스 강물 속으로 뛰어들어라! 7495
거기서 철벙철벙 소리내면서 헤엄을 치고,
불행한 백성들*을 위해,
끊임없이 노래를 불러 주는 것이 좋다.
물을 떠나서는 행복도 없다.
함께 모이고 떼를 지어, 7500
에게 바다로 몰려가면,
갖가지 기쁨을 맛볼 수 있으리라.

(지진)

지레네들 거품을 일으키며 파도가 다시 밀려오는데,
이제 강바닥을 흘러 내려가지는 않는다.
땅바닥은 흔들리고 물은 막히며, 7505
자갈밭이나 강변도 터지며 연기를 내뿜는다.
자아, 도망가자! 오라, 모두들 오라!
이 재난으로 이로운 사람은 없다.

어서 갑시다! 명랑하고 귀하신 손님네들.
유쾌한 바다의 제전에 나갑시다. 7510

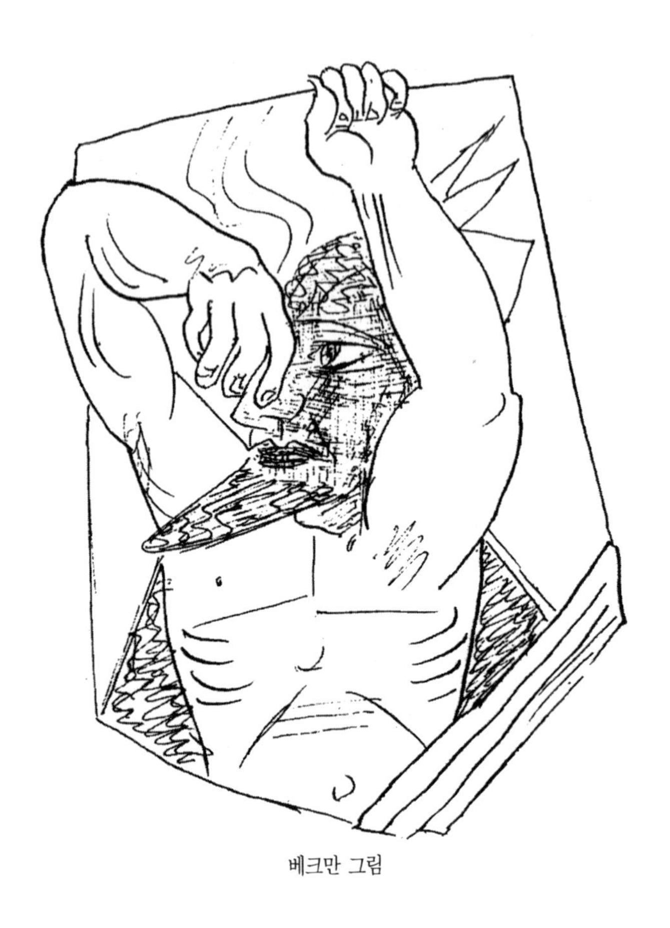

베크만 그림

출렁출렁 물결은 빛나면서 조용히 굽이쳐서 기슭을 씻고,
달빛이 두겹으로 비치며
우리들을 깨끗한 이슬로 적셔 주지요.
저기에는 자유롭게 움직이는 생명이 있고, 7515
여기에는 무서운 지진이 있다.
현명한 자여, 빨리 떠나라!
소름 끼치는 땅을 등지고.

지진의 신, 자이스모스* (땅속 깊이에서 으르렁거리며 야단친다)
다시 한 번 줄기차게 떠밀고

어깨로 힘차게 들어올려 보자! 7520
그러면 땅 위로 나갈 수 있다.
거기서는 모든 것이 우리를 피하지 않을 수 없다.

스핑크스들 얼마나 기분 나쁜 진동인가,
몸서리치도록 언짢은 날씨로구나!
흔들흔들 요동치며, 7525
그네처럼 이리저리 흔들린다!
정말 견딜 수 없이 기분이 나쁘다.
우리들은 이 자리에서 움직이지 않으리라,
지옥이 몽땅 터진다 해도.
어마, 이상스런 둥근 천장이 7530
밀려 올라와요. 저것은 그분이지요.
벌써, 백발이 성성한 저 늙은이예요.
언젠가 해산 진통으로 신음하는 여자를 위해,
물결 속에서 델로스 섬을 번쩍 쳐들어서
만들어 낸 바로 그 사람이지요. 7535
그는 있는 힘을 다해 밀고 누르고,
팔을 버티고, 등을 구부리고,
지구를 떠받드는 아틀라스 같은 자세로,
땅, 잔디, 흙,
자갈, 돌맹이, 모래, 진흙 등 7540
우리의 조용한 강의 유역을 밀어 올리고 있어요.
나중에는 평온한 산골짜기 전체를
비스듬히 갈라 놓고 말았어요.
끈기 있게 일하고 지칠 줄을 모르며,
마치 대들보를 떠받드는 여인상*처럼, 7545
땅 속에서도 무서운 바위의 뼈대를
젖가슴까지 들어 올리고 있어요.
그러나 우리 스핑크스가 자리잡고 있기 때문에,

그 이상으로 높이 쳐들지 못하지요.

지진의 신, 자이스모스 나는 이 일을 완전히 혼자서 한 것이다. 7550

결국 모두들 그것을 인정할 것이다.

만일 내가 근들근들 뒤흔들어대지 않았으면,

어떻게 세계가 이렇게 아름다워질 수 있을까? ——

저 산들만 하더라도 만일 내가 그림에 그린 것처럼,

황홀하도록 아름답게 밀어내지 않았으면, 7555

눈부시도록 밝고 푸른 하늘에,

뚜렷하게 솟아 나와 있지는 못할 것이다.

밤 또는 혼돈이라고 부르는 태고 때 조상의 눈앞에서,

나는 마음껏 실력을 발휘하여,

거인들을 상대로 공을 다루듯이 7560

펠리온 산과 옷사 산*을 마구 던진 일도 있었다.

우리들은 청춘의 정열에 불타 계속 날뛰었고,

그것도 싫증이 나자 나중에는 난폭하게도,

이 두 개의 산을 중절모자와도 같이

파르나스 산*에다 올려 놓았다…… 7565

지금은 아폴로가 행복스런 뮤즈의 여신들과 함께,

거기서 즐겁고 사이좋게 살고 있다.

번갯불을 가진 주피터 신을 위해서도,

올림포스 산을 의자로써 높이 치켜올려 놓았다.

그래서 오늘밤도 나는 있는 힘을 다해 7570

땅 속에서 밀고 올라와

즐거운 주민들*을 큰소리로 일깨워

새로운 생활로 이끄는 것이다.

스핑크스들 여기에 우뚝 솟아 있는 산들이

땅에서 몸부림치며 일어나는 광경을, 7575

만일 우리들이 이 눈으로 보지 않았다면,

그것은 태고 적부터 있었던 것이라고 말할 테지요.

우거진 수풀이 높이 퍼지고,
지금도 바위들이 첩첩으로 겹쳐서 밀려오지요.
그러나 스핑크스는 조금도 그것에 개의치 않아요. 7580
우리는 성스러운 자리에 태연하게 앉아 있어요.

그라이프들 종이와 같고 금박과 같은 황금*이
틈새에서 빛나고 있는 것이 보인다.
이런 보배를 도둑맞아서는 안 된다.
자아, 개미들아, 부지런히 파내라! 7585

개미들의 합창 거인들이 이 산을
높이 쳐든 것과 같이,
발을 촐랑거리는 너희들도
날쌔게 위로 올라가라!
재빨리 드나들어라. 7590
이런 틈새에 박힌 것은
작은 부스러기라도
모조리 간직할 만한 가치가 있다.
구석구석 남김없이,
빨리 서둘러 드나들어서, 7595
아무리 작은 것이라도
보물을 찾아내야 한다.
우글거리는 무리들이여,
부지런히 일하라.
함유량이 적은 광석에는 거들떠보지도 말라. 7600
오로지 황금만 캐라!

그라이프들 어서 들어와서 황금을 쌓아 올려라!
우리는 발톱으로 움켜쥐고 지키고 있다.
이 발톱이 다시 없는 빗장이기에,
소중한 보물은 잘 보관되어 있다. 7605

난쟁이 피그메들* 우리는 지금 이곳에 자리 잡았지만 어떻게 된 일인지 그 이유는 모르겠다.
우리가 어디서 왔느냐고 묻지 말아 다오.
아무튼 우리가 여기에 있는 것은 사실이니까!
즐겁게 지낼 수 있는 곳은 7610
어느 나라든지 상관이 없다.
바위에 틈이 생기기만 하면,
바로 난쟁이가 자리를 잡는다.
난쟁이 내외는 날쌔고 부지런하며
모든 부부의 모범이 되고 있다. 7615
옛날에 낙원에서도 그랬는지,
그 점은 나도 알 수 없지만
아무튼 이곳이 가장 좋다.
이런 운수에 대하여 마음속으로 감사한다.
서쪽에서나 동쪽에서나, 7620
어머니인 대지는 어린애 낳기를 좋아하니까.

가장 작은 난쟁이, 닥틸레들* 어머니 대지는 하룻밤 사이에,
작은 것들을 낳았다.
아주 작은 것들도 낳았고,
어울리는 상대도 눈에 띈다. 7625

피그메 장로들 바삐 서둘러서,
편안하게 앉아라!
빨리 일하라!
힘 대신에 속력을 내라.
세상은 아직은 평화스럽다. 7630
대장간을 세우고,
갑옷과 무기를 만들어,
군대에 납품하라.

이봐, 개미들은 모두

씩씩하게 몰려다니며, 7635
금속을 찾아오너라.
그리고 작지만 수가 많은
닥틸레 너희들에게는
나무를 해 오도록
명령을 내리노라! 7640
그것을 겹쳐 쌓고,
불을 붙여 구운 다음,
숯을 만드는 게 좋겠다.

장군 활과 화살을 들고
용감하게 나아가라! 7645
저 연못가에
수없이 집을 짓고,
거만하게 가슴을 내밀고 있는
왜가리들을
한꺼번에 몽땅 7650
쏘아 죽여라!
그 깃*으로 우리의
투구를 장식하는 거다.

개미와 닥틸레들 누가 우리를 구해 줄 것인가! *
우리가 쇠붙이를 조달하면 7655
놈들은 쇠사슬을 만들어 낸다.
그러나 뿌리치고 도망치기에는
아직도 좀 이르다.
그러니 참고 기다리자.

이비쿠스의 학들*
살인의 고함소리와 죽어 가는 비명 소리! 7660
겁을 먹고 도망치는 날개짓 소리!
얼마나 신음하고 탄식하기에

베크만 그림

비탄의 소리가 이곳 높은 데까지 들려 오는가!
그들은 모두 살해당해,
호수는 피로 빨갛게 물들었다. 7665
보기 흉한 놈들의 욕망이
왜가리의 고상한 장식을 빼앗는다.
벌써 그 장식은 배가 뚱뚱하고 다리가 구부러진
악한의 투구 위에서 나부끼고 있다.
우리 군대와 한패인 친구들이여, 7670

줄을 지어 바다를 건너가는 새들이여,
우리 친척인 왜가리의
참변에 대해
원수를 갚아 달라고 요구한다.
모두 힘과 피를 아끼지 말고,
저 족속을 영원한 원수로 삼아야 한다. 7675

(꽥꽥 울며 공중으로 날아 흩어진다.)

메피스토펠레스* (평지에서) 북국의 마녀라면 내 명령대로 할 수도 있지만
이 낯선 유령들은 마음대로 다룰 수 없어.
브로켄 산이란 아주 편안한 곳이야.
거기라면 어느 곳이든 잘 알고 있지.
일제 부인*은 그녀 이름의 바위 위에서 감시해 주며, 7680
하인리히*도 그 이름의 언덕 위에서 기분이 좋을 것이야.
코고는 바위는 엘렌트* 마을을 향하여 호통을 치겠지만,
이 모든 것이 천 년 동안은 변함 없이 안전하지.
그런데 이 땅에서는 어디에 서 있어도 어디를 걸어 다녀도
언제 발 밑의 땅이 부풀지 알 수 없는 일이야…… 7685
내가 유쾌한 마음으로 평평한 산골짜기를 걷고 있노라면,
갑자기 내 뒤에서 산이 불쑥 솟아오르지.
물론 산이라고 부를 수 없을지는 몰라도,
나와 스핑크스를 떼어놓을 만큼
충분히 높지――여기서 아래로, 산골짜기 아래로. 7690
아직도 많은 횃불들이 깜박거리며 이상한 패거리들을 비춰주고 있어……
지금도 아리따운 것들이 나를 홀리며 피하기도 하고,
요사스럽게 속이려는 듯이, 춤추며 떠돌아다니거든.

어디 슬슬 가 보기로 할까! 집어먹는 데는 익숙하니까.
장소에 구애받지 말고 마음대로 먹어보자. 7695

요녀, 라미에들 (메피스토펠레스를 끌어당기면서)

자, 빨리 더 빨리요!
더 앞으로 나가요!
그리고 걸음을 멈추고,
지껄이고 떠벌리는 거죠.
죄 많은 늙은이를 7700
끌어 잡아당겨 놓고,
혼을 내는 것은
아주 재미있지요.
굳어진 발로
절뚝거리며 7705
비틀거리며 걸어 와요.
우리들이 도망치면,
발을 질질 끌면서
뒤따라오지요!

메피스토펠레스 (걸음을 멈춘다) 운수 사납군! 속아넘어간 남자 패
거리에 끼였구나! 7710
아담 때부터 바보녀석은 여자에게 유혹당하기 마련이구나!
누구나 나이는 먹지만, 다 똑똑해지는 것은 아니야.
이제까지 어지간히 바보 취급을 받아 왔는데도!
끈으로 허리를 졸라매고, 얼굴을 꾸미고 다니는 사람들은 7715
전혀 소용도 없다는 것을 잘 알고 있어.
아무 데를 붙잡아도 반듯한 반응이 없어.
어디를 붙잡으나 온몸이 다 썩었으니까 말이야.
그것은 보기만 해도 알 수 있고, 붙잡아 봐도 알 수 있지.
그런데 썩은 여자들이 피리를 불면 덩달아 춤을 추거든!

라미에들 (걸음을 멈추고) 잠깐! 저 사람은 생각에 잠겨 망설이며
서 있어요. 7720
그가 도망을 가지 않도록 잘 맞이하세요.
메피스토펠레스 (다시 걷기 시작한다) 해 보자! 바보처럼.
의혹의 그물에 걸려서는 안 되지
이 세상에 마녀가 없다면,
누가 악마가 되려고 할 것인가! 7725
라미에들 (아주 우아한 모습으로) 이분의 주위를 빙 둘러 쌉시다!
그러면 틀림없이 이분의 가슴속에
어떤 여자를 그리워하는 마음이 생기겠지요.
메피스토펠레스 밤의 희미한 불빛에서 보는 거지만
너희들은 예쁜 여자 같구나. 7730
그래서 너희들을 비난하고 싶지는 않다.
엠푸제* (뛰어들어와서) 나도 욕하지 말아요! 예쁘게 봐주고,
나도 미녀들 속에 끼게 해주세요.
라미에들 우리들은 저 여자가 딱 질색이지요.
언제나 우리들의 놀이를 망쳐 버리니까요. 7735
엠푸제 (메피스토펠레스에게) 안녕하세요, 사촌 누이동생 엠푸제에요.
저 나귀의 발을 하고 있는 허물없는 동생이에요.
당신은 단지 말발굽만을 갖고 있지만,
그래도 사촌오빠, 잘 부탁해요!
메피스토펠레스 여기는 낯선 사람뿐일 거라고 생각하고 있었는데, 7740
공교롭게도 가까운 친척을 만났구나.
하르츠에서 그리스에 이르기까지 온통 친척투성이라니!
옛날 책을 뒤져보아야 하겠는걸.
엠푸제 저는 곧 과감하게 행동할 수 있어요.
여러 가지로 변신할 수도 있어요. 7745
그러나 지금은 당신에게 경의를 표하기 위해서,
나귀의 머리를 달고 나왔어요.

메피스토펠레스 이들 사이에서는
혈연관계가 큰 의의를 가지고 있는 것 같구나.
그러나 어떤 일이 일어날지라도, 7750
나귀 머리만은 치워주면 좋겠다.
라미에들 그런 추악한 여자는 내버려 두세요. 그 여자는
아름답고 예쁜 것은 뭐든지 쫓아 버려요.
아무리 아름답고 예쁜 것이라도,
그 여자가 나타나면 없어져 버리고 말아요! 7755
메피스토펠레스 이렇게 얌전하고 가냘픈 누나들도,
아무래도 모두 수상하구나.
장미와 같이 귀여운 뺨 뒤에도,
뭔지 요괴가 숨어 있지 않을까?
라미에들 그럼, 시험해 보세요! 우리는 여럿이 있으니까요. 7760
하나만 붙잡으세요! 그리고 당신이 노름에서 운이 좋으시면,
가장 근사한 제비를 골라잡으세요.
음탕한 허튼 소리를 늘어 놓았자 무슨 소용이 있어요?
당신은 형편없는 오입쟁이군요.
뻐기고 돌아다니며 큰소리만 치고! —— 7765
봐라, 이제 저 남자가 우리 무리에 끼여들어 왔다.
슬슬 차례로 가면을 벗고,
너희들의 정체를 드러내거라.
메피스토펠레스 가장 예쁜 여자를 골라잡았다……
(여자를 껴안는다) 아아, 이거 뭐야! 빗자루처럼 말라깽인데!
(다른 여자를 붙잡는다) 그러면 이 여자는? ……이런! 지독한 얼
굴이구나! 7770
라미에들 더 예쁜 여자를 고를 자격이 있다는 건가요?
천만의 말씀.
메피스토펠레스 작은 것을 인질로 붙잡으려고 했더니……
도마뱀처럼 내 손에서 빠져나가는구나!

땋아 늘인 머리는 뱀처럼 미끈미끈하다. 7775
그렇다면 이번에는 키다리를 붙잡았더니……
손에 쥔 것은 주신(酒神)의 디오니소스의 지팡이 같은데
그 머리끝에는 솔방울이 달려 있구나.
그러면 어떻게 되는 거지? ……
하다 못해 이번에는 뚱뚱보 여자를 하나 골라 보자.
뚱뚱보라면 아마 재미볼 수 있을지 모르지. 7780
마지막 용기를 내자! 씩씩하게 나아가라.
정말 통통하게 살이 쪄 있구나.
동양 사람이라면* 값이 나갈 것인데.
야아, 이것 봐라, 먼지버섯*이 두 조각으로 터졌구나!

라미에들 이제는 헤어집시다. 번개모양 비틀거리며, 떠돌아다니고, 7785
꺼먼 모습으로 날면서
끼여들어온 마녀의 아들을 둘러쌉시다!
소름이 끼치도록 기분 나쁜 원을 그립시다!
박쥐처럼 소리가 안 나도록 날개를 칩시다.
그런데 이 사람은 너무나 쉽게 빠져나갔군요. 7790

메피스토펠레스 (몸을 떨면서) 나도 별로 똑똑해지지 못한 것 같군.
여기는 엉망이군, 사실 북쪽 나라도 엉망이었지만.
여기나 저기나 마찬가지로 유령들은 이상하게 비틀어졌고,
백성과 시인들은 싱겁기 짝이 없군.
어디서나 육감적인 춤이 유행하는 것처럼, 7795
여기서도 방금 가장무도회가 열렸지.
나는 아름다운 가장행렬에 손을 대 보았는데,
막상 붙들어 본즉 소름이 끼치는 놈이었어……
그처럼 쉽게 내 정체가 탄로 났으니 어찌하겠나.
사실 나도 기꺼이 속아주고 싶었지만 말이야. 7800

(바위 사이를 헤매고 돌아다니며.)

대체 나는 지금 어디에 있는 것일까? 어디로 나갈 수 있을까?
전에는 좁은 길이었는데, 지금은 돌투성이구나.
이제까지는 평탄한 길을 걸어왔는데,
앞길에는 자갈뿐이구나!
그 길을 오르락내리락해 봤자 아무 소용이 없다. 7805
저 스핑크스들과는 어디서 다시 만날 수 있을까?
하룻밤 사이에 이런 산이 생기다니!
이런 터무니없는 일이 생기리라고는 생각도 못했어.
이건 싱싱한 마녀들이 날아 올 때에
브로켄 산을 이곳에 가져온 것이라고 말할 정도네. 7810

산의 요정, 오레아스* (자연의 바위 위에서) 여기 올라와요!
나의 산은 오래되었으며,
태고 때 모습 그대로예요.
이 험한 바윗길을 나는 고맙게 생각하지요.
핀두스 산 마지막 끝이지요!
폼페이우스*가 나를 넘어 도망쳤을 때도, 7815
나는 꼼짝도 않고 서 있었지요.
옆에 서 있는 저 환상의 형상은
첫닭이 우는 소리와 함께 사라져 버리지요.
그런 환상적 이야기들은 생겨났다가,
갑자기 다시 사라져 버리는 것이지요. 7820

메피스토펠레스 귀하신 머리여, 경의를 표한다.
드높고 단단한 떡갈나무 잎사귀로 덮여 있구나!
가장 환하게 비치는 달빛이라도,
저 수풀의 어둠 속까지 스며들지는 못한다. ——
그러나 저 수풀 옆을 7825
조용히 비치며 지나가는 불이 있다.
그것은 도대체 어찌 된 빛깔인가!

그래, 저것은 틀림없이 호문쿨루스로구나!
여보게 꼬마, 자네는 어디서 오는 길인가?

호문쿨루스 여기저기 떠다니고 있습니다. 7830
저는 정말 진정한 의미에서 태어나고 싶습니다.
어떻게 해서라도 이 유리를 빨리 깨뜨리고 나오고 싶어 안달입니다.
그러나 제가 이제까지 보았기 때문에,
대담하게 뛰어들어갈 생각은 나지 않습니다.
단지 당신에게만 말씀드린다면 7835
저는 두 사람의 철학자* 뒤를 쫓고 있는 중입니다.
엿들어 보니 '자연, 자연!'이라고 하고 있었습니다.
저는 이 두 사람에게서 떠나려고 하지 않습니다.
그들은 이 세상의 본질에 정통하고 있기 때문입니다.
그래서 저도 나중에는 어느 쪽으로 가면 7840
가장 현명할까를 그들에게서 배우게 될 것입니다.

메피스토펠레스 그것이라면 네 힘으로 하는 것이 좋을 거야.
왜냐하면 유령들이 자리를 잡고 있는 곳에서는
철학자들도 환영받기 마련이기 때문이지.
세상 사람들이 그 솜씨를 보고 고맙게 여기도록 7845
철학자들은 한 다스나 되는 새로운 유령들*을 곧바로 만들어 내거든.
그러나 자네도 헤매어 보지 않고서는 현명해지지 못해.
생성을 원하면 혼자 힘으로 하라.

호문쿨루스 훌륭한 충고는 무시할 수 없습니다.

메피스토펠레스 그러면 가거라! 우리들은 앞으로 어떻게 되나 계속
보고 있을 테니까. 7850

(두 사람 서로 헤어진다.)

화성론자 아낙사고라스* (탈레스*에게)
자네의 고집스런 생각은 굽힐 줄을 모르니,

베크만 그림

자네를 설득시키는 데 대체 이 이상 더 무엇이 필요할까?

수성론자 탈레스 파도는 어떤 바람에도 순순히 굴복하지만,
험한 바위 같은 건 피해서 지나가는 법이지.

아낙사고라스 이 바위도 불타는 연기로 생긴 것이야. 7855

탈레스 모든 생물은 습기 속에서 발생한 것이야.

호문쿨루스 (두 사람 사이에서 끼여들면서) 제발 당신들을 따라가게
해주십시오.
저는 어떻게 해서라도 생성하기를 바라고 있습니다.

아낙사고라스 탈레스, 자네는 하룻밤 사이에

이런 산을 진흙으로 만든 적이 있는가? 7860

탈레스 자연과 그 생생한 흐름은 결코,
낮과 밤 그리고 시간의 속박을 받지 않는다네.
자연은 모든 형상을 규칙적으로 이루어 나가고,
규모가 큰 것을 창조하는 데에도 폭력을 쓰지는 않아.

아낙사고라스 그러나 여기서는 폭력을 썼어! 7865
지옥의 왕, 플루토의 무서운 불과,
바람의 신 에올스의 심한 가스의 폭발력이
평지의 낡은 껍질을 뚫고,
순식간에 새로운 산이 생기지 않을 수 없었단 말이야.

탈레스 그래서 그 다음엔 어떤 진전이 있다는 거지?
그런 산도 있기는 하지. 그건 그렇게 되었다고 하세. 7870
이런 논쟁을 해 봤자 시간 낭비에 지나지 않고,
참을성 있는 사람들을 밧줄로 끌고 다니는 것밖에 안 돼.

아낙사고라스 그 후 산에서는, 바위틈에서 사는 족속으로
미르미돈 개미족*이 우글우글 생겨났지.
즉 피그케 족과 개미와 난쟁이, 7875
그 밖에 작고 부지런한 것들이 열심히 일하지.

(호문쿨루스에게.)

자네는 위대한 것에 힘써 본 적이 없이
은둔자처럼 갑갑하게 살아왔어.
만일 지배자의 생활을 할 수 있다면,
피그메족의 왕*으로서 왕관을 씌워 줄 수도 있어. 7880

호문쿨루스 탈레스의 의견은 어떻습니까?

탈레스 그것은 권하고 싶지 않아.
작은 놈과 어울리면 작은 일밖에는 할 수 없는 법이야.
큰 놈과 상대하면, 작은 놈도 커지게 마련이지.
검은 구름 같은 학*의 떼를 쳐다봐라!
저것은 폭동을 일으킨 난쟁이 무리를 위협하고 있는 것이야. 7885

자네가 왕이 되면 저렇게 협박을 받을 것이네.
학의 무리는 뾰족한 주둥이와 갈퀴 발톱으로,
난쟁이를 향해 내려와서는 찌른다.
벌써 비운은 번갯불처럼 번쩍인다.
그것은 고요하고 평화스런 연못을 둘러싸고 7890
왜가리를 죽인 잔인무도함의 대가이다.
빗발처럼 퍼붓는 학의 살육의 화살은
잔인하고 피비린내 나는 복수심을 부채질하고
난쟁이 피그메족의 무도한 피를 보려고 하는
왜가리 근친들의 분노를 불러 일으킨 것이다. 7895
이제 방패, 투구, 창이 무슨 소용이 있겠는가?
왜가리의 뾰죽한 관모(冠毛)도 난쟁이에게는 무슨 도움이 되리오?
닥틸레와 개미들이 도망치고 숨는 꼴은 어떤가!
벌써 난쟁이 군대는 동요하더니 도망치고 허물어졌다.

아낙사고라스 (잠시 사이를 두고 자못 엄숙하게) 나는 이제까지 땅속의 힘을 찬미하여 왔지만, 7900
이번만은 천상의 힘에 의존하지 않으면 안 되겠다……
그대는 천상에 있어서 영원히 나이를 먹지 않고,
세 가지 칭호와 세 가지 형상*을 갖추고 있나이다.
지상에서는 디아나, 하늘에서는 루나, 지하에서는 헤카테라 불리는 여신이여.
우리 백성들이 고난을 당하기에, 그대에게 호소합니다. 7905
그대, 괴로운 가슴을 펼쳐주고 마음속 깊이 생각하는 분이여,
그대, 고요히 비추고 위엄을 갖추는 분이여,
그대, 황천의 무서운 입을 열어,
마술을 부리지 말고 옛날과 다름없는 위력을 보여주소서!
(사이를 두고)
나의 소원을 벌써 들어 주었을까? 7910
저 천상으로 향하는

나의 탄원이
자연의 질서를 어지럽혔을까?
둥그렇게 원 안에 둘러싸인 여신의 옥좌가
벌써 점점 커지며 가까이 다가오는데, 7915
보기에도 무섭고 어마어마하다!
그 불이 음산하고 빨갛게 달아온다.
이제 가까이 오지 마라. 위협하는 듯 거대한 원반이여!
그대는 우리들과 육지와 바다를 멸망시키고 말 것이다!
그러면 그 이야기는 사실인가. 테살리아의 마녀들이 7920
뻔뻔스럽게도 마술로써 정다운 척하면서
노래의 힘으로 그대를 궤도에서 아래로 끌어내린 다음,
그대의 가장 무서운 재난을 이 지상에 내리게 했다는 것이? ……
밝은 원반의 가장자리가 어두워졌다.
갑자기 그것이 갈라지면서, 불꽃이 튀고, 찬란하게 빛나고 있다! 7925
탁탁 튀고, 쉬쉬하는 요란스러운 소리!
그 소리에 섞여서 우렛소리가 울리고 폭풍이 분다! ——
나는 공손하게 옥좌의 층계에 무릎을 꿇으리라!
용서하세요! 제가 불러온 것입니다. (땅바닥에 얼굴을 대고 엎드린다)

탈레스 이 사람은 얼마나 여러 가지를 보고 들었을까! 7930
무슨 일이 일어났는지 나는 도무지 알 수 없다.
나는 이 사람처럼 느끼지도 못한다.
솔직히 말해서 지금은 미치광이 같은 시간이다.
달은 전과 다름없이 편안하게
제 자리에 그대로 떠 있구나. 7935

호문쿨루스 그래도 피그메들이 있는 자리를 보십시오!
둥그런 저 산*이 지금은 뾰족해졌습니다.
맞부딪치는 무서운 소리를 들었습니다.
달에서 바위가 떨어져

묻지도 않고 다짜고짜 7940
친구인지 적인지 가리지도 않고 함께 짓눌러서 죽여 버렸습니다.
그러나 저는 하룻밤 사이에 창조적으로,
동시에 아래위로부터
이와 같은 산을 만들어 낸 그 수완을
찬양하지 않을 수 없습니다. 7945

탈레스 자아, 진정하시오! 저것은 오로지 환상에 지나지 않으니까.
저 보기 싫은 족속은 없어져 버리는 게 좋지!
자네가 왕이 되지 않은 것이 다행이야.
자, 이제부터 즐거운 바다의 축제에 가 보기로 하자.
거기서는 진귀한 손님들이 오기를 원하고 환영하니까. 7950

(두 사람 퇴장.)

메피스토펠레스 (반대쪽에서 기어올라가며)
내가 이렇게 험한 바위 층계를 넘어,
늙은 떡갈나무의 딱딱한 뿌리 위를 기어올라가야 하는가.
우리나라 하르츠 산에서는 나무의 송진이
역청과 같은 냄새가 나서 내 마음에 들었다.
유황도 아주 가까운 곳에 있었다……. 그런데 이곳 그리스 사람이 있는 곳에서는 7955
그런 냄새를 도무지 맡을 수 없다.
지옥의 고통과 불꽃을 무엇으로 지피는지
궁금해서 알아보고 싶구나.

나무의 요정, 드리아스 당신은 익숙한 자기 고장에서는 영리할는지 몰라도,
낯선 외국 땅에서는 별 수 없는 모양이군요. 7960
고향만을 그리워하지 마시고,
성스러운 떡갈나무의 가치를 존중해 주시죠.

메피스토펠레스 사람은 버리고 온 것을 그리워하는 법이야.
정든 땅은 언제나 천국이지.
그런데 저기 동굴 속에서 7965
어슴푸레한 빛을 받으며 쭈그리고 앉아 있는, 저 셋은 무엇인가?
드리아스 포르키아스의 딸들*이지요. 무섭지 않으시면
거기에 가서 말을 걸어 보시지요.
메피스토펠레스 안 가고 배기겠나! ——그런데 잠깐 보았지만 깜짝 놀랐어!
나도 자부심이 대단한 사람이지만, 솔직히 말하지 않을 수 없는데, 7970
나는 저런 자를 지금까지 본 적이 없어.
이래서는 알라우네*보다도 더 지독하구나……
저 세 괴물을 보면,
옛날부터 증오의 대상이 되어 온 죄악이라도
조금도 추악하다고 느끼지 않을 거야. 7975
우리 고장에서는 가장 무서운 지옥의 입구라 하더라도
저런 것은 참지 못할 것이다.
그런 것이 이 아름다움의 나라에 뿌리를 박고 있으며
그것을 고대식이라고 부르고 찬양하다니……
저것들이 움직이기 시작했어. 내가 오는 것을 눈치챈 모양이군. 7980
박쥐 같은 흡혈귀들이 피리를 불며 지저귀고 있다.
포르키아스들 동생들아! 눈을 빌려 다오. 우리 궁전에서
이렇게 가까운 곳에까지 누가 감히 들어오려고 하는 지 알아봐야겠다.
메피스토펠레스 가장 존경하는 부인들이여! 여러분 옆으로 가까이 가서,
당신들의 축복을 세곱으로 받고 싶습니다. 7985
아직은 생소한 사람으로서 만나러 왔습니다만,
내 착각이 아니라면, 먼 친척이 됩니다.
옛날의 존귀하신 신들은 이미 만나 보았습니다.

베크만 그림

오프스나 레아* 같은 귀하신 여신들에게는 가장 공손히 고개를
수그렸습니다.
혼돈의 아들이고, 당신들의 자매가 되는 7990
파르체들*도 어젠가 그저께 만났습니다.
그러나 당신들 같은 분은 만난 적이 없습니다.
드릴 말씀은 아무것도 없고, 단지 그저 황홀할 뿐입니다.

포르키아스들 이 유령은 제법 사리에 밝은 것 같아요.

메피스토펠레스 이상스러운 것은, 어느 시인도 당신네들을 칭찬하지
않는 점입니다. 7995

그것은 어찌 된 셈이며, 왜 이런 일이 일어났는지 말씀해 주세요.
그림에서도 당신들처럼 훌륭한 분들을 본 적이 없습니다.
조각가의 끌도, 유노나 팔라스나 비너스*들보다도,
당신들의 모습을 깎고 새기면 좋을 겁니다.

포르키아스들 언제나 외롭고 쓸쓸한 어둠 속에 잠겨 있기 때문에, 8000
우리 셋은 아직 거기까지 생각해 본 적이 없었답니다!

메피스토펠레스 그것은 당연합니다. 세상을 떠나
아무도 만나지 않고, 누구의 눈에도 띄지 않기 때문입니다.
당신들은 호화와 예술이 똑같이 자리잡고,
대리석 덩어리*가 매일같이 영웅으로 변하여 8005
연달아 빠른 속도로 세상에 나오게 되는
그런 곳에 살면 좋을 것입니다.
거기서는——

포르키아스들 이제 그만 하세요. 제발 우리 마음을 들뜨게 하지 말아 주세요!
설사 그렇게 하는 것이 좋다고 생각하더라도, 그게 무슨 소용이 있겠어요?
밤에 태어나고, 어두운 밤과 혈연관계를 맺고 있어서, 8010
자기 자신도 거의 모르고 아무에게도 알려지지 않고 지내고 있는데.

메피스토펠레스 그렇다면 그것도 별 문제가 되지 않지만,
자신을 다른 사람으로 변신할 수도 있습니다.
당신들 세 분은, 눈과 이를 각각 하나씩 가지고 만족하고 있습니다.
그렇다면 세 사람의 실체를 두 사람 속에 담고, 8015
세번째 분의 모습을 나에게 맡긴다해도,
신화학상으론 타당한 일이라고 생각합니다.
잠깐 동안입니다만.

포르키아스의 한 딸 어떻게 생각해요? 괜찮을까요?

다른 두 딸 해 보지요! 그러나 눈과 이는 빌려 줄 수 없어요.

메피스토펠레스 그러면 가장 좋은 것을 빼놓게 되는 것이니, 8020

위엄을 갖춘 완전한 모습이 될 수는 없습니다!

포르키아스의 한 딸 한쪽 눈을 감으세요. 쉽게 할 수 있어요.
그리고 앞니를 하나만 드러내 보이세요.
그러면 옆모습이 우리들과 똑같고,
완전히 우리 자매들을 닮아 보이지요. 8025

메피스토펠레스 영광입니다. 해 보지요.

포르키아스들 해 보세요.

메피스토펠레스 (포르키아스의 옆모습이 되어) 이제 나는 혼돈의 가장 귀여운 아들이 되었습니다.

포르키아스들 우리가 혼돈의 딸이라는 것은 의심할 바 없어요.

메피스토펠레스 이렇게 되면 나를 남녀 양성*이라고 비난할 테니. 부끄러운 일입니다.

포르키아스들 이 새로운 세 자매*는 얼마나 아름답습니까? 8030
우리는 눈과 이를 각각 둘씩* 가지고 있어요.

메피스토펠레스 나는 모든 사람들의 눈에 띄지 않도록 숨어 있어야 합니다.
지옥의 늪에서 악마들을 놀라게 해주어야 할 테니까요. (퇴장)

에게 바다의 바위로 된 후미

달이 중천에 떠 있다.

지레네들* (절벽 위 여기저기에 앉아, 피리를 불며 노래부른다)
옛날 무서운 한밤중에 테살리아의
마녀들이, 버릇없이 당신을 8035
이 세상으로 끌어내린 일이 있었지요.
지금은 조용히 당신이 다스리는 밤하늘로부터,
떨리는 물결의 부드럽게 반짝이는,
우글거리는 모양을 조용히 바라보세요.

또한 물결 사이에서 떠올라 8040
웅성거리며 모여드는 무리를 비춰 주세요!
우리들은 어떤 봉사라도 게을리 하지 않겠어요.
아름다운 달님이여, 자비를 베풀어주소서!

네레우스의 딸들과 트리톤들* (바다의 괴물로서)
넓은 바다에 울려 퍼지도록
더욱 날카로운 소리를 울려서 8045
깊은 바다 속에 사는 무리를 불러 주세요!
폭풍으로 날뛰는 바다의 무서운 회오리 속을 벗어나,
이를 데 없이 고요한 후미로 배를 피했어요.
아름다운 노랫소리가 우리를 끌어가고 있어요.

보세요! 우리들은 기쁨에 넘쳐서, 8050
황금의 사슬로 몸을 장식했어요.
보석을 박은 왕관에
팔찌와 띠 장식까지도 덧붙였어요!
이것은 모두 당신들에게서 얻은 선물이지요.
우리 후미의 마귀인 당신들이 부르는 8055
노랫소리에 홀려 배는 침몰하고
여기 가라앉은 보물들을 우리들은 얻었지요.

지레네들 시원한 바다의 물고기들은
아무 걱정 없이 떠다니며,
행복하게 지내는 법을 알고 있어요. 8060
그러나 축제에 웅성거리며
모여드는 그대들이 물고기보다
더 낫다는 사실을 오늘은 알고 싶어요.

네레우스의 딸들과 트리톤들 우리들은 이곳으로 오기 전에
벌써 그런 생각을 하고 있었어요. 8065
형제 자매들이여, 빨리 나아갑시다!

베크만 그림

우리들이 물고기보다 낫다는 사실을
충분히 보여주기 위해서는 오늘
잠깐 여행하는 것만으로 충분하지요. (멀리 퇴장)

지레네들 순식간에 모두 떠나 버렸네. 8070
곧장 사모트라케 섬*을 향해
순풍을 타고 사라져 버렸네.
거룩한 카비렌*의 나라에 가서,
무엇을 하려고 하는 걸까요?
그것은 신기한 신들이지요. 8075
언제나 스스로 생겨나서,

자기 자신이 누구인지 전혀 모르고 있지요.

아름다운 달의 여신이여, 높은 곳에서
자비심을 베풀어 주소서.
언제까지나 밤이 계속되도록 해주소서! 8080
낮이 우리를 쫓는 일이 없도록!

탈레스 (기슭에서 호문쿨루스에게)
너를 네레우스 노인*에게로 데리고 가는 것도 좋지.
그 노인이 살고 있는 동굴도 멀지 않으니까.
그러나 그는 까다로운 성격에다가
말도 붙일 수 없는 옹고집이야. 8085
저렇게 괴팍한 성격에는 인간 사회의
인류 전체가 마음에 들지 않거든.
그러나 그는 미래의 일을 내다보기 때문에
모두들 그 점에 대해서 존경하며,
그냥 그 자리에 모시는 거야. 8090
사실 많은 사람들에게 좋은 일을 하니까.

호문쿨루스 우리들도 시험삼아 문을 두드려 봅시다!
설마 나의 유리가 깨어지고, 생명의 불이 꺼지는 일은 없을 테지요.

네레우스 내 귀에 들려오는 것은 인간의 목소리가 아닐까?
어쩐지 가슴속으로부터 화가 치밀어오른다! 8095
저것들은 열심히 신의 영역에까지 도달하려고 하지만,
언제나 제자리로 돌아오고마는 저주받은 것들이다.
나는 예부터 신들처럼 편안하게 지내는 신세지만
타고난 성품으로, 가장 우수한 자들을 보면 잘 해주지 않을 수 없었다.
그런데 나중에 그들이 해놓은 일을 보면 8100
내가 충고해 준 것과는 아주 딴판이었지.

탈레스 그러나 바다의 영감님, 사람들은 당신을 믿고 있습니다.

당신은 현자입니다. 우리들을 이곳에서 쫓아내지 마십시오!
이 불꽃을 자세히 보십시오. 사람을 닮기는 했지만,
당신의 충고에는 전적으로 따를 것입니다. 8105

네레우스 충고라고! 충고가 인간에게 받아들여진 적이 있었는가?
고마운 말이라도 완고한 귀에는 들리지 않는다.
몇 번이나 자신의 행동을 성내며 자신을 나무라지만,
여전히 인간들은 제 고집을 부리고 있다.
저 파리스*가 외국 여자에게 정욕을 흘리기 전에 8110
나는 아버지처럼 그에게 경고를 했었지.
그가 그리스의 해변에 용감하게 서 있을 때
나는 내 영혼의 눈에 비친 바를 그에게 알려 주었지.
바람은 연기로 자욱하여 빨갛게 넘쳐흐르고
대들보는 불타고 그 아래서는 살육과 죽음. 8115
트로야의 심판의 날*은 시로 읊어지고,
천 년 후까지도 전해져 무섭게 여겨진다고.
그러나 이 노인의 말 같은 건, 저 불손한 젊은이에게는 농담으로 여겨졌고,
그는 정욕에 몸을 맡기고, 트로야는 망해 버렸다. ——
오랜 고통 끝에 굳어 버린 거대한 시체는 8120
핀두스 산의 독수리들에게 반가운 밥이 되었다.
율리시즈도 마찬가지다! 나는 미리 그에게,
마녀 키르케의 간계와 애꾸눈의 거인 치클로페*의 잔인성을 충고해 주지 않았던가?
거기다가 그 자신의 우유부단과 그 부하들의 경솔함* 까지도
그리고 모든 것을 다 일러 주었지! 그런데 그에게 무슨 소용이 있었던가? 8125
결국 수많은 고통을 당하고 훨씬 늦게서야 비로소 파도의 덕분으로
반갑게 맞이하는 사람들의 해변에 닿았지.

탈레스 그와 같은 행동은 당신 같은 현자에게는 고통거리일 것입니다.

그러나 선량한 분이라면 또 한번 시험해 보시지 않으시겠습니까
아주 작게라도 감사를 받으면 그 사람을 무척 기쁘게 하고, 8130
천만 근의 배은망덕도 충분히 메울 수 있습니다.
우리가 말씀드리는 것은 아주 어려운 소원이기 때문에
이 아이가 뜻을 받들어 이루어보고 싶다는 것입니다.

네레우스 모처럼의 나의 이 유쾌한 기분을 망치지 말아요!
오늘은 그것과는 아주 다른 일이 나를 기다리고 있다. 8135
도리스가 낳은 나의 딸들,
바다의 미녀 그라찌에들을 불러 놓았어.
올림포스나 너희들의 그리스 땅에도
저렇게 거동이 우아한 미녀는 없다.
그들은 가장 아리따운 몸매를 가지고 8140
바다의 용의 등에서 바다의 신인 넵튠의 말위에 옮겨 타고
바다의 거품 위에서도 능히 탈 수 있을 정도로,
바닷물과 한 몸이 되어 있다.
가장 아름다운 갈라테아*는 비너스의
진주 색깔에 빛나는 조개껍질 차에 실려서 올 것이네. 8145

그녀는 키프로스의 비너스가 우리들을 거역하고 간 후
파포스에서 여신으로 숭배를 받고 있다네.
그래서 그 미녀는 비너스의 후계자가 되어, 오랫동안 신전이 있는
도시와 마차의 옥좌를 소유하고 있지.

이제, 가 버려라! 가슴에 증오를 품고, 입으로 독설을 내뿜어 대는
것은 8150
아버지가 기뻐하고 있을 때는 어울리지 않는다.
프로테우스*한테로 가거라! 그 이상한 자에게 물어 보아라.
어떻게 하면 생성하고, 변신할 수 있는지 말이다.
(바다 쪽으로 사라진다.)

베크만 그림

탈레스 우리는 이렇게 수고했는데도 결국 얻은 것이 없구나.
프로테우스를 만나 봤자 이내 사라질 것이다. 8155
설사 상대가 되어 주더라도, 그가 하는 소리는
결국 사람을 놀라게 하고, 당황하게 할 뿐이겠지.
그러나 자네는 그런 조언이라도 필요로 하니까 말이다.
시험삼아 이 길을 걸어가 보기로 하자.

(두 사람 퇴장.)

지레네들 (위쪽 바위 위에서) 멀리 파도 위를 8160
미끄러져 오는 사람은 누굴까?

마치 바람이 부는 데에 따라
흰 돛단배가 다가오듯이
환하게 빛나는 바다의 처녀들은
보기에도 눈부시다. 8165
자, 바위를 내려갑시다,
이제는 소리도 들려오는 데요.

네레우스의 딸들과 트리톤들 우리가 손에 들고 있는 것은
여러분의 마음을 기쁘게 할 거예요.
커다란 거북*의 등은 8170
엄숙한 모습으로 빛나고 있어요.
이것이야말로 우리들이 모셔오는 신들이죠.
거룩한 찬가를 부르세요.

지레네들 몸은 작지만*,
힘은 장사. 8175
난파 당한 사람을 구하는 이는
옛부터 숭배하는 신들이다.

네레우스의 딸들과 트리톤들 축제를 평화롭게 지내려고,
우리는 카비렌을 데리고 왔어요.
이 신들이 성스럽게 다스리는 곳에서는 8180
바다의 신 넵튠도 얌전해질 거예요.

지레네들 우리의 힘*은 당신들을 따르지 못하나니
배가 부서지면,
대적할 수 없는 힘으로
그대들은 사공들을 지켜 주세요. 8185

네레우스의 딸들과 트리톤들
신을 세 분* 모셔왔어요.
네번째 신은 오려고 하지 않았어요.
말하기를 자기야말로 참된 신이고,*
다른 모든 신들을 대신한다고요.

라파엘로 그림

지레네들 신 하나가 다른 신을 8190
웃음거리로 만드는 일도 있지요.
당신들은 모든 자비를 존중하고,
모든 재난을 두려워해야지요.

네레우스의 딸들과 트리톤들 신들은 원래 일곱 분이지요.

지레네들 나머지 세 분*은 어디 계신가요? 8195

네레우스의 딸들과 트리톤들
우리는 그것을 알 수 없으니
올림포스 산에 가서 물어 보세요.
거기에는 아무도 생각지 못한
여덟번째 신도 계실는지 몰라요!
그들은 우리들에게 은총을 베풀어주시지만 8200
아직 전부 이루어진 것은 아니지요.*
이처럼 비할 데 없는 이 신들은
언제나 계속해서
얻을 수 없는 것을 얻기 위해
그리움에 굶주려* 애타고 있어요. 8205

지레네들 어느 곳에 신이 계실지라도
태양이나 달을 향해*,
기도를 드리는 것은 우리들의 관습이지요.
기도하면 보람을 느끼니까요.

네레우스의 딸들과 트리톤들
이 축제를 맨 앞에서 집행한다는 것은 8210
우리들에겐 더 이상 없는 높은 영예이지요!

지레네들 고대 영웅들*의 영예가
어디서 어떻게 빛나더라도
당신들의 영예와 어깨를 겨눌 수는 없어요.
영웅들은 황금 양모피(羊毛皮)를 차지했지만 8215
당신들은 카비렌의 신들을 얻었어요.

(모두들 되풀이해서 합창한다.)

영웅들은 황금 양모피를 차지했지만,
우리들과 당신들은 카비렌 신들을 얻었어요.

(네레우스의 딸들과 트리톤들이 지나간다.)

호문쿨루스 저 보기 흉한 신들의 꼴이란,
진흙으로 만든 볼품 없는 항아리* 같습니다. 8220
그런데 현명한 사람들*이 그것에 부딪쳐서,
딱딱한 머리가 깨지고 있습니다.

탈레스 그것이야말로 사람들이 탐내는 것이다.
녹이 슬어야* 비로소 동전도 가치가 나가는 법이니까.

프로테우스(모습은 나타나지 않고) 나와 같은 늙은 공상가에게는 8225
이상하면 할수록 더욱 존경할 마음이 생긴다.

탈레스 프로테우스, 어디 있는가?

프로테우스 (복화술로 어느 때는 가까이, 어느 때는 멀리)
여기다! 이번에는 여기야!

탈레스 자네의 옛날과 같은 장난을 용서하지만,
친구에게 허튼 소리는 하지 말아 줘!
나는 알고 있어, 자네는 있지도 않는 장소에서 떠들고 있어. 8230

프로테우스 (마치 멀리서처럼) 안녕!

탈레스 (호문쿨루스에게 나직한 목소리로)
바로 가까이에 있으니, 빨리 비춰 봐!
그 사람은 물고기처럼 호기심이 많아*
어느 곳에 어떤 모양으로 숨어 있어도
불을 비추면 끌려 오게 마련이야.

호문쿨루스 빛은 흠뻑 많이 낼 수 있지만 8235
유리가 깨지지 않도록* 조심해야지요.

프로테우스 (커다란 거북 모습으로)

저렇게 아름답게 빛나고 있는 것은 무엇인가?

탈레스 (호문쿨루스를 감추면서)

좋아! 보고 싶다면 더 가까이에서 보여드리지.
좀 힘이 들어도 싫다 말고,
두 발 가진 사람의 모습으로 나타나 다오. 8240
우리가 감추고 있는 것을 보고 싶으면,
우리들의 호의와 의지에 맡기는 수밖에 없지.

프로테우스 (고상한 모습이 되어서)

능숙한 흥정 솜씨*를 아직 잊지 않고 있는 모양이군.

탈레스 모습을 바꾸는 것이 아직도 자네 취미로군.

(호문쿨루스를 드러내 보인다.)

프로테우스 (놀라며) 빛을 내는 난쟁이로군! 이때까지 한 번도 본
적이 없어! 8245

탈레스 이 친구는 지혜를 빌어서 생성하고 싶다는 것이야.
본인 말에 의하면, 이상스럽게도 자기는
아직 절반밖에 이 세상에 태어나지 않았다는 것이야.
정신적인 여러 면에서는 부족한 것이 없지만
손으로 붙잡으려고 하면 아직 능력이 모자란다네. 8250
이제까지의 중량이라곤 유리의 무게뿐이기 때문에
육체를 갖추고 싶어하는 것이야.

프로테우스 자네야말로 처녀의 아들이다.
아직 이 세상에 나올 수 없는데 벌써 나왔으니 말이다!

탈레스 (나지막한 목소리로)

다른 면으로 보아도 약간 문제가 있는 것 같다. 8255
어쩐지 이 녀석은 양성(兩性)*을 다 갖추고 있는 것 같아.

프로테우스 그렇다면 틀림없이 더 성공할 것이다.
때가 오면 잘 되겠지.
그러나 여기서 여러 가지 생각할 필요는 없어.
넓은 바다에서 시작하는 거야. 8260

우선 작은 일부터 착수하여
가장 작은 것을 삼키고 즐거워하다가,
점점 크게 자라나서
더욱 높이 완성하도록 하는 거야.

호문쿨루스 여기는 부드러운 바람이 불고 있습니다. 8265
초록의 냄새를 풍깁니다. 아주 기분 좋은 향기입니다.

프로테우스 그럴 거야. 귀여운 젊은이!
더 앞으로 나가면 훨씬 기분이 좋지.
이 뾰족 나온 좁은 해안으로 나가면,
상쾌한 공기가 이루 뭐라고 말할 수 없지. 8270
저기 앞쪽으로 나서면, 지금 가까이 오는 행렬이 눈앞에 보이지.
함께 그곳으로 가자.

탈레스 나도 함께 가 보기로 하겠다.

호문쿨루스 신기한 세 유령의 행차*로구나!

(로두스 섬의 텔히네스족*, 물고기 꼬리를 한
바다의 말 힙포캄프와 바다의 용을 타고
넵튠이 끈이 셋으로 갈라진 창을 들고 나타난다.)

합창 우리는 들끓는 거센 파도를 가라앉히려고, 8275
넵튠의 끝이 셋으로 갈라진 창을 달궈서 만들었네.
우레의 신이 하늘 가득히 구름을 펼치면
바다의 신은 그 무서운 소리에 호응하네.
위에서 톱니처럼 번갯불이 번쩍일 때면,
아래에서는 큰 파도가 물을 사방으로 튀기네. 8280
그 사이에 겁을 집어먹고 싸우는 자는
오랫동안 내동댕이쳐진 다음, 바닷물 속 깊이 삼켜진다.
그래서 오늘 넵튠은 이 왕홀(王忽)을 우리들에게 넘겨주었네——
자, 축제의 날답게 안심하고 경쾌하게 떠올라 봅시다.

지레네들 잘 오셨어요, 태양신 헬리오스에 귀의하여 8285
갠 날의 혜택을 받는 그대들,
달의 신 루나를 존경하여 이 시각엔
깊이 마음이 감동되는 때이지요!

텔히네스들 드높은 창공에 계신 사랑스러운 여신*이여!
당신의 오빠*인 태양신이 칭찬 받는 것을 흐뭇하게 들으시라. 8290
축복 받는 로두스 섬에 귀를 기울이시라.
거기서는 영원한 태양신을 찬미하는 노래가 솟아나온다.
태양신이 하루의 일과를 시작하고 하늘 한가운데에 떠오르면,
이글이글 불타는 시선으로 우리를 내려다 보신다.
모든 산, 도시, 해변가 그리고 파도도 8295
신의 마음에 들어서, 사랑스럽고 즐겁다.
안개도 끼지 않고, 어쩌다 스며든다고 하더라도
햇살이 비치고, 산들바람이 불면, 섬은 다시 맑아진다.
그럴 때면 숭고한 신은 스스로 가지가지 모습*으로 비춰
때로는 젊은이, 거인, 굳센 신, 또는 너그러운 신으로 나타난다. 8300
그러나 신의 권위와 품위를 갖춘
인간의 모습으로* 만들어 낸 것은 우리들이다.

프로테우스 멋대로 노래부르고 자랑하게 내버려 두어라!
태양이 뿜어내는 성스러운 생명의 빛과 비교하면,
생명이 없는 피조물은 웃음거리에 지나지 않는다. 8305
그들은 끈기 있게 녹여서 만들고 있다.
그리고 구리를 끓여서 부으면,
그것을 대단한 것이라고 생각한다.
저 거만한 자들은 결국 무엇이라는 말인가?
신들의 모습은 위대하게 서 있었다—— 8310
그러나 지진*이 나자, 허물어져 버렸다.
벌써 그것들이 녹아 버린 지도 오래 된다.

지상의 영위가 어떤 것일지라도,
결국은 헛수고일 뿐이다.
생명에는 파도가 훨씬 도움이 된다. 8315
자네를 영원한 물의 세계로 데리고 가는 것은
변화무쌍한 프로테우스의 돌고래이다.
(모습을 바꾼다)
자, 이제 됐다!
이것으로 자네는 제일 멋지게 성공할 걸세.
나는 자네를 내 등에 업고,
큰 바다와 인연을 맺어 주리라. 8320

탈레스 생물의 가장 원초적인 형태로부터 다시 시작하려는
기특한 소원에 따라서 해 보는 것이 좋다.
재빨리 움직이는 태세를 갖추도록 하라!
영원한 법칙에 따라서 활동하고,
수천 가지의 형태를 거쳐서 8325
사람이 되기까지에는 시간이 많이 걸린다.

(호문쿨루스는 프로테우스의 돌고래 위에 올라탄다.)

프로테우스 정신만 가진 존재로 축축하고 넓은 바다의 세계로 함께
가자.
거기서는 당장에 종횡으로 자네의 생활을 넓힐 수 있고,
마음대로 움직이고 돌아다닐 수 있어.
그러나 너무 성급히 윗사람들의 대열에 끼려고는 하지 마라.* 8330
자네가 사람이 되어 버리면,
너라는 존재도 그때는 완전히 끝나게 될 테니까 말이다.

탈레스 그때의 사정여하에 달렸지. 그 시대의
장한 사람이 되는 것도 나쁘지 않을 테니까.

프로테우스 (탈레스에게) 자네와 같은 사람을 말하는구나! 8335

그렇다면 당분간은 지탱해 나갈 거야.
왜냐하면 창백한 유령들 속에서
벌써 몇 백 년 동안이나 자네를 보아 왔으니 말이야.

지레네들 (바위 위에서) 달의 주위에 진한 무리로
둥근 구름을 그리고 있는 것은 무엇일까요? 8340
그것은 사랑에 불타는 비둘기*예요.
날개는 새하얗고 빛과 같아요.
사랑에 불타는 새들의 무리는
파포스*에서 보내온 사자들이지요.
우리들의 축제는 지금 무르익었고, 8345
순수한 기쁨이 맑게 넘쳐흐르고 있어요.

네레우스 (탈레스에게로 걸어가면서)
밤길을 걷는 나그네는 이 달무리를
공기의 현상이라고 말했다지만,
우리 영들은 아주 다른 의견을,
단 하나의 올바른 의견을 가지고 있어. 8350
저것은 비둘기야. 내 딸*이
조개껍질 마차를 타고 오는 것을 마중하며,
옛날에 배운 독특하고도
신비스런 방법으로 날아가고 있는 것이야.

탈레스 나도 그 의견이 가장 좋다고 생각해. 8355
조용하고 따듯한 가슴속에
성스러운 것이 삶을 지속하고 있다는 것은
착한 사람에게 마음에 드는 일이지요.

프실렌족과 마르젠족* (바다의 황소, 바다의 송아지, 바다 숫양을 타고)
키프로스 섬의 험한 동굴속에서
바다의 신에 의해서도 묻히지 않고, 8360
지진의 신에 의해서도 파괴되지 않으며,
영원한 산들바람에 감싸여서

그 옛날과 마찬가지로*
조용한 마음으로 즐거움을 맛보며,
우리는 키프로스의 여신 비너스의 마차를 지킨다. 8365
밤하늘이 조용히 산들거릴 때,
사랑스러운 파도가 치는 동안에,
새로운 족속의 눈에 띄지 않도록,
예쁘기 그지없는 딸*을 데리고 온다.
남몰래 부지런히 일하는 우리는 8370
독수리표의 로마, 날개 돋친 사자표의 베니스뿐만이 아니라,*
기독교의 십자가도, 회교도의 달님도 두렵지 않다.
위에 어떤 지배자가 군림하여
들락날락 어떤 정치를 하며,
서로 쫓고 죽이고, 8375
밭을 짓밟고 도시를 유린하더라도,
우리는 언제나 변함 없이
가장 사랑스러운 아가씨를 데리고 오지요.

지레네들 가벼이 움직이고 적당히 서두르고,
마차를 둘러싸고 원에 원을 그리며 8380
열과 열이 얽히고
마치 뱀이 기어가는 것처럼 굽이치며,
가까이 다가오라, 굳센 네레우스의 딸들이여,
정다우면서도 용맹한 야성녀들이여,
다정스러운 도리스의 딸들이여, 8385
어머니의 모습을 닮은 갈라테아를 데리고 오라.
갈라테아는 보기에도 신들을 닮아서 엄숙하고,
불멸의 품위를 갖추며,
세상의 아름다운 여인들처럼,
마음을 끄는 우아함을 갖추고 있어요. 8390

도리스의 딸들 (합창의 무리를 이루며, 네레우스 옆을 지나간다. 모두들 돌고래를 타고 있다)

달의 여신 루나여, 빛과 그림자를 우리에게 던져서,
꽃다운 젊은이들을 환히 비춰 다오!
우리는 아버님에게 부탁 말씀을 드려
사랑하는 남편들을 소개*하려고 하니까(네레우스에게)
이분들은, 거센 물결이 부서지는 파도로부터, 8395
우리들이 살려낸 젊은이들이지요.
갈대와 이끼 위에 눕히고, 몸을 녹여서,
빛으로 다시 살아나게 했어요.
그들은 이제 뜨거운 키스로,
진심으로 우리에게 보답하려고 하지요 8400
사랑스러운 이들을 자애로운 눈길로 봐 주소서!

네레우스 다른 사람을 구해주고, 자기 스스로도 기뻐하니,
그것은 일거양득이라 존중해야 한다.

도리스의 딸들 아버님, 우리의 행복을 칭찬하시고,
손에 넣은 보답의 기쁨을 허락해 주신다면, 8405
이 사람들을 죽지 않도록 하여,
영원히 젊은 이 가슴에 안기게 해주소서.

네레우스 너희들이 사로잡은 그 훌륭한 것들을 마음껏 즐기고
젊은이를 훌륭한 남편으로 삼도록 하여라.
그러나 주신 제우스만이 허락할 수 있는 것을 8410
내가 허락할 수는 없도다.
너희들을 흔들고 출렁이는 파도가
사랑까지도 지속시켜 주지는 않는다.
사랑의 어지러운 꿈에서 깨어나면,
조용히 그들을 육지로 돌려 보내라. 8415

도리스의 딸들 사랑스러운 젊은이들이여, 우리에게는 귀한 존재이지만,

베크만 그림

슬퍼도 이별을 해야 돼요.
우리는 영원히 변치 않을 맹세를 바랐지만,
신들이 그것을 허락해 주지 않아요.

젊은이들 우리들 씩씩한 뱃사람의 아들에게 8420
계속 원기를 북돋워 주기 바랍니다.
이처럼 즐거웠던 일도 없었고,
이 이상의 행복을 바라지도 않습니다.

(갈라테아, 조개껍질 마차를 타고 가까이 온다.)

네레우스 너로구나, 귀여운 딸아!
갈라테아 아아, 아버지! 기뻐요!
돌고래야, 잠깐만 기다려! 나는 그 눈초리에 사로잡히고 마는구나. 8425
네레우스 벌써 가 버렸다. 그들은 원을 그리며 돌고 춤추듯 움직이면서 가 버렸다.
마음속으로 아무리 요동쳐도 행렬은 어찌할 도리가 없다!
아아, 나도 함께 데려가 주었으면 좋겠는데!
그러나 단 한번 잠깐 만난 기쁨이 8430
일 년간*을 메우고도 남는다.
탈레스 만세! 만세! 만만세!
나는 아름다움과 진실이 골수에 사무쳐서
불타오르는 기쁨을 느끼고 있다…….
모든 것은 물에서 생겨났도다! ! 8435
만물은 물로 유지되리라.
넓은 바다여, 그대의 영원한 지배를 베풀어 다오.
만일 그대가 구름을 보내지 않았다면,
많은 시냇물을 만들어 주지 않았다면,
허다한 강물을 굽이치게 하지 않았다면, 8440
커다란 강을 이룩하여 주지 않았다면,
어떻게 산과 들과 이 세계가 지금과 같을 수 있을까?
싱싱한 생명을 보존해주는 것은 그대뿐이다.
메아리 (모든 무리의 합창)
그대야말로 가장 싱싱한 생명이 솟아 나오는 원천이다.
네레우스 먼 곳에서 흔들거리며 딸들이 되돌아가니 8445
더 이상 눈과 눈을 마주 쳐다볼 수도 없네.
많은 무리들은 구불구불 누비면서,
쇠사슬과 같은 원을 넓히고
축제 분위기를 자아내려고 하는구나.
그러나 갈라테아의 조개 옥좌는 8450

요코 그림

아직도 똑똑하게 보이고,
군중 속에서
별처럼 번쩍이고 있다.
귀여운 모습이 혼잡 속에서 빛나고 있구나!
저렇게 멀리 떨어져 있어도 8455
언제까지나 가까이 참되게
선명하게 빛나는구나.

호문쿨루스 그윽한 물의 나라에서는
무엇을 비춰도
모두 황홀하도록 아름답네요. 8460

프로테우스 이런 생명의 물 속에서만이
자네가 비치는 빛도 비로소
훌륭한 소리를 내며 빛나는 것이니라.

네레우스 저 군중 한복판에서 어떤 비밀이
우리의 눈앞에 나타나려는 것일까?
조개 장식을 한 마차 근처와 갈라테아의 발 주위에서 불을 뿜는 것
은 무엇일까? 8465
힘차게 타는가 하면, 또 사랑스럽고 달콤하게 타오르기도 한다.
마치 사랑의 맥박에 접촉되기라도 한 듯이.

탈레스 저것은 프로테우스에게 유혹된 호문쿨루스다……
그 빛은 참을 길 없는 동경을 나타내는 징조다. 8470
고민하고 신음하는 소리도 들리는 것 같구나.
저것은 빛나는 옥좌에 닿아서 부서질 것이다.
저것 봐, 탄다, 빛난다. 벌써 녹아서 흐르는구나.*

지레네들 서로 부딪쳐서 불꽃을 튀기며, 부서지는 파도를
맑게 비추고 있는 것은 얼마나 신비스런 불인가? 8475
저렇게 빛나고 흔들거리며, 하늘까지 비추고 있어요.
저것들은 밤의 뱃길에서 타오르며,
주위는 모두 흐르는 불바다지요.

그러면 모든 것을 시작한 에로스 신*의 뜻에 맡기지요!

성스러운 불에 둘러싸인* 8480

바다여 만세! 파도여 만세!

물이여 만세! 불이여 만세!

신기한 신의 성업이여 만세!

등장자 일동 인자한 미풍이여 만세!

신비에 가득 찬 동굴이여 만세! 8485

이 세상에 있는 것 모두, 높이 찬양 받아라!

물과 불, 바람과 흙, 이 네 가지 원소 모두!

제3막
스파르타에 있는
메넬라오스 왕의 궁전 앞*

헬레나*, 붙잡힌 트로야의 여자 합창대*와 함께 등장.
판탈리스*가 합창대를 지휘한다.

헬레나 세상사람들에게 칭찬도 많이 받고 비난도* 많이 받은 헬레
나입니다.
지금 막 도착한 해변가에서 왔습니다.
포세이돈의 은총과 에우로스의 힘*에 의해, 8490
나를 거칠고 높은 등에다 업고,
프리기아의 들판*에서 조국의 후미로 데려다 주었던
파도의 심한 동요 때문에 지금도 취해 있습니다.
저쪽 나지막한 곳에서는 지금 메넬라오스 왕이, 부하 장병 중에서
가장 용감한 사람들과 함께 귀환을 축하하고 계십니다. 8495
거룩한 궁전이여, 나를 환영해 다오.
이것은 아버님 틴다레오스*가 다시 돌아오셔서,
팔라스 여신궁전 언덕의 비탈진 곳에 세우셨으며,
내가 여기서 클리템네스트라*와는 자매로서,
또 오빠인 카스토르와 폴룩스와는 즐겁게 놀며 자란 곳, 8500
스파르타의 어느 집보다도 화려하게 꾸민 곳입니다.
오오, 그대, 쇠로 된 대문들이여, 인사를 받아다오!
많은 사람 중에서 뽑힌
메넬라오스가 빛나는 신랑의 모습으로 나타났을 때,
그대들은 기꺼이 손님을 맞으려고 활짝 열렸습니다. 8505
내가 아내답게, 왕의 급한 명령을 충실히 다할 수 있게,

베크만 그림

이번에도 나를 위해서 문을 열어 주세요.
나를 문 안에 들게 해주십시오! 그리고 불행하게도 지금까지
나의 주위에 몰려와서 나를 괴롭혔던 것은 밖으로 몰아내 버리고
싶습니다*.
왜냐하면, 내가 걱정 없이 이 집을 나와, 8510
성스러운 의무를 이행하려고, 치테라의 신전*에 참배 했을 때,
거기서 프리기아의 도적*에게 납치당해 간 이래로,
여러 가지 사건이 일어났는데, 그것이 널리 세상 사람들의

이야깃거리가 되고 있습니다. 그러나 자기에 관한 이야기가 과장되어,
동화처럼 읽혀지면, 누구나 들어서 좋은 것은 아닙니다. 8515

합창* 아름다운 부인이시여, 말할 수 없이 귀중한
보물을 소유하는 명예를 소홀히 하지 마세요!
다시 없는 행복은 당신에게만 주어졌어요.
아름답다는 영광을 능가하는 것은 없으니까.
영웅은 그 이름이 앞질러서 알려지기에 8520
자랑스럽게 뽐내면서 길을 걸어가지요.
그러나 모든 것을 이겨내는 아름다움에는,
아무리 완고한 대장부라도 굴복하고 말지요.

헬레나 이제 그만! 나는 남편과 함께 배를 타고 와서,
남편의 분부로 먼저 오게 되었습니다. 8525
그러나 나는 그분의 본심을 알 수 없습니다.
내가 아내로서 돌아온건지, 왕비로서 돌아온건지?
그렇지 않으면 왕의 쓰라린 고통과, 그리스 사람의
오래 참아온 재난의 대가로 돌아온 것인지?
나는 싸움터에서 사로잡힌 몸이지만, 포로인지 아닌지 알 수 없습니다. 8530
왜냐하면, 불사신들은 정말 나에게 아름다운 모습의 걱정스러운 동반자로서
애매한 명성과 운명을 정해 주었는데, 어쩐지 그것이 이 문턱에서
음침하게 위협하며 내 옆에 서 있기 때문이지요.
왜냐하면, 남편은 저 움푹 패인 배를 타고 있을 무렵부터 8535
나를 드물게 바라보았고 위로해 주지도 않았으며,
어떤 불길한 일이라도 꾸미듯이 앉아 있었기 때문입니다.
그래서 앞서 가던 배가 오이로타스 강*의 깊은
후미로 흘러들어가서 뱃머리가 육지에 닿게 되자
남편은 마치 신의 명령이라도 받은 것처럼 이렇게 말했습니다. 8540

"여기서 우리 군대는 대열에 따라 상륙하고,
바닷가에 정렬시켜 놓고 사열해야겠다.
당신은 먼저 가시오. 성스러운 오이로타스 강의
비옥한 강변을 따라 계속 올라가고,
물기가 있고 꽃이 피는 목장으로 말을 몰아, 8545
옛날에는 가까이에 엄숙한 산들로 둘러 싸이고
넓고 비옥한 벌판에 라케데몬*의 도시가 자리잡고 있었던
저 비옥한 평야에 도착할 때까지 앞으로 가시오.
그 다음에 높은 탑이 있는 왕궁으로 들어가서,
내가 현명한 여집사 할머니와 함께 8550
남기고 온 하녀들을 둘러보도록 하시오.
그리고 당신의 아버님이 남겨 두었고
나도 전쟁 때나 평화시에, 수를 늘여서 쌓아 올린
수많은 보물들을, 여집사에게 보여달라고 하시오.
모든 것이 잘 정돈되어 있을 것이오. 8555
자기가 집으로 돌아왔을 때, 아무것도
잃어버리지 않고, 모두 제자리에 놓여 있는 것이
바로 군주의 특권인 것이며
신하들에게는 아무것도 마음대로 바꿀 권리를 가지고 있지 않기
때문이라오."

합창 그러면 끊임없이 늘어가는 귀중한 보물을 8560
눈으로 즐기고 마음속으로 흐뭇하게 느끼세요!
목걸이 장식과 머리에 쓰는 왕관도,
거만스럽게 뽐내고 무엇이나 된 듯 자랑하지만
일단 들어가서 싸움을 걸면,
재빨리 전투 태세를 갖출 것이요. 8565
황금, 진주, 보석과 겨루는
당신의 아름다움의 싸움이야말로 구경거리지요.

헬레나 그리고 왕은 계속해서 다음과 같은 명령을 내리셨습니다.

"그 모든 것이 잘 갖추어진 것을 두루 확인한 다음,
성스러운 축제를 지내기 위해, 희생을 바치는 자가
가지고 있어야 하는 여러 가지 삼발이 향로와, 8570
당신이 필요하다고 생각하는 제기를 준비해 두시오.
솥과 접시 그리고 납작하고 둥근 접시,
성스러운 샘에서 솟아나온 가장 맑은 물을, 그리고
큰 항아리 속에 넣구 불붙기 쉬운 8575
마른 장작도 갖추어 두시오.
마지막으로 날을 세운 칼도 잊어서는 안 되오.
그 밖의 일은 당신이 잘 생각해서 처리하도록 하시오."
마치 나보고 떠나가라고 재촉하는 것처럼, 그렇게 말씀하셨습니다.
그러나 올림포스 신들에게 경의를 표시하기 위해 8580
살아서 숨쉬는 것을 도살한다는 말씀은 없었습니다.
좀 이상하다고 생각하지만, 나는 그다지 걱정하지 않고
모든 일을 거룩한 신들에게 맡겼습니다.
신들은 사람이 좋다고 생각하건,
나쁘다고 생각하건 마음 먹는 대로 행하십니다. 8585
죽을 운명을 타고난 우리는 그저 참고 견딜 뿐입니다.
이제까지도 신들에게 제물을 바치기 위해,
무거운 도끼로 땅에 억눌린 짐승 목덜미 위에 휘둘러도
다하지 못했습니다.
그것은 다가오는 적이나 신이 간섭하여 못하게 막았기 때문입니다. 8590

합창 어떤 일이 일어날지 생각해 낼 수 없어요.
왕비님이시여, 용기를 내어
안으로 걸어 들어가 보세요!
뜻하지 않게, 좋은 일과 나쁜 일이
사람에게 찾아오는 것이지요. 8595
미리 알려주어도 우리들은 믿지 않아요.
트로야는 불타 버리고, 우리 눈앞에

죽음을, 치욕적인 죽음을 보았지요.
그래도 우리는 여기서 기꺼이,
당신에게 가까이 가서 봉사하고, 8600
하늘에서 빛나는 눈부신 태양과,
지상에서 가장 아름다운 모습을 쳐다보며,
자애 깊은 당신과 행복에 찬 우리들을 기뻐하지 않는가요?

헬레나 앞으로 무엇이 기다리고 있을지라도,
주저없이 왕궁의 계단을 올라가는 것이 나의 일입니다. 8605
오랫동안 떨어져 있어서, 줄곧 그리워하고, 거의 잃어버릴 뻔했던 이 왕궁이,
어쩐 일인지 또다시 내 눈앞에 서 있습니다.
그러나 어렸을 때는 단숨에 뛰어넘었던 이 높은 계단도
이제는 기운을 내서, 가벼운 발걸음으로 올라가지 못하게 되었습니다. (퇴장한다.)

합창 비참하게 붙잡혔던 8610
자매들이여, 그 슬픔을
멀리 던져 버리세요.
돌아오는 것이 늦기는 했지만
발걸음은 한결 확실하게,
아버지의 집 난로 옆으로 8615
기쁜 마음으로 돌아오는
여왕님의 행복을 같이 나누세요.
헬레나의 영광을 함께 축복하시오.
행복을 되찾아,
고향길로 인도해 주었던 8620
성스러운 신들을 찬미하시오!
해방된 사람은,
날개를 타고 가는 것처럼,
아무리 거친 운명이라도 뛰어넘지만,

죄수들은 감옥의 8625
벽 저쪽을 그리워하며,
팔을 뻗치면서 괴로움으로 몸이 여윕니다.

그러나 어떤 신이
멀리 떠나셨던 왕비님을 붙잡고
트로야의 폐허에서 이곳으로 8630
새로 장식된
유서 깊은 아버지의 집으로,
되돌아 오셨어요.
이루 말할 수 없는 기쁨과
쓰라린 고통을 겪은 다음에, 8635
지나간 젊은 날을
다시금 생각해 보라는 거지요.

판탈리스 (합창을 지휘하는 여자)
이제는 노래의 기쁨에 싸인 길을 떠나시어,
눈길을 대문 쪽으로 돌려 보시오!
자매들이여, 어찌 된 일인가요? 왕비께서 8640
성급한 걸음걸이로 다시 이리로 돌아오고 계시지 않나요?
귀하신 왕비님께서 어찌 되셨나요?
궁전의 홀에서 하인들의 인사대신에
어떤 놀랄 일을 당하셨나요? 숨기지 마세요.
얼굴에 불쾌한 빛*이 나타나 계시니까요. 8645
분노와 놀라움과 싸우고 계신 것 같아요.

헬레나 (대문을 연 채로 흥분한 듯이)
웬만한 공포로 놀래는 것은 제우스의 딸*답지 못할뿐더러,
순간적인 가벼운 놀라움은 나에게 영향을 주지 못합니다.
그러나 태초의 어두운 밤의 품에서 태어나,
지금도 갖가지 모습으로, 마치 화산의 분화구에서 용솟음치는 8650

불붙는 구름 같은 그런
공포는 영웅의 가슴이라도 떨게 할 것입니다.
오늘은 지옥의 영들이 집안으로 들어가는 나에게,
불길한 예감*을 주었으니,
나는 쫓겨난 손님처럼, 종종 드나들고, 8655
오랫동안 그리워하던 문지방을 멀리 떠나가고 싶어졌습니다.
그러나 그렇게는 안 될 것이다! 비록 해가 비치는 곳에서 물러났지만,
그대들이 어떤 힘을 가지고 있다 하더라도, 이 이상
나를 내쫓지는 못 할 것입니다.
제사를 드릴 생각을 해야겠습니다. 그리하여 마음과 몸이 깨끗해지면,
화롯불은 우리들 부부를 함께 따듯이 맞이해 줄 것입니다. 8660

합창을 지휘하는 여자 왕비님이여, 공손하게 봉사하고 있는 하녀들에게도,
무슨 일이 있었는지 알려 주십시오.

헬레나 만일 옛날부터의 어둠이 스스로 자아낸 모습을
그 깊은 신비의 품안에 삼켜 버리지 않으면,
내가 본 것을 그대들은 스스로의 눈으로 보게 될 것입니다. 8665
그러나 그대들에게 알려주기 위해서 말로 표현해 보겠습니다.
내가 우선 할 일을 생각하면서,
왕궁의 엄숙한 내부로 경건하게 들어 갔을 때,
쓸쓸한 복도의 정적에 놀랐습니다.
빨리 오가는 사람들의 발소리도 들리지 않고 8670
바쁘게 일하는 사람들의 모습도 눈에 띄지 않았으며,
전에는 어떤 손님이라도 늘 다정하게 맞이해 주었던
하녀나 여집사의 모습도 보이지 않았습니다.
그런데 내가 부엌* 옆으로 가까이 갔을 때,
불이 꺼진 잿더미의 희미한 빛에 8675

복면을 한 커다란 여자가 바닥에 앉아 있는 것이 보였습니다.
그것은 잠자고 있다기보다는 생각에 잠겨 있는 것 같았습니다.
나는 남편이 자리를 비운 틈을 염려해서,
집에 데려다 놓은 여집사라고 추측했기에
주인다운 말투로 일하라고 일렀습니다. 8680
그러나 그 여자는 주름잡힌 옷을 걸친 채 움직이지도 않았습니다.
나중에 내가 위협을 하자, 그 여자는 오른쪽 팔을 들어 올리더니,
나를 부엌과 홀로부터 나가라는 손짓을 했습니다.
나는 화를 내고 돌아서서 얼른 계단 쪽으로 갔습니다.
그 계단 위에는 부부의 침실이 장식되어, 8685
높다랗게 꾸며져 있었고, 그 옆에는 보물 창고가 있었습니다.
그런데 그 이상 야릇한 여자는 바닥에서 벌떡 일어나더니,
명령하듯 내가 가는 길을 가로 막았는데, 그의 모습은 마르고 컸으며,
들어간 눈은 충혈되어 흐리고,
눈과 마음을 어지럽히는 이상한 모습이었습니다. 8690
그러나 아무리 말해 봐도 아무 소용이 없습니다. 아무리 말로 표현해도
사물의 모습을 창조적으로 만들어 낼 수는 없는 것입니다.
저 실물을 보십시오! 그 여자가 햇빛이 비치는 곳에까지 나왔습니다!
여기라면 주인인 왕께서 돌아오실 때까지 우리가 주인이 되지요.
저 무서운 밤의 괴물들은, 미(美)를 사랑하는 태양신인 푀부스가 8695
동굴 속으로 몰아 넣거나, 묶어 버릴 것입니다.

(포르키아스가 문기둥 사이 문지방에 나타난다.)

합창 나의 고수머리는 싱싱하게 관자놀이에 물결치지만,
나는 여러 가지 많은 일을 겪었어요!
비참한 전쟁과

베크만 그림

트로야 성이 함락됐을 때의 밤에는 8700
무서운 것을 많이 봤어요.

구름이 지옥에 끼고 먼지를 일으키며,
아우성치는 군사들 사이에,
신들이 부르짖는 무서운 소리와,
불화의 여신이 외치는 무쇠처럼 날카로운 소리가 8705
들을 넘어 성벽 쪽으로 울리는 것을 들었어요.

아아, 트로야의 성벽은 아직도 서 있었지만,
그때 화재는 벌써
이웃에서 이웃으로 번져
여기저기에 스스로 일으킨 폭풍의 아우성 소리로, 8710
밤거리를 넘어서 퍼져 나갔어요.
연기와 불길이
활활 타오르는 불꽃 사이를 뚫고
무섭게 격분한 신들이 다가와서,
불로 둘러싸인 검은 연기 속을 8715
거인처럼 신기한 모습으로 걸어가는 것을,
나는 도망치면서 보았어요.

내가 과연 그것을 보았는지,
불안에 휩쓸린 마음이
그렇게 어지러운 것을 만들어 냈는지 알 수 없어요. 8720
나로선 말할 수 없지만, 그러나 그 무서운 모습을
직접 이 눈으로 목격했다는 것,
그것만은 틀림없다는 것을 알고 있어요.
만일 두려운 마음이 위험한 것에 가까이 가지 못하도록,
나를 붙잡지 않았더라면, 8725
나는 두 손으로 그것을 잡을 수도 있었을 거예요

그대는 포르키아스의 딸 중에서,
대체 어느 딸인가?
나는 그대를 그 족속과 8730
비교하지 않을 수 없으니까요.
아마 그대는 태어날 때부터,
하얀 머리칼과 눈 하나 이 하나를
번갈아 사용하는 그라이에의 딸 같은데 그 중에서,

어느 한 사람으로서 모습을 나타낸 것인가요? 8735

그대는 괴물의 몸으로서, 감히
세상의 여인과 어깨를 겨누어,
태양신 푀부스의 날카로운 눈앞에,
대담하게 모습을 보이려고 하는 것인가요?
그렇다면 자, 나오세요. 8740
푀부스는 추악한 것을 보지 않으니까요.
태양신의 신성한 눈은 아직도,
그림자를 본 일이 없으니까요.

그러나 딱하게도 슬픈 숙명은
죽어야 될 운명을 지닌 우리 인간으로 하여금, 8745
다시 없는 눈의 쓰라림을 느끼게 해요.
그것은 추악하고, 영원히 저주받은 자가
미를 사랑하는 자에게 일으키는 고통이지요.

그래도 뻔뻔스럽게 우리들에게 덤벼들려고 하면,
저 저주에 귀를 기울여 봐요. 8750
신들에 의해서 만들어진 행복한 자들의
저주하는 입에서 흘러나오는 여러 가지
비난과 위협을 들어 봐요.

포르키아스 수치와 아름다움이 손을 맞잡고
이 지상의 초록빛 길을 걸어가는 일이 없다고 하는 말은, 8755
옛부터 전해지지만, 여전히 고상하고 참된 뜻을 가지고 있어요.
이 두 가지에는 오랜 증오가 깊이 뿌리박혀 있어서,
어떤 길에서 만나더라도,
서로 등지고 적대시하며,
저마다 더 빠른 걸음으로 앞서 걸어가지요. 8760

수치는 우수에 잠기지만, 아름다움은 뻔뻔스러울 뿐이요.
만일 노년기가 닥쳐와서 둘을 묶어 버리지 못한다면,
그들은 결국 저승의 허무하고 어두운 밤 속에까지 그대로 들어가 버릴 것이오.
너희들 뻔뻔스런 계집들은 낯선 곳에서
교만한 얼굴로 들어왔다고 알고 있는데, 8765
그것은 높고 쉰 목소리를 내는 학(鶴)의 떼*가 기다란 구름 속에서,
머리 위를 날면서 지상으로 소리를 보내면,
이에 끌려서 묵묵히 걸어가는 나그네도 하늘을 쳐다 보지요.
그러나 학은 그대로 자기 길을 날아가고,
나그네도 자기 길을 걸어가고, 우리들도 그럴 것이오. 8770
왕의 높은 궁전 주위에서 마치 메나데처럼* 소란스럽게,
술 취한 사람처럼 떠들어 대는 자네들은 대체 누구인가?
달을 향해 짖는 개의 무리처럼 이 궁전의 여집사를 향해,
짖어대는 자네들은 누구인가?
내가 너희들의 정체를 모른다고 생각하는가?
전쟁터에서 태어나 자란 젊은 년아! 8775
남자를 꾀기도 하고, 그 꾀임에 넘어가기도 하며, 군인과 시민의
양쪽 힘을 위축시키는 색골년아!
너희들이 모여 있는 것을 보면, 초록빛 밭의
곡식 위를 덮고 있는 메뚜기 떼와도 같아, 8780
다른 사람의 부지런함을 좀먹는 계집들이다!
싹이 돋아나온 나라의 재물을 훔쳐먹어 없애 버리는 것들이다!
정복당해, 시장에 팔리고, 교환되는 물건들같구나!

헬레나 안주인이 있는 데서 하인들을 비난하는 것은, 8785
주제넘게도 그 부인의 가정에 대한 권리 침해입니다.
칭찬할 것을 칭찬하고, 비난할 것에
벌을 주는 것은 오로지 안주인만이 할수 있기 때문입니다.
위세가 당당한 트로야의 도시가 포위되어,

함락되고 멸망하였을 때, 이 하인들이
나에게 보여준 그 봉사에 대해 만족하고 있습니다. 그것에 못지 않은 것은 8790
우리가 바다에서 헤매일 때, 쓰라린 고생을 서로 견디어낸 일입니다.
그런 경우에는 누구나 자기 자신의 일만을 생각하기 쉬운 것이지요.
여기에서도 이 갸륵한 사람들로부터 똑같은 봉사를 받고 싶습니다.
주인은 하인이 누구인지도 묻지 않고 어떻게 봉사하는가에 관해서만 문제삼습니다.
그러니까 그대는 입을 다물고, 이 이상 다른 사람을 비웃는 태도는 그만둬야 합니다. 8795
그대가 안주인 대신에 왕궁을 이제까지 잘 지켜준 것은, 그대의 공적이라고 생각합니다.
그러나 이제 안주인인 내가 돌아온 이상 당신은 물러나는 것이 좋겠습니다.
그것에 상당한 보상을 받지 못하고, 벌을 받는 일이 있어서는 안 되니까요.

포르키아스 하인을 꾸짖는 것은 신의 은총을 받은 임금님의 고귀한 왕비께서 8800
오랜 세월 동안 집안을 잘 다스린 보수로서,
당연히 받는 훌륭한 권리이지요.
이제 당신이 새로 인정을 받고,
왕비로서 그리고 안주인으로서 본래의 지위에 돌아가는 이상,
전부터 느슨하게 풀어 놓은 고삐를 고쳐 잡고 다스리며 8805
보물과 우리들을 함께 거두어주시오.
그러나 무엇보다도 당신처럼 아름다운 백조 옆에서는,
날개도 제대로 돋지 못한 거위처럼 소리치는
이 여자들로부터 늙은 나를 보호해 주십시오.

합창을 지휘하는 여자 아름다운 분이 옆에 있으면, 미운 것은 더 잘 드러나 보이지요. 8810

포르키아스 현명한 사람과 비교하면 무분별한 사람은 얼마나 더 무분별하게 보일까.

(이때부터 합창대에서 한 사람씩 나와서 대답한다.)

합창대원 1 부친 에레부스*와 모친 밤에 관해서 이야기해 보세요.

포르키아스 그럼 너의 육친의 종자매 스킬라*에 관해서 이야기 해봐라.

합창대원 2 당신의 혈통에는 여러 가지 괴물이 나타나는군요.

포르키아스 지옥으로 가거라*! 거기서 너의 친척을 찾아봐라. 8815

합창대원 3 지옥에 사는 자는 모두 당신보다는 너무 젊어요.

포르키아스 너는 눈 먼 점쟁이 티레지아스* 노인의 정부라도 되지 그래.

합창대원 4 오리온*의 유모는 당신의 증손이었지요.

포르키아스 하르피에*가 너를 오물 속에서 길렀을 거야.

합창대원 5 무엇을 드셨기에 그다지도 마르셨나요? 8820

포르키아스 네가 그렇게 빨고 싶어하는 피 같은 건 아닌지.*

합창대원 6 자신이 송장이면서 송장을 먹고 싶어하는* 모양이지요!

포르키아스 너의 뻔뻔스러운 입에서는 흡혈귀의 이빨이 빛나고 있어.

합창을 지휘하는 여자 내가 당신의 정체를 밝히면, 당신은 말문이 막힐 거예요.

포르키아스 그러면 너부터 먼저 이름을 대라, 그래야 수수께끼가 풀릴 것이야. 8825

헬레나 나는 성은 내지 않지만 슬픈 마음으로 당신네들 사이에 끼여들어,
그처럼 격렬하게 다투지 말라고 하겠습니다!
주인의 입장에서는 충실한 하인들의

남몰래 곪은 불화만큼 화를 가져오는 것은 없습니다.
그렇게 되면 주인의 명령이 곧 실천에 옮겨져 8830
순조롭게 되돌아올 수는 없는 노릇입니다.
아니, 스스로 갈피를 잡지 못하고 헛되게 꾸짖는
주인의 주위에서 제멋대로 맴돌 뿐입니다.
그뿐만이 아닙니다. 그대들은 방종하게도 분격한 나머지
불길한 자들의 무서운 모습을 마법으로 불러내어 8835
그것들이 나에게 몰려와 나는 고향땅에 있으면서도,
내 몸은 지옥으로 끌려간 기분입니다.
이것은 옛 추억입니까? 그렇지 않으면 나를 사로잡은 망상입니까?
여러 도시를 황폐케 한 여자의 무서운 꿈의 그림자는
과거의 나, 현재의 나, 아니면 미래의 나 중에 어느 걸까요? 8840
시녀들은 떨고 있는데, 가장 나이 많은 당신은
아무렇지도 않은 듯이 서 있습니다. 이해가 가도록 설명해 주십시오.

포르키아스 오랜 세월을 두고 겪은 갖가지 행복을 떠올리는 사람은,
나중에는 가장 고귀한 신들의 은총까지도 꿈같이 여기는 법이지요.
그러나 한없이 어마어마한 은총을 받았던 당신이 8845
평생에 걸쳐 만난 남자란, 어떤 대담한 모험에 대해서도
서슴지 않고 바로 뛰어들어간, 사랑에 불타는 사람들 뿐이었어요.
일찍이 저 헤라클레스처럼 굳세며,
체격이 당당하고 용모가 아름다운 테세우스*가 흥분하여 당신을 붙잡았어요.

헬레나 겨우 열 살밖에 안 되는 가냘픈 노루와 같은 나를 유괴하여, 8850
아티가에 있는 아피드누스의 성에 가둬 두었습니다.

포르키아스 그러나 바로 카스토르와 폴룩스에 의해서 구출되었으며,
뽑힌 영웅들 사이에서 구혼의 대상이 되었지요.

헬레나 그러나 솔직히 고백해서, 내가 마음속으로 가장 좋아한 것은

베크만 그림

펠리데*와 꼭 닮은 파트로쿨루스*였습니다. 8855

포르키아스 그러나 아버지의 뜻을 받들어 대담한 항해자이며,

집을 잘 다스리는 메넬라오스에게 시집을 갔지요.

헬레나 아버지는 딸과 함께 나라의 통치까지 그에게 맡겼습니다.

우리 부부 사이에서 헤르미오네라는 아이가 태어났습니다.

포르키아스 그런데 메넬라오스가 크레타 섬의 유산을 용감하게 쟁취하러 나간 사이에, 8860

외로운 당신에게 너무나 미남인 손님 한 분이 나타났지요.

헬레나 왜 당신은 반과부 생활을 하고 있던 그 당시를 생각하고 있어요?
그것으로 말미암아 얼마나 무서운 재난이 나에게 생겼습니까?
포르키아스 그 원정 때문에 자유의 몸으로 태어난 크레타 섬 출신의 여자인 나도,
포로로 잡혀 오랫동안 노예의 몸*이 되었지요. 8865
헬레나 그러나 왕께서는 당신을 곧 여집사로 임명하시고,
성과 애써서 얻은 보물까지도 맡겼습니다.
포르키아스 당신은 그 성을 버리고
탑으로 둘러싸인 트로야의 도시와 끊임없는 사랑의 쾌락에 끌려갔지요.
헬레나 쾌락이란 말씀은 입에 올리지도 마십시오! 8870
한없이 쓰라린 고통이 이 가슴과 머리에 내렸어요.
포르키아스 그러나 소문에 의하면 당신은 두 개의 모습으로 나누어져서,*
트로야와 이집트에도 나타나셨지요.
헬레나 미친 듯 어수선한 마음을 뒤흔들어 놓지 마십시오.
나는 지금도 어느 쪽이 나 자신인지 알지 못하고 있습니다. 8875
포르키아스 그뿐 아니라, 사람들은 말하기를 아킬레스까지도 허무한 저승의 나라에서 떠올라와,
당신을 열렬히 사랑했다고요!
그는 전에도 온갖 운명을 거역하면서 당신을 사랑한적이 있었지요.
헬레나 나와 그분은 서로 환상의 몸으로 함께 어울렸을 뿐입니다.
전설에도 그것은 꿈이었다고 말하고 있습니다. 8880
나는 거품처럼 사라져서, 스스로 우상이 될 것만 같습니다.

(합창대의 한쪽 사람들 팔에 쓰러진다.)

합창 말하지 마오. 말하지 마오!

잘못 보고, 거짓을 말하는 사람!
기분 나쁜 입에는 이가 하나뿐,
무서운 외이빨 입술의 흉악한 목구멍에서, 8885
무슨 그런 소리를 내뱉는가!

인자한 양의 털가죽에,
사나운 이리*의 분노를 감추는 나쁜 놈
머리가 셋 달린 지옥의 개의 아가리*보다
나에게는 훨씬 소름이 끼치지요. 8890
우리는 불안에 떨면서 서서 살피지요.
언제, 어디서,
간계를 부리고,
음침하게 노리는,
괴물이 뛰어나오지나 않을까 하고.

그런데 친절하게 위로해 주고, 8895
근심걱정까지도 잊게 하는 부드러운 말 대신에,
그대는 모든 과거지사의
좋은 것보다는 나쁜 것을 끄집어내어,
현재 비치는 빛만이 아니라
희미하게 비치는 8900
미래의 희망까지도
모두 흐리게 하지요.

말하지 마오, 말하지 마오!
이제 곧 꺼져 가려고 하는
왕비의 영혼이 8905
그대로 참고 버티며,
과거에 햇빛이 비춰 주었던 모습중에서

가장 아름다운 모습을
꼭 붙잡아 두어야 해요.

(헬레나는 기운을 차리고 다시 한복판에 선다.)

포르키아스 얇은 베일에 싸여 있어도 우리 눈을 즐겁게 하고, 이제 눈부시게 빛나며,
세계를 다스리는 거룩한 오늘의 태양이여, 뜬구름 속에서 나와 주세요. 8910
세계가 눈앞에 전개되고 있는 광경을 부드러운 눈초리로 보고 계세요.
그들은 나를 밉다고 나무라지만, 나도 아름다운 것을 잘 알고 있어요.

헬레나 현기증이 일 것 같은 쓸쓸한 곳에서 비틀거리며 나왔기 때문에,
몸이 피곤하여 잠깐 쉬고 싶습니다.
그러나 아무리 무서운 사고가 생기더라도 침착하게 8915
용기를 잃지 않는 것이 왕비로서, 인간으로서 취하는 태도입니다.

포르키아스 당신은 위엄과 아름다움을 갖추고 우리들 앞에서 계시지만,
눈초리에는 무엇인지 명령의 빛이 엿보이는데, 무슨 분부인지 말해 주세요.

헬레나 당신들이 말다툼을 하여 시간 낭비한 것을 메우기 위해,
왕께서 나에게 분부하신 대로 빨리 제물의 준비를 해주십시오. 8920

포르키아스 궁전에는 모든 것이 준비되어 있어요. 그릇, 삼발이 향로, 날카로운 도끼,
붓는 물과 피우는 향도 갖추어져 있어요. 재물로 바칠 것을 지시해 주세요!

헬레나 왕께서는 아무것도 지적하시지 않았습니다.

포르키아스 말씀이 없으셨다고요? 딱하군요!

헬레나 무엇이 딱하다는 겁니까?
포르키아스 왕비님, 당신이 바로 제물*입니다!
헬레나 내가 말입니까?
포르키아스 그리고 이 여자들도.
합창 아아, 슬프고 괴롭구나!
포르키아스 당신은 도끼로 잘리는 겁니다. 8925
헬레나 무서워라! 그런데 짐작은 하고 있었지요. 불쌍한 내 신세!
포르키아스 피할 도리가 없는 것 같아요.
합창 아아, 그러면 우리는 어떻게 되지요?
포르키아스 왕비님은 숭고한 죽음을 맞이하시게 되지요.
그러나 너희들은 그물에 걸린 지빠귀처럼, 지붕 추녀를 떠받드는 높은 대들보에
나란히 주렁주렁 매달려 죽게 될 것이다.

(헬레나와 합창대는 미리 마련된 의미심장한 군상이 되어
자못 무섭고 놀라운 기색으로 서 있다.)

포르키아스 유령들이여*! ——그대들은 자기의 소유도 아닌 태양과 헤어질까봐 두려워서, 8930
굳어진 조각상처럼 우두커니 서 있나요.
인간들도 그대들과 같은 유령이지만,
장엄한 햇빛을 단념하기를 싫어하지요.
그러나 아무도 그대들을 위해서 탄원하여 그 죽음을 구제해 주려고 하지 않아요.
누구나 그것을 알고 있지만, 감수하려 하는 자는 아주 조금이지요. 8935
아무튼 그대들은 구제될 길이 없어요! 그러면 일을 시작하기로 하지요.

베크만 그림

(손뼉을 친다. 그러자 입구에 얼굴을 가린 난쟁이들*이 나타나
명령이 내려지는 대로 빨리 실천에 옮긴다.)

어서 나와요, 음침하고 대굴대굴 둥근 괴물들아!
이쪽으로 굴러 나와요. 여기엔 마음껏 해칠 것이 있어요.
황금뿔로 장식되어 있는 제단을 이 자리에 갖다 놓고,
도끼는 은빛 가장자리 위에 번쩍번쩍 빛나도록 올려 놓고, 8940
검붉은 피의 기분 나쁜 얼룩을 씻어 버리기 위해서,
물독에 물을 가득 채워 두어요.
또 이 먼지 위에 양탄자를 잘 깔아요.
제물이 될 희생자가 왕비답게 무릎을 꿇고
목이 잘려지면 마침내 양탄자에 둘둘 말아서 8945
귀하신 몸으로 묻혀야 하니까 말이야.

합창을 지휘하는 여자 왕비께서는 생각에 잠겨 이 쪽 옆에 서 계신다.
시녀들은 목장의 베어진 풀처럼 시들어져 있어요.
그러나 아주 늙어 꼬부라진 할머니인 당신과 이야기 하는 것은
가장 나이 많이 먹은 나의 신성한 의무처럼 느껴져요. 8950
이 여자들은 버릇없이 당신을 잘못 대했지만,
당신은 현명하며 경험도 많고 우리에게 호의를 가졌지요.
어떻게 해서라도 살아나갈 길이 있으면 말해 주세요.

포르키아스 말하자면 간단하지요. 자기 자신뿐만 아니라 덤으로 당신네들도 살 수 있는 길은,
오로지 왕비 한 분에게 달려 있으니까요. 8955
왕비님의 결심이 필요해요. 그것도 빠를수록 좋지요.

합창 운명의 여신 파르체 중에서 가장 귀하고 현명하신 무당인 시빌레* 당신은,
생명을 끊는 금 가위를 거두시고, 어떻게 해야 구제되고 언제쯤 살게 되는지 알려 주세요.
우리들은 우선 춤추고 즐기며, 다음에 애인의 가슴에서

쉬고 싶어하는데, 그 팔다리는 벌써 8960
허공에 매달려 버둥거리고 있는 것같이 느껴져요.
헬레나 이 여자들이 두려워하는 건 별도리가 없는 일이지요! 나는
고통스럽지만 무섭지는 않습니다.
그러나 살 길이 있다면, 난 기꺼이 따라가겠습니다.
현명하고 널리 살피는 사람에게는, 불가능한 일도 때로는
가능케 할수 있습니다. 자, 그것을 말씀해 주십시오. 8965
합창 자, 빨리 말해 주세요. 지긋지긋한 목걸이가 되어서,
우리들의 목을 감으려고 하는 무섭고 소름 끼치는 끈을
어떻게 하면 벗어날 수 있을까요? 모든 신의 귀한 어머니이신 레
아*여,
만일 당신이 우리를 불쌍히 여겨 주지 않는다면, 불쌍한 우리는
벌써 숨이 끊어지고 질식할 것만 같아요. 8970
포르키아스 당신들은 내가 지금부터 하는 이야기를 조용히 참고
들어 줄 수 있나요? 거기에는 여러 가지 긴 이야기가 있어요.
합창 참고 말고요! 듣고 있는 동안은 우리는 살고 있으니까요.
포르키아스 집에 남아서 귀중한 보물을 지키고,
궁전 벽의 벌어진 틈을 고치며, 8975
지붕의 비 새는 곳을 막을 줄 아는 사람은
기나긴 평생을 행복하게 보낼 수 있지요.
그러나 신성한 문지방을 가로 지르는 똑바른 통로를,
쉽사리 방정맞은 걸음걸이로 건방지게 건너가는 사람은,
다시 돌아와 보면 그것은 옛 장소일 뿐, 8980
부서져 있지는 않더라도 모두 변해 버린 것을 알 수 있어요.
헬레나 어째서 그처럼 빤히 알고 있는 이야깃거리를 여기서 말하는
겁니까?
이야기를 한다 하고 불쾌한 것을 들추어 내지 마십시오.
포르키아스 이것은 사실대로 말하는 것이지*, 결코 나무라는 것은
아닙니다.

메넬라오스 왕은 해적으로서 이 후미에서 저 후미로 돌아다니고, 8985
해변가와 섬에서 모든 물건을 약탈했고,
약탈한 물건을 가지고 돌아와서 궁전 안에 감추어 놓았어요.
트로야를 공략하는 데 십 년이란 세월을 보냈지만,
배를 타고 돌아오는 데는 몇 해나 걸렸는지 알 수 없어요.
그런데 헬레나의 부친 틴다레오스의 고귀한 궁전 주위의 땅은, 8990
어찌 되었을까요? 주위의 국토는 어떻게 되었을까요?

헬레나 아무래도 당신은 남을 비난하는 것이 몸에 배어서,
남의 트집을 잡지 않고서는 입을 놀릴 수 없는 것 같습니다.

포르키아스 스파르타 뒤 북쪽을 향해 점점 높아지고,
타이게토스 산을 뒤로 하고 있는 저 골짜기는, 8995
오랜 세월을 두고 사는 이조차 없고, 거기서 나와서 쏟아지는
시냇물은 오이로타스 강이 되어, 이곳 골짜기에 있는
갈대의 강변을 흐르며, 궁전의 백조를 먹여 키워 주고 있어요.
그곳 계곡에는 북쪽 어두운 나라로부터,*
대담한 종족*이 쳐들어와 자리잡고 살며, 9000
기어올라갈 수도 없는 단단한 성벽을 쌓고,
거기서 제멋대로 근방의 나라와 백성을 괴롭히고 있어요.

헬레나 그런 일을 할 수 있었습니까? 전혀 불가능한 것 같은데요.

포르키아스 충분한 시간이 걸렸지요. 아마도 20년의 세월*이 흘렀
겠지요.

헬레나 우두머리는 하나입니까? 도둑들은 많은가요? 작당을 하고 있습니까? 9005

포르키아스 도둑의 무리는 아니지만, 한 사람은 우두머리이지요.
나도 벌써 습격을 당했지만, 그를 나쁘게 말하고 싶지는 않아요.
무엇이든 다 빼앗을 수도 있었는데도, 약간의
헌납물로 만족하였으며, 그것을 공물이라고 부르지는 않았어요.

헬레나 그 남자는 어떻게 생겼습니까?

포르키아스 나쁘지 않았어요! 내 마음에 들었어요. 9010
쾌활하고, 용감하고, 체격이 좋고

그리스 사람으로는 거의 보기 드물 정도로 이해심이 깊은 사람이
지요.
사람들은 저 종족을 야만인이라고 욕하는데, 트로야의
성 밖에서는 식인종처럼* 행동한 그리스 영웅도 적지 않았지만,
그처럼 잔인한 사람은 한 사람도 없었던 것 같아요. 9015
나는 그분의 위대함을 존경해요. 신뢰도 할 수 있어요.
거기다가 그의 성 말인데요. 직접 한번 눈으로 보세요!
저것은 애꾸눈의 거인족 키클로페스*가 자기 방식대로
한 것처럼, 당신의 선조가 거친 돌 위에
간단히 천연석을 굴려서, 아무렇게나 쌓아올린 9020
그런 서투른 성벽과는 전혀 다르게, 거기서는
모든 것이 수직과 수평 규칙적으로 되어 있어요.
밖에서 보세요! 하늘을 향해 우뚝 솟아 있고,
튼튼하게 이은 자리가 틈없이 잘 들어맞아 강철처럼 미끈하지요.
성벽에 기어올라가 보려고——그렇게 생각만 해도 미끄러져 떨어
져 버리지요. 9025
성안에는 커다란 마당의 빈터가 있으며, 그 주위에는 모든 종류
의 집과 용도가 다른 건물이 둘러서 있지요.
거기에는 크고 작은 둥근 기둥들, 크고 작은 아치들,
안팎을 내다보기 위한 발코니와 회랑,
그리고 문장까지도 볼 수 있지요.

합창 문장이 뭐지요?

포르키아스 아약스*가 그 방패에 9030
휘감긴 뱀을 붙이고 다녔던 것은 그대들도 보았을 거요.
테베를 공격한 일곱 용사*들도 저마다 그 방패 위에,
뜻 깊고 풍부한 무늬를 붙이고 있었지요.
그 방패에는 밤하늘에 빛나는 달과 별, 여신과 영웅,
사다리, 칼, 횃불, 그 밖의 여러 가지의 9035
평화스런 도시를 위협하는 위압적인 도구를

우리 용사의 무리도 조상 대대로,
다채롭게 붙이고 있지요.
거기에는 사자와 독수리, 발톱과 부리,
물소의 뿔, 날개, 장미, 공작의 꼬리, 그리고 9040
금빛과 은빛, 검정, 파랑, 빨강 색의 줄무늬도 있지요.
그런 것들이 세계처럼 넓고 끝없는 홀에,
열을 지어 걸려 있어요.
거기서는 춤도 출 수 있어요!

합창 저어, 거기에는 춤추는 남자도 있나요?

포르키아스 가장 훌륭한 남자들이지요! 청춘의 냄새가 물씬 나는 9045
금발의 고수머리를 가진 씩씩한 젊은이!
파리스가 왕비님에게
가까이 다가왔을 때, 너무 유별나게 이런 냄새를 풍겼지요.

헬레나 그대는 완전히,
자기 소임을 잊고 있습니다. 결국 어떻게 하라는 것인지 결론을 말해 보세요!

포르키아스 그것은 당신이 말씀하셔야지요. 진심으로 똑똑히 들리도록
'좋다'고 말씀하세요! 그러면 곧 그 성 안으로 안내해 드릴게요.

합창 어서 바로 그 짧은 말씀을 하시고, 당신 자신과 더불어 우리들도 살게 해 주세요. 9050

헬레나 뭐라고요? 메넬라오스 왕이 나를 그토록 잔인하게 해칠 수 있다는 말입니까?

포르키아스 벌써 잊으셨나요? 그는 전사한 파리스의 동생 데이포부스*가,
과부가 된 당신을 악착같이 손아귀에 넣어, 9055
교묘하게 첩으로 삼았다고 해서, 들어 보지 못했을 만큼,
무참히도 코와 귀를 조각조각 절단했을 뿐 아니라,
다른 부분도 베어 버렸어요. 보기만 해도 무서운 광경이었어요.

베크만 그림

헬레나 그가 그 남자에게 그런 짓을 한 것은 오로지 나 때문입니다.

포르키아스 왕은 그 남자 때문에 당신에게도 같은 짓을 하시겠지요. 9060
미녀를 둘이서 나누어 가질 수는 없으니까요. 미녀를 혼자서 소유한 사람은,
나누어 갖는 것을 저주하여, 도리어 죽여 버리지요.

(멀리서 나팔소리*가 들린다. 합창대는 공포에 떤다.)

나팔 소리가 귀와 창자까지도 찢듯이
과거에 차지하고 있었던 것을 이제는 잃어버리고,
갖지 못하는 것을 결코 잊어버리지 못하는 9065
남자의 가슴에는 질투가 도사리며 발톱으로 꼭 움켜 쥐게 되지요.

합창 저 호른 소리가 들리지 않나요?

포르키아스 어서 오십시오, 왕이시여! 제가 보고를 올리겠습니다.

합창 그러나 우리들은?

포르키아스 너희들은 확실하게 알고 있을 텐데, 왕비님의 죽음을 눈앞에 보면서,
너희들도 저 안에서 죽을 것을 각오하여라. 살아 나갈 길은 없으니까. 9070

(잠깐 휴식.)

헬레나 우선 급한대로 내가 당장 할 수 있는 일을 생각해 보았습니다.
당신이 심술궂은 악령이라는 것은 나도 잘 알고 있습니다.
그래서 좋은 것을 나쁜 것으로 바꾸지나 않을까 걱정이 됩니다.
그러나 아무튼 당신을 따라서 성으로 가겠습니다.
그 다음 일은 다 알고 있습니다. 왕비로서 지금,* 9075
가슴속 깊이 무슨 생각을 감추고 있는지,
아무에게도 말하지 않기로 하겠어요. 할멈, 앞장서십시오!

합창 우리들은 기꺼이 가지오.
발걸음도 가볍게.
죽음을 뒤로 하고 9080
또한 앞에는
우뚝 솟은 요새의
접근하기 어려운 성벽.
왕비를 잘 지켜다오.
저 트로야의 성처럼 9085

그 성이 함락된 것은
오로지 적의 비열한 계략 때문이었다.

(안개가 퍼지며 배경을 덮는다. 그리고 가까운 경치도 가린다.)

이것은 또 어찌 된 것일까?
자매들이여, 주위를 돌아 봐요!
갠 날이 아니었던가요? 9090
성스러운 오이로타스 강에서
안개가 자욱이 끼어 떠올라요.
갈대로 장식된 정다운 강변도
이미 시야에서 사라져 버렸어요.
자유롭고 우아하고, 자랑스럽게 9095
떼를 지어 즐겁게 헤엄치고,
조용히 미끄러져 가는 백조도,
벌써 그 모습이 보이지 않게 되었어요!

그런데 이건 또 웬일인가요.
백조의 노랫소리가 들려요. 9100
멀리서 쉰 목소리가 들려 와요!
이것은 죽음을 알리는 징조라고 말해요.
그 소리가 우리에게 약속된 구원의 복음 대신에
백조처럼 기다랗고 아름답고 하얀 목을 가진
우리들과, 또 백조에게서 태어난*
우리들의 왕비에게, 9105
멸망을 고하는
소리라면,
아아, 얼마나 비참한 일일까요.
슬프고 슬픈 일이지요!

어느덧 주위의 모든 것이 9110
안개로 푹 덮이고,
우리도 서로를 알아볼 수가 없어요!
어찌 된 일일까요? 우리들은 걸어가고 있는 것일까요?
그렇지 않으면 그저 총총걸음으로,
땅 위에 떠 있는 것일까요? 9115
당신은 아무것도 보이지 않는가요? 헤르메스 신*이
우리들의 앞길을 안내하고 있는 것이 아닌가요?
번쩍이는 황금 지팡이가 우리들에게 명령하여,
잡을 수 없는 모습으로 가득 찬, 즐거움도 없이
회색빛으로 밝아오는, 영원히 허무한 9120
지옥의 나라로 돌아가라고 재촉하는 것이 아닐까요?

아아, 갑자기 어두워지며, 안개는 광채도 따르지 않고,
암회색으로 장벽처럼 사라져간다.
장벽이 우리들의 눈앞에 벌어진 시야에, 견고하게 나타난다.
안뜰일까요? 깊은 웅덩이일까요? 여하튼 소름이 끼쳐요! 아아,
여러분 9125
우리들은 붙잡혔어요. 일찍이 겪어 보지 못하게 사로잡혔어요.

성 안뜰*

중세의 호화롭고 환상적인 건물로 둘러싸여 있다.

합창을 지휘하는 여자 경솔하고, 어리석고, 정말 한심한 여자로구나!
순간에 좌우되고, 행복과 불행의 바람이 부는 대로 희롱되다니!
행복과 불행의 어느 쪽도 조용한 마음으로 참아내질 못하다니!
한 사람이 다른 사람에게 대들면 9130
반대로 그 한패들이 그 여자에게 덤벼들지. 기쁘거나 슬플 때면,

같은 식으로 큰소리로 울고 웃지요.
자, 그러면 말하지 말라! 왕비께서 거룩한 마음으로 자신과
우리들을 위해서, 어떤 결정을 내리시는지 귀를 기울이고 들어
봐라.

헬레나 피토닛사*라고 하는 점치는 여자, 어디 있어요?
이름 따위는 아무래도 좋아요. 9135
컴컴한 성의 둥근 천장의 방에서 나오세요.
만일 당신이 그 훌륭한 영웅인 왕에게 내가 온 것을 알리고,
환영 준비를 시키려 갔었다면 고마워요.
어서 서둘러 나를 그분에게 안내해 주세요.
나는 이만 방랑생활을 끝마치고 쉬고 싶을 뿐이니까요. 9140

합창을 지휘하는 여자 왕비시여, 사방을 둘러봐도 소용없는 일입니다.
그 지긋지긋한 여자는 갑자기 사라졌습니다. 아마 저 안개 속에
라도 머물러 있을 것입니다.
어떻게 왔는지는 모르지만, 우리들은 걷지도 않았는데도
그 안개 속으로부터 재빨리 나왔습니다.
그렇지 않으면 그 여자도 군주다운 정중한 인사를 받으려고 9145
성주를 찾아, 많은 건물이 기묘하게 하나로 된 것 같은
이 성 안의 미로를 헤매고 있는지도 모르겠습니다.
그러나 보십시오, 벌써 저 위의 복도나,
창가나 현관에도 많은 하인들이 바쁘게,
이리저리 움직이고 있는 것이 보입니다. 9150
저것은 공손하고 정중하게 손님을 맞이할 것을 알리고 있는 것입
니다.

합창 이제 가슴이 후련해졌어요! 아아 저쪽을 보세요.
젊은 미남자들의 무리가 예의 단정하게,
열을 지어 조용히 점잖게 내려오고 있어요.
아아, 누구의 명령으로 이렇게 일찍이 9155
저 젊은이들의 훌륭한 대열이

질서정연하게 나타났을까요?
가장 훌륭한 것이 무엇일까요, 아름다운 걸음걸이일까요?
빛나는 하얀 이마 주위에 늘어진 고수머리 일까요?
복숭아처럼 빨갛고, 부드러운 양털과 같은 9160
솜털이 나 있는 두 개의 볼일까요?
깨물어 주고 싶지만 겁이 나는군요.
말하기조차 소름이 끼치지만, 비슷한 경우에
입안이 재로* 가득 찬 적이 있었으니까요!

그런데 가장 잘 생긴 애들이 9165
이리로 오는군요.
무엇을 가지고 오는 것일까요?
옥좌에 오르는 계단
양탄자와 의자,
포장과 9170
천막과 같은 장식.
이 장식이 왕비의 머리 위에
구름처럼 돌면서
몇 겹으로 물결치고 있어요.
왕비께선 벌써 초대받고 9175
훌륭한 쿠션에 앉아 있으니까요.
자, 앞으로 나가세요.
한 계단 한 계단씩
엄숙하게 줄을 서세요.
훌륭하다 참으로 훌륭해. 훌륭하다. 9180
이와 같은 환영을 축복해야지요!

(합창대가 말한 것이 모두 하나하나 이루어진다.
파우스트, 소년과 사동이 긴 열을 지어 내려간 다음,

파우스트가 중세 기사의 궁정 복장을 하고
계단 위에 나타나 천천히 점잖게 내려온다.)

합창을 지휘하는 여자 (파우스트를 주의 깊게 쳐다보면서)
가끔 하는 것처럼, 신들이 이분에게
감탄할 만큼 훌륭한 모습과, 고상한 태도, 그리고
사랑스런 풍채를, 잠깐 동안
일시적으로 준 것이 아니라면 9185
이분이 하는 일은 무엇이든 성공하겠어요.
남자끼리의 싸움이든, 가장 아름다운 여자와의 말다툼이든,
나도 평판이 좋은 분들을 이 눈으로 많이 보았지만,
이분은 정말 다른 어떤 분보다 뛰어나네요.
영주님은 천천히 엄숙하게 정중하고도 9190
점잖은 걸음걸이로 나오시네요. 왕비님, 그쪽으로 몸을 돌려보세요!
파우스트 (묶인 사람을 데리고 다가온다)
이 자리에 맞는 엄숙한 인사와*
정중한 환영 대신에, 나는 쇠사슬로
꽁꽁 묶은 이 하인을 데리고 나왔습니다. 이 사람은
보고할 의무를 소홀히 했을 뿐만 아니라, 손님을 맞이하려는 나
의 의무를 게을리 하게 했습니다. 9195
자아, 무릎을 꿇고 이 귀하신 부인에게,
너의 죄를 털어놓아라.
귀하신 왕비님이시여, 이 사람은 이상하게 번쩍이는 눈을 가지고 있어
높은 탑에서 사방을 감시하는 임무를 맡고 있습니다.
저쪽 하늘이나, 넓은 지상도 날카롭게 살펴보고, 9200
여기저기서 일어나는 것,
언덕 부근에서 골짜기의 견고한 성에 걸쳐 움직이는 것은,
가축의 무리이건, 군대이건 모두 보고해야 합니다.
가축이라면 보호하고,

클라크 그림

군대라면 맞이하여 싸웁니다.
그런데 오늘은 이 무슨 태만한 짓입니까? 9205
당신이 오신다는 것을 이 자는 알리지도 않고
귀하신 손님에 대한 공손하고 정중한 영접을
소홀히 하였습니다. 그는 무엄한 자기 죄로
목숨을 포기하였기에 당연히 사형에 처해서, 9210
새빨간 피를 흘리고 쓰러져야 마땅합니다. 그러나
처벌하건 용서하건 오로지 당신의 뜻에 달려 있습니다.

헬레나 짐작건대 나를 시험하려는 것으로,
재판을 하라, 명령을 하라고 하시지만,
대단한 권한을 부여해 주시기에 9215
나도 재판관의 첫째 의무로서,
피고의 진술을 듣기로 하지요. 그러면 이야기해 봐요.

탑을 지키는 린코이스*
무릎을 꿇게 해주시옵고 우러러 보게 해 주십시오.
저를 죽이시든 살리시든 마음대로 하십시오.
나는 벌써 신께서 보내주신 이 부인에게, 9220
내 몸을 바쳤으니까 말입니다.

아침녘의 기쁨을 고대하면서,
동쪽에 뜨는 태양을 살피고 있었더니,
난데없이 태양은
이상하게도 남쪽에서 떠올랐던 것입니다. 9225

그쪽으로 시선을 돌리고,
산골짜기도 언덕도 보지 않고,
넓은 땅과 먼 하늘도 보지 않고,

오로지 단 하나의 모습만을 살폈습니다.

나무 꼭대기에 있는 살쾡이처럼, 9230
나는 날카로운 시력을 가지고 있지만,
이때만은 어둡고 깊은 꿈에서 깨어날 때처럼,
애쓰지 않으면 안 되었습니다.

나는 그럭저럭 제 정신이 들었던 모양이지요.?
흉벽, 탑, 닫힌 문이 보이더군요. 9235
안개가 흔들리고 안개가 사라지며,
드디어 이런 여신께서 나타나셨습니다!

눈과 가슴을 여신 쪽으로 돌리고,
부드러운 빛을 마셨습니다.
눈부신 아름다움이 9240
불쌍한 내 눈을 부시게 했습니다.

나는 감시의 임무를 잊고
맹세코 맡았던 호른을 부는 일도 잊었습니다.
나를 죽이겠다고 얼마든지 위협하십시오――
아름다움이 모든 분노를 눌러 버립니다. 9245

헬레나 나 때문에 생긴 잘못을 내가 처벌할 수 없어요.
아아, 슬프다! 얼마나 가혹한 운명이 나를 따라다니는 것일까요.
어디로 가나 남자들의 마음을 매혹하여 그 몸과 소중한 일까지도
소홀히 하게 만드니까요.
반신들과, 영웅들과, 신들과,* 9250
악령들까지도 나를 빼앗고,
꾀어내고, 싸우고, 이리저리 끌고 다니면서,

나를 여기저기로 헤매게 했지요.
홀몸일 때에는 세상을 어지럽혔고, 이중의 몸으로는 한층 더했고,
이제 삼중사중의 몸이 되어 화에 화를 면하지 못하고 있지요. 9255
이 착한 사람을 데리고 가서 석방해 주세요.
사랑의 신에 넋을 잃은 사람에게 욕을 주어서는 안 돼요.

파우스트 왕비님, 저는 사랑의 화살을 쏴서 맞히는 여인과
또 화살을 맞은 남자를 동시에 보고 놀랄 따름입니다.
그 활로 화살을 쏴서 상처를 입은 그 남자를 저는 봅니다. 9260
그런데 그 화살은 연거푸 날아들어 제 몸에도 꽂혔습니다.
성 안 마당 할 것 없이 도처에 화살에는 날개가 돋치고,
요란스럽게 울리면서 이리저리 날아다니는 것처럼 느껴집니다.
그러면 나는 무엇일까요? 당신은 대번에
어떤 충신이라도 저를 배반케 하고, 성벽까지도 위태롭게 만들었습니다. 9265
이제 나의 군대가, 늘 이기기만 하고 한 번도 진 일이 없는 왕비님에게,
순종하는 것이 아닌가 벌써 걱정이 됩니다. 이렇게 된다면 나 자신은 물론 내 것이라고 생각하던 모든 것도
당신에게 바치는 것밖에는 다른 도리가 없겠지요?
당신의 발 밑에 엎드려 자발적으로 충성을 다하며 9270
당신을 지배자로 모시도록 해주십시오. 당신은 여기 오시자마자
재산과 옥좌를 소유하셨습니다.

린코이스 (상자를 하나 들고 나타난다. 그 뒤를 역시 상자를 든 남자들이 따른다)
왕비님, 보시다시피 다시 되돌아왔습니다!
부유한 사람도 한 번만 뵙자고 애걸합니다.
그는 당신의 모습을 뵈오면, 자기가 거지처럼
가난하고 9275
또 왕처럼 부유하다는 것을 느낄 겁니다.

처음에 저는 무엇이었으며, 지금은 무엇입니까?
무엇을 바라고 무엇을 하면 좋겠습니까?
번개처럼 날카로운 눈초리도 무슨 소용이 있겠습니까!
그 눈빛은 옥좌에 부딪쳐서 다시 튀어오고 맙니다. 9280

우리는 동쪽에서* 이곳으로 왔는데,
서쪽에서는 파멸이었습니다.
기다랗고 폭이 넓은 민족의 대이동이었으며,
선두에 선 자는 맨 끝에 따라오는 자를 볼 수 없을 지경
이었습니다.

첫번째 사람이 쓰러지면 두번째 사람이 나타나고, 9285
세번째 사람은 창을 들고 나섭니다.
각자 수백 배로 기운이 나서
천 명쯤 죽어도 알아채지 못했습니다.

우리들은 앞으로 밀고 나아가 공격을 계속했습니다.
이 땅에서 저 땅으로 점령해 나갔습니다. 9290
오늘은 내가 주인으로서 명령하던 땅을
내일은 다른 사람이 약탈하여 갔습니다.

우리들은 살펴보았습니다. ——재빨리 살펴 보았습니다.
어떤 자는 가장 아름다운 여자를 붙들고,
어떤 자는 다리가 튼튼한 황소를 붙잡고, 9295
말은 모두 끌어 갔습니다.

그러나 제가 좋아하는 것은, 아무도 본 일이 없는,
진기한 것을 찾아내는 것이었습니다.
모두들 가지고 있는 거라면, 저에게는

말라빠진 풀이나 마찬가지였습니다. 9300

저는 보물이 있는 곳을 알아냈습니다.
날카로운 눈으로 찾아냈습니다.
어떤 주머니 속도 들여다보았으며,
장롱 속도 투시할 수 있었습니다.

이리하여 산더미 같은 황금은 제 것이 됐습니다. 9305
그런데 가장 훌륭한 것은 보석입니다.
당신의 가슴을 초록빛으로 만들 수 있는 것은
오로지 이 에메랄드뿐입니다.

귀와 입 사이에는, 바다 밑바닥에서 따온
달걀 모양의 진주를 달아 보시지요. 9310
홍옥은 새빨간 빰에 무색해져서
쫓겨날 지경입니다.

이와 같이 저는 최고의 보물을
당신 앞에 갖다 올려놓겠습니다.
많은 피비린내 나는 싸움의 노획물을,
당신의 발 밑에 갖다 바치겠습니다. 9315

이렇게 많은 상자를 끌고 왔습니다.
무쇠로 만든 상자라면 더 많습니다.
수행을 허락해 주신다면
보물 창고를 가득히 채워 드리겠습니다. 9320

왜냐하면 당신이 옥좌에 올라가시면,
지혜와 부귀와 권력은

단 하나의 모습 앞에,
머리를 수그리고 허리를 구부리기 때문입니다.

제가 꼭 쥐고 있었던 모든 물건은, 9325
이제는 제게서 떠나 당신의 소유가 됩니다.
귀중하고 값지고 현금처럼 가치가 있다고 생각했으나,
이제 아무것도 아니었다는 것을 알게 되었습니다.

제가 가지고 있었던 것은 사라져 버리고,
베어져 시든 풀이 되었습니다. 9330
제발 당신의 명랑한 눈길을 베푸시어,
보물이 본래의 가치를 되찾게 해주소서!

파우스트 대담하게 손에 넣었던 물건*들을 빨리 치워라.
나무랄 생각도 없지만 칭찬할 수도 없다.
성 안에 감추어져 있는 모든 것은, 9335
이제 이분의 소유이기 때문에 일부러 보여드린다는 것은,
소용없는 일이다. 저쪽으로 가서 많은 보물들을,
질서정연하게 쌓아 올려라. 한 번도 본 적이 없는
호화찬란한 광경을 보여다오!
둥근 천장을 신선한 하늘처럼 빛나게 하고 9340
생명 없는 보물로 생명 있는 낙원을 꾸며다오.
왕비께서 걸어가는 앞길에, 장식이 있는 양탄자를
차례로 펼쳐 놓아라. 그리고 발에는 부드러운 바닥이 닿도록 할 것이며,
신과 같은 이 분을 눈부시지 않게,
최고의 빛이 닿도록 하여라. 9345

린코이스 영주께서 명령하신 일은 쉬운 일입니다.
나 같은 하인이 하기에는 장난과도 같은 일입니다.
보물과 생명 위에 이 아름다운 분의

당당한 위력이 지배하고 있는 까닭입니다.
이제 모든 군대는 순해지고 9350
칼도 무디어져 소용이 없습니다.
훌륭하게 빛나는 모습 앞에는,
태양도 빛을 잃고 차가워집니다.
이 아름답고 풍성한 모습을 눈앞에 쳐다보면
모든 것이 공허하고 허무해집니다. (퇴장한다.) 9355

헬레나 (파우스트에게)
말씀을 나누고 싶으니, 어서 내 옆으로
올라 오세요! 빈 자리가 주인을
부르며 주인을 모시면 내 자리도 안전해지지요.

파우스트 우선 무릎을 꿇고 충심으로 몸을 바칠 것을 허락해 주십
시오. 귀하신 분이시여, 나를 그 곁에 9360
끌어올려 주시는 손에 키스를 하게 해주십시오.
당신의 끝없는 나라를 다스리는 공동의 통치자로서, 나를
인정해 주십시오. 숭배자, 하인, 수위를
한 몸에 겸하는 사람으로서 나를 받아들여 주십시오.

헬레나 몇 곱으로 겹치는 이상스러운 것을 보고 듣고 하니 마음속
으로 9365
거듭 놀라면서, 여러 가지를 물어 보고 싶어요.
그런데 저 사람이 말하는 것이 내게는 왜 색다르게,*
그리고 정답게 들리는지, 우선 그것을 가르쳐 주세요.
하나의 음이 다른 음에 장단맞추는 것처럼 느껴지고,
하나의 말이 귀에 익으면, 다음 말이 따라와서, 9370
앞에 나온 말에 비위를 맞추려고 합니다.

파우스트 우리 백성들의 말투가 마음에 드신다면,
틀림없이 노래도 당신의 마음을 즐겁게 하고,
귀와 마음, 깊은 곳까지 만족시킬 것입니다.
그러나 가장 정확한 것은 당장 해보는 일입니다. 9375

클라크 그림

주고 받는 말이 그것을 끌어내고 불러냅니다.

헬레나 그러면 어떻게 하면 저렇게 아름답게 말할 수 있는지 말해 주세요?

파우스트 그것은 아주 쉬운 일입니다. 마음속에서 우러 나오면 됩니다.

그리고 가슴속에 그리움이 넘쳐흐르면,

주위를 둘러보고 물어 봅니다. ——

헬레나 누구와 함께 즐기느냐고요.* 9380

파우스트 이제 마음은 과거나 미래를 보는 것이 아니라,

오로지 현재만이——

헬레나 우리들의 행복이에요.

파우스트 그 현재야말로 보배, 소득, 소유, 담보인데,

그 보증은 누가 섭니까?

헬레나 나의 손이 보증하지요.

합창* 왕비께서 성의 영주에게 9385

친절을 베풀었다고 해서

누가 의심하리요?

사실을 말하면, 우리들은 트로야가

수치스럽게도 함락되고, 불안하고, 미궁을 헤매듯

슬픈 방랑길에 오를 때부터, 9390

몇 번이나 겪은 것처럼, 모두

포로의 몸이기 때문이지요.

남자의 사랑에 익숙한 여자는

좋고 나쁜 것을 가리지는 않지만,

맛을 다 알고 있지요. 9395

그래서 황금의 고수머리 목동에게도,

검은 가시털을 가진 숲의 신에게도,

기회만 있으면 꼭 마찬가지로,

포동포동한 자기 손발을 아낌없이
마음껏 내맡긴답니다. 9400

벌써 두 분은 점점 가까이 앉아,
서로 기대고 있어요.
어깨와 어깨, 무릎과 무릎,
손과 손을 맞잡고, 옥좌의
폭신한 쿠션 위에서, 9405
몸을 흔들고 계세요.
귀하신 윗사람들은 거리낌없이,
둘이 즐기는 것을
백성들이 보는 앞에서
대담하게 보이고도 두려워하지 않아요. 9410

헬레나 나는 먼 곳에 있는 것 같기도 하고,* 또 가까운 곳에 있는 것 같이 느껴지기도 해요.
그러면서도 기꺼이 저 여기 있어요! 여기! 하고 말씀드리고 싶을 뿐이죠.

파우스트 저는 숨이 막히고, 몸이 떨리고, 말문도 막힙니다.
마치 꿈을 꾸는 것 같으며, 시간과 장소도 사라져 버렸습니다.

헬레나 생애를 다 마친 것처럼, 그러면서도 새로 시작하는 것처럼 느껴져요. 9415
나는 낯선 당신에게 정성을 다하고, 당신과 하나로 어울려 있어요.

파우스트 두 번 다시 없는 이 운명을 너무 따지지 마십시오!
순간이라 할지라도 그대로 사는 것이 의무입니다.

포르키아스 (성급하게 나타난다)
사랑의 첫걸음의 철자법을 배우고,
장난치면서 사랑을 의심하고, 9420
생각하면서 한가롭게 사랑하세요.
그러나 이제는 그럴 시간의 여유는 없어요.

당신은 둔하게 울리는 천둥소리가 들리지 않나요?
나팔소리를 들어 보세요.
파멸은 멀지 않아요. 9425
메넬라오스 왕이 큰 파도 같은 군대를 거느리고*
여기로 다가오고 있어요.
맹렬하게 싸울 준비를 갖추세요!
당신은 승리자의 무리에 둘러싸여,
데이포부스처럼 절단되고 9430
여자를 데리고 온 보복을 받게 되지요.
우선 경솔한 하녀들을 들보에 매달아 흔들거리게 하고,
이 헬레나에게 대해서도 곧
금방 간 도끼가 제단에 준비되지요.

파우스트 건방진 훼방꾼 놈 같으니라고! 꼴사납게 덤벼드는군. 9435
나는 위급한 경우라도 무의미하게 떠들고 싶지 않다.
아무리 아름다운 심부름꾼이라도 불길한 소식을 전하면 추해 보인다.
그렇지 않아도 너는 추한데, 나쁜 소식을 전하기만 좋아하는군.
그러나 이번만은 잘 안 될 것이다.
허세 부려 소리를 지르면서,
공기를 진동시켜 보아라. 여기선 위험한 것이 없다. 9440
있다 하더라도, 헛된 위협에 지나지 않을 것이다.

(신호의 횃불, 탑에서의 폭음, 여러 가지 나팔소리,
군악대, 대군의 행진.)

파우스트 아니, 이제 곧 단결된 영웅들의 무리를 보여드리지요.
가장 굳센 힘으로 여자를 지킬 줄 아는 남자만이
여자의 사랑을 받을 자격이 있지요. 9445

(대열을 떠나 가까이 다가오는 지휘관들에게.)

묵묵히 꾹 참고 있던 열렬한 투지를 가지면,
너희들은 틀림없이 승리할 것이다.
너희들, 북방 청춘의 꽃들이여,
너희들, 동방의 꽃다운 힘들이여.

강철로 몸을 무장하고 광채에 싸여, 9450
여러 나라를 쳐부순 군대들,
그들이 나타나면 대지가 흔들리고,
그들이 지나치면 천둥소리가 난다.

우리들이 필로스*에 상륙했지만,
노장 네스토르는 간 곳이 없다. 9455
모든 작은 왕국들을
자유분방한 우리 군대가 쳐부쉈다.

당장에 이 성벽으로부터 메넬라오스를
바다 저 쪽으로 쫓아내라.
그는 바다에서 헤매고, 약탈하며 숨는 게 고작이니, 9460
그것이 그의 취미이고 운명이었다.

너희들 대장들에게 인사*하라는
스파르타 왕비의 명령이시다.
자, 산과 골짜기를 왕비의 발 밑에 바쳐라.
새로이 얻은 영토는 너희들의 소유다. 9465

게르만인이여! 너는 코린트의 후미를
성벽과 방패로 지켜라!

베크만 그림

또 수많은 계곡이 있는 아하이아는
고트족이여, 너의 항전에 맡긴다.

엘리스로 향해 프랑켄 군대는 진격하라. 9470
멧세네는 작센족의 담당이다.
노르만족은 바다를 소탕하고,
아르골리스 지방을 확장하여라.

그렇게 되면 저마다 가정을 영위하고,

밖으로는 국력과 국위를 떨치는 것이다. 9475
그러나 왕비의 오랜 거성 스파르타는
너희들 위에 군림하게 하리라.

너희들이 저마다 부족 없는
나라의 삶을 즐기는 것을 왕비는 보신다.
너희들은 안심하고 왕비의 발 밑에서, 9480
보증과 권리와 광명을 찾게 된다.

(파우스트는 계단을 내려온다. 영주들은 명령과 지시를
더 자세히 받기 위해 그의 주위에 원을 그리며 둘러싼다.)

합창 절세의 미녀를 수중에 넣으려는 분은
무엇보다 먼저 실력을 갖추고
무기를 점검해 두는 게 좋아요.
그분은 이 세상에서 최고의 것을 9485
비위를 맞추어 얻었는지 모르지만,
그렇다고 마음놓고 지니고 있을 수는 없지요.
교활한 놈이 그에게서 그 여자를 훔쳐가는가 하면,
대담하게 빼앗아 가는 도둑도 있어요.
이것을 막아내도록 조심해야지요 9490

그래서 나는 우리 영주님을 찬양하고,
다른 누구보다도 훌륭한 분이라고 존경하지요.
현명하게도 평소에 용사들과 인연을 맺고 있기 때문에,
강한 사람들도 온순하게,
지시에 따라 움직이려 하고 있으며, 9495
그의 명령을 충실하게 실천에 옮기지요.
이것은 용사들 자신에게는 이익이 되고,

영주님도 그 답례로써 상을 내리게 되니
결국 양쪽이 다 높은 영예를 얻는 셈이지요.

지금은 누가 왕비를, 저 힘센 9500
주인에게서 빼앗을 수 있으리요?
왕비께서는 저분의 것이 되기를 바라고 있지요.
저분은 왕비와 함께 우리들을
안으로는 견고한 성벽으로, 밖으로는 막강한 군대로
지켜 주시니, 더욱 그렇게 되길 바라는 거지요. 9505

파우스트 여기서 이 용사들에게 주는 상금은——
각자에게 풍부한 나라를 주는 것이니까——
크고도 훌륭한 것이다. 모두들 출전하여라!
우리는 중앙을 지키고 있으리라.

모두들 서로 다투어 지켜야 할 곳은 9510
주위에는 파도가 밀려오며, 나지막한 언덕이 잇달고,
유럽의 마지막 산들과 연결되어 있는 이 반도이노라.

일찍이 왕비를 쳐다본 이 나라는*
이제는 왕비의 영토가 되었다. 9515
태양이 비치는* 어느 나라보다도 앞질러,
여러 부족들에게 영원한 행복이 있기를 빈다.
오이로타스 강의 갈대의 속삭임과 더불어,
빛을 발하며 계란 껍질을 깨뜨리고* 태어났을 때,
왕비 헬레나는 어머니와 형제 자매보다도, 9520
눈부시도록 두 눈에 광채가 영롱하였다.

이 나라는 오직 당신만을 바라보고,

제일 아름다운 꽃을 피울 것이니,
온 지구가 당신의 것이라고 하더라도,
이 조국을 가장 소중히 여기소서! 9525

산등성이에서는 톱니처럼 생긴 산봉우리가
차가운 햇빛을 감수하고 있지만,
바위는 초록빛을 띠고 있으며
염소는 알뜰히 풀을 뜯어먹고 있다.

샘물이 솟고, 모여 시냇물이 되어 흘러내린다. 9530
산골짜기와 비탈, 그리고 풀밭은 벌써 푸르러졌다.
끊어진 평야의 수많은 언덕 위에는,
양의 무리가 흩어져 가는 것이 보인다.

뿔뿔이 헤어져 조심스럽게 침착한 발걸음으로,
뿔이 돋친 소가 험한 암벽을 향하여 걸어가지만, 9535
암벽이 둥글게 패어서 수많은 동굴을 이루며,
모든 짐승에게 피난처가 되고 있다.

거기서는 목축의 신인 판이 그들을 지켜주고, 또 생명을 주는
물의 요정 님프는 축축하고 시원한 골짜기의 수풀에 살며,
서로 기대어 빽빽하게 자라는 나무들은 가지를 뻗치고, 9540
높은 곳을 그리워하며 뻗어올라간다.

이것은 해묵은 숲이다! 떡갈나무는 굳세게 솟아 있고,
그 나뭇가지들은 억세게 얽혀 있다.
단풍나무는 연하게 단즙을 머금고,
깨끗이 위로 뻗쳐서 잎사귀들과 놀고 있다. 9545

베크만 그림

조용한 나무 그늘에서는 미지근한 어머니의 젖이 솟아나와,
어린이와 새끼 양이 먹기를 기다리고,
평지에는 무르익은 과일이 가까이에 있다.
또 움푹 팬 나무 줄기에서는 꿀이 흘러내린다.

여기서는 만족한 생활이 이어지고 있기에 9550
볼과 입에도 명랑한 기분이 감돌며,
누구나 쉴 곳을 얻어 죽지 않는 몸이 되니
그들은 만족스럽고 건강하구나.

이렇게 순수한 날을 보내면서 귀여운 어린 아이는
자라나서, 아버지로서의 힘을 얻는다. 9555
우리들은 그저 그것을 보고 놀랄 뿐이고, 그들이 신인가
인간인가 하는 의문이 그대로 남는다.

사실 아폴로는 목동의 모습으로 나타났기 때문에,
목동 중에 가장 아름다운 자가 아폴로를 닮기까지 했다.
왜냐하면 자연이 순수한 영역을 지배할 때는, 9560
신의 세계와 인간의 세계가 서로 교류하기 때문이다.

(헬레나 옆에 앉아서.)

이렇게 해서 나와 당신의 뜻도 이루어졌으니
과거는 우리 뒤로 버리기로 합시다!
당신은 최고의 신에게서 태어났다는 것을 느끼시오.
당신만이 최고의 세계에 속하고 있으니까. 9565

견고한 성 안에다 당신을 가두지는 않으리!
우리들을 즐겁고 재미있게 머무르게 하려고,
지금도 아르카디아는 스파르타의 이웃에,
영원한 청춘의 힘을 간직하고 있습니다.

행복한 땅에서 살도록 권유받고, 9570
당신은 가장 명랑한 운명으로 피신해 온 것이라오!
옥좌는 그대로 정자로 변할 것이니,
우리의 행복도 아르카디아 낙원처럼 아름다울 것이오!

(무대가 완전히 바뀐다.
한 줄로 늘어선 바위 동굴에 문이 닫힌 정자가 여럿 기대어 있다.

주위를 둘러싸고 있는 절벽에 이르기까지, 그늘진 숲*.
파우스트와 헬레나는 보이지 않는다.
합창대는 여기저기 흩어져 누워 잠들어 있다.)

포르키아스 이 처녀들이 얼마나 오랫동안 잠을 잘런지 나는 모르겠어요.
내가 똑똑히 이 눈으로 본 것을, 처녀들이 9575
꿈속에서 봤는지 그것도 모르겠어요.
그러니까 잠을 깨워서 젊은것들을 놀라게 해주어야지.
결국 믿을 수 있는 기적의 해결이나 볼까 하고,
아래쪽 관람석에 앉아서 기다리고 있는 털보 여러분들*, 당신네들도 놀라겠지요.
나와요! 나와요! 빨리 고수머리를 흔들고, 9580
눈에서 잠을 쫓으세요! 눈을 끔벅거리지 말고 내 말을 들으세요!

합창 자, 말해 주세요. 어떤 이상스러운 일이 일어났는지 이야기해 주세요!
도저히 믿어지지 않는 일을 우리는 가장 듣고 싶어요.
이런 바위를 쳐다보는 것은 따분하니까요.

포르키아스 눈을 비비기가 무섭게 벌써 지루함을 느끼는가? 9585
그러면 들어 봐요. 이 동굴, 이 바위 집, 이 정자에는,
목가에 나오는 한 쌍의 애인들처럼 우리 영주님과 왕비께서 보호받고 계시다.

합창 뭐요? 그 속에서요?

포르키아스 속세를 떠나서,
나 혼자만을 불러들여, 남몰래 봉사하게 하고 있지.
사랑을 받고 곁에 있지만, 신임이 두터운 사람답게 9590
한눈을 팔고, 두리번거리며 이리저리 돌아다니다가,
약초의 효능은 무엇이든 잘 알고 있기 때문에 나무 뿌리와 이끼와 껍질을 찾아다녔지.

그래야 저렇게 두 분만 남게 되니까 말이야.

합창 듣고 보니 마치 그 속에는 온 세계가 들어 있는 것 같은 말씀을 하시는군요.
숲, 목장, 시냇물, 호수라, 이 무슨 동화 같은 이야기를 하시는 거지요! 9595

포르키아스 정말 소식불통이군! 그곳은 아무도 모르는 깊은 곳이지.
홀, 뜰과 뜰이 잇달아 있는 것을 나는 주의 깊게 살펴 보았지.
그런데 갑자기, 웃음소리가 동굴 속에서 메아리쳐 나왔어.
자세히 보니, 어린 사내아이*가 그녀의 무릎에서 임금의 무릎으로,
또 아버지에게서 어머니에게로 뛰어다녔지. 그래서 어루만지고 쓰다듬으며, 9600
어리광을 받아 주고 놀리며, 희롱하고 외치며, 기뻐서 소리지르고 끊임없이 그것이 계속되었기에 나는 귀머거리가 됐지.
발가벗고 날개 없는 작은 천사 같고, 숲의 신 판을 닮았지만,
짐승 같지는 않아. 그것이 딱딱한 바닥에 뛰어내리면,
바닥은 탄력을 가지고 공중으로 솟아오르지. 두서너 번. 9605
뛰는 동안에 그 아이는 둥근 천장에 가 닿지.
어머니는 걱정스러워서 외치지. "몇 번이든 마음이 내키는 대로 뛰어라.
그러나 날아서는 안 된다. 자유롭게 나는 것은 너에게는 허락되어 있지 않다"고.
그러자 아버지는 진심으로 주의를 주시지. "대지에는 너를 위로
밀어 올리는 탄력이 있다. 발끝을 땅에 대고 있기만 하면, 9610
너는 대지의 아들 안테우스처럼 이내 기운이 세지리라"고.
그리하여 어린애는 바위 덩어리 위로 뛰어올라가
부딪힌 공처럼 이쪽 바위 모서리에서 저쪽 모서리로 뛰어돌아다니지.
그러나 갑자기 거친 바위틈 사이에 그의 모습은 사라져 버려
이제는 틀렸구나 하고 생각되었지. 어머니는 슬퍼하고

아버지는 위로했어 9615
나는 어깨를 들먹이고 불안스러이 서 있었어, 그런데 이번에는
어떻게 나타났을까? 저 곳 바위틈에는 보물이 파묻혀 있었던가?
그 아이는 꽃무늬 옷을 훌륭하게 입고 있었어.
술장식이 팔에서 흔들리고, 리본이 가슴에서 펄럭거리며,
손에는 황금의 칠현금을 쥐고, 마치 작은 아폴로처럼 신나게, 9620
앞으로 절벽의 바위 위에 나타났지. 우리는 놀랐어.
양친은 너무 기뻐 번갈아가며 서로의 가슴을 껴안았어.
그것도 그럴 것이 그의 머리는 얼마나 빛났는지?
빛나는 것이 무엇인지 말하기 어려워. 황금의 장식일까?
초자연적인 정신력의 불꽃일까?
그처럼 그는 아직 어린애지만, 영원한 선율이 9625
온 몸에 배어 움직이며, 미래에는 모든 아름다움의 거장이 될 것
임을
벌써 알리면서 행동하고 있어. 너희들은 그 애의 목소리를 듣고,
그 애를 보면 그저 경탄해 마지않을 거야.

합창 당신은 이것을 기적이라고 말하나요?
크레타 태생의 아주머니* 9630
시에 씌어진 교훈적인 말에 대해서
당신은 귀를 기울인 적이 없지요?
이오니아와 헬라스*의
옛날 조상 때부터 풍부하게 전해 내려오는
여러 신들과 영웅들의 전설을 9635
한 번도 들은 적이 없지요?

오늘날
일어나고 있는 일은 모두
빛나는 조상의 시대의
슬픈 여운에 지나지 않아요. 9640

당신이 말한 이야기는,
마야*가 아들인 헤르메스에 관해서
진실보다도 더 그럴 듯하게 노래 불렀던,
저 사랑스러운 거짓말과는 비교도 안 돼요.

이 아이는 귀엽고 튼튼하기는 하지만,* 9645
아직 낳아서 얼마 안 되는 젖먹이를
수다스러운 유모들이
어리석게도 잘못 생각한 나머지,
깨끗한 강보에 포근히 싸서,
훌륭한 장식의 끈으로 동여맸어요. 9650
그런데 튼튼하고 귀여운 장난꾸러기는
탄력성 있는 손발을
얄밉게도 끄집어 내어
아주 소중하게 폭 싸둔
진홍색 포대기를 살그머니, 9655
그 자리에 그대로 남겨 놓았어요.
딱딱하고 답답한 고치 속에서
날개를 펼치며 재빨리 빠져 나와,
햇빛이 넘치는 대기 속을, 대담하게
제멋대로 팔랑팔랑 날아가는 9660
다 자라난 나비와도 같았어요.

이처럼 날쌘 이 아이는, 스스로
도둑놈과 나쁜 놈, 그리고
욕심을 부리는 모든 자들에 대해서도
영원히 인자한 영이라는 것을, 9665
아주 교묘한 솜씨로
재빨리 증명했어요.

그는 바다를 지배하는 신에게서 날쌔게
끝이 셋으로 갈라진 작살을 훔치고, 전쟁의 신 아레스의
검까지도
약삭빠르게 그 칼집에서 뽑아냈지요. 9670
태양의 신 푀부스에게서 활과 화살을,
불과 대장일의 신 헤파이스토스*에게서는 불집게를 훔쳐
냈지요.
불이 무섭지 않았으면, 아버지인
제우스 신의 번갯불까지도 빼앗았겠지요.
그러나 사랑의 신 에로스와는 씨름을 했는데, 9675
발을 걸어서 이겼지요.
키프로스의 여신*이 그를 애무하고 있을 때에는,
가슴에서 허리띠를 빼앗았지요.

(매혹적인 깨끗한 멜로디의 현악이 동굴 속에서 울린다.
모두들 귀를 기울이는 것이, 마음속으로 감동된 모양이다.
여기서 다음 막간에 이르기까지
쭉 계속해서 완전한 화음이 연주된다.)

포르키아스 말할 수 없이 아름다운 음향을 들어 보세요.
꾸민 이야기* 같은 건 당장 그만두어요! 9680
그대들이 말하는 늙어빠진 신들의 집단은
그만 내버려둬요. 그건 다 지나간 이야기니까.
아무도 그대들의 이야기를 이해하려고 하지 않아요.
우리들은 더 비싼 요금을 요구하고 있어요.
그것은 사람의 마음을 감동시키려면 9685
마음속으로부터 우러나온 것이 아니면 안 되기 때문이지요.

(그 여자는 바위 쪽으로 물러간다.)

합창 무서운 아주머니 당신도 이렇게
은근한 음악을 좋아하겠지요.
우리들은 지금 병이 나았다고 느껴지고
눈물이 날 정도로 마음도 부드러워진 것 같아요. 9690

햇빛 같은 건 없애 주세요.
영혼 속에서 날이 새고,
온 세계가 거부하는 것을
우리들은 자기 마음속에서* 찾아내니까요.

(헬레나, 파우스트, 그리고 위에서 말한 옷을 입은 오이포리온 등장.)

오이포리온 어린애의 노랫소리가 귀에 들리면 9695
당장에 당신들의 위안이 됩니다.
제가 박자에 맞추어 뛰는 것을 보면
당신들의 마음은 어버이처럼 설렐겁니다.
헬레나 사람답게 행복하게 하기 위해
사랑은 숭고한 두 사람을 가까이 해주지요. 9700
그러나 신과 같은 환희를 느끼기 위해서는,
사랑은 귀한 세 사람을 만들지요.
파우스트 이렇게 해서 모든 것이 이루어진 셈이네요.
나는 당신의 것, 당신은 나의 것,
우리들은 이렇게 서로 단단히 맺어져 있으니 9705
이것이 변해서는 안 되겠소!
합창 오랜 세월의 즐거운 생활이
어린애의 평화스런 모습 속에 비쳐
이 한 쌍의 부부에게 모였어요.
아아, 이 단란은 얼마나 감동적인가요! 9710
오이포리온 자, 저를 뛰게 해주세요.

클라크 그림

저를 뛰어오르게 해주세요.
어떤 공중에라도
높이 올라가는 것이
저의 소원이에요. 9715
벌써 그 열망에 사로잡혀 있어요.

파우스트 덤비지 마라! 적당히 하라!
함부로 덤비다가
떨어져서
사고를 내어 9720
소중한 아들이
우리들을 파멸로 이끌게 해서는 안 된다.

오이포리온 나는 이 이상 더 땅바닥에,
꼼짝 않고 있을 수는 없어요.
제 손을 놓아 주세요. 9725
제 머리칼을 놓아 주세요.
제 옷을 놓아 주세요!
그것들은 모두 제것이니까요.

헬레나 생각해 다오! 잘 생각해 다오.
오오, 네가 누구의 것인지. 9730
아름답게 손에 넣은
내 것, 네 것, 그분 것을
만일 네가 파괴해 버린다면
얼마나 우리들이 슬퍼할까.

합창 이 사람들의 결합이 멀지 않아서 9735
깨어질까 걱정이 되지요!

헬레나와 파우스트 제발 참아다오!
지나치게 활발하고
맹렬한 충동을
어버이를 생각해서 참아 다오! 9740

시골에서 조용히
이 무도장을 장식해 다오.

오이포리온 그저 두 분을 생각하기 때문에
저는 자신을 억제하고 있어요.

(합창대 사이를 누비고 돌아다니며, 모두들 춤판으로 이끈다.)

활발한 아가씨들 주위를 가볍게 9745
춤추고 돌아다니니 한결 신이 납니다.
곡조는 맞습니까,
몸짓이나 발의 움직임도 이것으로 좋습니까?

헬레나 그래, 그것으로 됐어.
아름다운 사람들의 앞장을 서서 9750
멋진 솜씨로 윤무를 이끌어라.

파우스트 이런 일은 빨리 지나갔으면 좋겠다!
이와 같은 속임수는
내게는 조금도 즐겁지 않다.

(오이포리온과 합창대는 춤추고, 노래부르며, 얽혀 돌아간다.)

합창 당신이 두 팔을 9755
정답게 움직이며,
곱슬곱슬한 머리칼을 번쩍이면서
끄덕끄덕 흔들면,
또 발을 가볍게
땅바닥 위에 미끄러지게 하고 9760
이리저리 손발을
움직이면,
귀여운 도련님,

베크만 그림

목적은 달성했어요.
우리들의 마음은 모두 9765
당신에게 기울어 버렸어요.

(막간 휴식. *)

오이포리온 그대들은 모두

발걸음이 가벼운 사슴이구려.
새로운 놀이를 하기 위해
씩씩하게 달려나오세요! 9770
나는 사냥꾼이고
그대들은 들짐승이다.

합창 우리들을 붙잡으려면,
서두르지 마세요.
우리들은 결국 9775
당신을 껴안아 보려고
그것만을 원하고 있어요.
모습이 아름다운 분이여!

오이포리온 숲속을 뚫고
그루터기와 돌을 뚫고 가자! 9780
쉽게 손에 넣은 것은
마음에 들지가 않는다.*
무리해서 얻은 것만이
정말 나를 즐겁게 한다.

헬레나와 파우스트
얼마나 방종스럽고, 얼마나 미친 짓인가! 9785
절제는 바랄 수도 없구나.
마치 뿔피리를 불고 있는 것처럼,
산골짜기와 숲속에 울리고 있다.
얼마나 난폭하며 대담한 외침 소리냐!

합창 (한 사람씩 빨리 들어온다)
그분은 우리 옆을 그냥 지나가며, 9790
업신여기고 비웃었어요.
그리고 모든 여자 중에서
가장 사나운 말괄량이를 끌고 왔어요.

오이포리온 (젊은 처녀를 하나 업고 온다)

이 거친 처녀를 끌고 와,
억지로 재미 좀 보아야지. 9795
나의 기쁨과 쾌락을 위해,
거역하는 가슴을 껴안고
싫어하는 입에다 키스를 하고
힘과 의지를 보여주리라.

처녀 놓아 주세요! 이래봬도 나에게는 9800
용기와 힘이 있어요.
당신의 의지처럼 내 의지도
그렇게 쉽사리 빼앗기진 않아요.
내가 궁지에 몰렸다고 생각하세요?
팔에 꽤 자신이 있는 모양이군요! 9805
꽉 붙잡아 보세요. 나도 재미를 위해
바보 같은 당신을 불에 태워 버리겠어요.

(그녀는 불꽃이 되어 높이 타오른다.)

가벼운 공중으로 따라오세요.
딱딱한 무덤 속으로 따라오세요.
사라진 목표를 붙잡으세요! 9810

오이포리온 (마지막 불꽃을 흔들어 꺼뜨리면서)
여기서는 우거진 숲 사이에
바위들이 첩첩이 싸여 있는 곳,
나는 젊고 원기왕성해서
이렇게 답답한 장소는 질색이다.
바람이 윙윙거리고, 9815
물결이 출렁이고 있다.
그러나 그 소리는 멀리서 들려오니
더 가까이 가보고 싶구나. *

(그는 점점 더 높이 바위 위로 뛰어 올라간다.)

헬레나와 파우스트 그리고 합창대　너는 영양 흉내라도 내려는 거냐?
떨어지지나 않을까 겁이 나는구나. 9820

오이포리온　더 높이 올라가야지.
더 멀리 내다봐야지.
이젠 내가 어디 있는지 알겠다!
섬 한복판이구나.
육지나 바다에도 인연이 깊은 9825
펠로프스의 나라*의 한가운데 있구나.

합창　산과 숲속에서,
평화스럽게 지낼 생각은 없나요?
우리들이 곧 찾아드리지요.
줄을 지어 심은 포도라든지, 9830
언덕 가장자리에 난 포도,
석류와 황금빛 사과도 찾아 드리지요.
이 아름다운 나라에서
기분 좋게 지내세요!

오이포리온　그대들은 평화로운 날을 꿈꾸는가? 9835
꿈꾸고 싶은 자는 꿈을 꾸어라.
전쟁! 이것이야말로 하나의 암호다.
승리! 이렇게 계속 울린다.

합창　평화로운 날에 살면서도,
전쟁을 그리워하는 자는 9840
희망의 행복에서
떨어져 나간 사람이지요.

오이포리온　이 나라가 낳은 자,*
위험에서 위험 속으로 뛰어들며,

자유로운 정신과 무한한 용기를 가지고 9845
자기 피를 흘리기를 두려워하지 않는 사람들
억제할 수 없는
신성한 충동 때문에
싸우는 모든 사람들에게
나의 참가가, 큰 힘이 되어 주기를 바란다! 9850

합창 위를 쳐다보세요, 얼마나 높이 올라갔나요!
그래도 그는 작게 보이지 않아요.
갑옷도 입고, 싸움에 이기러 나가는 듯,
겉으로 보기엔 쇠붙이와 강철을 두른 것 같군요.

오이포리온 장벽도, 성벽도 없이 9855
각자 자신만을 믿을 뿐이다.
끝까지 버티어 내는 견고한 성은
남자의 강철 같은 가슴뿐이다.
정복당하지 않고 살아 나가려면,
가볍게 무장하고 빨리 싸움터로 나가라. 9860
여자들은 아마존의 여장부*가 되고,
아이들은 모두들 영웅이 되라.

합창 저분은 성스러운 시(詩)* 바로 그것이로군요.
하늘까지 올라가세요!
가장 아름다운 별이시여, 9865
멀리멀리 저쪽까지 비춰 주세요!
그리고 그 시는 언제까지나
모두들에게 들려오니,
기꺼이 듣겠어요.

오이포리온 아니, 나는 어린애로서 나온 것이 아니라,* 9870
무장을 한 젊은이로서 찾아온 것이다.
강하고, 자유롭고, 대담한 사람들에게 끼어서,
마음속으로는 벌써 일을 다 해치웠다.

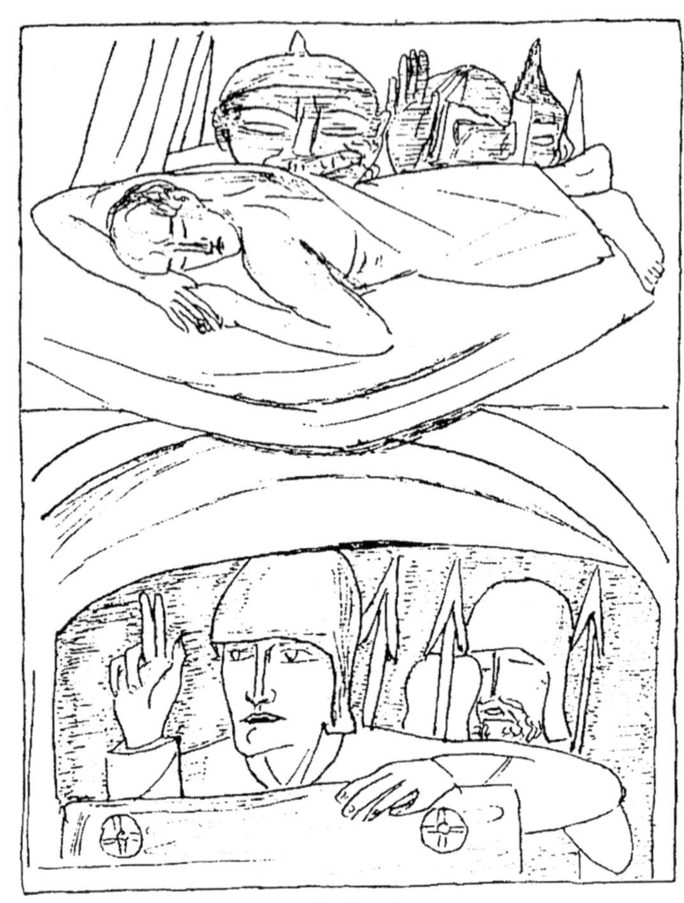

베크만 그림

자, 떠나자!
자, 저 곳에 9875
영예의 길이 열려 있다.

헬레나와 파우스트 겨우 이 세상에 불려와서
밝은 날을 보았을 뿐인데
너는 아찔하게 높은 계단에서*
고난이 많은 곳을 그리워하고 있구나. 9880
그렇다면 우리가 너에게는

아무 가치도 없다는 말인가?
단란했던 우리의 인연도 꿈이란 말인가?

오이포리온 바다 위에서 천둥치는 소리가 들립니까?
그것이 저 산골짜기에 메아리치고, 9885
먼지와 파도를 일으키며, 군대와 군대가 충돌하고,
서로 밀치면서 싸우고 있습니다.
그리고 죽음은
천명입니다. ——
그것은 다 아는 바입니다. 9890

헬레나와 파우스트 그리고 합창
얼마나 전율할 무서운 말인가!
그러면 죽음이 너의 천명이란 말인가?

오이포리온 저보고 멀리서 보고만 있으란 말입니까?
안 됩니다! 저는 그 속에서 근심과 고난을 함께 나누겠습니다.

앞서 나온 사람들 무모와 위험을 갈망하니 9895
죽을 운명이다!

오이포리온 그렇더라도! ——양쪽 날개가
좌우로 펼쳐집니다!
저리로! 무슨 일이 있어도! 가야합니다!
날아가는 것을 용서해 주십시오! 9900

(오리포리온은 하늘로 날쌔게 몸을 던진다. 순간 옷이 그의 몸을 떠받든다.
그의 머리에서 빛이 나고, 불빛의 꼬리가 뒤에 길게 남는다.)

합창 이카루스*다! 이카루스다!
슬픈 일이다.

(아름다운 소년이 부모의 발 밑에 추락한다. 방금 죽은 사람은
누구나 잘 아는 사람*의 모습 같다. 그러나 그의 육체는 곧바로

사라지고, 후광이 혜성처럼 하늘로 올라가며 옷과 겉옷과
칠현금만이 남는다.)

헬레나와 파우스트 기쁨의 뒤를 이어
가슴을 죄는 슬픔이 따르는구나.

오이포리온의 목소리 (깊은 땅 속으로부터 들려온다)
어머니 저만 혼자 9905
이 어두운 나라*에 버려두지 마세요! (휴식)

합창 (애도의 노래)*
당신 혼자만이 아닙니다! ——당신이 어디에 계시더라도
우리들은 당신을 알고 있다고 생각하기 때문입니다.
아아, 당신은 이 세상을 갑자기 떠났어도,
누구의 마음도 당신에게서 떠나지 않을 겁니다. 9910
한탄할 수도 없을 지경입니다. 우리는
그리워하면서 당신의 운명을 노래부릅니다.
갠 날이나, 흐린 날이나,
당신의 노래와 용기*는 아름답고 위대했어요.

귀하신 조상과 뛰어난 능력을 타고나서 9915
세상의 행복을 누리도록 태어났지만,
슬프게도 일찍 목숨을 잃고,
청춘의 꽃을 꺾이고 말았습니다!
세상을 보는 날카로운 눈을 가지고
마음의 충동에 대한 동정을 가지고 9920
가장 훌륭한 여성에 대해서는 사랑의 정열을 품고,
다시 없이 독특한 노래를 불렀지요.

그러나 당신은 충동에 못 이겨
스스로 파멸의 그물 속으로 뛰어들어,

풍습과 법률에 9925
사납게 부딪쳤습니다.
그러나 고결한 뜻은
순수한 용기를 존중하셨습니다.
당신은 빛나는 과업을 완성하려고 했지만
그 뜻을 이루지 못했습니다. 9930

누가 그것을 이룰 수 있을까요?
——이 슬픈 물음에는
운명조차 얼굴을 가려 버립니다.
가장 불행한 비극의 날*에,
온 백성이 피를 흘리며 침묵을 지키고 있을 때에도,
새로운 노래를 부르십시오. 9935
더 이상 머리를 깊이 수그리고 있으면 안 됩니다.
왜냐하면 이 대지가 이제까지 그랬듯이,
앞으로도 노래를 계속 지어낼 것이니까요.

(완전히 막간 휴식, 음악도 멎는다.)

헬레나 (파우스트에게)
행복과 아름다움은 언제까지나 함께 있을 수 없다는
옛말이 슬프게도 제게서 증명되고 있어요. 9940
생명과 애정의 유대도 끊어지고 말았으니,
이 두 가지를 다 서러워하면서, 쓰라린 작별을 고하겠어요.
다시 또 한 번 당신의 품에 안기겠어요.
저승의 여왕 페르세포네여, 아들과 나를 함께 받아 주소
서!

(그녀가 파우스트를 껴안자, 그녀의 형체는 사라지고,

옷과 베일만이 파우스트의 팔에 남는다.)

포르키아스 (파우스트에게)

당신의 손에 남은 것을 꼭 잡으세요. 9945
그 옷을 놓쳐서는 안 돼요. 악령들이
그 옷자락을 붙잡고, 지옥으로 빼앗아 가려고 해요.
꽉 쥐고 계세요!
당신이 잃어버린 여신은 이제 사라졌지만,
그래도 신성해요. 이루 헤아릴 수 없이 귀중하고, 9950
숭고한 은총의 힘을 빌어 위로 올라가세요.
그것은 당신이 살아 있는 한, 빨리
온갖 비속한 것을 넘어 천공 속으로 데리고 갈 것이에요.
여기서부터 아주 먼 곳에서 서로 다시 만납시다.

(헬레나의 옷은 풀어져 구름이 되고,
파우스트를 에워싸서 하늘 높이 치켜올려 그와 함께 날아간다.)

포르키아스 (오이포리온의 옷과 겉옷과 칠현금을 땅에서 주워, 무대 전면으로 걸어나온 다음, 그 유물을 높이 들고 말한다)

이것만이라도 다행히 찾아냈구나! 9955
물론 불길은 사라졌지만,
그런 것은 조금도 아깝지 않아.
이것만 있으면 시인에게 비법을 전할 수 있고
동업조합과 수공업자들에겐 질투심을 일으키는 데 충분
하지.
나는 재능을 줄 수는 없지만, 9960
적어도 옷을 빌려 줄 수는 있으니까.

(그녀는 무대 전면에 있는 기둥 옆에 가서 앉는다.)

판탈리스 자, 모두들 빨리 서둘러라! 벌써 마술이 풀렸다.
고대 테살리아 마녀의 기분 나쁜 주문은 풀렸다.
귀뿐만 아니라, 마음속까지도 어지럽히는
시끄럽게 엉클어진 음악의 도취에서도 깨어났다. 9965
저승으로 내려가자! 왕비님은 엄숙한 걸음걸이로
바삐 아래로 내려가셨다. 충실한 시녀는
바로 왕비의 발자국을 좇아서 가야하리라.
우리들은 알 수 없는 여신의 옥좌 옆에서 왕비님을 만날 테니까.

합창 왕비님이라면 어디라도 기꺼이 갈 수 있지요. 9970
저승에 가서도 상좌에 앉아서
오만하게도 같은 신분의 분들과 함께 어울리시며
페르세포네 여왕과도 정답게 지내겠지요.
그러나 우리들은 아스포델로스 꽃*이 무성한
낮은 초원 깊숙이 들어가, 9975
길게 뻗어 올라간 포플라나무와
열매도 열리지 않는 버드나무를 상대하게 되니
무슨 재미가 있겠어요?
박쥐처럼 찍찍 울거나,
유령처럼 재미없이 속삭일 뿐이지요. 9980

판탈리스 이름을 떨치지 못하고, 높은 뜻을 품지도 못하는 자,
원소로 돌아갈 뿐이지. 그러면 어서 떠나가자!
왕비님과 함께 어울리고 싶은 것이 나의 열망이다.
공로만이 아니라 성실성이 우리의 인격을 지켜주니까. (퇴장)

모두들 이제 우리는 밝은 곳으로 되돌아 왔어요.* 9985
하긴 인간의 자격이 없다는 것은
느끼기도 하고, 알고도 있습니다만,
결코 저승으로 돌아가지는 않겠어요.
영원히 살아 있는 자연이

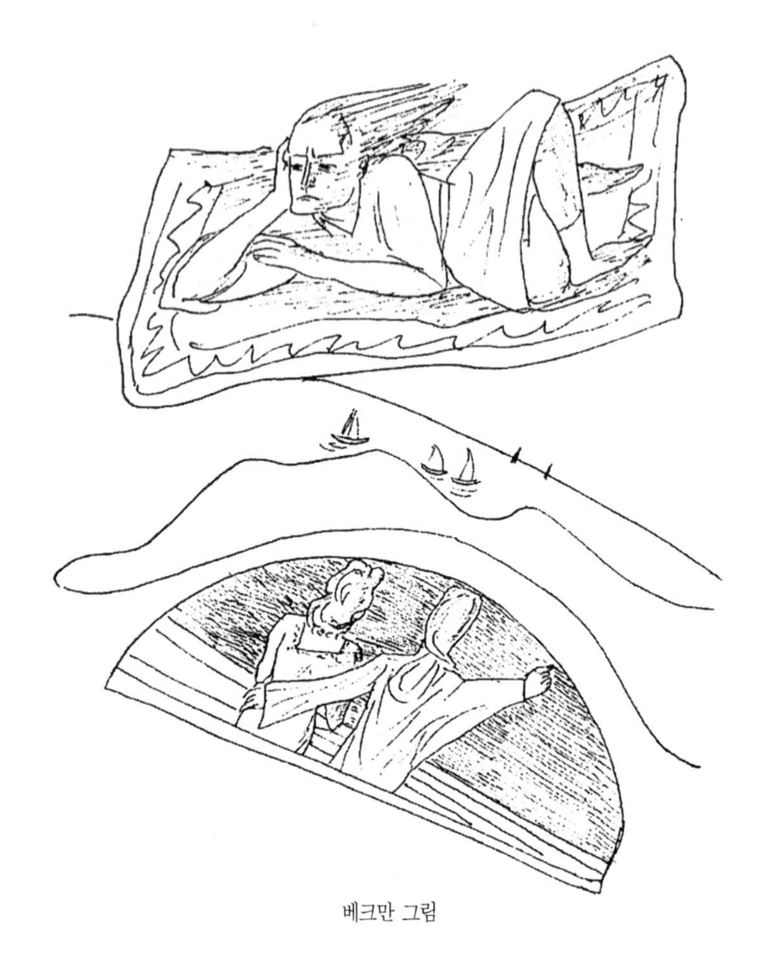

베크만 그림

우리 영에 대하여 알맞은 요구를 하듯이, 9990
우리도 자연에게 똑같은 요구를 할 거예요.

합창대의 제1부* 우리는 이 수많은 나뭇가지가 속삭이며,
떨고, 산들거리며, 흔들리는 가운데,
시시덕거리고 희롱하며, 남몰래 생명의 샘을
뿌리에서 가지로 끌어올리지요.
가득히 나부끼는 머리는 잎사귀와 꽃으로 장식하고
자유롭게 공중으로 뻗어 나가게 하지요. 9995
열매가 떨어지면, 쾌활한 사람들과 가축들이

악착같이 밀고 밀치며, 몰려와서 주워 먹지요.
그리고 최초의 신들을 모실 때처럼 모두 우리의 주위에서 허리를 굽히지요.

합창대의 제2부 우리들은 멀리까지 비치는 거울처럼, 이 미끄러운 암벽에다,
잔잔한 물결처럼 흔들리고 알랑거리며, 몸을 갖다 붙여 보지요. 10000
어떤 소리라도, 새의 노래, 갈대의 피리, 그리고
숲의 신 판의 무서운 소리라도 귀를 기울이고 듣다가 이내 대답을 하지요.
산들거리는 소리에는 산들거림으로 대답하고, 우레소리가 들려오면, 두 곱 세 곱 열 곱으로 울리는 우레소리로 대답하지요.

합창대의 제3부 언니들! 성급한 마음으로 우리들은 시냇물과 함께 앞으로 나아가요. 10005
거기 먼 곳, 풍성하게 장식되어 늘어선 언덕에 끌리기 때문이지요.
점점 아래로 더 깊게 메안데르 강*처럼 굽이치며,
지금은 초원, 다음에는 목장, 그리고 집 주위의 정원을 적시지요.
저기 실측백나무의 날씬한 가지가,
들과 강변과 물 위에서 우뚝 하늘을 향하여 솟아 있어요. 10010

합창대의 제4부 당신들은 어디든지 마음에 드는 곳으로 흘러가세요.
우리는 받침대 위에서 포도가 푸르러 있는 포도산을 돌아서 흘러가겠어요.
거기서는 하루 종일 쉴 새 없이 일하는 포도 재배자의 열성과,
정성껏 일해도 수확의 성과가 어떻게 될지 걱정하는 모습이 보이지요.
괭이와 삽으로 흙을 파고, 파내고 쌓아 올리고, 가지를 베어 주고 묶어 주면서, 10015
모든 신들에게, 특히 태양신에게 기도를 드리지요.
빈둥거리는 주(酒)신 박카스*는 충실한 하인* 걱정은 하지도 않고,

정자에서 쉬고 동굴 속에서 기대고, 젊은 판과 지껄이기도 하지요.
이 주신이 거나하게 취하는 데 필요한 술은,
가죽 주머니나 항아리나 술통에 담아서, 서늘한 지하 창고에 10020
좌우로 즐비하게 영원토록 저장해 두지요.
그러나 모든 신들, 그 중에서도 태양신 헬리오스가
바람을 통하고, 습기를 넣고, 따뜻하게 그리고 뜨겁게 하여, 포도를 산더미처럼 쌓아 올리면,
포도 재배자들이 조용히 일하던 장소가 갑자기 활기를 띠고
정자 속은 시끄럽고 줄기에서 줄기로 바스락거리는 소리가 전해지지요. 10025
광주리는 우지직, 물통은 덜렁덜렁, 걸머지는 술통은 삐걱거리며,
모든 포도가 큰 통으로 운반되어, 포도 짜는 사람은 신나는 춤을

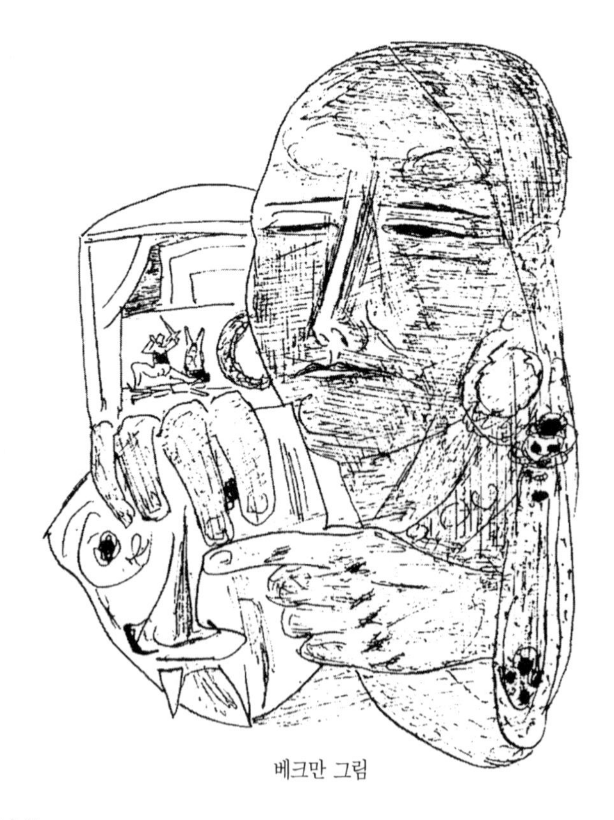

베크만 그림

추지요.
이리하여 깨끗이 태어난 단물이 넘쳐흐르는 수많은 성스러운 포도가,
사정없이 짓밟혀 거품을 내고 물방울을 튀기며, 으깨져서 합쳐지지요.
드디어 꽹과리와 징의 날카로운 금속음이 귓전에 울려퍼지는데, 10030
그것은 주신 디오니소스*가 신비스런 장막을 열고,
염소 발굽을 가진 남자와 여자가 허리를 흔들어 대며 함께 나타나기 때문이지요.
그동안에도 질레누스*를 태웠던, 귀가 긴 짐승이 마구 소리를 질러대지요.
엉망진창이지요! 발톱이 갈라진 염소 발이 모든 예절을 짓밟고,
모든 관능이 비틀거리고 소용돌이치며, 시끄러운 소리로 귀가 먹어 버리게 되니까요. 10035
주정꾼은 손으로 잔을 더듬고, 머리와 배도 술이 넘쳐 흘러요.
근심 걱정하는 사람은 한 두 사람은 있지만 도리어 소동을 더할 뿐이에요.
그것은 새 술을 담기 위해 모두 낡은 가죽주머니를 비우느라 서두르기 때문이지요!

(막이 내린다. 포르키아스*는 무대 전면에서
거인과 같은 모습으로 일어나 비극 배우가 신는
높은 신발을 벗고, 가면과 베일을 뒤로 걷어 젖히고,
메피스토펠레스의 정체를 나타낸다.
그것은 필요한 경우에 에필로그에서 이 극을 설명하며,
주석을 붙이기 위해서다)

제4막

높은 산*

험준하고 우뚝 솟은 바위 봉우리,
한 덩어리의 구름이 날아와서 달라붙더니
앞으로 쑥 내민 대지 위에 내려앉는다. 구름은 흩어진다.

파우스트 (앞으로 나타난다) 발 아래 깊은 고독의 심연*을 내려다
보면서,
나는 조심스럽게 이 정상의 바위 끝에 발을 들여놓는다. 10040
맑게 갠 날에 육지와 바다를 지나 부드럽게 나를
실어다 준 구름의 수레*를 보내 버렸다.
구름은 흩어지지 않고 서서히 나에게서 멀어져 간다.
그 구름 덩어리는 둥글게 뭉쳐서 동쪽으로 향해 간다.
내 눈은 놀라고 감탄하면서 그것을 쫓는다. 10045
구름은 움직이면서도 물결치며 가지각색으로 변화하면서 흩어진다.
한데, 쉬지 않고 어떤 모습을 나타내려는 것 같다——그렇다!
내가 잘못 본 것은 아니다! ——
햇빛에 반짝이는 쿠션에 멋지게 드러누워서,
거인처럼 몸집은 크지만, 여신을 닮은 여자의 모습이
보인다! 유노와도 레다와도 그리고 헬레나와도 비슷한* 10050
숭고하고 사랑스러운 모습이 내 눈앞에 아롱거린다.
아아! 벌써 허물어진다! 형체도 없이 폭넓게* 우뚝 솟아 올라
먼 빙산처럼 동쪽 하늘에 머물며,
허무한 나날의 커다란 의미를 눈부시게 반영하고 있다.

그래도 아직 부드럽고 밝은 안개의 장막이 나의 가슴과 이마를 10055
감돌며, 알랑거리는 것처럼 시원하게 원기를 북돋워 준다.
이제 그것이 가볍게* 머뭇거리면서 점점 높이 올라가서

하나로 뭉친다——그 황홀한 모습은 나의 착각일까.
오래 전 잃어버린*, 젊은 날의 첫사랑의 가장 귀한 보배가 아닌가?
가슴속의 가장 깊은 곳에 간직한 청춘의 갖가지 보물들이 솟아
오르는구나. 10060
그것은 가볍게 가슴을 부풀게 했던 아우로라의 첫사랑*을 나에게
일러주나니,
재빨리 눈치챘지만 잘 알지도 못했던 첫 눈길,
그 눈길 꼭 붙잡고 보니 어떤 보배보다도 더 빛났었다.
저 정겨운 모습은 영혼의 아름다움처럼
흩어지지 않고 창공 속으로 높이 올라가 10065
내 마음속의 가장 좋은 것까지도 함께 높이 이끌고 가버린다.*

(7마일 장화* 한 짝이 터벅터벅 나타나자,
다른 한 짝도 나타난다. 메피스토펠레스는 그것을 벗고 내린다.
장화는 바삐 사라진다.)

메피스토펠레스 이것 참 많이 걸어서 드디어 다 왔군!
그런데 이건 대체 무슨 생각이 떠올랐는지 말해보시오.
이렇게 소름이 끼치는 곳의 한복판에,
무섭게 입을 벌리고 있는 바윗돌 가운데 내리다니요.? 10070
나는 이 바위를 잘 알고 있는데, 여긴 내릴 장소가 아니오.
이곳은 원래가 지옥의 밑바닥*이었으니까요.
파우스트 자네는 언제나 어리석은 전설을 끄집어 내는군.
이번에도 그런 수작을 다시 시작하려는 건가.
메피스토펠레스 (정색하며) 주님이신 그 신이——그 이유를 나도
잘 알고 있지만*—— 10075
우리들을 공중에서 이글이글 불꽃이 튀는 곳으로 추방하였을 때,
이 세계의 가장 깊은 밑바닥의 한복판에서는*
영원한 불이 타오르고 있었는데,

베크만 그림

거기가 너무 밝기 때문에 우리들은
퍽 답답하고 부자유스러운 자세를 취하고 있었지요. 10080
악마들은 모두 심하게 기침하기 시작하고,
위와 아래에서는 훅훅 입김을 내뿜으며 불을 끄려 했었지요.
지옥은 유황의 악취와 황산으로 가득찼고,
나중에는 가스가 발생했지요! 그것이 어마어마하게 퍼져서,
여러 나라의 평탄한 지반이, 사실 그것은 아주 10085
두터웠었는데 쾅 하더니 터져 버렸지요.
그래서 우리들은 다른 끝에 놓여졌는데
이제까지 밑바닥이었던 곳이, 지금은 산꼭대기로 바뀌어 버렸어요.
이 점에서 사람들은, 가장 낮은 것이 가장 높은 것으로도 뒤바뀐
다는
그 지당한 학설*의 근거를 갖고 있는 것이지요. 10090
아무튼 우리들은 무더운 동굴의 노예 생활로부터,
자유스런 공기가 넘쳐흐르는 곳으로 빠져 나왔어요.
이것은 공공연한 비밀*이지만 소중히 간직했다가,
나중에 가서 비로소 사람들에게 발표하기로 되어 있어요.
(신약 성서 에페소서 6장 12절*)

파우스트 산맥은 나에게 숭고하게 침묵하고 있으나, 10095
어떻게 그리고 무엇 때문에 생겼는지 나는 묻지 않겠다.
자연이 자기 자신 속에 스스로의 기초를 쌓았을 때,
지구를 깨끗이 둥글게 만들었다.
산봉우리와 산골짜기에 대해서 무한한 흥미를 느끼고,
바위에 바위를 산에다 산을 늘어 놓았다. 10100
언덕을 기분 좋게 아래로 향해서 경사지도록 하고
부드러운 선을 그리면서, 골짜기로 갈수록 평탄하게 하였다.
거기선 초목이 푸르게 자라나노니, 대자연은 스스로
즐기기 위해 미치광이와 같은 격변*을 필요로 하지 않는다.

메피스토펠레스 당신은 그렇게 말하겠지요! 그것이 당신에겐 명백
한 것이라고 생각하겠지만, 10105
그러나 그 자리에 있었던 자는 그것이 다르다는 것을 알고 있어요.
아직 땅 속에서는 심연이 끓고 부풀어올라,
흐르면서 불꽃을 내고 있었을 때, 나는 거기 있었지요.
산신령인 몰록*의 망치가 바위와 바위를 대장장이처럼 두들겨대면서
산의 파편들을 먼 곳으로 내던졌었지요. 10110
아직도 이 땅에는 외부에서 온 수천 근의 바위덩어리가
자리잡고 있는데, 누가 이렇게 던지는 힘을 설명할 수 있겠어요?
철학자도 해명할 수 없어요.
거기에 바위가 있는데, 이것은 그대로 내버려 두는 수 밖에 없어요.
우리들*은 벌써 곰곰이 생각해 보았지만 헛된 일이었지요.—— 10115
오로지 순박한 민중들만이 그 사실을 잘 알고 있고,
그 생각을 조금도 방해받는 일이 없지요.
바위의 성립은 기적이며, 이것은 마왕의 공적*을 나타내고 있다는
진리를 그들은 오래 전부터 알고 있었지요.
그래서 우리를 믿는 순례자는 신앙의 지팡이에 의지하고 10120
악마의 돌과 악마의 다리*로 절름거리며 찾아가는 것이지요.

파우스트 악마가 자연을 어떻게 관찰하고 있는지.
그것을 주의해 보는 것도 보람 있는 일이겠다.

메피스토펠레스 그런 것은 나하고는 아무 상관이 없어요!
아무래도 좋아요!
명예에 관계되는 점은——악마가 거기에 있었다는 사실이지요! 10125
우리들은 큰일을 해낼 수 있는 자들이지요.
소동, 폭력, 부조리! 이 표지를 보시지요!——
그러나 이제 여기서 알아듣기 쉽게 말하겠는데,
이 지구 표면에 아무것도 당신 마음에 드는 것은 없나요?
당신은 한없이 넓은 범위에 걸쳐서, 10130
세계의 온갖 나라와 그들의 영화를 둘러봤을 것입니다.

(신약 성서 마태복음 4장 8절*)
그러나 만족이란 것을 모르는 당신인지라,
그 어떤 것도 마음에 끌리는 것은 없었겠지요?
파우스트 그런데 있었어! 굉장한 것이 내 마음을 끌었다.
맞추어 보지 그래!
메피스토펠레스 그 정도야 문제없지요. 10135
나 같으면 이런 대도시를 골라내겠어요.*
도심지에는 시민들이* 생활 필수품을 사러 다니는 북적거리는 곳,
구부러진 좁은 골목과 뾰족한 지붕,
답답한 시장, 양배추, 순무, 양파, 그리고
쇠파리가 잔뜩 모여들어, 기름진 불고기를 10140
맛있게 빨아먹는 푸줏간*이 있는 곳
그곳은 언제나 고약한
냄새가 나며, 붐비는 곳이 틀림없지요.
그리고 넓은 광장과 넓은 거리가,
고상한 체 뻐기고 있는 것을 볼 수 있지요. 10145
끝으로 성문 따위로 제한되어 있지 않는 곳에는,
교외와 거리가 한없이 뻗어나가고 있지요.
그래서 나는 역마차와
시끄러운 차의 교통 왕래와
흩어진 개미떼 같은 군중들이 10150
쉴새없이 이리저리 왔다갔다하는 광경을 보고 즐기지요.
나는 마차를 타고 가든, 말을 타고 가든,
언제나 그들의 가운데 나타나
수십만 명의 사람들로부터 존경을 받지요.
파우스트 그런 것으로 나는 만족하지 않는다. 10155
인구가 늘고, 모두들 자기 나름대로 편하게 먹고 지내고,
교양과 학문을 쌓게 되면——
사람들은 그걸 보고 좋은 일이라고 기뻐하지만,

그것은 오로지 반역자를 키우는 결과밖엔 안 된다.
메피스토펠레스 그리고 나는 스스로의 위력을 믿고, 오락을 위해서 10160
유쾌한 곳에다 별궁*을 짓겠어요.
숲, 언덕, 평지, 목장, 들판을 화려하게
정원으로 개조하겠어요.
푸른 생울타리 앞에는 비로드 같은 풀밭,
실처럼 가지런히 뻗은 길, 교묘한 솜씨로 다듬은 나무 그늘을 만들고 10165
바위에서 바위로 이어져 쏟아지는 폭포수*와
그리고 여러 가지 종류의 분수들이
정면에서는 당당하게 솟구쳐 오르는데, 그 옆으로는 수천의 갈래로 작게 나누어져서 각양각색으로 치솟게 하겠어요.
다음으론 절세 미인들을 위해* 10170
편안하고 기분 좋은 작은 집을 짓게 하여,
거기서 한없는 시간을
정답고 단란한 고독 속에 지내겠습니다.
나는 이제 미녀들이라고 말했는데, 미녀를
나는 언제나 복수(複數)로 생각하고 있으니까요. 10175
파우스트 현대식 악취미다*! 사르다나팔 왕* 같구나!
메피스토펠레스 그 말을 들으니 당신이 원하는 바도 짐작이 가는군요.
그것은 확실히 엄청나게 대담한 모험이었어요.
그처럼 달에 가까이까지 바짝 날아간 당신이기에, 그런
동경이 당신을 그쪽으로 끌어간 모양이지요? 10180
파우스트 절대로 그렇지 않다! 이 지상에는 아직도
위대한 일을 할 만한 여지가 얼마든지 있다.
놀랄 만한 일을 해야겠다.
나는 끈기있게 노력하고 싶은 힘을 느끼고 있다.
메피스토펠레스 그러면 명성을 얻으려고 하는 것인가요? 10185

그러고 보니, 과연 당신은 여자 영웅들에게서* 왔으니까 그럴수
도 있겠네요.

파우스트 지배권과 소유권도 획득하는 것이다!
행동이 전부고, 명성은 아무것도 아니다. *

메피스토펠레스 그러나 시인이란 자가 나타나서
후세에 당신의 영광을 전하고, 10190
어리석은 이야기로 어리석은 일에 불을 지르겠지요.

파우스트 내 말은 자네에겐 전혀 통하지 않는다. *
인간이 무엇을 갈망하고 있는지, 자네가 어떻게 알겠는가?
자네처럼 얄밉고 신랄하고 짓궂은 자가,
인간이 요구하는 것을 어떻게 알겠는가? 10195

메피스토펠레스 그러면 당신이 원하는 대로 해 보시지요!
당신의 변덕스런 생각 범위나 내게 밝혀 주세요.

파우스트 나의 눈은 아득한 바다에* 끌리고 있다.
그것은 부풀어올라 저절로 높이 솟아 오르고,
누그러졌는가 하면, 큰 파도를 뿌리면서, 10200
넓고 넓은 평탄한 해변가를 휩쓴다.
그것은 내 성미에 거슬린다. 그것은 마치
불손한 마음이 정열에 불타는 혈기에 못 이겨,
모든 이의 권리를 존중하는 자유 정신을
불쾌한 감정으로 변하게 하는 것과 같다. 10205
나는 그것을 우연한 일이라고 생각하고 더 날카롭게 쳐다보니
큰 파도는 멈췄다가는 다시 되말려,
자랑스럽게 도달한 목표에서 물러간다.
그러나 때가 오면 이 장난을 다시 되풀이한다.

메피스토펠레스 (관객을 향해) 그런 이야기는 내게는 조금도 색다
른 것이 아니지요. 10210
그런 것쯤은 벌써 십만 년 전부터 알고 있는 것이지요.

파우스트 (격정적으로 이야기를 계속한다)

베크만 그림

스스로 보람 없는 파도는,
그 비생산적인 것을
가는 곳마다 미치게 하려고 스며든다.
부풀고, 커지고, 뒹굴면서, 거친 일대의 보기 싫은 해안 지대를
뒤덮는다. 10215
밀려오고 밀려가는 파도는 그 힘을 믿고서 줄기차게 그곳을 지배
하지만,
물러간 뒤에는 아무것도 이루지 못한다.

이것이 내 마음을 절망토록 불안하게 만든다!
참을 줄 모르는 사대 원소의 무의미한 힘일 뿐이다!
그래서 나의 정신은 나 자신을 뛰어넘는 시도를 해보나니, 10220
여기서 나는 싸우고 싶고, 이것을 정복하려고 한다.
그리고 그것은 가능한 일이다! ——파도가 아무리 넘쳐도
언덕이 있으면 이것을 피해 지나간다.
아무리 파도가 거만하게 날뛰더라도,
약간 높기만 하면* 이것과 대항해서 맞설 수 있고 10225
조금 팬 곳이라도 이것을 힘차게 끌어들이고 있다.
그래서 나는 곧 마음속으로 여러 가지로 궁리하고 계획을 짜 보았다.
저 난폭한 바다를 해안에서 몰아내고,
축축한 지대의 경계선을 좁혀서,
파도를 멀리 바다속으로 몰아내 버리는, 10230
그런 귀중한 즐거움을 얻어보고 싶다.
나는 이 계획을 차곡차곡 검토해 보았도다.
이것이 내 소원*이니, 이것을 과감하게 추진해 다오.

(관객 뒤 멀리 오른쪽에서 북소리와 군악이 울린다.)

메피스토펠레스 그 정도야 퍽 쉬운 일이지요! 멀리서 북소리가 들리지요?
파우스트 벌써 또다시 전쟁이구나! 현명한 사람은 저런 소리 듣기를 좋아하지 않지. 10235
메피스토펠레스 전쟁이든, 평화든,
자기 이익이 되게 궁리하는 노력이 현명한 것이지요.
모든 절호의 순간을 주의해서 기다리는 것이지요.
기회는 왔어요. 자, 파우스트 선생, 그것을 붙잡으시오!
파우스트 그런 시시한 수수께끼 같은 수작은 그만둬! 10240

간단히 말해서 어쩌라는 건가? 설명해 봐라.

메피스토펠레스 여기 오는 도중에 들은 이야긴데
저 착한 황제*가 굉장한 곤궁에 처해 있다는 겁니다.
당신도 황제를 알고 있겠지만, 우리들이 그를 즐겁게 해주고
위조 지폐를 손에 쥐여 주었을 때, 10245
온 세계라도 살 수 있을 것처럼 기세가 당당했었지요.
젊어서 왕위에 올랐기 때문에,
제멋대로 그릇된 판단을 내렸던 거지요.
나라를 다스리며 동시에 향락을 즐기는 일이
둘 다 멋지게 양립될 수 있을 뿐더러, 10250
바람직한 일이라고 말입니다.

파우스트 커다란 잘못이다. 명령을 내리는 사람은
명령하는 것에 행복을 느끼지 않으면 안 된다.
그 사람의 가슴은 높은 의지로 넘쳐 있지만,
그가 무엇을 원하는지는 아무도 알게 해선 안된다. 10255
그가 충성스러운 신하의 귀에 속삭였던 일은
일단 실천에 옮겨져야 되고, 다음에 온 세상 사람들이 깜짝 놀라야 한다.
이렇게 해서 그는 항상 최고의 존재이며, 최대의
권위자가 되는 것이다——향락은 사람을 천하게 만든다.*

메피스토펠레스 그 사람은 그렇지 않았어요. 그는 스스로 향락을
누렸는데 그 정도가 심했어요. 10260
그동안에 나라는 무정부 상태에 빠지고,
높은 자, 낮은 자 할 것 없이 서로 뒤엉켜서 싸우고,
형제들은 서로 몰아내고 죽이고,
성과 성, 도시와 도시가 서로 맞서고,
동업 조합과 귀족은 서로 반목하고, 10265
주교는 참사회, 그리고 신도와 다투었어요.
서로 얼굴만 맞대면 모두 원수지간이었지요.

교회 안에서는 살인과 살해,
성문바깥에서는 상인과 나그네가 행방불명이 되었지요.
그래서 모두들 대담해졌어요. 10270
산다는 것은 스스로 방어하는 것——그것으로 통했기 때문이지요.

파우스트 그랬을 거야——절뚝거리고 쓰러졌다가 다시 일어났다가
뒹굴어 보기 흉하게 겹쳐서 굴렀겠지.

메피스토펠레스 그와 같은 상태는 아무도 나무라서는 안 되지요.
모두들 자기 자신을 내세우려고 하였고, 그것도 가능했지요. 10275
아주 하찮은 사람도 당당한 인간으로 통했으니까요.
그러나 나중에 훌륭한 사람들은 너무 심하다고 생각하기 시작했고,
유능한 사람들이 힘을 내어 일어나서 말했어요.
우리들을 편안히 살게 해주는 것이 군주다. 그런데 황제에겐 그
힘도 의지도 없다——우리 새 황제를 10280
뽑아, 이 나라에 새로운 정신을 불어넣도록 하자.
저마다의 안전을 보장함으로써,
새로 만들어진 사회에서
평화와 정의를 이루도록 하자.

파우스트 제법 성직자의 설교 같은데.

메피스토펠레스 사실, 성직자가 그렇게 말했어요. 10285
그들은 살찐 배를 안전하게 하려고 하는 것이었지요.
그들은 누구보다도 많이 가담하고 있었으니까요.
반란은 커지고 그것을 교회에서는 신성한 것이라고 했어요.
우리들이 기쁘게 해주었던 그 황제가 이쪽으로 오고 있는데, 아
마도 이것이 마지막 결전일 것입니다. 10290

파우스트 슬픈 일이다. 솔직하고 좋은 분이었는데.

메피스토펠레스 가서 구경해 봅시다! 살아 있는 자는 희망을 가져
야지요.
이 좁은 골짜기에서 황제를 구해냅시다!
한 번 구하면 천 번이나 구한 것이 되지요.

주사위가 어떻게 될는지는 아무도 몰라요. 10295
그분이 운이 좋으면 신하도 따르기 마련이지요.

(두 사람은 중간의 산맥을 넘어서,
골짜기에 있는 군대 배치 상황을 관찰한다.
아래쪽에서 북과 군악 소리가 들린다.)

메피스토펠레스 진은 잘 쳐져 있는 것처럼 보입니다.
우리들이 참가하면 승리는 틀림없어요.
파우스트 여기서 무엇을 기대할 수 있겠는가?
사기, 마술과 요술 아니면 헛된 겉치레뿐이겠지. 10300
메피스토펠레스 전쟁에서 이기기 위한 계략이지요!
당신도 목적을 잘 생각하여
큰 계획을 굳혀야 해요.
만일 우리가 황제의 옥좌와 이 나라를 지켜 준다면
당신은 무릎을 꿇고 한없이 넓은 해안 지대를 10305
영지로 수여받게 됩니다.
파우스트 벌써 자넨 수많은 일을 해냈으니까
이번에도 이 싸움을 이기도록 해주게!
메피스토펠레스 아니, 당신이 이겨야지요.
이번에는 당신이 최고 지휘관이니까요. 10310
파우스트 그것은 과연 나에게 어울리는 지위일까?
아무것도 모르는데 명령을 내려야 하다니 말이다.
메피스토펠레스 작전 지휘는 참모본부에 맡기세요.
그러면 원수께서는 안전하지요.
오래 전부터 전쟁의 위험성을 짐작했기 때문에, 10315
참모본부도 원시 산악지대의
원시인의 병력으로 편성해 두었어요.
그들을 긁어모은 자에겐 행운이 있는 법이지요.

베크만 그림

파우스트 저기 보이는 것은 무엇인가. 무기를 들고 있는 사람은 누구인가?
자네는 산악 주민들을 선동했는가? 10320

메피스토펠레스 천만에요! 그러나 페터 스퀜츠*와 같은
깡패들 중에서 추려낸 정예들이지요.

세 용사*가 나타난다. 사무엘 후서 23장 8절.

메피스토펠레스 저기 내 젊은 부하들이 오는군요!
보시다시피 나이도 천차만별이고
옷과 무기도 가지각색으로 다르지만, 10325
쓸모는 있으니까 그리 나쁘지 않을 겁니다.
(관객을 향해)
요즘 젊은애들*이란 갑옷과
기사의 깃 같은 걸 붙이고 싶어하지요.
그뿐더러 이 건달들은 비유적인 만큼,
더욱이나 마음에 들 겁니다. 10330

싸움쟁이 (젊고, 가벼운 무장을 하고, 화려하게 옷을 입고 있다.)
누구든 내 눈을 들여다보는 놈이 있으면,
당장 주먹으로 턱을 갈겨 줄 테다.
비겁하게 달아나는 놈은,
뒷머리채를 거머쥘 테다.

날치기 (중년, 무장을 갖추고 사치스런 옷을 입었다.)
그런 실속 없는 싸움은 어릿광대밖에 안 해. 10335
괜히 시간 낭비가 될 뿐이야.
다른 문제는 나중으로 돌리고,
악착같이 빼앗도록 노력해야 돼.

뚝심쟁이 (나이먹고, 단단히 무장하고 옷은 걸치지 않았다)
그런 것으론 별 이득이 없다!
아무리 큰 재산이라도 곧 흘러나가 10340
삶의 흐름 속에 씻겨 내려가 버린다.
빼앗는 것도 좋지만, 꼭 쥐고 있는 것이 더 좋다.
백발이 성성한 이 늙은이에게 맡겨 두어라.
아무도 당신 물건을 빼앗지는 못 할 테니까.

(그들은 함께 낮은 곳으로 내려간다.)

앞산 위에서*

북소리와 군악이 아래에서 들린다. 황제의 천막이 쳐진다.

황제, 대장군, 근위병.

대장군 우리들이 이 유리한 골짜기로 10345
전군을 고스란히 후퇴시킨 것은
역시 빈틈없는 방법이었습니다.
이 선택이 성공하리라는 것을 굳게 믿습니다.
황제 전세가 어떻게 될 것인지는 곧 알게 될 테지.
그러나 거의 도망이나 다름없는 이 후퇴가 마음에 안 든단 말이
야. 10350
대장군 폐하, 아군의 우익쪽을 보십시오!
저런 지형이야말로 전략상 안성맞춤입니다.
언덕은 가파르지 않고, 그렇다고 통과하기 쉽지도 않습니다.
아군에게는 유리하나 적군에게는 불리합니다.
아군이 저 물결 모양의 지대를 이용하여 반쯤 숨어 있으면, 10355
적군의 기병은 감히 다가오지 못할 것입니다.
황제 내가 할 수 있는 일은 그저 칭찬하는 수밖에 없군.
여기서 힘과 용기를 시험받게 될 테니까.
대장군 저 중앙 목장 평지에서
밀집 방진을 편 부대가 기운차게 싸우고 있는 것을 보실 겁니다. 10360
창이 아침 안개를 뚫고 햇빛을 받아
공중에서 빛나고 있습니다.
강력한 방진이 시커멓게 물결치고 있습니다!
수천 명의 용사들이 이곳에서 큰 공을 세우려고 불타고 있습니다.
이것으로 집단의 위력을 아셨을 것입니다. 10365
저만하면, 적의 힘을 갈라놓을 수 있다고 생각합니다.

황제 이렇게 아름다운 광경을 보는 것은 처음이다.
이와 같은 군대는 두 배의 수에 해당한다.
대장군 아군의 좌측에 관해서는 보고할 것이 없습니다.
용감한 군인들이 험한 바위를 지키고 있습니다. 10370
지금 무기가 빛나고 있는 바위의 절벽이,
이 좁은 고갯길의 중요한 길목을 지키고 있습니다.
여기서 적군의 병력이, 뜻밖에 피비린내 나는 싸움에서,
무너져 패배한다는 것은 이미 느껴집니다.
황제 저기에 엉큼한 가짜 친척들이 오는구나. 10375
그들은 나를 숙부, 사촌, 또는 형제라고 부르며,
나날이 교만과 월권이 심해져서
왕홀에서 권력을, 옥좌에서 존경을 빼앗고는
반목 분열하여 이 나라를 황폐케 하였는데,
이번에는 함께 어울려 나를 배반하였다. 10380
많은 민중들은 마음이 동요하고,
물결에 휩쓸려서 흘러가고 있다.
대장군 충성스런 부하를 정탐*하러 내보냈는데,
쏜살같이 바위에서 내려옵니다. 성공했으면 좋으련만!
첫째 간첩 교묘하고 대담하게 움직인 10385
우리들의 계략은 다행히도 성공하여
여기저기 침투하였습니다.
그러나 이렇다할 두드러진 성과도 없습니다.
많은 충신들처럼 폐하께 대해서,
충심으로 복종을 맹세하는 사람도 많지만, 10390
아무것도 하지 못한 변명*으로
국내의 소란이나, 민심의 위험 등을 말하고 있었습니다.
황제 자기만 살고 보자는 것은 이기주의의 가르침이다.
은혜, 정의, 의무, 명예도 다 소용없다.
그러나 자네들의 부채가 너무 많으면,* 10395

이웃집 화재로 자기 자신도 타죽는다는 것을 생각하지 못하는가?

대장군 두번째 간첩이 옵니다. 천천히 내려오고 있습니다.
그는 지쳐 사지를 떨고 있습니다.

둘째 간첩 처음에 우리는 난폭한 무리들이
그릇된 방향으로 날뛰는 꼴을 보고 있었습니다. 10400
그러나 뜻하지 않게, 눈 깜짝할 사이에
새 황제가 나타났습니다.
그리고 군중들은 지정된 길을 따라
들판 위를 지나가고 있습니다.
모두들 새로 내건 가짜 깃발을 10405
따라 갑니다. ——양과 같은 근성*입니다!

황제 반역 황제가 나타난 것은 나에게 유리한 일이다.
이제 비로소 나는 자신이 황제라는 것을 느끼겠다.
나는 군인으로서 갑옷을 입었지만,
지금은 더욱 높은 목적을 위해서 걸치고 있다. 10410
향연이 열릴 때마다 아무리 그것이 화려하고
무엇 하나 부족한 것이 없었지만, 나에게는 위험에 대한 느낌이
모자랐다.
너희들이 애써서 나에게 고리꿰기 놀이*를 권했을 때도
나는 가슴을 두근거렸고 시합의 기분을 맛보았다.
만일 너희들이 나에게 전쟁을 못하도록 말리지 않았더라면, 10415
나는 벌써 무훈을 세우고 있었을 것이다.
언젠가 가장 무도회의 불길 속에서 나 자신을 보았을 때,*
나는 자신의 가슴속에 독립 정신이 있다는 것을 확인하였다.
불꽃은 무섭게 나에게 덤벼들었다.
그것은 환상에 지나지 않았지만 훌륭했었다. 10420
나는 승리와 명성을 정신 없이 꿈꾸어 왔는데,
방종하게도 게을리했던 것을 이제야 다시 찾아야겠다.

베크만 그림

(반역 황제에게 도전*하기 위해 전령이 파견된다.
파우스트는 갑옷을 입고, 투구를 쓰고, 얼굴을 절반 가리고 있다.
세 용사는 먼저와 같은 무장과 옷차림을 하고 있다.)

파우스트 우리들이 폐하 앞에 나온 것을 꾸짖지 말아주십시오.
당장 서두를 것은 없더라도 조심하는 것이 좋을 것입니다.
아시다시피 산중의 백성*들은 생각하거나 궁리하여 10425
자연과 바위의 문자에 통달하고 있습니다.

영들은 벌써 평지를 떠나,
전보다도 한층 더 바위산에 마음을 두고 있습니다.
그들은 미로와 같은 산골짜기를 누비고 들어가서, 남몰래
금속성 향기 그윽한, 귀중한 가스 속에서 일하고 있습니다. 10430
끊임없이 분석하고 실험하고 결합하면서,
그들의 단 하나의 욕망은 새로운 것을 발명하는 일입니다.
영의 힘이 깃든 조용한 손가락으로
그들은 투명한 형체를 만들어 내어,
결정과 그 영원한 침묵 속에서 10435
지상 세계의 사건을 바라봅니다.

황제 그 이야기는 나도 들었다. 물론 나도 그대를 믿는다.
그러나 용감한 자여, 대체 그것이 여기서 무슨 소용이 있단 말인가?

파우스트 사비니 사람으로 노르치아에 사는 마술사*가
폐하의 충성스럽고 정직한 신하로 있나이다. 10440
얼마나 무서운 운명이 그를 위협했을까요!
섶나무가 타오르고, 벌써 불이 혀를 날름거리고 있었습니다.
주위에 쌓아 올린 마른 장작에는
역청과 유황의 막대기가 섞여 있었습니다.
사람도 신도 악마도 구할 수 없었는데, 10445
폐하만이 불에 타는 사슬을 끊어 주었습니다.
그것은 로마에서의 일이었습니다. 그는 폐하의 은혜를 고맙게 여기고,
폐하의 동정에 대해서 언제나 마음을 쓰고 있습니다.
그때부터 그는 자기 자신에 관해서는 완전히 잊고, 오로지
폐하를 위해 별이나 지옥에 대고 점을 치고 있습니다. 10450
화급한 일이라고 폐하를 도와 주도록 우리에게
부탁한 것도 그 사람입니다. 산의 힘은 참으로 위대합니다.
그 산에서 자연의 힘은 위대하고 자유스럽게 작용하는데,
어리석게도 성직자들은 그것을 마술이라고 비난합니다.

황제 기쁜 날에 명랑하게 즐기려고 10455
기분 좋게 찾아오는 손님을 맞이할 때,
물밀듯이 밀려와서 홀도 좁게 가득 차는
손님 하나하나는 우리의 마음을 반갑게 한다.
더욱이 운명의 저울이 어떻게 기울어질까 하고
염려하는 아침 시간에, 10460
한편이 되어 도와 주려고 힘차게 찾아와 주는
성실한 사람을 다시 없이 환영한다.
그러나 지금 이 중대한 순간에는
칼을 뽑으려고 하는 강한 손을 거두어 다오.
몇 천 명의 사람들이 나의 적이 되거나 또는 나를 위해 싸우려고 10465
하는 이 순간을 존중해 다오.
남자는 자주적이어야만 한다! 옥좌와 왕관을 얻고자 하는 자는
스스로 이 영예를 받을 만한 가치가 있는 사람이어야 한다.
우리들에게 대항해 일어나서 황제니,
여러 나라의 군주니, 군대의 대원수니, 10470
봉건 영주의 지배자니 하고 스스로를 부르는 저 유령을,
나는 이 손으로 죽음의 나라로 밀어 넣겠다!

파우스트 그것은 어떻든 간에, 큰 일을 성취시키는 데
폐하의 목숨을 거시는 것은 좋지 않습니다.
투구는 닭의 볏과 깃털로 꾸며져 있지 않습니까? 10475
그 투구는 우리들의 용기를 북돋워 주는 폐하의 머리를 보호해 줍니다.
머리가 없으면 몸과 사지가 무엇을 할 수 있겠습니까?
머리가 잠들면 수족은 축 늘어지고
머리를 다치면, 곧 모든 것이 상처를 입습니다.
머리가 빨리 나으면, 손발도 기운을 차리고 소생합니다. 10480
우선 팔은 그 강한 권리를 행사하여,
정수리를 보호하기 위해 방패를 쳐들 수도 있으며,

칼은 당장에 자기 의무를 깨닫고,
적의 공격을 받아넘기며 싸움을 계속합니다.
튼튼한 발도 손의 행운과 맞추어 10485
쓰러진 자의 목덜미를 힘차게 짓밟습니다.

황제 나의 분노도 그와 마찬가지다.
그놈을 똑같이 다뤄서 그 거만한 머리를 발판으로* 만들고 싶구나!

전령들 (돌아온다) 우리들은 거기서 존경도 못 받고
대우도 못 받았습니다. 10490
우리들의 당당한 통고를
하찮은 웃음거리로 놀려댔습니다.
"너희들의 황제는 행방불명이다.
저기 좁은 산골짜기에서 메아리만 들린다.
우리보고 그 자를 생각하라고 하지만, 10495
동화에 나오는 것처럼——옛날 옛적 이야기이다."

파우스트 그것은 굳세고 충성스럽게 폐하 편에 서 있는
정예군들이 소원하는 대로 된 것입니다.
저기 적군이 다가옵니다. 아군은 가슴을 태우면서 기다리고 있습니다.
공격 명령을 내려 주십시오. 아주 유리한 순간입니다. 10500

황제 나는 여기서 지휘하는 것을 단념*하겠다.
(대장군을 향하여)
공작, 자네의 의무는 자네 손에 맡겨져 있다.

대장군 자, 그러면 우익은 전진하라!
지금 막 기어오르고 있는 적의 좌측을,
그놈들이 마지막 한 발자국을 옮겨놓기 전에 10505
충성스러운 젊은 군사들의 힘으로 항복을 받아내도록 하자.

파우스트 그러면 이 기운찬 용사로 하여금
당장에 당신의 대열에 참가하여
대열과 긴밀하게 한 몸이 되어,

그 일원으로서 그의 용맹성을 떨치게 해주십시오. 10510

(오른쪽을 가리킨다.)

싸움장이 (나타난다) 내게 얼굴을 맞대는 자는, 턱과 뺨이 부서지도록 맞기 전에는, 얼굴을 다른 데로 돌리지 못할 것이다.
내게 등을 보이는 자는, 목과 머리통이고 정수리도
순식간에 소름이 끼치도록 목덜미에 축 늘어지게 될 것이다.
그래서 마치 내가 날뛰는 것처럼 우리 병사들이 10515
칼과 곤봉을 가지고 휘둘러대면
적군은 하나하나 쓰러져
스스로 흘린 피 속에 잠겨버릴 것이다. (퇴장)

대장군 우리 중앙의 밀집 방진은 조용히 뒤쫓아가다가,
전력을 다해 빈틈없이 적을 맞이한다. 10520
저기 오른쪽에서 벌써 우리 군이
분발하여 적 진지를 동요시키고 있다.

파우스트 (한가운데 있는 남자를 가리키며) 그러면 이 사람도 당신의 명령에 따르게 해주십시오.
재빨리 무엇이든 가로채는 능력이 있답니다.

날치기 (걸어나온다) 황제군의 영웅적 용기에는 10525
약탈욕도 합치지 않으면 안 된다.
우리 모두의 목표로는
반역 황제의 화려한 천막으로 해두자.
그놈도 더 이상 그 자리에 뻐기고 앉아 있지 못하리라.
나는 밀집 방진의 선두에 서기로 한다. 10530

들치기 (진중의 여행상, 날치기에게 바짝 다가붙으면서) 나는 이 분의 여편네는 아니지만,
이분은 내가 가장 사랑하는 분이에요.
우리들한테도 무르익는 가을이 찾아왔어요!
여자란 붙잡기만 하면 무서워지고
빼앗는데 있어서는 사정없지요. 10535

싸움에 이길 때면 앞장서지요! 무엇을 해도 용서받으니까요. (두 사람 퇴장)

대장군 예상한 일이지만 우리 군의 좌측을 향해,
적의 우익이 맹렬히 엄습해 왔다. 바윗길의 좁은 통로를
차지하려는 적의 미친 듯한 공격에 대해
우리 군은 한 사람도 남김없이 저항할 것이다. 10540

파우스트 (왼쪽을 향해 손짓한다) 그러면 장군, 이 자도 좀 눈여겨 봐 주십시오.
강한 자가 더욱 강해져도 아무 상관이 없습니다.

뚝심장이 (걸어나온다) 좌측에 대해서는 걱정할 것 없어요!
내가 있기만 하면 가진 것은 안전하니까요.
늙은이의 면목은 꼭 쥐고 있는 데 있어요. 10545
화살이 번개처럼 날아와도 내가 가진 것은 놓지 않아요.

(퇴장.)

메피스토펠레스 (위에서 내려온다) 자, 보십시오. 뒤쪽에서
톱니처럼 뾰족한 모든 바위틈으로부터,
무장한 자들이 비벼대며 나와서
좁은 길을 더욱 비좁게 합니다. 10550
투구, 갑옷, 칼 그리고 방패로
우리 군의 배후에 벽을 쌓고,
쳐부수려고 신호를 기다리고 있습니다.

(사정을 알고 있는 관객들*에게 작은 목소리로)

저것들이 어디서 왔느냐고 물어서는 안 됩니다.
나는 물론 조금도 머뭇거리지 않고 10555
이 근처에 있는 무기고를 털었습니다.
거기에는 보병도 있고 기병들도 있었는데,
아직도 이 세상의 지배자이기나 한 것처럼 행세하고 있더군요.
왕년에는 기사, 왕, 황제였지만,
이제는 속이 빈 달팽이 껍데기에 불과합니다. 10560

거기에 여러 괴물들을 넣고 장식하여
중세시대를 생생하게 되살려 냈습니다.
저 갑옷을 입은 자에게 악마가 깃들어 있을지라도,
이번에는 효과가 있습니다.
(음성을 높여서) 들어 보십시오, 그들은 벌써 지금부터 격분을
못 참고 10565
금속의 소리를 내며, 서로 부딪치고 야단들입니다!
너덜너덜 남루한 군기를 바람에 나부끼며,
시원한 산들바람을 쐬고 싶어 초조하게 기다리고 있습니다.
상상해 보십시오. 이것은 옛날 사람들이 준비를 갖추고,
새로운 싸움에 가담하고 싶어하는 것입니다. 10570

(무서운 나팔소리가 위에서 울리고,
적군의 동요가 심하게 나타난다.)

파우스트 지평선이 어두워지고,
여기저기에 심상치 않은 불빛이
의미심장하게 번쩍이고 있다.
벌써 칼은 피로 물들어 빨갛게 빛나고 있고
바위, 숲, 대기는 물론이요. 10575
온 하늘까지도 싸움에 휩쓸렸다.
메피스토펠레스 우측은 완강하게 버티고 있습니다.
그러나 그 중에도 두드러지게 눈에 띄는 것은,
민첩한 거인 싸움장이 한스로서,
보통 때 버릇대로 날쌔게 활동하고 있습니다. 10580
황제 처음에는 팔 하나를 쳐드는 것이 보였는데,
지금은 벌써 열 두 개의 팔이 날뛰는 것이 보인다.
이것은 자연적으로 일어나는 일*은 아니다.
파우스트 시실리의 바닷가에 떠도는 안개의 띠에 관해,

베크만 그림

들어 본 적이 없으십니까? 10585
거기서는 대낮에 햇빛 속에 뚜렷하게
중천에 높이 솟아오르며
아지랑이처럼 비치는
이상한 현상이 나타난답니다.
한 폭의 그림이 연거푸 대기를 넘실거리듯,
여기저기서 도시가 가물거리고, 10590
꽃밭은 위아래로 너울거립니다.

황제 그러나 아무래도 수상하다! 높은 창끝이

모두 번갯불처럼 번쩍이는 것이 보이고,
우리 군 밀집 방어진의 창끝에는 10595
날쌘 불꽃이 춤추고* 있는 것이 보인다.
이것은 아무래도 도깨비 장난처럼 느껴지는구나.

파우스트 황공하오나 폐하, 저것은
이 세상에서 사라진 신령들의 흔적입니다.
모든 뱃사람이 소원을 거는 디오스쿠로 형제의
돛대에서 반사되는 불빛입니다. 10600
그들은 이곳에서 마지막 힘을 기울이고 있습니다.

황제 그런데 자연이 우리들을 위해서
가장 기묘한 것을 모아 주는 것은,
과연 누구의 덕분인지 말해 다오. 10605

메피스토펠레스 그것은 폐하의 운명을 염려해 주는
저 귀중한 마술사가 아니고 누구이겠습니까?
적이 폐하를 협박하는 그 완강한 태도에 대해,
그분은 마음속으로 대단히 분격하고 있습니다.
그래서 설사 자기 자신이 파멸하는 한이 있더라도, 10610
은혜를 갚기 위해 폐하를 구해 드리겠다는 것입니다.

황제 황제의 대관식이 끝났을때 백성들은 환호하며 나를 화려하게
끌고 다녔다.
그때는 나도 대단한 존재였기에 한 번 권력을 시험해 보려고 했다.
그래서 이것이 마침 좋은 기회라고 깊이 생각지도 않고,
화형대 위에 있는 백발 노인*에게 신선한 바람을 보내 주었다. 10615
그러나 성직자들의 즐거움을 망쳤기 때문에
그들의 호감을 사지는 못했지.
그때부터 오랜 세월이 흐른 오늘날에 와서,
좋아서 한 일의 보답을 받게 되는 것인가?

파우스트 너그러운 마음에서 나온 선행은 풍부한 이자가 붙습니다. 10620
폐하의 눈을 위로 들어 보십시오!

마술사가 어떤 신호를 보내 주려는 것 같습니다.
무슨 징조가 나타날 테니 주의하십시오.
황제 독수리 한 마리*가 하늘 높이 떠있다.
괴조 그라이프*가 무섭게 위협을 하면서 뒤쫓는다. 10625
파우스트 주의하십시오. 저것은 완전히 길조라고 생각됩니다.
그라이프는 우화에 나오는 동물인데
어찌하여 그것이 자기 신분도 잊고,
진짜 독수리와 힘을 견주어 볼 생각이 떠올랐겠습니까?
황제 이제 넓은 원을 그리고, 서로 10630
멀리서 에워싸고 있다——바로 그 순간에
두 마리는 서로 덤벼들어,
가슴과 목을 찢어 놓으려고 한다.
파우스트 잘 보십시오. 저 지긋지긋한 그라이프는
온통 찢기고 뜯기고 상처투성이가 되어, 10635
사자의 꼬리를 축 늘어뜨리면서,
산봉우리의 숲에 떨어져 사라져 버렸습니다.
황제 보여주는 대로 되었으면* 좋겠다!
이상스럽게는 생각되지만 우선 그렇게 믿어 본다.
메피스토펠레스(오른쪽을 향해서) 연거푸 되풀이되는 공격에 10640
적군은 할 수 없이 물러갑니다.
그뿐더러 자신없는 저항을 거듭하며,
오른쪽으로 몰려가서,
교전하면서도 자기편 중앙 주력의
좌측을 혼란에 빠뜨리고 있습니다. 10645
따라서 우리 밀집 방어진의 단단한 선두는
오른쪽으로 이동하여 번갯불처럼
적군의 약한 곳을 찌릅니다. ——
이제 서로 백중지세인 적과 우리 군은
폭풍에 출렁거리는 파도처럼 두 군데 싸움에서 10650

불꽃을 튀기면서 무섭게 회오리치고 있습니다.
더 이상의 광경은 상상도 할 수 없습니다.
이 전투는 우리 군의 승리가 확실합니다!

황제(왼쪽에서 파우스트에게) 저기 보아라! 저기가 심상치 않은 데*
우리 군의 부서가 위태롭다. 10655
돌멩이가 날아가는 것이 보이지 않는다.
낮은 바위에는 적군이 기어 올라왔으며,
위쪽의 바위에서는 우리 군이 후퇴해 버렸다.
저것 봐! ——적군 전체가 한 덩어리가 되어
점점 가까이 쳐들어온다. 10660
아마 고개 통로도 점령당한 것 같다.
이런 불경스러운 마술을 자행한 당연한 결과다!
그대들의 마술도 허사였어.
(막간 휴식)

메피스토펠레스 저기 나의 까마귀 두 마리가 날아오는데,
어떤 소식을 가지고 왔을지 궁금합니다. 10665
우리들에게 불길한 것이 아니면 좋겠는데

황제 그 흉측한 새가 무엇이란 말이냐?
검은 돛대를 펼치고 열전이 벌어지고 있는
바위산에서 이쪽으로 날아서 온다.

메피스토펠레스 (까마귀를 향해)
내 귓전 가까이에 와 앉아라. 10670
너희들에게 보호받는 자는 망하지 않는다.
너희들의 충고는 올바르고 따를 가치가 있으니까.

파우스트 (황제에게) 비둘기는 아무리 먼 나라에 가더라도
자기 둥지에 있는 새끼와 먹이를 찾아
되돌아온다는 이야기를 들으셨을 것입니다. 10675
여기서 중대한 차이점을 말씀드리면

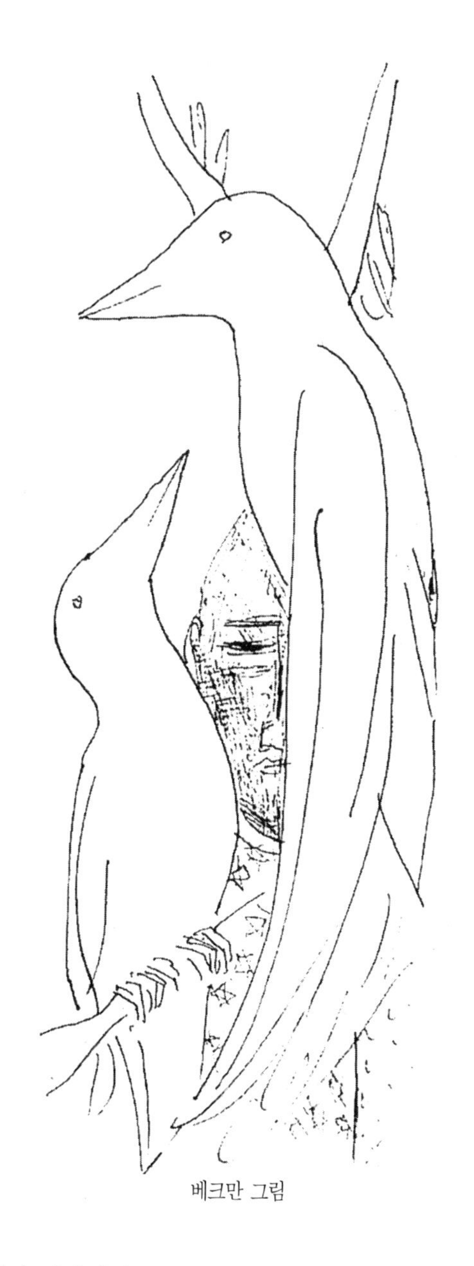

베크만 그림

비둘기는 평화의 전령인데,
까마귀*는 전쟁의 전령입니다.

메피스토펠레스 무서운 비운이 찾아왔습니다.

저것 보십시오! 바윗가에서 우리 용사들이 10680
고전을 하고 있지 않습니까!
벌써 아주 가까운 고지에도 적이 올라왔습니다.
만일에 고개 통로까지 점령당한다면,
우리들은 난처한 입장에 빠지게 될 것입니다.

황제 그러면 결국 내가 속아넘어갔구나! 10685
너희들은 나를 그물에 걸리게 하였다.
모략에 걸려든 걸 생각하니 몸서리가 쳐진다.

메피스토펠레스 용기를 내십시오! 아직 참패하지는 않았습니다.
최후의 얽힌 실마리를 풀려면 인내와 계략이 필요합니다!
보통 마지막에 이르면 으레 일이 한층 더 격렬해지는 법입니다. 10690
저는 확실한 사신을 가지고 있습니다.
내가 명령을 내려도 좋다고 분부해 주십시오!

대장군 (그동안 가까이 다가와서) 폐하께서 이들과 손을 잡으신 것이,
신에게는 줄곧 고통거리였습니다.
요술과 같은 속임수로 확고한 행운을 붙잡을 수는 없습니다. 10695
나에게는 이 전쟁을 호전시킬 묘책이 없습니다.
기왕 이들이 시작한 일이니, 이들로 하여금 결말짓게 합시다.
나는 지휘봉을 돌려 드리겠습니다.

황제 때가 오면 행운도 깃들일 것이니
그때까지 지휘봉을 간직하고 있어라. 10700
나는 이 지긋지긋한 친구와
까마귀에게 치근치근 구는 수작도 보기싫다.
(메피스토펠레스에게) 지휘봉을 네게 맡길 수 없다.
너를 적임자라고 볼 수 없기 때문이다.
하지만 명령을 내려 우리들을 구하도록* 노력하라! 10705
아무튼 되는 대로 내버려 둘 테니까.

(황제, 대장군과 함께 천막으로 들어간다.)

메피스토펠레스 저 무딘 지휘봉으로 폐하의 몸을 지키려 들다니!
우리들에게는 그런 것은 소용이 없어요.
어쩐지 십자가와 비슷하다고 생각했지요.
파우스트 그러면 어떻게 할 작정인가?
메피스토펠레스 벌써 다 해놓았어요! 10710
자, 검둥이 사촌들이여,* 빨리 시중을 들어 다오.
커다란 산의 호수에 가서 물의 요정 운디네에게 인사하고,
넘쳐흐르는 홍수의 환영을 부탁하도록 해라.
그것은 우리가 쉽사리 알 수가 없는 계집의 요술로서,
실제와 환영을 떼어 놓는 요령*을 알고 있지요. 10715
그런데 모두들 환영을 실체라고 믿는단 말이야.
(막간 휴식)
파우스트 까마귀는 물의 요정들에게 틀림없이
듬뿍 아양을 떤 모양이다.
벌써 저기에 물이 졸졸 흐르기 시작한다.
사방의 메마르고 벗겨진 바위틈에서 10720
풍부하고 줄기찬 샘이 솟구쳐 나오니
적의 승리도 이제 끝장 나 버렸다.
메피스토펠레스 이것은 좀 색다른 인사니까,
아무리 대담하게 기어오르던 적군들도 당황하는 수 밖에 없지요.
파우스트 벌써 한 줄기의 시냇물*은 몇 갈래로 되어 힘차게 흘러내
리고, 10725
산골짜기에서 두 배가 되어 다시 나타나는구나.
커다란 물결은 활처럼 구부러진 폭포를 이루며 떨어지고,
순식간에 납작하고 넓은 바위 위에 퍼져서
여기저기로 소리내고 거품을 일으키며 흐르고,
층층으로 되어 골짜기로 쏟아져 내려간다. 10730
용감하게 영웅처럼 저항한들 무슨 소용이 있을까
거센 큰 물결이 그들을 휩쓸려고 몰려온다.

이와 같은 무서운 홍수를 보면 나 자신도 소름이 끼치는구나.

메피스토펠레스 나에게는 그런 가짜 물* 같은 건 전혀 보이지 않아요.

단지 사람의 눈이 속아넘어가는 것이지요. 10735

이 색다른 사건은 나를 즐겁게 합니다.

적은 모조리 한덩어리로 떨어져내리고

바보들은 물에 빠져 죽는다고 생각하고 있어요.

육지에서 안전한데도 헐떡거리며,

우습게도 헤엄치듯 허우적거리며 달리고 있어요. 10740

이제는 어디나 다 혼란에 빠져 있어요.

(까마귀들이 다시 돌아온다.)

훌륭한 대선생님* 앞에서 너희들을 칭찬해 줄 것이다.

그러나 스스로 대가와 같은 솜씨를 시험해 보려고 생각하면,

늘 불을 피우고 있는 대장간*으로 빨리 달려가거라.

거기서는 난쟁이들이 지치지도 않고 10745

금속과 돌을 두들겨 불꽃을 내고 있다.

그들을 간곡히 달래어서

사람들이 진지한 생각으로 지키고 있는

빛나고 번쩍이고 탁탁 타고 있는 불씨를 하나 얻어 오너라.

물론 머나먼 곳에서 번갯불이 비치거나, 10750

가장 높은 곳에 있는 별이 순식간에 떨어지는 것은

여름 밤에는 언제나 일어나는 일이지만,

엉클어지듯 우거진 수풀 속의 번갯불이나

축축한 땅바닥에 쉿 하고 소리내며 지나가는 별 같은 건,

그렇게 쉽게 볼 수 있는 것은 아니다. 10755

그러나 너희들은 그다지 애를 쓸 것도 없이

우선 부탁해 보고, 그 다음에 명령하는 게 좋다.

(까마귀들이 떠난다. 지시한 대로 이루어진다.)

메피스토펠레스 적은 어둠의 장막속에 빠져 버렸다!
발을 한 발짝씩 옮겨 놓을 때마다 위태롭다!
모든 구석구석에서 도깨비불이 번쩍이고, 10760
갑자기 섬광이 눈부시게 비친다!
이런 모든 것은 기막히게 아름답다.
그러나 무서운 음향도 필요하다.
파우스트 무기고의 동굴에서 나온 텅빈 갑옷이,
바깥 공기를 쐬자 갑자기 강해지는 것을 느꼈던지, 10765
벌써 아까부터 높은 곳에서 덜컥덜컥 삐걱삐걱
이상하고 괴상한 소리를 내고 있다.
메피스토펠레스 정말 그렇습니다! 지금은 말릴 수도 없어요.
이제는 그리운 옛날 그 시절처럼
기사답게 서로 치고받는 소리가 나네요. 10770
갑옷의 팔 덮개와 정강이 덮개가 저마다
교황당 혹은 황제당으로 갈라져서
영원한 싸움을 새로 시작하고 있어요.
대대로 이어받은 마음을 굳게 간직한 채,
화해의 빛은 보이지 않아요. 10775
벌써 여기저기서 시끄럽게 떠드는 소리가 들려 오네요.
결국 악마의 축제가 있을 때마다,
당파의 증오가 극도로 작용하여
소름이 끼치는 무서운 종말을 가져오지요.
목신 판의 부르짖음*처럼 참을 수 없는 소리를 내든가, 10780
마왕처럼 소리 높이 날카롭게 위협하듯이,
산골짜기를 향해 무서운 음향을 보내기도 하지요.

(관현악이 전쟁의 소음을 연주하다가,
드디어 쾌활한 군악의 곡조로 변한다.)

반역 황제의 천막*

옥좌, 그 주위는 사치스런 분위기, 날치기, 들치기.

들치기 역시 우리가 제일 먼저 왔군요!
날치기 까마귀라도 우리보다 더 빨리 날진 못한다.
들치기 아아, 무슨 보물이 여기에 이다지도 산더미처럼 많을까! 10785
어디서 시작하고 어디서 끝내면 좋을지 모르겠다.
날치기 천막 속에 가득 차 있어!
어디서부터 손을 대면 좋을지 모르겠다.
들치기 이 양탄자는 내게는 안성맞춤이다.
내 침대는 종종 아주 형편없을 때가 있으니까. 10790
날치기 여기에 강철로 만든 무기, 별 모양의 곤봉*이 걸려 있다.
나는 전부터 이것을 가지고 싶었어.
들치기 금실로 가장자리를 한 빨간 외투,
이런 것을 나는 꿈꾸고 있었어.
날치기 (무기를 손에 잡고) 이것만 있으면 문제없다. 10795
사람을 죽이고 앞으로 나갈 수 있다.
벌써 자네는 짐을 많이 긁어모았지만,
이렇다할 것은 하나도 챙기지 못했군.
그런 잡동사니는 그대로 내버려 두고
여기에 있는 궤짝을 하나 가지고 가라! 10800
이것은 군인들에게 주는 급료고,
속에 들어 있는 것은 순전히 금뿐이다.
들치기 이것은 굉장히 무거운데!
나는 그것을 들지도 나르지도 못해.
날치기 빨리 허리를 구부리고 엎드려라! 10805
내가 그것을 자네의 억센 등에다 짊어지게 해줄 테니까!
들치기 아이고, 아파! 아파! 안 되겠어!
짐이 무거워 허리가 둘로 부러지겠어.

(궤짝이 떨어져서 뚜껑이 열린다.)

날치기 저것 봐, 빨간 금돈이 잔뜩 들어 있다. ——
재빨리 손을 내밀고 긁어모아라. 10810
들치기 (쭈그리고 앉는다) 빨리 이 앞치마에 담아 줘.
이것만으로도 충분하니까.
날치기 이만하면 됐다! 자, 빨리 가자!

(들치기가 일어선다.)

야아, 야단났다. 앞치마에 구멍이 났다!
너는 가는 곳, 서는 곳마다, 10815
보물을 마구 뿌리는구나.
근위병들 (우리의 황제를 지키는)
너희들은 이 신성한 곳*에서 무엇을 하고 있느냐?
왜 폐하의 보물을 뒤적거리는 거냐?
날치기 우리들은 이 몸을 팔려고 내놓았으니까 10820
전리품의 몫을 받아가는 거다.
적군의 천막에서는 이것이 관례로 되어 있다.
우리들도 역시 병사니까 말이다.
근위병들 그런 짓은 우리한테서는 통하지 않아,
병사와 도둑을 함께 겸하다니 말이야.
우리들의 황제에게 가까이 가려는 자는 10825
정직한 군인이 아니면 안 된다.
날치기 정직이라는 건 벌써부터 잘 알고 있다.
그 이름은 즉 징발*이라고 하지.
그러나 너희들도 똑 같은 입장이다.
'내 놔라!' 라는 것은 동업자끼리의 인사로 되어 있다. 10830

베크만 그림

(들치기에게) 가지고 있는 것을 끌고 썩 나가라.
우리들은 여기서 환영받는 손님은 아니다. (퇴장)

첫째 근위병 이봐, 왜 자네는 당장에 저 뻔뻔스런 놈의
따귀를 갈기지 않았어?

둘째 근위병 웬일인지 나는 힘이 빠져 버렸어. 10835
놈들은 유령 같았어.

셋째 근위병 나도 눈앞이 이상해져서
제대로 볼 수가 없었어.

넷째 근위병 어떻게 말하면 좋을지 몰라도
하루 종일 덥기만 하고, 10840
퍽 불안스럽고 숨가쁘고 답답했다.
서 있는 놈이 있는가 하면 쓰러지는 놈도 있다.
손으로 더듬고 가서, 갑자기 칼로 후려치니까
한 번씩 칠 때마다 상대방은 넘어지곤 했어.
눈앞에 베일 같은 것이 나부끼고 10845
귓속에서는 왱왱, 쏴쏴, 쉬쉬 소리가 울렸어.
그렇게 계속하는 동안, 우리가 지금 여기에 온 거야.
어떻게 해서 그렇게 되었는지 전혀 모르겠다.

(황제, 네 명의 공작들을 데리고 등장.
근위병들 퇴장.)

황제 무엇이 어찌되었든 우리들은 싸움에 이겼다.
적은 흩어져서 도망치고 들판으로 사라져 버렸다. 10850
여기에 있는 옥좌는 텅 비고, 배신자의 보배*는
양탄자에 싸인 채, 주위도 비좁게 장소를 메우고 있다.
우리는 영광스럽게도 근위대의 호위를 받으면서,
황제로서 여러 민족의 사신들을 기다리고 있다.
사방으로부터 기쁜 소식이 들어오고 있으니, 10855
나라 안은 평온해지고, 기꺼이 우리에게 귀순하고 있다
는 것이다.
우리들의 작전에는 요술도 섞였지만
결국 우리는 우리 자신을 위해 혼자 싸웠던 것이다.*
우연한 일이 싸우는 자를 이롭게 하는 경우도 적지 않다.
하늘에서 돌멩이가 떨어져서, 적군에게는 피의 비가 내리고 10860
바위 동굴에서는 신비롭고 무서운 소리가 울려나와
우리 군의 용기를 북돋웠고 적군의 사기를 떨어뜨렸다.

패배자는 쓰러져서 항상 되풀이되는 조롱을 받으며,
승리자는 뻐기면서 호의를 베푼 신을 찬미한다.
명령할 틈도 없이 모든 백성들은 한입으로 외친다. 10865
"주여, 우리는* 당신을 찬미하노라!" 하고 백만인의 목청으로 소리친다.
그러나 이제까진 드물었던 일이지만,
나는 최고의 칭찬을 베풀기 위해, 경건한 눈길을 나 자신의 가슴에 돌린다.
나이가 젊고 쾌활한 군주는 하루하루를 헛되게 보낼는지는 모른다.
그러나 세월의 흐름은 순간의 중대한 뜻을 우리에게 가르쳐 준다. 10870
따라서 나는 지체 없이 황실과 궁정*과 국가를 위해
경들 네 사람의 공신들*과 긴밀한 유대를 맺으려 한다.

(첫번째 신하에게.)

오오, 공작이여, 군대를 정비하여 적절히 배치하고,
중대한 시기에
영웅으로서 과감한 조처를 취한 것은 그대다.
이제는 시대의 요청에 따라 평화 속에서 일해 다오. 10875
나는 경을 궁내장관에 임명하고 이 칼을 수여하겠다.

궁내장관 이제까지 국내의 일에 종사하고 있었던, 폐하의 충성스런 군대가
이제부터는 국경에서 폐하와 옥좌를 굳건히 지키는 이상,
선조 대대로 전해 내려오는 성 안의 넓은 홀에서 축연이 벌어질 때면
음식물을 마련하는 일을 맡겨 주십시오. 10880
그때 신은 이 칼을 눈부시게 받들고 측근에 서서
가장 높은 폐하를 영원히 모시려 하옵니다.

황제 (두번째 신하에게) 씩씩한 용사인 동시에, 유순하고 친절하게 나를 잘 돌봐주는 경은
시종장이 되어 다오! 이 사명은 쉽지 않다.

경은 궁중에서 일하는 모든 시종들의 우두머리다. 10885
이들이 만일 서로 불화한다면 나는 나쁜 신하라고 인정하겠다.
앞으로 경은 주인에게나 궁정인에게나 마음에 들도록 모범을 보여주도록 해다오.

시종장 폐하의 커다란 뜻을 받드는 것이, 은총을 받는 길이라고 생각합니다.
착한 사람을 도와주고, 악한 사람이라도 해치지 않을 것이며, 10890
공명정대하고 농간 없이 침착하게 거짓을 멀리할 것입니다!
폐하께서 나의 뜻을 살펴주신다면 그것으로 만족해 하겠습니다.
나의 공상을 저 축연에까지 펼쳐도 좋습니까?
폐하께서 식탁에 앉으실 때, 저는 황금 대야를 들고, 즐거운 시간에 손을 씻을 수 있도록 폐하의 반지*를 맡아 들고 있으라면 10895
폐하의 인자하신 눈초리에서 저는 큰 기쁨을 느낄 것입니다.

황제 나는 축제 같은 건 염두에도 없을 정도로 진지한 기분이다.
그러나 그것도 좋을 것이다! 즐거운 오락 행사도 도움이 되니까.
(세번째 신하에게)
자네를 주방장으로 임명한다! 따라서 앞으로
사냥, 새 기르기, 채소밭 가꾸기는 자네가 맡아서 해라. 10900
각 계절마다, 그 달에 생산되는 것 가운데서
내가 좋아하는 음식을 골라서 세심하게 조리를 해다오.

주방장 산해진미가 폐하의 상에 올라서 그것이 마음에 드실 때까지,
엄격히 단식을 지키는 것을 저의 즐거운 의무로 삼겠습니다.
주방의 요리사들도 저와 힘을 합하여 먼 곳의 진품을 10905
주문시키거나, 철 이른 성찬도 재빨리 마련토록 하겠습니다.
다만 폐하께서는 먼 곳의 진품이나 철이른 특산물로 차린 것보다는
검소하고 영양분 있는 음식물에 마음이 더 쏠리실 것이라고 생각됩니다.

황제 (네번째 신하에게) 여기서는 오로지 향연에 관한

것밖에 문제가 안 되는 모양이니까,
젊은 용사여, 너는 술 따르는 역할을 맡아라. 10910
헌주관(獻酒官)이여, 우리들의 지하 술창고에 좋은 술을
풍부하게 갖추도록 유의하는 게 좋겠다.
그러나 자네 자신은 어느 우연한 기회에 이끌려서 명랑의
도를 넘어 탈선하는 일이 없도록 몸가짐을 단정히 해야 된다!

헌주관 폐하, 젊은이라도 신용을 얻기만 하면 10915
사람들이 깨닫지 못하는 사이에 어른이 되어 버립니다.
저도 저 성대한 잔치에 참석했다고 가정해 보겠습니다.
궁중의 선반은 모조리 금과 은의
화려한 용기로써 최선을 다해 장식하겠지만,
폐하를 위해서는 가장 우아한 술잔을 골라 놓겠습니다. 10920
그것은 빛나는 베니스 유리*로, 속에는 쾌락이 숨어 있으며
술맛은 강하지만 심하게 취하지는 않을 것입니다.
그러한 신비스런 보물을 믿고 지나치게 그것에 기대를 거는 사람도 퍽 흔하지만,
폐하, 몸소 절제하시는 것이 옥체를 보존하시는 가장 좋은 방법입니다.

황제 내가 이 엄숙한 시간에 경들에게 한 말을 10925
경들은 믿을 만한 입으로부터 직접 들었을 것이다.
황제의 말은 무겁고, 하사물은 틀림이 없다.
그러나 그것을 보증하려면 귀중한 문서가 필요할 뿐더러,
서명도 해야 된다. 그 형식을 갖추는데,
마침 좋은 시기에 적절한 인물이 등장했구나. 10930

(대주교 겸 대재상*이 등장.)

황제 둥근 천장도 주춧돌에 무게를 의지하고 있으면
영원토록 안전하게 서 있을 수 있다.

여기 네 사람의 공작들이 있다! 우리들은 우선
황실과 궁정을 유지하는 데 필요한 사항을 논의하였다.
그러나 국가 전체를 보존하는 일에는 전적으로 10935
그 중대한 임무를 경들 다섯 사람에게 맡기기로 한다.
영토에 관해서라면 다른 누구보다도 그대들을 빛나게 하고 싶다.
그렇기 때문에 지금 당장, 나를 배반한 자들의 영토까지 합하여
경들의 영지에 경계를 전보다 더 넓혀 주려 한다.
동시에 경들 충신들에게는 수많은 좋은 땅과 아울러, 10940
기회가 있을 때마다 계승, 매입, 교환 같은 방법으로
영지를 넓힐 수 있는 높은 권리를 부여해 주겠다.
그리고 영주의 권한에 속하고 있는 범위 내에서는
간섭없이 행사할 것을 확실히 보장해 주겠다.
그대들은 재판관으로서 최종 판결을 내려도 좋다. 10945
그대들의 최고 결정에 대해서* 상고한다는 것은 인정되지 않는다.
다음에는 세금, 임대료, 헌납, 연공, 안전 통행세, 관세,
채광, 제염, 화폐 구조의 특권도 인정해 주겠다.
그것은 나의 감사의 마음을 실증하기 위해서
경들을 황제의 지위 바로 아랫자리까지 끌어올리려 함이로다. 10950

대주교 일동을 대표해서 충심으로 감사의 말씀을 드립니다!
폐하께서는 신들의 지위를 굳건히, 따라서 폐하의 권한을 공고히
하신 셈입니다.

황제 나는 경들 다섯 사람에게 더욱 높은 지위를 위임하고자 한다.
나는 아직도 국가를 위해 살고 있으며, 또 살고 싶지만,
선조 대대로부터 연결된 사슬은 조심스러운 눈길을, 10955
부산한 노력에서부터 위협으로 돌리게 한다.
언젠가는 나도 정다운 사람들과 이별할 때가 올 것이다.
그때는, 후계자를 뽑는 것을 경들의 의무라고 생각하거라.
그리고 대관식을 올려 후계자를 높이 성스러운 제단 위에* 오르
게 하고,

베크만 그림

이 소란한 세상을 평화롭게 끝나도록 해 주시오. 10960

대재상 가슴속 깊이 자부심을 갖고, 행동에는 겸손하고,

지상에서 제일 인자한 저희들이 공손하게 머리를 수그리고 있습니다.
충성 어린 피가 혈관 속에서 약동하고 있는 한,
우리들은 폐하의 뜻대로 쉽사리 움직이는 몸이옵니다.

황제 그러면 끝으로 이제까지 결정을 본 사항에 대해서는 10965
후일을 위해 문서와 서명으로 보증하기로 하겠다.
경들은 영주로서 영지를 아주 자유롭게 다스려도 좋지만,
그러나 다만 분할을 허용치 않는다는 조건*을 붙여 두겠다.
경들이 나에게서 받은 것을 아무리 늘리고 불어나게 하더라도
그것은 고스란히 맏아들이 이어받지 않으면 안 된다. 10970

대재상 국가와 우리 신들의 복지를 위해 이와 같이 중요한 규정을,
신은 바로 기꺼이 양피지에다 기록하겠습니다.
청서와 봉인에 관해서는 관방에서 하도록 하겠습니다.
폐하께서는 신성한 친서로 확인해 주시옵소서.

황제 그러면 모두들 물러가서 이 중대한 날에, 10975
각자 마음을 가다듬고 생각해 보기 바란다.

(세속의 제후들 물러간다. *)

대주교 (혼자 남아서 비장한 어조로 말한다) 재상으로서는 물러갔지만 주교로서는 남았습니다. *
진지한 충고의 말씀을 올리고 싶은 충동을 억제할 수 없습니다!
아버지와 같은 마음씨로 폐하를 위해 걱정하고 있는 것입니다.

황제 이렇게 기쁜 날에 그대는 대체 무엇을 우려하는 것인지, 말해 보시오! 10980

대주교 성스러운 왕관을 쓰고 있는 폐하의 머리가 이럴 때에,
악마와 결탁하고 있다는 것은 다시 없이 괴롭습니다!
언뜻 보기에, 폐하께서는 옥좌 위에 편안하게 앉아 계시는 것 같지만,

베크만 그림

유감스럽게도 그것은 주님이신 신과 교황을 모독하는 것입니다.
만일 교황께서 이것을 알게 되면 당장에 벌을 내리시고, 번갯불 같은 10985
파문으로 처단하시고, 죄많은 나라를 멸망시키실 것입니다.
교황께서는 폐하께서 저 대관식 날에
마술사를 석방하신 것을 아직도 잊지 않으셨습니다.
폐하의 왕관에서 비치는 첫번째 은총의 빛이,
저 저주받은 자의 머리*에 비쳤다는 것은 기독교에 대한 모독입니다. 10990

좌우간 가슴을 두드려 속죄하시고, 죄많은 행복 중에서
얼마간의 기부를 빨리 신성한 교회에 헌납하십시오.
폐하의 천막이 쳐 있었던 저 언덕 지대는,
악령들이 폐하를 보호하기 위해 결속했을 뿐 아니라,
폐하께서
가짜 공작*의 말에 열심히 귀를 기울였던 곳입니다. 10995
경건한 신앙심을 일으켜, 그곳을 신성한 목적을 위해서 희사하십시오.
넓게 뻗쳐서 전개되는 산과 밀림,
초록빛으로 덮여 목장이 되어 있는 언덕,
물고기가 많이 사는 맑은 호수, 그리고
굽이치며 골짜기로 흘러 들어가는 수많은 시냇물들,
그뿐더러 11000
풀밭과 평야와 저지까지 포함한 넓은 골짜기도 희사하십시오.
그러면 후회의 마음이 나타나 사면을 받으실 것입니다.

황제 중대한 과실 때문에 나는 충격을 받고 있으니,
그 땅의 경계는 그대 자신의 척도로 정해 주시오.

대주교 우선 저렇게 죄가 범해지고 더럽혀진 토지는, 11005
가장 높은 신에게 봉사하기 위해서 바치겠다고 공고해 주십시오.
당장에 마음속에, 견고한 성벽이 솟아 오르고
밝은 아침 햇빛*이 성단(聖壇)을 비추고,
중랑은 길고 높여져서 신자들을 기쁘게 해줍니다. 11010
첫번째 종소리가 산과 골짜기에 울리면
신자들은 벌써 감격에 불타 엄숙한 문으로 들어와서
하늘로 올라가는 것 같은 높은 탑에서 그 소리가 울리면,
참회하는 사람이 다시 얻는 삶을 향해 다가옵니다.
엄숙한 헌당식에는——그 날이 빨리 오면 좋겠습니다! — 11015
그 식은 폐하께서 참석함으로써 가장 빛나는 영광이 될 것입니다.

황제 그와 같은 큰 공사로써 경건한 정신을 널리 알리고 싶소.

주님이신 신을 찬미하고, 아울러 나의 죄를 사하기 위해.
이제 충분하오! 나는 벌써 마음이 부풀어 오르는 것을 느낄 수 있소.

대주교 그러면 재상의 자격*으로 일의 결말과 형식적 절차를 촉진시키겠습니다. 11020

황제 교회에 기부한다는 정식 문서를 나에게 제출하면 나는 기꺼이 서명하겠소.

대주교 (작별을 고했으나, 출구에서 다시 돌아다 본다)
그러면 완성될 건물에는 동시에 십일조,
임대료, 헌납금 등 토지의 모든 수익*을 영구히 헌납해 주시지 않겠습니까?
훌륭하게 유지하려면 필요한 것이 퍽 많고, 11025
신중하게 관리하는 데엔 막대한 비용이 들 것입니다.
저런 황무지에 빨리 건축 공사를 서두르려면,
전리 보물 가운데 약간의 황금을 주셔야겠습니다.
그 밖에도, 이것은 말씀드리지 않을 수 없지만, 먼 나라의 재목*,
석회, 석반석 등이 필요합니다. 11030
운반은 설교단(設敎壇)에서 설복하여 백성들에게 시키겠습니다.
교회에 봉사하여 운반하는 자에게는 교회에서 축복해 줍니다.
(퇴장)

황제 내가 짊어진 죄는 크고도 무겁다.
저 지긋지긋한 마술사들이 막심한 손해를 끼쳤다.

대주교 (다시 돌아와서 공손하게 경례하며) 황공하옵니다. 폐하!
저 평판이 나쁜 사람*에게 이 나라의 11035
해안 지대를 수여하셨지요. 그러나 폐하께서 뉘우치는 뜻에서
그 토지에서도 십일조, 임대료, 헌납금, 수익 등을 교회에
희사하시지 않으시면, 저 사람은 파문의 벌을 받게 됩니다.

황제 (못마땅해서) 그 땅은 아직 존재하지도 않는다. 바다 속에 널리 가라앉아 있다.

대주교 권리와 인내를 가지고 있는 자에게는 언젠가 때가 옵니다. 11040
페하의 말씀이 언제까지나 우리들을 위해 효력을 가져 주기 바랍니다!

황제 (혼자서) 이렇게 되면 이 나라 전체를 넘겨 주게 될는지도 모르겠구나.

제5막

활짝 트인 지대*

나그네* 그래! 저것이다. 저기 오래되고 단단하며
꺼멓게 자란 보리수가 서 있다.
이렇게 오랜 여행 끝에 11045
또다시 저 나무를 보게 되었구나!
폭풍에 날뛰는 물결이 나를
저 모래 언덕 위로 밀어 올렸을 때,
나를 보호해 준 것은
그 옛날의 정다운 곳, 저 오두막집이다! 11050
나는 그 오두막집 주인들을 축복해 주고 싶다.
사람돕기를 좋아하는 갸륵한 부부였다.
그 당시 벌써 나이 먹었으니까,
오늘 다시 만나기는 어려울 것이다.
아아, 정말 경건한 사람들이었다! 11055
문을 두드려볼까? 불러 볼까?
지금도 손님에게 친절을 베풀며 선행의
보답을 받고 있다면 인사를 받아 주십시오!

바우치스 (할머니는 아주 나이가 많다)
나그네 양반! 조용히! 조용히!
남편을 그대로 조용히 쉬게 해주세요! 11060
할아버지는 실컷 자고 나야만 눈을 떠서
짧은 시간이나마 일을 빨리 해치우신답니다.

나그네 여보세요, 할머니! 당신이 아니던가요?
옛날에 젊은이의 목숨을 구하기 위해
남편과 함께 정성을 다해 주시고 이에 대해 11065
제가 감사의 말씀을 드려야 할 분이 당신이지요.

당신이 다 죽어가는 사람의 입에다 알뜰하게
원기를 돋워 주는 음식물을 준 바우치스 할머니인가요?

(남편이 등장.)

당신이 힘차게 나의 보물을 바다에서
건져 주신 필레몬*씨인가요? 11070
당신들이 재빨리 지펴 준 불꽃,
낭랑하게 울리던 종소리,
저 무서운 조난의 뒤처리는
당신들에게 맡겨졌었지요.

어디 좀 앞으로 나아가서 11075
끝없는 바다를 보게 해주세요.
무릎을 꿇고 기도를 올리게 해주세요.
저는 정말 가슴이 벅찹니다.

(모래 언덕 위를 앞으로 걸어나간다.)

필레몬 (바우치스에게) 꽃이 울긋불긋 피어 있는 뜰에
빨리 식탁을 차리도록 하오. 11080
그로 하여금 뛰어다니다 놀라게 내버려 둬요.
눈에 보이는 것이 스스로도 믿어지지 않을 테니까.

(나그네 옆에 서서.)

큰 파도가 계속 무섭게 거품을 일으키며
당신을 괴롭혔던 바다가,
지금은 정원으로 변해서 11085

낙원과 같은 광경을 이루고 있는 것을 보시오.
나는 나이를 먹어서 예전처럼
서슴지 않고 도와 줄 수는 없었지만,
내 힘이 약해지는 데 따라
바다의 파도도 멀리 물러가 버렸다오. 11090
현명한 군주들의 대담한 신하들이
도랑을 파고 둑을 쌓아서,
바다의 위력을 좁혀 놓고는
바다 대신 자기가 주인이 되려고 하고 있어요.
보세요, 초록빛의 연이은 풀밭과, 11095
목장과 정원과 마을과 숲을——
자, 이리 와서 뭘 좀 드셔야지요.
얼마 안 가서 해도 질 테니까요——
저 멀리 돛을 단 배가 지나가지요.
밤을 지낼 안전한 항구를 찾아서 가는 모양이오. 11100
배도 새처럼 제 보금자리를 알고 있으니까.
이제는 저기에 항구가 되었소.
먼 곳에 비로소 바다의
푸른 가장자리가 보이고 있지만
좌우로 이 근처 일대에는 11105
집이 빽빽이 들어선 마을이 되었다오.

(뜰에서 세 사람이 식탁에 앉는다.)

바우치스 잠자코 계시는군요? 거기다가 목도
마르실 텐데 아무것도 드시지 않으시고?
필레몬 이렇게 이상하게 달라진 모습을 알고 싶은 모양이지요.
당신은 말하기 좋아하니까 이야기해 드려요. 11110
바우치스 좋아요! 정말 이상한 일이 있었어요!

베크만 그림

지금도 아직 마음이 가라앉지 않아요.
아무튼 이 사건이 모두,*
떳떳하게 이루어진 것은 아니었으니까요.

필레몬 그분에게 이 해안지대를 주신 황제께서 11115
그런 죄를 범하실 리가 없어.
전령이 나팔을 불면서

돌아다니며 그 일을 알리지 않았던가?
우리들의 모래언덕에서 멀지 않은 곳에다,
첫발을 디뎠었지. 11120
천막과 오두막집들! ——그러나 얼마 안 가서
녹음이 우거진 사이에 궁전이 섰지.

바우치스 낮에는 노예들이 괭이와 삽으로 땅을
파고 야단을 부리는가 하면,
밤에는 작은 불꽃*이 모여들고, 11125
그 다음날에는 둑 하나가 다 되어 있었어요.
제물로 바치는 사람의 피*도 틀림없이 흘려졌을 거예요.
밤에는 아픔을 호소하는 비명 소리가 울리고,
타는 불꽃이 바다쪽으로 흘러가면
다음날 아침에는 운하 하나가 되어 있었어요! 11130
그분은 신도 두려워하지 않는 사람*이고,
우리의 오두막집과 숲도 탐내고 있었어요.
그런 사람이 이웃에서 우쭐거리고 있기 때문에, 우리는
저자세를 취하지 않을 수 없었지요.

필레몬 그래도 그분은 새로운 개척지* 중에서 11135
훌륭한 땅을 주겠다고 제의했어요!

바우치스 매립지는 믿으면 안돼!
살아온 이 언덕 위를 그대로 버텨야돼!

필레몬 자, 작은 교회로 가서
마지막 석양을 보기로 합시다! 11140
종을 울리고 무릎 꿇어 기도하며,
옛날과 다름없는 우리의 신을 의지하기로 합시다!

궁전*

넓은 유원지. 커다랗고 똑바른 운하.
파우스트는 몹시 늙은 노인*이 되어
깊은 생각에 잠기면서 이리저리 거닐고 있다.

탑을 지키는 린코이스* (메가폰을 통해)
해가 지고 있습니다. 마지막 배가
항구 안으로 세차게 들어옵니다.
큰 화물선이 운하를 따라 11145
이쪽으로 오려고 합니다.
울긋불긋한 깃발들이 즐겁게 바람에 나부끼고,
튼튼한 돛대는 만반의 준비를 갖추고 있습니다.
당신의 항구에 들어온 뱃사공은 스스로의 행복을 찬미하고,
무사히 돌아온 배*는, 당신에게 인사를 드립니다. 11150

(모래언덕 위에서 종이 울린다.)

파우스트 (깜짝 놀라면서) 지긋지긋한 종소리*다! 숨어서 쏘는 화살처럼,
내 마음에 심한 상처를 준다.
눈앞의 내 영토는 끝이 없는데,
등뒤에서 불쾌한 감정이 나를 놀리며,
시기하는 종소리가 이런 일을 생각나게 한다. 11155
나의 훌륭한 땅도 순수하다고는 할 수 없으니,
보리수나무의 숲, 갈색의 판자집,
그리고 썩어가는 작은 교회도 내 것이 아니로다.
거기서 쉬고 기분을 전환시키려고 하는데
낯선 그림자*가 나를 소름끼치게 한다. 11160
저것은 눈의 가시, 발바닥의 가시*로다.

아아, 여기서 멀리 떠나 버리고 싶구나!

탑지기 (먼저와 마찬가지로) 오색 찬란한 화물선이
시원한 저녁 바람을 안고, 유쾌하게 달려오는구나!
저 속도가 빠른 배에는 궤짝, 상자, 자루 등이, 11165
얼마나 높게 쌓여 있을까!

(화려한 화물선이 외국의 물품을 가득히 다채롭게 싣고 있다.
메피스토펠레스, 세 용사.*)

합창 자, 상륙이다.
벌써 와 닿았다.
무사히 왔습니다.* 주인님,
나리! 11170

(그들은 배에서 내리고, 짐은 육지에 운반된다.)

메피스토펠레스 이제 우리들의 솜씨는 시험이 끝난 셈이다.
주인나리가 칭찬해 주면 그것으로 만족이다.
단지 두 척이 출항했는데
귀항할 때는 스무 척이 되었다.
얼마나 큰 활약을 하였는가 하는 것은 11175
우리 짐을 보면 알 수 있을 것이다.
자유스러운 바다는 정신까지 자유롭게 한다.
바다에서는 사려분별 같은 것은 아랑곳없다!
닥치는대로 재빨리 붙잡는 것이* 상책이다.
물고기도 잡고 배도 잡는 것이지. 11180
우선 세 척의 배 주인이 되면
네 척째는 갈고리로 잡아당긴다.
이쯤 되면 다섯 척째는 온전치 못하다.

베크만 그림

힘이 있으면 권리도 따르는 것이다.
문제는 무엇을 잡느냐이지, 어떻게 잡느냐는 아니다. 11185
내가 경험 없는 뱃사공이라면 모르겠지만,
전쟁과 무역과 해적질은,
삼위일체라 떼어놓을 수 없구나.

세 용사 감사도 않고, 인사도 없다!
인사도 않고 감사도 없다! * 11190
우리는 주인에게,

마치 구린내 나는 물건이라도 가져 온 것 같다.
주인은 몹시 못마땅한
얼굴을 하고 있다.
왕의 보물도 11195
마음에 안 드는 모양이다.

메피스토펠레스 더 이상 상금 같은 것은
기대하지 마라!
너희들은 자기 몫을
얻지 않았느냐! 11200

세 용사 저것은 그저
심심풀이에 지나지 않지요.
우리들은 모두
평등한 몫을 요구합니다.

메피스토펠레스 우선 위에 있는 11205
넓은 홀마다 차례로
모든 귀중품을
늘어 놓아라!
주인은 풍부한
구경거리를 보러 와서, 11210
모든 물품을
더 자세히 검사하면
결코 인색한 짓은
하지 않을 것이며,
선원들에 대해서는 11215
거듭 푸짐한 연회를 베풀 것이다.
오색찬란한 배가 내일 들어오는데,
그것을 돌봐 주는 일은 내가 맡기로 할 것이다.

(화물이 운반된다.)

클라크 그림

메피스토펠레스 (파우스트에게) 심각한 얼굴로, 어두운 눈초리로,
당신은 당신의 행운 이야기를 듣고 있군요. 11220
드높은 지혜가 열매를 맺고,
해변과 바다가 화해를 했어요. *
바다는 해변에서 즐거이 배를 맞이하여,
그것을 빠른 뱃길로 인도하지요.
그래서, 당신의 팔은 여기 이 궁전에서 11225
온 세계를 껴안고 있다고 말해도 좋지요.
이곳에서 공사가 시작되었고
이곳에 처음 판잣집이 세워졌어요.
좁다랗게 도랑을 파서 만든 곳에
이제는 노가 분주하게 물을 튀기고 있지요. 11230
당신의 높은 견식과 부지런한 노력이
바다와 육지의 보답을 얻었어요. 이곳에서부터——

파우스트 '이곳'이야말로 저주스럽다!
여기가 바로 나를 괴롭히는 장소다.
모든 일에 능통한 자네에게 말하지 않을 수 없지만, 11235
내 가슴을 쿡쿡 찌르는 것이 있어.
더 이상 참을 수가 없다!
이 말을 입 밖에 내기도 부끄러운 일이다.
저 언덕 위에 있는 늙은이들을 물러나게 하고,
보리수 있는 곳을 내 거처로 삼고 싶다. 11240
내 소유가 아닌 저 얼마 안 되는 나무가
세계를 소유하려는 나를 방해하고 있다.
그곳에 나는 널리 주위를 둘러보기 위해
나무의 가지에서 가지 사이에 발판을 만들려고 한다.
멀리까지 시선이 미칠 수 있도록 하여 11245
내가 이룬 모든 업적을 쳐다보고,
현명한 식견으로 백성들의

넓은 거주지*를 만들어 낸
인간 정신의 걸작을
한눈에 굽어보고 싶다. 11250

부귀의 몸인데도, 자기에게 부족한 것을
느끼는 것처럼 마음속으로 괴로운 일은 없다.
종소리와 보리수의 향기가
교회나 무덤 속에 있는 것처럼 나를 에워싼다.
굳센 의지의 자유*도 11255
저 모래에 부딪쳐서 부서지고 만다.
어떻게 해서든지 저것을 머릿속에서 쫓아내고 싶다!
저 종소리가 울리면, 나는 미칠 것만 같다.

메피스토펠레스 물론이지요! 중대한 불만이 있으면
당신의 생활도 쓰라리게 되지요. 11260
저 종소리*가 모든 귀하신 분의 귀에
불쾌하게 들리는 것을 누가 부정하겠어요!
밝게 갠 저녁 하늘을 안개로 뒤엎는 듯,
지긋지긋하게 딩, 동, 댕 하는 저 소리는, 사람이
낳아서 세례받고 죽음에 이르기까지 11265
모든 사건 속에 뒤섞여,
마치 일생은 딩동 하는 종소리 사이에서
사라진 꿈처럼 허무*하지요.

파우스트 반항과 고집에 부딪치면
아무리 훌륭한 성공도 해가 된다. 11270
그래서 심각하고 무서운 고통을 느낀 끝에,
정의를 지키려는 마음*도 지쳐 버린다.

메피스토펠레스 대체 여기서 무엇 때문에 머뭇거리고 계시지요?
진작 새 개척지로 옮겨 살게 했더라면* 좋았을 텐데요.

파우스트 그러면 가서 그들을 다른 곳으로 옮기도록 해 주게! 11275

내가 늙은이들을 위해서 골라둔
훌륭한 곳을 자네도 알고 있겠지.
메피스토펠레스 그들을 번쩍 들어서 저 아래로 옮겨 놓으면
뒤돌아보기도 전에 다시 일어서게 되지요.
강제로 이사를 시켜도, 11280
훌륭한 주택을 보면 화가 풀리겠지요.

(날카롭게 휘파람을 분다.
세 용사 등장.)

메피스토펠레스 자, 오너라, 나리의 분부다!
내일은 선원들의 잔치가 열릴 것이다.
세 용사 늙은 나리께서 우리에게 베푼 대우가 나빴어요.
즐거운 연회쯤은 마땅히 있어야 했지요. (퇴장) 11285
메피스토펠레스 (관객에게) 옛날에 있었던 일이 여기서도 일어나고
있다.
나봇의 포도밭*이라는 말도 있었지(열왕기 상권 21장)

깊은 밤*

탑을 지키는 린코이스 (성의 망루에서 노래부른다)
보기 위해서 태어나,
감시하라는 명령을 받고
탑지기의 임무를 맡게 되었다. 11290
세상은 정말 마음에 든다. *
먼 곳을 보고 있으면,
달도 보고 별도 보고
숲과 노루도

가까이에 보인다. 11295
만물 중에서 보이는 것은
영원한 장식*이고,
모두 내 마음에 드는 것처럼
나 자신도 내 마음에 든다.
행복스런 나의 두 눈이여, 11300
그대들이 한 번 본 것은
그것이 무엇이었던지 간에
역시 아름다웠다! (막간 휴식)

오로지 나만이 즐기기 위해서
이렇게 높은 곳에 배치된 것은 아니다. 11305
얼마나 무시무시한 공포가
어둠의 세계에서 엄습하는 것일까!
보리수나무의 이중으로 어두운 암흑 속*을 뚫고
번쩍이며 튀는 불꽃이 보인다.
몰려드는 바람에 덩달아서, 11310
불꽃은 점점 더 맹렬히 날뛴다.
아아, 이끼가 끼고 축축하게 서 있던
숲속의 오두막집이 불을 뿜는다.
빨리 살려 주지 않으면 안 되는데,
구원의 손길은 없구나. 11315
아아, 저 착한 늙은 부부는
언제나 불조심을 했는데,
연기의 밥이 되는구나!
얼마나 무서운 재난인가!
불꽃은 타오르고, 이끼가 낀 검은 11320
오두막집 재목이 새빨갛게 불에 타고 있다.
이글거리며 타는 지옥 속에서

베크만 그림

착한 노인들이 무사히 빠져 나올 수 있으면 좋겠다!
나무 잎사귀와 가지 사이에서
불꽃이 날름거리며 타오른다. 11325

마른 나뭇가지는 활활 타고,
순식간에 타서 내려앉는다.
내 눈은 이것을 보지 않으면 안 되는가!
나는 먼 데까지 보지 않으면 안 되는가!
내려앉은 나뭇가지의 무게로 11330
작은 교회도 허물어져 버렸다.
뾰족한 불꽃이 뱀처럼 꿈틀거리며
벌써 나뭇가지 끝에 달라붙었다.
텅 빈 줄기는 나무뿌리까지
새빨간 불꽃에 싸여 있다. —— 11335

(막간 휴식이 오래 계속된다. 노랫소리.)

언제나 이 눈을 즐겁게 해주던
수백 년 오래 묵은 나무가 없어져 버렸다.

파우스트 (발코니 위에서 모래 언덕을 향해) 위쪽에서 얼마나 슬픈 노랫소리가 들려 오는 것일까?
여기서 하는 말이 소리로 들리기에는 너무 늦었다.
탑지기는 슬퍼하고 있다. 나도 마음속으로 11340
그 성급한 행동*에 화가 나는구나.
그러나 보리수나무는 이제 타서,
반쯤 숯이 되어 보기 흉하게 되어 있지만,
얼마 안 가서 망루가 세워지고,
끝없는 사방을 바라 볼 수 있게 된다. 11345
그뿐 아니라 저 늙은 부부가 살아가게 될
새로운 주택도 보이는 것 같다.
그 부부는 나의 너그러운 마음씨*를 고맙게 여기면서,
남은 생을 즐겁게 보낼 것이다.

메피스토펠레스와 세 용사 (아래에서) 전속력으로 말을 달려 왔습니다. 11350
죄송합니다! 일이 순조롭게 진행되지는 못했습니다.
우리들은 문을 계속해서 두드렸는데도,
아무리해도 끝내 열어 주지 않았습니다.
문을 흔들고 계속 두드리고 있으려니까,
썩은 문이 자빠졌습니다. 11355
우리들은 큰소리로 외치며, 위협도 해 보았지만,
아무 반응도 없었습니다.
이런 경우에는 흔히 그렇지만,
그들은 이쪽의 말은 듣지도 않을 뿐더러, 들으려고도 하지 않았습니다.
그러나 우리들은 서슴지 않고, 11360
당신을 위해 당장 두 사람을 내쫓았습니다.
부부는 그다지 괴로워하지도 않고
놀란 나머지 정신을 잃고 쓰러져 버렸습니다.
거기에 숨어 있었던 낯선 나그네 하나가
싸우려고 덤벼들었지만 곧 뻗어 버렸습니다. 11365
잠깐 동안 맹렬히 싸우는 사이에
숯불이 주위에 흩어져서
짚단에 불이 붙었습니다. 그러자 불이 마구 번져
그 세 사람은 장작처럼 타죽고 말았습니다.

파우스트 자네들은 내가 말할 때 귀를 막고 있었느냐? 11370
나는 교환을 바란 것이지 빼앗을 생각은 없었다.
경솔하고 난폭한 너희들 행동을 나는 저주한다.
그 저주를 네놈들이 나누어 가져라!

합창 옛날 격언이 귀에 들리는 것 같군요.
권력에는 기꺼이 복종하라! 11375
자네가 대담하게 맞서 싸우려면
집과 대지——네 생명까지 걸어야 한다. (퇴장)

파우스트 (발코니 위에서) 별은 반짝이는 빛을 감추고,
불길도 가라앉아 불꽃이 작아졌다.
갑자기 무서운 바람*이 그것을 부채질하여 11380
연기와 김을 이쪽으로 불어 보낸다.
명령도 행동도 너무 급하게 이루어졌다! ——
저기 그림자처럼 떠오는 것은 무엇일까?

한밤중*

회색빛 여인 넷*이 등장.

첫째 여인 내 이름은 결핍이에요.
둘째 여인 나는 죄악이에요.
셋째 여인 내 이름은 근심이에요.
넷째 여인 나는 곤궁이에요. 11385
셋이서 문이 닫혀 있어서 우리는 들어 갈 수가 없어요.
안에는 부유한 사람이 살고 있으니까, 우리는 들어가지 않겠어요.
결핍 들어가면 나는 그림자*가 돼요.
죄악 나는 없어져 버려요.
곤궁 사치에 물든 사람은 나에게서 얼굴을 돌려요.
근심 여러분들은 들어갈 수도 없을뿐더러 들어가서도 안 돼요. 11390
근심은 열쇠 구멍으로 살짝 들어가요.

(근심, 자취를 감춘다.)

결핍 회색의 자매들이여, 여기서 물러가세요.
죄악 나는 당신 옆에 바싹 붙어 있겠어요.
곤궁 나는 당신의 발꿈치 뒤에 바싹 따라가겠어요.
셋이서 구름이 지나가고, 별이 사라져요! 11395

저기 뒤에, 저기 뒤에! 멀리 멀리서,
그분이 와요, 오빠가 저기 와요——그분이 와요——죽음이 와요. (퇴장)

파우스트 (궁전 속에서) 나는 넷이 오는 것을 보았는데,
가는 것은 셋뿐이구나.
나는 이야기의 뜻을 이해하지 못했다.
귀에 울리는 소리는——곤궁이라는 것 같았는데 11400
계속해서 이것과 운을 맞춘 음산한 말은——죽음이었다.
그것은 허무하고, 유령 같고, 둔하게 울렸다.
아직 나는 자유로운 몸이 되기까지* 싸우지 못하였다.
내가 가는 길에서 마술을 멀리하고,
주문 같은 건 완전히 잊어버리고 싶다. 11405
자연이여, 내가 사내대장부로서 네 앞에 혼자 설 수 있다면,
인간으로서 산 보람이 있으련만,
이전에* 나는 그것을 어두운 마술 속에서 찾기도 하고, 모독하는 말*로써,
나 자신과 세상을 저주하였는데, 나도 과거에는 그랬다.
이제는 저런 귀신들이 공중에 가득 차 있어 11410
어떻게 그것을 피할 수 있을지 모르겠다.
낮은 명랑하고 이성적으로 우리에게 웃음을 던져 주더라도,
밤은 우리를 어수선한 꿈속으로 옭아 넣는다.
푸른 들판에서 즐거운 마음으로 돌아오면
새가 쉰 목소리로* 운다. 뭐라고 우는가? 불행이라고 운다. 11415
자나깨나 미신에 사로잡혀
이상스러운 모습이 보이고, 징조가 나타나고 경고한다.
그래서 우리는 겁을 집어먹고 홀로 서 있다.
현관문이 삐걱거렸는데* 아무도 들어오지 않는다. (소름이 온 몸에 끼친다)
여기 누가 있느냐?

근심 그 질문에는 '네' 하고 대답할 수밖에 없어요! 11420

베크만 그림

파우스트 그런데 너는 대체 누구냐?

근심 어쨌든 여기 와 있어요.

파우스트 물러가라!

근심 와야 할 곳에 와 있어요.

파우스트 (처음에는 화를 냈지만 이윽고 마음을 가라앉히고 혼자서 말한다)

조심하라, 주문을 외어서는 안 된다.

근심 내 목소리가 귀에는 들리지 않더라도

틀림없이 가슴속에는 울리겠지요. 11425
나는 여러 가지 모습으로 바꿔서
무서운 힘을 발휘하지요.
좁은 길 위에서나 파도 위에서나
영원히 마음이 놓이지 않는 벗이고,
아무도 찾지 않는데 언제나 발견되지요. 11430
저주도 당하지만 아부도 받지요——
당신은 아직 근심을 모르셨나요?

파우스트 나는 한결같이* 세상을 줄달음쳐 왔을 뿐이다.
온갖 환락의 머리칼을 움켜잡았다.
마음에 흡족치 않은 것은 놓아 주고, 11435
빠져 나가는 것은 그대로 내버려 두었다.
언제든지 나는 열망하고 또 그것을 이루었으며,
그리고 또 희망을 걸고, 그렇게 해서 힘을 가지고
일생을 질주했다. 처음에는 대견하고 힘차게, 그리고
이제 와서는 현명하고 신중하게 나아가고 있다. 11440
이 지상의 것*은 무엇이고 다 알았다.
천상*으로 올라갈 전망은 끊어지고 말았다.
눈을 깜짝거리며 쳐다보고, 구름 위에도
자기와 같은 사람이 있다고 공상하는 사람은 바보다!
그보다도 땅을 꼭 디디고 주위를 둘러보아라. 11445
이 세상은 유능한 사람에게는 잠자코 있는 일이 없다.
무엇 때문에 영원 속을 헤매고 다닐 필요가 있겠는가!
인식한 것은 붙잡을 수가 있다.
이렇게 세월 따라* 지내는 것이 좋을 것이다.
유령이 나오더라도 자기 길을 걸어가면 된다. 11450
어느 순간에도 만족하지 못하는 자,
그가 계속 나아가는 동안*에는, 고통도 있고 행복도 있을지니라!

클라크 그림

근심 누구든지 나에게 한 번 붙들리기만 하면
그에게는 온 세계가 아무 소용도 없어요.
영원한 어둠이 내려와 덮히고, 11455
해가 뜨고 지는 일도 없어져요.
외부의 감각은 완전하더라도,
내부에는 어둠이 도사리고 있어요.
모든 보물 가운데 아무것도
자기 소유로 할 수 없게 되지요. 11460
행복이나 불행도 다같이 고민거리로 되고,
흡족하면서도 굶주림에 살게 돼요.
환희든지 고뇌든지
그것을 다음날로 미루려고 하고,
그저 미래만을 고대할 뿐, 11465
결국 아무것도 이룩하지 못하지요.
파우스트 그만두어라! 그런 식으로 나를 이겨내지는 못한다!
그런 허튼 소리는 듣고 싶지 않다.
사라져라! 그와 같은 시시한 넋두리에
가장 똑똑한 사람도 속아넘어갈 수 있겠다. 11470
근심 가는 것이 좋을지, 오는 것이 좋을지?
사람은 결단을 내리지 못해요.
닦아 놓은 길 한복판에서
주춤주춤 더듬으며 비틀거리지요.
점점 깊숙이 길을 잃고, 11475
모든 것은 편견을 가지고 보며
자기 자신과 다른 사람에게도 폐를 끼치게 되어,
숨을 쉬면서도 숨이 막힐 지경이지요.
질식은 하지 않을지라도 생기가 없고
절망은 하지 않을지라도 헌신하는 일은 없어요. 11480
끊임없이 굴러다니기만 하며

포기하는 것도 고통스럽고, 강제당하는 것도 불쾌해요.
때로는 해방되고, 어느 때는 압박당하여,
잠도 자는 둥 마는 둥, 충분히 쉬지도 못하고
그 자리에서 옴짝달싹할 수 없게 되어, 11485
지옥으로 가는 준비나 하게 되지요.

파우스트 괘씸한 유령들아! 너희들은 인류를
수천 번이나 그와 같은 식으로 취급하고 있다.
아무렇지도 않는 날까지도, 너희들은 그물에
걸려 버린 고뇌의 불쾌스러운 혼란으로 바꿔 놓는다. 11490
악령들*에게서 빠져 나오기는 어렵다. 나는 그것을 알고 있다.
유령과 맺은 엄한 유대*는 좀처럼 풀 수가 없다.
그러나 근심이여, 네가 살금살금 커가는 힘을
나는 인정하지 않으련다.

근심 내가 재빨리 저주하면서 당신으로부터 11495
물러갈 때, 나의 힘을 알아차리세요.
사람은 평생 동안 장님이지요.
그러면 파우스트씨! 당신도 장님이 되세요.

(그에게 입김을 내뿜고 퇴장.)

파우스트 (장님이 된다)
밤이 점점 깊어만 가는 모양이다.
그러나 마음속에는 밝은 빛*이 비치고 있다. 11500
나는 생각한 일을 빨리 완성해야겠다.
주인의 말만이 무게가 있는 것이다.
너희, 하인들아! 한 사람도 빠짐없이 잠자리에서 일어나라!
내가 대담하게 계획한 일을 멋지게 실현시켜 다오.
연장을 손에 쥐어라, 삽과 괭이를 사용하라! 11505
지시한 일을 곧 완수하지 않으면 안 된다.

엄격한 질서를 지키고, 부지런히 일하면
가장 많은 보수를 받을 수 있다.
가장 규모가 큰 사업을 완성하려고 하면
천 개의 손을 지휘하는 하나의 정신으로 충분하다. 11510

궁전의 큰 앞뜰*

횃불들.

메피스토펠레스 (감독자로서 맨 앞에 서서)

여기다, 여기다! 이리로 들어와, 들어와!
흔들거리는 죽음의 영 레무르들*아,
인대(靭帶)와 힘줄과 뼈로
붙여서 만든 반편 얼간이들아.

죽음의 영 레무르들 (합창)

당장에 분부 받들려고 대령했습니다. 11515
우리가 언뜻 들은 바에 의하면
아주 넓은 땅이 있는데,
그것을 우리들에게 주신다지요.

뾰족한 말뚝*과 측량에 필요한
기다란 쇠사슬도 여기 있습니다. 11520
그런데 무엇 때문에 우리를 부르셨는지
그것을 깜빡 잊었습니다.

메피스토펠레스 여기서는 기술적인 수고는 필요없다.
자기 몸을 자로 삼으면 된다.
가장 키 큰 놈이 길게 드러눕고 11525
다른 놈들은 그 주위의 잔디를 뽑아라.
우리의 조상들을 묻었을 때처럼,*

베크만 그림

정방형으로 깊게 구덩이를 파라!
궁전에서 좁은 집안으로,
결국은 이렇게 어리석은 꼴이 되고 만다. 11530

죽음의 영 레무르들 (우스운 몸짓으로 땅을 파면서)

내가 젊고 왕성하게 사랑을 했을 때는
생각하면 정말 달콤했었지.
즐거운 음악으로 재미있게 떠들면
나의 발도 저절로 잘 움직였지.

이제는 짓궂은 늙은 나이가 찾아와서 11535
구부러진 지팡이로 나를 때리는구나.
나는 무덤의 문 쪽으로 비틀거렸는데,
어째서 바로 그때 문이 열려 있었을까!

파우스트 (궁전에서 걸어 나와, 문기둥을 손으로 더듬으면서)
저 삽이 잘가닥거리는 소리는, 얼마나 나를 기쁘게 하는고! *
저것은 나를 위해서 일하고 있는 사람들이다. 11540
대지가 메워진 땅과 어울리어, *
파도를 제한하여 경계선에서 막아 버리고,
바다의 주위를 견고한 둑으로 둘러치는 것이다.

메피스토펠레스 (옆을 향하여 혼잣말로) 당신은 둑과 방파제를 쌓고 있지만,
결국은 우리를 위해 애를 쓰고 있는 것이지요. 11545
왜냐하면 당신은 바다 악마인 넵튠*에게
큰 잔치 준비*를 하고 있는 셈이니까요.
어떤 수단으로도 당신은 이제 살아날 수 없어요——
자연의 사대 원소가 우리와 손을 잡았으니
끝내는 파멸하고 말 거예요. 11550

파우스트 감독!

메피스토펠레스 여기 있어요!

파우스트 될 수 있는 대로 최선을 다하여
일꾼을 모을 수 있는 데까지 모아라.
맛있는 급식과 엄격한 명령으로 격려하고,
돈을 주고, 유혹도 하며, 강제로 일을 시켜라.
계획된 도랑을 파는 공사가 얼마나 진척되었는지를. 11555
날마다 보고를 받겠다.

메피스토펠레스 (낮은 목소리로) 내가 받은 보고에 의하면,
도랑을 파는 것이 아니라 무덤을 파는 일이라고 하던 데요.

요코 그림

파우스트 저 산맥을 따라 늪이 하나 있는데, 그것이 이제까지 개척한 모든 땅을 망치고 있다. 11560
저 썩은 웅덩이에 배수구를 만드는 일이
마지막 가장 큰 개척사업이다.
나는 수백만의 사람들에게 땅을 마련해 주는 것이니,
완전하다고는 할 수 없지만, 일하고 자유롭게 살 수 있을 것이다.
들은 푸르르고 비옥하니, 사람들과 가축들도 11565
이미 새로운 땅에서 기분 좋게,
대담하고 부지런한 백성들이 쌓아 올린
견고한 언덕 옆으로 이주할 것이다.
밖에서는 성난 파도가 제방까지 들이치더라도,
안에 있는 이 땅은 낙원과 같을 것이다. 11570
그리고 바닷물이 가장자리를 세차게 뚫고 들어오려 해도,
협동하여 구멍을 틀어막고자 하는 사람들이 몰려오리라.
그렇다! 나는 이 정신에 내 몸을 바친다.
이것이 지혜의 마지막 결론이다.
즉 자유도 생명도 날마다 정복하는 사람*만이 11575
그것을 누릴 권리가 있는 것이다.
따라서 여기서는 어린애, 어른, 늙은이도
위험에 둘러싸인 채, 보람 있는 세월을 보낸다.
나도 그와 같은 사람들의 무리를 바라보며,
자유스러운 땅에서* 자유스러운 백성들과 더불어 살고 싶다. 11580
그때에는 나는 순간에 대해 이렇게 말해도 좋을 것이다.*
"멈추어라, 너는 정말 아름답구나!"라고
이 세상에 있어서 나의 생애의 흔적은
영원히 사라지지 않으리라——
이와 같이 드높은 행복을 예감하면서,* 11585
나는 지금 최상의 순간을 맛보고 있노라.

(파우스트는 뒤로 쓰러진다.
레무르들이 그를 껴안아 땅 위에 눕힌다.)

메피스토펠레스 어떤 향락에도 만족하지 못하고, 어떤 행복에도 만
족치 못하고,
그토록 변화하는 모습을 찾아 헤매더니,
마지막의 이 시시하고 허무한 순간*을
이 불쌍한 자는 한사코 붙잡으려고 하였어. 11590
나에게는 거세게 거역한 사람이지만
세월에는 이기지 못해, 이 늙은이는 모래밭에 누워 있구나.
시계는 멈추었다*——

합창 멈추었다! 시계는 한밤중처럼 잠자코 있다. 시계바늘이 떨어졌다.

메피스토펠레스 바늘이 떨어졌다. 일은 끝났다.*

합창 이미 지나갔다.*

메피스토펠레스 지나갔다니! 어리석은 말이다. 11595
어째서 지나갔느냐?
지나간 것과 깨끗하게 없는 것*과는 어디까지나 같다!
영원한 창조란 도대체 무슨 의미가 있다는 말인가!
창조한 것을 다시 허무 속으로 떨어뜨리다니!
'지나갔다!'는 말에는 무슨 뜻이 있는가? 11600
그것은 처음부터 없었던 것이나 마찬가지다.
그런데도, 마치 무엇이 있었던 것처럼 뱅뱅 돌고 있다.
그것보다는 나는 영원한 허무*가 더 좋다.

매장*

죽음의 영 레무르 (독창)
누가 삽과 괭이로 이 집을

이토록 엉망으로 지었지? 11605

레무르들 (합창) 삼베 수의를 입은 음울한 손님,
그대에게는 이것도 너무 과하다.

레무르 (독창) 누가 홀을 이토록 엉터리로 꾸몄지?
책상과 의자는 어디 있지?

레무르들 (합창) 목숨은 잠시 동안 빌린 것, 11610
그것을 돌려 달라고 요구하는 자는 많지.

메피스토펠레스 육신이 쓰러지니, 영혼이 떠나가 버리려고 한다.
빨리 그에게 피로 적은 기록*을 보여주자——
하지만 유감스럽게도 요즘은 악마에게서
영혼을 빼앗아가는 수단 방법이 여러 가지*가 있다. 11615
그런데 옛날식대로 하면 싫어하고
새로운 방법*에는 내가 아직 서투르다.
옛날에는 나 혼자 해치웠지만
이제는 조수를 불러와야겠다.

우리에게는 모든 형편이 나빠졌다! 11620
전해오던 관습이나, 옛부터의 권리도,
이제는 아무것도 믿을 수 없다.
과거에는 마지막 숨이 끊어지고 혼이 튀어나오면
나는 지키고 있다가 날쌔게 쥐를 잡는 것처럼
꼭 오므린 발톱으로 덥석 잡았다. 11625
요즘 와서는 혼은 우물쭈물하며, 저 음침한 곳을,
불길한 시체의 구역질나는 집을 떠나려 들지 않는다.
그래서 서로 미워하는 여러 원소*가,
결국 사정없이 혼을 쫓아내* 버리게 된다.
그리하여 나는 날마다 오랜 시간 동안 고민하고 있지만, 11630
언제? 어떻게? 어디서? * 나오는가——이것은 까다로운 문제이다.
나이 먹은 죽음의 신은 재빠른 힘을 잃어버렸다.

클라크 그림

정말 죽었는지, 어떤지 그것마저도 알 수 없다.
나는 종종 굳어진 사지에 추파를 던져 보았지만, ——
겉으로만 그랬을 뿐, 다시 살아 움직인 놈도 있었다. 11635

(우스꽝스럽게 행렬을 인도하는 병사처럼
악마를 불러내는 몸짓을 한다.)

빨리 나오너라! 발걸음을 더 빨리 해서 달려라!
이봐라, 뿔이 곧은 놈과 뿔이 구부러진 놈아,
그대들은 오랜, 유서 깊은 악마들이지만
지옥의 아가리를 함께 갖다 다오.
물론 지옥에는 아가리가 너무 많이* 있어서, 11640
저마다 지위와 계급에 따라서 삼키지만,
그러나 이 마지막 놀음에 있어서도
앞으로는 그렇게 까다로운 구별*도 없어질 것이다.

(왼쪽에 무서운 지옥의 아가리가 열린다.)

위아래의 송곳니가 열렸다. 목구멍의 둥근 천장에서
불길이 맹렬히 솟아 나온다. 11645
그 뒤의 끓어오르는 연기 속에
영원히 타오르는 불꽃 도시*가 보인다.
새빨간 불길이 파도처럼 이빨까지 솟아오른다.
저주받은 사람들이 구해 달라고 헤엄쳐 온다.
그러나 어마어마하게 큰 하이에나 같은 입*으로 물어 뜯으니, 11650
그들은 겁에 질려 뜨거운 불길로 다시 돌아간다.
구석에는 아직도 여러 가지 물건을 찾을 수 있을 것이니,
그 비좁은 곳에 정말 무서운 것이 많이 있구나!
너희들이 이렇게 죄인들을 무섭게 하는 것은 좋지만

그들은 이것을 거짓, 속임수, 꿈이라고 밖에 받아들이지 않는다. 11655

(짧고 곧은 뿔이 달린 뚱뚱한 악마에게.)

불의 뺨을 가진 뚱뚱이 악당들아!
너희들은 지옥의 유황을 처먹고 살이 쪄서 잘도 타는구나.
짧은 통나무처럼 움직이지 않는 목을 하고 있는 너!
인광 같은 불빛*이 나오지 않는지, 이 시체의 아랫부분을 잘 살펴보아라.
그것은 혼이다. 날개가 달린 영혼*이다. 11660
그 날개를 뜯어버리면, 보기 흉한 벌레가 된다.
그것에다 내가 도장을 찍어 봉인*해 줄 테니,
그것을 가지고 불길이 소용돌이치는 폭풍 속으로 도망쳐 가거라!

시체의 아랫부분*을 잘 지키고 있어라,
이 뚱보야! 이것이 너희들의 임무다. 11665
혼이 그 근처에 살기를 좋아하는지는 분명하게는 알 수 없다.
좌우간 배꼽 속에 혼은 살기 좋아한다니,
거기서 몰래 빠져나가지 않도록 주의하여라.

(기다랗고 구부러진 뿔이 달린 마른 악마에게.)

너희들, 어릿광대들*아, 근위병과 같은 거인, 11670
허공을 잡아라. 쉴새없이 해 봐라!
팔을 뻗치고 뾰족한 손톱을 내밀어
펄럭이며 도망치는 혼을 잡아라.
그놈은 틀림없이 그 낡은 집에서 살 수 없을 것이며,
게다가 천재인 이놈은 곧 위로 빠져나가려고 할거다. 11675

(오른편의 위쪽*에서 후광이 비친다.)

천사의 무리　하늘의 사자(使者)들이여,
천상의 겨레들이여
조용히 날아오르며,
죄인을 용서하고
티끌로 돌아간 자를 살리기 위해서　11680
여유 있게 열을 지어
떠도는 사이에도
온갖 중생에게
정다운 자취를 남기어라!

메피스토펠레스　듣기 싫은 소리가 들리는구나. 견딜 수 없는 소리가　11685
달갑지도 않은 빛과 함께 위에서 내려온다.
사내아인지 계집아이인지 모를* 서투른 노래가,
경건한 체하는 놈에게는 알맞을 노래다.
우리의 마음이 몹시 거칠어졌을 때*
너희들도 알고 있듯이 모든 인류를 전멸시키려고 생각했었는데,　11690
우리가 생각한 가장 무서운 죄악도,
인간이 올리는 경건한 예배에는 꼭 어울리는구나.

멍청이 같은 천사들이 위선자처럼 오고 있다!
저렇게 하여 놈들은 우리에게서 많은 사람을 빼앗아 갔으니,
우리들의 무기*를 가지고 우리와 싸우려는 것이다.　11695
그놈들도 악마지만, 단지 가면을 쓰고 있을 뿐이다.
여기서 지면, 앞으로 영원히 너희들의 수치*다.
무덤 옆으로 다가가서 가장자리를 단단히 지켜라.

천사들의 합창　(장미꽃을 뿌리면서)
장미꽃*이여, 눈부시게 빛나고
향기를 풍긴다!　11700

너울너울 춤추고 공중에 떠돌면서
살며시 생기를 주는 꽃이여!
작은 가지를 날개 삼아,
어서 꽃봉오리를 열어서
활짝 꽃을 피워라. 11705

봄이여, 새빨간 꽃과 초록빛 잎사귀에
싹을 틔어라!
편안하게 쉬는 자에게
낙원을 갖다 주어라.

메피스토펠레스 (악마들에게) 왜 움츠리고 몸을 떠느냐?
그것이 지옥의 관습이더냐? 11710
버티고 서서 꽃을 뿌리게 내버려 두어라.
얼간이들, 제각기 부서로 가라!
그놈들은 이런 꽃을 눈처럼 내리게 하여
뜨거운 악마를 묻어 버릴 작정이다.
너희들의 입김이 닿으면 모두 녹아서 시들어 버릴 것이다. 11715
이제 불어라, 불을 뿜는 악마*들아! ——됐어, 됐어!
흩날리는 꽃들이 너희들의 뜨거운 입김으로 빛을 잃는다. ——
그렇게 세게 불지 말아라! 입과 코를 막아 버려라!
정말이지 너희들은 너무 심하게 불었다.
너희들은 알맞은 정도를 모르는구나! 11720
꽃은 오그라들 뿐만 아니라 갈색으로 말라 타고 있다!
벌써 독을 머금고 밝은 불꽃*을 일으키며 날아온다.
모두들 발을 버티고 서서 한 덩어리로 뭉쳐 있어라!
힘이 빠진다! 용기도 사라지는구나!
악마들이 천사들의 저 아양떠는 열에 홀린 모양이구나. 11725

천사들 (합창) 성스러운 꽃잎들과

즐거운 불꽃들은
마음이 내키는 대로
사랑을 퍼뜨리고,
기쁨을 준비하지요. 11730
진실한 말씀*은
맑은 대기 속에서
영원한 천사를 위해
곳곳에 빛을 펼치지요!

메피스토펠레스 저주를 받아라! 이 못난 것들아, 부끄럽지도 않느냐! 11735
악마라는 놈이 거꾸로 서고
바보처럼 재주 넘기를 하고
꽁무니를 빼며 지옥으로 떨어지다니
자업자득의 뜨거운 물이나 흠뻑 뒤집어 쓰라!
그러나 나는 내 자리에 남아 있겠다——. 11740
(날아오는 장미꽃잎을 손으로 뿌리치며)
도깨비불아, 꺼져라! 제아무리 세게 비치더라도
붙잡아 보면 구역질나는 곤죽덩어리다.
왜 너울거리는 거냐, 사라져 버리지 못할까! ——
역청이나 유황처럼 목덜미에 붙어 다닌다.

천사들 (합창) 너희들의 본성이 아닌 것을 11745
너희들이 스스로 피해야 한다.
너희들의 마음을 어지럽게 하는 것을
너희들은 참아서는 안 된다.
그래도 억지로 덤벼든다면
우리들은 억세게 싸울 뿐이다. 11750
사랑만이* 사랑하는 자들을
천국으로 인도해 드린다!

메피스토펠레스 내 머리가 탄다. 심장도 간장도 탄다.

악마를 뛰어 넘는 불길*이다!
지옥의 불보다도 훨씬 뜨겁다! 11755
그러니 너희들은 사랑하다가 불행하게도
실연을 당하면 머리를 돌려 애인 쪽을 살펴보고
저렇게 무섭게 통곡을 하는구나!

나도 이상해진다! 내 머리를 저쪽으로 잡아당기는 것은 무엇일까?
나와 놈들과는 화해할 수 없는 원수지간이 아닌가! 11760
놈들을 보면 적개심이 용솟음친다.
정체를 밝힐 수 없는 것이 내 몸 안으로 스며든 것인가?
나는 저 귀여운 소년들이 보고 싶다.
저주하지 못하도록 나를 붙잡는 것은 무엇일까? ——
내가 여기서 속기라도 한다면, 11765
앞으로는 누구든 나를 바보같은 악마라고 부르겠지?
내가 미워하는 개구쟁이들이지만
정말 너무 귀엽게 보인다! ——

여봐, 예쁜 아이들아, 물어 보겠는데
너희들도 루치퍼의 일족이 아니냐? 11770
너희들은 정말 귀엽구나. 키스를 해주고 싶어졌다.
마침 좋은 때에 찾아와 준 것 같구나.
이미 수천 번이나 너희들을 본 일이 있는 것처럼
퍽 기분이 좋고 자연스러운 기분이다.
고양이인 양 은근하게 욕망이 일어난다. 11775
보면 볼수록 더욱 더 귀엽기만 하구나.
아아, 다가와서 나를 한번 보아다오!

천사들 자, 곧 가지요, 그런데 왜 뒤로 물러서지요?

베크만 그림

가까이 갈 테니 될 수 있으면 거기 가만히 계세요!

(천사들은 빙빙 돌면서 그 장소 전체를 차지한다.)

메피스토펠레스 (무대 앞쪽으로 밀려 나온다)

너희들은 나를 저주받은 악령이라고 욕을 하지만 11780

너희들이야말로 진짜 마술사다.

왜냐하면 너희들이 남자와 여자를 홀리기 때문이다. ──

이 얼마나 지긋지긋한 재앙이란 말인가!
이것이 사랑의 원소라는 것인가?
벌써 몸 전체가 불덩이가 되어 11785
목덜미에 불길*이 타오르는 것도 느끼지 못할 지경이다. ──
너희들은 이리저리 둥실둥실 떠 있는데, 이리 내려와서
인간답게 좀더 귀여운 손발을 움직여 보여라.
정말이지 그 진지한 태도가 너희들에게는 잘 어울린다.
한 번만이라도 너희들의 방긋 웃는 얼굴이 보고 싶다! 11790
그러면 나는 영원히 황홀할 것이다.
애인들끼리 서로 바라보듯 해달란 말이다.
입 언저리에 약간만 애교를 띠어 보이면 되는 거다.
키 큰 아이야, 나는 네가 제일 좋다.
신부(神父) 같은 표정은 네게 어울리지 않아. 11795
좀더 색정적인 눈으로 나를 보아다오!
그리고 더 살을 드러내 놓고 걸어다녀도 예의에 벗어 나지는 않을 것이다.
기다랗고 주름이 잡힌 속옷은 너무 점잖다. ──
놈들은 몸을 돌렸다. ──뒤에서 보는 것도 근사한데! ──
장난꾸러기 놈들, 정말 입맛을 돋우게 하는데! 11800

천사들의 합창 사랑의 불길이여,
밝은 쪽으로 향해라!
진리여*, 스스로의 죄를
저주하는 자들을 구원하라.
그들은 기쁜 마음으로 11805
악에서 풀려나와
모두들 한 몸이 되어
축복을 받게 되리라.

메피스토펠레스 (정신을 가다듬고) 나는 대체 어찌 된 것일까! ──욥처럼* 온 몸이

베크만 그림

부스럼으로 부풀어 내가 보기에도 무섭다. 11810

그래도 자기 정체를 알게 되고 자기 자신과 자기 혈통을

믿으니 개가를 올릴 수 있다.

악마 속에 고상한 부분은 구출되었으나

사랑의 부스럼은 피부를 해쳤을 뿐이다.

지긋지긋한 불길은 다 타 버렸다. 11815

나는 당연히 너희들 전체를 저주한다!

천사들의 합창 성스러운 사랑의 불길이여!

이 불에 둘러싸이는 자는
이 세상에서
착한 사람과 더불어 천국의 행복을 느끼게 되리라. 11820
모두들 한 덩어리로 뭉쳐서
일어나서 찬양하라!
공기는 정화되었으니*
영혼이여, 숨쉬어라!

(천사들은 파우스트 불멸의 영혼*을 나르면서 하늘로 오른다.)

메피스토펠레스 (주위를 둘러본다) 어찌 된 일이냐? 그놈들은 어
디로 가 버렸을까? 11825
머리에 피도 마르지 않은* 주제에 나를 놀라게 해놓고는
잡은 것을 가지고 하늘로 달아나 버렸다.
그래서 놈들이 무덤 옆에서 요사를 부렸구나!
나는 둘도 없는 큰 보물을 빼앗기고 말았다.
나에게 담보로 잡혔던 저 거룩한 영혼, 11830
그것을 놈들은 교활하게도 훔쳐가 버렸다.

그런데 나는 이 일을 누구에게 호소할 것인가?
누가 나의 기득권을 되찾아 줄 것인가?
나이를 먹은 내가, 감쪽같이 속아넘어갔다.
자업자득이긴 하지만 정말 형편없이 되었구나. 11835
창피하게 큰 실수를 저질렀구나.
애쓴 보람도 없이 꼴사납게 되었다.
불사신의 단단한 악마이면서
천한 욕정과 어리석은 애정에 사로잡히다니,
경험이 많고 영리하기 그지없는 내가 이 따위 11840
어린애 같고 어리석은 일*에 말려들었다니

결국 내가 빠져들었으니
어리석기 한이 없구나.

깊은 산골짜기*

숲, 바위, 황량한 곳.
성스러운 은둔자들*, 산 위로 올라가며 흩어져
암굴 사이에 자리를 잡는다.

합창과 메아리* 숲은 바람에 흔들려 이쪽으로 쏠리고,
바위는 거기에 몸을 기대고, 11845
나무 뿌리는 서로 얼크러져
줄기는 나란히 하늘로 솟아 있네.
파도는 연달아 물보라를 튀기고
깊숙한 동굴은 숨을 곳을 만드네
사자*는 말 없이 다정스럽게 11850
우리 주위를 어슬렁 돌아다니며,
깨끗이 정화된 성스러운 이곳,
사랑의 보금자리를 우러러보네.

법열(法悅)의 교부* (위 아래로 떠다니며)*
영원한 기쁨의 불꽃,
불타오르는 사랑의 인연, 11855
끓어오르는 가슴의 고통,
거품을 내뿜는 신의 즐거움,
화살*이여, 나를 꿰뚫어라.
창끝*이여, 나를 찔러라.
곤봉*이여, 나를 박살내라. 11860
번개여, 나에게 떨어져라!
있어도 보람 없는 것을

모두 날려 보내라.
영원한 사랑의 핵심,
영겁불변의 별을 빛나게 하라. 11865

명상의 교부* (깊은 곳에서)

바위 절벽이 내 발 밑에서
깊은 바닥 위에 육중하게 걸려 있듯이
수많은 시냇물이 빛나면서 흘러
무서운 폭포가 되어 거품이 일듯이,
자신의 힘찬 충동에 11870
나무 줄기가 반듯하게 하늘로 치솟듯
모든 것을 형성하고 모든 것을 기르는 것은
전능한 사랑의 힘이다.

나의 주위에 사나운 물소리가 울린다,
마치 숲과 바위 밑에도 물결치는 것처럼. 11875
그래도 정답게 좔좔 소리를 내면서,
풍성한 물은 계곡으로 쏟아져 간다.
넘치는 물은 빨리 골짜기를 적시는 일을 맡고 있다.
또 번갯불은 불꽃을 일으키며 떨어지는데
그것은 독과 안개를 머금은 11880
대기를 정화하기 위함이다. ――

이것들은 사랑의 사신으로 영원히 창조하면서
우리 주위를 둘러싸고 있다는 것을 알려준다.
그것이 내 마음속에도 불을 붙여 주었으면 좋겠다.
내 마음속에서 정신은 혼란하여 차디차고, 11885
둔한 관능의 울타리에서
억세게 얽어매는 쇠사슬에 묶여 고통을 겪고 있다.
아아, 신이여! 나의 생각을 가라앉히고

베크만 그림

나의 메마른 마음을 비춰 주십시오!

천사를 닮은 교부* (중간 높이에서)

아침 구름이 전나무의 11890

흔들거리는 나뭇가지 사이에 떠돌고 있구나!

저 구름 속에 살고 있는 것이 무엇인지 알수 있을까?

저것은 어린 영들의 무리로다.

승천한 소년들*의 합창

아버지, 우리들이 어디를 떠도는지 말해 주세요.

착한 분이여, 우리가 누군지 말해 주세요. 11895
우리들은 행복합니다. 모든 사람들에게,
이 세상은 이처럼 온화하니까요.

천사를 닮은 교부 소년들이여! 한밤중에 태어나*
정신도 관능도 반쯤 눈을 떴을 뿐이고,
부모에게는 일찍이 잃어버린 아이들이지만, 11900
천사들은 너희를 얻게 되었구나.
사랑해 주는 자*가 여기 있다는 사실을
너희들은 느끼고 있을 것이니 자, 이쪽으로 가까이 오너라.
그러나 행복한 아이들이여!
너희들은 험한 세상길을 걸어간 흔적이 하나도 없구나. 11905
이 세상 사는 것에 적합한 연장인
나의 눈 속으로 내려오너라*
이것을 너의 것으로 사용해도 좋으니
이 근처를 살펴보아라!

(소년들을 자기 품에 안는다.)

이것은 나무고, 저것은 바위다. 11910
저 물줄기가 쏟아져 내려가면
무섭게 굴러 떨어져서
험한 길을 더욱 좁혀 준다.

승천한 소년들 (내부에서)
이것은 굉장한 구경거리*이지만
이곳은 너무나 음침해서 11915
무서워 몸이 떨리네요.
귀하시고 착한 분이여, 우리들을 저쪽으로
보내 주세요!

천사를 닮은 교부

좀더 높은 곳으로 올라오너라.
신께서 늘 가까이 계시어
순수한 방법으로 힘을 주시기 때문에 11920
알지 못하는 사이에 무럭무럭 자라리라.
그것은 자유스런 대기 속에 움직이고 있는
영혼들의 양식이며
천상의 축복으로 퍼져 가는
영원한 사랑의 계시이니라. 11925

승천한 소년들의 합창 (제일 높은 산봉우리 주위를 돌면서)

손에 손을 마주 잡고*
즐겁게 원을 그리며,
춤추고 노래불러라,
성스러운 마음을!
신의 가르침* 받았으니, 11930
이제는 마음놓고 몸을 맡기라.
너희들이 숭배하는
신을 눈앞에 볼 수 있으리라.*

천사들 (파우스트의 불멸의 영혼을 나르면서 더욱 높은 대기 속을 떠돈다)

영혼세계의 거룩한 한 분*이
악마의 손에서 구원을 받았습니다. 11935
"끊임없이 애쓰며 노력하는 자*를
우리는 구원할 수 있습니다."
그리고 이 사람에게는 천상의
사랑이 더하여 있습니다.
축복받은 무리들이 11940
진심으로 기뻐하며 이 사람을 맞이합니다.

아직 나이 어린 천사들

사랑 많고 성스럽게 속죄하는 여인들*의
손에서 받은 저 장미꽃들이
우리들을 도와 승리를 얻게 하고
거룩한 일을 완성시키고, 11945
이 고귀한 영혼을 손에 넣게 해주었습니다.
꽃을 뿌렸더니 악은 물러갔고,
이것을 내리치니 악마들은 달아났습니다.
지옥의 처벌 대신에
악마들은 사랑의 괴로움을 느꼈습니다. 11950
그 늙은 악마의 두목까지도

레오나르도 다 빈치 그림

쓰라린 아픔이 골수에 사무쳤습니다.
환호성을 지릅시다! 성공했으니까요.

성숙한 천사들 지상의 흔적을 남긴 자*를 운반한다는 것은
우리들에게는 고통스러운 일입니다. 11955
그것이 비록 불타지 않는 석면*으로 되어 있다 할지라도
결코 깨끗하다고는 할 수 없습니다.
강한 정신의 힘이
모든 원소들을
내 몸에 긁어모아 놓고 있으면 11960
영혼과 육체가 내부에서 맺어져
하나로 결합된 이중체(二重體)는
어떤 천사도 가르지 못합니다.
오직 영원한 사랑만이 그것을,
갈라놓을 수 있습니다. 11965

아직 나이 어린 천사들
바위꼭대기 주위를 안개처럼 감돌며
아주 가까이서 움직이고 있는
영의 생명을
나는 지금 느낍니다.
구름이 맑게 개고 11970
승천한 소년들의
분주한 무리들이 보입니다.
지상의 압박을 벗어나서
원을 그리며 어울려
천상 세계의 11975
새로운 봄의 단장에
생기를 띠고 있습니다.
이 분도 이 소년들의
무리에 끼여서,

최고 완성의 단계*로 오르도록 하나이다! 11980

승천한 소년들 우리들은 기꺼이 번데기의
상태*에 있는 이분을 맞이하겠습니다.
그래야만 우리들도 천사가 되는
보증*을 얻게 되는 것입니다.
이분을 감싸고 있는 11985
누에고치의 솜털을 벗겨 주십시오.
벌써 이분은 신성한 삶*으로 들어가
아름답고 크게 자랐습니다.

성모 마리아 숭배의 박사* (가장 높고 깨끗한 암굴 속에서)
여기는 전망도 자유롭고,
정신도 고결해진다. 11990
저기에 여인들이 위를 향해
떠돌면서 지나간다.
한가운데는 별의 관을 쓴
훌륭한 분이 계시니,
저 분이 천상의 여왕이라는 것은 11995
빛을 보면 알 수 있다.
(황홀하여) 세계를 다스리는 지고의 여왕*이시여!
푸른빛으로 펼쳐진
천국의 천막 속에
당신의 신비를 엿보여 주십시오. 12000
이 남자의 가슴을 진지하고
부드럽게 감동시키어, 성스러운
사랑의 기쁨을 지니고 당신에게
다가감을 칭찬하여 주십시오.
당신이 엄숙하게 명령하시면, 12005
우리들의 용기는 당할 자가 없지요.
당신이 우리에게 평화를 주시면

베크만 그림

불 같은 마음도 바로 가라앉습니다.
가장 아름다운 뜻에서 순결한 처녀,*
숭배해야 할 거룩한 어머니,* 12010
우리들을 위해 선택된 여왕,*
신들과 같은 지위에 계신 분,
그분 주위에는 가볍고
작은 구름이 감돌고 있습니다.
저것은 속죄하는 여인들입니다. 12015
그분의 무릎을 둘러싸고
대기를 마시며,
은총을 구하는
정다운 사람들입니다.

접촉할 수 없는 당신에게 12020
유혹되기 쉬운 사람들이
정답게 찾아와서
의지하는 것은 막지 않습니다.
관능의 약점에 사로잡히면
그들을 구하기는 어렵습니다. 12025
누가 자기 스스로의 힘으로
정욕의 사슬을 끊을 수 있겠습니까?
비스듬히 기울어진 매끈한 마루 위에서는
얼마나 발이 빨리 미끄러질까요?
예쁜 눈초리와 인사와 애교를 머금은 입김에 12030
매혹당하지 않는 사람이 어디 있을까요?

(영광의 성모*, 공중을 떠서 다가온다.)

속죄하는 여인들의 합창 당신은 영원의 나라의

높은 곳에 떠 계십니다.
소원을 들어 주소서.
그대, 비할 데 없는 분이여! 12035
그대, 자비로우신 분이여!

죄 많은 여인*(누가복음 7장 36절)

바리새 사람들의 비웃음을 받으면서
승화하여 신이 된 당신의 아들의 발에,
향유를 가지고 와 눈물로 적신
그 거룩한 사랑에 의지하여, 12040
그처럼 풍부한 향유를
쏟아 넣은 항아리에 의지하여, 또 저렇게
부드럽게 성스러운 손발을 닦았던
고수머리에 의지하여 당신께 애원합니다. ——

사마리아의 여인* (요한복음 4장)

그 옛날에 아브라함이 가축을 12045
몰고 가게 한 샘물에 의지하여,
구세주의 입술에 시원하게
닿을 수 있었던 물동이에 의지하여,
이제는 거기서 쏟아져 나와서
영원히 맑게 넘쳐흐르도록 12050
널리 온 세계에 퍼져 있는,
깨끗하고 풍부한 샘*에 의지하여 애원합니다. ——

이집트의 마리아* (성인전)

주님을 쉬게 해드린
성스럽기 그지없는 장소에 의지하여,
저에게 훈계하면서 교회의 문에서 12055
저를 도로 떠밀어 내신 손에 의지하여,
제가 사막에서 정성껏 행한
40년 동안의 참회에 의지하여,

제가 모래 속에 써서 남겼던
복된 작별인사에 의지하여 애원합니다. ── 12060

셋이서 큰 죄를 저지른 여인들에게도
옆으로 가까이 오는 것을 마다하지 않으시고
또 참회가 갖다 주는 공덕을
영원한 것으로 높이신 그대여,
단지 한 번 자신을 잊었을 뿐*이고, 12065
자기 죄를 깨닫지도 못했던
이 착한 영혼에게 그것에 합당한
용서를 내려 주십시오.

속죄하는 한 여인 (옛날에 그레트헨이라고 불리던 여인, 성모에게 매달리면서)
세상에 비길 데 없는 당신*이여
광명이 넘쳐흐르는 당신이여, 12070
저의 행복에 대해서, 자비롭게
얼굴을 돌려주시옵소서!
옛날에 사랑했던 그분이
흐린 점 없이 밝은 마음*으로
이제 돌아왔습니다. 12075

승천한 소년들 (원을 그리며 가까이 다가와서)
이분은 우리들보다 자라고,
팔다리도 늠름하고 굵어*졌습니다.
성실하게 돌봐드린 보수*를
듬뿍 받을 수 있을 것입니다.
우리는 지상의 인간들에게서 12080
일찍 떠나게 되었지만,
이분은 배운 것이 많기 때문에,*
우리들에게도 가르쳐 줄 것입니다.

속죄하는 한 여인 (옛날에 그레트헨이라 불리던 여인)

베크만 그림

거룩한 영의 무리에 둘러싸인 채
새로 온 이분은 자기 자신을 알지 못하고 12085
신선한 생명*을 짐작도 못하지만
벌써 신성한 분들을 닮아갑니다.
보십시오! 이분은 낡은 껍질인
지상의 온갖 인연을 벗어 던지고
영기 서린 옷자락에서 12090
최초의 젊은 힘이 솟아나고 있습니다.

이분에게 가르쳐 드리는 것을 허락해 주십시오.
아직도 새로운 해를 보고 눈이 부셔 하고 있습니다.

영광의 성모 자, 이리 와서, 더 높이 하늘로 올라오너라!
그 사람도 너를 알아보면* 너를 따라 갈 것이다. 12095

마리아 숭배의 박사 (엎드려 예배하면서)
참회하는 모든 착한 사람들*이여,
구해주는 이의 눈을 우러러 보아라.
축복받은 운명에
감사하며 재생하기 위해서
마음씨 좋은 사람들이 모두 12100
기꺼이 당신을 섬기겠다고 나설 수 있도록
처녀여, 어머니여, 여왕이여, 여신이여,*
자비심을 베풀어 주소서!

신비의 합창* 모든 무상한 것은
한낱 비유*에 지나지 않는다. 12105
이 지상에서* 이룰 수 없는 것이
천상에서는 이루어지며
말할 수 없는 것이*
여기서는 성취되었다.
영원히 여성적인 것이,* 12110
우리를 하늘로 이끌어 올린다.

주석
(숫자는 행수를 가리킨다)

*** 드리는 글(1 앞).**
괴테의 일기를 보면 〈드리는 글〉은 1797년 6월 24일에 쓴 것으로 되어 있다. 이틀 전인 6월 22일에 괴테는 실러에게 다음과 같이 쓰고 있다. "나는 극도에 달한 현재의 안절부절한 심정을 달래기 위해 나의 《파우스트》에 다시 손을 댈 것을 결심하였습니다. 파우스트 전부를 완성할 수는 없다 하더라도 적어도 인쇄된 것을 다시 풀어서, 이미 끝낸 부분과 구상한 것들을 정리하고 생각에만 그친 계획들을 한번 자세히 다듬어서 파우스트의 상당 부분을 한층 높은 단계로 옮기려고 합니다. 이제 파우스트를 다시 시작하게 되니 한결 마음이 차분해집니다." 이 글은 오래전에 쓴 미완성의 원고인 《파우스트 초본》(1773~1775)와 《파우스트 단편》(1790)을 다시 손질하여 보완하겠다는 결의의 표시이며, 서신 왕래 때마다 거의 매일 파우스트 완성을 권유한 실러에게 보내는 그의 감사의 답장이기도 하다.
〈드리는 글〉은 괴테가 새로 태어난 심정으로 파우스트 창작에 착수함에 있어, 지금은 죽었거나 살았어도 뿔뿔이 헤어진 친구들에게 미완성의 파우스트 원고를 읽어 주었던 지난날을 회상하면서, 감개무량함과 회한(悔恨)의 정을 섞은 자축의 노래이기도 하다.

1. **아물거리는 모습들** 그 성격과 행동 윤곽을 아직 확정짓지 못한 등장인물들.
2. **내 흐린 눈** 사물의 본질, 성격을 명확하게 꿰뚫어 보지 못하는 눈(질풍노도 시대의 괴테는 아직 원숙한 고전 시기의 명석한 눈을 갖추지 못했음을 말한다).
4. **그 날의 환상** 파우스트 전설을 소재로 하여, 파우스트를 다룬 책을 써보

려던 옛날의 대담한 생각.

5. **놀과 안개** 여기에 나오는 인물들은, 침침한 연금술과 마술이 성행했던 시대를 배경으로 하고 있기 때문에 괴테는 이들을 이렇게 보았다.

10. **많은 그리운 옛 모습들** 이미 세상을 떠난 아버지, 누이동생, 친구인 메르크와 렌츠.

12. **첫사랑** 프랑크푸르트에서의 그레트헨과의 첫사랑을 말한다.

27. **에올스의 하프** 고대 그리스 신화에 나오는 바람의 신인 에올스에 관련지어 이름 붙여진 이 악기는 사람이 연주하는 것이 아니라, 집 밖의 벽이나 동굴 입구에 걸어 놓으면, 바람의 흐름에 따라 절묘한 음향소리를 낸다고 한다(쇼팽과 리스트가 같은 이름으로 쓴 작품이 있다).

31. **내가 지금 가진 모든 것들** 괴테가 가지고 있던 모든 것들이 뒤로 물러가고, 파우스트를 완성해 보려던 과거의 여러 모습들이, 이제 그의 눈앞에 현실이 되어 나타남을 말한다.

* 무대 위에서의 서막(33 앞).

극단 단장과 배우 그리고 극단 소속 시인 세 사람이 희곡 작품을 무대 위에 올림에 있어 자신들의 입장과 역할을 개진하고 있다.

많은 비평가들은 〈무대 위에서의 서막〉을 《파우스트》의 본 줄거리하고는 관련이 없다고 말하지만, 괴테는 독자들이 이것을 파우스트 희곡 전체와 밀접하게 관련이 있는 것으로 생각하고 읽어 줄 것을 원하고 있다.

이 〈서막〉에는 냉소적인 야유와 익살이 들어 있지만, 《파우스트》뿐만 아닌 극장에서 상연되는 모든 희곡 작품의 실질적인 관련상황이 논의되고 있어 연극이론의 귀중한 기록물이기도 하다.

단장(33 앞) 독일에 아직 상설극장이 없던 18C말 지방순례극단의 단장. 어떻게 해서라도 관객의 속된 취미에 맞는 희곡 작품을 상연하여 입장 수입을 올리려고 한다.

전속시인(33 앞) 세상 물정에 밝은 극단 단장과는 달리, 오로지 예술 한길로만 살아가려는 인물.

어릿광대(33 앞) 정면으로 대립하고 있는 단장과 전속시인 사이에서 쌍방을 솜씨 좋게 다독여 화해시키면서, 젊은 전속시인을 잘 설득하는 인물로서, 여기서는 어릿광대라기보다는 무대 배우의 본질과 사명을 대변한다. 이상의 세 사람은 모두 괴테의 분신이라고 할 수 있다(26년간(1791~1817) 바이마르 궁정 극장의 운영을 맡았던 괴테는 다른 누구보다도 극장의 사명을 잘 이해했을 것으로 여겨진다).

39. **기둥도 서고, 무대도 마련** 당시의 극장은 특별한 대도시에만 있었고, 지방순례극단의 연극과 인형극은 장터에 세워진 가설극장에서 상연됐다.

51. **좁은 은총의 극장 문** 극장 안의 좌석으로 들어가는 좁은 입구(신약, 마태복음 7장 13절).

53. **네 시도 채 못된 밝은 대낮** 당시의 바이마르 극장에서는 연극이 오후 5시 반 내지 6시에 상연되었는데, 4시 전에 벌써 관객들이 몰려온다는 것은 흥행이 일대 성공을 거둘 것임을 예고한다.

64. **고요한 천상** 시인은 고독 속에서 일해야 한다는 괴테의 생각은, 그가 1797년 12월 9일 실러에게 보낸 편지에 가장 잘 나타나 있다.

70. **벌써 순간의 모진 힘** 대중 앞에서 펼쳐지는 희곡 작품의 처녀 공연을 말한다.

77. **대체 누가 이 세상 사람들을** 배우는, 시인과는 달리 현재라는 순간을 위해 무대 위에서 열연한다.

82. **관중들의 심술** 시인은 확고한 감상 안목을 갖추지 못한 심술궂은 대중의 비평 같은 것을 무시할 수 없지만, 유능한 배우들은 이것을 가볍게 받아넘길 수 있음을 말한다.

103. **결국 구경꾼** 천박한 대중은 종종 부분적인 것에만 집착하여, 예술작품을 미학적인 전체로 파악하고 평가하지 못한다.

111. **무른 나무를 쪼개는 일** 말초신경의 자극을 요구하는 대중에게는 속된 작품을 제공하는 것이 최상의 길이다.

116. **신문** 괴테에게 있어서 신문은 백해무익한, 정신을 산만하게 만드는 시간 낭비물이었다.

127. **우아한 시의 여신을 괴롭히는 건** 고생스럽게 시작에 전력을 쏟는 일.

133. **아니, 왜 그러지?** 극단장의 폭언에 대한 전속시인의 절망적인 몸짓.

135-157. 시인이야말로 자연 현상에 의미를 부여하여 이 세상을 아름답게 장

식하고, 보잘것없는 푸른 잎사귀를 모아 영예의 상징으로 만들며, 신들이 사는 곳인 올림포스 산도 시인의 절묘한 필치로 보호받고 있음을 말한다.

155. **올림포스 산** 시인은 출중한 공을 세운 사람들의 영예를 칭송하고, 이들을 신들이 사는 올림포스 산에 보내 영원히 죽지 않는 생명을 부여하며, 이들 영혼들을 다른 신들과 결합시킨다.

158-183. 극단장의 상인 기질에도, 오로지 한길만을 걸어가는 시인에게도 반대하지 않으면서, 어릿광대는 시인에게 그가 마음만 먹으면 모든 사람의 마음에 드는 작품을 쓸 수 있을 것으로 확신한다면서, 특히 젊은이들에게 대환영을 받을 작품을 쓰라고 격려한다.

193. **환상도 즐겼지요** 무대 위에서 보는 환상이 아니라, 오히려 인생 그 자체, 특히 청년시절에 느끼는 희망이나 기쁨을 말한다.

203. **승리의 월계관** 예전에는 승리자에게 주는 화환을 결승점에 미리 걸어놓았기 때문에, 결승점 가까이에 온 경주자들은 이것을 볼 수 있었다.

221. **호령하듯 시를 구사** 필요한 시적 분위기를 마음대로 활용하여 시적 창조력을 구사한다.

235. **해도 달도 쓰고** 당시의 독일에서는 무대 효과를 내기 위해 해와 달을 즐겨 사용(이외에도 물, 별, 불 등이 자주 사용됐다).

241. **천상에서 이 세상을 지나 지옥** 여기서는 천상에서 시작하여 이 세상을 거쳐 지옥으로 가는 것으로 끝나지만, 1831년에 완성된 파우스트 제2부 마지막에서는 다시 승천한다. 또한 곧 이어지는 〈천상의 서곡〉에서 파우스트의 구원은 예정된 것이므로, 결국 '대우주와 소우주를 포함한 모든 세계를 돌아서'라는 의미로 해석하는 것이 좋을 것이다.

* 천상의 서곡(243앞).

주천사 셋이 나타나 신이 창조한 만물이 영원한 조화 속에서 발전하는 생성의 힘은 오로지 신의 사랑에서 나오는 것이라면서 신의 위업을 찬양한다. 악마인 메피스토펠레스는 자기도 신의 하인 중의 하나라고 자처하면서 목적없이 빈둥거리면서 살아가는 인간이 가소롭다고 말하자, 신은 자기가 제일 믿고 있는 하인 중의 하인 파우스트를 유혹해 볼 것을 허락하면서, 피조물 중에서 가장 착한 인간은 어두운 충동에 사로 잡혀 방황을 거듭하더라도 결국은 올바른 길로 다시 돌아온다고 말한다.

메피스토펠레스(243 앞) 이 이름은 1587년에 나온 파우스트 민속본에 메포스토필레스라고 처음 나타났고, 그 후 영국의 극작가 말로우가 《포스터스 박사》에서 메피스토필리스, 그리고 생략된 호칭으로 메포스토라 사용한다. 한편, 쾰른에서 나왔던 팸플릿에는 메피스토플레스로 되어 있다. 괴테가 이 민속적인 이름을 따서 메피스토펠레스라고 했을 것이라는 설이 지금으로는 가장 유력하다.

주천사 셋(243 앞) 천상에는 많은 주천사가 있다고 하는데, 여기에는 세 주천사만이 등장. 라파엘이 천계를, 가브리엘이 지상을, 미하엘이 대기 중의 여러 현상을 각각 지배하게 한 것은 괴테의 독자적인 발상에서 나온 것이다(성서에서는 미하엘만을 주천사 〈유다의 편지 9절〉로 부르고, 라파엘 〈외경 토비트 12장 15절〉과 가브리엘 〈다니엘 8장 16절, 누가복음 1장 19절과 26절〉은 천사로만 되어 있다).

274. 나도 하인들 사이에 끼어 메피스토펠레스는 자기 자신을 하느님의 하인 중의 하나로 자처하고 있지만 그의 본질은 일정하지 않다(294에서는 하느님에게 불평을 늘어놓는 자로, 339에서는 부정을 일삼는 장난꾸러기로, 1324~1337에서는 늘 악을 원하지만 도리어 선을 행하는 방랑하는 학생으로, 2503에서는 사탄 나으리, 즉 악마로, 3866에서는 브로켄 산속의 두목으로 각각 묘사된다).

281. 이 세상의 작은 신 메피스토펠레스는 인간을 이렇게 비웃지만, 신의 이미지에 따라 만들어진 인간은 비록 규모는 작지만 다른 생물에 비해 숭고하다고 볼 수 있다.

288. 인간들은 다리가 긴 메뚜기 인간은 지적 능력을 총동원하여 우주의 비밀을 알아내려고 안간힘을 쓰지만, 메피스토펠레스에 따르면 이것은 메뚜기처럼 헛되이 뛰어오르는 것과 마찬가지라는 뜻(그러나 메피스토펠레스는, 인간이 알고자 하는 독특한 충동 때문에 풀속에 가만히 있으면서도 모든 자연현상에 대해 쉬지 않고 코를 내밀고 있다고 불평한다).

298. 나조차도 악마인 나 자신까지도.

299. 내 종 말이다 구약성서 욥기 1장 8절 참조.

315-317. 《파우스트》의 중심사상 중의 하나인 이 구절에는, 하느님과 인간 그리고 악마와의 상호관계를 나타내는 중요한 말이 담겨져 있다. 파우스트 제2부 거의 끝부분에서 파우스트가 승천할 때, 천사들이 하는 말인 "끊임없이 애쓰며 노력하는 자를 우리는 구원할 수 있습니다."(11936~11937)와 함께 결국 파우스트 구원의 한 모티브를 나타내는 것이기도 하다(괴테 자신도 에커만과의 대화에서 천사들의 말(11936~11937)을 인용하면서, "이 시구에 파우스트 구원의 열쇠가 있다. 다시 말해 파우스트 자신 속에 마지막까지 점점 더 높이 올라 순화되려는 활동 노력이 있기에, 천상으로부터도 그를 구원하려는 영원한 사랑이 생긴다는 것이다. 이는 우리 자신의 힘만으로는 안되며, 신의 은총이 더해져야 비로소 승천할 수 있다는 우리의 종교관과도 완전히 일치한다."(에커만, 《괴테와의 대화》, 1831년 6월 6일)고 언급. 즉, 파우스트에 구현되는 신은 구약성서에 나오는 엄한 심판의 신이 아니라, 어디까지나 사랑과 사죄의 신이다).

328-329. 착한 인간이란, 진리와 자기 완성을 위해 노력하는 사람(구약성서 욥기에 나오는 신은 사탄에게 조건부로 욥의 신앙심을 시험할 것을 허락하지만, 여기에 나오는 신은 아무런 조건 없이 메피스토펠레스에게 파우스트를 맡길 정도로 파우스트를 신뢰한다).

335. **내 아주머니 뻘되는 유명한 뱀** 인류에게 최초의 유혹을 시도했던 뱀(구약성서 창세기 3장 2절)은 본질적으로 악마에 가깝다.

340. **인간의 활동** 신이 인간에게 바라는 가장 큰 소망은 끊임없는 활동이므로, 나중에 파우스트가 신의 뜻에 맞게 요한복음 1장 1절을 '태초에 행동이 있었느니라!'라고 번역하자(1237 참조), 부활절에 산보길에서 데리고 온 삽살개가 메피스토펠레스로 변하여 처음 만나게 된다.

344. **너희들 진정한 신의 아들들** 신은 주천사들을 이렇게 부른다.

346. **생성의 힘** 괴테는 생성 발전해가는 힘 속에 신의 사랑과 힘이 구현되어 있다고 본다(따라서 괴테는 그의 《자연론》에 나타나 있듯이 탄생과 죽음, 생성과 파괴 그리고 선과 악 같은 대립적인 것을 포함한, 미래 지향적이고 항구적인 에네르기의 존재를 믿는다).

348. **흔들거리는 현상** 모든 현상 세계는 생성 소멸하지만, 그 속에서도 사물의 영속적인 것, 즉 신의 의지를 인식하고 시공을 뛰어넘는 이념의 세계

로 승화시킬 수 있는 능력은 감각적인 오성의 영역을 넘지 못하는 메피스토펠레스에게는 없으며, 신과 사랑의 공동체를 이루고 있는 이성을 가진 천사들만이 갖고 있음을 말한다.

제 1 부

＊밤(354 앞).

파우스트는 이때까지의 모든 학문 분야를 연구했지만 우주의 본체를 파악할 수 없어 마법을 사용하여 노스트라다무스가 쓴 대우주의 부호를 펼쳐본다. 그러자 자연의 약동하는 모든 힘이 온 몸에 작용하는 것을 느낀다. 그러나 이것은 단지 상징적인 표시일 뿐, 실물은 아니다. 이에 만족하지 못한 파우스트는 지상 생명체를 지배하는 지령을 불러낸다. 그러나 불덩이 모양의 이 엄청난 형상을 똑바로 쳐다볼 수 없어 쓰러져 버린다. 절망한 파우스트가 자살하려고 독약이 든 잔을 입에다 갖다대는 순간, 교회 종소리와 함께 예수의 부활과 승천을 알리는 합창을 듣고 다시 살 결심을 한다.

354. **철학** 중세 독일의 종합 대학은 4학부(신학, 법학, 의학, 철학)로 이루어져 있었는데, 철학부 안에 역사와 문학이 포함되어 있었다.

356. **심지어는 신학까지도** 신학을 공부하면 신에게 더 가까이 가야 할 텐데, 그렇지 못하고 오히려 신앙의 행복을 찾지 못했음을 말한다.

360. **석사** 독일에서는 이 학위 수여가 19C에 들어와 폐지되었다가, 제2차 세계대전 후 1948년에 세워진 자유 베를린 대학을 시작으로 부활되었다.

379. **마술** 중세의 일반 대중들은 자연 과학자들의 연구, 가령 연금술 같은 것을 교회의 교리에 역행하는 일종의 마술로 간주했으나, 파우스트의 마술 연구 목적은 우주의 근본 원리를 탐구하는데 있었다.

384. **씨** 씨앗은 연금술 용어로, 원소와 같은 것이다.

418. **넓은 세상으로 나가라!** 갑갑한 감옥과 같은 서재에서 뛰쳐나와 자유정신이 숨쉬는 바깥 세계와 어울리라는 뜻.

419. **노스트라다무스** 프랑스의 점성술사이자 외과의사(1503~66)이다. 그

는 1555년에 낸 4행시로 된 예언서에서, 300여 년 후에 일어날 러시아 혁명, 히틀러의 등장과 원자폭탄을 예언했다.

대우주(430 앞) 연금술사였던 파라첼수스(1493~1541)는 우주를 대우주, 인간을 소우주라고 하여 양자 사이에 일정한 상관관계가 있다고 믿었다(파라첼수스는 처음으로 수은, 산화철 같은 금속약제를 써서 근대 의학의 바탕을 세웠다.

대우주의 부호(430 앞) 대우주와 소우주의 상관관계를 상징적으로 부호화한 것을 말하는데, 그것이 어떤 것인지는 확실치 않지만 천체의 천문학적 부호와 비슷한 것이 아닌가 생각됐다(실제로 렘브란트가 그린 《파우스트》를 보면, 그는 번쩍거리며 창문에 걸려있는 이와 같은 부호를 예의 주시하고 있다).

439. **내가 신이 아닐까?** 부호를 보고 기쁨에 넘쳐 외치는 이 말은, 신의 창조 활동에 동참해 보려는 파우스트의 욕망을 잘 나타내고 있다.

442. **옛 현자의 말** 누구의 말인지는 아직 밝혀내지 못하고 있지만, 문학사가인 빌헬름 쉐러에 의하면 이 말은 인류의 가장 오래된 원전에 관해 쓴 헤르더를 가리키는 것이라고 한다. 그 속에서 헤르더는 “젊은이여, 야외로 나와, 신의 가장 찬란하고 오래된 계시가 아침마다 사실로 되어 그대 앞에 나타난다는 것을 깨달으라.”고 말하고 있다.

454. **한낱 구경거리** 그가 부호에서 볼 수 있는 것은 단지 상징적인 표시일 뿐, 직접 만져보고 확인할 수 있는 실물은 아니다.

지령(460 앞) 파우스트 비극 중에서 가장 인상적인 곳이 바로 파우스트가 지령을 만나는 이 장면인데, 이 장면이 자아내는 극적 긴장과 무대효과는 그야말로 압권이라 할 수 있다. 인간적인 한계점을 느낀 파우스트는 이로 인해 자살을 결심할 뿐만 아니라 나중에는 메피스토펠레스하고도 계약을 맺는다. 지령은 신의 명령을 받아 지상의 모든 질서를 유지하면서 탄생과 죽음을 관장하고 있다고 말한다.

499. **불덩이 모양** 지령은 활활 타는 불덩이 속에서 나타난다.

524. **수사학** 중세 대학의 기본 과정은 7과목, 즉 문법, 논리학, 수사학(웅변술)과 음악, 수학, 기하학, 천문학으로 이루어져 있었다. 바그너는 대학교수인 파우스트도 강의에서 언어를 효과적으로 적절히 구사하기 위해,

이따금 고대 그리스의 비극 작품을 자기 방에서 소리 높여 낭독하곤 했다고 믿었다.

527. **배우도 목사를 가르칠 수 있다** 여기서는 희극배우가 아니라 무대 배우 일반을 말한다. 배우는 다른 사람의 사상을 무대에서 자기 것처럼 연기하여 관중에게 감동을 준다.

528. **목사가 배우라면** 배우는 목사에게 멋지게 웅변조로 설교하는 법을 가르쳐줄 수 있을지 모르지만, 참된 성직자는 하느님과의 직접적인 교감과 자신의 신앙심에서 우러나오는 것을 신자들에게 말한다.

549. **방울만 울리고 다니는 바보** 옛날의 어릿광대는 궁중에서 옷에 방울을 달고 다녔다. 왕의 기분을 달래 주곤 했기 때문에 늘 옆에 있었고, 때론 큰 영향력도 행사했다.

558-9. **예술은 길고** 의학의 아버지로 불리는 히포크라테스(BC. 460~337)의 첫번째 잠언.

562. **고전의 원천** 고대 저자들의 책과 원문은 최고 지식의 원천으로 간주되었다.

563. **방법인 고전어** 고대어 즉 그리스, 라틴, 히브리어를 습득해야만 고전 연구에 접근할 수 있다.

576. **일곱 겹의 봉인** 예부터 일곱이라는 숫자는 우주를 구성하고 있는 신비로운 숫자로 간주되었다. 괴테 자신도 파우스트 제2부를 완성하고 일곱 겹으로 봉인했다고 전해진다(요한묵시록 5장 1절 이하 참조).

583. **신파조 사극** 독일 지방순회극단들은, 30년전쟁(1618~48) 후부터 18C에 이르기까지 즐겨 통속적인 대중 연극을 상연했다(이런 살벌하고 조잡한 비문학적인 연극을 없애는데 공헌한 사람이 라이프치히 대학의 시학 교수인 곳트셔트(1700~1766)였다).

590. **소수의 사람들** 예수 그리스도는 십자가에 못박혔고, 체코슬로바키아의 종교가인 얀 후스(1369~1415)는 종교개혁의 필요성을 강조하다 화형에 처해졌다.

618. **불꽃천사 케르프** 천국에는 제1천사 제라프가 신과 가장 가까운 곳에 있고, 제2계급에 속하는 케르프는 좀 떨어진 곳에서 신에게 조용히 봉사한다고 한다(생활 자체가 활동 위주인 파우스트는, 이렇게 본질적으로 수

동적인 케르프보다는 한 계급 높다고 자부한다).

622. **벼락 같은 한마디** 큰소리로 꾸짖은 지령의 한 마디(512~13)가 파우스트의 우쭐해 하는 마음을 철저히 분쇄해 버렸다.

644. **근심** 근심은 파우스트가 죽기 직전(제2부 11384~11510)에 나타나 그를 눈멀게 한다(대체로 근심은 창조적인 활동과는 대립되는 영적인 존재).

695. **너의 주인에게** 독약을 조제하여 만든 나, 파우스트를 말한다.

702. **불꽃 수레** 많은 전설과 성서를 보면, 불꽃 수레가 왕이나 예언자들을 천상으로 인도한다고 되어 있다(구약성서 열왕기하 2장 11절 참조).

704. **순수한 행동** 파우스트의 자살은, 삶을 부정하는 것이 아니라 삶으로부터 해방되어 영적 세계의 자유로운 활동에로 진입하는 하나의 적극적인 순간이다.

716. **저 통로** 삶에서 죽음으로 통하는 좁은 길. 즉 저승.

720. **수정의 맑은 잔** 받침대 달린 다리가 높은 술잔으로, 거기에는 온갖 모양의 그림이 그려져 있다(술잔치가 한창일 때, 손님 중의 한 사람이 술이 가득한 술잔을 이웃 손님에게 넘겨주면, 그는 즉흥시를 지어 술잔에 그려진 그림을 설명해야 하는데, 그러지 못할 경우에는 이 술을 단숨에 들이켜야 한다).

740. **세습적인 온갖 죄** 아담과 이브가 원죄를 범한 이후, 인류가 대대로 등에 져온 온갖 죄.

747. **어두운 무덤가** 새벽녘에 그리스도의 무덤을 찾아간 막달라 마리아는, 천사의 입을 통해 예수의 부활과 승천을 알게 된다.

748. **신약의 확신** 예수의 부활과 승천으로, 신과 인간 사이에 새로운 계약이 맺어졌음을 의미한다.

750. **여인들의 합창** 요한복음 19~20장 참조.

*** 성문 앞에서(808 앞).**

부활절의 화창한 날씨가 성안에 사는 사람들을 성문 밖으로 나오게 만든다. 온 들판이 새로운 푸르름으로 단장을 시작한 봄에 파우스트도 조수인 바그너와 함께 민중들과 어울린다. 그러나 학문이 인생의 전부라고 생각하는 바그너는 대학자인 파우스트가 단순하고 거친 민중들을 공경하는 것을 이해하지 못하며, 새처럼 무한한 하늘을 날아보고 싶어하고 대기속을 떠다니는 영들을 불러내 어울리고 싶어하는 것도 이해하지 못한다. 지상적인 정욕의 세계에도 매몰해 보겠다는 파우스트의 말을 듣고 메피스토펠레스가 검정개의 모습을 하고 다가온다. 파우스트는 이 검정개가 걸을 때 뒤에 불꽃 소용돌이를 일으키는 것을 보고 심상치 않은 존재임을 예감하면서, 서재로 데리고 온다.

830. **담배** 담배가 독일에 처음으로 수입된 것은 30년전쟁(1618~48) 때로, 이 희곡 주인공이 활약하던 시대와는 1세기 이상의 차이가 있지만, 작가는 시대환경과 등장인물도 가끔 자기 시대에 맞춰 자유롭게 창작하므로, 이를 시대착오라고 비난할 수는 없다.

878. **성 안드레아스 밤** 성 안드레아스의 순교일인 11월 29일 밤에, 미혼의 아가씨들이 일정한 방식에 따라 그 수호신인 성 안드레아스의 이름을 소리내어 외우면, 미래의 남편 모습을 볼 수 있다고 한다.

880. **수정 속** 예부터 수정이나 거울은 점과 예언에 즐겨 사용되었다(수정을 들여다보면 시공을 초월하여 보고자 하는 것을 볼 수 있다고 한다).

940. **여기서는 나도 사람** 길고 긴 겨울 동안 백성들의 마음을 짓눌러온 분위기 속에서 이제 생명을 다시 찾고 예수의 부활을 축하하는 동시에 그들 자신의 부활을 축하한다.

943. **거친 것은 모두 싫어** 바그너는 다만 책벌레로서, 파우스트와는 달리 마음의 여유가 없고 백성들의 기쁜 마음을 솔직하게 수긍하지 못한다.

995. **재난** 당시에는 페스트(흑사병)가 창궐했었다.

1020. **성체가 지나가듯이** 가톨릭 신자들은 성체가 지나갈 때 모두 무릎을 꿇는다.

1039. **침침한 실험실** 마술이 행해지는 연금술사의 실험실.

1042-47. **붉은 사자, 백합, 젊은 여왕** 금과 은의 금속소를 시험관에 배합하여 가열하면 젊은 여왕이 탄생하는데, 이것을 '현자의 돌'이라 불렀고 만병통치약으로 믿었다.

1085. **새로운 충동** 진리를 찾아 햇빛으로 날아가려는 충동.

1090. 정신의 날개에 육체의 날개 정신의 날개는 자유롭게 하늘을 날 수 있지만, 육체의 날개는 그렇지 못하다(대체로 괴테의 작품에는 날아 보려는 충동이 강하게 나타난다. 《젊은 베르테르의 슬픔》, 1775년 8월 5일 참조).

1100. 변덕스런 환상 오직 학문에 종사하여 지식을 찾아 헤매는 것이 최고의 목적인 바그너는, 파우스트의 자유로운 정신적 날개짓은 이해할 수 없다.

1112. 내 가슴속에는 두 개의 영 이 연극뿐만 아니라 파우스트 자신의 본질까지도 잘 말해 주는 부분으로, 두 개의 영이란 정신적인 생활에 만족할 것인가 아니면 지상적인 관능의 세계에 빠져버릴 것인가 하는 우리 가슴 속 깊은 곳에 공존하는 두 상극성을 말하는데, 인간존재가 빛과 그늘로 이루어져 있는 것처럼, 결국 이 상극성이 서로 밀접히 도와야 비로소 인간존재를 높은 곳으로 밀고 올라갈 수 있다.

1147. 검정개 17C에 나온 《파우스트》 민중본을 보면 실제로 파우스트는 털이 덥수룩한 검정개를 기르고 있었다고 하며, 유령이나 허깨비가 검정개가 되어 나타난다는 모티브는 마술책에서 흔히 볼 수 있다(중세에는, 이단적인 사상이나 마술에 연관된 학자들이 처형될 때 그들이 검정개를 데리고 있으면 함께 죽였다고 한다).

*** 서재(1178앞).**

서재의 첫번째 장면이다. 부활절의 유쾌한 분위기에서 돌아온 파우스트는 마음이 누그러져 요한복음 첫 구절인 "태초에 말씀이 있었느니라"를 사랑하는 독일어로 첫음에는 '뜻', '힘'으로 번역했다가 결국 '행동'으로 고쳐쓰고 만족해 한다. 그러나 이제부터 능동적인 현실생활에 뛰어들려는 것을 못마땅해 하는 삽살개가 쉬지 않고 으르렁대서, 파우스트가 마귀를 쫒는 예수의 십자가상을 들이밀자 메피스토펠레스는 방랑하는 학생의 모습으로 악마의 정체를 드러낸다. 파우스트가 그를 계속 방안에 가두려고 하자, 부하인 귀여운 영들을 동원하여 노래와 함께 이를 데 없이 아름다운 환상의 세계를 보여주어 파우스트를 잠들게 만든다. 그 사이에 메피스토펠레스는 이곳을 빠져나간다.

1219. 신약성서 히브리어로 된 구약성서는 신과 히브리 사람들과의 약속, 계약의 서로써 여기서 '선민사상'이 나왔으나, 그리스어로 된 신약성서는 신과 모든 인간과의 약속으로 구원은 모든 인류에 미치는 것이다. 따라서 파우스트가 문제삼고 있는 것은 인류전체에 관련된 삶의 원리이므로 그는 신약성서를 택했다.

1224. 태초에 말씀이 있었느니라 요한복음 1장 1절에서 사도 요한이 말하고자 한 것이, 원문 로고스(말씀)는 영원한 존재자로 신과 함께 있었던 자이고, 만물의 근원 즉, 세상의 빛이며, 그것이 인격화한 것이 예수 그리스도이다라는 뜻일 것이므로 파우스트가 원문 로고스의 번역을 '말씀', '뜻', '힘'을 거쳐 결국 '행동'으로 결론지은 것은 사도 요한이 해득한 로고스의 본질에 다가선 것이라고 할 수 있을 것이다(사도 요한의 세례명을 가진 괴테가 파우스트로 하여금 광명과 계시에 넘치는 요한복음을 택하게 한 것은, 예수와 마찬가지로 '행동'으로의 강한 의욕을 나타내려는 의도였을 것이다. 그러므로 이것을 원치 않는 어둠의 자식인 메피스토펠레스(검정개)는 초조해져서 으르렁거리고 짖어대기 시작한다. 에커만, 《괴테와의 대화》, 1831년 2월 20일 참조).

1258. 솔로몬의 열쇠라는 주문 흔히 '솔로몬의 열쇠'라고 일컫는 마술서(다윗왕의 아들인 솔로몬은 이스라엘 왕국의 전성기를 이루어 '솔로몬의 영화'라고 칭송되었으나, 동방 전설에서는 최대의 마술사로 여겨졌으며, '솔로몬의 열쇠'는 16~18C에 걸쳐 유럽 여러나라에 번역, 유포되었다가 금서로 지목되기도 했다).

1272. 네 가지 원소의 주문 독일에는 기독교가 들어오기 전부터 네 가지 원소와 같은 자연의 여러 정기와 현상들을 인격화하여, 이들 존재를 믿는 민간신앙이 있었다. 여기에 언급된 주문은 '솔로몬의 열쇠'에는 없고, 괴테가 파라첼수스에 따라 독자적으로 창작한 것이다.

1300. 이 부적 십자가에 못박힌 예수상(像)에는 J.N.R.N. 즉, 라틴어로 '유대인의 왕 나자렛 예수(Jesus Nazarenus Rex Judaeorum)'라는 글이 적혀 있는데, 이는 그 당시의 로마 총독 빌라도가 시켜 적어 넣은 것이다(예부터 십자가는 마귀를 쫓는 부적으로 사용됐다. 마르코복음 15장 26절 참

조).

1306-09. 06행은 예수 그리스도의 영원성, 07행은 이름을 붙일 수 없는 존재라는 것, 08행은 예수의 후광이 온 천지에 넘쳐흐르고 있다는 것, 09행은 군인 하나가 창으로 옆구리를 찔렀다는 것을 각각 나타낸다(에페소 4장 10절, 요한복음 19장 37절, 요한묵시록 1장 7절, 즈가리아 12장 10절 참조).

1318. 세 겹으로 타오르는 불꽃 삼위일체의 상징으로, 태양으로 둘러싸인 삼각형 한가운데에 신의 눈이 그려져 있고 세 방향으로 빛을 낸다.

1324. 방랑하는 학생 독일의 대학생들은 얼마든지 대학을 옮겨 다니며 자유롭게 공부할 수 있었기 때문에 여러 대학에서 학업을 쌓음과 동시에 인생수업도 익히는 소위 편력 학생들이 많았다.

1332. 파리의 신 유행병을 옮기는 파리에 대항하는 팔레스타인 우상신의 이름이었으나, 신약 시대에 들어오면서부터 으뜸가는 악마로 되었다(역대기하 1장 2절, 마태복음 10장 25절 참조).

1335-58. 이하에서, 메피스토펠레스는 자기소개를 통해 악마인 자신의 성격과 본질을 규정한다.

1335-36. 항상 악을 행하려 하지만 실제로는 인간에게 좋은 일을 하고 있다는 이 역설적인 표현은, 〈천상의 서곡〉에서 하느님이 메피스토펠레스의 본질을 규정한 말—그래서 나는 자극을 주어 정신을 차리게 하는 친구를 인간에게 붙여 주어 악마로서 일을 시키고 있는 것이다(342~344)—과 일맥상통하는 바 있다.

1338-44. 언제나 자신의 말이 제3자에게 주는 효과만을 의식하고 있는 메피스토펠레스가 악마의 존재이유와 부정의 영으로서의 작업을 허무주의적 입장에서 설명하고 있는 것은, 염세적인 실의에 빠져 있는 파우스트의 환심을 사기 위해서일 뿐이며 진심에서 우러나온 말은 아니다.

1362-78. 메피스토펠레스는, 이제까지 파괴에 총력을 쏟아 왔지만 인간과 동물은 멸망하지 않으며 쉬지 않고 생성 발전해가는 그들의 힘 앞에서는 자신도 어찌할 바를 모르겠다고 털어놓는데, 이는 대자연 속에서 사는 인류와 동식물의 넘쳐흐르는 생명력과 꺼지지 않는 생산력에 대한 괴테의 생활 신앙고백이라 할 수 있다(에커만, 《괴테와의 대화》, 1831년 2월 20

일 참조).

1383. 혼돈이 낳은 기괴한 자 메피스토펠레스가 자신은 빛을 탄생시킨 암흑의 일부라고 하자, 파우스트는 고대 학자들의 견해대로 그를 이렇게 부른다(1397에서는 그를 지옥의 아들이라 부른다).

1395. 별표의 부적(☆) 정 5각형의 각 모서리를 연장하여 만든 별모양인데, 피타고라스 학파의 학자들은 이를 건강과 행복의 상징으로, 기독교에서는 3개의 3각형으로 나눠지는 이 모양을 삼위일체의 3중 상징 또는 그리스도의 상징으로 여겨 마귀를 쫓는데 사용한다.

1415. 계약 파우스트는 여기서 처음으로 계약 맺을 생각을 해보는데, 나중에 실제로 계약을 맺는다.

* 서재(1530앞).

2, 3일 후에 메피스토펠레스가 귀공자 차림으로 다시 서재를 찾아온다. 파우스트가 확고한 가치와 의의를 잃고 절망상태를 헤쳐 나가려고 몸부림칠 때, 메피스토펠레스는 밝은 세상으로 나가 이 세상의 행복의 극치를 맛보게 해 주겠다고 파우스트를 유혹한다. 그러기 위해서 자기는 그의 하인, 노예까지도 되겠다고 자청하면서 저쪽 세상에 가서는 입장이 달라진다고 말한다. 이에 대해 파우스트는 자기가 찾고 있는 것은 순간적인 쾌락이 아니라, 이 세상에서 어떻게 사느냐 하는 것이므로 인간의 행복과 슬픔을 자기 스스로의 것으로 맛보고, 그것을 인간 전체의 것으로 확대해 보겠다고 말하면서 메피스토펠레스가 제시한 계약서에 요구대로 피로서 서명한다. 그럴 즈음 장차 학자가 되고 싶어하는 대학 초년생이 어떤 학문을 전공할 것인가를 알아보기 위해 고명한 파우스트와의 면담을 청한다. 파우스트의 옷을 입고 나타난 메피스토펠레스는 인류문화의 총체이기도 한 학문을 헐뜯으면서 향락생활을 즐기라고 적극 권한다.

1535. 귀공자 차림 중세 독일의 미신에 따르면, 악마는 스페인 궁전의 귀족 복장을 하고 나타난다.

1590. 모든 것을 나는 저주한다 파우스트는 이제 마음의 평정을 잃기 시작하고, 메피스토펠레스의 감언이설에 귀기울일 조짐을 보인다.

1607. 영들의 합창 민중 연극과 인형극에도 영들의 합창이 등장했는데, 영국의 극작가 말로우의 《포스터스 박사》에서도 열정적인 순간에 저마다 조언을 하는 착한 천사와 악한 천사가 나타났으며, 착한 천사는 파우스트에게 주의를 주면서도 그의 영혼이 구제받기를 원했다. 민중극과 인형극에서 착한 천사는 파우스트가 악마의 손안에 들어갔을 때, 슬프다고 외치곤 했는데, 괴테가 이 장면을 썼을 때 이런 합창을 머리에 떠올렸을 것이다. 영들의 합창은 이처럼 엄숙하게 불려지고 있기 때문에, 이 합창이 메피스토펠레스에 순종하고 있는 영들로 구성되어 있다는 견해는 옳지 않다. 악한 영들이라면 파우스트가 이 아름다운 세상을 부인했을 때, 이를 슬퍼하면서 그에게 좀 더 맑은 정신으로 새로운 세계를 가슴속에 다시 세워보라고 간곡하게 부탁하지는 않았을 것이므로, 이 영들은 파우스트의 수호신이자 그의 더 착한 분신이라 할 수 있다.

1656-70. 메피스토펠레스의 조건은 그럴듯하게 보이지만 파우스트에게는 매우 불리한 것인데, 저쪽 세상에서 일어난 일에는 전혀 관심이 없는 파우스트로서는 순간 속에 영원을 사는 것만이 가장 큰 관심사이다.

1675. 초라한 악마인 자네 파우스트는 처음 순간부터 메피스토펠레스 앞에서 언제나 당당하게 자기 주장을 펼 수 있는 높은 위치에 서 있음을 보여주고 있다. 고루한 메피스토펠레스는 인간의 이상을 향해 노력 정진하는 바를 전혀 이해하지 못하는데, 이는 그의 무취미한 오성이 왜소하게도 오직 유한한 것에만 매달리기 때문이며, 파우스트는 이것을 꿰뚫어보기 때문에 이렇게 말하고 있다.

1712. 박사학위 취득 축하연 마지막으로 보는 구두시험이 성공적으로 끝나면, 새 생활의 출발을 기념하는 의미에서 축하연을 가지곤 하였는데, 메피스토펠레스는 그날 저녁 이런 모임이 있다는 것을 알고 있었다(실제로 괴테도 박사학위 시험 장면을 넣으려 했지만 나중에 이 계획을 취소했다).

1718. 내가 한 말 나의 진심에서 우러나온 말.

1718-21 이 계약 체결은 파우스트의 전 생애를 구속하는데, 그는 구두약속만으로 충분하지 않는가라고 반문하면서, "만물은 흘러가고 멈추지 않는다"는 고대 그리스의 철학자 헤라클레이토스(BC. 535~475)의 말을 예로 들고 있다.

1732. 철필 옛날 납판(蠟板)에 글을 쓸때 사용했다.

1737. 피 피로 계약을 맺는 것은 파우스트 민중본이나 말로우의《포스터스 박사》에서도 매우 중요한 것으로 취급하고 있다. 괴테도 이 형식을 빌리고는 있지만 그다지 큰 의미를 부여하지는 않고 있다.

1776-79. 수천 년을 살아온 메피스토펠레스는, 세상 만사를 아무 탈없이 소화해 낼 수 있다는 것은 인간에게는 불가능한 일이며, 그것 모두를 정신 속에 수용하기에는 인간의 일생이 너무 짧다고 말한다.

1779. 오래된 빵의 효모 메피스토펠레스는 소화가 잘 되지 않은 세상 경험을 빵의 효모에 비유하면서, 소화 못한 채로 거듭되는 경험은 오히려 인간을 괴롭힐 뿐이라고 말한다.

1783. 낮과 밤을 마련 인간은 낮과 밤, 즉 광명과 암흑의 세계를 반반씩 살고 있기 때문에 쌍방을 모두 이해할 수 있다는 말.

1808. 굽 높은 구두 고대 그리스의 비극 배우들은 넓은 반원형의 야외 극장에서 관객들에게 대사를 더욱 효과적으로 전달하기 위해 코투룬이라는 굽이 높은 구두와 오늘날의 확성기 역할을 할 수 있는 위압적인 가면을 사용했다(최초의 비극 작가인 아이스퀼로스(BC. 525~456)가 이것을 처음으로 무대에 도입했다고 한다).

1820. 엉×× 엉덩이

1838. 이웃 뚱뚱보 선생 명랑하고 사소한 일에 별로 신경을 쓰지 않으며 고민하고도 거리가 먼, 파우스트의 동료 교수를 말한다.

1911. 논리학 첫 학기의 학생들은 무엇보다도 논리학 강의를 들었는데, 괴테는 라이프치히 대학에서의 논리학 체험을《시와 진실》제6장에서 이렇게 적고 있다. "처음 한동안 나도 강의에 열심히 그리고 충실하게 출석했다. ……논리학에서는 내가 어렸을 때부터 아주 쉽게 해냈던 정신적인 작동에 대해, 그 정당한 응용을 터득하기 위해서 갈라놓고 따로따로 떨어지게 했는데 이것이 나에게는 이상하게 생각되었다."

1913. 스페인의 장화 무질서하게 날뛰던 사색은, 스페인 종교재판 때 양다리를 세게 조르기 위해 사용하던 고문 도구와 마찬가지로, 논리학을 배움으로써 일정한 틀에 따라 천천히 그러면서도 정확하게 진행될 수 있다는 것이다.

1921. **하나, 둘, 셋** 사물에 순서가 있듯이, 논리학에도 대전제, 소전제, 결론이 있다.

1949. **형이상학** 아리스토텔레스 이래로, 인식론 또는 초감각적인 학문을 형이상학이라 불렀다.

1959. **책의 각 구절** 옛날의 대학에서는 교수들이 강의할 때 교과서를 사용했고, 책에 있는 것 이외에는 말을 하지 않았기 때문에 학생들은 열심히 노트에 필기를 해야만 했다.

1986. **숨어 있는 독소** 젊은 학생이 신학을 전공한다는 것은 해로운 일이 될 수도 반대로 심신을 구해주는 약이 될 수도 있는데, 신학이 그가 믿는 종교에서 이탈시켜 그를 이단으로 만든다면 해로울 것이지만, 그로 하여금 참된 종교적 신앙을 찾게 도와준다면 심신을 구해주는 약이 될 것이다.

2010. **다시 악마로** 이제까지 메피스토펠레스는 유명한 학자인 파우스트의 대역을 해 왔지만, 그것이 따분해졌기 때문에 악마 본래의 모습으로 되돌아가 말과 행동이 거칠어진다. 슈트라스부르크 대학을 다닐 때 괴테는 의학 강의를 많이 들었고 의대생들과도 친분을 가졌기 때문에 의학에 관해서는 높은 견식을 가지고 있었다(《시와 진실》 9장 참조).

2026. **오직 한 군데** 성욕

2045. **기념첩** 16~18C에 걸친 대학생들은 보통 기념첩을 가지고 다녔는데, 알고 지내는 학자나 유명 인사들에게서 기념이 될 만한 글을 써 받곤 했다.

2048. **너희들 신과 같이 되어** 이 말로 뱀에게 속은 이브는 금단의 과일을 먹고, 여기서 인간의 원죄가 발생한다.

2053. **작은 세상, 큰 세상** 학생과 그레트헨이 나타나는 시민사회인 제1부의 세계와 왕과 귀족이 나타나는 큰 세상인 제2부의 세계.

2069. **불타는 가스** 열기구(氣球)를 공중에 올리는 실험이 성공한 것은 1783년이었는데, 괴테는 다음 해에 이것을 알고 바이마르에서 작은 기구 실험을 시도해 본다.

* 라이프치히의 아우에르바하 지하 술집(2073 앞).

전설에 나오는 파우스트가 1526년에 실제로 이 지하 술집을 찾아왔으며,

술집 주인과 내기를 하여 이겼다고 한다(괴테도 라이프치히 대학의 학생 시절(1765~68) 이 술집에 자주 들렀다고 하며, 이 술집 벽에는 학생과 어울려 술을 마시며 음악을 즐기는 파우스트와 그가 술통을 타고 날아가는 장면을 그린 두 개의 그림이 있다(2329 참조)).

2073. **프로쉬** 대학 신입생
2077. **브란더** 제2학기에 들어간 대학생으로 다른 학생들보다 우쭐거린다.
2081. **지이벨** 만년 학생으로 뚱뚱하며 술고래.
2082. **룬다** 건배하기 전에 술잔이 돌아가는 순서대로 저마다 1절씩 부르면, 마지막에 전원이 후렴을 함께 부른다.
2083.**알트마이어** 고참 대학생
2090. **신성로마제국** 독일의 황제인 오토 1세(912~973)가 슬라브인을 굴복시키고 이탈리아, 헝가리를 정복하여 그리스도교를 전파한 공으로 962년 로마 교황으로부터 독일 신성로마제국의 왕관을 받았으나, 30년전쟁(1619~48) 이후 독일 제국이 통일을 유지하지 못하고 1806년 황제 프란츠 2세가 로마 황제직을 포기하자 정식으로 해체되었다. 그러므로 괴테 시대에 신성로마제국은 빈번히 조롱과 야유의 대상이 되었다.
2098. **교황** 17~18C의 학생들은 장화 모양의 큰 술잔으로 맥주를 마실 때 한 사람을 교황으로 뽑았는데, 맥주를 가장 많이 마시는 학생에게만 좌상을 차지할 수 있는 자격(2099 참조)이 주어졌다.
2108. **그 계집을 찬양하여라** 지이벨은 프로쉬에게 자기의 애인을 빼앗겼다.
2112. **네거리** 옛날의 미신에 따르면, 악마들은 주로 네거리, 즉 십자로에서 만났다고 한다.
2113. **늙은 숫염소** 숫염소 모양을 한 악마. 악마와 마녀들은 발푸르기스의 밤(4월 30일과 5월 1일 사이의 밤)에 빗자루 혹은 숫염소의 등에 올라타고 브로켄 산에 모인다는 전설이 있다(《발푸르기스의 밤》 참조).
2129. **루터** 괴테는 기회 있을 때마다 루터의 위대한 신앙과 성서번역 업적을 극구 칭찬하고 있으나, 작가로서는 거친 학생들의 입을 통해 로마 교황에 대해 경박한 말을 하듯, 신교에 대해서도 편을 들지는 않고 있다(괴테는 《파우스트》 1, 2부에서(〈흐린 날, 들판〉만은 산문으로 되어 있지만)

서양의 전통 시형식을 채택하고 있는데, 이러한 시형식들은 각 시행의 마지막에서 각운을 맞추므로, 여기서도 버터와 루터(Butter~Luther)식으로 운을 맞추고 있다).

2172. **작은 파리** 괴테의 시대에는 라이프치히를 독일의 작은 파리라 불렀다.

2184. **다리를 저는구나** 그리스 신화에서뿐만 아니라 기독교에서도, 천상에서 지옥의 구렁으로 떨어진 악마는 한쪽은 사람의 발이지만 다른 한쪽은 말굽 발을 하고 있어서 걸음걸이가 고르지 못하고 다리를 저는데, 그레트헨과 마르테 부인이 이것을 전혀 알아차리지 못한 것은 메피스토펠레스의 용의주도한 대비책 때문이다. 그는 이런 비밀을 2499~2502에서 마녀에게 고백하고 있다(그의 말굽 발은 여러번 언급되고 있다. 2490, 4065 참조).

2189. **리파하 마을** 라이프치히와 나움부르크 사이에 있는 마을인데, 여행자들은 여기서 마지막 휴식을 취했다.

2190. **거기서 한스 군하고** 라이프치히의 도시인들은 이 마을의 어리석은 사람들을 리파하 마을의 한스라고 비웃어 불렀다.

2208. **큰 벼룩** 괴테는 슈바르트(1739~91)가 1774년 《독일 연대기》에 발표한 우화 〈수탉과 독수리〉에서 이 〈벼룩의 노래〉의 힌트를 얻었을 것이라고 하는데, 슈바르트는 카를 오이겐 군주에 항거하는 글과 시를 계속해서 썼기 때문에 10년간을 감옥에서 지내야 했다. 이 〈벼룩의 노래〉는 괴테의 동시대인인 베토벤(1770~1827)도 작곡했지만, 그후 러시아의 작곡가인 무소르그스키(1839~81)가 1879년에 작곡한 것이, 20C 전반을 대표하는 명 베이스였던 샬랴핀(1873~1938)의 박력 넘치는 가창에 의해 세계에 널리 알려지게 되었다(일제시대에 한국에 왔던 샬랴핀은 그의 18번인 이 〈벼룩의 노래〉를 불러 열렬한 박수를 받았다고 한다).

2246. **술이 좀 더 좋았으면** 작센 지방의 술이 맛이 없다는 것은 알려진 사실이다.

2256. **라인 지방에서 온 자들** 라인 지방은 좋은 포도주 산지로 알려져 있다.

2276. **토카이 술** 헝가리 북부도시 토카이에서 나는 술은 감미롭기로 유명하다.

2329. 술통을 타고 술고래 학생들에게 탁자에 구멍을 뚫어 먹고 싶은 포도주를 주고, 멋진 포도밭을 구경시켜 주는 요술, 그리고 마지막으로 술통을 타고 떠나가는 장면들은 파우스트 전설에 등장하는 전통적인 모티브이다.

＊ 마녀의 부엌(2337 앞).

"놀며 지내기에는 너무 늙었고, 욕망 없이 살기에는 너무 젊다."(1546~47)라고 말하는 파우스트를 더 젊어지게 하기 위해 메피스토펠레스는 그를 마녀의 부엌으로 데리고 가는데, 여기서 실제 나이가 50대인 파우스트는 마녀가 조제한 약을 먹고 30년 젊어진 20대의 청년이 된다. 이 시점으로부터 연극 구성과 전개가 각 장면에 걸쳐 훨씬 유기적으로 연결되어 파우스트 전편에 큰 활력소 역할을 하며, 더욱이 〈마녀의 부엌〉은 〈그레트헨 비극〉의 중요 도입부가 될 뿐 아니라 뒤에 일어날 〈발푸르기스의 밤〉을 예고해 주기도 한다.

2337. 미친 마술 〈아우에르바하 지하 술집〉에서 메피스토펠레스가 해 보인 시시한 마술을 말한다.

2348. 자연 요법 악마의 세력권 밖에 있는, 마법의 힘을 빌리지 않는 요법.

2349. 딴 책 구약성서 창세기 3장 17~24절 참조.

2369. 마술의 다리 독일의 민간 전설에 의하면, 악마는 인간을 위해 다리를 놓아주는 대가로 인간의 영혼을 요구했다고 한다.

2416. 체 체는 점을 쳐 도둑을 식별하는데 사용되었는데, 용의자의 이름을 순서대로 부르면 범인의 이름이 나오는 때에 자동적으로 돌아가기 시작한다고 한다.

2419. 도둑을 알더라도 메피스토펠레스는 파우스트의 영혼을 빼앗아가려 하기 때문에 도둑이다.

2429. 요술 거울 파우스트가 요술 거울에서 본 것은 헬레나가 아닌 순수한 여성미의 상징인데, 이는 2604와 6495를 보면 알 수 있다.

2452. 땀과 피로 붙여 주세요 깨어진 왕관을 아교로 붙인다는 것은, 백성의 혈세를 짜내어 왕권을 유지한다는 의미.

2485. 이 붉은 조끼 악마가 인간의 모습으로 나타날 때 사용하는 조끼를 말

하는데, 메피스토펠레스는 인형극에서도 붉은 조끼를 입었다.

2530. **동그라미를 그리고** 악마들은 반드시 우주 질서의 상징인 동그라미 속에서 마술을 부렸다.

2552. **마녀의 구구법** 괴테 자신도 이 구구법은 특별한 의미가 없다고 말하고 있다.

2560. **삼위일체** 삼위일체설에 대한 풍자를 나타내는데, 괴테는 《에커만과의 대화》(1824년 1월 4일)에서 다음과 같이 말하고 있다. "나는 신과 자연을 믿고 고귀한 것은 나쁜 것을 이기는 것을 믿고 있었다. 그러나 믿음이 깊은 사람들은 그것으로는 만족하지 않고, 나도 삼위일체와 일체삼위를 믿어야 한다는 것이었다. 그러나 그것은 나의 영혼의 진리에 대한 애정에 반대되는 것이었다."

2582. **많은 학위** 파우스트는 학사, 석사, 박사학위와 교수 칭호를 가지고 있다.

2591. **여기 노래** 마녀가 파우스트에게 준 노래로, 그가 마신 약의 성적 자극을 증가시키는 내용이 담겨져 있을 것이다.

2597. **사랑의 신** '에로스'라 불리는 이 신의 화살은, 걷잡을 수 없는 상사병에 사로잡히게 하며 심신이 떨리고 저려 오는 무서운 사랑의 힘을 발휘한다고 한다.

*** 길거리〈2605 앞〉.**

이 장면은 마녀의 비약을 통해 젊어지고 자신만만해진 파우스트가 교회에서 집으로 돌아가는 그레트헨을 처음 만나는 〈그레트헨 비극〉의 도입부로서, 이것이 파우스트의 운명을 결정적으로 바꾸어 놓게 된다.

2605. **아가씨** 옛날에는 귀족계급에 속하는 여자만을 이렇게 불렀으므로, 마르가레테가 나는 아가씨가 아니다라고 딱 잘라 말했지만, 그녀의 인품이 좋았으므로 파우스트는 그녀를 이렇게 부르고 싶었을 것이다.

2627. **열네 살** 당시에는 열네 살 미만 여자와의 결혼은 법으로 금지되어 있었다.

2645. **프랑스 사람 같은 말투** 독일에서는 프랑스 사람들이 남녀간의 사랑에

있어서는 아주 능숙하다고 여기고 있다.

2676. **묻어 둔 보물** 전설에 따르면, 지하에 매장된 보물은 악마가 관리한다고 믿고 있었다.

*** 저녁(2678 앞).**

정욕의 노예가 된 파우스트는 메피스토펠레스가 장만해 준 선물을 가지고 몰래 그레트헨의 방에 들어가지만, 그 순간 방의 깨끗하고 청순한 분위기에 순화되어 자신의 옳지 못한 행동을 깨닫고 후회한다. 이런 파우스트의 심경을 알아차린 메피스토펠레스는 두 사람을 빨리 결합시켜야겠다고 생각한다. 이윽고 그레트헨이 돌아오자 두 사람은 선물 상자를 장에 넣고 서둘러 사라진다.

2704. **발에 밟는 모래** 널빤지를 깔지 않았던 18C까지는, 바닥에 흰모래를 뿌려 깨끗하게 했다고 한다.

2753. **여기는 무덥고 답답하구나** 그레트헨은 자기 방에 들어오자마자 이런 기분을 느끼는데, 이는 메피스토펠레스에 의해 더럽혀진 방의 심상치 않은 공기 때문이다.

2759. **옛날 툴레에 왕** 이 당시는 리스트, 슈베르트, 구노에 의해서도 작곡되었지만, 독일에서는 괴테의 절친한 친구였던 첼터(1758~1832)가 작곡한 것을 가장 많이 듣는다고 한다. 이 노래는 죽은 아내에 대한 사랑을 끝까지 지킨 고결한 인품을 지닌 왕의 노래인데, 그레트헨이 품고 있는 사랑의 모습을 나타내고 있다.

2786. **엄마한테 돈 얻으러 와서** 그레트헨의 집안은 중산층인 것 같으며, 그녀의 어머니는 현금이 필요한 사람들에게 가끔 돈을 빌려주지만, 직업적인 고리대금업자는 아니다.

*** 산책(2805 앞).**

그레트헨의 환심을 사기 위해 그레트헨의 장롱 속에 놓고 간 선물 상자를 어머니가 발견하고 불길하다고 하면서 교회에 바쳤다고 한다. 이 말을 들은 파우스트는 메피스토펠레스에게 즉시 다른 선물 상자를 마련하여 그레트헨의 이웃에 사는 마르테 부인을 우리 쪽으로 끌어들이라고 말한다.

2813. **그레트헨** 마르가레테의 애칭인데, 어떤 때는 마르그레트라인(2827), 그레텔헨(2873), 그레텔(3631)로도 불린다.

2826. **천상의 음식** 만나란, 이스라엘 백성들이 씬 광야에서 굶주림에 허덕일 때, 그들을 살리기 위해 신이 내려준 음식을 말한다(구약성서 출애굽기 16장 15절 참조).

2828. **선사받은 말** 말시장에서 말의 값을 흥정할 때는 나이를 알기 위해 먼저 이빨을 조사했다고 하는데, 선사받은 말은 그렇게 할 필요가 없다.

2836. **큰 위장** 괴테는 여기서 교회의 탐욕을 비판하고 있다(제2부 4막의 끝부분에서 황제는 교회의 요구가 너무 많자, "이렇게 되면 이 나라 전체를 교회에 넘겨주게 될지도 모르겠다."라고 혼자 중얼거린다).

2842. **유대인도 국왕도** 이 세상에는 교회 외의 다른 특권층도 있다는 말인데, 즉 유대인은 돈놀이로, 국왕은 백성의 세금과 부역으로 잘 살고 있음을 가리킨다.

* 이웃 여인의 집(2865 앞).

이번에는 훨씬 값진 목걸이와 진주 귀걸이가 든 상자를 장롱 속에서 발견한 그레트헨은 이것을 가지고 마르테 부인에게 상담하러 간다. 마르테 부인은 그것을 자기한테 맡기고 가끔 와서 치장해 보라고 말한다. 때마침 거기에 낯선 사람(메피스토펠레스)이 찾아와 마르테 부인 남편의 사망소식을 전하며, 마침 재판소에 나가 증언해 줄 수 있는 좋은 친구(파우스트)도 함께 있으니 오늘 저녁에 마르테 부인 정원에서 그레트헨도 함께 만나자는 약속을 얻어낸다. 사실 마르테 부인의 남편은 오래 전에 집을 나가 생사를 알 수 없는 상태여서, 그녀는 다시 결혼하려고 남편의 사망증명서를 입수하기를 원하고 있었다.

2925. **성 안토니우스** 그의 열렬한 설교가 바다의 물고기와 짐승까지도 감동시켰다는, 동물의 수호 성도인 성 안토니우스(1195~1231)는 리스본에서 태어나 이탈리아의 파두아에서 죽었으며, 유해는 성 안토니우스 교회에

묻혀 있다.

2974. **터키의 배** 터키 배의 기독교국 배에 대한 해상 습격은 18C에 이르기까지 쉴새없이 일어났다.

2982. **예쁜 아가씨** 여기서는 떠돌이 여자, 즉 매춘부를 이렇듯 완곡하게 표현하고 있다.

2983. **그 대가로** 매독은 15C말부터, 이 곳 나폴리를 통해 유럽에 들어왔다고 한다(독일어로는 나폴리를 Neapel이라고 쓰지만, 괴테는 여기서 프랑스어로 mal de Naples인 매독을 암시하기 위해 Napel이라고 쓰고 있다).

3012. **주간신문** 파우스트 전설 시대에는 주간신문이 없었으나 괴테 시대에는 있었다(주간신문의 공지사항란에는 시민들의 아기 출생 소식과 함께 사망 소식도 실렸는데, 괴테의 아버지는 괴테가 탄생하자, 1749년 9월 2일자 '프랑크푸르트 주간 신문'에 그의 탄생과 세례 기사를 실었다).

*** 길거리(3025 앞).**

파우스트는 마르테 부인의 남편이 죽었다고 거짓 증언을 해야 할 것인가를 놓고 처음에는 상당히 망설였지만, 점점 끌려가는 그레트헨과의 밀회를 성사시키려면 다른 도리가 없어 동의하고 만다.

3037. **너무 순진하게 행동** 종교개혁자인 얀 후스는 1415년 화형장에서, 나뭇단을 열심히 날라다 불더미에 던지는 한 늙은 여자를 보고 "성스러운 바보! (Sancta Simplicitas!)"라 외쳤다고 한다(그가 처형된 콘스탄츠에는 현재 그의 이름을 딴 얀 후스 학생 기숙사가 있다).

3072. **자네 말이 옳다고 하지** 그레트헨을 다시 만나고 싶다는 간절한 욕구를 가진 파우스트는, 슈베르트라인이 죽었다는 거짓 증언을 해야 한다는 메피스토펠레스의 요구를 거절할 수 없는 입장이다.

*** 정원(3073 앞).**

마르테 부인의 집 뜰에서 두 쌍이 나누는 대화는, 다음의 〈정자〉 장면과 함께 절묘한 한 폭의 그림을 보는 것과도 같은데, 그레트헨의 소박하면서도 아름다운 모습은 독일 여성의 전형으로 보인다. 메피스토펠레스는 여행을 직업으로 하는 생활을 청산하고 한 곳에 마음을 쏟으라고 설득하는 마르테 부인에게 말려들어 진땀을 빼지만, 결국 이를 거절하고 젊은 두 남녀의 사랑이 그들의 노력에 의해 뜨거워지는 것을 보고 만족해한다.

3096. **안 보이게 되면** 서로 오랫동안 만나지 않고 지내면, 사이가 멀어진다는 뜻의 독일 속담.

3155. **자기집 부엌** 구약성서의 잠언집 31장 10절에는, '누가 어진 아내를 얻을까? 그 값은 진주보다 더하다'라고 쓰여 있다.

＊ 정자(3205 앞).

교회 앞에서 처음 만났을 때부터 호감을 가졌고 지난번부터는 '그대(du)'라고 불러, 자기를 사랑하고 있었다는 것을 알 수 있었다. 그러면서도 엄한 어머니가 무서워 사랑의 표시를 적극적으로 나타내지 못했지만 〈정자〉 장면에서는 그레트헨도 비로소 파우스트를 '그대(du)'라고 부르고 있다. 얼굴을 붉히고 몸둘 바 몰라 하는 앳된 행동에서 그레트헨이 이성을 처음으로 사랑하고 있음을 알 수 있다.

＊ 숲과 동굴(3217 앞).

착한 그레트헨의 몸과 마음을 유린해서는 안된다고 생각하면서도, 정욕에 불타는 자신을 주체하지 못하는 파우스트를 통쾌하게 바라보던 메피스토펠레스는, 마침내 그 불길을 더욱 부추겨 최종 결단을 내리게 만든다(이 장면과 다음에 이어지는 〈그레트헨의 방〉 장면은 동시에 일어나는 것으로 생각할 수 있다).

3217. **숭고한 영** 지령(460 앞)을 말한다.

3217-39. 파우스트는 자신이 기원한 모든 것, 즉 자기 주위의 자연에 대한 지식, 자기 자신에 대한 지식, 명상적인 삶에서 오는 평화를 베풀어 준 지령에게 감사해 하고 있다.

3244. **비굴하게 느끼게** 메피스토펠레스는 소란스러운 '아우에르바하 지하 술집'과 뚱딴지같은 '마녀의 부엌'으로 파우스트를 데리고 갔으며, 그에게

슈베르트라인이 파두아에서 죽어 매장했다는 거짓 증언을 하게 했다.

3247. **아리따운 모습** 그레트헨을 말한다.

3318. **이 몸이 새라면** 헤르더(1744~1803)가 쓴 '가요에 나타난 여러 민족의 목소리'에 나오는 유명한 민요.

3324. **뱀** 제일 처음으로 인류를 유혹하여 타락에 빠지게 한 것은 뱀이었다(구약성서, 창세기 3장 1~24절 참조).

3335. **주님의 성체** 그리스도의 십자가상을 말한다.

3337. **쌍둥이 새끼 사슴** 그레트헨의 양쪽 유방을 말하는데(구약성서, 아가 4장 5절 참조), 그녀의 멋진 몸매를 상기시키면서 파우스트의 정욕을 부추긴다.

3339. **남자와 여자를 창조하신 하느님** 하느님도 남자와 여자를 창조하시면서 자식을 많이 낳으라고 하셨으므로, 자신처럼 남녀의 사이를 주선하는 것은 존경받을 만한 일이라는 불경스러운 해석을 내린다(구약성서, 창세기 1장 27~28절 참조).

*** 그레트헨의 방(3374 앞).**

슈베르트의 노래(1814)로 너무나도 유명한 장면인데, 그레트헨이 처음으로 알게 된 사랑의 기쁨과 슬픔, 그리고 그녀의 순수하고 한결같은 마음을 넘어서 복받치는 정열을 억제치 못하고 애인이 너무 그리워 관능적인 욕망을 절규하고 있다.

*** 마르테의 정원(3413 앞).**

그레트헨은 〈그레트헨의 방〉에서 우리에게 보여준 애인에 대한 애절한 그리움을 나타내지 않으려고 "당신은 종교에 대해서 어떻게 생각하고 계시는지 말해 보세요"(3415)라고 조금 거리가 먼 질문을 한다. 물론 그녀에게는 애인의 영혼 구제 문제는 다른 어떤 것보다 중요한 관심사이기는 하다. 그러나 애인이 그녀 자신의 가슴속 깊이 갈망하는 것을 털어놓자, 자제력을 잃고 애인이 원하는 대로 어머니에게 잠자는 약을 드리고 그를 자기방으로 모신다. 그 날 밤에 둘은 처음으로 육체 관계를 맺는다.

3413. **하인리히** 전설에 나오는 파우스트의 이름은 요한이지만, 가톨릭 교회에서 나오는 달력(7월 12일과 13일)에는 하인리히와 마르가레테가 나란히 나오기 때문에, 괴테가 이 이름을 택했을 것이라고 한다.

3423. **교회의 성사** 가톨릭 교회에서 신도들에게 신의 은혜, 즉 세례, 견신, 고해, 성찬, 서품식(성직 수여), 결혼, 종유의 일곱 성사를 주는 의식.

3456. **느끼면 그만이지요** 여기서 말하는 느낌이란, 모든 현상을 존재 전체로써 받아들이는 체험적인 것을 말한다.

3457. **이름이란** 이름을 붙이면 흘러 움직이던 생명은 정지하고 무한한 것은 유한한 것으로 바뀐다는 말로, 그 실체를 체득하는 것이 중요하다는 뜻.

3511. **여기 작은 약병** 그레트헨의 어머니는 잠자는 약을 너무 많이 먹어 결국 죽는데, 이는 메피스토펠레스의 교활한 배신 행위 때문이라고 볼 수 있다. 메피스토펠레스는 천천히 작용하는 치명적인 약을 해롭지 않은 일회용 수면제라고 속여 파우스트에게 건네주었으며, 만일 그레트헨의 어머니가 죽으면 그 누명을 파우스트에게 씌우려고 했을 것이다(이와같은 배신 행위는, 제2부에서 착하고 독실한 늙은 부부인 필레몬과 바우치스를 절대로 해쳐서는 안 된다는 파우스트의 당부에도 불구하고, 메피스토펠레스가 그들을 죽인 데서도 찾아볼 수 있다).

* 우물가에서(3544 앞).

그레트헨은 사내에게 버림받은 불쌍한 친구인 베르벨헨의 이야기를 듣고, 자신도 그런 신세가 될 것이라고 생각하면서도 애인과의 사랑이 얼마나 아름다웠던가를 되뇌인다. 이 아름다운 추억은 그레트헨 비극의 종말인 〈감옥〉에 이르기까지 계속되는데, 비록 그녀의 육체는 죽더라도 영혼은 신의 용서를 받게 되며, 이 영원한 사랑이 제2부의 마지막에 파우스트를 구원의 길로 인도해 가는 것이다.

3561. **꽃마저 떨어져** 꽃은 처녀성의 상징이다.

3568. **죄인의 속옷** 처녀가 남몰래 남자와 정을 통한 것이 발각되면, 속죄한다는 의미에서 삼베옷을 입고 교회 신자들 앞에서 잘못을 고백하여 견책을 받도록 법으로 정해져 있었는데, 이 호된 시련이 두려워 많은 미혼모들

이 이를 감추기 위해 사생아를 죽이는 경우가 많았다. 괴테 시대에 이런 일이 더욱 심각해지자, 그가 재상을 지냈던 바이마르 공국에서는 그의 주장에 따라, 1786년 5월 15일부로 교회에서의 공적인 사죄를 폐지시켰다.

3576. **화관** 사생아를 낳은 여자는 결혼식 때, 교회 제단에서 신부의 상징인 화관을 쓸 수 없었으며, 제단 앞의 촛불도 켤 수 없었는데, 만일 그녀가 화관을 쓰고 나타나면, 그것을 빼앗아 찢어 버렸다고 한다.

3577. **잘게 썬 짚** 잘게 썬 짚을 그녀의 집 앞뿐만 아니라 애인의 집 앞에도 뿌리는 풍습이 있었다고 한다.

＊성곽 안쪽 길(3587 앞).

그레트헨은 이 기도에서 성모 마리아에게 마음으로부터 회개하면서, 이제 닥쳐올 치욕과 두려움을 토로하며 죽음에서 구해 달라고 호소한다(그녀는 제2부의 마지막에서, 파우스트의 영혼을 구제해 준 성모 마리아에게 고마워한다. "속죄하는 한 여인(옛날에는 그레트헨이라 불린 한 여인이 성모에게 매달리면서) : 세상에 비길데 없는 당신이여, 광명이 넘쳐흐르는 당신이여, 저의 행복에 대해서 자비롭게 얼굴을 돌려 주시옵소서! 옛날에 사랑했던 그분이 흐린 점 없이 밝은 마음으로, 이제 돌아왔습니다." (12069~12075)).

3590. **가슴을 칼에 찔리시고** 고통 많은 성모상에는 상징적으로 가슴에 칼이 찔려 있다(누가복음 2장 35절 참조).

3596-3608. 여기서 말하는 지속적인 고통은 임신 상태(3614~3615)가 가져오는 육체적, 도덕적인 공포심에 겹쳐 증폭되고 있다.

＊밤(3620 앞).

군인 발렌틴은 누이동생 그레트헨이 온 나라에서 아무도 따를 수 없는 착한 소녀라고 뽐내고 있었다. 그런데 요즘 행실이 좋지 않다는 소문이 나돌자 집으로 돌아와 밤이면 그레트헨 방 창 밑에 숨어서 누이동생을 망쳐 버린 놈을 복수하려고 벼른다. 얼마 안 있어 집 창가에 다가와 기타를 연주하면서 세레나데를 노래 부르는 두 놈(메피스토펠레스와 파우스트)을 발견하고 결투를 하다 결국 죽고 만다. 죽어가면서 그는 모든 사람들 앞에서 그레트헨의 잘못을 꾸짖는다. 이제 그레트헨은 오빠의 죽음으로 도움이 제일 필요할 때 자기를 보호해 줄 유일한 혈육을 잃게 되었다.

3661. **발푸르기스의 밤** 8C에 영국에서 태어난 발푸르기스 성녀는 독일 하이덴하임 수도원 원장을 지내면서, 마녀와 전염병으로부터 산모를 보호하는 수호자로 숭상 받았다(2113과 〈발푸르기스의 밤〉 장면 참조).

3665. **보물이** 민간의 미신에 의하면, 특별한 정신의 소유자에게는 땅에 매장된 보물이 일정한 시기가 지나면 자동적으로 땅위에 솟아 나온다고 하는데, 파우스트의 눈 앞에 지금 이런 현상이 일어나고 있다.

3673. **진주** 여기서는 여자의 눈물을 상징하는 '진주 목걸이'를 의미하는 것일 것이다.

키타라(3682 앞) 고대 그리스의 하프와 비슷한 현악기.

3682-97. 이 노래의 제1절은 운율을 자유로이 바꾸고는 있지만, 슐레겔이 독일어로 번역한 오필리어의 사랑 노래(셰익스피어 작 《햄릿》 4막 5장)와 유사한 점이 많다. 영국의 시인인 바이런(1788~1824)은 이를 표절이라고 비난했는데, 이에 대해 괴테는 《에커만과의 대화》(1825년 1월 18일)에서 이를 시인하면서도, "나의 메피스토펠레스가 셰익스피어의 노래를 부르지만, 그래서는 안된다는 이유가 어디에 있단 말인가?"라는 반론을 폈다. 그러나 이 노래의 제2절은 괴테 자신의 것이다.

3714-15. 일반의 치안 유지 사항을 취급하는 경찰을 상대하는 일이라면 자신이 있지만, 신의 이름으로 재판이 진행되는 생사를 좌우하는 중대한 범죄에 대해서는, 악마인 메피스토펠레스가 전혀 힘을 쓸 수 없다는 것이다.

3720. **네 어머니의 아들** 사람들이, 죽어 가는 발렌틴을 '네 오빠'가 아닌 '네 어머니의 아들'이라 부른 것은 그레트헨에 대한 혐오감의 표시라고 할 수 있다.

3756. **금목걸이** 1765년 당시에 발간된 16C 프랑크푸르트의 경찰 포고령에 의하면, 창녀나 행실이 좋지 못한 여자가 금으로 된 장신구를 달고 교회 예배에 참석하는 것은 금지되었으며, 또한 멋진 옷을 입고 외출하는 것도 금했다고 한다.

＊ 성당(3776 앞).

이는 죽은 그레트헨의 오빠인 발렌틴을 위한 성당의 장례미사 장면인데, 〈우물가에서〉, 〈성곽 안쪽길〉 그리고 제1부의 마지막을 장식하는 〈감옥〉 장면과 함께 〈그레트헨 비극〉의 핵심을 이루고 있다. 여기에 나오는 악령은 옛날에 여호와가 이스라엘 왕인 사울을 괴롭히기 위해 보낸 악령과 마찬가지로, 그레트헨의 괴로움과 죄의식, 양심의 가책과 참회하는 마음을 의인화한 것이다.

3787. **길고 긴 고통** 그레트헨은 자기가 드린 수면제로 인해 어머니가 죽자, 임종시에 고해도 하지 않고 종유도 받지 않은 어머니가 오랫동안 연옥에서 지내야 할 것이라는 자책감에서 벗어날 수 없다.

3793. **너와 그 아이 자체** 그레트헨의 태내에 있는 아이가 어머니와 자신을 괴롭힌다는 말.

3798-3833. 13C에 토마스 폰 첼라노가 '죽은 자를 위한 미사'용으로 쓴 라틴어로 된 성가.

3828. **빛에 가득찬 자** 무덤에서 일어나 변용된 영혼들(고린도 전서 15장 49~54절 참조).

3834. **향수병** 18~19C에 걸쳐, 여자들은 교회 안에서 정신이 어지러울 때 냄새를 맡아 정신이 들게 하는 작은 약병을 호주머니에 넣고 다녔다.

＊ 발푸르기스의 밤(3835 앞).

메피스토펠레스는 살인자로 쫓기는 파우스트의 정신을 마비시키고 그레트헨을 잊게 하기 위해, 발푸르기스의 밤에 그를 악마와 마녀들이 모이는 브로켄 산으로 끌고 가지만, 그레트헨의 순수한 애정에 눈을 뜬 파우스트의 사랑은 상상할 수 없을 만큼 강해서 마녀들의 음탕한 행동도 그의 마음을 끌지 못한다. 이러는 가운데 그레트헨이 처형당하는 모습의 환영이 그에게 나타난다.

3835-3836. **빗자루와 숫염소** 2113 참조.

3855. 도깨비불 여행자들을 올바르게 인도하지 않고, 파멸에 빠뜨리게 한다는 도깨비불은 악마의 부하로 간주되었다.

번갈아 노래(3871 앞) 파우스트와 메피스토펠레스 그리고 도깨비불은 합창, 때로는 독창으로 번갈아가며 노래를 부른다. 오페라에서는 도깨비불은 소프라노, 파우스트는 테너, 메피스토펠레스는 베이스로 각각 정하고 편성은 자유로 했는데, 에리히 슈미트는 1, 4절은 메피스토펠레스, 2절은 도깨비불, 3, 5절은 파우스트가 불러야 한다고 했다.

3914. 황금 발푸르기스의 밤에는 산 속 깊이 묻힌 금은 보화가 빛을 발한다고 한다.

4064. '가아터' 훈장 에드워드 3세가 1348년에 제정한 영국 최고의 훈장인데, 그 이름은 이를 왼쪽 무릎 아래에 끈으로 매는 데서 유래한다.

4072. 노인장들 프랑스 혁명 때문에 밀려난 장군, 장관, 벼락부자, 작가들 같은 구세대 사람들을 말하는데, 이런 망명자들이 독일로 많이 흘러 들어왔기 때문에 불평이 심했다.

4118. 릴리트 이스라엘의 전설에 의하면, 릴리트는 아담의 첫번째 부인이었으나 남편에게 잘 복종하지 않았기 때문에, 그와의 인연을 끊고 으뜸가는 악마인 사마엘의 첩이 되어, 어린아이들에게 해를 끼치고 아름다운 머리카락으로 남자를 유혹하는 마녀가 됐다.

4130. 먹음직한 사과 두 개 예부터 사과는 여성 유방의 상징으로 간주되어 왔다.

4138. 나무에는 ○○○ 나무에는 큰 구멍. 원문 표기는 _ _ _ _ _, 바로 쓰면 ungeheures Loch.

4139. 하도 ○○ 하도 커서. 원문 표기는 _ _ _ _ _, 바로 쓰면 gross.

4142. ○○○라도 뚜껑이라도. 원문 표기는 _ _ _ _ _, 바로 쓰면 rechten Pfropf.

4143. ○○○이.

큰 구멍이. 원문 표기는 _ _ _ _ _, 바로 쓰면 das grosse Loch.

4144. 엉덩이로 유령을 물리치는 자 괴테가 쓴 《젊은 베르테르의 슬픔》에 대항해 《베르테르의 기쁨》이라는 패러디를 쓴 동시대의 통속적 계몽주의자인 프리드리히 니콜라이를 풍자하는 말인데, 그는 베를린 근교의 테겔

에 있는 훔볼트 형제의 별장에 유령이 나타난다는 소문을 듣고, 평소에는 그러한 비합리를 비난했음에도 불구하고 자신이 유령 환각에 시달렸던 일이 있었으므로, 거머리를 엉덩이에 붙여 피를 빨게 하여 그 노이로제를 고쳤다고 말해 세상 사람들의 웃음거리가 되었다.

4169. **여행일기** 니콜라이는 1783년부터 1796년까지 무려 12권의 지루하기 짝이 없는 《독일과 스위스 여행기》를 출판하였는데, 이제 이 〈발푸르기스의 밤〉 참관이 끝나는 대로, 브로켄 산에 모였던 악마, 마녀, 도깨비 그리고 이들의 대표자인 시인들을 그의 여행기 속에서 맹공격하겠다는 것이다.

4179. **붉은 생쥐** 민간신앙에 의하면, 잠자고 있는 마녀의 입에서는 붉은 생쥐가 튀어나온다고 한다.

4181. **회색 쥐** 그리고 회색 쥐는 죽은 사람의 입에서 나온다고 한다.

4183-4205. 메피스토펠레스는 악마와 마녀들의 관능적인 소란을 총동원해, 파우스트의 마음에서 그레트헨의 순수한 사랑에 대한 추억을 없애 버리려 했으나, 파우스트의 천리안은 환상 속에서 그레트헨이 체포되어(4186), 형 집행자(4203~4205)에 의해, 죽음(4195~4196)을 당할 날이 다가오는 운명을 본다.

4192. **메두사** 그리스 신화에 의하면, 고르곤의 세 딸인 메두사는 추한 얼굴에 뱀 머리카락을 가졌는데, 그 눈을 본 사람은 돌로 변했다고 한다.

4205. **붉은 끈 한 줄뿐** 참수형에 처해진 사람이 이 세상에 다시 돌아올 때는, 그 표시로 붉은 끈만을 아무런 다른 장식 없이 목 주위에 감았다고 한다.

4207. **페르세우스** 그는 잘 닦은 방패로 메두사의 모습을 비추어 보면서 접근하여 그 목을 베었다고 한다.

4211. **프라터 유원지** 오스트리아의 빈 교외에 있는 자연 공원인데, 궁정의 사냥터였던 것을 요제프 2세가 1776년에 일반에 공개했다고 한다.

*** 발푸르기스의 밤의 꿈**(4223 앞).

셰익스피어의 《한여름 밤의 꿈》에 의거해 아마추어 형식을 취한 낭만적인 동화 연극인데, 요정의 왕인 오베론과 왕비 티타니아가 오랜만에 화해하여 금혼식을 올리자, 당시 문화계의 대표자들이 이에 참석하여 옥좌 앞을 지나가면서, 각자 자기 소개를 4행시 형식으로 하며 오케스트라의 반주도 곁들여진다. 파우스트 전체의 줄거리로 볼때 그 관련성은 희박하지만, 현실에서 자연과 인간이 대치하고 있는 앞의 장면과는 달리, 인간은 꿈속의 세계에서 가장 순수하게 살 수 있다는 것을 보여주고 있다.

4223. **미이딩씨** 요한 마르틴 미이딩(1725~82)씨는 바이마르 아마추어 극장의 매우 유능한 도구 주임이었는데, 그가 죽었을 때 괴테가 '미이딩의 죽음에 붙여서'라는 시를 썼을 정도로 사랑과 존경을 받았다.

4235. **푸크** 오베론의 하인으로, 장난을 좋아하는 요정.

4240. **아리엘** 셰익스피어의 《폭풍우》에 등장하는, 사람을 잘 따르는 요정.

4255. **가죽피리** 가죽 주머니에 공기를 담아 그것에 붙은 피리를 부는 악기인데, 구약성서 다니엘에도 이와 비슷한 악기가 나오는 것을 보면, 그 기원이 매우 오래된 것 같으며, 로마의 네로 황제가 특히 이 악기를 좋아했다고 한다.

4267. **호기심 많은 나그네** 니콜라이를 말한다(4169 참조).

4271. **정통파 신자** 정통 기독교의 입장에서 모든 판결을 내렸던 정통파 신자는, 발톱과 꼬리는 안 달렸지만 오베론 역시 악마라고 했다.

4275. **북방의 예술가** 독일을 포함한 북유럽의 예술가들은, 본국에서는 기초 기술을 습득할 뿐이며, 모름지기 이탈리아에 가서 유명한 작품을 보고 자신의 기량을 연마해야 한다는 말.

4279. **정통 보수파** 완고하고 편협한 구시대에 속하는 비평가로, 그는 브로켄 산에서 벌거벗고 날뛰는 마녀들에 대해 찬성할 수 없다.

4291-94. 젊고 아름다운 마녀가 알몸으로 나타나자 파리와 모기 악사들이 그녀에게로 몰려갔기 때문에, 오케스트라는 일대 혼란에 빠지고 악장은 이 소동을 가라앉히기 위해 다음 무리들을 영입했다.

4295. **바람개비** 바람이 부는 대로 위치를 바꾸는 바람개비처럼, 지조없이 일구이언하는 비평가를 풍자하는 말.

4303. **크세니엔** 괴테가 실러와 협력하여 만든 짧은 시집(1796)인데, 이들은 여기서 당시의 문단과 문인들을 맹렬히 비판했다. 여기서는 가시를 가

진 벌레의 모습을 한 악마의 자식을 의미한다.

4307. **헤닝스** 아우구스트 폰 헤닝스(1746~1826)는 덴마크의 외교관 겸 작가로 문학잡지인 〈시대 정신〉의 주간이었는데, 기독교의 이름으로 바이마르 고전주의의 인도주의를 공격했다.

4315. **전 시대 정신** 헤닝스의 당파심을 풍자한 것이다.

4322. **예수회 회원을 찾고** 니콜라이(4169 참조)는 예수회 회원을 적대시했다.

4323. **학** 이 부분은 종교 시인인 동시에 관상가로도 유명한 요한 카스파르 라바터(1741~1801)가 학처럼 걸었던 것에 대한 풍자인데, 괴테가 젊었을 때는 그와 절친한 친구였지만, 나중에는 그에게서 등을 돌렸다. 따라서 그를 학에 비유한 것은 이 새가 맑은 물과 흐린 물을 구분하지 않고 먹이를 찾기 때문이라고 한다.

4327. **현실주의자** 괴테는 이따금씩 자신을 이렇게 불렀다.

4341. **오르포이스** 그리스 신화에 의하면, 그는 너무나도 노래를 잘 불렀고 거문고도 잘 연주했기 때문에, 나무와 바위를 움직이게 했을 뿐 아니라 동물도 길들였다고 한다.

4343. **독단론자** 신(악마도)까지도 존재론적으로 증명하려 하는 독단론자.

4347. **관념론자** 외부 세계를 자아의 소산이라고 보는 피히테 유파를 가리킨다.

4351. **실제론자** 감각적으로 인식할 수 있는 존재만을 인정하는 경험주의자인데, 뜻하지 않은 악마들의 광란을 보고는 자신을 잃는다.

4367. **처세의 능수들** 프랑스 혁명(1789년) 이후 혼란을 거듭한 유럽 사회에 생긴, 다섯 정치가 유형 중의 하나인 영합주의자들.

4371. **곤경에 빠진 자들** 절대 군주인 루이 16세를 따르다가, 프랑스 혁명 이후의 시대 변화에 순응하지 못하고 독일로 망명하여 온갖 고초를 겪은 사람들.

4375. **도깨비불** 혁명의 여파로 인해 일약 풍운아가 된 사람들.

4379. **유성** 벼락 풍운아와는 반대로 몰락한 정치가들.

4383. **뚱뚱보들** 혁명적인 군중과 난폭한 천민을 포함해, 새 시대에 세력을 잡은 사람들.

4385. **도깨비들** 새로운 시대정신의 소유자인 뚱뚱보들.

4394. **장미의 언덕** 아리엘은 이 장면에 나오는 참석자 모두를 요정의 왕인 오베른의 궁성이 있는 장미의 언덕으로 모셔 간다.

* 흐린 날, 들판

이 장면은 젊은 괴테가 1775년에 바이마르로 간 지 얼마 되지 않아, 궁정의 몇몇 친구들 앞에서 낭송하여 깊은 감동을 주었다는, 소위 《파우스트 초본》에서 가장 오래된 부분 중의 하나이다. 이는 젊은 괴테의 격정적이고 박진감 있는 문체 때문인지는 몰라도, 유일하게 파우스트 제1부에 산문 형식으로 남아있는 부분이기도 하다.

저 여자만이 처음으로 버림받은 것은 저 여자가 처음이 아니라는 말(괴테는 1771년 여름에 슈트라스부르크대학에서 법학 공부를 끝마치고 고향인 프랑크푸르트로 돌아와 변호사 협회에 가입했는데, 그해 10월에 스잔나 마르가레테 브란트(Susanna Margaretha Brandt)가 영아살인(Kindermörderin)죄로 체포되어 재판을 받는 것을 목격했고, 이어 1772년 1월 14일에는 그녀가 처형당하는 것도 목격했다. 따라서 이 사건을 직접 체험한 것이, 그가 〈그레트헨 비극〉을 쓰게 된 큰 계기가 되었다고 한다(3568, 3575, 3576 참조)).

이 벌레 괴테 시대에는 벌레가 생물 중에서 가장 낮은 등급에 속했다.

영원히 죄를 용서하는 신 파우스트는 신이 죄를 지은 인간에게 벌을 내리기는 하지만, 모든 인간을 대신하여 한 사람에게만 벌을 내림으로써 영원히 우리들의 죄를 용서한다는 굳은 신념을 가지고 있다. 이와 같은 고통은 한번만 허용되며 만일, 인간들이 자신의 고통을 통해 죄에서 정화된다면 그들에게는 신의 용서가 주어진다고 한다. 이는 파우스트 제1부와 제2부의 마지막 부분에서 볼 수 있다.

처음 한사람 십자가에 못박힌 예수 그리스도를 말한다.

재판관이 얽어맨 쇠사슬 중죄를 다루는 재판은 신의 이름으로 행해지기 때문에, 악마인 메피스토펠레스는 죄인의 포박을 풀 수 없다는 말(3714~15 참조).

마법의 말 메피스토펠레스가 파우스트를 처음으로 바깥 세상에 데리고 나갔을 때의 교통 수단은 마법의 외투(2065)였는데, 이번에는 새로운 것을 사용하고 있다.

*** 밤, 넓은 들판(4399 앞).**

〈파우스트 1부〉 장면 중에서 가장 짧은 것이지만 많은 화가들이 이 장면을 그렸다. 괴테는 그 중에서도 슈타푸페르가 파우스트를 프랑스어로 번역한 책용으로 그린 들라크루아의 삽화를 제일 좋아했다. 에커만은 다음과 같이 말했다.

"괴테는 내 앞에 한 장의 석판화(밤, 넓은 들판)를 내놓았다. 그 그림은 파우스트와 메피스토펠레스가 그레트헨을 감옥에서 구해 내려고, 밤중에 말을 타고 사형장 옆을 훌쩍 날아 지나가는 장면이다. 파우스트는 검정말을 달리고 있지만, 이 말은 전속력으로 달리면서 사형장 아래의 망령들을 보고, 탄 사람과 함께 무서워하는 모습이다. 말이 마구 달리기 때문에 그의 모자는 날아가지만 턱 끈으로 목에 걸린 채 멀리 뒤에서 휘날리고 있다. 그는 무서워진 나머지 얼굴을 메피스토펠레스 쪽에 돌려 메피스토펠레스의 말에 귀를 기울이고 있다.

그러나 메피스토펠레스는 침착하게 말을 타고 있어 마치 고차원적인 존재 같은 얼굴을 하고 있다. ……나는 이런 그림은 문학 작품을 더 잘 이해하는 데 크게 공헌할 것이라고 말했다. '자네 말은 전적으로 옳다' 하고 괴테는 말했다. '이런 예술가의 완전한 상상력은 그 자신이 생각하고 있는 것처럼, 여러가지 상황들을 우리들에게 생각하게 만들기 때문이지. 그리고 나는 들라크루아 씨가 내 자신이 창출해 낸 장면에 있어서 내 자신의 표상을 훨씬 능가하고 있다는 것을 자백하지 않을 수 없어.'"(에커만, 《괴테와의 대화》, 1826년 11 월 29일).

4399. 사형장 Rabenstein. 까마귀들이 시체를 노리고 사형장 주위에 모여들기 때문에 이런 이름이 생겼다.

4403. 재를 뿌리고 주문도 외고 Sie streuen und weihen. 마녀들은 처형장을 정화하기 위해, 처형당한 자의 피를 빨아들이는 재를 뿌리며 주문을 외운

다고 한다. 슈뢰어(Schröer)는 여기서 성직자들이 성수를 뿌리고 향로를 흔들어 교회를 마귀로부터 보호하는 것을 상기시키는데, 이러한 점에서 뢰퍼(Loeper)가 마녀들은 부정적인 존재가 아니라 오히려 파우스트의 분신인 착한 영들(1607~26)로써, 이들은 그레트헨이 처형되는 순간 그녀의 영혼을 받아들일 준비를 갖추고 있는 것이라고 말한 것은 일리가 있다.

*감옥(4405 앞) 파우스트가 그레트헨을 구하려고 감옥에 도착했을 때, 정신이 이상해진 그녀가 처음에는 그를 형 집행인으로 잘못 보고 살려 달라고 하지만, 옛 애인임을 알아보고는 변치않는 애정을 보인다. 파우스트는 빨리 함께 도망가자고 말하지만, 신에 대한 신앙심이 점점 깊어진 그녀는 차라리 신의 심판을 받겠다고 결심한다. 메피스토펠레스가 "그 여자는 심판을 받았다"라고 말하자, 천상에서는 "구원을 받았다"라는 목소리가 들려온다.

4412. **이 몸을 죽인 건** 《노간주나무》에 나오는 이 민요는 괴테가 어릴 때부터 들어 잘 알고 있는 동화이다. 즉, 마음씨 고약한 계모가 아이를 죽여 이를 남편의 밥상에 올리자, 배다른 누이동생이 그 뼈를 모아 노간주나무 밑에 묻으려 할 때, 그것이 아름다운 새가 되어 노래를 부르며 날아간다는 내용인데, 이 노래를 부르는 그레트헨의 정신 상태는 정상이 아니며, 강한 죄의식이 그녀로 하여금 이 노래를 부르게 하는 것이다.

4425. **당신도 사람이면** 그레트헨은 파우스트를 알아보지 못하고, 그를 교수형을 이행하러온 형 집행자로 생각한다.

4436. **화관** 처녀의 상징(3575, 4583 참조).

4443. **젖먹일 동안만** 그레트헨의 아기는 이미 죽었으며, 그녀는 환각 증세를 일으키고 있다.

4448. **나에 대한 노래를** 자신이 동화 《노간주나무》에 나오는 민요를 불렀는데도(4412~20), 다른 사람들이 자기를 가리키면서 부른다는 망상을 한다.

4461. **저건 그분의 목소리** 그레트헨의 시력 상태는 정상이 아니므로 애인을 보고도 분간 못하지만, 이와 달리 청각은 정상이어서 파우스트의 목소리

를 듣자, 곧 옛 애인임을 알아차린다(구약성서 아가 2장 8~9절에는 다음과 같은 글이 실려 있다. '사랑하는 이의 소리, 산너머 언덕너머 노루같이, 날랜 사슴같이 껑충껑충 뛰어오르는 소리').

4514. **어쩐지 피가** 그레트헨은 파우스트의 손이 그녀의 오빠를 살해한 피로 젖어 있다고 생각할 뿐 아니라, 그를 살해한 칼을 쥔 채로 아직도 그 거리에 있다는 환각을 일으킨다.

4520-29. 그레트헨은 자기가 겪은 비극적인 사건 모두를 동시에 일어난 것으로 생각하기 때문에, 이분들의 장례식도 내일 올려야 한다고 말한다.

4538-41. 그레트헨은 날이 새면 죽겠다고 결심하며, 이제는 이 결심을 바꾸지 않겠다고 한다.

4590. **종이 울리고** 죄인이 사형장으로 인도되는 동안 종이 울려 이를 온 마을에 알리고, 이어 재판관이 사형 선고의 상징인 작은 막대기를 죄인의 머리 위에서 자른 다음, 죄인을 처형의자에 붙들어 매는데, 재판관은 처형 집행 전에 판결문을 읽는다.

4599. **말이 떨고 있어요** 마법의 말은 날이 새면 마력을 잃어버린다.

4603. **이 신성한 곳** 그레트헨에게는 감옥과 처형장이 신의 심판을 통해 죄의 사함을 받을 수 있는 곳이기 때문에, 멀리하고 싶지 않은 성스러운 곳이다. 메피스토펠레스가 나타나자 이제 결단을 내릴 때가 되었다고 느낀 그녀는, 애인과 함께 도망가기를 단호히 거절하고 착한 영들에게 자신의 몸을 맡기면서, 이 지옥과 같은 세상에서 나를 구원해달라(4608)고 외친다.

4611. **그 여자는 심판을 받았다** 그녀가 이 지상에서는 영원히 구제받을 수 없다는 것을 암시하는 메피스토펠레스의 차디찬 이 말도, 결국은 그녀의 구원을 알리는 천상으로부터의 목소리에 의해 부결된다.

4611. **(파우스트에게) 이리 와요!** 메피스토펠레스는 그레트헨이 구원된 것과 파우스트가 죄책감에 빠져있는 것을 보고는 분노를 표시하고 있다.

4612. **하인리히** 파우스트는 앞으로도 메피스토펠레스와 함께 이 세상을 살아가야 하지만, 그레트헨의 마지막 목소리가 계속해서 그의 마음속을 밝혀 줄 것임을 예고하고 있다.

제 2 부

제 1 막

＊풍경 좋은 지대(4613 앞).
몸과 마음이 모두 지쳐 있는 파우스트는 저녁 황혼녘에 자연의 품속에 안겨 요정들의 따뜻한 보살핌으로 점차 회복을 되찾고 있다. 그는 한동안 자연의 고독 속에서 마음의 평화를 찾으려 했으나 여의치 않았다. 그러나 친절한 요정들이 우리가 이미 〈발푸르기스 밤의 꿈〉에서 보아 알고 있는 아리엘의 명령을 받아 파우스트를 기꺼이 맞아주고 있는데, 파우스트의 새로운 인생 행로에는, 그의 마음을 편하게 해주는 이러한 구제의 손길이 필요한 것이다.

4613. **봄비** 봄에는 비가 사랑스러운 꽃잎처럼 만물 위에 고루 내리며, 자라는 푸른 새싹이 모든 사람들에게 선을 보인다(마태복음 5장 45절 참조).
4620. **불행한 자** 파우스트를 가리킨다.
4624. **쓰라린 비난의 화살** 그레트헨에게 비극을 저지른 파우스트의 죄책감.
4625. **공포** 옥중에서의 그레트헨의 처절한 장면.
4626. **밤 시간은 넷으로** 고대 로마에서는 야경 시간으로 저녁 6시부터 아침 6시까지를 3시간씩 넷으로 구분하였다(즉, 저녁～한밤중～닭이 울 때～새벽). 아리엘의 말에 의하면 저녁, 밤, 새벽, 해돋이는 파우스트에게 겉잠들기, 망각, 구제, 신생의 회복과정을 알린다고 한다.
4629. **레테 강물** 그리스 신화에 나오는 저승에 있는 망각의 강으로, 망령이 이 강물을 한번 마시면 과거 지상에서의 고뇌를 잊어버리게 된다고 한다.
4634-4665. **합창** 밤 시간을 넷으로 나눈 것(4626 참조)에 걸맞게, 4절로 이루어진 스탄체(Stanze) 시형으로, 괴테의 처음 원고에는 다음과 같이 4절 각각에 악곡이 붙어 있었다. 저녁노래(Sérénade＝Abendlied), 밤노래(Notturno＝Nachtständchen), 아침노래(Mattutino＝Morgenlied), 기상노래(Réveille＝Wecklied) (제1부의 드리는 글 1～32 참조).
4650. **어느덧 몇 시간이** 저승에 있는 망각의 레테강의 도움으로, 이제는 파

우스트의 기억에서 과거의 괴로움과 즐거움이 사라졌다.

4666. **계절의 여신 호렌** 그리스 신화의 4계절과 질서를 관장하는 여신들로, 호메로스의《일리아스》5권 749 이하에서는 제우스 신에게 봉사하며 올림포스의 문을 지키고 있다.

4670. **태양신 푀부스** 태양신 아폴로의 다른 이름으로 그가 매일 4필의 말이 끄는 마차를 타고 문을 나설 때면, 그 문이 열리고 닫히면서 굉장한 소리를 낸다고 한다(제1부〈천상의 서곡〉243 참조).

4679. **삶의 맥박** 이제는 몸과 마음이 치유된 파우스트의 생명의 맥박을 말한다.

4685. **최고의 존재** 동이 트고 대지가 새로이 힘을 얻어 숨쉴 때면, 파우스트의 마음속에는 최고의 존재를 향해 끊임없이 노력하려는 굳은 결심이 나타난다(제2부 끝부분에서 천사들은 파우스트의 죽지 않은 영혼을 나르며 이렇게 말하고 있다. "끊임없이 애쓰며 노력하는 자를, 우리는 구원할 수 있습니다."(11936~11937)).

4702-4703. 괴테는 1826년 새해를 맞아 카루스에게 이런 편지를 썼다.
"자신이 자연과학을 할 때면, 나는 나 자신이 새벽녘에 동쪽으로 가서 떠오르는 햇빛을 직접 보고, 그 위대한 불덩어리의 출현을 기대하다가도, 정작 햇빛이 떠올라 올 때면, 그토록 원했던 햇빛의 광채를 감당할 수 없어 눈을 다른 데로 돌려버리고 마는 그런 방랑자와 같다는 생각이 듭니다."
이와 비슷한 경우를 우리는 제1부 461~514, 지령의 출현에서 볼 수 있다. 다시 말해 인간은 햇빛(진리)을 직시할 수는 없으며, 단지 사물을 햇빛의 비침을 통해서만 볼 수 있다는 뜻이다(구약성서, 시편 36장 9절 참조).

4713. **싱싱한 녹색 베일** 햇빛에 눈이 부시면 햇빛이 와 닿지 않는 그늘로 도망가게 된다. 여기서는 눈부신 햇빛을 피해 싱싱한 초록 풀밭으로 감을 뜻한다.

4722. **무지개** 무지개는 폭포의 물거품이 일으키는 물보라에 의해서 생긴다. 물보라는 쉬지 않고 변하지만 그 물보라의 영상인 무지개는 영원히 존속한다.

4727. **인생이란 채색된 영상** 파우스트 비극을 일관하는 근본 사상 가운데

하나. "모든 무상한 것은 한낱 비유에 지나지 않는다"(12104~05)라는 말과 마찬가지로, 인간이 사는 세계는 무한한 것의 가상에 지나지 않고, 영원한 진리는 무지개와 같은 현상, 상징에서 알 수 있을 뿐이라는 말. 괴테는《기상학 시론》서두에서 이렇게 말하고 있다.

"참된 것—이것은 우리 인간에 의해서는 절대로, 직접 인식될 수 없다. 우리는 그것을 영상 속에서, 상징 속에서만 볼 수 있다."

*** 황제의 궁성**(4728 앞).

여기서는 왕국을 결국 파산지경에 이르게 한 황제를 풍자하고 있다. 파우스트는 이제 마술사가 되어 황제의 궁성으로 들어가 메피스토펠레스의 도움을 얻어, 곤궁에 빠진 국가의 재정 상태를 다시 일으켜 주고, 이어 황제의 요청에 따라 트로야에서 지내는 헬레나와 파리스의 환영을 보여주게 되는데, 이것이 동기가 되어 제3막에서는 헬레나 에피소드가 전개된다.

황제(4728 앞) 황제의 이름은 확실히 적혀 있지 않지만 '마지막 기사'라고 불렸던, 막시밀리안 1세(통치 기간 1493~1519)임에 틀림없다. 에커만과의 대화에서 괴테는 다음과 같이 말하고 있다.

"나는 이 장면에서 한 군주를 그려보려고 했는데, 이 인물은 국토를 잃어버릴 온갖 종류의 가능성을 특성으로 갖추고 있고, 훗날에는 실제로 그렇게 되어버리지. 국가의 번영이나 신하들의 행복에는 전혀 신경을 쓰지 않고, 오직 자신의 일만을 생각하며, 매일같이 어딘가 건전치 못한 쾌락에 빠진다네. 이 나라에는 법률도 없고, 정의도 없다네……."

4730. **현명한 박사** 천문학자를 말하는 것으로, 황제는 천문학 박사와 익살꾼을 좌우로 거느리는 것이 당시의 관례로 되어 있었다(그런데 메피스토펠레스는 궁성으로 들어가기 위해 익살꾼을 잠시 동안 밀어내고, 자기가 궁중 익살꾼인 양 행세한다).

4755. **먼 곳으로 가버린 것 같으니** 죽어서 저 세상으로 가버렸다는 말.

4772. **국무총리** 이 관직은 대주교인 마인츠의 선제후가 맡는 것으로 되어 있으며, 욕심이 많은 성직자로 그려지고 있다.

4789. **상처 하나 입지 않고** 중세의 카로리나 법은 죄인에게 낙인, 입묵(入

墨), 손발을 자르는 형벌을 주었다.

4831. **동맹한 왕** 문헌상으로는 그 당시 전 유럽이 신성로마황제의 지배하에 있었다. 그러나 실질적으로는, 네덜란드, 스페인, 프랑스, 보헤미아, 시실리, 나폴리 같은 나라들은 협력을 거절했다.

4833. **끊어진 수돗물** 그 당시에도 수도관을 통한 수돗물이 있었지만 고장으로 물이 안 나오는 경우가 많아, 누군가에게 부탁한 일이 믿음직스럽지 못할 때에는 곧잘 이런 표현을 썼다고 한다.

4839. **권리를 포기** 황제는 군주나 자유 도시에 행정권, 조세권 같은 권리를 팔아 넘겼다. 황제가 행사하던 권력이 후퇴하게 된 것에 대한 이유는 4막에 잘 설명되고 있다.

4845. **황제당과 교황당** 중세 이탈리아의 정당들로 근세에 이르기까지 서로 암투를 벌였다고 한다.

4896. **재능 있는 사람** 파우스트를 암시한다.

4897. **천성과 정신** 대주교인 국무총리는, 메피스토펠레스가 신의 은총 대신에 천성과 정신을 더 중요시하는 것은 국가로 볼 때 무신론적이고 위험스러운 사고라고 한다.

4924. **단식절의 참회 설교** 단식 때에 참회를 권장하는 상당히 강한 어조의 설교. 이는 카니발이 지나 단식이 끝난 후에 하는 것이기 때문에 지금의 경우에는 설교를 들어도 아무 소용이 없다.

4931. **이민족의 물결** 기독교 시대인 4~6C 사이에 있었던 민족 대이동 시대를 지칭.

4938. **땅덩어리는 폐하의 소유** 삽이 땅을 파서 일굴 수 있는 범위를 넘은, 깊은 땅 속에 묻혀 있는 보물이나 재원은 황제에게 속한다는 조문이 작센 법전과 슈바벤 법전에 실려 있었다. 또한 지하자원의 발굴 역시 황제의 특권이었다.

4955-70. 옛날부터 7개의 유성은 각기 금속 명칭을 갖고 있었다(해=금, 달=은, 화성=철, 금성=동, 목성=주석, 수성=수은, 토성=납). 이렇게 다 아는 사실을 천문학 박사는 의미심장하게 과장해서 말하면서, 금과 은만 있으면 모든 것을 손안에 넣을 수 있다고 사람들의 탐욕을 부추긴다.

4970. **저 대학자** 파우스트를 지칭. 메피스토펠레스는 이렇게 천문학 박사의

입을 통해 이 말을 언급하게 함으로써, 파우스트를 황제에게 소개시킬 구실을 찾는다.

4971. **이중으로 들리는데** 빈틈없이 영리한 황제는 Prompter처럼 할 말을 일러주는 메피스토펠레스와 이를 그대로 받아 말하는 천문학 박사, 두 사람 모두의 목소리를 듣기 때문에 당장은 결정을 내리지 못한다.

4976. **그 사람** 저 대학자(4960~70).

4979. **만드라고라의 뿌리** 미신에 의하면, 이 식물은 교수대 밑에서 자라는데, 사람의 모습을 하고 있다고 한다. 만약 이 식물을 억지로 뽑으면 이상한 비명 소리를 지르는데, 이 소리를 듣는 자는 곧 그 자리에서 죽는다고 한다. 그러나 영약으로 알려진 이 식물을 교수대 아래에서 조심스럽게 뽑아 붉은 포도주에 담그고, 붉은 천에 싸서 보관하는 사람은 많은 기적적인 혜택(재산, 건강, 자식복)을 얻는다고 한다.

4980. **검은 개** 야코프 그림(1785~1863)이 쓴 《독일 신화》를 보면 옛날 검은 개는 보물지기로 알려져 있다.

4992. **악사가 묻혀 있기도** 길을 가다 돌부리에 걸려 넘어졌을 때, '거기에는 악사가 묻혀 있다'고 말하는 것은, '거기에는 보물이 묻혀 있다'는 말과 같은 의미를 가지는 것으로 속담에 쓰여지고 있다.

5036. **암소는 검게, 고양이는 회색** 깊은 밤에는 이렇게 보인다는 뜻의 격언.

5041. **금송아지** 모세가 십계명을 얻으러 시나이 산에 올라가 있는 동안, 아론은 이스라엘 백성들이 모은 금귀걸이 등을 가지고 금송아지를 만들어 우상으로 삼았었다(구약성서, 출애굽기 32장 4절 참조). 여기서는 단지 막대한 보물을 뜻한다.

5048. **먼저와 마찬가지로** 메피스토펠레스가 4955괄호 안에서처럼, 천문학 박사에게 대사를 일러준다.

5053. **착한 것을 원하면** 신약성서, 마태복음 7장 17, 18절.

'좋은 나무는 언제나 좋은 열매를 얻고 나쁜 나무는 나쁜 열매를 맺는다. 좋은 나무가 나쁜 열매를 맺을 수 없고, 나쁜 나무가 좋은 열매를 맺을 수 없다.'

5056. **기적을 바라는 굳은 믿음** 자살하려던 파우스트가 부활절을 알리는 종

소리와 성가를 듣고 하는 말. “기적은 신앙이 가장 사랑하는 아들이로다.” (766).

5058. 성회 수요일 카니발의 다음 날로, 사순절의 첫번째 날에 해당한다. 신도들은 이 날 교회에서 참회의 뜻으로 이마에 성회를 바른다.

5060. 사육제 사순절 중 3일간, 즉 일요일, 월요일, 화요일이 사육제에 해당하는데, 라인 지방에서는 사육제는 카니발(Karneval), 바이에른 지방과 오스트리아에서는 파싱(Fasching)이라고 부르고 맥주와 포도주를 마시면서 즐긴다. 특히 화요일에는 가장 성대하게 가장무도회, 가장행렬을 하며 즐긴다.

5063. 현자의 돌 현자의 돌은 연금술에서 만능의 영석으로 부귀, 권력, 그리고 장수를 제공하는 것으로 알려짐. 그러나 이 돌을 현명하게 쓸 줄 아는 현자가 없으면 이 돌은 아무 소용도 없다. 여기서는 다시 말해 열심히 일해야 행복을 손 안에 넣을 수 있다는 말.

＊ 곁방들이 달린 넓은 홀(5065 앞).

이 가장무도회에는 여러 그룹의 실제 인물들과 함께 그리스 신화에 나오는 여신들과 고대 그리스의 인물들도 나온다. 그러나 이 가장무도회의 하일라이트는 역시 두 그룹, 즉 파우스트—플루투스와 그의 수행원인 소년 마부와 하인 메피스토펠레스—탐욕 그리고 황제—위대한 신인 판과 그의 수행원으로, 여기에 초점이 맞추어지고 있다.

5065-66. 15C부터 근세에 이르기까지 독일 가장무도회는 도중에 악마나 어릿광대, 해골 가면을 쓴 죽음의 신이 나타나 거친 익살극을 벌이는 악취미가 있었다. 괴테는 여기서 이탈리아 르네상스 의상을 입은 밝은 플로렌스 풍속과 목동극을 배합한 취향의 것을 연출해 선보이고 있다.

5072. 교황의 슬리퍼에 입을 맞추시고 1493년까지 새로 선출된 황제는 로마에 가서 교황의 정식 축복을 받고 교황의 슬리퍼에 키스를 했다.

5088. 여자 정원사들 이탈리아에서 독일로 왔다는, 플로렌스 식의 의상에다 가면을 쓴 여자 정원사들이 조화를 바구니에 가득 담고 나타나 조화를 대신해 말한다.

5099. 일년 내내 계속 피어 이탈리아의 조화는 당시 대단한 인기를 끌었다고 한다. 괴테가 몸담고 있던 바이마르에서는 산업진흥책의 일환으로 조화 공장이 세워졌고, 조화 강습학원도 생겼었다. 나중에 괴테의 부인이 된 크리스티아네 불피우스(1765~1816)도 이 공장에서 일했던 여성이었다.

5120. 올리브의 가지 여자 정원사 중 한사람이 열매 달린 올리브의 가지를 내보이면서, 평화의 상징인 이 올리브 가지로 오늘밤 아름다운 사람의 머리를 장식해 드리고 싶다고 한다.

5128. 체레스 로마의 곡식 풍요의 여신.

5136. 테오프라스토스 고대 그리스의 철학자(BC. 327~287). 아리스토텔레스의 제자이었으며, 이 학파의 후계자. 스승의 학설을 발전시킨 많은 저서가 있었으나, 일부분만 전해져 내려오고 있다. 《식물지》와 《식물의 여러 원인》의 저술로, 그는 식물학의 아버지가 되었다.

5144. 장미꽃 봉오리(도전) 꽃을 파는 한 여자가 지금까지 숨겨 두었던 장미꽃 봉오리를 바치면서 인공으로 만든 조화에 도전한다. 봉오리는 사랑을 의미하고, 꽃이 핌은 약속을 이행함을 의미한다.

5158. 테오르베 14현 또는 16현으로 된 고대 그리스의 저음 현악기.

5295 앞 이 시인들은 괴테 시대에 활약한 사람들이지만, 독일 문학사에서는 극소수만 언급됐다. 가령, 중세 독일 서사시와 서정시에 심취했던 시인 중에는 푸케(1777~1843)가 있다.

밤의 시인과 무덤의 시인(5299 앞) 호프만(1776~1822)처럼 꿈의 세계를 그린 작가에 대해 괴테는 혐오감을 가지고 있었다. 괴테 자신은, 그리스 신화는 괴기적인 요소가 있기는 하지만 허무주의에 빠지지 않기 때문에 문학적으로 높이 평가하였다.

우아한 세 여신(5299 앞) 그리스 신화에 나오는 제우스 주신의 세 딸이자 여신인 이들(아글라이아, 헤게모네, 오이프로지네)은, 인간에게 아름다움과 기쁨을 가져다준다. 이제 파우스트 비극에서 처음으로 그리스 신화 세계가 나타나는데, 이는 또한 본격적인 등장을 예고하는 것이기도 하다.

운명의 세 여신(5305 앞) 인간의 운명을 관장하는 세 여신(아트로포스, 클로토, 라케시스)을 말한다. 헤시오드(BC. 8C경의 그리스 시인)에 의하면, 제일 나이 어린 클로토가 실을 뽑고, 라케시스가 실을 감아들이면, 아트로포스가 가위로 자르는 일을 하는 것으로 되어 있는데, 괴테는 이 장면에서는 오늘의 축제를 맞아, 아트로포스가 실을 뽑게 하고, 클로토에게 가위를 주고, 라케시스에게 운명의 실에 질서를 부여하는 역할을 맡도록 한다.

5344. **옷감을 짜는 조물주** 인간의 운명을 결정하는 운명의 여신들의 실짜기가 끝나면, 옷감을 짜는 신은 실을 감아들이게 되고 이리하여 인간은 죽음을 기다리게 된다. 구약성서, 이사야 38장 12절. "당신께서는 직조공이 천을 감아들이듯 나의 목숨을 감아들이고, 베틀에서 자르듯 자르십니다"

복수의 세 여신(5357 앞) 저승에서는 이승에서의 부정을 가차없이 엄벌하는 역할 때문에 미움을 받고 있다. 그러나 여기서는 상냥한 소녀의 모습으로 나타나고 있다.

5378. **아스모디** 구약성서, 외전 토비트 3장 8절에 나오는 이스라엘의 악마로, 사라의 약혼자를 차례로 죽인다.

5442. **공포와 희망** 공포와 희망은 이것들이 제멋대로 활동하게 되면 사회의 질서를 위태롭게 할 수도 있기 때문에 일반인들의 적으로 간주된다. 희망이 적으로 간주되는 이유는, 쓸데없이 화려한 공상에 빠져 착실한 노력을 게을리하는 결과를 낳을 수 있기 때문이다.

5456. **활동을 다스리는 여신** 모든 행동을 예찬하고 모든 행동 위에 승리가 있다고 생각하는 것이 괴테 파우스트의 근본 특징이다.

5457. **초일로와 테르지테스** 가장행렬이 국가의 견실한 진전을 나타내는 것을 깨뜨리기 위하여, 메피스토펠레스가 얼굴과 뒷머리에 각각 두 개의 가면을 쓴, '두 놈 겹쳐서 생긴 모습'(5474)을 하고 등장한다. 초일로와 테르지테스의 두 개의 얼굴은 슬기로운 행동을 비방하는 속물 세계의 상징이다. BC. 2C, 수사학자인 초일로는 호메로스의 작품을 헐뜯었다. 테르지테스는 호메로스의 《일리아스》 제12권 2행 이하에 나오는 추악한 모습의 인물로, 트로야 공략군 회의에서 아가멤논을 헐뜯어, 오디세이아에 의해 심한 몽둥이 세례를 받았다.

5512. **훌륭한 마차 한 대** 파우스트가 부의 신 플루투스로 등장하여 재정난에 허덕이는 황제를 구해주는 역할을 한다. 한편 메피스토펠레스도 탐욕의 신 가이츠의 가면을 쓰고, 이 마차에 함께 타고 나타난다.

5520. **소년 마부** 소년 마부는 오이포리온이라고, 괴테가 말한 데 대해 에커

만이, 그는 제3막에 와서야 비로소 헬레나와 파우스트 사이의 아들로 태어나는데, 어떻게 이 카니발 장면에 나올 수 있는 가고 묻자, 괴테는 이렇게 대답한다. "오이포리온은 인간이 아니라 단지 비유적인 존재에 불과하다. 어떤 시간에도, 어떤 공간에도, 어떤 인간에도, 또 어떤 속박도 받지 않는, 시적인 것이 그의 속에 의인화되어 있다. 나중에 오이포리온의 모습을 취하고 있는 것과 똑같은 정신이, 지금 여기서는 소년 모습의 마부로 나타나고 있다."(1829년 12월 20일).

5525. **이런 자리** 황제의 궁성.

5553. **빛나는 이분** 부의 신 플루투스로 분장한 파우스트의 모습이 위풍당당함을 말한다.

5579. **그분에게 모자라는 것** 괴테 시대에도 시인을 위시한 많은 예술가들이, 궁전에 들어가 군주에게 봉사했다. 이것은, 군주가 부(富)만으로는 해결할 수 없는 인생의 아름다움을 예술이 제공하기 때문이었음. 예술은, 부가 줄 수 있는 물질적인 편안함에다 정신적인 행복을 더해 준다.

5599. **손에는 딱정벌레** 시가 주는 보물은, 실체를 동반하지 않은 공상의 산물이기 때문에, 때로는 딱정벌레가 되어 기만당한 사람 손 안에서 허우적거릴 때도 있다.

5617. **종려나무** 종려나무는 승리나 영광의 상징이다(신약성서, 묵시록 7장 9절 참조).

5620. **월계관** 델피의 아폴로 제전에서 그리스 제1의 시인에게 드린 월계관을 말하는 것인데, 오늘날에도 각국에서 시인의 최고 명예인 계관시인을 뽑고 있다.

5646. **마른 남자** 플루투스가 탄, 마차의 뒷부분에 싸놓은 금궤 위에 웅크리고 앉아 있는 마른 남자는, 익살꾼이자 탐욕의 신으로 분장한 메피스토펠레스이다.

5666. **용은 용끼리** 요즘 여자들은 낭비만을 일삼는다고 비난한 데 대해 즉각 반박하면서, 마차에 보물을 쌓아놓고 지키고 있는 탐욕스러운 자나, 그런 나쁜 놈을 태우고 다니는 용은, 다 똑같은 나쁜 부류라고 욕한다.

5671. **십자가에 매달린 사람처럼** 흔히 마른 사람을, 십자가상(像)과 견주어 말하곤 한다.

5675. **이 지팡이** 의전관의 흰 지팡이는 질서를 지키는 권력을 상징하고 있다.

5690. **너의 세계로 가거라** 이제, 플루투스(파우스트)는 소년 마부를, 그 본래의 영역인 고요한 천상의 세계(5966 참조)로 보내 버리고, 파우스트는 물질적인 세계의 권력을 찾아 시인의 세계를 떠난다. 그러나 나중에 파우스트가 헬레나 비극에 이르렀을 때, 소년 마부는 오이포리온이 되어 다시 등장한다.

5698. **가장 가까운 친척** 부귀와 시는 그것이 사람들에게 베풀어지는 것이라는 점에서 비슷한 점이 있다.

5732. **가짜 돈** 도박장에서 계산용으로만 사용하는 모조 화폐.

5762. **보이지 않는 밧줄** 회복된 질서의 담보로써, 금궤 주위에 마법의 둘레를 그리고, 그 속에 파우스트, 메피스토펠레스, 의전관 세 사람만이 들어간다.

5802. **난폭한 무리들이** 새로운 또 다른 가장의 무리가 등장한다. 의전관과 플루투스는 황제가, 위대한 신 '판'으로 가장하고 있다는 것을 알고 있다.

5804. **위대한 신, 판** 목축과 사냥을 보호하는 신인 판은, 보통 소란을 피우는 사티로스와 님프 무리들을 거느리고 나타난다.

5805. **아무도 알지 못하는 것** 황제가 판으로 분장하고 있다는 것을 가리킨다.

5806. **둘레** 플루투스(파우스트)가 그린 마법의 둘레 속에 판으로 분장한 황제와 난폭한 무리들이 들어가게 되면, 파우스트와 메피스토펠레스의 술책에 빠져 버리게 되는 것을 의미한다(5762 참조).

5810. **이 좁은 둘레** 파우스트는 위대한 신인 판이 황제라는 것을 알고 있기 때문에 당연한 의무로써 마법의 둘레를 열어 맞아들인다.

5819. **파우누스들** 반은 사람, 반은 염소 다리 모양을 한 로마의 목양신이다.

5829. **사티로스** 로마의 파우누스와 비슷한 그리스의 목양신으로, 술의 신 디오니소스에 봉사하는, 술을 좋아하는 신.

5840. **그놈** 지하의 보물을 지키는 난쟁이 지령으로, 숲속에서는 이끼로 된 옷을 입는 작은 마귀.

5849. 바위의 외과 의사 의사처럼, 바위 속에 있는 광맥에서 귀한 금속을 캐낸다.

5852. 조심하시오 광부들끼리 서로 나누는 인사말로, '갱도로 내려갔다 무사히 위로 다시 돌아옵시다'라는 의미의 기원의 말.

5860. 세 가지 계율 모세의 십계 중에서 세 계율, 즉 '살인하지 말라. 간음하지 말라. 도둑질하지 말라.'를 가리킨다(구약성서, 출애굽기 20장 13~15절 참조).

5862. 우리의 잘못은 아니다 광산에서 금속을 캐내지만, 그것을 사람이 악용하는 것에는 우리는 책임을 지지 않는다는 의미.

5864. 거인들 독일 민간에서 중세 이래로 곧잘 그려지는 야성적인 산 사나이들로, 위대한 신 판의 친위병들.

님프들(5872 앞) 그리스 신화의 여성적인 자연의 요정. 떼를 지어 산천 호수나 숲속에 살면서 위대한 신 판의 춤 상대 노릇을 하기도 하고, 결실을 거두어들이는 일도 한다.

5884. 잠을 주무시면 대낮의 고요를, 그리스 사람들은 자연신인 위대한 판이 낮잠을 자기 때문이라고 생각하여, 이 때만은 목동도 피리를 불지 않았다.

5900. 마술 지팡이 이 지팡이를 다룰 줄 아는 사람은 보물이 있는 장소뿐만 아니라, 광맥이나 물줄기도 찾아낸다고 한다(우리나라 성직자 중에서도, 프랑스에서 지내면서 이 기술을 체득하고 돌아와 시골에서 새로운 우물을 찾아내곤 했다는 기사를 신문에서 읽은 적이 있다).

5931-33. 위대한 신 판으로 분장하고 있는 황제의 가짜 수염이 불 속에 떨어졌기 때문에, 원래 황제의 얼굴의 미끈한 턱이 드러나 보인다. 황제는 얼굴을 보지 못하게 손으로 감춘다.

5954-55. 측근자들은 황제를 설득시켜, 자연신인 판이 평소에 즐겨 입는, 송진이 많이 있어 불붙기 쉬운 섶나무 가지를 입게 하였다.

*** 유원지(5987 앞).**

궁내 장관이 황제에게 나라의 재정 위기가 새로 제정한 지폐 덕분으로 이제는 해결되었다고 알린다. 국무총리와 국방장관 그리고 재무장관도 이구동성으로 자기들 부처의 어려운 일들이 이로 인해 깨끗이 정리되었다고 보고하면서, 황제 이름이 새겨진 모든 종류의 지폐를 보여준다. 황제는 과연 자기 서명이 들어 있는 지폐를 보고 처음에는 화를 냈지만, 어젯밤 가장 무도회에서 황제 자신이 위대한 신인 판으로 변장했을때 스스로 서명했다는 것을 확인하고는, 이 믿기지 않는 새로운 지폐가 나라에서 순조롭게 유통되고 있다는 말을 듣고는 화를 거둔다. 이로 말미암아 여태 의기소침했던 백성들은 이제 모두 자기 생업에서 기쁨을 되찾고 생기에 넘치게 된다.

5987. **저 불꽃놀이** 이때까지 파우스트는 플루투스로만 나타났지만, 이 장면에서 메피스토펠레스와 함께 나타났을 때에는 대마법사의 신분으로 말을 하고 있다.

5990. **지옥의 신 플루토** 그리스 신화에 나오는 저승의 신이지, 기독교적인 의미에서의 지옥은 아니다.

6002. **불의 신령을 다스리는 그들의 군주** 전설에 의하면 잘라만더는 불 속에서도 살 수 있다고 한다. 여기서는 땅 속 깊숙이에서 솟아 올라와 둥근 천장을 이룬 불길을, 황제는 자기를 칭송하는 상징으로만 생각하고 매우 좋아한다.

6022. **네레이데들** 바다의 신 네레우스와 바다의 여신 도리스 사이에 태어난 바다의 아름다운 요정들.

6025. **테티스** 이 중 큰 언니뻘인 테티스는 펠레우스와 결혼하여 트로야의 영웅인 아킬레스를 낳지만, 남편 곁을 떠나 늙은 아버지인 네레우스와 함께 바다 속 깊숙한 곳에서 살고 있는 자비의 여신이다.

6027. **올림포스 산** 그리스 신들이 살고 있는 불멸의 곳이지만, 인간의 죽은 뒤의 명성도 나타낸다(156 참조).

6033. **세헤라자데** 10～16C 사이에 완성된 아라비아의 민담집을 아라비안나이트, 즉 천일야화라고 부르는데, 페르시아의 한 왕이 전 왕비의 부정에 노하여 새 왕비를 차례로 맞아들여 하룻밤 새고 나면 죽여버려, 왕비가 되려는 젊은 여자가 없어졌다. 이때 자진해서 왕비가 되겠다는 장관의 딸이 세헤라자데이다. 그녀는 첫날밤부터 재미있는 이야기를 하기 시작하여 왕

도 그 재미에 끌려 천 한 밤이나 그 이야기는 계속되었고, 드디어 왕은 학정을 그친다.

6047. **사병** 15~16C중엽까지 있었던 보병의 용병을 말한다. 막시밀리안 1세가 비로소 이 부대를 편성했는데, 이 용병들은 옷과 무기를 자기 비용으로 부담했기 때문에 복장은 저마다 달랐다.

6052. **이 두 사람** 지폐를 만들어 재정적 위기를 구해준 파우스트와 메피스토펠레스.

6058. **크로네** 1755년 오스트리아에서 처음으로 제정된 이후 1809년 이래로는 독일 각국에서 채용된 화폐.

6089. **지폐를 한 장씩 할인** 지폐를 금화나 은화로 바꾸는데 약간의 수수료를 내야 했다.

6107. **허리띠도 가벼워** 금화, 은화를 지폐로 바꾸어 몸을 가볍게 한다.

6111-18. 파우스트는 지폐의 담보로 되어 있는 지하자원 개발에 원대한 구상을 세운다.

6137. **보물을 다루는 대가** 황제는 이 두 사람(파우스트와 메피스토펠레스)을 지하 보물의 관리인으로 임명함으로써, 지상 보물 관리인인 재무장관의 동료로 만든다.

6149. **방기기사** 방기를 높이 쳐들고 전쟁터에 나가는 중세의 상급 기사.

6155. **광대** 메피스토펠레스가 궁성에 들어가 광대 행세를 하기 위해 한동안 밀어냈던 광대가 다시 나타났다(4755 참조).

6172. **광대의 기지** 광대만이 확실치 않은 지폐를 믿지 않아 지폐 대신 토지와 부동산에 투자하기 때문에, 광대는 유일한 기지의 소유자.

＊ 어두운 복도(6173 앞).

파우스트는 황제에게 헬레나와 파리스를 직접 나타나게 해보여 드리겠다고 약속했다면서 메피스토펠레스의 도움을 청한다. 그러나 메피스토펠레스는 자기가 중세에 태어난 악마이기 때문에 고대에 속하는 이교도 인물들은 다스릴 힘이 없다고 한다. 그러나 '어머니들'이 살고 있는 깊은 곳으로 내려가겠다면 방법은 있다는 것이다. 이 말과 함께 그는 파우스트에게 마법의 열쇠를 주면서 한번 발로 땅을 힘껏 그는 밟고 구르면, 땅 속 깊이 가라앉아 그 곳에서 불이 타고 있는 삼발이의 불빛으로 어머니들을 알아 볼 수 있다는 것이다. 그런 다음 삼발이를 직접 만지면, 이것이 가지고 내려간 마법 열쇠에 자석처럼 흡수되어 다시 이 세상으로 돌아올 수 있게 되고, 또 삼발이의 향료 연기의 힘으로 헬레나와 파리스를 불러 낼 수 있다는 것이다.

6183. **헬레나와 파리스** 트로야의 프리아모스 왕의 아들인 파리스는 그리스 스파르타의 왕인 메넬라오스 왕궁을 방문했을 때, 헬레나 왕비를 보는 순간 사랑하게 되어 그녀를 트로야로 빼앗아 간다. 이리하여 그리스와 트로야 사이에는 10년 동안이나 전쟁이 계속되었다. 제우스 신과 레다 사이에서 태어난 헬레나는 절세의 미인이었고, 목동이자 왕자인 파리스는 젊고 미남이어서 여자들 사이에서 인기가 대단했다.

6209. **이교도 백성** 메피스토펠레스의 한계를 나타내는 것인데, 그는 그레트헨에 대해 아무런 힘이 없었던 것과 마찬가지로 남쪽 고대 이교도 세계에 대해서도 아무런 힘이 없다는 것이다.

6214. **여신들** 어머니들(6216)과 같다는 말. 시간, 공간을 초월한 모든 존재, 특히 진·선·미의 근원적인 이념을 말한다.

6216. **어머니들** 파우스트의 강력한 주문과 부호에 못 견디고 삽살개에서 처음으로 악마로 모습을 바꾼 메피스토펠레스는 발생하는 모든 것은 마땅히 멸망해야 한다(1339~41 참조)고 말했다. 그런 메피스토펠레스에게 인간을 한없이 탄생시키는 어머니들이 마음에 들리 없다. 하물며, 여기서 의미하듯 온갖 존재의 원형이며 이상인 어머니들이 그의 혐오의 대상임은 말할 여지가 없다. 괴테는 1830년 1월 10일 에커만에게 이렇게 말하고 있다. "고대 그리스에서는 어머니들은 신으로 이야기되고 있는 것을 나는 플루타크(46~120)를 읽고 알았고, 고대에서 전해 오는 소재라고는 이것뿐이다. 이것 외에는 모두 나의 창작이다."

6217. **이상하게 들리는데** 어머니들이라는 말을 듣고 파우스트가 깜짝 놀라는 것은, 자기 때문에 불행하게 된 그레트헨의 어머니에 대한 생각을 씻어버릴 수가 없기 때문일 것이다. 그러나 메피스토펠레스로부터 여신들로 향하는 신비로운 여행길을 설명 받고는 그의 마음속에서 이 걱정을 쫓아

버린다.

6222-27. 어머니들의 나라는 공간이 없기 때문에 육체를 가지고는 들어갈 수 없다. 또한 관념의 세계는 자기 힘에 의해서만 획득될 수 있는 것이기 때문에, 다른 사람의 힘에 의해서 얻어질 수 있는 것도 아니다.

6251. **정반대일 뿐이다** 고대 그리스 엘레우지스 도시의 제전의식에서는 거드름 피우는 번잡한 설명으로 새로 들어온 사람을 속였다. 그러나 메피스토펠레스는, 아무것도 없는 쓸쓸한 곳이라고 그 반대의 말을 하여 파우스트의 흥미를 돋군다.

6272. **감동을 느낄 수 있다는 것** 감동을 느낀다는 것은 모든 사고의 어머니라고 생각한 플라톤과 더불어, 괴테는 인간 존재가 도달할 수 있는 최고의 경지라고 생각했다. 그 가장 대표적인 예는 이사야의 소명(구약성서 이사야 6장)과 사도 바울의 회심(신약성서 사도행전 9장)같은 것.

6283. **삼발이 향로가 빨갛게 타** 예언의 상징이며, 델피 아폴로 신전의 무녀들이 사용한 것인데, 열쇠(6258)와 마찬가지로 독자들의 이미지 형성에 도움을 주기 위한 극적인 변통에 지나지 않는다. 파우스트는 어머니들의 나라에서 헬레나의 환영을 가져오는 것이 아니라 이 삼발이 향로를 가지고 온다. 이것만 가지고 있으면 사상 최고의 영웅과 미녀를 저승에서 불러낼 수 있다(6298).

6301. **고도의 마술** 파우스트는 주문을 외우지 않고 모습을 감춘다. 이는 고차원적인 마법에 있어서는 초감각적인 세계로 발을 들여놓으려는 의지만으로 충분하기 때문이다.

*** 밝게 불 밝힌 홀들(6307 앞).**

이 막간극과 같은 우스운 장면에서, 파우스트가 어머니들의 나라로 가서 지내고 있는 동안, 메피스토펠레스가 주로 여자들의 말 못할 고민스러운 병을 고쳐주는 기적적인 의사로 등장하고 있다. 원래 파우스트 전설에서는, 파우스트가 이 역할을 담당했었다.

6310. **폐하의 체면이 손상** 황제는 손님들에게 파우스트와 메피스토펠레스가 연출하는 트로야의 헬레나와 그의 애인 파리스의 환영을 보여주겠다고 약

속했었다. 만약 이 쇼가 실현되지 못하면 황제의 체면은 손상당할 것이다.

6313. **조용히 실험** 연금술사의 방법에 따라, 지금 실험실에서 일을 하고 있다는 말.

6315. **미라는 보물** 헬레나는 모든 아름다움의 종합 개념.

6333. **밟아 드리지요** 옛날에, 신랑은 결혼식이 끝나면 곧 신부의 발을 밟고, 자기가 이제는 신부의 주인이 된 것을 나타냈다고 한다.

6336. **같은 것끼리 다스리지** 유사 요법에 대한 조롱으로 '독을 가지고 독을 다스린다'는 따위의 말. 하네만이라는 의사가 1810년에 이 원칙을 세웠다.

6340. **말발굽** 미신에 의하면 악마의 왼쪽 발은 말발굽으로 간주되었다.

6343. **애인과 발장난** 식사할 때, 서로 마주보고 앉아 있는 애인의 발을 살짝 밟는 것을 말한다.

6358. **화형 장작더미** 처형에 사용되는 물건, 가령 교수형에 사용되는 밧줄은 마력을 지니고 있다는 민간 신앙이 있다. 화형용으로 쌓아올린 장작더미 위에서 마녀나 이교도를 불태워 죽였다. 숯(6349)도 그런데서 얻어진다.

* 기사의 홀(6377 앞).

이 장면에서, 파우스트는 여성미의 이상형인 헬레나의 환영과 직접 연관을 맺으려고 한다. 그러나 헬레나의 환영을 폭력을 써서 소유하려고 하는 순간, 환영은 사라지고 파우스트는 흥분에 못 이겨 기절해 버리고 만다.

6377. **의전관** 5065에서도 설명했지만, 의전관은 연극이 상연되기 전에 작품의 제목이나 내용을 관객에게 전달하는 일은 하지만 이 장면처럼 유령을 불러내는 일은 그의 경험만으로는 설명할 수 없다. 신비로운 것의 설명은 천문학 박사에게 양보해야 한다.

6394-95. 이제 연극이 시작되니, 무대 위에 쳐놓은 융단으로 된 막이 좌우로 말려 올라가면서 사라졌고, 정면에 있는 벽의 한가운데가 좌우로 여닫이문처럼 열려, 무대 측면의 칸막이를 이룬다.

6399. **프롬프터의 구멍** 프롬프터가 들어앉는 상자로 그 머릿부분이 관객의 시선에 거슬리지 않게 바닥에서 앞으로 내밀게 만들어져 있다. 그러나 메

피스토펠레스는, 천문학 박사에게 대사를 읽어주기 위해, 이 간단한 장치를 아예 떼어낸다.

6405. **아틀라스** 그리스 신화에 나오는 거인족으로, 올림포스의 신들과 거인족의 싸움에 참가했다는 죄로, 하늘을 떠받쳐야 하는 형벌을 받았다.

6412. **위로 올라가려는 좁은 기둥** 이 건축가는 고딕식 건축을 사랑한다. 괴테는 젊었을 때 슈트라스부르크 대성당을 보고 고딕 건축을 찬양했지만, 나중에는 이 건축양식을 촌스럽다고 느끼고 오로지 고대 건축을 더 좋아하였다. 이처럼 고딕 건축을 다시 인정한 것은 노경에 이르러서였다.

6420. **불가능한 것이기 때문에** 불가능한 것이기 때문에 믿을 가치가 있다. 이것은 로마의 초대 교부 중의 한 사람인 테르툴리안(서기 160~220)의 한 두가지 말을 하나로 정리한 것이다. 그 중 하나는 예수 그리스도의 죽음에 관한 것으로, 그것은 불합리한 것이기 때문에 믿을 가치가 있다고 하였고, 또 하나는 예수 그리스도의 부활에 관한 것으로 그것은 불가능한 것이기 때문에 확실한 것이라고 말하였다(신약성서에 이런 구절이 있다. : 예수께서 제자들을 보시며 말씀하셨습니다. "사람은 할 수 없으나 하느님은 하실 수 있다. 하느님은 무엇이든지 하실 수 있기 때문이다."(마가복음 10장 27절 참조)).

6424. **접시에서** 삼발이 향로 위에, 떼낼 수 있는 얕고 둥근 접시가 놓여 있다.

6425. **이 훌륭한 작업** 헬레나를 불러내는 일을 말한다.

6435-36. 어머니들의 의지에 의해 원형(Urbild)의 일부는 현실적인 존재로 되어, 현상계의 생명이 참여한다. 또 하나의 다른 원형은, 이 현실 세계의 다른 저쪽에 있어, 지금 파우스트가 행하려고 하는 것처럼 마법사의 주문에 의해서만 접근할 수 있다.

6446. **모두 좋은 선율** 눈 앞에 벌어지고 있는 것은, 일종의 음악적 건축이라는 의미로, 낭만주의자들은 건축을 '얼어버린 음악'이라고 불렀다.

6447. **세 줄기의 장식** 도리아식 신전 기둥 머리 부분에 있는 띠모양의 장식을 한 세 줄의 조각을 말한다.

파리스(6453 앞) 괴테는 에커만과의 대화(1829년 12월 30일)에서, 파리스와 헬레나의 등장이 관중들, 특히 파우스트에게 준 영향에 대해 이렇게 말하였다. “ …… 파리스가 잠들어 버리자, 헬레나가 등장한다. 그녀는 잠자고 있는 파리스에게 다가가서 그의 입술에 키스한다. …… 그녀는 파리스가 여자들에게 준 것과 똑같은 인상을 남자들에게 준다. 남자들의 마음은 그녀에 대한 사랑과 찬미의 마음에 불이 붙는다. 여자들의 마음은 질투, 증오, 비난에 불이 붙었다. 파우스트는 완전히 넋을 잃고 자기가 불러낸 헬레나의 아름다움에 반해버려 시간, 장소, 일이 어떻게 돌아가는지를 잊어버릴 지경이어서, 메피스토펠레스는 파우스트에게 자기 할 일을 잊어서는 안된다고 끊임없이 주의를 주지 않으면 안 되었다. 파리스와 헬레나의 애정은 점점 더 깊어만 가, 파리스는 그녀를 껴안고 빼앗아가려고 한다. 파우스트가 그녀를 파리스의 손에서 떼내기 위해 열쇠를 그의 몸에 갖다 댄 순간, 맹렬한 폭발이 일어나 헬레나와 파리스의 유령은 연기와 안개가 되어 사라져 버리고 파우스트는 몸이 마비되어 쓰러진다.”(6184, 8110, 9046 참조).

6459. **목동** 전설에 의하면 파리스는 이다산중에서 아버지의 양떼를 지키고 있었다고 한다.

6465. **팔을 머리 뒤로** 고대 예술에서 이런 자세는 잠자고 있는 사람을 표현하는 전형적인 자세였다.

6468. **폐하 앞에서 함부로** 배우들은, 혼자 무대 위에 서 있을 때에도, 언제나 신분이 높은 관객에게는 주의를 기울여야 한다는 것이 당시의 풍습이었다(프랑스의 궁정극이 그 전형).

6472. **완전히 본성을 드러내** 괴테는 무대 위에서의 자연주의를 아주 싫어했다. 그는 그가 관리(1791~1817)하고 있던 바이마르 극장에서는 이것이 발을 붙이지 못하게 하였다.

6483. **불꽃 혓바닥을 가지고도** 천문학 박사는, 오순절 때의 성령 강림의 역사가 다시 자기 위에 내려와 불꽃과 같은 혓바닥으로 열변을 토하게 하더라도, 지금 자기 앞에 전개된 헬레나의 온갖 것은 너무나 아름다워, 말로는 도저히 표현할 수 없다는 것이다(신약성서 사도행전 2장 3~4절 참조). 그런데 천문학 박사의 지금 이 말은 메피스토펠레스가 하는 대사를 그가 그대로 옮기는 것이 아니라, 헬레나의 아름다움을 보고 자기도 모르게 저절로 입 밖에 나온 말이다.

6487-6500. 나에게는 아직도 눈이 있던가 파우스트의 가장 중요한 독백 중의 하나. 파우스트는 아름다움에 봉사하는 사제로서 헬레나를 어머니들의 나라에서 불러낸 이후로, 이 세계와는 새로운 관계 즉 이 세계가 노력할 만한 가치가 있는 것이 되었고, 자기의 사상과 감각을 위해 확고한 기초를 획득할 수 있고, 우연한 현상 배후에 영속적인 것이 현현되어 급기야는 새로운 정열과 애착에서 광기에로 옮아가는, 고도의 긴장이 여기서 말해지고 있다.

6496. 요술 거울 파우스트는, 제1부 〈마녀의 부엌〉, 마법의 거울(2429) 속에서 알몸의 여자 모습을 보았다.

6502. 머리가 너무 작은 것 오랫동안 미술의 표본처럼 칭찬을 받았던 플로렌스 메디치가의 비너스는, 균형잡힌 몸에 비하면 머리가 너무 작다는 것.

6509. 엔디미온과 루나 엔디미온은 미남 양치기여서 달의 여신 루나가 자주 찾아왔었다. 여신의 사랑이 발각되자 제우스 신은 엔디미온에게 죽음이든 영원한 청춘과 영원한 잠이든 한 가지를 선택하라고 했다. 그가 후자를 택하자 그를 사모하는 루나 여신은 밤마다 그가 잠자는 산으로 내려와 청순한 밤을 함께 지낸다고 한다.

6530. 열 살 때부터 헬레나는 아직 어렸을 때 스파르타에 있는 그녀의 집에서, 테세우스에 의해 납치당해간 일이 있었지만, 그 즉시로 그녀의 두 오빠에 의해 구출되었다(7415행 이하). 그리고 헬레나 자신도 8850 이하에서 이 사실에 대해서 밝히고 있다.

6537-38. 트로야 전황을 구경하고 있던 트로야의 원로들은 헬레나의 모습을 보고 이렇게 말했다. "트로야인들과 훌륭한 정강이받이를 댄 아카야인들이, 저런 여인 때문에 오랫동안 고초를 겪었다는 것은 나무랄 일이 아니오. 그 모습이 놀라울 만큼 불사의 여신을 닮았으니 말이요."(호메로스, 《일리아스》 제3권, 156～158 참조).

6555. 이중의 왕국 파우스트가 공상하고 이상으로 삼고 있는 세계와 스스로 몸을 담고 살아가는 현세의 현실 생활, 다시 말해 시와 삶이 하나가 된 세계가 '이중의 왕국'인 것이다. 헬레나가 파우스트에게 이중으로 되었다는 말은, 어머니들의 나라에서 빼앗아 오고 또한, 파리스에게서 빼앗았기 때문에 이중으로 그의 것이 된 것이라는 의미.

6563. 그에게 닿는구나! 유령에게 닿는다는 것은 유령을 없애 버리고, 자기도 생명의 위험을 자초하는 것이 된다.

제 2 막

＊ 높고 둥근 천장의 고딕식 좁은 방(6566 앞).
이 장면에 대해 에커만은《괴테와의 대화》(1827년 12월 6일)에서 이렇게 말하였다. "오늘 식사 후에 괴테는《파우스트》제2막 1장을 읽어 주었다. 우리는 다시 파우스트 서재에 몸을 두게 되었다. 메피스토펠레스는 모든 것이, 자기가 이곳을 나갔을 때와 똑같은 장소임을 안다. …… 그는, 파우스트가 서재에서 입는 가죽 옷을 입어 보고는 파우스트가 커튼 뒤에서 마비 상태로 누워있기 때문에 또다시 주인 행세를 하고 싶어 종을 울린다. …… 조수가 달려와 누구인지는 모르겠으나 메피스토펠레스의 질문에 바그너는 그 사이에 유명한 사람이 되어 이 순간에도 자기 실험실에서 호문쿨루스 제조에 몰두하고 있다고 말한다. 조수가 나가고 학사가 나타난다. 그는 우리가 2, 3년 전에 본 겁이 많던 젊은 학생으로 그 당시에는 파우스트의 옷을 입었던 메피스토펠레스에게 희롱 당했지만(1868～2048), 이제는 어른이 되어 아주 교만해졌다."

옛날 모습 그대로(6566 앞) 이 장면 장치는 제1부 〈밤〉에서 본 파우스트의 서재 그대로이다. 그러나 오랜 세월 동안 먼지가 가득 쌓였다.

6583. 나이 어린 학생 메피스토펠레스가, 파우스트의 옷을 입고 희롱했던 대학 신입생(1868). 이제는 학사가 되어 메피스토펠레스와 환담(6689～6806).

6592. 곤충들의 합창 메피스토펠레스는 자기 자신(1516～17)을 큰 쥐, 생쥐, 파리, 개구리, 빈대, 이뿐만 아니라 모든 해충의 지배자로 자처했다.

6634. 니코데무스 메피스토펠레스가 조수의 이름을 알고 있다는 것은, 그의 말—나는 전지전능하지는 않지만 알고 있는 것이 많지요(1582)—을 상기하면 이상한 일이 아니다. 니코데무스는 착하고 독실한 바리새파 사람이지만, 조수였던 바그너와 마찬가지로 편협한 성격 때문에 예수 그리스도

의 말씀을 이해하지 못한다(요한복음 3장 1~12절 참조).

6635. **기도를 드려야겠습니다.** 니코데무스는 이 알 수 없는 사나이가 서슴없이 자기 이름을 부른데 대해 섬뜩한 생각이 들어, 신부가 미사를 드릴 때 신도들에게 하는 것처럼 "기도를 드려야겠습니다(Oremus)"라고 말한다.

6643. **바그너 박사** 제1부에서 파우스트의 조수였던 바그너가, 파우스트의 실종 이후 대 학자가 되어, 파우스트의 뒤를 이어가고 있다.

6650. **성 베드로** 베드로는 예수에게서 '천국의 열쇠'를 받았다(마태복음 16장 19절 참조).

6675. **큰 작업 때문에** 인조인간 호문쿨루스의 제조를 말한다(6835 참조).

6689. **학사** 대학 최초의 학위로, 그 당시 학위 순서는 다음과 같았다.

Baccalaureus(BA), Lizentiat, Magister(MA), Doktor.

6733. **머리를 땋아 내리지** 머리를 땋아내리는 것은 로코코 시대에 유행했다가 1790년 경에는 없어졌다. 파우스트가 살았던 시대의 풍속은 아니다.

6734. **스웨덴식 머리** 구스타프 아돌프식 단발로, 괴테 시대에는 이것이 땋아내리는 머리에 대신하는 최신 유행의 머리형이었다.

일층에 있는 관객들을 향해(6772 앞) 괴테가 제2부에서 즐겨 사용한 희극적 기법(6815 이하, 7003 참조).

6787. **삼십이 넘으면** 철학자인 피히테(1762~1814)의 이와 비슷한 말이, 그 당시 대학생들에게 유포되어 전해졌다고 한다.

6794-6806. 에커만이 괴테에게, 여기에 나오는 학자는 관념론 철학 일파가 아니냐고 묻자 이렇게 대답했다. "그 사람은 젊은 사람 특유의 자만심을 의인화한 것이야. …… 아직 젊었을 때에는 누구나 세계는 자기와 함께 시작하고, 온갖 것은 자기를 위해 존재한다고 생각하기 쉽지."(《괴테와의 대화》, 1829년 12월 6일 참조).

6807. **독특한 놈** 질풍노도 시대(Sturm und Drang)와 낭만파에서는, 낡은 전통을 타파하고 독창적인 것을 존중하는 사조가 고조되어, 젊은 괴테도 질풍노도 시대에는 자율과 창조를 모토로 삼았다.

* 실험실(6819 앞).

이 장면에 대해 에커만은 이렇게 말하고 있다.

"오늘 식사가 끝난 뒤, 괴테는 《파우스트》 제2막 2장을 읽어 주었다. 메피스토펠레스가 바그너에게 가는 장면이다. 바그너는 화학작용으로 인간을 만들려고 한다. 이 작업은 성공하여, 호문쿨루스가 병 속에 빛나는 물체가 되어 나타나 곧 활동을 개시한다. …… 그는 행동할 것을 원한다. 그에게 가장 가까운 사람은 주인공 파우스트다. 그러나 파우스트는 마비 현상을 일으키고 있기 때문에 그 이상의 높은 도움을 필요로 하고 있다. 호문쿨루스는 현실을 철두철미 명석하게 꿰뚫어보고 있기 때문에, 잠자고 있는 파우스트의 마음속 깊이까지 간파한다. 파우스트는 레다가 우아한 곳에서 미역을 감는 곳에 백조들이 오는 아름다운 꿈을 꾸고 있다."(《괴테와의 대화》, 1829년 12월 16일).

중세식(6819 앞) 바로 뒤에 등장하는, 그리스의 헬레나를 돋보이게 하기 위해서도 파우스트는 자신의 지금까지의 세계를 한층 더 중세기적으로 해 둘 필요가 있다.

6835. **사람을 만들고 있어요** 인조인간 제조에 대해서는 괴테는 파라첼수스(1493~1541), 그리고 이외 다른 연금술 문헌을 참조했다.

6864. **결정체로 만들어진 인간 족속** 무기적으로 결정시켜 본다는 바그너의 말(6860)을 비꼬는 것으로, 굳어져 생기 없는 인간 족속을 말한다.

호문쿨루스(6879 앞) 라틴어로 호모(homo)의 축소어로 작은 사람, 난쟁이라는 말. 이 인조인간은 인간과 비슷하지만, 육체는 없고 투명하며 놀랄 만큼 비밀스러운 지식을 갖추고 있어, 정령처럼 힘이 세고 활동적이다. 이 인조인간의 특징은 활동에의 충동(6888)을 가지고 있으며 순수한 정신적인 존재라는 것이다.

6885. **아저씨** 7002에서는 반대로 메피스토펠레스가, 호문쿨루스를 향해 똑같은 대사를 하고 있다. 양자 사이에는 친근성이 있을 뿐만 아니라, 메피스토펠레스의 출현(6684)이 호문쿨루스의 완성에 영향을 주고 있다.

6903. **정말 대단한데** 호문쿨루스는 파우스트가 꾸고 있는 꿈을 꿰뚫어보고, 이런 경탄의 말을 했지만, 메피스토펠레스와 바그너는 파우스트의 꿈을

꿰뚫어보지 못한다.

6903-20. 그리스 신화에 의하면, 레다는 틴다레오스 스파르타 왕의 왕비가 되었지만, 남편이 없을 때 백조로 변해 나타난 제우스 신과 인연을 맺어 헬레나를 낳았다고 한다. 이 시적 묘사는 이탈리아의 화가인 코레지오(1494~1534)의 그림 '레다'와 비슷하다고 한다.

6914. **백조의 왕** 백조의 모습을 빌어 나타난 제우스 신을 말한다.

6941. **고전적 발푸르기스의 밤** 괴테는, 제1부에서 북방적인 〈발푸르기스의 밤〉을 만들었는데, 제2부에서는 이에 대응하여, 다음 장면에 나오는 〈고전적 발푸르기스의 밤〉을 창안했다.

6950. **서북쪽** 주로 독일과 영국을 말하는 것인데, 여기서는 낭만정신과 고딕 양식이 우세하다.

6951. **동남쪽** 이와는 반대로 스파르타와 아르카디아에서는 고전적 정신과 그리스 양식이 유력하다. 괴테는 고전주의와 낭만주의를 이렇게 구분했다. "나는 건전한 것을 고전적이라고, 병적인 것을 낭만적이라고 부르고 싶다. 그렇다면 니벨룽겐과 호메로스는 고전적이라는 말이 된다. 왜냐하면, 이 둘은 모두 건강하고 힘차기 때문이다. 대부분의 최근 작품들이 낭만적인 것은, 그것이 새롭기 때문이 아니고, 병적이고 허약하기 때문이다."(《괴테와의 대화》, 1829년 4월 2일).

6955. **신구 두 개의 파르잘루스 도시** '고전적 발푸르기스의 밤'이 개최되는, 구시가지와 신시가지가 합쳐진 도시. 이곳은 또한 옛날의 전쟁터로, 줄리어스 시저(BC. 100~44)가 BC. 48년에 폼페이우스를 무찌르고 나서, 고대 로마의 공화국 제도를 무너뜨리고 황제 정치를 새로 도입한 때이기도 했다.

6957. **폭군제도와 노예제도의 다툼** 여기서 메피스토펠레스는 명분이야 어쨌든 간에 자기 혼자 정권을 잡기 위하여 시저와 폼페이우스가 싸웠던 파르잘루스 전쟁을 떠올리면서 비웃는다. 시저는 종신 총통이 된 후 빈부의 차이를 없애는 등 사회 개혁에 힘썼으나, 결국 그의 독재정치에 반대하는 일파에 의해 살해되었다.

6960. **아스모데우스** 불화를 돋우는 악마의 이름(5378 참조).

6963. **노예끼리의 싸움** 한쪽 편의 지배를 피해 자유의 몸이 되었다고 생각

하지만, 결국 또 다른 한쪽의 노예로 되어 있을 뿐이다.

6971. **이교도의 빗장** 기독교적 중세의 악마인 메피스토펠레스에게는 고대 그리스와 같은 이교도의 문 빗장은 열 수 없게 되어 있다는 것이다.

6977. **테살리아의 마녀들** 마법에 비상한 힘을 가지고 있는 이 마녀들은, 인간을 그들의 세력권으로 끌어들여 벙어리 짐승으로 바꾸어 버린다고 한다. 이 마녀들은 특히 성적 매력을 가지고 있다고 한다.

6984. **여기에 있는 기사** 파우스트는 자기가 불러낸 헬레나에게 반해 버려, 파리스가 그녀를 약탈해 가려고 하자 기사 정신을 발휘하여 그녀를 구하려고 했다(6557 참조).

6989. **당신은 집에 남아서** 단지, '무미건조한 두뇌 집단에 지나지 않는 바그너'는 집에 남아서 중요한 일을 하는 것이 좋겠다고 빈정대어 말을 한다.

6994. **마지막 마무리** 몸을 가지고 있지 않은 호문쿨루스가 형태를 얻어 몸과 마음을 골고루 갖춘 존재가 되는 것을 말한다.

*** 고전적 발푸르기스의 밤**(7005 앞).

괴테는 제1부에 나오는 북방적인 〈발푸르기스의 밤〉과 〈고전적 발푸르기스의 밤〉의 다른 점을 이렇게 설명하고 있다. "브로켄 산에서 일어나는 발푸르기스의 밤은 군주제이다. 거기에서는 악마가 엄연한 우두머리로서 존경을 받고 있다. 그러나 고전적 발푸르기스의 밤은 완전히 공화제이다. 어디를 보나 모든 것이 공존해 있기 때문에 한 사람 한 사람이 동등하게 취급받고 있고, 어떤 사람도 다른 사람에게 종속되어 있지 않고 또, 간섭도 하지 않는다. 마찬가지로 고전적인 것에서는 모든 것이 선명하게 개성을 드러내고 있지만, 독일 브로켄 산에서는 각자 모두 평범한 마녀 무리 속에 매몰되어 있다."(《괴테와의 대화》, 1831년 2월 21일) 또한 파르잘루스 들판에서 벌어지는 〈고전적 발푸르기스의 밤〉은 모두 다섯 장면으로, 파우스트, 메피스토펠레스, 호문쿨루스 순으로 각각 주역이 되어 무대를 진행해 나간다.

7005. **에리히토** 시저에 대항하여 파르잘루스 전쟁에서 싸워 패배한 폼페이

우스는 전날 밤에 전쟁의 귀추를 예언해 줄 것을 테살리아의 마녀에게 간청했다. 그 마녀는 인간세계를 피해 주로 무덤 가를 거처로 하고 살면서, 옛날 역사를 옛날 그대로의 모습으로 재현할 수 있다고 한다.

7006. **오늘밤에도 그 무시무시한 축제** BC. 48년 8월 9일에 있었던 파르잘루스 전쟁을 기념하여 벌어지는, 괴물들의 전야제(고전적 발푸르기스의 밤)를 말한다. 이 기념 행사는 자유스럽게 즐기는 환락의 밤(7109), 또는 유령이 나오는 밤(7200)이라고 부르고 있다.

7007. **심술궂은 시인들** 파르잘루스 전쟁을 노래한 시인 중에서, 에리히토 마녀를 유달리 추하게 묘사한 아네우스 루카누스(서기 30~65)를 말한다.

7020-21. 천 송이의 꽃으로 엮어 폼페이우스의 머리 위에 얹었던 자유의 화환은 무참하게 찢겨지고, 자유를 파괴한 지배자인 시저의 머리 위에는 일그러진 월계관이 얹혀졌다.

7023. **흔들리는 운명의 바늘** 폼페이우스와 시저의 운명 비중을 결정지으려고 흔들리는 저울 바늘을 말한다.

7034. **유성** 에리히토는 호문쿨루스가 들어 있는 유리병이 빛을 일으키면서 하늘을 날아오는 것을 유성으로 잘못보고 있다.

7044. **낡은 창문** 중세 고딕 건축 유리창에서 보는 것처럼.

7056. **그 여자** 파우스트는 그리스 땅에 도착하자마자 헬레나는 어디 있느냐고 찾는다.

7065. **저마다 모험.** 이때까지 하늘을 날아온 세 사람은 여기서 제각기 헤어져 혼자서 자기의 목적지를 찾아간다. 파우스트는 스핑크스로부터 히론에게로 그리고 급기야는 만토를 찾아간다. 만토는 파우스트를 저승으로 인도해 거기에서 헬레나를 데리고 나오게 된다. 다음으로 메피스토펠레스는 고대의 괴물들에게 희롱당하면서 자기도 고대인이 되기 위해 포르키아스의 한사람이 된다. 마지막으로 육체를 가져보려고 하는 호문쿨루스는 두 자연 철학자인 탈레스와 아낙사고라스를 만나는데, 탈레스는 그를 네레우스한테로 데리고가 프로테우스에게 부탁하여 새롭게 4대 근원에서 태어나기 위해 생명의 큰 바다로 안내된다. 이리하여 호문쿨루스는 드디어 이 큰 바다를 건너오는 네레우스의 딸인 갈라테아의 애타는 사랑을 이기지 못하고, 그녀가 탄 조개껍질 마차에 몸을 부딪쳐 불꽃이 되어 사방으로 흩어져

4대 근원으로 돌아가 새로운 생명에로의 첫발을 내딛는다.

7077. **안테우스** 바다의 신 포세이돈과 대지의 어머니 게아 사이에서 태어난 거인인 안테우스는, 그의 어머니인 대지에 발을 디디고 있으면 새로운 힘을 얻기 때문에 그를 당할 사람이 없었다. 그러나 헤라클레스가 드디어 그를 대지에서 번쩍 들어올려 어머니인 대지와의 접촉을 단절시켜 죽였다고 한다.

7083. **스핑크스** 이집트의 스핑크스는 사자의 몸에 왕자의 머리를 가진 반면에 테베의 스핑크스는 상반신은 여자, 하반신은 사자의 모습에다 날개를 가진 괴물로, 테베 사람들에게 수수께끼를 내어 풀지 못하면 죽였다. 오이디푸스가 그 수수께끼를 풀자 스핑크스는 스스로 목숨을 끊었고, 이리하여 오이디푸스는 테베의 왕이 된다(7185 참조).

7083. **그라이프** 이 괴물은 무덤 속에 숨겨놓은 재물을 지키는 기능을 갖고 있기 때문에 몸통은 억센 사자, 눈은 독수리, 귀는 밝은 개 모양에다 날개를 달고 있었다고 한다. 여하튼 그리스 전설의 괴물들은 메피스토펠레스에게는 모두 벌거숭이이고 너무 자극적이다.

7104. **개미들** 스핑크스, 그라이프에 이어 세번째 괴물. 역사가 헤로도토스와 플리니우스의 기록에 의하면 큰 개미들이 금을 땅 속에서 캐내어 동굴 속에 저장했다고 한다.

7106. **아리마스펜족** 유럽의 동북에 사는 애꾸눈의 네번째 괴물족으로 그라이프하고는 사이가 좋지 않아 그라이프가 지키고 있는 보물을 가끔 훔치곤 했다.

7123. **낡은 악덕** 벤 존슨(1574~1637)은 영국 교훈극에 등장하는 동반자로 악마와 함께 등장하여 악마를 우롱하는 인물을 낡은 악덕이라고 불렀다. 따라서 메피스토펠레스는 스스로를 낡은 악덕이라고 부름으로 해서 악마인 자기 정체를 밝히지 않으려고 한다(7148 참조).

7129. **사자털** 스핑크스를 말한다.

7132. **수수께끼** 악마 자체가 벌써 수수께끼와 같은 존재. 메피스토펠레스는 파우스트에게 처음으로 정체를 드러냈을 때 이렇게 말했다. "늘 악을 원하면서도 도리어 늘 선을 행하는 것이 제 힘의 일부랍니다."(1335~1336).

지레네들(7152 앞) 얼굴은 사람 모양을 했지만 몸은 새 모양을 한 그리스 신화에 나오는 괴물. 《오디세이아》 12권 속에 그녀들이 지나가는 배를 요사스런 노래로 유인해 배에 탄 사람들을 모두 죽인 것이 노래 불려지고 있다. 처음에는 새의 몸을 가진 소녀였던 것이 나중에는 다리, 발톱 그리고 날개만이 새의 모습을 남기고 있다. 그러나 마지막에는 진짜 여자의 몸으로 변해 버렸다. 지레네들은 스핑크스, 그라이프, 개미들, 아리마스펜족에 이어 다섯번째로 나타난 괴물.

7186. **율리시즈** 오디세이아의 라틴어 이름인데, 율리시즈는 지레네들의 유혹을 뿌리치기 위해 배의 돛대에 자기 몸을 대마 밧줄로 붙들어 맸다(오디세이아 12권 113 이하).

7193. **애인을 찾아온 땅** 헬레나는 저승에서 살고 있다.

7197. **헬레나가 살던 시대** 우리 스핑크스들은 태고 시대부터 살고 있지만, 헬레나보다는 이전의 존재이기 때문에 헬레나를 모른다는 것이다.

7198. **헤라클레스** 이 세상에서 해를 끼치는 괴물은 모조리 죽였다고 전하는 영웅인 그는 고대 그리스인의 힘과 미의 이상상이었다. 그러나 스핑크스의 마지막 후예가 그에 의해 퇴치되었다는 것은 괴테의 창안이다.

7199. **히론** 상반신은 사람, 하반신은 말 모양을 한 그는 스핑크스가 존재한 태고 때부터 헬레나 시대에 이르는 교량 역할을 한 현자로, 아폴로신과 디아나여신에게서 의술과 음악 그리고 예언술을 배웠다고 한다(7330~7487 참조).

파우스트 퇴장(7214 앞) 여기서 파우스트 주역의 짧은 제1장면이 끝나고 메피스토펠레스 주역의 제2장면(7214~7248)이 시작된다.

7220. **슈팀팔리덴** 아르카디아의 슈팀팔리는 호수에서 지내는 괴조로 강철과 같은 날개, 발톱, 주둥이를 가지고 있고 그 깃털 하나를 빼서 화살로 발사했다. 이 괴조를 퇴치하는 것이 헤라클레스에게 부과된 12개 노역 중 하나였다.

7227. **레르나의 뱀** 아르고 남쪽 레르나 늪지대에 서식하는 구렁이로 이것을 퇴치하는 것도 헤라클레스의 12개 노역 중의 한 가지였다. 아홉 개의 머리를 가지고 있는 이 구렁이는 여덟 머리를 잘라내도 가운데 머리만은 불사신이어서 즉시로 새로운 머리가 두 개 탄생했다. 그래서 헤라클레스의

부하는 그가 자를 때마다 벤 자리를 불태워 버려 새로운 목의 발생을 방지했다고 한다.

7235. **라미에들** 그리스 전설에 나오는 마녀들로 어린아이, 아름다운 젊은이를 유혹하여 죽이고는 그 피를 빨아먹었다. 메피스토펠레스의 이 제2장면에서 괴물은 다시 3종류, 즉 슈팀팔리텐, 레르나의 뱀 그리고 라미에들로 나타난다.

7244. **월력과 일력** 스핑크스의 그 부동의 위치 때문에 월력과 일력을 측정할 수가 있다.

7245-47. 피라미드 앞에 앉아서 제 민족의 심판에 심판관 역할을 했고, 또 강물이 범람할 때는 출수량을 측정하고 전쟁과 평화시에는 경계선의 역할을 한다.

7249. **페네이오스** 여기 등장하는 페네이오스 강은, 강물이 신의 모습을 하고 갈대의 관을 쓰고 늪과 물의 요정들에게 둘러싸여 나타나고 있다.

7254. **무서운 예감** 지진의 예감을 말한다.

7276. **그와 같은 행복** 파우스트는 또다시 레다의 모습을 보았다고 생각한다.

7283. **젊은 여자들의 팔다리** 레다의 시녀들

7294. **여왕님** 지레네들의 여왕은 헬레나의 어머니인 레다. 여기 내용은 파우스트가 꿈에서 본 것(6903~20)과 똑같다.

7301. **그 중 한 마리** 이 백조는 제우스 신이다.

7321. **내 눈이여, 저쪽을 보라** 파우스트의 눈은 백조 무리들과 시녀들의 물놀이에서 다시 눈길을 돌린다. 이제 그는 꿈의 세계에서 깨어나 목적 달성을 위해 몸을 일으킨다.

7322. **행운** 히론은 헬레나가 어디에 있는지를 알고 있으니 그와의 만남은 다시 없는 행운을 의미한다.

7329. **필리라의 유명한 아들** 히론의 아버지는 크로노스, 어머니는 바다의 님프인 필리라이다.

7334. **자네는 강변에 서 있지만** 파우스트는 페네이오스 강 오른쪽 기슭 파르잘루스 들판에서 히론을 알아본다. 그는 히론의 등에 올라타 올림포스 산에 당도하게 되는데, 이 산은 페네이오스 강의 왼쪽 기슭에 있다.

7337. **고결한 교육자** 그리스의 영웅들, 헤라클레스와 야손의 스승이었던 히론은 특히 그리스의 명장인 아킬레스를 젊었을 때 가르쳤다.

7339. **아르고 배** 야손을 대장으로 하는 그리스의 영웅들은 아르고스가 건조한 아르고 배를 타고 금으로 된 양모피를 찾아 흑해의 남동 기슭 콜키스로 떠났다. 그러나 이 항해 모험담과 히론과의 연관은 괴테의 창안이다.

7342. **팔라스** 여신 아테네의 별명인 팔라스는 오디세이아가 트로야 전쟁에 나가 있는 동안 자기집 관리와 아들 텔레마코스의 교육을 부탁한 친구 멘토르의 모습으로 바꾸어 텔레마코스에게 여러가지로 조언을 했지만 그는 따르지 않았다. 팔라스까지도 역부족으로 교육자의 영예를 얻지 못했다.

7352. **무당이나 신부** 중세까지 의술은 무당이나 신부에게 맡겨져 악용된 일이 있었다. 의술이 마녀에게 악용된 것은 제1부의 〈마녀의 부엌〉에서 볼 수 있다.

7362. **절반 신처럼** 히론은 죽지 않는 절반 신이었지만 프로메테우스를 살리기 위해 불사성을 포기했다고 한다.

7365. **아르고 배를 탄 고귀한 사람들** 히론은 이중에서 다음 사람들을 거명하고 있다.

1)디오스쿠렌 형제 2)보레아스의 아들들 3)야손 4)오르포이스 5)린코이스

7370. **디오스쿠렌 형제** 제우스 신과 레다 사이에 탄생한 쌍둥이인 카스트로와 폴룩스 형제. 헬레나의 남동생들로 헬레나가 유괴당했을 때, 이 쌍둥이는 누이를 구출해 스파르타로 다시 데려왔다.

7372. **보레아스의 아들들** 이들은 바람의 신 보레아스의 두 아들 체테스와 칼라이스의 두 형제.

7374. **야손** 콜키스의 왕녀인 메데아는 아버지의 금으로 된 양모피를 훔치러 온 아르고 배의 선장인 야손을 사랑해 그를 도와 목적을 달성하게 하고, 그와 함께 아버지 나라에서 도망을 쳤다. 메데아와 결혼한 야손은 그후 코린트로 가서 그라우케를 사랑하고는 메데아를 버렸다.

7375. **오르페우스** 아폴로와 뮤즈의 여신 칼리오페 사이에서 태어난 오르포이스는, 이를 데 없이 감미로운 노래와 칠현금의 반주로 무서운 님프들을 따돌리고 배가 무사히 그리스의 해변가로 돌아오게 하는 데 결정적인 역할을 한다.

7377. **린코이스** 천리안의 날카로운 시력을 가진 그는 아르고 배의 키잡이였다(11143 참조).

7382. **내 그리움을** 히론의 가슴속에 불타는 그리움은 파우스트의 헬레나에의 그리움과 서로 통한다. 전설에 의하면 헤라클레스는 실수를 해서 히론에게 독이 든 화살을 쏴 중상을 입혀, 히론은 이 아픔을 견뎌낼 수 없어 불사(不死)를 프로메테우스에게 양보하고 이 세상을 떠났다고 한다.

7383. **푀부스** 태양신 아폴로의 별칭.

7392-94. **헤베** 파란만장한 생애를 보낸 헤라클레스는 결국 올림포스 산에 영입되어 영원한 청춘의 여신 헤베를 아내로 맞이하였지만, 헤베도 헤라클레스만큼 잘생긴 다른 남성을 만날 수는 없었다. 헤라클레스의 아름다움은 노래로 부르거나 돌로 새겨도 도저히 표현할 수 없었다고 한다.

7398. **가장 아름다운 미녀** 헬레나 이야기를 끄집어내기 위해 파우스트는 무척 오랫동안 히론을 둘러쳤다.

7399. **여성의 아름다움** 괴테는 실러와 마찬가지로 여성의 아름다움(우아함)은 생동하는 데에서 존재한다고 본다. 여성의 우아한 아름다움이란 단지 응고된 형태에서 만족하는 것이 아니라 자기가 가지고 있는 생명의 기쁨을 다른 사람에게도 느낄 수 있게 하는 것이 되어야 한다는 것이다.

7406. **헬레나를 태워 주셨습니까** 어린 헬레나와 히론과의 관련은 줄거리를 박진감 있게 하기 위해, 괴테가 창안해낸 것이다.

7415-18. **디오스쿠렌 형제** 어린 헬레나를 아티카의 영웅인 테세우스가 납치해간 것을 헬레나의 쌍둥이 남동생인 디오스쿠렌 형제가 무사히 고향인 스파르타로 데리고 온 이야기는 8848~51에도 나오고 있다. 그런데 히론이 이 일에 관여했다는 것은 괴테의 창안이지만 아주 실감나게 그리고 있다. 사랑에 애타는 파우스트도 지금 헬레나가 탔던 히론의 등에 타고 헬레나를 찾아 나서고 있다(7370 참조).

7420. **엘로이지스** 아티카 해안에 있고 살라미스섬 맞은편에 있는 도시

7435. **아킬레스가 페레에서** 헬레나는 죽은 뒤에 저승에 있는 아킬레스와 결혼하여 오이포리온을 낳았다는 전설이 나중에 생겼다. 그러나 그 장소는 도나우 강 입구에 가까운 아킬레스의 묘지가 있는 로이체 섬이었다. 그러나 괴테는 로이체 섬을 아킬레스의 고향인 테살리아에 있는 한 도시인 페레로

바꿔 놓음으로써 헬레나가 잠들고 있는 저승에의 입구를 찾아내고 있다.

7437. **운명을 거역하고** 가령, 아킬레스와 헬레나의 결혼 그리고 이번에는 파우스트와 헬레나의 결혼 같은 것은 시간적 또는 공간적인 인간 운명의 제약을 받지 않고 있기 때문이다.

7447. **미치광이** 헬레나를 다시 불러내어 소유한다는 것은 히론으로 볼때, 불가능한 일.

7450. **만토** 올림포스 산장에 있는 아폴로 신전에서 일하는 여신관. 전설에 의하면, 그녀는 눈먼 예언자인 테레지아스의 딸이지만 괴테는 그녀를 의술의 신인 아스클레피오스의 딸로 바꾸었다.

7465. **로마와 그리스는 서로 맞붙어** 올림포스 산 북쪽에 있는 피드나 전쟁(BC. 168)에서 마케도니아의 왕 페르세우스는 로마의 집정관 루치우스 파울루스가 이끄는 시민군에게 패하고 말았다.

7467. **가장 위대한 나라** 알렉산더 대왕(BC. 356~323)이 이룩한 방대한 제국은 멀리 인도와 이집트 사막에까지 뻗쳤었다.

7476. **잊지 않고** 히론은 1년에 한번씩(7451) 아폴로 신전을 찾아오곤 한다.

7483. **악평이 자자한 오늘밤 축제** 파르잘루스 전쟁의 전날 밤인 8월 8일부터 8월 9일 날샐 무렵에 걸치는, 다시 말해 괴테가 말하는 〈고전적 발푸르기스의 밤〉

7490. **페르세포네** 데메테르 여신의 딸이었던 그녀는 저승의 왕 플루토에게 끌려가 그의 아내가 되어 저승의 여왕으로 어둠의 나라를 통치하고 있지만 지상에 대한 그리움만은 변하지 않았다고 한다.

7491. **동굴 속** 살아있는 자와 저승에 가 있는 유령과의 대화는 동굴 속 혹은 큰 구멍에서 지내는 죽은 자의 일정한 탁선을 통해서만 가능했다. 페르세포네는 지상에 대한 그리움을 이기지 못해 이런 대화를 남몰래 엿듣곤 했다고 한다.

7493. **오르포이스를 비밀리에** 오르포이스를 남몰래 저승으로 들여보낸 것은 만토, 즉 자기의 소행이었다는 말은 괴테의 창안.

7494. **더 잘 해보세요** 뱀에게 물려죽은 아내 오이리디케를 잊지 못해 저승으로 내려간 오르포이스는 저승의 왕인 플루토의 허락을 얻어 아내를 다시 지상으로 데려오게 되었다. 그러나 지상에 도달하기 전까지는 절대로

뒤를 돌아보아서는 안된다는 약속을 어겼기 때문에 아내 오이리디케는 도중에서 다시 저승으로 돌아가고 말았다.

7497. **불행한 백성들** 물이 만물의 근원이라는 것을 믿지 않는 불행한 화성론자(火成論者)들의 눈을 뜨게 하기 위해 지레네들은 모두 페네이오스 강으로 뛰어들어가 에게 바다로 향해 내려간다. 에게 바다에서는 제2막 마지막에 전개되는 즐거운 축제가 기다리고 있다는 것이다.

자이스모스(**7519앞**) 지진의 신인 포세이돈의 별명인데, 그는 헤라의 질투 때문에 떠돌아다니던 레토를 위해 물에 떠있는 델로스 섬을 고정시켜 아폴로와 디아나를 낳기 위한 안전한 곳을 마련해 주었다고 한다.

7545. **떠받드는 여인상** 원래는 오이로타스 강 계곡, 카리예 지방에서 태어난 딸들을 말하는 것으로 그녀들은 디아나 여신을 위한 축제에 신에게 바치는 과일 바구니를 머리에 얹고 춤을 추었다. 이런 일이 있은 후 이 모습이 BC. 6C 이래로 그리스 건축에서는 대들보를 떠받드는 여인상으로 이용되기에 이르렀다.

7561. **펠리온 산과 옷사 산** 전설에 의하면 거인 오토스와 에피알테스는 올림포스 신들에게 도전하여 옷사 산을 올림포스 산 위에 쌓고 그 위에 또 펠리온 산을 겹으로 쌓았다고 한다.

7565. **파르나스 산** 그리스 중앙부에 두 개의 봉우리를 가진 산으로 이 봉우리의 한곳에는 아폴로와 디아나 그리고 뮤즈의 여신들을 또 다른 봉우리에는 디오니소스 신을 모시고 있다고 한다.

7572. **즐거운 주민들** 새로 생긴 산에 살게 될 동식물과 사람을 가리킨다.

7582. **금박과 같은 황금** 그라이프는 보물 파수꾼이기 때문에 새로 생긴 산에서 곧 금의 징조를 발견한다.

7606. **난쟁이 피그메들** 오카노스 강 남쪽 기슭에 살고 있던 전설적인 난쟁이들로 가을이면 남쪽으로 건너오는 학들과 싸웠다(호메로스, 일리아스 제3권 5). 그리스 신화에서는 이들은 이따금 왜가리들과 전쟁을 한다. 여기서는 화산 분출이 있은 후, 바위틈에서 태어난 난쟁이가 화성론자의 대표자로써 수성론의 대표자인 독수리를 습격한다.

7622. **닥틸레들** 그리스 전설에 의하면 닥틸레는 이다 산에 살고 있는 난쟁이로 금속 세공에 뛰어난 솜씨를 가졌다고 하는데, 그들은 여기서는 피그

메들을 위하여 쇠붙이를 붙이는 일을 하고 있다.

7652. **그 깃** 몹시 사나운 피그메들은 단순히 왜가리의 깃으로 투구를 장식하기 위해 왜가리를 습격한다.

7654. **누가 우리를 구해줄 것인가.**
제일 약한 개미와 닥틸레들은 피그메의 노예 생활을 참아가면서 해방의 기회를 기다리자고 결심한다.

7660. **이비쿠스의 학들** 실러(1759~1805)의 담시 《이비쿠스의 학》은 너무나 유명하다. BC. 6C 그리스의 서정시인인 이비쿠스는 노래 경연에 참가하려고 고향인 레기움을 떠나 코린투스 제전에 가는 도중 숲속에서 괴한들을 만나 죽임을 당한다. 이 처참한 장면을 목격한 학들이 급히 알려줘 복수의 단서가 되었다고 한다. 여기서는 학들이 피그메들에게 죽음을 당한 왜가리들의 고난을 노래불러 원수를 갚는 복수자로 등장하고 있다.

7676. **메피스토펠레스** 그는 요부 라미에들을 찾아오고 있다.

7680. **일제 부인** 하르츠 북쪽에 있는 일젠슈타인 산을 가리키는 것으로 브로켄 산 중에서 제일 높은 바위(3969 참조).

7681. **하인리히** 브로켄 산의 길게 뻗어 있는 성벽 모양의 바위를 가리킨다.

7682. **엘렌트** 시르케의 남쪽, 브로켄 산으로 통하는 연도에 있는 마을 이름(3835 앞 참조).

7732. **엠푸제** 고대 그리스 민간 신앙에 나오는 여자 괴물로 아름다운 소녀로도 둔갑하지만 초목, 흡혈귀 등 가지각색으로 변신할 수 있어 셰익스피어의 《한여름밤의 꿈》처럼 당나귀의 머리를 가질 때도 있다(7747). 엠푸제가 예쁘고 아름다운 것을 모두 쫓아버리게 한 것은 괴테의 창안이다(7752~55).

7783. **동양 사람이라면** 동양 사람들은 즐겨 뚱뚱한 노예를 샀다고 한다.

7784. **먼지버섯** 이 버섯은 쉽게 껍질이 터져 독이 있는 가루를 사방으로 뿌린다.

7811. **오레아스** 핀두 산 동굴에 사는 요정으로 지진의 신 자이모스가 막 만든 화성암과는 대립되는 천연 그대로의 암석을 가리킨다.

7815. **폼페이우스** 파르잘루스 전쟁에서 시저에게 패배한 그는 핀두스 산맥을 넘어 이집트로 도망쳤지만 이집트 국왕에게 암살되었다(7005 참조).

7836. 두 사람의 철학자 아낙사고라스와 탈레스.

7846. 한 다스나 되는 새로운 유령들 철학자들의 여러가지 새로운 개념과 가설.

7851. 아낙사고라스 BC. 5C 그리스의 철학자로 신을 믿지 않고 돌, 소위 화성론을 주장한 죄로 아테네에서 추방되어 소아시아에서 죽었다.

7851. 탈레스 BC. 6C 전반의 그리스 최초의 자연 철학자. 기하학과 천문학에 통달하여 BC. 585년에 일식을 예언하였다고 하며 물을 모든 물질, 생명체의 기원이라고 주장하였다.

7874. 미르미돈 개미족 전설에 의하면 에기나 섬의 미르미돈 개미족은 이 섬주민이 흑사병으로 전멸되었을 때, 제우스 신이 개미를 인간으로 바꾼 민족이라고 한다. 나중에 테살리아로 옮겨 아킬레스가 이들을 이끌고 트로야 전쟁에 출정했다고 한다.

7880. 피그메족의 왕 피그메족은 화산작용에 의해 탄생했기 때문에 아낙사고라스의 사랑을 받는다.

7884. 구름 같은 학 살육된 왜가리의 복수를 위해 소집된 학들이 지금 떼를 지어 도착했다(7675의 계속).

7903. 세 가지 칭호와 세 가지 형상 헤카테라 불리는 삼위일체의 달의 여신은 천상에서는 루나, 지상에서는 디아나, 지하에서는 헤카테라는 이름을 가지고 있다. 아낙사고라스는 피그메들이 당하는 참상을 보고 세 가지 이름과 세 가지 형상을 갖춘 이 여신에게 학을 복수해 달라고 간청하였다.

7937. 둥그런 저 산 산에 운석이 떨어지자 산 모양이 달라져 뾰족한 산이 새로 생긴다.

7967. 포르키아스의 딸들 바다의 신 포르키스와 케토 사이에서 태어난 세 딸들로 보통 그라이에(8734)라고 불린다. 태어날 때부터 백발인 이들은 사람이 볼 수 없는 동굴에서만 살기 때문에 햇빛과 달빛이 비치지 않는다. 셋이 오직 하나의 이빨과 하나의 눈을 함께 가지고 있어 사물을 보고 음식을 먹을 때에는 눈과 이빨을 서로 빌려쓴다.

7972. 알라우네 만드라고라의 뿌리로 만들어진 난쟁이 괴물로 고대 게르만의 여자 예언자인 알루넨들도 이들을 보면 몸이 움츠려 들었다고 한다.

7989. 오프스나 레아 같은 여신을 그리스에서는 레아, 로마에서는 오프스라

고 한다. 대지의 여신으로 크로노스의 아내이자 제우스 신의 어머니다. 메피스토펠레스는 아는 척하면서 자기도 아주 오래된 존재라는 것을 나타내려고 한다.

7991. **파르체들** 운명의 여신 파르체들은 포르키아스와 마찬가지로 오래된 존재라는 것을 말하려고 한다.

7998. **유노나 팔라스나 비너스** 유노는 제우스 신의 아내이며 고대 로마 여성의 수호신으로 최고 존재의 여신이다. 팔라스는 여신 아테네의 별명. 비너스는 미와 사랑의 여신.

8005. **대리석 덩어리** 괴테가 이 글을 쓸 당시(1830), 베를린에서는 나폴레옹에 맞붙어 싸워 이긴 독일 해방 전쟁(1813~15) 영웅들의 동상과 건축들이 거리를 장식하고 있었다. 괴테는 이 풍조를 비꼬고 있다.

8029. **남녀 양성** 이제 메피스토펠레스는 그리스 비극 배우가 키를 크게 보이기 위해 무대 위에서 사용했던 반장화를 신고 포르키아스로 분장한 가면을 쓴다. 이렇게 하여 메피스토펠레스는, 악마로서는 사나이로 포르키아스로서는 여자인 남녀 양성으로서 제3막의 끝까지 이 모습을 유지하다가 이 가면을 벗고 이전의 모습으로 다시 되돌아간다.

8030. **새로운 세 자매** 원래 세 사람이었던 포르키아스의 딸들이 두 개의 몸으로 잠깐 동안이지만 지내야 하고 이제 메피스토펠레스가 세번째의 몸으로 빌려 씀으로 해서 생긴 새로운 현상을 말한다.

8031. **눈과 이를 각각 둘씩** 메피스토펠레스는 한쪽 눈을 감고 이빨 하나를 내밀어 보이고 또 포르키아스 딸들은 함께 가진 눈과 이빨을 빌려주지 않았기 때문에 이 새로운 3인조는 전부 합쳐 눈을 두 개, 이빨을 두 개 가지고 있는 것이 된다.

8034. **지레네들** 여기에 나오는 지레네들은 요사스런 노래를 불러 뱃사공들에게 해를 끼치는(7152) 그런 위험한 지레네들은 아니다. 7495~7520에서처럼 그녀들은 페네이오스 강을 내려가 그녀들의 노래로 신들을 찬미하면서 바다의 제전에 참가한다. 그녀들은 말하자면 그리스 극의 합창의 역할을 하고 있어, 제3막 합창의 예고를 하고 있다. 8034~8043, 8078~8081은 함께 달의 여신에게 자비를 빌고 있다.

8044. **네레우스의 딸들과 트리톤들** 네레우스의 딸들에 관해서는 6022 참

조. 트리톤들은 바다의 신 포세이돈의 아들들로 특히, 포세이돈이 바다를 건널 때에는 그 뒤를 따라가면서 소라 나팔을 불어 빠져나간 바닷물을 다시 모았다고 한다. 바다의 괴물인 트리톤들은 상반신은 사람과 비슷하지만 하반신은 돌고래 모양이었다고 한다.

8071. **사모트라케 섬** 에게 바다의 북동쪽 페네이오스 강 하구에서 얼마 멀지 않은 곳에 있는 섬으로 다음에 언급할 카비렌을 숭배하는 비교의 중심지.

8073. **카비렌** 고대 그리스 말기의 가장 중요한 비교로 해난 구조의 신이라고 하는데 비교이기 때문에 내용이 확실치 않은 점이 있지만 괴테는 오히려 이것을 역이용하여, 여기에서는 유익하고 풍요로운 신의 성격을 부여했다.

8082. **네레우스 노인** 에게 바다 입구에 사는 바다의 신으로 고요하고 바람이 없는 바다의 상징이기도 하다. 또한 인간에게 호의를 가지고 있는 늙은 예언자이기도 하다(8094 이하 참조).

8110. **파리스** 트로야의 왕자인 파리스는 헤라, 아테네, 비너스 세 여신의 미녀 경연대회에서 심판역을 맡아 비너스에게 승리를 안겨준 다음 스파르타의 왕 메넬라오스에게서 그의 왕비 헬레나를 빼앗아가 그리스와 트로야 사이에 전쟁이 일어났다. 네레우스 노인은 파리스에게 만약에 헬레나 왕비를 납치해가면 결국 트로야는 망하고 말 것이라는 충고와 예언을 해주었다(8106~8121) (6184, 6453 앞 참조).

8116. **트로야의 심판의 날** 트로야의 왕자 파리스의 그릇된 행동에 궐기한 스파르타의 복수에 의해 트로야가 멸망한 날을 가리킨다.

8123. **마녀 키르케, 거인 치클로페** 키르케는 태양신 헬리오스의 딸로, 오디세이아의 동료들을 돼지로 변하게 한 아이아 섬의 마녀. 치클로페 거인은 오디세이아의 동료들을 삼켜 버렸지만, 오디세이아는 간신히 이 위기를 피했다.

8124. **부하들의 경솔함** 오디세이아의 동행자들은 태양신 헬리오스의 신성한 소를 죽이고, 또 바람의 신 에올루스가 여러 역풍을 보관해 둔 선물 자루를 호기심에 끌려 열어 버렸다. 이로 인해 폭풍이 일어나 고대하던 고향길은 멀어지기만 했고 배는 다시 깊은 바다로 밀려들어갔다고 한다(《오디세

이아》 제12권 339 이하 참조).

8144. **갈라테아** 네레우스와 도리스 사이에서 태어난 딸 중에서 가장 아름다운 딸로, 괴테는 갈라테아를 비너스의 후계자로 지목하고 있다(6022 참조).

8152. **프로테우스** 예언의 재능을 갖고 자유자재로 변신할 수 있는 바다의 노인으로, 바다의 신 넵튠의 부하.

8170. **커다란 거북** 거북의 등에, 카비렌 신체(神體)를 모시고 오는데, 이 큰 거북은 제우스와 헤라의 결혼을 비웃었기 때문에 헤르메스에 의해 큰 거북으로 변한 님프.

8174. **몸은 작지만** 이집트 최초의 수도인 멤피스에 있는 어떤 사원에서는 카비렌 신들을 난쟁이로 나타냈다고 한다.

8182. **우리의 힘** 뱃사공을 보호하는 카비렌 신들의 힘은 그들을 위험에 빠뜨리는 지레네의 힘보다는 훨씬 강하다는 뜻. 사모트라케 섬의 카비렌 신들은 안전 항해의 신이기도 하다(8073 참조).

8186-87. **신을 세 분** 사모트라케 섬의 카비렌에 관해, 크로이처와 셸링 사이에 있었던 논쟁을 풍자한 것이다. 크로이처는 사모트라케 섬의 네 분의 카비렌 신들 중 최초의 세 분 이름만을 이집트의 기원이라고 주장하면서 카드밀로스를 카비렌에서 빼버렸는데, 셸링은 그것을 부정하고 세 분은 페니키아 어원에서 온 것이라고 주장하면서, 네번째 신의 이름은 같은 계통의 히브리어로도 설명될 수 있다고 했다.

8188-89. 사모트라케 섬의 카비렌 신들 중의 네번째 신인 카드밀로스는 헤르메스라는 이름으로 올림포스에 신으로 받들어졌다고 전승될 만큼 카비렌 중에서는 특별한 지위를 가지고 있다. 고전적 발푸르기스의 밤은 서민적인 토속의 괴물들의 축제이기 때문에, 올림포스의 신으로 받들어진 카드밀로스는 참가하지 않는다고 거절했을 것이다.

8195. **나머지 세 분** 종래 학자들의 학설에 따르면 카비렌 신들의 수는 둘에서 일곱 분의 사이였다.

8201. **전부 이루어진 것은 아니지요** 셸링의 학설에 의하면, 카비렌은 하위의 자연신에서 최고위의 조물주에 이르는 변태의 단계에 있으며, 이런 의미에서 카비렌은 호문쿨루스와 같은 상태에 있다.

8205. 굶주려 쉬지않고 변태를 거듭하여 더 높은 형식을 찾는 카비렌을 비유적으로 나타낸 말로, 카비렌 중의 한 분인 악시어로스는 굶주림을 의미하고 있었다.

8207. 태양이나 달을 향해 여기서는 카비렌은 천체의 신이라는 크로이처의 설을 말하고 있다.

8212-18. 고대 영웅들 황금 양모피를 얻은 아르고 배를 탄 고대 영웅들의 명성도, 큰 거북에 태워 카비렌을 모신 네레우스의 딸들과 트리톤들의 공로에 비하면 색이 바랜다는 것.

8220. 볼품 없는 항아리 크로이처에 의하면, 페니키아인들은 집의 수호신 또는 바다의 수호신으로 카비렌을 가지고 다녔는데, 그것은 진흙으로 만든 항아리였다.

8221. 현명한 사람들 크로이처, 셸링, 포스 등 각각 입장을 달리하는 신화학자들을 말한다.

8224. 녹이 슬어야 녹이 슨 오래된 동전처럼 애매할수록 좋다는 것.

8232. 호기심이 많아 프로테우스가 불빛에 대해 물고기처럼 호기심에 끌린다는 것은 괴테의 창안.

8236. 유리가 깨지지 않도록 호문쿨루스가 무리해서 너무 강한 빛을 내면 그가 갇혀있는 유리의 용기가 깨질 수도 있다.

8243. 능숙한 홍정 솜씨 세상 물정에 밝은 탈레스가 호문쿨루스를 숨기고 프로테우스의 호기심을 돋우어, 그를 인간 모습으로 바꾸게 하려는 술책을 가리킨다.

8256. 이 녀석은 양성 호문쿨루스에게는 육체가 없으며 일정한 성별도 없기 때문에, 탈레스는 호문쿨루스를 양성의 소유자라고 말한다(8029 참조).

8274. 세 유령의 행차 탈레스는 죽었지만 아직 살아있는 철학자의 유령이고, 호문쿨루스는 살아 있지만 아직 미완성인 인간의 유령이며 프로테우스는 바다의 괴물이다.

텔히네스족(8275 앞) 로두스 섬의 원주민이라고 하는 그들은 대장장이와 조각가를 겸해, 바다의 신 포세이돈(넵튠)을 위해 끝이 셋으로 갈라진 창을 만들고, 태양신 헬리오스(아폴로)의 거대한 조각상도 만들었다. 로두스 섬의 거대한 조각상은 세계 7대 불가사의의 하나였다.

8289. **사랑스러운 여신** 달의 여신 루나를 가리킨다.

8290. **당신의 오빠** 태양신인 헬리오스. 여기서는 루나와 헬리오스를 형제자매로 생각하고 있다.

8299. **가지가지 모습** 로두스 섬에는 태양신의 거대한 조각상이 여러 개 있다.

8302. **인간의 모습으로** 신들을 괴물이 아닌 인간 그대로의 모습으로 표현한 것은 서방 세계에서는 고대 그리스인이 처음이었으며, 그들의 조각상은 대부분 인간과 똑같은 키와 높이를 고수했다.

8311. **지진** 로두스 섬의 거대한 조각상들은 BC. 224년에 있었던 지진으로 모두 붕괴되었다.

8330-32. 호문쿨루스가 인간 이하의 성질에 머물러있는 한, 프로테우스처럼 한없이 변화할 수 있는 능력을 가질 수 있지만, 인간 단계에 도달하면 형성 능력이 정지해 버린다는 것을 말한다.

8341. **사랑에 불타는 비둘기** 고대에는 달 주위를 둘러싼 둥근 무리를 비너스 여신에게 시중을 들며 바다를 건너는 비둘기의 무리라고 믿는 민간 신앙이 있었다.

8344. **파포스** 키프로스 섬의 서남 해안에 있는 도시로, 한때 비너스 여신 숭배의 중심지였다(8147 참조).

8351. **내 딸** 그런데 여기서는 비둘기의 무리들이 모시고 날아가고 있는 것이 비너스가 아니라, 괴테가 비너스의 후계자로 지목하고 있는 자신의 가장 아름다운 딸 갈라테아라고 말하고 있다(8144~8149).

8359. **프실렌족과 마르젠족** 프실렌족은 리비아 연안에 사는 뱀을 부리는 종족이며, 마르젠족은 약초에 밝고 역시 뱀을 잘 부리는 중부 이탈리아의 종족. 괴테는 이 두 종족을 갈라테아에게 봉사하는 마법사인 그 마차의 수호자로 삼았다.

8363. **옛날과 마찬가지로** 헤시오드의 신 계보에 의하면, 넓은 바다 거품에서 태어난 비너스는 키프로스 섬에 상륙했기 때문에, 이 지방에서 키프리스라고 불리는 가장 오래된 신으로 숭상받았다.

8369. **예쁘기 그지없는 딸** 여기서는 비너스 여신의 후계자인 갈라테아를 말한다.

8371-72. 이들은 키프로스와 지중해 전체를 차례로 지배한 로마인, 베니스인, 영국인, 터키인을 말한다(8363). 즉, 새로운 종족의 내용을 나타내고 있다.

8394. **사랑하는 남편들을 소개** 도리스의 딸들은 아버지인 네레우스에게 그녀들이 구해준 젊은 뱃사람들을 자기 남편으로 소개한다.

8431. **일 년간** 아버지 네레우스가 딸인 갈라테아와 떨어져 있었던 1년간을 말한다.

8473. **녹아서 흐르는구나** 호문쿨루스를 넣은 플라스코가 갈라테아의 조개껍질 마차에 부딪혀 부서지는 순간, 호문쿨루스의 생명은 불꽃이 되어 흩어져 바다 속으로 들어가면서 불을 뿜는다. 이 현상은 근원적인 사랑(즉 에로스)에서 발생하는 호문쿨루스와 갈라테아의 결혼인 동시에 모든 존재의 근본 원소인 물과 불의 숭고한 결합을 의미하는 것이기도 하다.

8479. **에로스 신** 로마의 사랑의 신인 아모르와 같다. 오르포이스의 천지개벽설에 따르면, 사랑은 혼돈에서 태어난 최초의 신으로 만물의 창조력이라고 한다. 그러므로 만물을 생성하는 물과 불, 즉 서로 싸우고 반발하는 이 두 개의 원소가 하나로 녹아 흐르는 현상만큼 에로스의 힘을 잘 나타내는 것은 없다.

8480-87. 이 마지막 합창은, 결말로써 일체의 싸움을 조정하면서 일치 협력하여 자연을 형성하는 4대 원소, 즉 물과 불, 바람과 흙의 힘을 찬양하고 있다.

제 3 막

*** 스파르타에 있는 메넬라오스 왕의 궁전 앞(8488 앞).**

헬레나는 저승의 통치자인 페르세포네의 허락을 받아 다시 사람의 모습으로 바뀌어 지상의 생활로 돌아간다. 헬레나가 남편 메넬라오스 왕의 배를 타고 10년 만에 조국 그리스의 해안에 도착하나, 왕의 명령에 따라 포로가 된 트로야의 여인들과 함께 우선 스파르타 궁전에 보내진다. 왕의 명령은 그녀가 없는 동안 왕궁이 어떻게 다스려졌고, 무엇보다 바칠 제물을 준비하라는 것과 자신은 함께 상륙한 병사들을 사열하겠다는 것. 헬레나가 궁전 관리인인 포르키아스(사실은 메피스토펠레스임)에게 바칠 제물을 준비하라는 왕의 명령을 전한다. 이에 포르키아스는 헬레나 자신이 제물로 바쳐지는 것이라고 말하면서, 그녀에게 지체 없이 외국 지배자(파우스트)가 다스리고 있는 북쪽 산골짜기로 도피하라고 일러준다. 이리하여 포르키아스의 안내를 받아 가면서 헬레나는 짙게 깔린 안개를 이용하여 파우스트가 지배하는 중세기의 성으로 피신한다.

메넬라오스(8488 앞) 트로야 전쟁때, 그리스 군의 총지휘관이었던 아가멤논의 동생인 메넬라오스가 헬레나의 남편으로 받아들여져 스파르타의 통치자가 된다.

헬레나(8488 앞) 후에 추가된 전설에 의하면, 트로야 성이 함락되기 직전, 파리스가 화살에 맞아 숨지자 헬레나가 파리스의 동생 데이포부스(9054 이하, 9430 참조)의 아내가 되었다고 한다. 그러나 트로야 성이 무너지자 데이포부스는 참살되고, 헬레나는 메넬라오스와 함께—도중에 배가 강한 바람 때문에 한동안 이집트의 팔로스 섬에 떠내려가기도 했으나—바닷길을 거쳐 스파르타로 무사히 돌아왔다고 한다.

붙잡힌 트로야의 여자 합창대(8488 앞) 이 등장인물은 에우리피데스의 비극 '트로야의 여인들'(BC. 415년 상연). 여기서는 트로야 성이 함락된 후 살아남은 여인들이 그리스 군에 의해 노예로 되어 끌려가고 있는 비운을 그리고 있다.

판탈리스(8488 앞) 이 이름은 그리스의 지리학자인 파우자니아스가 델피 신전의 레쉐에 있는 폴리그노트(BC. 5C 그리스의 화가)의 프레스코 그림을 설명하면서, 그 그림 속에 헬레나가 거느리고 있는 두 시녀의 이름, 즉 엘렉트라와 판탈리스를 언급한 것으로써 만물의 발아 생성을 의미한다.

8488. **칭찬도 많이 받고, 비난도** 그리스 비극에서는 보통 등장인물이 이와 같이 자기소개를 하는데, 절세미인인 헬레나는 자기가 기구한 운명 때문에 전설 속에서 세상 사람들에게 어떻게 칭찬을 받았고 또 어떻게 비난을 받았는지를 이 구절을 통해 암시하고 있다.

8490. **에우로스의 힘** 소아시아에서 불어오는 더운 동풍을 말하는 것으로, 호메로스의 작품에서도 묘사되고 있다.

8492. **프리기아의 들판** 소아시아의 서부 지방으로서 이곳에 트로야의 평야가 있다.

8497. **틴다레오스** 스파르타의 왕으로서 레다의 남편. 레다는 남편의 추방 부재중에 제우스 신과의 사이에서 헬레나와 쌍둥이 형제(카스토르와 폴룩스)를 갖게 된다. 틴다레오스는 따라서 헬레나의 의붓아버지.

8499. **클리템네스트라** 헬레나의 누이동생으로 메넬라오스의 형이자 미케네의 왕인 아가멤논의 아내. 클리템네스트라는 틴다레오스와 레다 사이에서 태어났으므로 헬레나와는 이복 자매.

8509. **몰아내 버리고 싶습니다.** 헬레나가 트로야로 끌려가 일어난 모든 것을 잊고 싶다는 말.

8511. **치테라의 신전** 치테라는 사랑과 미의 여신 아프로디테(로마신화에서는 비너스)의 다른 이름으로써, 아프로디테 여신을 모신 신전이 있는 스파르타령인 치테라 섬에서 유래된 이름. 헬레나는 아프로디테 여신에게 제물을 바치기 위해 이 섬에 갔었으나, 마침 함대를 이끌고 이 섬에 상륙해 있던 트로야의 파리스 왕자에게 붙들려 갔다는 이야기도 있다.

8512. **프리기아의 도적** 트로야의 왕자 파리스를 말한다.

8516. **합창** 이 합창 장면은 아이스퀼로스, 소포클레스, 에우리피데스가 쓴 그리스 비극의 합창과 비슷한 구성을 지닌다.

8538. **오이로타스 강** 그리스의 라코니아 지방을 흐르는 강으로, 스파르타는 이 강 유역에 있다.

8547. **라케데몬** 스파르타 태초의 신으로서 아틀라스의 딸인 타이게트와 제우스 사이에서 태어나, 오이로타스 강을 지키는 신의 딸인 스파르테와 결혼하여 라코니아를 통치했다. 그의 이름이 지명이 되어, 스파르타의 다른 이름이 됐다.

8645. **얼굴에 불쾌한 빛** 헬레나는 집안 일을 다스리는 포르키아스로 분장한 메피스토펠레스의 소름끼치는 모습을 보았다(8030, 8031 참조).

8647. **제우스의 딸** 헬레나는 자신의 친아버지가 제우스 신이라는 것을 알고 있다. 호메로스에서는 헬레나가 제우스의 딸로 불려지고 있다(《일리아스》 제3권 426, 《오디세이아》 제4권 184).

8654. **불길한 예감** 헬레나는 집 안으로 들어갔을때, 포르키아스의 무서운

모습을 보고 좋지않은 일이 일어날 징조라고 생각한다.

8674. 부엌 그리스의 집은 신들에게 바치는 신성한 부엌이 한가운데에 있었으며, 그곳이 가장 안전한 피난처 역할을 하였다.

8766. 학의 떼 호메로스도 트로야인들을《일리아스》속에서 학으로 비유하였다.

8771. 메나데처럼 술의 신 디오니소스(박카스)의 시중을 드는 무녀들로서 술의 신을 위한 축제 때면 제정신을 잃고 광란에 빠진다.

8812. 에레부스 헤시오드에 의하면, 어둠과 밤은 카오스(혼돈)에서 생겨났다고 한다(8649 참조).

8813. 스킬라 호메로스가《오디세이아》에서 언급하고 있는 바다의 괴물. 메시나 바다의 바위 위에서 사는 이 괴물은 큰 소리로 짖어대면서, 지나가는 뱃사람들을 잡아 먹었다. 여기서는 큰 소리로 외쳐대는 것을 비웃는 말.

8815. 지옥으로 가거라 헬레나와 합창대는 모두 저승에서 나왔음을 암암리에 가리키고 있다.

8817. 티레지아스 눈먼 테베의 예언자로서 인간 수명의 7배에서 9배를 살았다고 하며, 대개 최고 연령의 상징으로 쓰인다.

8818. 오리온 옛날에 살았다고 하는 그리스의 신화적인 강인한 사냥꾼의 이름으로, 오리온이라는 별자리에도 끼어 있다. 여기서는 포르키아스가 몸이 크다는 것과 나이도 많이 먹었음을 과장하여 표현하기 위해 인용한 것이다.

8819. 하르피에 소녀의 상반신을 한 괴조로써, 눈 먼 트라키아의 왕인 피네우스가 먹는 음식을 빼앗고, 나머지 음식을 오물로 더렵혔다고 한다. 여기서는 다른 여자의 애인을 빼앗는 색골 여자에 대한 표현.

8821. 피 같은 건 아닌지 헬레나와 합창대는 피를 빨아먹고 사는 유령들이라고 포르키아스가 넌지시 빗대어 이야기하고 있다.

8822. 송장을 먹고 싶어하는 합창대는 포르키아스의 겉모양만을 보고 송장 같다고 말하지만, 시체에서 영혼을 빼앗아가려고 기회만을 엿보고 있는 메피스토펠레스의 정체를 잘 나타내고 있다.

8849. 테세우스 아테네의 왕. 에게우스와 에트라 사이에서 태어난 아들로, 히론의 훈도를 받았다. 아티카의 국민적 영웅. 두번째 아내 파드라가 죽은

뒤에 디아나 신전에서 춤을 추던 열 살 난 헬레나를 유괴해 갔다(7415 참조).

8855. **펠리데** 아킬레스의 다른 이름.

8855. **파트로쿨루스** 아킬레스의 친구로, 아킬레스의 갑옷을 입고 트로야의 왕자 헥토르와 싸우다가 전사한다.

8865. **노예의 몸** 포르키아스는 본디 크레타의 자유 시민이었으나, 메넬라오스의 원정에서 포로가 되어 노예의 신세가 된 자신의 신상을 밝힌다. 헬레나는 남편 메넬라오스의 이 원정 기간 중에 파리스에 의해 유괴되었다.

8872. **두 개의 모습으로 나누어져서** 일설에 의하면 헬레나는 신에 의해 이집트로 납치되어간 것이고, 파리스는 단지 헬레나의 환상만을 소유하고 있었을 뿐이라고도 한다. 에우리피데스의 비극《헬레나》는 이 전설에 의거하여 쓰여진 것이다.

8888. **사나운 이리** 신약성서에 나온 구절. "그들은 양의 탈을 쓰고 너희에게 나타나지만, 사나운 이리가 들어있다."(마태복음 7장 15절).

8889. **지옥의 개의 아가리** 저승 세계를 지키는 개, 체르베루스는 옛날부터 가장 무서운 것의 상징이었다.

8924. **당신이 바로 제물** 헬레나는 못할 짓을 한 대가로 제물로 바쳐진다. 에우리피데스의《오레스트》와《트로야의 여인들》도 같은 모티브로 되어 있다.

8930. **유령들이여** 헬레나의 시녀들은 마법의 힘에 의해 과거로부터 떠올라 온 것.

얼굴을 가린 난쟁이들(8937 앞) 포르키아스로 둔갑한 메피스토펠레스는 그리스의 유령들인 시녀들에게 명령할 수 없기 때문에 북구 게르만 계통의 악마들을 등장시켜 일을 거들게 한다. 그리스 고전 세계에 위화감을 주지 않기 위해 메피스토펠레스는 얼굴을 가리고 있다. 이로써 메피스토펠레스인 포르키아스는 헬레나와 시녀들에게 공포심을 주어, 결국 헬레나를 파우스트의 손안에 들어가게 한다.

8957. **시빌레** 고대 그리스에서 신탁과 예언을 알리는 무녀의 집단 명사로 제2부에서는 만토와 포르키아스를 시빌레라고 부르고 있다.

8968. **레아** 소아시아에서 만물의 어머니로 여기는 취벨레 신과 같은 여신.

트로야의 여인들은 이 레아 여신을 섬긴다(7989 참조).

8984-9029. **이것은 사실대로 말하는 것이지** …… 괴테는 여기서 공간적으로 아주 거리가 먼 고대 그리스와 중세를 결합시켜서 파우스트를 중세 프랑크 제국의 기사로 만든다. 역사적 사실을 살펴볼 때, 스파르타는 369년에 고트족의 침입을 받은 이후, 계속하여 아라비아인과 슬라브인들의 침공을 받아 오다가 1204년, 마침내 동로마 그리스 정교회 비잔틴 제국의 지배하에 들어간다. 1204년에는 제4차 십자군에 종군했던 프랑크 기사들이 그리스에 이름하여 라틴 제국을 세웠고, 1207년에는 노르만인을 주체로 하고 프랑크인과 독일인을 합친 봉건 국가가 펠로폰네스의 대부분을 정복한 후, 아카야에 건설되었다고 한다. 그 후, 이 아카야 왕국은 1446~61년 사이에 터키인에게 멸망된다. 그러다가 19C에 들어오자, 수세기에 걸친 터키 지배를 벗어나려는 그리스 해방 전쟁(1821~29)이 일어나게 된다. 서양 문명의 요람지인 그리스의 자유와 독립에 동정심을 느낀 괴테의 동시대 지식인들 가운데 한 사람인 영국의 낭만주의 시인인 바이런 경(1788~1824)은 1823년에 그리스로 가서 터키에 대한 독립운동에 참가하여, 이듬해인 1824년 4월 19일, 자유 전쟁 공방전의 중심 사건지가 된 미소롱기 도시에서 사망하였다. 이리하여 괴테는 헬레나 문학 속에 트로야 전쟁과 십자군 시대, 그리고 괴테 시대에 일어난 바이런 경에게서 상징되고 있는 그리스 독립 전쟁까지 혼합하여, 3000년의 세월에 이른 파우스트와 헬레나의 결연과 이 사이에서 생긴 오이포리온의 탄생과 죽음(9695~9944)이라는 방대한 이야기를 만들어내게 된다(에커만, 《괴테와의 대화》, 1827년 7월 5일 참조).

8999. **북쪽 어두운 나라로부터** 호메로스의 《오디세이아》 제9권 14이하에는 오디세이아 일행이 대지의 끝에 있는 오케아노스 강을 건너, 밤과 안개에 뒤덮인 킴메리오인의 나라로 도달하는 장면이 그려져 있다. BC. 113년부터 10년간 유럽 각지를 휩쓸고 다니면서 로마를 위협했던 킴베른은 이곳에서 나온 것이라고 생각되고 있다. 여기선 북방의 야만족(그리스로 보아선 프랑켄도 북방임)이 침입한 것을 의미한다.

9000. **대담한 종족** 역사적으로 볼 때 1249년 이후, 프랑켄 군주는 스파르타 북방에서 한 시간 거리의 요충지인 타이게토스 산(8995)을 배후에 두고

미스트라성에 군림하고 있었으며, 오늘날에도 그 유적이 남아 있다.

9004. **20년의 세월** 여기서는 트로야의 함락에서 십자군에 이르는 역사를 대담하게 '20년'으로 압축했다. 실제로 있었던 파우스트는 종교개혁 시대의 인물이지만, 여기에선 십자군 원정에 참가한 프랑켄 왕국의 기사로 묘사되어 있다.

9014. **식인종처럼** 아킬레스는 죽어가는 트로야의 왕자에게 다음과 같이 말하였다. "그대의 소행을 생각하면 너무나 괘씸하여 내 손수 그대의 살을 저며 날것으로 먹고 싶은 심정이다."(호메로스, 《일리아스》 제22권 346 참조).

9018. **애꾸눈의 거인족 키클로페스** 그리스 선사시대에 볼 수 있는 거대한 바위의 퇴적은 이 거인이 쌓아올린 것이라고 한다. 여기에선 거인의 손으로 쌓아올린 조잡하고 서투른 모양을 한 성벽이라는 의미.

9030. **아약스** 살라미스의 왕 텔라몬의 아들로서 트로야 전쟁에서 그리스 장군 가운데 아킬레스 다음가는 용사.

9032. **테베를 공격한 일곱 용사들** BC. 467년에 술의 신 디오니소스 축제에서 상연된 아이스퀼로스의 같은 희곡에 나오는 일곱 용사들.

9054. **데이포부스** 트로야의 영웅 헥토르의 동생으로 형인 파리스가 죽자, 헬레나를 자기의 여자로 취한다. 메넬라오스는 이 데이포브스를 사로잡자, 제일 먼저 그의 귀를, 이어 팔을, 그 다음엔 코를 그리고 마지막으로는 사지 모두를 차례로 잘라 견딜 수 없는 고통을 주어 처형했다.

멀리서 나팔소리(9063 앞) 나팔소리는 메넬라오스가 가까이 오고 있음을 알리는 것이다. 그러나 이것은 메피스토펠레스의 계략.

9075. **왕비로서 지금** 왕비의 품위를 손상시키는 일이 일어날 때에는 차라리 스스로의 목숨을 끊을 결심이 서 있음을 나타낸 것.

9087. **적의 비열한 계략** 트로야가 함락한 것은 그리스군이 많은 병사를 잠복시킨 거대한 목마를 트로야 성 앞에 갖다놓은 것을 트로야 시민들이 어리석게도 순전히 호기심에서 그것을 끌고 트로야 성으로 들어왔기 때문이었다.

9105. **백조에게서 태어난** 헬레나는 레다와 백조로 둔갑한 제우스 신 사이에서 태어났다.

9116. 헤르메스 신 헤르메스는 또한 죽은 자의 영혼을 저승으로 안내하여 가는 신이기도 하다. 그는 사자의 자격을 나타내는 황금의 지팡이를 가지고 있었다.

*성 안뜰(9127 앞).

중세 기사복을 입은 파우스트가 결박한 탑지기를 데리고 나타난다. 중세 궁중의 예의에 따라 여왕인 헬레나에게 인사를 하고 난 파우스트는 헬레나의 이를 데 없이 아름다운 모습에 넋을 잃고, 제때에 그녀의 도착을 알리지 못한 탑지기에게 벌을 줄 것을 그녀에게 간청한다. 그러나 헬레나는 어딜 가나 남성들이 자기 때문에 혼란과 불행을 당하는 것을 한탄하면서 그를 살려준다. 장면은 일변하여 파우스트와 헬레나는 성곽을 떠나 목가적인 아르카디아 지방의 정자와 동굴로 숨는다. 두 사람의 결합으로 예쁜 사내 아이가 태어난다. 오이포리온은 만족할 줄 모르는 성급한 성격의 아이로, 걱정하는 부모의 주의에도 아랑곳하지 않고 위험한 모험에만 몰두한다. 어느 날 그의 어깨에 날개가 생기고 그는 순식간에 하늘로 솟아올랐으나, 죽음이 그의 대담한 비상을 가로막아 버리고, 결국 그는 부모의 발밑에 떨어져 죽고 만다. 오이포리온의 죽음으로 헬레나는 다시 저승으로 돌아가버리고 파우스트의 팔에는 그녀의 옷과 베일만이 남게 된다. 이것은 다시 구름이 되어 그를 감싸고 하늘높이 올려 보낸다.

9135. 피토닛사 델포이를 분탕질하고 다닌 피톤 구렁이를 퇴치했던 장소에 아폴로가 델피 신전을 세웠기 때문에, 아폴로는 피티오스 신전의 무녀를 피티아라고 불렀고, 피토닛사는 '점치는 여자', '예언자'라는 의미로 사용되었다.

9164. 입 안이 재로 사해(死海)에 있는 소돔에서 나는 사과는 가지에서 잡아떼면, 그 안에 재가 가득 차 있다고 한다. 합창대는 젊은이들도 유령이어서 손에 닿으면 재로 되어버리는 것이 아닌가 하고 걱정을 하고 있다.

9192. 엄숙한 인사와 파우스트의 등장과 함께 시 형식은 여기서부터 고대풍을 떠나게 되고, 셰익스피어 그리고 독일의 레싱 이후부터 독일 연극에서 본격적으로 사용되기 시작한 5약강격 부운시형(Blankvers)으로 바뀐다.

9218. **탑을 지키는 린코이스** 만물을 꿰뚫어 볼 수 있어서 지하의 매장물 까지도 볼 수 있는 린코이스는 이 장면에서 중세 기사에 어울리게 중세 서사시 풍의 시 형식으로 헬레나를 칭송함으로써 파우스트 궁 안에서의 궁정가인의 역할을 다하고 있다.

9250-53. 반신인 테세우스는 헬레나를 빼앗았고, 메넬라오스는 헬레나를 트로야에서 다시 스파르타로 데려오기 위해 싸웠으며, 신들은 헬레나를 이집트로 데려가기 위해 이리저리 끌고 다녔다. 악령이란 포르키아스로 모습을 바꾼 메피스토펠레스임.

9281. **우리는 동쪽에서** 민족 대이동을 연상할 수도 있지만, 여기에선 자유로운 창작이기 때문에 역사적인 사실에 구애받을 필요가 없다.

9333. **손에 넣었던 물건** 중세에는 기사가 창을 갖고 싸워 쟁취한 물건을 정당한 소득으로 간주했다.

9367. **내게는 왜 색다르게** 린코이스의 중세 독일 서사시 특유의 시 형식이 고전적인 헬레나의 귀에 익숙하지 않은 것이었으나, 파우스트의 북방적이고 독일적인 말투에 헬레나가 차차 친숙해짐에 따라 북방과 고대의 두 영혼이 점차 융화되고 합일되어 간다.

9380. **누구와 함께 즐기느냐고요** 다음과 같이, 파우스트와 헬레나의 서로 보완하고 있는 대화는 북방과 그리스와의 정신적인 합일이 최고조에 달하고 있음을 말하고 있다.

9385. **합창** 여기서 불려지고 있는 것은 닫혀진 신혼부부의 침실문 앞에서 결혼을 축하하는 노래임.

9411. **나는 먼 곳에 있는 것 같기도 하고** 원래 헬레나는 파우스트보다 수천 년이나 앞선 옛날 존재이지만, 지금 이 순간이 즐겁기 때문에 파우스트의 존재를 몸 가까이 느낀다는 말.

9426. **메넬라오스 왕이 큰 파도 같은 군대를 거느리고** 메넬라오스 왕은 저승에서 불러내지 않았으니 쳐들어올 리 없다. 포르키아스는 사랑에 빠진 두 사람을 괜히 집적거리고 싶은 것이다.

9454. **필로스** 펠로폰네스 반도에 있는 가장 아름다운 항구 중의 하나로 여기에 트로야 원정군의 노지장(老知將)인 네스토르의 성이 있다.

9462. **너희들 대장들에게 인사** 파우스트는 부하 대장들에게 그들이 헬레나

에 의해 게르만 여러 부족 군대의 최고 지휘관으로 각각 임명되었음을 알리고 있는 것이다.

9514-54. **태양이 비치는** 여기에선 그리스 풍토 중에 특히 펠로폰네스 반도를 중심으로 하여, 구 중앙부의 산악 지대인 아르카디아 지방이 노래되고 있다. 아르카디아 지방은 예로부터 고대 그리스의 도원향으로 간주되었다. 괴테 자신도 《이탈리아 기행》의 표어로 '나도 아르카디아에서! '라고 적고 있다.

9519. **계란 껍질을 깨뜨리고** 헬레나는 제우스 신과 레다 사이에서 태어났는데, 제우스가 백조로 변신한 상태에서 레다에게 접근하였기 때문에 알에서 태어났다고 한다. 따라서 계란 껍질은 헬레나가 태어난 알을 가리키는 것이다.

그늘진 숲(9574 앞) 괴테는 다른 곳에서는 모두 표제(예: '실험실', '성 안뜰' 등)를 붙였지만, 이 장면에서는 예외로 그런 것을 사용하지 않았다. 트룬츠(Trunz)도 이 사실을 시인하면서, 그러나 자기는 관례에 따라 무대 지시 안에 있는 '그늘이 많은 숲'을 표제로 삼았다고 한다(* 〈성 안뜰〉 참조).

9579. **털보 여러분들** 고대 그리스에서는 성인 남성에게만 연극 관람이 허용되었다.

9599. **어린 사내아이** 오이포리온을 의미. 아킬레스와 헬레나의 아들로 날개를 가진 미소년임. 중세의 민간 전설에서는 헬레나가 비텐베르크에서 파우스트의 아이를 낳았다고 한다. 그러나 괴테는 영국 시인 바이런이 그리스 해방 전쟁(1821~29)에 1823년에 참가했다가, 그 이듬해에 죽은 것을 애도하면서 바이런의 천재적인 이미지를 어린 사내아이인 오이포리온 속에 담았다고 한다(8984~9029 참조).

9630. **크레타 태생의 아주머니** 포르키아스를 말하는 것이다.

9633. **이오니아와 헬라스** 이오니아는 사모스 섬을 포함한 소아시아 연안 지방으로, 이 지방의 사람들은 그리스 종족 가운데서도 정신적으로 감수성이 가장 풍부하고, 또한 활동적이라고 한다. 호메로스는 바로 이 지방 출신. 원래 헬라스는 테살리아의 남동쪽에 위치한 한 구역이었는데, 후에 그리스 전체를 가리키게 되었다.

9641. 마야 그리스어로 '마마'(어머니)라는 의미. 태고 때부터 대지의 여신을 의미해 온 것으로, 신화에서는 산의 님프로 제우스 신과 결혼, 헤르메스의 어머니가 됐다.

9645-78 여기서 언급되고 있는 헤르메스의 성장 내용은 모두가 구비 전설과 일치하는 것이 아니라 괴테의 자유로운 구상에 의한 것. 헤르메스는 어릴 때부터 간사한 지혜를 쓰곤 했는데, 자기의 형에 해당하는 아폴로의 소를 훔쳐, 이것이 발각되면 거북의 등딱지로 만든 거문고를 주어 상황을 모면하는가 하면, 그에게 갈대의 피리를 주고 그 대신 요술 지팡이를 받아 점치는 기술까지 전수받기도 했다(9116 참조).

9672. 헤파이스토스 제우스 신과 헤라 사이에서 태어난 아들로서 대장일의 신. 불, 특히 화산의 자연력을 상징하는 그는 디아나 여신의 남편이기도 하다.

9677. 키프로스의 여신 키프로스 섬에서 섬기는 비너스 여신을 말하는데, 이 여신이 가슴에 차고 있는 허리띠는 상대방의 마음에 사랑을 불러일으키게 한다고 한다(호메로스, 《일리아스》 제14권 214 이하 참조).

9680. 꾸민 이야기 메피스토펠레스(포르키아스)는 북방의 악마로 그리스 신화를 잘 모르기 때문에 이렇게 말하는 것이다.

9693. 자기 마음 속에서 근대가 새로 계발한 자기 자신의 주체성의 확립을 말한다.

막간 휴식(9767 앞) 윤무가 끝나 잠깐 쉬었다가 거친 사냥놀이가 시작된다.

9782. 마음에 들지가 않는다 여기서부터는 오이포리온에게서 바이런의 성격이 나타나기 시작한다.

9818. 더 가까이 가보고 싶구나 때마침 이탈리아에 머물고 있던 바이런 경이, 시시각각으로 전해오는 그리스 해방전쟁(1821～29) 소식을 듣고, 드디어 그리스로 떠나게 되는 상황을 말한다.

9826. 펠로프스의 나라 탄탈루스 왕의 아들인 펠로프스가 펠로폰네스 반도의 정복자이기 때문에, 이 지명은 그의 이름을 따랐다.

9843-9850. 그리스 독립 전쟁을 위한 바이런 경의 참전과 죽음(1824)은 유럽인들의 관심을 널리 끌었는데, 펠로폰네스는 그 투쟁의 중심지였다. 프

리드리히(Friedrich)는 오이포리온의 이 말을 독립 전쟁을 하는 그리스 국민에 대한 괴테의 찬사라고 해석하고 있다.

9861. **아마존의 여장부** 그리스 신화에 나오는 유방이 한쪽밖에 없는 매우 용감하고 호전적인 여인만의 종족.

9863. **성스러운 시** 파우스트와 헬레나의 아들인 오이포리온을 시의 상징적 존재로 생각하고 있지만, 오이포리온 자신은 이에 반대하고 있다.

9870-9900. 그리스 독립 전쟁에 참가한 바이런의 면모.

9879-80. **높은 계단에서** 이미 눈이 핑핑 도는 높은 곳에 올라간 오이포리온은 괴로움과 죽음을 가져올 뿐인 공허한 세계인 전쟁터로 가려 한다.

9901. **이카루스** 다이달로스의 아들로서, 아버지와 함께 크레타섬의 미로를 탈출하기 위해 아버지가 발명한 날개를 달고 하늘을 날았는데, 아버지의 명령에 따르지 않고 너무 높이 날았기 때문에, 날개에 쓰인 초가 햇빛에 녹아 이카리오 바다에 떨어져 죽었다.

누구나 잘 아는 사람(9904 앞) 바이런 경을 가리킴.

9906. **어두운 나라** 저승을 말함.

9907. **애도의 노래** 오이포리온에 대한 애도의 노래지만, 괴테는 바이런의 죽음을 애석해 하는 의미를 담고 있다고 말한다. 뿐만 아니라 바이런을 시인으로서 '금세기 최대 재능의 소유자'로 간주한 괴테는《에커만과의 대화》에서 바이런을 가장 많이(34번이나) 토론 대상으로 취급했고, 셰익스피어에 관해서는 28번 언급했다(에커만,《괴테와의 대화》, 1827년 7월 5일 참조).

9914. **당신의 노래와 용기** 바이런의 이를 데 없이 뛰어난 시적 재능과, 그리스 독립 전쟁에 참가한 그의 용기를 말한다.

9933. **가장 불행한 비극의 날** 바이런이 죽은 날(1824년 4월 19일)을 말한다.

9974. **아스포델로스 꽃** 이 꽃은 저승에서만 피는 꽃이라고 하는데, 그리스에서는 지금도 어디서든지 피고 있다.

9985-91. 합창대를 형성하고 있던 소녀들은 영원히 활동하고 있는 자연계의 원소(땅, 물, 바람)로 다시 되돌아간다. 그들은 원래 저승의 영이지만, 정령으로써 나무 속, 바위 속, 물 속, 포도 속으로 모습을 묻히고 산다.

이로 말미암아 무대 전체가 포도 재배의 신인 박카스 축제로 제3막의 마지막을 고한다.

9992. **합창대의 제1부** 이 합창대는 세 사람씩 4조로 나뉘어져 있는데, 즉 물의 정, 산의 정, 나무의 정, 포도주의 정으로 영원히 살아있는 자연(9989)에서 탄생한 것이다.

10007. **메안데르 강** 소아시아에 있는 이 강은 굴절이 심한 것으로 알려져 있다.

10017. **박카스** 제우스와 제멜레 사이에서 태어난 포도 재배의 신이자 술의 신이다.

10017. **충실한 하인** 포도 재배자를 말한다.

10031. **디오니소스** 그리스 신화의 주신으로, 로마신화의 박카스에 해당한다.

10033. **질레누스** 산과 들에서 사는 영으로, 말의 귀를 하고 덥수룩한 흉한 노인이지만, 대단한 지혜의 소유자로서, 디오니소스의 교육자이고 그의 동반자이기도 하다. 포도주와 노래를 즐기며 언제나 취해 당나귀에 타고 있다.

포르키아스(10038 **뒤**) 메피스토펠레스는 이제 고대 그리스의 비극 배우들이 무대 위에서 신던 높은 신발을 벗어 버리고, 쓰고 있던 가면과 베일도 걷어 젖히며, 지금까지 자신의 마법으로 펼쳐 보인 헬레나 연극은 하나의 꿈과 같은 환상의 세계이며 이를 통해 고대 그리스의 고전미의 극치를 파우스트에게 충분히 인식시켜 주었다고 믿고 있다. 그러나 제1부에서 메피스토펠레스가 파우스트를 유혹하기 위한 첫번째 시도였던 〈라이프치히의 아우에르바하 지하술집〉에서 실망을 주었던 것과 마찬가지로, 결국 멋진 헬레나 연극이 박카스 주신이 술을 마시고 소란 피우는 것을 찬양하는 것은 파우스트의 포부와는 거리가 멀며 세계 인식에 도달하려는 파우스트를 만족시켜 주지 못했음을 의미한다.

제 4 막

＊ 높은 산(10039 앞).

파우스트는 그리스에서 다시 되돌아왔는데, 그의 마음속에는 일대 변화가 일어났다. 불안한 동경에서 해방되어 이제는 행동인이 됐다. 그의 노력은 인간의 행복과 공공이익 촉진으로 향해졌다. 그는 '난폭한 바다를 해안에서 몰아내(10229)'려는 결심을 굳힌다. 메피스토펠레스는 파우스트의 이러한 계획을 실현시키기 위해, 다가오고 있는 전쟁 소동을 이용하려고 한다. 괴테는 제1막에서도 나온 바 있는 황제의 나라 사정을 이렇게 설명한다. 황제는 파우스트의 도움으로 얻은 부를 자기 향락욕을 위해서만 사용하려 했고, 이리하여 이 나라는 무정부 상태로 빠져 버리고 만다. 평화와 안전 그리고 법질서의 회복을 생각하는 과감한 사람들은 새로운 황제를 택하기를 서슴치 않았고, 반역 황제는 이제 합법적인 황제를 총공격하려고 다가오고 있다. 파우스트는 합법적인 황제를 돕기로 결심한다.

10039. **깊은 고독의 심연** 제1막의 산들은 풍치 좋은 골짜기(4686~4697)를 기슭으로 거느리고 있었지만, 이 봉우리는 황량한 산에 우뚝 솟은 바위 끝으로 세상을 멀리했던 헬레나와의 생활로부터 다시 인간 세계로 되돌아가는 전환점에 서 있는 파우스트의 심경과 일치한다.

10042. **실어다 준 구름의 수레** 제3막에서 헬레나의 옷이 풀어져 구름으로 변했다고 적혀 있다(9955 앞).

10050. **헬레나와도 비슷한** 파우스트를 그리스에서 독일까지 날라다준 구름은 지금 헬레나의 모습으로 보인다.

10052-53. **형체도 없이 폭넓게** 이런 모양을 한 큰 뭉게구름(Kumulus)은 10044와 마찬가지로 고대미(美)를 나타내는 헬레나의 상징이다.

10057. **이제 그것이 가볍게** 이것은 새털구름(Zirrus)을 형용한 것으로, '대기 속으로 높이 올라가면서'(10065) 이번에는 그레트헨을 상징하고 있다.

10059. **오래 전 잃어버린** 그레트헨을 가리킨다.

10061. **아우로라의 첫사랑** 아우로라(Aurora)는 여명의 여신이지만, 여기서는 파우스트의 최초의 애인 그레트헨을 암시하고 있다.

10066. 높이 이끌고 가버린다 파우스트 전 시편의 최고 극치인 종말을 예상시키는 말을 여기서 하고 있다(12094~95 참조).

7마일 장화(10067 앞) 한 걸음을 내디디면 벌써 7마일을 갈 수 있다는 독일 동화에 나오는 구두를 말하는데, 메피스토펠레스가 이 구두를 신고 파우스트의 뒤를 따라왔다는 것은, 지금까지 체험한 제3막의 헬레나 극의 고전적 세계를 벗어나 제4막의 독일적 세계의 개막을 상징적으로 알리고 있다.

10072. 지옥의 밑바닥 메피스토펠레스는 여기 솟아 있는 산은 원래 지구의 핵심을 이룬 원시적인 바위로 화산 폭발로 아래에서 위로 밀려 올라온 것이라는 화성론을 끄집어낸다.

10075. 나도 잘 알고 있지만 악마들은 폭력으로 천국의 모든 것을 지배하려고 반란을 일으켰기 때문에 추방됐다.

10077. 한복판에서는 지구의 한복판을 말하는데, 다시 화성론을 야유조로 설명하고 있다.

10090. 그 지당한 학설 화성론자에 대한 야유인 동시에 '가장 낮은 것을 높게 끌어올린다'는 평등론자에 대한 야유이기도 하다.

10093. 공공연한 비밀 악마들은 지하의 지옥적인 고역에서 도망쳐 나와 자유로운 공기를 마실 수 있는 세계로 왔다. 악마들이 이제는 지하에 있지 않고 공간에 살고 있다는 것은, 나중에야 비로소 널리 사람들에게 알려지게 된 공공연한 비밀이라는 것이다.

에페소서 6장 12절(10095 앞) 이 본문에 붙인 성서 참조 지시는 괴테가 손수 원고에 기입한 것이다. "우리가 대항하여 싸워야 할 원수들은 인간이 아니라 권세와 세력의 악신들과 암흑 세계의 지배자들과 하늘의 악령들입니다."

10104. 미치광이와 같은 격변 자연에는 점차적인 추이가 있을 뿐, 급격한 비약은 없다는 괴테의 사상을 나타낸다.

10109. 산신령인 몰록 호전적인 산신령으로 여호와의 공격에 대해, 지옥 주위에 산들을 구축하여 지킨, 소머리를 한 불의 신이라고도 한다.

10115. 우리들 메피스토펠레스는 스스로를 자연 과학자들 중의 한 사람으로 생각한다.

10118. 마왕의 공적 성실한 일반 서민들은 기기 괴괴한 바위 모양을 보고는 초자연적인 힘을 가진 악마의 소행이라 믿는다.

10121. 악마의 다리 그래서 이런 '악마의 다리' 중에서 가장 유명한 것이 괴세넨과 안더마트 사이에 있는 장크트 곳트하르트 고갯길에 있는데, 독일에는 악마의 이름이 붙은 돌, 바위, 다리가 많다.

10131. 마태복음 4장 8절 악마가 예수를 다시 아주 높은 산으로 데리고 가서 세상의 모든 나라와 그 화려한 모습을 보여주며, "당신이 내 앞에 절하면 이 모든 것을 당신에게 주겠소"라고 말하자, 예수께서는 "사탄아, 물러가라! 성서에 주님이신 너희 하느님을 경배하고, 그 분만을 섬기라고 하지 않았느냐?"라고 대답하신다. 마침내 악마는 물러가고 천사들이 와서 예수께 시중든다.

10136-54. 메피스토펠레스는 루이 15세 당시의 파리를 풍자하고 있다.

10137. 도심지에는 시민들이 시민들이 여기저기 다니며 먹을 것을 사 모으는 어수선한 곳과 노점상들이 늘어선 곳을 말한다.

10141. 푸줏간 시장에 있는 노천 푸줏간

10161. 유쾌한 곳에 별궁 프랑스의 루이 14세는 베르사유 궁전을 세우고, "짐이 곧 국가다"라고 하면서 봉건적 절대 권력을 과시했다

10166. 이어져 쏟아지는 폭포수 헤센주 카셀성에서 볼 수 있듯이, 계단식으로 단락을 지은 데서 물이 떨어지게 만든 인공 폭포를 말한다

10170. 미인들을 위해 18C의 많은 군주들은 그들의 정부를 위해 정원에 작은 집을 지었다.

10176. 현대식 악취미다 고대의 건강한 관능성에 비하면 지금의 세상은 음탕하며 타락하고 있다는 말.

10176. 사르다나팔 왕 앗시리아의 마지막 왕인 그는 여자로 변장하고 후궁집에서 허송세월 하다가, 마지막에는 많은 미녀와 보물과 함께 성안에서 스스로 불에 타 죽었다고 하는데, 이름만이 호색가의 별명으로 후세에 남았다.

10186. 여자 영웅들에게서 그리스 영웅 전설 중에서의 부인들이지만, 여기서는 주로 헬레나를 말한다.

10188. 행동이 전부고, 명성은 아무것도 아니다 헬레나와의 만남이 비극적

으로 끝난 이후 메피스토펠레스는, 호화로운 생활과 명성을 갖고, 파우스트를 유혹하려고 하지만, 그는 이것을 무의미한 것이라고 물리치고, 동포를 위한 구체적인 사업에 몸을 바치려고 한다. 요한복음 첫머리를 '태초에 행동이 있었느니라!'(1237)라고 번역한 의미가, 점차로 무르익어 가고 있다.

10192. **자네에겐 전혀 통하지 않는다** 부정의 영인 메피스토펠레스는 파우스트처럼 쉬지 않고 노력하는 인간을 이해하지 못하고, 파우스트의 위대한 행위 노력을 우스운 것이라고 본다.

10198. **나의 눈은 아득한 바다에** 질서를 사랑하는 파우스트는 바다의 썰물과 밀물의 목적 없는 운동에 대해 불쾌감을 느끼고, 이와 똑같은 의미에서 괴테 자신도 19C초부터 자주 논의된 해안 지대의 모래사장을 개척해 보려는 생각에 주의를 기울였다.

10225. **약간 높기만 하면** 뭍(육지)에서 물속으로 쑥 내민 제방을 말한다.

10233. **이것이 내 소원** 자연의 힘을 제어하는 것이 파우스트의 소망이다.

10243. **저 착한 황제** 제1막에서 재정난으로 괴로워한 황제.

10259. **향락은 사람을 천하게 만든다** 한 나라를 다스리는 최고의 존재는 원래 고고(孤高)해야 하나 향락은 대중적인 것이기 때문에 속(俗)되게 만든다. 여기서는 도덕적인 의미는 내포되어 있지 않다.

10321. **페터 스츠** 안드레아스 그리피우스(1616~1664)가 셰익스피어의 《한여름밤의 꿈》을 번안해 만든 희극 《페터 스퀜츠》의 주인공으로, 하찮은 직장 동료들을 모아 아마추어 연극을 만든다.

세 용사(10323 앞) 싸움쟁이, 날치기, 뚝심쟁이인 이들은 전쟁의 실체인 Gewalt의 비유로, 원문 중에서 나타낸 것처럼 사무엘 후서 3장 8절, 다윗의 세 용사에 관련시켜 창작한 인물들이다.

10327. **요즘 젊은애들** 괴테가 제4막을 쓸 당시에는 기사를 주인공으로 한 소설과 희곡이 유행했다.

＊ 앞산 위에서(10345 앞).

파우스트는 황제를 돕기 위해 세 용사를 거느리고 전쟁터에 나타났는데, 메피스토펠레스는 전황이 불리할 때마다 마술을 총동원하여 위기를 모면

하고, 마지막으로 산정 호수에 사는 물의 요정인 운디네의 힘을 빌어 넘쳐 흐르는 홍수의 환영을 만들게 하여 이 홍수가 적군이 있는 골짜기에로 쏟아져 내리자, 적군들은 모두 도망을 치고 만다.

10383. **정탐** 황제가 스파이를 보낸 것은 적의 동정을 살피기 위한 것이 아니라, 그의 신하인 군주들이 아직도 자신에게 충성을 다하고 있는지를 살피기 위해서였다.

10391. **아무것도 하지 못한 변명** 그들은 황제를 받들어 함께 싸우지 못하는 변명으로, 자기 국내의 불안한 상태와 민심의 동요를 이유로 들고 있다.

10395. **자네들의 부채가 너무 많으면** 너희들의 일은 만사가 잘 되어가고 있다고 생각할지는 몰라도, 이웃집에 화재가 일어나면 너희들도 함께 타 죽을 수 있다는 것을 알아야 한다.

10406. **양과 같은 근성** 암컷 양들이 숫염소의 뒤를 순순히 따라가듯이, 민중들은 반역 황제의 가짜 깃발 뒤를 따라가고 있다.

10413. **고리꿰기 놀이** 말을 달리면서 창으로 고리를 찌르는 16C의 기마 경기.

10417. **불길 속에서 나 자신을 보았을 때** 황제는 제1막의 가장 행렬에서 파우스트와 메피스토펠레스가 마술을 써서 보여준 불길이, 황제에게 영웅의 사명과 독립심의 자각을 심어 주었다고 말한다(5920~5986, 5987~6001 참조).

반역 황제에게 도전(10423 앞) 황제는 반역 황제에게 일대일로 승부를 겨루자고 결투장을 낸다.

10425. **산중의 백성** 산에 사는 정령, 난쟁이들로 전설, 동화에 나온다. 지상에 사는 정령들은 성질이 고약하고 은혜를 모르는 인간에게 싫증을 느껴, 도시와 평지를 떠나 고독한 산중에서 숨어 산다.

10439. **노르치아에 사는 마술사** 이하 10452까지 중에서, 전반부는 역사적인 사실이고 후반부는 괴테의 창작이다. 노르치아 출신인 어떤 마술사가 로마에서 사형 선고를 받았는데, 그때 마침 황제는 자신의 대관식에 임하기 위해 로마에 머물고 있었다. 황제는 즉위함에 있어 누구라도 한 사람의 죄인을 특사할 수 있는 권리가 주어졌는데, 그는 그 권리를 이 마술사에게

행사한다. 마술사는 황제에 대해 일생 동안 이 은혜를 느끼고 있었는데, 지금 황제가 곤궁에 처해 있는 것을 알고 그를 구원하기 위해 산중에 사는 정령들을 파견하여 왔다고, 괴테는 파우스트로 하여금 말하게 하고 있다.

10488. **그 거만한 머리를 발판으로** 구약성서 〈시편〉 제110장 1절에, '야훼께서 내 주께 선언하셨다. 내 오른편에 앉아 있어라. 내가 네 원수들을 네 발판으로 삼을 때'라는 구절이 있다.

10501. **지휘하는 것을 단념** 황제는 반역 황제와 결투를 할 작정이기 때문에 지휘를 대장군에게 맡긴다.

사정을 알고 있는 관객들(10554 앞) 메피스토펠레스는 마법을 써서 무기고에 있는 갑옷과 투구 속에 도깨비를 숨겼는데, 관객들은 그것을 알고 있다.

10583. **자연적으로 일어나는 일** 황제는 이것이 요괴들의 소행이라는 것을 알아차린다.

10596. **날쌘 불꽃이 춤추고** 이 불꽃이 나타나면 항해의 신인 디오스쿠렌의 도움이 있다고 고대인들은 믿었다.

10615. **화형대 위에 있는 백발 노인** 화형을 받으려고 대기하고 있던 백발 노인 마술사(10439 참조).

10624. **독수리 한 마리** 독수리는 황제의 문장이다.

10625. **괴조 그라이프** 앗시리아, 바빌론, 고대 그리스의 조각에 나오는 괴조인데, 여기서는 반역 황제의 상징이다(7083 참조).

10638. **보여주는 대로 되었으면** 자네가 점치는 대로 되었으면 좋겠다.

10654. **저기가 심상치 않은데** 메피스토펠레스는 고의적으로 왼쪽 편에 대해서는 전혀 손을 쓰지 않았는데, 이것은 최고 사령관의 자리를 자기가 대신 차지하기 위해서였다.

10678. **까마귀** 까마귀는 서양에서도 흉조인 경우가 있어서, 《파우스트》에 나오는 까마귀는 악마에게 봉사하면서 파우스트의 계약서를 가지고 오기로 되어 있다. 게르만 신화에서 두 마리의 까마귀는 주신 오딘의 사자 노릇을 하고 있다.

10705. **명령을 내려 우리들을 구하도록** 황제는 수단과 방법을 가리지 않고 사방으로 도움을 구하지만, 모두 책임을 회피하려 하고 있다.

10711. 검둥이 사촌들이여 까마귀는 악마와 한패라고 생각하고 있기 때문이다.

10715. 실제와 환영을 떼어 놓는 요령 물의 요정인 운디네는 실제로 존재하는 물에서, 겉보기 뿐인 물을 만들어 그것을 마치 실제의 물처럼 어디에나 원하는 곳에 출현시키는데, 물론 이 거짓 현상은 사람의 눈만을 속이므로 파우스트의 눈도 속인다.

10725-10730. 벌써 한 줄기의 시냇물 겉보기뿐인 물이 나타나 계곡의 흐름으로 되기까지의 순서를 구체적으로 묘사한 것으로, 먼저 작고 얕은 여울이 그 물줄기를 높은 바위에서 계곡으로 낙하시키고, 여기에서 모인 물이 바위 틈새에서 큰 활 모양을 그리면서 떨어지고 넓어지며, 곧 평탄한 바위 위로 차례로 떨어져, 급기야는 함께 골짜기로 도도히 흘러간다.

10734. 가짜 물 가상의 물은 인간의 눈을 속이지만 악마의 눈은 속일 수 없다.

10742. 훌륭한 대선생님 악마의 왕 사탄을 말한다.

10744. 대장간 산에 사는 정령과 난쟁이들(10425 참조).

10780. 목신 판의 부르짖음 사람을 부들부들 떨게 만드는 목신 판의 무서운 부르짖음.

*** 반역 황제의 천막(10783 앞).**

전쟁이 막바지에 이르자, 도망가 버린 반역황제의 막사에 들치기와 날치기가 쳐들어가 약탈을 자행한다. 이어 황제가 나타나 전승을 가져온 일등공신 넷과 다섯에게 황실과 국사를 돌보는 새로운 최고 직책과 더 넓은 영지를 하사한다. 모두는 기쁜 마음으로 물러갔지만 대재상직을 겸하고 있는 대주교만은 혼자 남아서, 황제가 전쟁승리를 갖다준 두 마술사(파우스토와 메피스토펠레스)와 가깝게 지내고 있는 것에 불만을 토로하면서 이로 인해 로마 법왕의 분노를 살 것인즉 마술사와 함께 지냈던 황제의 막사 자리에는 속죄의 뜻으로 대성당을 새로 건립해야 한다는 것이다. 동시에 마술사(파우스트)에게 하사한 광활한 해안지대에 대해서는 그 토지의 10분의 1에 대한 세금과 임대료 등을 교회에 바치도록 해야 한다고 주장한다. 이에 대해 황제는 확실한 언질을 주지 않고, 화를 내면서 물러간다.

10791. 별 모양의 곤봉 쇠로 된 여러 개의 가시 달린 포환을 곤봉 앞에 쇠사슬로 붙인 중세의 무기.

10817. 이 신성한 곳 이곳에는 반역 황제가 불법으로 도용한 황제의 옥좌와 장신구들이 있기 때문이다.

10828. 징발 날치기는 황제의 근위병들을 자기와 마찬가지인 도적들이라고 비난하는데, 근위병들이 그들의 약탈물은 정복한 나라 사람들로부터 거두어들인 것뿐이라고 말하는 것이 다를 뿐, 실제로는 강탈이다.

10851. 배신자의 보배 반역의 수단으로 사용된 보배.

10858. 혼자 싸웠던 것이다 황제는 파우스트와 메피스토펠레스의 도움 때문에 이겼다라고 생각하고 싶어하지는 않는다.

10866. 주여, 우리는 밀라노의 주교인 암브로지우스(340~397)가 작곡했다는 찬미가.

10871. 황실과 궁정 황제 자신이 처리할 수 있는 영역은 황실과 궁정이지만, 국가는 주교도 관계할 수 있는 영역이다.

10872. 경들 네 사람의 공신들 세속의 4선제후를 가리키는데, 이하에서 괴테는 관제에 관해서는 칼 4세(1316~1378)의 《황금문서》(1356)를 참조했다.

10895. 반지 반지는 황제의 권력 상징인데, 손을 씻을 때에는 이 반지를 손가락에서 뺀다.

10921. 베니스 유리 베니스 유리잔은 만약 술에 독이 있으면 그것을 알아내고, 술을 마시는 사람이 취하지 않도록 술에서 그 취기를 빼내는 이상한 힘을 가지고 있었다고 한다.

대주교 겸 대재상(**10931 앞**) 역사적으로 선제후는 세속의 네 사람(10872 참조)과 성직자 세 사람(쾰른, 마인츠,트리어의 대주교)을 합쳐 일곱 사람이었는데, 그 중에서도 마인츠의 대주교 겸 대재상이 절대 권력을 가지고 있었다.

10946. 그대들의 최고 결정에 대해서 다섯 분의 선제후가 그들의 권한으로 내린 판결은 최고 심판으로 간주되기 때문에, 황제에게 이것을 상고 고소하는 것은 허락되지 않는다는 것이다.

10959. 성스러운 제단 위에 왕관을 받은 새로운 황제는 성스러운 제단에 올라가 국민 앞에 나타난다.

10968. 분할을 허용치 않는다는 조건 영주들의 영토는 봉토이므로 유산으로 분할하는 것이 허락되지 않았는데, 독일에서는 이 제도가 제1차 세계대전까지 지켜졌다.

세속의 제후들 물러간다(10977 앞) 여기서 황제는 파우스트에게 자기를 도와준 포상으로 해안 지대를 준다고 말할 예정이었지만, 괴테는 이것을 쓰기에 이르지 못해, 11035~36에서 대재상으로 하여금 이를 말하게 한다.

10977. 주교로서는 남았습니다 대재상을 겸하고 있는 그는 여기서는 대주교(성직자)로서 발언한다.

10990. 저주받은 자의 머리 마법사의 머리를 가리킨다.

10995. 가짜 공작 파우스트를 가리킨다.

11008-13. 밝은 아침 햇빛 대주교가 교회의 건축 순서를 차례로 설명하고 있다.

11020. 재상의 자격 10977에서 말한 것처럼, 대재상으로서가 아니라 대주교로서 말해야 할텐데, 이해 관계가 얽힐 때에는 대재상으로 다시 돌아간다.

11024. 토지의 모든 수익 토지에서 거두어들이는 수익을 말하는데, 그 내용은 10분지 1의 세금, 임대료, 헌납물 등이다.

11029. 먼 나라의 재목 먼 나라에서 들여오는 재목.

11035. 저 평판이 나쁜 사람 파우스트를 가리킨다.

제 5 막

*** 활짝 트인 지대**(11043 앞).

해안 지대의 언덕 위에 필레몬과 바우치스 노부부가 살고 있는데, 벌써 오래 전부터 이 늙은 부부는 이 해변가에 난파한 사람들을 도와주었고, 그 주위에 살고 있는 주민들에게 교회종을 울려 배를 탄 사람들의 파선(破船)을 알려주었다. 수년 전에 이곳 해안에서 좌초했다가 이 늙은 부부의 도움으로 살아난 한 나그네가 그들의 작은 오두막집을 찾아오는데, 그는 뜻밖에도 아직 살아 있는 이 노부부를 보고 기뻐한다. 그런데 일대 변화가 일어나고 있는 해안 지대에 대해 놀라워하는 나그네에게 이 변화에 대해 설명을 하면서 늙은 부인은 근심 걱정을 나타낸다. 황제에게서 이 해안을 하사받은 이 외지인이 노부부가 가지고 있는 작은 소유지를 탐내, 넘겨만 주면 그 대가로 새로 개척한 곳 중에서 좋은 땅을 주겠다고 제의하나, 부인은 그 요청을 받아들이지 말라고 남편에게 조르고, 세 사람은 함께 작은 교회로 가서 저녁 기도를 올린다. 이 노부부가 살고 있는 곳은 나무나 바위로 시야(視野)가 방해받지 않는 넓은 지대로, 전경(前景)이 오르막으로 되어있는 모래 언덕이고 그 앞이 바다로 되어있다.

11043. 나그네 필레몬과 바우치스 노부부(11063 이하)는, 해질 무렵에 등장하는 이 젊은 나그네가 예전에 이 바닷가에서 좌초한 것을 구해 따뜻하게 환대한 일이 있었다.

11070. 필레몬 그리스 전설에 나오는 노인으로 아내인 바우치스와 늘 화목하게 살았다고 한다. 제우스 신이 인간을 시험해 보려고 인간의 모습을 한 채 헤르메스를 데리고 여행을 하다가 이곳에 왔을 때, 다른 사람들은 그들을 내쫓았지만 이 늙은 부부만은 이들을 따뜻하게 모셨다. 이에 제우스 신이 한가지 소원을 들어 줄 테니 말해 보라고 하자 함께 죽게 해달라고 원했고, 죽자마자 이 노부부는 두 그루의 떡갈나무로 변했다고 한다.

11113-4. 이 사건이 모두 이 식민지도 파우스트의 죽음과 함께 무너져 버릴 것이라는 운명을 암시한다.

11125. 밤에는 작은 불꽃 바우치스는 바다를 메우기 위해 밤일을 하는 사람들의 횃불을 마법의 불이라 믿고 있다.

11127. 제물로 바치는 사람의 피 바우치스는 파우스트가 이 사업을 촉진시킴에 있어, 무엇보다도 마귀들을 달래기 위해 인간 제물을 바치고 있다고 주장한다.

11131. 신도 두려워하지 않는 사람 왜냐하면 그 분(파우스트)은 자기들의 작은 교회와 오두막집 일대를 탐내고 있기 때문이다.

11135. 새로운 개척지 간척지, 즉 매립지를 말한다.

* 궁전(11143 앞).

이제 나이 많은 파우스트는 궁전 안의 넓은 정원을 산책하고 있다. 그러자 탑을 지키는 린코이스가 대 선단의 마지막 배가 항구에 도착했음을 알리나, 파우스트의 기쁨은 모래 언덕 위의 교회 종소리에 의해 깨져 버린다. 이 종소리는 그로 하여금 그의 소망이 아직 완전히 이루어지지 못했음을 일깨워준다. 그래서, 그는 방금 도착한 대선단(그 안에는 메피스토펠레스와 억센 세 용사가 함께 타고 있음)을 따뜻하게 받아들이지 못한다. 파우스트는 전에도 여러 번 모래언덕 위의 오막살이집에 사는 늙은 부부에게 자기가 개척한 더 좋은 곳으로 옮겨 달라고 간청했지만, 번번이 거절당하자 드디어 이 늙은 부부를 철거시키라고 메피스토펠레스에게 명령한다.

파우스트는 몹시 늙은 노인(11143 앞) 괴테는 에커만에게 "제5막에 나타나는 파우스트는, 내 의향으로는 꼭 백 살이 되어 있지만, 이것을 어디서 확실하게 말해 두는 것이 좋은지, 아직 모르겠다"고 말했다(《괴테와의 대화》, 1831년 6월 6일).

11143. **탑을 지키는 린코이스** 이미 제3막(9218~, 9273~9355)에 탑을 지키는 린코이스가 나타나고 있는데, 여기에 나오는 린코이스와는 이름만 같을 뿐 동일인이 아니다.

11150. **무사히 돌아온 배** 배가 해난 사고를 당하지 않고 무사히 항구로 도착한 기쁜 순간을 말한다.

11151. **지긋지긋한 종소리** 필레몬 노인이 가지고 있는 작은 교회에서 울려나오는 종소리를 말한다.

11160. **낯선 그림자** 파우스트는 자기 아닌 다른 사람의 지배를 허용할 수 없는데, 자기에게만 속하는 것이 아닌 필레몬과 바우치스의 보리수나무 그늘에 가서 쉴 수가 없다는 뜻이다.

11161. **눈의 가시, 발바닥의 가시** 여기서는 파우스트의 화를 돋구는 것이 시각적인 것으로부터 지각적인 것으로 옮겨지고 있음을 말하는데, 필레몬과 바우치스의 토지를 바라보는 것이 불쾌할 뿐만 아니라 그 토지를 걸어가는 것까지도 화가 난다는 것이다.

세 용사(11167 앞) 황제의 전쟁을 승리로 이끌어 준 메피스토펠레스의 부하인 세 용사 즉, 싸움쟁이, 날치기, 뚝심쟁이를 말하며(10323 이하 참조), 이는 파우스트가 다른 곳에서의 사업 활동에서도 마법의 힘을 빌리고 있다는 것을 암시한다.

11169. **무사히 왔습니다** 광부들이 서로 Glückauf! (무사하시기를!)라고 인사하듯이, 선원들도 상륙할 때 서로 Glückan! (무사히 왔습니다!)라고 인사한다.

11179. **재빨리 붙잡는 것이** 메피스토펠레스가 파우스트의 계획을 악용하여, 해상에서 상선(商船)이 아닌 해적 행위를 했음을 암시한다.

11190. **인사도 않고, 감사도 없다** 파우스트는 우리에게 감사도 인사도 해주지 않는다는 말.

11222. **해변과 바다가 화해를 했어요** 방파제가 육지와 바다를 막아, 이제 해안은 바다에 침식당하지 않게 되었다는 말.

11248. **넓은 거주지** 바다를 매립하여 인간이 살 수 있게 만든 토지.

11255. **굳센 의지의 자유** 자기 마음대로 고를 수 있는 자유.

11261. **저 종소리** 메피스토펠레스는 인간 생활의 모든 국면과 사건에 관여하는 교회를 대신하는 것이 종이기 때문에 이것을 미워한다. 종과 인간과의 관계를 가장 잘 설명한 것은 실러(1759~1805)의 《종의 노래》이다.

11268. **사라진 꿈처럼 허무** 메피스토펠레스가 볼 때 인간의 일생에 있어서 교회의 은혜와 지배는 극히 작은 부분을 차지하고 있기 때문에, 종소리처럼 허무하게 사라져가는 꿈과 같다는 것이다.

11272. **정의를 지키려는 마음** 파우스트가 말하는 정의는 다른 사람의 권리를 존중하는 것이지만, 메피스토펠레스는 이런 것에 대해 어렵게 생각하지 말라는 입장이다.

11274. **진작 새 개척지로 옮겨 살게 했더라면** 파우스트의 계획은 사람들을 새로운 주택단지로 옮기게 하는 것이었는데, 메피스토펠레스는 설사 그들의 마음이 내키지 않는다 하더라도, 필레몬과 바우치스가 왜 사람들과 함께 옮기려 하지 않는지를 이해할 수 없다. 강제로 이주시킨다는 것은 폭력 행위지만 그들이 새집으로 옮기게 되면, 상실된 장소를 상쇄받을 수 있다는 것이다.

11287. **나봇의 포도밭** 이스라엘 사람 나봇은 사마리아의 왕 아합의 궁전 옆

에 포도밭을 가지고 있었는데, 왕이 그것을 더 좋은 자기 포도밭과 교환하든지 훨씬 많은 돈을 주어 사겠다고 제의하자, 그 땅은 하느님이 준 가족의 기업이기 때문에 팔 수 없다고 거절했다. 그러자 이사벨 왕비는 나봇이 신과 왕비를 모독했다는 거짓 증인을 내세워 위증을 하게 하여, 나봇을 성문 밖에서 돌로 쳐죽였다. 이렇게 해서 아합 왕은 나봇의 포도밭을 차지하게 되었지만, 그는 이 흉악한 행동에 대해 책임을 지게 되고, 이 장면에 대해 괴테와 에커만은 다음과 같은 대화를 나눈다. "이어 우리는 파우스트에 관해 이야기를 했다. 파우스트의 유전적인 성격인 만족할 줄 모르는 마음은 노년에 이르러서도 없어지지 않아, 이 세상의 모든 재물을 자기 것으로 만들었고, 자기가 만든 새 나라에 살면서도 그의 소유로 되어 있지 않은 필레몬과 바우치스의 보잘것없는 두 세 그루의 보리수나무, 한 채의 오두막집 그리고 작은 교회의 종 때문에 마음을 썩히고 있다. 이런 점에서 파우스트는 사마리아의 왕 아합과 비슷하다. 아합 왕은 나봇의 포도밭이 자기 것이 되지 않는 한, 자신은 아무것도 소유하고 있지 않다고 믿고 있다."(에커만, 《괴테와의 대화》, 1831년 6월 6일 참조).

* 깊은 밤(11288 앞).

밤이 찾아오자 탑을 지키는 린코이스는 모래언덕 위의 오두막집에 화재가 난 것을 알아낸다. 작은 교회가 내려앉은 나뭇가지의 무게로 허물어져 버린다. 당장 해결해 드릴 테니 맡겨 달라는 메피스토펠레스의 성급한 행동에 의구심을 가지면서도, 파우스트는 이 늙은 부부가 자신이 제의한 새로운 주거지에서 잘 지내게 될 것이라고 생각하며 스스로를 달랜다. 그러나 부하 셋과 함께 돌아온 메피스토펠레스가 늙은 부부와 거기에 있던 젊은 나그네도 함께 죽었다고 보고하자, 파우스트는 자기 명령을 잘못 이행한 그들을 살인자라 욕하면서, "나는 교환을 바란 것이지, 빼앗을 생각은 없었다"고 말한다.

11291. **세상은 정말 마음에 든다** 린코이스는 자연의 아름다움을 보는 것에 기쁨을 느끼는데, 이 점에서 행동인인 파우스트와는 좋은 대조를 이룬다.

11297. **영원한 장식** 이 세상의 불멸의 아름다움을 말한다.

11308. 이중으로 어두운 암흑 속 보리수의 우거진 숲이 더한층 밤의 어두움을 짙게 한다.

11341. 그 성급한 행동 파우스트의 사자들인 메피스토펠레스와 그 부하들이 일으킨 화재를 말한다.

11348. 나의 너그러운 마음씨 파우스트는 필레몬과 바우치스가 생명을 건졌다라고 믿고 있다.

11380. 갑자기 무서운 바람 무서운 바람이 타다 남은 작은 불꽃을 파우스트에게로 보냈는데, 이것은 1183과 다음 장면에서 보이듯이 네 여인으로 변해 버린다.

* 한밤중(11384 앞).

비트코프스키(Witkowski)는 이 장면을 다음과 같이 설명하고 있다. "파우스트가 생애의 종국에 이르러 현실적이고도 이상적인 인생 문제에 대해 어떤 태도를 취하고 있는가라는 질문에 대한 대답이 이 장면에 나타나고 있다. 파우스트는 메피스토펠레스와 결탁함으로써 지상에서의 인간 영위를 방해하는 물질적인 장애에서 해방될 수 있었다. 그는 제1부의 〈밤〉 장면(634~651)에서 처럼 '근심'의 모습 속에서 인생이 겪는 모든 장애를 요약해 보여 주었다. 메피스토펠레스의 도움을 얻어 인생의 모든 장애를 멀리하고 있는 동안은 '근심'도 그에게 해를 끼칠 수 없었다. 그러나 이제 그가 마술을 단념하겠다는 소망을 표명한 이상, '근심'은 그에게 새로이 접근할 수 있다는 말이 되며, 파우스트는 다시 보통 사람과 똑같은 인간 운명을 짊어지고, 능력과 의욕이 바깥과 안의 장애에 제한을 받는 조건하에서 계속 살고 행동하겠다는 증거이기도 하다. 이것은 파우스트가 '근심'의 장애를 뛰어넘어 성장한 것을 의미한다. 파우스트는 그로 하여금 모든 것에 대해 절망감을 느끼게 했던 인간의 사고와 노력의 한계를 시인하지만, 이제는 의기소침함을 느끼지 않는다. 그의 실천력은 '근심'에 의해 침해받지 않으며, 지상에서 근심의 위력이 아무리 막강하더라도 그에게는 존재하지 않는 것이나 다름없다. 동시에, 그는 메피스토펠레스의 봉사가 이제는 필요없다고 선언한다. 그는 초자연적인 도움(11423 : 조심하라, 주문을 외워서는 안된다)을 요구하지 않으며, 자연을 극복하기 위해서는 오로지 자연에만 맞서려고(11406) 한다. 그러나 메피스토펠레스와의 계약과 정령 세계와의 교류로부터 그가 완전히 해방된 것은 아니다."

회색빛 여인 넷(11384 앞) 셰익스피어의 《멕베드》에 의거한 것으로, 인생의 위기시에 홀로 운명과 대결하는 인간의 마음을 절망에 빠뜨리는, 결핍, 죄악, 근심, 곤궁 등의 여러 힘을 의인화한 것이다.

11388. **들어가면 나는 그림자** 원래 그녀들은 필레몬의 오두막이 불탄 자리에서 일어난 연기와 김에서 나타났기 때문에, 연기와 김으로 돌아가면 다시 사라져 버린다.

11403-11407. **자유로운 몸이 되기까지** 여기서 파우스트는 마지막으로 중대한 문제에 봉착하게 되는데, 비록 그것이 주문을 통해서든, 메피스토펠레스의 도움을 빌려서든 간에, 마법이나 초자연적인 도움은 이제까지 그가 요구하는 모든 것을 마련해 주었지만, 그때마다 자신을 도와준 것에 대한 채무를 지게 된다. 즉 자신의 목적을 달성하기 위해 초자연적인 힘에 의지하는 한 그는 정신적으로는 자유인이 아니며, 미지의 세계에 직면해서도 정신적인 독립을 견지하는 것이 가치 있는 삶을 영위하는 인간의 기본 조건이다.

11408. **이전에** 메피스토펠레스와 계약을 맺기 전의 인생을 저주하는 일이 없었던 시절.

11408. **모독하는 말** 파우스트의 정신이 완전히 허물어지면서 메피스토펠레스와 계약을 맺으려는 위기 상황인, 제1부의 〈서재〉 장면(1587~1606)에서 "모든 것을 나는 저주한다!"라고 외치는 말.

11415. **새가 쉰 목소리로** 새가 쉰 목소리로 우는 것은 불길한 징조라는 미신이 있다.

11419. **현관문이 삐걱거렸는데** '근심'이 눈에 보이지 않게 들어온다.

11433-40. **나는 한결같이** '근심'에서 등을 돌린, 즉 메피스토펠레스와 계약을 맺은 이후의 파우스트가 살아온 일생을 스케치한 것으로, 그는 이제 만년에 이르러 자기 극복에 의해 자신을 해방시킬 수 있었다라고 고백한다.

11441. **지상의 것은** 파우스트는 초자연적인 사물의 인식에 통달해 보려는 노력은 무의미한 일이라는 것을 나타내고 있다.

11442. 천상 파우스트가 이전에(702~719) 찾고자 했던 '저쪽 세계'를 말하는 것으로, 그는 여기서 인간의 눈으로는 분간해 낼 수 없는 '저쪽 세계'에 너무 심각하게 몰입해서는 안되며, 우리의 주위 세계를 더 심도 있게 살펴보는 것이 인간이 해야 할 일이라고 하는데, 이 주장은 '저쪽 세계'의 실존을 부정하는 것이 아니라 알 수 없는 것에 대한 인간의 심한 선입관을 반대한다는 말이다. 파우스트의 신념은 인간은 그가 살고 있는 이 세상을 알려고 부단히 노력해야 하고, 살아가면서 이 지식을 쉬지 않고 진전시켜야 하며, 그가 현재 알고 있는 것만으로 만족해서는 안된다는 것이다.

11449. 이렇게 세월 따라 현실주의자인 괴테의 중심 사상이 나타나고 있다.

11451-52. 그가 계속 나아가는 동안 파우스트는 제1부에서 메피스토펠레스와 계약을 맺기 전에 다음과 같이 말했다. "만일 내가 안락의자에 편안하게 드러눕게 되는 날이면 그 때는 나도 볼장 다 본 거야." 결국 메피스토펠레스는 내기에 이길 수 없었으며, "어느 순간에도 만족하지 못하는 자."(11451)는 파우스트의 말은 쉬지 않고 정진을 계속하려는 그의 정신이 아직 살아 있다는 것을 말한다.

11491. 악령들 이는 11487의 괘씸한 유령들과 같다.

11492. 유령과 맺은 엄한 유대 악마와의 계약 또는 미신에 의해 결박된 인간의 영혼을 말한다.

11500. 그러나 마음속에는 밝은 빛 비록 육체의 눈은 멀었지만 마음속의 눈은 점점 더 밝아지는데, 쉬지 않고 발전해 가는 그의 활동은 파우스트 전편(全篇) 마지막까지의 모티브가 된다.

* 궁전의 큰 앞뜰(11511 앞).

메피스토펠레스가 죽음의 영인 레무르들을 데리고 나타나, 횃불이 비치는 곳에서 무덤을 파라고 명령하는데, 파우스트는 일꾼들이 자기 명령을 받들어 일하고 있는 것으로만 믿는다. 그의 새로운 계획은 멀리 뻗어있는 소택지를 간척지로 만들어 많은 사람들이 여기서 살게 하는 것이며, 자기 덕분에 바다를 메운 땅 위에서 많은 사람들이 힘차게 자기 보존을 영위할 수 있을 것이라는 예감 속에서 도달할 수 있는 최고의 행복을 맛본다. 그러나 메피스토펠레스는 이것을 이해하지 못하며, 파우스트가 언제나 만족을 못 느끼고 쾌락에서 또 다른 쾌락을 쫓고 있다고만 생각한다. 즉, 파우스트가 계속 쉬지 않고 정진하며, 많은 사람들의 자유로운 활동을 위해 새로운 공간을 제공한다는 생각 속에서 행복을 느낀다는 것을 메피스토펠레스는 이해하지 못한다.

11512. **죽음의 영, 레무르들** 로마 민간신앙에 나오는 뼈와 가죽뿐인 신인데, 괴테는 여기에 익살을 더 첨가한다. 그들은 무덤을 파는 일꾼이 되어 횃불을 쥐고 메피스토펠레스를 따라 등장하고 있다.

11519. **뾰족한 말뚝** 끝이 뾰족한 측량용 말뚝.

11527. **조상을 묻었을 때처럼** 메피스토펠레스가 사람이 된 것 같은 말투로 이야기한다.

11539. **얼마나 나를 기쁘게 하는고** 이제 눈이 멀어 손을 더듬어 걷던 파우스트는 자기의 무덤을 파는 소리를 개척에 힘을 쏟는 사람들의 삽소리로 알고 기뻐하는데, 이는 눈이 멈과 동시에 그의 정신력은 한층 더 굳세지고 있음을 말한다.

11541. **대지가 메워진 땅과 어울리어** 사람들은 둑을 쌓고 바닷물을 막아, 대지와 대지를 화해시킨다.

11546. **바다 악마인 넵튠** 기독교에서는 중세 이후 교화를 위해 이교도의 신들을 모두 악마라고 했다.

11547. **큰 잔치 준비** 바닷물이 제방을 뚫고 많은 주민들을 바다로 채가는 것을 말한다.

11575. **자유도 생명도 날마다 정복하는 사람** 개척함에 있어 공동체를 유지하기 위해 사람들이 일치 협력하여 열심히 일하면 풍부한 수확을 얻을 수 있다. 이렇게 인생은 근면에 의해 쟁취되고 또한 이 근면에 의해 자유를 얻는다.

11580. **자유스러운 땅에서** 지배자로서 백성 위에 군림하려는 것이 아니라, 자유인으로서 백성과 함께 살겠다는말.

11581. **순간에 대해 이렇게 말해도 좋을 것이다** 이것은 제1부에서 "어느 순간을 보고 '멈추어라! 너는 정말 아름답구나!'하고 말한다면"(1699~1700)에 호응하여, 파우스트가 도달한 최후의 심경을 나타낸 부분이다.

제1부에서는 순전히 미래의 일이기 때문에—말할 것이다라고 되어 있지만, 개척민과 어울려 서 있는, 현재의 눈이 먼 파우스트는 눈으로 볼 수는 없지만 이 사업은 영원불변한 것이라는 확신을 가지고 있다. 지금 막 시작한 것이지만 얼마 안 있어 사업이 완성하는 그날의 광경이 전부 뇌리에 그려져 있다.

11585. **예감하면서** 다만 현재로서는 예감할 뿐이며, 따라서 이 현재는 그에게는 최종 최고의 순간이라고도 할 수 있다. "말해도 좋을 것이다(dürfte ich sagen)"라는 배후에는 끝까지 일로정진을 본질로 삼는 파우스트의 본질을 볼 수 있다.

11589. **마지막의 이 시시하고 허무한 순간** 파우스트가 "멈추어라"라고 지금 이 순간을 향해 외친 것까지도 메피스토펠레스의 눈에는 이렇게만 비친다.

11592. **시계는 멈추었다** 파우스트가 제1부에서 "시계가 멈추고 바늘이 떨어질 테니 내 일생은 그것으로 끝나는 것이야!"라고 한 말을 메피스토펠레스는 승리감에 취해 여기서 되풀이하고 있다.

11593. **일은 끝났다** 파괴를 주업무로 삼고 있는 메피스토펠레스는 십자가상의 예수 그리스도의 마지막 말(요한복음 19장 30절)을 인용하면서 파우스트를 유혹하는 일은 이제 끝났다고 거드름을 피우면서 말한다.

11594. **이미 지나갔다** 이에 대해 합창단이 이미 지나갔다고 하는 말을 듣고, 자기가 한 일에 트집을 잡힌 것으로 생각하고 화를 낸다.

11597. **지나간 것과 깨끗하게 없는 것** 지나간 것과 존재하지 않는 것은 마찬가지로 가치가 없다는 것이다. 그러므로 사라져 없어지기 위해 생긴 것이라면 처음부터 없던 것이 더 좋다.

11603. **영원한 허무** 메피스토펠레스의 이러한 허무주의는 구약성서 전도서 제1장 1절(헛되고 헛되다)의 사상과 상통한다.

* 매장(11604 앞).

메피스토펠레스는 레무르를 위시한 여러 종류의 악마를 불러내 지옥의 문을 열게 하지만 같은 시각에 천사들이 장미꽃을 뿌리면서 다가온다. 메피스토펠레스는 악마들을 시켜 천사들의 진입을 막으라고 야단치지만 소용이 없다. 떨어져 내리는 사랑의 장미꽃은 타고 있는 더운 김에 옮겨 붙어 불꽃이 되어, 악마들을 다시 지옥으로 쫓아 보낸다. 메피스토펠레스는 물러서지 않고 장미꽃과 맞붙어 싸우지만, 그 불에 닿자 온몸이 부스럼처럼 부풀어오른다. 드디어 천사들은 파우스트의 죽지 않은 영혼을 나르면서 하늘로 올라가며, 이와는 반대로 메피스토펠레스는 파우스트를 빼앗기고 어리둥절해 한다.

11613. **피로 적은 기록** 파우스트가 서명한 계약서.

11615. **수단 방법이 여러가지** 가톨릭 교회의 면죄, 악마 퇴치의 기도, 점, 무술(巫術)을 말한다.

11617. **새로운 방법** 계약(312～33과 1714～40)을 근거로 하여 천사 상대로 소송을 거는 방법.

11628. **미워하는 여러 원소** 인체를 구성하고 있는 원소는 서로 미워한다. 따라서 썩어 버리면 사방으로 흩어진다.

11629. **혼을 쫓아내** 원소 운운하는 유물론의 입장에 서게 되면 영혼이라는 관념이 들어갈 여지가 없음을 말한다.

11631. **언제? 어떻게? 어디서?** 죽는 시기, 영혼과 육체의 분리 상태, 영혼이 탈출하는 신체의 부위 같은 까다로운 문제.

11640. **지옥에는 아가리가 너무 많이** 지옥에는 세상에 살았을 당시의 신분에 맞게 취급하는 여러가지 입구가 있다. 그리스도 수난극이 생긴 이후 특히 파우스트 극의 마지막 장면에서는 없어서는 안되는 것으로 되어 있다(구약성서 이사야 5장 14절 참조).

11643. **그렇게 까다로운 구별** 프랑스 혁명 이후 신분의 차이는 점점 없어질 것이라는 말.

11647. **불꽃 도시** 단테의 《신곡》(지옥편 8장 69～75)에 나오는 지하세계의 신인 디스의 불꽃 도시.

11650. **하이에나 같은 입** 이빨을 드러낸, 지옥에 있는 많은 아가리를 큰 하이에나에 비유한 것이다(이탈리아 '피사'에 있는 캄포산토(Camposanto)의 프레스코 벽화 중에서 〈지옥〉 참조).

11659. **인광 같은 불빛** 괴테는 영혼은 대뇌의 인광에서 생긴 것이라고 주장

하는 유물론에 대해 비꼬고 있다.

11660. **날개가 달린 영혼** 그리스어에서는 영혼과 나비를 의미한다(1982 참조).

11662. **봉인** 민간신앙에 따르면, 자기 것으로 된 인간 영혼에 도장을 찍는다고 한다(묵시록 19장 20절 참조).

11664. **시체의 아랫부분** 영혼은 신체의 일부인 심장에 머물러 있다고 원시 종교에서는 믿고 있는데, 괴테는 그 부위를 특히 하반신으로 옮겨 이것을 비웃고 있다.

11670. **어릿광대들** 몸 동작이 춤추고 있는 것처럼 보이는 그로테스크한 괴물

오른편의 위쪽(11676 앞) 실제로 '피사'의 캄포산토의 프레스코 벽화 중 〈죽음의 승리〉 장면에서도, 천사들이 오른쪽 위에서 죽은 혼령들을 악마의 손에서 빼앗아 하늘로 올라가고 있다.

11687. **사내아이인지 계집아이인지 모를** 천사는 인간과 비슷하지만 남녀의 성을 초월한 존재라고 생각되고 있다.

11689. **몹시 거칠어졌을 때** 처음에는 가장 아름다운 대천사 중의 하나였던 루치퍼가, 반역을 모의했다가 하느님의 벌을 받아 악마로 떨어졌을 때를 말한다(묵시록 12장 참조).

11695. **우리들의 무기** 간계와 추종을 말한다.

11697. **너희들의 수치** 파우스트의 영혼을 잃는다는 것은 악마에게는 영원한 수치임. 그렇게 되면 메피스토펠레스는 하느님 앞에 서서 자신의 패배를 고백해야 하기 때문이다.

11699. **장미꽃** 천사들은 이 장미꽃을 천국에서 참회하는 여인들에게서 받았다. 장미꽃은 신적 사랑임. 또한 꽃봉오리가 열리자마자(11702~11704) 악마들을 제압하여 버리는 사랑의 정수를 간직하고 있다.

11716. **불을 뿜는 악마** 저지(低地) 독일에는 옛날부터 불을 뿜는 신이 있었다고 하는데, 불룩한 볼을 한 이 신은 불을 불어 일으키기도 끄기도 하고 또 연기와 안개를 뿜어낸다고 한다.

11722. **독을 머금고 밝은 불꽃** 장미가 독스럽고 빨갛게 타오른 불덩이로 변했다.

11731. 진실한 말씀 높은 지성의 상징인 진실된 말은 언제 어떠한 때에도 천국에 있는 자들에게 광명을 가져다준다.

11751. 사랑만이 하느님은 사랑하시지만 인간에게서 사랑을 되돌려 받는 것을 원한다. 그리고 인간 쪽에 사랑이 있을 때, 그를 인도하여 천국으로 데려간다(11938 참조).

11754. 악마를 뛰어넘는 불길 악마 같은 것은 미칠 수 없는, 따라서 성스러운 사랑의 불길.

11786. 목덜미에 불길 불덩이로 변한 장미가 목덜미를 태워, 몸 전체가 불덩이가 되었지만 메피스토펠레스는 그것을 느끼지 못한다.

11803. 진리여 자기 죄를 인식하는 자는 그 인식에 의해 구원을 받는다.

11809. 욥처럼 "사탄은 야훼 앞에서 물러나오는 길로 곧, 욥을 쳐 발바닥에서 정수리까지 심한 부스럼이 나게 하였다."(구약성서 욥기 2장 7절 참조).

11823. 공기는 정화되었으니 이제는 대기가 악마로부터 정화되었으니, 구제된 파우스트의 심령이여, 안심하고 숨을 쉬어라.

파우스트 불멸의 영혼(11825 앞) 아리스토텔레스에 따라 '인간 속에 내재하고 있어서 활동하고 있는 본성', '쉬지 않고 인격을 형성, 변형하고 그 현재의 존재가 소멸되어도 계속 존재하는 원리'를 말한다.

11826. 머리에 피도 마르지 않은 메피스토펠레스는 천사들을 아이들이라고 부른다. 11763에서는 천사들을 귀여운 소년들이라 부르고 있다.

11841. 어린애 같고 어리석은 일 메피스토펠레스는 경험이 많고 영리하다고 자부하여 내기를 했는데, 그 내기에서 졌기 때문에 이렇게 말했다.

*** 깊은 산골짜기(11844 앞).**

괴테는 에커만에게 마지막 장면을 이렇게 말하고 있다.

"파우스트의 구제된 영혼이 천국으로 올라가는 결말을 잘 매듭짓는 것이 아주 어려웠다는 것은 자네도 알 수 있을 것이야. 만약 내게 나의 문학적인 의도에 윤곽이 확실한 기독교적 교회적인 인물이나, 관념을 통해 적절히 제한할 수 있는 형식과 긴밀성을 부여하지 않았더라면, 저런 초감각적인, 거의 상상조차 할 수 없는 것은 전혀 파악할 수 없는 막연한 것으로 되어 버렸을 것이야."(에커만, 《괴테와의 대화》, 1831년 6월 6일 참조).

성스러운 은둔자들(11844 앞) 비트코프스키(Witkowski)는 이 은둔자들을 이렇게 설명하고 있다. "초기 기독교 시대에 황야에서 살았던 은둔자들은 육체를 죽여 가면서 예수 그리스도 그리고 성모 마리아와의 신비로운 합일을 얻으려고 오로지 참회와 수도 생활로 일생을 보냈다. 이들은 성자로 불리웠던 수도승들이다. 이 장면은 피사의 캄포산토에 있는 벽화 〈테베 황야에 사는 은둔자들〉을 대본으로 하고 있다."

11844. **합창과 메아리** 노래부르는 사람들의 이름은 없지만, 은둔자나 수도승들일 것이다.

11850. **사자** 구약성서 이사야 65장 25절에 이런 구절이 있다. "늑대와 어린양이 함께 풀을 뜯고 사자가 소처럼 여물을 먹으며……." 중세 이후의 종교화에서는 사자들이 은둔자들과 함께 어울려 지내고 있다. 괴테는 티치안(1489~1576)이 그린 '세 마리의 사자와 함께 있는 성 히로니무스'를 소장하고 있었다고 한다.

11854. **교부** 여기 언급된 세 사람의 교부들(Patres)은 초기 기독교 시대에 기적과 고난을 통해 신앙을 밝힌 교부들로, 그 이름은 특정한 사람을 가리키는 것이 아니고 칭호로 보편화되어 있다.

11854. **법열(法悅)의 교부** 자기 자신을 희생으로 바쳐 그 고통을 통해 법열의 황홀 상태에 잠겨 평화를 얻으려고 하는 교부. 예를 들면 성 안토니우스, 은둔자 교단의 디오니지우스가 이 칭호를 받았다.

11854. **위아래로 떠다니며** 중력의 속박을 벗어난 교부들의 육체는 공중에 떠 있을 수 있었다고 한다. 가령, 프란시스쿠스 크사베리우스, 페터 폰 만투아 등. 그리고 괴테는 이탈리아 기행 중에서(1787년 5월 26일 나폴리) 필립포 네리(Filippo Neri)도 이런 기적을 행했다고 적고 있다.

11858-60. **화살……창끝……곤봉** 순교자들의 생명을 앗아간 고문 기구들. 이 고난을 기꺼이 받아들여, 은둔자들은 최고의 정화를 열망했다.

11866. **명상의 교부** 믿음에 깊이 잠겨 있지만, 아직 완전함을 느끼지 못하는 명상의 교부는 실제로 깊은 곳에서 하늘을 향해 계시를 내려 줄 것을 외친다(구약성서 시편 130편 참조). 은둔자들이 골짜기에서 산봉우리로

올라감에 따라 신의 인식이 점점 더 순화되어 감을 나타낸다. 이 칭호는 성 베른하르트(Sankt Bernhard 1090~1153)에게 바쳐졌다.

11866-73. 아래쪽 깊은 바닥도, 소용돌이치며 떨어지는 폭포수도, 하늘 높이 솟아오른 나무들도 모두 전능한 사랑의 창조력을 증명하고 있다. 사랑은 모든 것을 창조하고, 모든 것에 침투하는 힘을 의미한다.

11890. **천사를 닮은 교부** 영혼의 정화가 더 높은 위치에 있는 천사와 같은 교부. 프란치스코 수도회를 창시한 성 프란치스코(1182~1226)에게 바쳐진 칭호다.

11894. **승천한 소년들** 이 세상에 태어나자 세례도 받지 않고 곧 죽은 어린아이들로, 그들은 죄를 범하지 않았다. 그러나 아담의 후손들인 그들은 인간의 원죄에 오염되어 있다. 그러므로 어린 영혼인 그들은 천국과 지상 사이를 배회하다가, 원숙해진 다음에 천국으로 들어간다.

11898. **한밤중에 태어나** 한밤중에 태어난 아이들은 더러움을 모르고 일찍 죽는다고 하는데, 그들은 영적 세계와 인연을 맺는 특별하고도 이상한 능력을 가지고 있다는 민간신앙이 있었다. 부모와 신의 사랑을 함께 받고 태어난 이 아이들은 유일한 감정으로써 사랑의 현존을 느낄 수 있기 때문에, 여기서는 파우스트의 현존을 예감할 수 있다.

11902. **사랑해 주는 자** 사랑의 존재로서의 파우스트를 가리킨다.

11907. **나의 눈 속으로 내려오너라** 어린아이들은 천사를 닮은 교부, 즉 성 프란치스코의 몸 안으로 들어와 이 지상 사물을 그의 눈을 통해 볼 것을 권한다. 왜냐하면 어린아이들의 눈은 지상 장면에 익숙하지 못하기 때문이다. 괴테는 이 아이디어를 스웨덴의 자연 과학자인 스웨덴보르크(1688~1772)에게서 얻었으며, 괴테의 편지(1781년부터 1824년 사이)에 가끔 이에 관한 것이 나타나고 있다.

11914-17. **굉장한 구경거리** 천사를 닮은 교부의 눈을 빌려서 본 광경에 어린 영들은 압도당해, 이 세상의 처절함과 신의 사랑을 어떻게 조화시킬 것인가 하는 명상의 과제에 부딪힌다. 이에 대해 천사를 닮은 교부는 신이 늘 옆에 있어서 지상적인 것에 더렵혀지지 않는 순수하고 영적인 힘을 주기 때문에, 어린 영들은 신앙의 깊이를 얻음에 따라 점점 신의 인식으로 도달하게 된다(11918~11921)고 말한다.

11926-29. 손에 손을 마주잡고 어린 영들은 서로 손을 마주잡고, 하늘과 땅의 경계를 이루는 제일 높은 산봉우리 주위에서 티치안이 그린 〈마리아의 승천〉에 나오는 어린 천사들처럼, 노래를 부르면서 윤무를 춘다.

11930-31. 신의 가르침 일찍 죽은 아이들은 하늘의 문을 스스로 열 수 있게 하는 신의 가르침을 고대한다.

11932-33. 눈 앞에 볼 수 있으리라 마태복음 5장 8절. "마음이 깨끗한 사람은 행복하다. 그들은 하느님을 뵙게 될 것이다." 또 요한1서 3장 2절. "그러나 그리스도께서 나타나시면, 우리도 그리스도와 같은 사람이 되리라는 것을 알고 있습니다."

11934. 거룩한 한 분 파우스트의 죽지 않은 영혼을 말한다. 동시에 Glied라는 단어의 뜻은 지체(肢體=팔과 다리와 몸)지만, 여기서는 성서적인 표현으로 사용되어 예수 그리스도를 모신 기독교 공동체의 한 분(Mitglied=영어로 member)이라는 뜻이다. 로마서 12장 4, 5절. "우리의 몸은 각 부분이 자기 구실을 다함으로써, 각 마디가 서로 연결되고 얽혀져 영양분을 받아 자라납니다. 그리스도를 머리로 하는 교회도 이와 같이 하여 사랑으로 지체를 완성해 나가는 것입니다."

11934-41. 끊임없이 애쓰며 노력하는 자 괴테는 《에커만과의 대화》(1831년 6월 6일)에서 이렇게 말했다. "이 시구 속에 파우스트 구원의 열쇠가 있다. 다시 말해, 파우스트 자신 속에 마지막까지 더 높이 올라가 점점 더 순화되어가는 활동이 있고, 하늘에는 그를 구원하려는 순수한 사랑이 있다는 것이다. 이것은 우리가 자신의 힘뿐만이 아니라 신의 은총이 더해져서 비로소 천국으로 들어갈 수 있다는 우리 자신의 종교관과 완전히 일치하게 된다." 그런데 파우스트가 구원을 받기 위해서는 교부들이 말하는 보편적인 신의 사랑은 물론이지만, 파우스트에게로 향한 끊임없는 특별한 사랑이 필요하며, 이 사랑이 바로 그레트헨의 사랑인 것이다.

11942. 속죄하는 여인들 이 속죄하는 여인들이(이 가운데에는 그레트헨도 들어있다) 준 장미꽃으로, 악마들의 손에서 이 고귀한 영혼(11946), 즉 파우스트의 영혼을 빼앗을 수 있었다.

11954. 지상의 흔적을 남긴 자 파우스트의 영혼은 천상으로 운반되어지면서도, 아직 지상적인 것으로부터 완전히 정화되어진 경지에 있지는 않다.

11956. 석면 석면(돌솜)은 불에 타지 않는 성질의 것이기 때문에 불멸의 것으로 간주되었다.

11980. 최고 완성의 단계 파우스트는 더 높은 세계의 질서를 즐기기 위해, 승천한 어린 소년들의 무리에 끼어 함께 성장하지 않으면 안된다. 마태복음 18장 2~3절에 이런 구절이 있다. "예수께서 어린이 하나를 불러 그들 가운데 세우시고 말씀하시기를, 나는 분명히 말한다. 너희가 생각을 바꾸어 어린이와 같이 되지 않으면 결코 하늘나라에 들어가지 못할 것이다."

11981-82. 번데기의 상태 새로운 세계에 나비가 되어 탄생하려는, 파우스트의 영혼의 번데기 상태를 말한다.

11983-84. 천사가 되는 보증 승천한 소년들이 파우스트와 함께 동시에 천사가 되는 담보.

11987. 신성한 삶 파우스트의 영이 천국으로 들어갈 수 있는 정화 과정을 거친 것을 나타낸다. 이리하여 천상으로부터 구원의 은총이 베풀어진다. 여기서 비로소, 파우스트에게 주어지는 저쪽 세계의 더없는 행복이 말해진다.

11989. 성모 마리아 숭배의 박사 그는 네번째 은둔자로 특히 성모 마리아를 숭배하는 데에 몸을 바쳤다. 그의 암자는 가장 높은 곳에 있는데, 그곳으로부터 그는 직접 천국을 바라볼 수 있다. 괴테는 초고에서는 교부라고 했다가, 마리아 숭배가 중세 이후의 일이기 때문에 박사로 고쳤다. 그는 이 이후의 무대 전개에 있어서, 파우스트의 구제 의식을 위한 사제 역할을 하고 있다. 이 박사의 찬송가는 슈만(1810~1856)이 가장 효과적으로 작곡했다.

11997. 지고의 여왕 성모 마리아를 가리킨다.

12009-12011. 처녀, 어머니, 여왕 성모 마리아를 가리킨다.

영광의 성모(12032 앞) 영광에 싸여 승천하는 성모 마리아. 제1부 〈성곽 안쪽 길〉에 보이는 '고통 많은 성모 마리아'와는 대응되어 있다. 승천하는 마리아를 우러러보면서, 세 사람의 참회하는 여인이 자신의 신앙을 밝힘으로써 죄를 용서해 줄 것을 빌고, 더 나아가 성모 마리아의 사랑에 기대어 그레트헨의 죄를 사해 줄 것을 기원한다. 그레트헨은 또 파우스트를 위한 구원의 기도를 바친다. 이렇듯 아낌없이 주어지고 또 아낌없이 주는 사랑이 이곳에 넘쳐흐르고 있다.

12037. **죄 많은 여인** 누가복음 7장 36~38절.

"예수께서 어떤 바리사이파 사람의 초대를 받으시고 그의 집에 가 음식을 잡수시게 되었다. 마침 그 동네에는 행실이 나쁜 여자가 하나 살고 있었는데, 그 여자는 예수께서 바리사이파 사람의 집에서 음식을 잡수신다는 것을 알고 향유가 든 옥합을 가지고 왔으며, 예수의 뒤로 와서 발치에 서서 울며, 눈물로 그 발을 적시었다. 그리고 자기 머리카락으로 그것을 닦고 발에 입맞추며 향유를 부어 드렸다."

12045. **사마리아의 여인** 요한복음 4장. 예수가 갈릴리로 가는 도중, 사마리아의 시카르라에서 야곱의 우물의 물을 떠서 마시게 한 여인. 사마리아인은 유태인으로부터 멸시를 받던 종족으로 말을 건네는 것까지도 싫어했으나, 예수는 이 여인에게도 신의 복음을 주었다.

12052. **깨끗하고 풍부한 샘** 여기에서 말하는 물은 영원한 물, 즉 신의 복음을 가리키며, 동시에 성령을 말하기도 한다(요한복음 7장 39절 참조).

12053. **이집트의 마리아** 《성인전》(Acta Sanctorum)은 그리스도 교회의 성인과 순교자의 행적을 수집한 것으로, 예수회원인 볼란드(Bolland 1596~1665)에 의해 17C에 시작되어 1981년에 이르렀을 때는 65권의 책으로 나왔다. 이 《성인전》의 4월 2일 항목에는 다음과 같은 말이 있다. '이집트의 마리아'는 알렉산드리아에서 17년 동안이나 음탕한 생활을 했다고 한다. 급기야 어느 축제일에 예루살렘에 있는 성 십자가 교회로 들어가려 하자 어떤 보이지 않는 손이 그녀를 못 들어가게 했다. 그녀는 자기 죄를 회개하고 성모 마리아에게 기도를 드렸다. 그러자 기적적으로 부르심을 받아 교회 안으로 들어갈 수 있었다. 교회 안에 들어서자마자 어떤 목소리가 들리더니 요단강 너머 사막으로 가면 마음의 평화를 발견할 수 있다는 것이었다. 이 말대로 그녀는 요단 사막에서 47년간의 속죄 생활을 보냈다. 죽을 때가 다가오자 모래 속에 글을 써서, 소니치우스 수도승으로 하여금 자기 시체를 파묻고 자기 영혼을 위해 기도를 드려 달라고 부탁했다. '이집트의 마리아'를 여기 등장시킨 이유는, 그녀가 12037와 12045에 나오는 여인과 함께 죄 많은 여자이기 때문이다.

12065. **한번 자신을 잊었을 뿐** 죄 많은 여인으로 알려진 세 분은, 여기에

속죄하는 여인으로 나타난 착한 그레트헨의 영혼을 위해 기도를 드리고 있다.

12069. **비길데 없는 당신** 제1부 〈성곽 안쪽 길〉(3587 이하)장면 당시의 괴로운 심정에 비해, 이 구절은 현재의 행복함을 나타내고 있다.

12074. **밝은 마음** 이제 파우스트는 이 세상에 흐린 점 하나 없이 정화되었다는 말이다.

12077. **팔다리도 늠름하고 굵어** 신체의 늠름한 성장은 또한, 내면적인 완전성이 더해졌음을 상징적으로 말하고 있다.

12078. **성실하게 돌봐드린 보수** 파우스트는 그레트헨의 정성어린 기도에 대해, 쉴 줄 모르는 자기완성을 위한 노력으로 십분 보답할 것이다.

12082-83. **이분은 배운 것이 많기 때문에** 인생 체험이 풍부한 파우스트는 어린 영들에게 가르침을 줄 수 있을 만큼 정화되었다. 그러나 그 자신도 가르침을 받아 발전할 필요가 있다(12092 참조). 파우스트는 오랜 인생길에서, 노력을 통해 많은 고귀한 경험을 쌓았다. 어린 천사들도 그에게서 그 의의를 배워야 한다.

12086-87. **신선한 생명** 새로운 삶 속으로 들어가는 것이 분명해지자 그는 외적으로도 완전한 변화를 경험한다.

12095. **그 사람도 너를 알아보면** 정화된 파우스트는 그레트헨에게서 영원한 사랑을 본다. 영광의 성모 마리아는 그레트헨과 파우스트가 더 높은 곳으로 올라가는 것을 허락한다.

12096-99. **모든 착한 사람들** 마음씨 착하고 후회할 줄 아는 사람들은 영원한 여성인 성모 마리아의 얼굴을 쳐다보라. 그녀의 눈길은 너희들을 구원할 것이니, 너희들은 영생의 행복으로 들어갈 것이다.

12102. **처녀여, 어머니여, 여왕이여, 여신이여** 12009~11에 나오는 성모 마리아를 총괄하여 바꿔 말한 것이다.

12104. **신비의 합창** 뒤셀도르프의 괴테 박물관이 소장하고 있는 초고를 보면, 괴테가 처음에는 '높은 곳에서의 합창'(Chorus in excelsis)이라고 썼다가, 이것을 지우고 그 위에 '신비'(mysticus)라고 고쳐 썼음을 알 수 있다. '높은 곳에서'라고만 하면 단지 초 지상적인 곳에서 천사의 무리, 교부들, 속죄하는 여인들이 노래부르고 있음을 의미하는 것이겠지만, '신비의 합

창'이라고 하면 노래의 내용 그 자체, 다시 말해 덧없는 것과 영원한 것, 인간세계와 신의 세계와의 신비로운 상호 연관성을 말하는 것일 것이다. 〈신비의 합창〉은 전부 8행으로 되어 있는데, 짧은 2행으로 채워진 네 개의 문장으로 두 세계가 서로 연관을 맺고 있어, 하늘과 땅 전체가 신비로운 합창을 구성하고 있다.

12104-05. 모든 무상한 것은 한낱 비유 현상 세계에서 일어나는 모든 것은 절대적인 실체의 상징일 뿐이다(4727 참조).

12106-07. 이 지상에서 이 세상에서는 아무리 쉬지 않고 노력 정진해도 이루어지지 못하는 것이 여기에서는, 즉 천상에서는 실현되어서 나타난다.

12108-09. 말할 수 없는 것이 노력하면서도 방황하는 인간이 구제되어 천상으로 올라간다는, 말로는 도저히 설명될 수 없는 일도 영원한 신의 사랑에 의해 성취된다.

12110-12111. 영원히 여성적인 것이 인간의 모든 노력을 옳은 길로 이끌어 가는 힘은 천상에서는 성모 마리아, 지상에서는 그레트헨과 같은 여성 속에 구현되어 있는 사랑인 것이며, 이런 영원한 추진력이 결국 쉬지 않고 노력하는 인간을 구원해 준다는 것이다. 이것은 또한 괴테가 일생동안 품고 있었던 사상이기도 하다.

Die Leiden des Jungen Werther

젊은 베르테르의 슬픔

나는 가엾은 베르테르의 이야기에 대해 찾아 낼 수 있는 모든 것을 열심히 모아서 그대들 앞에 내놓습니다. 그대들은 나의 이 노고에 대해 감사해 주시리라 믿습니다.

그대들은 베르테르의 정신과 그의 성품에 대해서 감탄과 사랑을 느끼고, 그의 운명에는 눈물을 아끼지 않을 것입니다. 베르테르와 똑같은 마음의 괴로움을 앓고 있는 착한 마음씨를 지닌 사람이라면 베르테르의 슬픔에서 위안을 얻으리라 생각합니다.

만일 그대가 운이 따르지 않아 그랬던지 아니면 자신의 잘못으로 그랬던지, 더욱 가까이 할 벗을 얻지 못한다면, 이 조그만 책을 그대의 마음의 벗으로 삼아 주시기 바랍니다.

제 1 권

1771년 5월 14일

훌쩍 떠나와, 나는 얼마나 기쁜지 모르겠네! 벗이여! 인간의 마음이란 진정 알 수 없어! 내가 그토록 사랑하여 차마 헤어질 수 없는 자네를 떠나와서도 이렇게 기뻐하고 있으니 말일쎄! 그래도 자네는 나를 용서해 주리라 믿으이. 물론 자네만은 예외이지만 나의 지금까지 다른 사람들과의 인간 관계는 모두 나와 같은 인간의 마음을 괴롭히기 위해 운명이 특별히 마련해 놓은 것은 아닐까? 가엾은 레오노레! 하지만 나의 책임은 아니지만. 레오노레의 여동생이 지닌 독특한 매력에 내가 기분 좋게 끌려가고 있었는데 그러는 사이 가엾게도 언니인 레오노레의 가슴속에 나에 대한 사랑의 불길이 일기 시작하였으니 나로서 어찌 할 수 있었겠나? 그렇다 하더라도 나에게는 아무런 책임이 없다는 것인가? 혹여 나는 그녀의 감정이 내 쪽으로 기울도록 부추기지나 않았는지? 자연 그 모습 그대로인 그 여자의 진실된 말씨와 태도는 조금도 지나치지 않았고 오히려 우리에게 이따금 웃음을 자아내게 만들었으며 나 자신도 함께 즐거워하지 않았던가? 그런데 나는——아, 이처럼 자신에 대해 하소연만 하고 있으니 인간이란 도대체 무엇이란 말인가! 벗이여, 나는 자네에게 약속하겠네. 나는 나 자신을 더 고쳐나가야 하겠다고 말일세. 나는 지금까지 늘 해왔던 것처럼 운명이 우리에게 내린 자질구레한 불행을 쓸데없이 되씹는 일은 이제 하지 않으려네. 우리 눈 앞에서 벌어지는 현재만을 즐기고 지나간 과거의 일들은 머릿속에서 지워버리겠어. 벗이여, 자네 말이 옳았지. 만일 인간이——어찌하여 우리 인간은 그렇게 만들어졌는지 모를 일이지만——상상력을 다하여 지나가 버린 불행한 추억을 다시 불러내려 하지 않고 허심탄회하게 현재를 있는 그대로 받아들여 살아간다면 인간 세상에 벌어지고 있는 고통도 훨씬 줄어들 것이 아닌가.

동생들에게 빵을 나누어 주고 있는 롯테. 랑베루크 그림, 괴테박물관 소장(프랑크푸르트)

수고스럽지만 나의 어머니에게 전해주기 바라네. 어머니가 나에게 맡긴 일은 순조롭게 잘 진행되고 있어, 이것에 대한 소식은 이제 곧 알려드릴 수 있을 것이라고 말이야. 나는 숙모를 만나 보았는데 우리가 집에서 말하던 것처럼 그렇게 나쁜 사람은 아니었어. 숙모는 쾌활하고 좀 괄괄한데는 있었지만 마음씨는 좋은 분이야. 나는 그녀가 아직 움켜쥐고 있는 유산에 대한 어머니의 불만을 털어놓았지. 숙모는 그렇게 된 이유를 설명하면서 몇 가지 조건을 갖추기만 하면 유산의 전부를 줄 수 있고 우리 쪽에서 요구하는 이상으로 더 줄 수 있다는 것이야. 어쨌든 지금 나는 이 일에 대해서 더 이상 쓰고 싶지 않네. 어머니에게 모든 것이 잘 되어갈 것이라고 전해 주게. 벗이여, 이번과 같은 사사로운 일에서도 내가 다시금 깨달은 것은 술수와 악의보다는 오해와 게으름이 이 세상에 더 많은 갈등을 일으키고 있다는 것이야. 적어도 술수와 악의 때문에 문제가 일어나는 일이 훨씬 드문 것만은 사실이지.

아무튼 나는 이곳에서 잘 지내고 있어. 이 천국과 같은 고장에 와서 고독하게 지낼 수 있다는 것은 내 마음에는 둘도 없는 진정제야. 게다가 싱싱한 청춘의 계절은 설레기 쉬운 나의 가슴을 마음껏 따뜻하게 해주고 있네. 나무 하나하나, 생울타리 하나하나는 활짝 핀 꽃다발을 이루고 있어. 나는 한 마리 풍뎅이가 되어 그윽한 향기의 바다 위를 날아다니면서 자양분을 마음껏 찾아보고 싶어진다.

이곳 거리는 그리 마음에 들지 않는다. 하지만 교외의 자연은 말로 다 할 수 없이 아름답다. 저 세상으로 떠난 폰 M 백작도 감격한 나머지 언덕 위 한 곳에 정원을 꾸몄지. 언덕들은 아름답게 이쪽저쪽으로 서로 엇갈리며 정말로 호감이 가는 골짜기를 이루고 있다네. 이 정원은 간소하게 지어졌지만 우리가 한 발짝 정원 안으로 발을 들여놓으면 이 정원을 설계한 사람은 전문적인 원예사가 아니라, 자기도 이 곳에서 함께 자연을 즐기려는 유유자적한 사람이라는 것을 알 수 있다. 벌써 나는 이 몹시 황폐해진 정자에서 이미 세상을 떠난 그 분을 생각하면서 정말로 많은 눈물을 흘렸다네. 이 정자는 생전에 그가 좋아했고 지금은 내가 즐겨 찾는 장소로 되어 버렸지. 얼마 안 있으면 내가 이 정원의 주인이 될 것이다. 요 2, 3일 전부터 겨우 알고 지내게 된 이곳 정원사도 나에게 호의적으로 대하고 있어. 그랬다고 해서 그에게 나쁠 것은 없을 것이다.

5월 10일

마치 감미로운 봄날의 아침 대기를 마음껏 들이마시는 것처럼 이상하리만큼 명랑한 기분이 나의 몸과 마음을 사로잡고 있다. 나는 홀로 지내면서 나와 같은 인간을 위해 만들어진 것만 같은 이 고장에서의 생활을 즐기고 있단다. 벗이여, 나는 더 이상 행복할 수 없고 조용한 현 존재의 감정 속에 푹 빠져버려 그러다 보니 그림 쪽은 완전히 손을 놓고 있다네. 지금 상태로는 그림을 그릴 수가 없고 선 하나 긋는 것까지도 불가능할 지경이다. 그렇건만 나는 이 순간보다 더 위대한 화가가 되어 본 적은 없었다네. 나를 에워싼 정다운 골짜기에 안개가 숨어들고 대낮에도 뚫고 들어갈 수 없는 어두운 나의 숲 표면에 해가 높이 솟아올라 머물 때면 몇 줄기의 햇살만이 이 신성한 곳 안까지 스며 들어온다. 잔잔히 흘러내리는 실개천 가 무성한 풀숲에 드러누워 대지에 얼굴을 바싹대면 수 천 가지의 작은 풀꽃들이 내 시선을 끈다. 풀줄기 사이의 조그만 세계의 우글거림, 작은 벌레와 날벌레의 헤아릴 수 없이 많은 신비로운 모습들이 내 가슴 가까이에 다가오는 것을 느낀다. 나는 자신의 형상에 따라 우리를 창조한 전지전능한 신의 현존을 느끼며, 우리를 영원한 환희 속에 정답게 보존하고 살펴 주시는 만물의 사랑의 신의 입김을 느낀다. 벗이여! 곧 두 눈 주위가 어두워지고 나를 에워싼 세계와 하늘 전체가 애인의 모습처럼 되어 나의 영혼 속에 자리 잡는다. ——나는 가슴이 벅차올라와 이렇게 생각한다. '아, 이처럼 내 가슴속을 가득 채우고 내 가슴속에 따뜻하게 살아있는 것을 다시 재현할 수 없는 것일까. 그것을 화폭 위에 옮겨 그려낼 수는 없는 것일까. 이렇게 하여 마치 나의 영혼이 영원한 신의 거울이 되는 것처럼 그것을 나의 영혼의 거울로 삼을 수 있다면 얼마나 좋을까!'——벗이여, 그러나 이러한 생각은 나에게서 힘을 앗아갈 뿐이다. 이 자연의 현상은 너무나도 위력적이어서 나는 이것에 그저 압도당해 버리고 만다네.

5월 12일

이 고장 주위를 떠돌면서 사람을 홀리는 정령들 때문인지 아니면 주위의 모든 것을 낙원으로 만들어버리는 나의 가슴속에 깃든 따뜻하고도 절묘한 환상 때문인지 모르겠다. 이 거리를 나오자 바로 그곳에 샘이 하나 있는데 나는 마치 멜루지네(프랑스의 전설에 나오는 물의 요정)와 그녀의 자매들처럼 이 샘에 완전히 사로잡히고 말았어. ——작은 언덕을 내려가면 아치형 문이 다가서고 그곳을 나와 다시 약 스무 계단쯤 내려가면, 그 아래 대리석 바위틈에서 맑기 그지없는 샘물이 솟아 나온다. 석조난간이 그 위쪽을 두르고, 키 큰 나무들이 근처를 뒤덮어, 싱싱한 분위기가 감돈다. 이 모든 것이 사람의 마음을 끌어당기고야 마는 그 무엇을 우리의 마음속에 속속들이 스며들게 하여 가슴을 벅차게 한다. 나는 요즈음 한시간 가량 이곳에 앉아 지내는 것이 일과로 되어 버렸다. 때때로 거리의 소녀들이 이곳에 와서 물을 길어간다. 이것은 가장 순수하고 그러면서도 가장 필요한 작업이 아니겠는가. 그래서 옛날에는 왕의 딸들도 자진해서 물을 길었다고 말하지 않는가. 여기에 이렇게 앉아있으면 옛날 족장들의 시대에도 이렇지 않았을까 하고 그때의 모습을 생각하게 된다. 먼 옛날 장로들은 모두 샘터에서 서로 알게 되고, 혼담을 성사시키기도 했을 것이다. 그 광경이 생생하게 되살아나 마치 샘터 주위에 복을 내려주는 정령들이 떠돌고 있는 것 같기만 하다. 이런 것에 생각이 미치지 못하는 사람은 고통스러운 여름철의 여행길에서 시원한 샘물 몇 모금으로 기운을 되찾은 경험이 없는 사람임에 틀림없다.

5월 13일

나의 책을 이곳에 보내줄 수도 있다고 하는데——벗이여, 이제는 제발 그런 걱정은 하지 말아주기 바라네! 이제 나는 남에게서 지도를 받는다든지, 격려와 자극을 받는 것은 사양하고 싶다! 내 심장은 스스로도 마음껏 끓어오르고 있네. 지금 나에게 필요한 것은 자장가이지만 그것은 내 곁에 놓아둔 호메로스의 책(기원전 8세기에 썼다는 영웅서사시 《일리아스》와 《오디세우스》의 저자인 호메로스는 고대 그리스 최고의 시인이다.)으로 충분하겠지. 실제로 나는 이 끓어 오르는 피를 얼마나 여러 번 호메로스의 자장가로 잠재웠는지 모른다. 내 마음이 얼마나 격하고 변덕스러운지 자네만큼 잘 알고 있는 사람도 없지. 벗이여! 자네에게 이런 말을 새삼 할 필요는 없지만 자네는 나라는 사나이가 슬픔에 빠져 있다가도 방종스럽게 큰 소리로 외쳐대고 달콤한 우울증에서 파괴적인 격정으로 변해 가는 것을 지금까지 여러 번 보아왔을 뿐만 아니라 그 때문에 자네의 마음을 얼마나 여러 번 성가시게 만들었던가. 사실 나 자신도 내 마음을 보채는 어린아이 다루듯 하고 있다네. 그러므로 무엇이든 내가 하고 싶은 대로 내버려두지. 그러나 이런 말은 다른 사람에게는 하지 말아 주게. 혹시 나를 나쁜 뜻으로 생각하는 사람도 있을지 모르니까 말이야.

5월 15일

나는 이곳에 사는 서민들하고도 제법 친해져서 이제는 나를 따르는 사람도 생겨났네. 어린아이들이 더 나를 좋아하지. 그러나 내 마음을 좀 슬프게 하는 관찰도 하게 되었다. 처음에 내가 이 사람들에게 다가가 허물없이 이것저것 말을 건네자, 그들은 내가 그들을 조롱하는 줄로만 생각하고 거칠게 나를 외면해 버리기도 했었어. 그렇지만 나는 화를 내지 않았다. 다만 내가 이때까지 여러 차례 알아차린 것을 또다시 뼈저리게 느꼈을 뿐이었다. 어느 정도 지위가 높은 사람들은 그들이 서민들에게 너무 가까이 접근하면 손해를 보는 것은 아닐까하고 생각하고는 언제나 냉정하게 거리를 두는 것 같았다. 그런가 하면 자기는 파격적인 사람이라고 거드름을 피우며 겸손한 척 하면서 가난한 서민들에게 자신들의 우월성을 한층 더 강하게 느끼게 행동하는 고약하고 못된 자들도 없지 않았네. 물론 인간은 평등하지 않고 또 평등할 수 없다는 것을 나는 잘 알고 있다. 그러나 존경을 받기 위해 이른바 천민들을 멀리할 필요가 있다고 생각하는 자는 패배가 두려워 적 앞에서 몸을 피하는 비겁자와 마찬가지로 비난을 받아 마땅하다고 생각해. 얼마 전 그 우물가에 갔더니, 한 나이 어린 하녀가 물동이를 계단 맨 아래에 내려놓고는 혹시 그것을 머리에 이는 것을 도와줄 친구가 없을까 하고 사방을 둘러보고 있었어. 나는 계단 아래로 내려가 그녀를 보고 말했지. "내가 도와드릴까요, 아가씨?" 그녀는 얼굴을 새빨갛게 붉히면서 대답했어. "아니요, 괜찮아요." "사양할 필요는 없어요." 그녀는 또아리를 머리 위에 올려놓았기에 나는 물동이를 얹어주었지. 그녀는 고맙다고 인사를 하고는 계단을 올라갔다네.

5월 17일

나는 여러 계층 사람들과 알게 되었지만 진정한 말상대가 될만한 사람은 아직 찾아내지 못했다. 나의 어떤 점이 그들의 마음을 끄는 것인지 나도 잘 알 수는 없지만 꽤 많은 사람들이 나를 좋아하고 정답게 대해주고 있다. 그

베쯜라르 풍경. 작품의 모티브는 이곳의 체험에서 우러났다. 라이네르만 그림, 1811년

럴수록 나는 우리가 함께 가는 길이 너무나 짧고 얼마 안 가서 헤어져야 한다는 사실에 가슴 아플 따름이다.

이곳 사람들은 어떤가 하고 자네가 나에게 묻는다면 다른 곳과 별로 다를 것이 없다고 대답할 수밖에 없다. 인간이란 어디서든지 거의 비슷하게 살아간다. 대부분의 사람들은 오직 살기 위해 일생의 대부분을 소비하지. 그러다가도 자유시간이 조금이라도 남아 있으면 오히려 마음이 불안해져서 어떻게 해서든 벗어나려고 야단을 부리지. 아, 이것도 우리 인간이 타고난 운명이란 말인가!

그렇지만 이곳 사람들은 정말로 착하다! 나는 이따금 나 자신을 잊어버리고 아직 인간에게 허용된 즐거움을 이곳 사람들과 함께 나눈다. 알뜰하게 차려놓은 식탁을 마주하고 허물없이 마음을 터놓고 이야기하면서 서로 농담을 주고받기도 하고, 마차를 타고 한나절씩 함께 산책을 하기도 하고, 적당한 날에 무도회를 개최하기도 한다. 이러한 것들은 나의 마음을 이를 데 없이 따뜻하게 해준다.

그러나 나의 마음속에는 아직도 다른 많은 힘들이 잠을 자고 있다. 그것들은 모두 사용되지 못한 채 썩어가고 있을 뿐만 아니라 이 힘들을 다른 사람들의 눈에 띄지 않게 조심스럽게 감추어야 한다는 생각이 되살아날 때면 나의 가슴은 찢어질 것만 같이 아파 온다. ——그렇지만 오해를 받는다는 것은 우리 인간 모두의 피치 못할 운명이기도 한 것이다.

아, 나의 청춘 시절의 여자 친구가 지금 살아 있으면 얼마나 좋을까! 아, 차라리 그녀하고 친하게 지내지 않았더라면 이렇게 괴롭지는 않을 것이다! ——나는 나 자신에게 이렇게 말하는 것이 옳을지 모르겠다. '자네는 바보야! 이 세상에서는 찾을 수 없는 것을 찾고 있으니 말이다.' 그러나 나는 그녀를 소유했고 그녀의 심장, 그녀의 위대한 영혼을 느꼈던 것이다. 그녀의 영혼에 접촉하면 나는 나 자신을 실제의 나보다 더 위대하게 느꼈지. 왜냐하면 나는 내가 성취할 수 있는 모든 것으로 될 수 있었기 때문이다. 정말이지 그 당시에는 나의 영혼의 힘의 단 한 군데도 작동하지 않았던 곳은 없었다. 그녀와 함께 있으면 나의 마음은 자연을 움켜쥐었을 때의 저 영묘한 심정이 되어버렸던 것이다. 우리 두 사람의 교제는 이를 데 없이 섬세한 감각과 예민한 지성이 만들어내는 영원한 활동이 아니었던가. 이렇게 만들어낸 직물의 모양 변화의 어느 것 하나도——물론 품질이 나쁜 것까지도——천재의 낙인이 찍혀 있지 않았던가. 그렇지만 지금은! ——그녀는 나보다 나이가 많았던 관계로 나보다 먼저 세상을 떠났던 것이다. 나는 절대로 그녀를 잊지 못할 것이다. 그녀의 착실한 기질과 그녀의 거룩한 인내심을.

며칠 전 나는 V라는 젊은 사나이를 만났는데 얼굴 생김새가 말쑥하고 솔직한 청년이었지. 대학을 갓 졸업했을 뿐 자기를 특별히 머리가 똑똑하다고 생각하지는 않지만, 다른 친구들보다는 아는 것이 많다고 믿고 있지. 그리고 여러 가지 점으로 볼 때 부지런한 사람 같았어. 그는 상당한 지식을 갖고 있다네. 내가 그림을 즐겨 그리고 그리스어도 할 줄 안다(이것은 이곳 시골에서는 두 개의 유성이 동시에 나타난 것과 같은 빛나는 일이지만)는 소문을 듣고는 나를 찾아와 여러 가지 지식을 늘어놓았어.

바토(1713~1780. 프랑스의 문예이론가)에서 시작하여 우드(1716~1771. 영국의 호메로스 연구가)와 드 필(1635~1703. 프랑스의 화가 겸 미술 평론가)에서 빙켈만(1717~1768. 독일의 미술사가로 고대 그리스 미술사 연구의 창시자)에 이르기까지다. 그리고 줄처(1720~1779. 독일의 미학자)의 미술 이론 제1부는 전부 읽었고 하이네(1729~1812. 고대 그리스, 로마의 문학 연구가)의 고대 연구의 원고를 가지고 있다고 하길래 나는 묵묵히 듣고만 있었지. 그리고 또 한 분, 아주 훌륭한 사람을 알게 되었다네. 공국의 법무관으로 점잔을 부리지 않는 성실한 사람이야. 아홉이나 되는 아이들의 아버지인 그가 실제로 자식들에게 에워싸여 있는 것을 보게 되면 누구라도 마음이 흐뭇해진다는 것이란다.

특히 그의 맏딸은 좋은 소문이 자자하다. 법무관은 내가 한번 놀러올 것을 원했기 때문에 며칠 내로 나는 그를 찾아가 보려고 한다. 이 분은 여기서 한 시간 반쯤 걸리는 공작의 수렵관에서 살고 있단다. 그는 부인이 죽은 뒤에 이곳 거리에 있는 관사에서 계속 사는 것이 괴로워 허가를 받고 그곳으로 이사를 했다는 것이야.

그 밖에 한 두 명의 괴짜들하고도 알고 지내고 있지. 참을 수 없는 패거리들이라네. 무엇보다도 꼴사나운 것은 친한 척하는 그들의 태도라네.

그럼 잘 있게! 이 편지는 자네 마음에 들거야.

너무나 사실적이니까 말일세.

5월 22일

인생은 한낱 꿈에 지나지 않는다는 것은 이미 많은 사람들이 생각해 왔던 것이지만 나도 언제나 이런 생각을 하게 되지.

자세히 살펴보면 인간의 활동이나 연구는 아무리 해보아도 그 이상은 헤쳐나갈 수 없는 한계점에 부딪히고 만다는 사실이다. 그리고 인간의 모든 활동이 목표로 삼는 것도 결국 우리의 욕망을 만족시키려는 것이며, 그 욕망이라는 것도 우리의 가엾은 생명을 연장해 보려고 하는 것 밖에는 다른 목적이 없다. 우리의 탐구가 일정한 선에서 만족해하는 것은 마치 우리 인간을 가두는 감옥의 사방벽에 존재하지도 않는 아름다운 모습과 화려한 풍경을 그려 놓고는 기뻐하는 꼴이니 이것은 허망한 망상에 지나지 않는다. ――빌헬름, 이 모든 것을 생각할 때면 나는 말문이 막혀버리고 만다네! 나는 나 자신의 내부로 되돌아가 거기에서 하나의 세계를 발견하게 되는 것이다! 하지만 그 세계 역시 표현이나 살아있는 힘으로 되어 나타난다기보다는 예감과 막연한 욕망 속에 싸여 있는 것이야. 그리고 거기에서는 모든 것이 나의 오만 앞에 어슴푸레하게 떠돌고 있는 듯이 보인다. 그럴 때면 나는 꿈을 꾸듯 계속 하여 그 세계를 향해 미소를 보내는 것이다.

어린아이들은 어째서 자기가 무언가를 원하는지 그 이유를 의식하지 못한다. 이것에 대해서는 학식이 있는 학교 선생님과 가정교사들의 의견이 일치한다. 그러나 어른들까지도 어린아이들과 마찬가지로, 이 세상의 대지 위를 정처 없이 비틀거리면서 걸어갈 뿐, 자기는 어디에서 왔으며 어디를 향해 가고 있는지를 알지 못하며, 확실한 목표도 없이 행동하고 비스킷이나 자작나무 회초리에 지배당하는 실정이 아니겠는가. 물론 아무도 이것을 믿으려고 하지 않지만 이것은 명백한 사실이라고 나는 생각한다네.

나의 이와 같은 생각에 대해 자네가 무슨 말을 하려고 하는지 나는 알고 있지. 나도 기꺼이 인정하네. 확실히 어린아이처럼 하루하루를 살아가는 인간은 가장 행복한 것이다. 인형을 이리저리 끌고 다니면서 옷을 입히기도 하고 벗기기도 하는가 하면, 엄마가 과자빵을 넣어둔 서랍을 알아내고는 얼른 꺼내서 입안에 가득 넣고 더 달라고 졸라대는 모양, 이런 생활이야말로 가장 행복한 인생인 것이라네.

그리고 자기들의 보잘 것 없는 사업이나 변덕스러운 정열에까지도 과장된 명분을 달아 놓고 이것이야말로 인류의 행복을 위한 일대사업이라고 말을 퍼뜨리고 다니는 사람들도 역시 행복한 것이라네. ――그렇지. 그런 것을 할 수 있다고 생각하는 자는 행복한 것이라네.

그러나 세상엔 모든 일이 어떻게 돌아갈 것인가를 잘 깨닫고 있는 겸허한 사람들도 있는 것이라네. 이러한 사람들은 작은 살림으로 무사히 지내는 시민들로 모두 자기의 작은 정원을 열심히 손질하여 꿈의 낙원으로 만들려고 노력하며, 불행을 등에 짊어지고 살면서도 불평을 하지 않고, 이 무거운 짐을 견디어 나가면서 한결같이 자기의 길을 걸어가면서 모든 사람들이 똑같이 태양빛을 일분이라도 더 오래 받고 싶어 한다는 사실을 알아차린 사람들이다. ——그렇다. 이러한 사람들은 말수가 적고, 자기의 세계를 자신의 내부에 형성하고 있고, 그러면서 그는 행복한 것이다. 왜냐하면 그는 일개의 인간이기 때문이다. 그리고 이러한 인간은 아무리 좁은 환경 속에 살아도 가슴속에는 언제나 자유의 즐거움을 계속 간직하고 있는 것이다. 그것은 자기가 원할 때에는 언제라도 감옥을 떠날 수 있다는 자유의 감정인 것이다.

5월 26일

자네는 오래 전부터 내가 어떤 생활방식을 좋아하는지 잘 알고 있었지. 어디든 정을 붙일 수 있는 곳에 오두막집 하나를 짓고 거기에서 조용히 소박하게 사는 것이다. 그런데 여기서도 내 마음에 꼭 드는 장소를 발견했던 것이야.

거리에서 약 한 시간가량 걸리는 곳에 발하임*이라는 마을이 있다네. 언덕에 자리 잡은 그 위치가 아주 재미있어서 마을을 나와 오솔길을 따라 올라가면 갑작스럽게 골짜기 전체가 한 눈에 내려다 보인다네. 여기에 주막집 하나가 있는데, 늙기는 했지만 친절하고 쾌활한 여주인이 포도주와 맥주 그리고 커피를 따라주지. 그리고 더할 수 없이 좋은 것은 가지를 활짝 편 보리수나무 두 그루가 교회 앞 광장을 뒤덮고, 농가와 곡물 창고 그리고 앞마당이 광장을 둘러싸고 있어, 이처럼 정답고 마음에 끌리는 경관을 나는 일찍이 본 적이 없다네.

나는 주막집에서 식탁과 의자를 가져오게 하여 커피를 마시면서 나의 호메로스를 읽는다. 어느 날 맑게 갠 날 오후에 우연히 보리수 밑을 처음 찾아

---

* 독자는 여기에서 언급한 지명을 헛되이 찾으려고 애쓰지 말기를 바란다. 이 편지의 원문에 나오는 본래의 지명은 부득이한 사정으로 변경하였다.

갔을 때 그 광장은 아주 쓸쓸하게 보였다. 모두들 들에 일하러 나가 버리고 오직 네 살쯤 되어 보이는 사내아이가 땅바닥에 앉아서 태어난 지 반 년쯤 지난 어린 아기를 자기의 양쪽 다리 사이에 앉히고 두 팔로는 자기 가슴에 기대게 하여 일종의 안락의자에 앉아 있는 것처럼 해주고 있었다. 그리고는 까만 눈으로 사방을 둘러보고며 얌전하게 앉아 있었다. 이 광경은 나의 마음을 흡족하게 했다. 나는 맞은 편에 놓여 있는 쟁기 위에 걸터앉아 아주 기쁜 마음으로 이 사이좋게 지내고 있는 형제의 모습을 그림에 담았다. 거기에다 그 옆에 있는 울타리와 헛간의 입구 그리고 몇 개의 부서진 마차 바퀴도 본 그대로 그려 넣었다. 한 시간쯤 지난 뒤에는 나의 주관적인 구도가 전혀 섞이지 않은 잘 정돈된 아주 흥미로운 그림이 완성되어 있었다. 그래서 이제부터는 오직 자연에만 의지하겠다는 생각이 굳어졌다. 자연만이 한없이 풍부하며 자연만이 위대한 예술가를 창조해 내는 것이다. 시민 사회를 예찬할 수 있는 것과 마찬가지로, 규칙옹호론은 물론 가능하며 규칙에 따라 인간은 결코 몰지각하거나 졸렬한 것을 만들어 내지는 않는다. 이것은 마치 법률이나 예의 범절에 따라 행동하는 사람이 불유쾌한 사람이나 악당으로 되는 경우는 찾아보기 드문 경우와 같은 것이다.

그러나 그 대신 규칙이라는 것은 어떤 것이든 그 속성은 자연의 진실된 감정과 진실된 표현을 파괴해버리고 만다.

'그것은 너무 지나친 말이다. 규칙은 제한할 뿐이다. 제한은 쓸데없는 덩굴을 베어낼 뿐이다.' 자네는 이렇게 반박하고 싶을 것이다. ――좋아. 그러면 자네에게 하나의 비유를 들려주지. 다시 말해, 그것은 남녀간의 사랑과 같은 것이라고 할 수 있지. 젊은 청년이 한 소녀에게 애정을 품고 날마다 아침부터 저녁까지 그녀의 곁을 떠나지 않고 자기의 정력과 재산을 쏟아 부어 그 소녀에게 모든 것을 바치고 있다는 것을 쉬지 않고 보여주려고 한다. 거기에 어떤 관직에 종사하는 속물 사나이가 나타나서 이렇게 말했다고 한다. '여보게, 젊은이! 사랑한다는 것은 인간으로서 있을 수 있는 일이야. 그러나 사랑은 어디까지나 인간답게 해야 해! 자네의 시간을 둘로 나눠서 일부는 일하는 데에 쓰고 쉬는 시간을 자네의 애인에게 바쳐야지. 자네의 재산 정도를 염두에 두고 필요한 경비를 빼고 남는 것으로 애인에게 선물을 하는 것을 나는 뭐라고 말하고 싶지 않네. 그러나 선물도 자주 해서는 안 되지. 애인의 생일이나 세례일에 하는 것이 좋지.'——만약 젊은이가 이 충고를 따른다면 앞으로 그는 쓸만한 사람이 될 것이다. 나 역시 어떤 군주에게라도 그를 관청에 채용될 수 있게 추천할 것이다. 그러나 애인으로서의 그는 그것으로 끝나는 것이다. 그리고 그가 예술가라면 그의 예술도 그것으로 마지막이 되어버린다. 오, 나의 벗들 모두에게 묻고 싶다! 어찌하여 천재의 물결이 넘쳐 홍수처럼 밀려들어와 그대들의 영혼을 놀랍도록 뒤흔들어 놓는 일이 이렇게도 드물다는 말인가? ——나의 벗들이여, 그것은 천재의 물결이 넘나드는 산골짜기의 강 양쪽 기슭에는 침착한 신사양반들이 살고 있기 때문이지. 이 속물들은 그들의 정자나 튤립화단 그리고 채소밭이 급 물살로 망쳐버릴까 두려워 재빨리 둑을 쌓고 배수 공사를 실시하여 앞으로 올 수 있는 위험을 미리 방지하고 있다네.

5월 27일

내가 공연히 정신 없이 비유와 변론에 열중하다보니 그로부터 그 아이들은 어떻게 되었는지 이야기하는 것을 잊고 있었다네. 어제의 편지에서 단편적으로 이야기한 바이지만, 나는 완전히 회화적인 기분에 젖어 쟁기 위에 두 시간이나 앉아 있었다. 저녁때가 되자 팔에 작은 바구니를 낀 한 젊은 부인이, 그동안 조금도 움직이지 않고 얌전히 있었던 두 아이들한테로 바삐 다가오면서 멀리 떨어진 곳에서 소리쳤다. "필립스야, 착하기도 하지." 그리고 그녀는 나에게도 인사하길래 나도 인사를 드리고 일어서서 다가가 아이들의 어머니인지 물었다. 그녀는 그렇다고 대답하고는 큰 아이한테 흰 빵 반 조각을 주고는 갓난아기를 가슴에 껴안고 넘쳐나는 어머니의 애정으로 입을 맞추었다.

그녀는 말했다. "나는 필립스에게 갓난아기를 맡기고는 이 큰 아이를 데리고 흰 빵과 설탕 그리고 죽을 끓이는 냄비를 사려고 거리에 갔다 왔어요." ——그녀의 말대로 뚜껑이 열린 바구니 속을 들여다보니 그런 물건들이 모두 들어 있었다. "저녁에 한스(이것이 막내인 갓난아기의 이름이었다)에게 스프를 끓여주려구요. 장난꾸러기 큰애가 어제 남은 죽 누룽지를 갖고 필립스하고 서로 싸우다가 냄비를 깨뜨려버리고 말았지요."——나는 큰애는 어디 있는지 물었다. 큰애는 지금 풀밭에서 거위 두 세 마리를 쫓아다니고 있을 것이라는 어머니의 말이 채 끝나기도 전에 그 아이가 뛰어와서 둘째 아이에게 개암나무 가지를 건넸다. 나는 그녀와 말을 계속했다. 그녀는 어느 마을 학교 교사의 딸로 남편은 종형의 유산을 물려받으러 스위스 여행중이었다. ——"그 사람들은 모두 합심하여 내 남편을 속이려고 했어요." 그녀는 말을 계속했다. "남편이 아무리 편지를 써서 보내도 답장이 없어요. 그래서 내 남편이 직접 떠나간 것이지요. 남편에게 불행한 일이 일어나지 않기를 바랄 뿐입니다. 그런데 남편에게선 아직껏 아무런 소식이 없어요." 나는 부인을 그대로 두고 떠나기가 마음에 걸렸다. 나는 두 아이들에게 각각 1크로이처씩 주고, 갓난아기를 위해서도 1크로이처를 어머니에게 대신 주면서 거리에 나가면 스프에 곁들여 먹는 흰 빵을 사서 먹이라고 부탁했다. 이러고 난 뒤에 우리는 헤어졌다.

사랑하는 벗이여! 자네에게만 털어놓고 말하지만 도저히 마음을 걷잡을 수 없을 때, 이런 사람들을 보면 나의 마음의 태풍도 한결 가라앉게 된다네. 이 사람들은 악착부리지 않고 행복하고 침착한 마음으로 삶의 좁은 테두리 속에서 살아가면서 그 날 그 날을 참고 견디어 나간다네. 나뭇잎이 떨어지는 것을 보아도 겨울이 왔다는 것 이외에는 별로 다른 생각을 하지 않는다네.

그 후부터 나는 그곳을 즐겨 찾아간다. 아이들하고도 깊게 정이 들어 내가 커피를 마실 때면 함께 설탕을 배급받고 저녁에는 버터를 바른 빵과 요구르트를 나눠 먹는다. 일요일마다 아이들은 나에게서 1크로이처씩 용돈을 받는다. 기도시간이 지나도 내가 오지 않을 때에는 주막집 여주인이 나를 대신하여 나눠주도록 부탁을 해 두었다.

아이들은 나하고 완전히 친해져서 나에게 여러 가지 이야기를 들려준다. 특히 마을 아이들이 무리를 지어 모여들면, 그 아이들의 격한 감정과 솔직한 욕구 불만의 표출이 나의 흥미를 돋운다.

아이들이 나를 너무 괴롭히는 것은 아닐까하고 어머니들은 크게 걱정을 하고 있다. 절대로 그렇지 않다고 어머니들을 안심시키느라 나는 무진 애를 쓰고 있다네.

5월 30일

얼마 전 내가 그림에 관해 언급한 것은 문학에도 그대로 적용된다고 생각한다. 중요한 것은 핵심을 찾아내어 그것을 대담하게 표현하는 것이다. 그렇게 하면 간결한 말로도 많은 것을 나타낼 수 있다. 내가 오늘 만난 장면은 그것을 있는 그대로 순수하게 표현하면 이 세상에서 가장 아름다운 목가가 될 것이다. 그렇지만 문학이나 장면 그리고 목가가 과연 무슨 소용이 있다는 말인가? 우리는 자연현상 그 자체에 흥미를 가지면 그것으로 되는 것을 구태여 그것을 이리저리 주물럭거릴 필요가 어디에 있다는 말인가?

이렇게 거창하게 서론을 늘어놓았기 때문에 무척 고상하고 지극히 세련된 것을 나에게서 기대한다면 자네는 또다시 크게 실망하게 될 것일세. 그처럼 열렬하게 나의 마음을 사로잡게 만든 것은 다름 아닌 한낱 농가의 젊은이에 관한 이야기에 지나지 않기 때문이야.——언제나 그랬듯이 나의 이야기는 그 시작부터가 서툴러서 큰 탈이야. 자네는 또 내가 과장하고 있다고 생각할 것이야. 어쨌든 이번에도 장소는 역시 발하임이었어. 이런 진귀한 일은 여전히 발하임에서 일어나니 참으로 별난 일이야.

하루는 보리수나무 그늘 아래에 사람들이 모여서 커피를 마시고 있었지. 그들은 나하고는 별로 친한 사이가 아니었기 때문에 나는 구실을 만들어 그들과는 어울리지 않았지. 그때 하인처럼 보이는 한 젊은이가 이웃집에서 나오더니 내가 며칠 전 스케치하여 그려 넣은 쟁기의 어떤 부분을 고치려는지 열심히 손질을 하고 있었어. 나는 그의 일하는 모습이 너무나도 마음에 들어 말을 걸어 그의 신상에 대해 이것저것 물어보는 사이 우리는 곧 친해졌지. 그리고 나는 이런 종류의 사람들과는 늘 그렇듯 허물없는 사이가 되어 버렸어.

그의 말에 의하면 그는 어느 미망인 집에서 일을 하고 있는데 상당히 좋은 대우를 받고 있다는 것이다. 그는 여주인에 대해 많은 것을 열심히 이야기하면서 그녀를 입을 모아 칭찬하는 것으로 미루어 볼 때 나는 이 젊은이가 몸과 마음을 다 바쳐 여주인을 사모하고 있다는 것을 알아차렸다. 여주인은 이제 젊지 않고 첫남편에게서 심한 학대를 받아 재혼할 생각은 갖고 있지 않다고 그가 말했지만 여주인은 이 젊은이에게는 얼마나 아름답고 매력적인 존재인가. 그리고 그녀의 첫 결혼의 실패의 추억을 씻어 버리기 위해 그녀가 자기를 택해줄 것을 그는 얼마나 열망하고 있는가 하는 것이 드러났지. 이 젊은이의 순수한 사모 그리고 그의 사랑과 진심을 자네에게 그대로 납득시키기 위해서는 나는 그의 말 한마디 한마디를 되풀이하지 않으면 안 될 것 같다. 그렇다. 내게 위대한 시인의 재능이 없는 한, 그의 몸짓과 표정과 아름답게 조화를 이룬 목소리 그리고 그의 두 눈에 숨은 연정의 불꽃을 동시에 생생하게 표현할 수는 없는 것 같다. 그렇다. 그의 언행과 표정에 깃든 섬세한 면은 어떠한 말로도 옮길 수 없을 것이다. 만일 내가 그것을 재현하려고 시도한다면 그것은 어설픈 것으로 되어버릴 뿐이다. 특히 나의 마음을 감동시킨 것은 내가 혹시라도 그와 여주인과의 관계를 좋지 않게 여기거나 여주인의 몸가짐에 의심을 품은 것은 아닌지 하는 그의 몹시 걱정스러워하는 태도였다. 여주인의 자태는 이제 젊은 여성의 매력을 갖고 있지는 않지만, 그의 마음을 사로잡는 여주인의 육체에 대해 말할 때의 그는 얼마나 열정적이던지, 나는 그것을 오직 내 마음속의 가장 깊은 곳에서만 되풀이할 수 있을 뿐이라네. 나는 이때까지 절실한 욕망과 뜨겁고 애타는 소망이 이처럼 순수하게 나타나는 것을 본 일이 없다. 아니 이렇게 순수하게 나타나리라고는 생각해 본 적도 없고 꿈꾸어 본 적도 없었다고 말하고 싶을 정도다. 이런 그의 천진난만하고 진실한 면을 생각할 때마다 나의 영혼은 가장 깊은 곳에서부터 불타오르고, 그의 충실하고 애정이 넘치는 모습은 어디를 가든지 뒤쫓아와 나 자신도 그 불꽃에 옮겨 붙은 것처럼 갈망하고 애태운다네. 내가 이렇게 말한다고 꾸짖지 말아주기 바라네.

그래서 될 수 있는 대로 빨리 그녀를 만나볼 작정이다. 아니, 잘 생각해 보면 만나보지 않는 것이 좋을지도 모르겠다. 그녀를 그녀의 애인의 눈을 통해 보는 것이 좋을지 모르겠다. 내 눈으로 직접 보아버리면 내 머릿속에 상상했던 모습과는 아주 다르게 될 것이다. 그렇다면 이 아름다운 영상을 억지로 파괴할 필요는 없지 않을까?

6월 16일

왜 자네한테 편지를 쓰지 않느냐고? 그런 질문을 하다니 자네도 역시 학자 타입의 한 사람 같구나. 내가 잘 지내고 있다는 것은 알 수 있을 것이고 ——한마디로 말한다면 나는 어떤 사람을 알게 되었어. 나의 마음속에 들어온 사람말인데, ——어떻게 말을 해야 할지 모르겠어. 이처럼 사랑스럽기 그지없는 사람을 내가 어떻게 알게 되었는지, 그 경위를 순서에 따라 차근차근

이야기한다는 것은 아주 어려울 것 같네. 나는 지금 얼마나 마음이 흡족하고 행복한지 일어난 일들을 훌륭한 역사 기술자처럼 사실적으로 속속들이 기록한다는 것은 불가능한 일이지.

천사 같은 여인! ――이것은 마땅치 않은 말이라는 것인가! 그러나 누구나 자기 애인을 이렇게 말한다. 그러한 것을 알고 있으면서도 나는 그녀가 얼마나 완전무결하며 또 어찌하여 그녀가 그러한가에 대해서는 말할 수가 없다. 요컨대 그녀는 나의 마음을 완전히 사로잡고 말았다네.

그녀는 그처럼 총명하면서도 순진하고, 그처럼 착실하고 마음씨가 곱다. 또한 발랄하고 쾌활하면서도 침착하다.

내가 그녀에 관해 무슨 말을 늘어놔도 모두 허튼 잡소리에 지나지 않는다. 그것은 시시하고 추상적인 표현일 뿐이며 그녀 자신의 면모를 조금도 드러내 놓지 못하고 있다. 그럼 다음 번에――아니 다음으로 미룰 필요가 없다. 지금 당장 이야기해야겠다. 지금을 놓치면 말할 기회를 영원히 찾지 못할 것만 같으니까. 사실 이것은 자네에게만 하는 말이지만 이 편지를 쓰기 시작한 후에 나는 벌써 세 번이나 펜을 놓고 말에 안장을 얹게 한 다음 그녀한테로 뛰어가려고 했다네. 나는 아침까지만 해도 오늘은 가지 않을 것이라고 나 자신에게 맹세했지. 그랬는데도 계속 창가로 가서 해가 얼마큼이나 떠올랐는지 알아보곤 했지.

나는 더 이상 참을 수가 없었어. 그리하여 나는 결국 그녀한테로 가고 말았다네.

나는 방금 전에 다시 집으로 돌아와 빌헬름, 저녁식사로 버터빵을 먹고 자네에게 이 편지를 쓰고 있다네. 그녀가 여덟 명이나 되는 귀엽고 씩씩한 어린 동생들에게 둘러 싸여 있는 광경을 보고 얼마나 마음이 흡족했는지 모르겠다!

내가 이런 식으로 계속 써 내려가면 자네는 도무지 무슨 소리인지 앞뒤를 알아차리지 못할 것이야. 그러면 잘 들어보게나. 자초지종을 이야기해 보지.

며칠 전 자네에게 편지로 알린 대로, 나는 법무관인 S씨를 사귀게 되었어. 그의 은거지라고 할까 그의 작은 왕국으로 와 줄 것을 초대받았지만 나는 차일피일 이 방문을 미루고 있었다. 그러므로 만약 우연한 기회가 그 곳에 고요히 묻혀있던 보물을 나에게 발굴해 보여주지 않았더라면 나는 영원히 그곳을 찾아가지 않았을 것이야.

이곳 젊은 친구들이 시골에서 무도회를 개최한다기에 나도 함께 거기에 참석할 것을 흔쾌히 승낙했지. 그리고 얌전하고 아름답기는 하지만 그렇다고 별로 특색이 없는 이 고장의 아가씨를 춤 상대로 함께 갈 것을 부탁했다네. 그래서 나는 마차 한 대를 빌려서 내 춤 상대와 그녀의 사촌 언니와 함께 무도회장으로 가기로 했어. 도중에 샤를 롯테 S라는 아가씨도 데리고 가야했지. 마차가 나무를 모조리 베어버려 넓어진 숲길을 지나 수렵관으로 향해 달릴 때 내 파트너 아가씨는 이렇게 말해주었어. ――"이제 곧 예쁜 여성을 만나게 될 테니 그런 줄 아세요."

"조심해야지요. 반해버리면 안되니까요!" 그녀의 사촌이 말을 덧붙였어.

"왜 반하면 안 되는 거지요?" 나는 되물었지.

"그 아가씨는 이미 약혼을 했으니까요." 나의 파트너 아가씨는 대답했다네.

"그녀의 약혼자는 아주 훌륭한 분이지요. 그 분은 아버님이 돌아가셨기 때문에 집안 일을 정리하고 좋은 일자리도 찾아보려고 지금은 여행중이지요."――그런 이야기는 나에게는 그다지 관심이 없었다. 우리가 수렵관 대문 앞에 도착했을 때에는 이제 15분 가량 지나면 태양이 서산너머로 질 무렵이었다. 몹시 무더운 날씨여서 당장이라도 소나기가 몰려오려는 것은 아닌가 하고 여자들은 걱정을 하고 있었다. 사실 소나기는 지평선 일대의 회색빛 구름에 맺혀있는 것 같았다. 나는 어설픈 기상학의 지식을 끄집어내 그녀들의 불안한 심정을 덜어주려고 했지만 나 자신도 우리의 즐거운 행사가 차질을 빚게되지는 않을까 은근히 염려스러웠다.

내가 마차에서 내리자 한 하녀가 대문 밖으로 나와 롯테 아가씨가 곧 나오실 터이니 잠시만 기다려 달라고 했지. 나는 안 뜰을 가로질러 훌륭하게 잘 지어진 저택으로 발길을 옮겼다.

집 앞 계단을 올라가서 현관문에 발을 들여놓자, 이제까지 보지 못했던 매혹적인 정경이 내 눈앞으로 펼쳐졌다네. 현관에 달린 대합실 위로는 열 한 살에서부터 두 살까지의 아이들 여섯이 한 처녀를 둘러싸고 무리 지어 모여 있었다네. 팔과 가슴에 다홍색 리본이 달린 깨끗한 흰옷을 입고 있는 그녀는 얼굴이 아름답고 키는 알맞은 중키였지. 그런데 그녀는 손에 검은 빵을 들고

목사를 방문하는 롯테

자기를 둘러싼 아이들에게 저마다 나이와 식성에 따라 잘라서 정답게 나눠 주고 있었지. 그럴 때면 아이들은 아직 빵을 자르기도 전인데도 작은 두 손을 높이 내밀며 기다리면서 저마다 천진스럽게 외쳐댔지. "고마워요.!" 빵을 받아 쥔 어떤 아이는 기분 좋은 듯 뛰어나가는가 하면 또 어떤 아이는 온순한 성격 탓인지 그 자리를 떠나 천천히 대문 쪽으로 가기도 했어. 거기에서 롯테 누나가 함께 타고 갈 낯선 사람들과 마차를 살펴보기 위함이었지.

"당신을 이런 누추한 곳에까지 오시게 하고 부인들을 오랫동안 밖에서 기다리게 해서 죄송합니다. 옷을 갈아입고 제가 집을 비우는 동안에 돌봐야 할 몇 가지 일들을 지시하다보니, 아이들에게 저녁 빵을 나눠 주는 것을 잊고 있었답니다. 아이들은 제가 빵을 잘라 나눠주지 않으면 빵을 받으려고 하지 않는답니다."

나는 그녀에게 겉으로는 덤덤히 몇 마디 인사말을 건넸지만 속으로는 어느덧 그녀의 모습과 목소리 그리고 그녀의 거동 하나 하나에 완전히 매혹되어 버렸다네. 그리하여 그녀가 장갑과 부채를 가지러 방으로 달려갔을 때에야 비로소 나는 겨우 제 정신을 차릴 수가 있었지. 아이들은 약간 떨어진 곳에서 나를 쳐다보고 있었어. 가장 귀여운 얼굴을 한 막내 동생 아이한테로 다가갔더니 그 아이는 뒤로 물러섰어. 그때 마침 방문을 열고 나오던 롯테가 말했어.

"루이, 이 사촌 형님한테 악수 한 번 해야지." 꼬마는 서슴없이 누나가 시키는 대로 나와 악수를 했지. 그의 작은 코에서 콧물이 흘러나와 좀 젖어있었지만 너무 귀여워 나는 마음껏 키스해 주지 않을 수 없었어. "사촌 친척이라고요?" 나는 롯테에게 손을 내밀면서 물어보았다. "제가 당신의 친척이 될 만한 행운을 누릴 수 있는 사람일까요?" "글쎄요." 그녀는 가볍게 미소를 띠며 대답했다. "우리 일가 친척은 굉장히 범위가 넓답니다. 만약 선생님이 그들 중에서 가장 빠지는 분이라면 정말로 유감이지요."

집을 나오면서 그녀는 열 한 살쯤 되어 보이는 큰 여동생에게 아이들을 잘 돌보고 아버지가 승마의 산책에서 돌아오시면 안부의 말씀을 드려달라고 부탁하는 것이었어. 다음으로 아이들에게는 조피의 말을 자기의 말과 마찬가

마차로 놀러가는 사람들. 레오폴드 꾸펠비제르 그림, 1820년

지로 잘 들어야 한다고 타일렀지. 그러자 두셋 아이들은 그렇게 하겠다고 확실하게 약속을 하였지만 그 가운데서 여섯 살쯤 되어 보이는 되바라진 금발 머리의 소녀가 말했다. "조피는 큰언니가 아니잖아. 우리는 역시 롯테 큰언니가 제일 좋아." 그러는 동안 어느 사이 큰 사내아이 둘은 마차 뒤로 기어올라 탔지만 나의 간절한 청이 받아들여져 만약에 이 두 아이가 장난을 치지 않고 마차를 단단히 붙잡고 갈 것을 약속한다면 숲속 입구까지 함께 타고 가도 된다는 허락을 받았지.

모두 자리에 앉자마자 여자들은 인사를 나누었고 옷차림에 대해 특히 모자에 관해 이런 저런 이야기를 주고 받았다. 그리고 그날 밤 모임에 나올 사람들에 관한 소문도 한차례 돌아갔다. 그러자 롯테가 마차를 세워 아이들을 내려놓았다. 아이들은 다시 한 번 롯테의 손에 키스를 하고 싶다면서 제일 큰 아이는 열 다섯 살쯤 되는 아이들에게서만 볼 수 있는 제법 애정을 담아서 입을 맞췄지만 작은 아이는 훨씬 씩씩하고도 성급하게 키스를 했지. 롯테가 아이들에게 다시 한번 인사를 시키고 나서 우리는 마차를 달리게 했지. 사촌 언니가 롯테에게 전에 보내준 책을 다 읽었느냐고 묻자 롯테는 대답했다. "아니요. 별로 마음에 들지 않아서 돌려드려야 하겠어요. 저번 것도 역시 별로 더 나을 것이 없더군요." 나는 그 책이름을 물어보고 놀라지 않을 수 없었다.*1

그녀가 하는 모든 말 속에는 확실한 개성이 나타나 있었다. 말 한마디 한마디를 입 밖에 낼 때마다 새로운 매력, 새로운 정신의 번득임이 그녀의 표정에서 넘쳐 나오는 것을 볼 수 있었다. 내가 자기를 이해하고 있다는 것을 느꼈기 때문에, 그녀의 표정도 점점 더 즐겁고도 맑게 개어 가는 것 같았다.

"내가 어렸을 때엔," 롯테는 말했다. "소설보다 더 좋아한 것은 없었어요. 일요일이면 언제나 방 구석에 틀어박혀 미스 제니와 같은 여주인공의 행복과 불행에 푹 빠져버리곤 했는데, 그때가 얼마나 즐거웠는지 모르겠어요. 지금도 그런 종류의 소설에 어느 정도 매력을 느끼곤 하지만 지금은 책을 손에 쥘 틈이 별로 없어요. 그러므로 책을 읽는다면 정말로 자기 취미에 꼭 맞

---

*1 아무에게서도 불평이 나오지 않게 하기 위해 편자는 원문 중의 이 부분을 삭제하기로 하였다. 물론 이런 저런 소녀나 변덕스러운 청년의 비평 따위는 어떠한 저자도 신경을 쓰지 않지만 말이다.

는 것이 아니면 안 되는 것이지요. 내가 제일 좋아하는 작가는, 나의 세계를 거기서 찾아 볼 수 있고, 나와 똑같은 경우가 다루어져 있을 뿐 아니라 나의 집의 가정 생활처럼 그렇게 재미있고 아기자기한 이야기를 쓰는 작가예요. 물론 우리 가정이 천국이 아니지만 그런대로 말할 수 없는 무한한 행복의 샘터라는 것은 사실이니까요."

이 말을 듣고 나는 깊은 감동을 받았고 이것을 표정에 나타내지 않으려고 애썼지만 결국 그 노력도 오래가지 못했다. 그녀가 이야기를 하고 있는 도중에 《웨이크필드의 시골 목사》(골드스미스의 소설로 괴테도 청년 시절에 이 소설을 즐겨 읽었다) *2에 대하여 가장 정확하게 핵심을 찔러 말하는 것을 들었을 때 나는 완전히 제 정신을 잃고 내가 알고 있는 모든 것을 남김없이 털어놓고 말았지. 이렇게 한동안이 지나 롯테가 함께 탄 다른 두 여자에게 말머리를 돌렸을 때에야 비로소 알아차린 것은 지금까지 이 두 여자는 쭉 계속하여 눈을 크게 뜨고 마차 속에 함께 앉아 있었지만 없던 것과 마찬가지로 그저 앉아 있었던 것이었다.

사촌 언니는 여러 차례 비웃는 듯한 코웃음을 치면서 나를 쳐다보곤 하였지만 나는 그런 것에는 전혀 신경을 쓰지 않았다네. 이제 화제는 춤의 즐거움으로 옮겨졌다. ――"춤에 지나치게 열중하는 것은 잘못이겠지만," 롯테는 말을 꺼냈다. "솔직히 말해서 춤만큼 즐거운 것은 없을 것 같아요. 마음에 걸리는 일이 있을 때에도 조율이 잘 안된 나의 피아노로 무도곡을 제멋대로 치고 있으면 모든 것이 금세 풀리지요."

롯테가 이런 이야기를 하는 동안 나는 그녀의 까만 눈동자에 얼마나 넋을 잃고 있었는지 모르겠다. 생기에 찬 입술과 신선하고도 활기에 찬 뺨은 나의 영혼을 완전히 앗아가 버리고 말았지. 훌륭한 의미를 담은 그녀의 열변을 마구 삼켜버렸던 탓이었던지 나는 여러 번 그녀의 말을 헛들었을 지경이었다네. 자네는 나라는 사람의 성격을 잘 알고 잇는 터이니까 내 모습이 어떠했는지 짐작이 가고도 남을 것이야. 요컨대 마차가 무도회장에 도착했을 때에 나는 꿈속에 잠겨있는 사람 같았지. 나는 어두워져 가는 주위의 세계 속에서 마치 꿈속에 잠긴 듯이 넋을 잃고 있었기 때문에, 불이 켜진 위층 넓은 홀에

---

*2 여기에서도 두 셋 독일 작가의 이름을 삭제했다. 롯테의 취미에 공감하는 사람이라면 이 부분을 읽으면 틀림없이 누구인지를 알 수 있을 것이라고 생각한다. 알 수 없다면 굳이 그것을 알 필요는 없다.

서 이쪽으로 울려오는 음악 소리도 제대로 들리지 않을 정도였지. 두 분의 신사인 아우드란씨와 또 한 사람——어떻게 사람들의 이름을 모두 기억할 수 있다는 말인가——은 사촌 언니와 롯테의 댄스 파트너로서 그들은 마차 앞까지 와서 우리를 맞이하고 저마다 파트너가 될 여인들의 손을 잡았지. 나도 내 파트너와 함께 위층으로 올라갔지.

우리는 미뉴에트를 추면서 서로 얽혀 돌아가면서 차례차례 파트너를 여럿 바꿔보았지만 마음에 안 드는 여성일수록 자기 손을 다른 남자들에게 넘겨주고 끝마칠 생각을 하지 않더군. 롯테와 그녀의 파트너는 영국 춤곡에 맞춰 춤을 추기 시작했는데 얼마 안 있어 그녀는 우리와 같은 줄에 끼어 들어 함께 춤을 추기 시작했지. 내가 얼마나 기뻤는지 자네는 짐작이 갈 것이야. 자네는 그녀가 춤추는 것을 반드시 봐야했어! 참말이지 그녀는 몸과 마음을 다 바쳐 춤을 추었다네. 몸 전체가 하나의 조화를 이루어 태연하고 자유로웠지. 그녀에게는 춤이 전부이며 춤 이외의 것은 생각지도 않고 느끼지도 않는 것처럼 보였다네. 그 순간에는 틀림없이 다른 모든 것은 그녀의 눈앞에서 사라지는 것 같았어. 나는 롯테에게 두 번째 춤을 신청했지. 그녀는 나의 제의에 세 번째 춤을 함께 출 것을 약속하면서 이를 데 없이 사랑스럽고 거침없는 태도로 자기는 진정으로 독일춤을 제일 좋아한다고 단언하였어. "이곳 지방의 풍습은," 그녀는 말을 계속했다. "독일춤을 출 때면 끝까지 상대를 이룬 파트너하고만 춤을 추게 되어 있어요. 그렇지만 나의 파트너는 왈츠가 서투르니까 그만 쉬는 것을 더 고마워하는 것 같아요. 선생님의 파트너도 왈츠를 잘 추지 못할 뿐만 아니라 별로 좋아하는 것 같지도 않더군요. 아까 선생님이 영국춤을 출 때에 왈츠의 솜씨가 대단한 것을 알게 되었어요. 그러므로 만약 선생님이 나하고 독일춤을 출 생각이라면 당장 나의 파트너에게 가서 허락을 받으세요. 그렇게 하면 나도 선생님의 파트너에게 가서 양해를 구하겠어요." 나는 그녀에게 그렇게 할 것을 약속했다. 롯테와 내가 한 조가 되어 춤을 추고 있는 동안에는 롯테의 파트너 신사가 나의 파트너인 여자와 서로 이야기를 나누겠다고 합의를 보았지.

드디어 춤이 시작되었다. 우리는 한동안을 서로 팔을 번갈아 잡으면서 춤을 즐겼지. 롯테의 몸놀림은 얼마나 매력적이고 경쾌했던가! 그리고 얼마 안 있어 왈츠 춤 차례가 되어 마치 천체에 반짝이는 별들처럼 우리가 서로의 주위를 빙빙 돌기 시작하자, 물론 처음 한동안은 이것을 추어내는 능숙한 사람이 별로 없었기 때문에 모두들 무대에서 갈팡질팡하며 혼란을 일으켰지. 하지만 우리 둘은 현명하게 행동을 해 다른 사람들이 얽히고 설키는 것을 기다렸다가 제일 서투른 짝이 무대에서 물러났을 때 휭하니 들어가 또 하나의 다른 짝인 아우드란과 그의 파트너하고만 함께 흥겹게 마음껏 춤을 추었지. 나는 일찍이 이처럼 경쾌하게 춤을 추어 본 일은 없었다네. 나는 이제 한동안은 인간이 아니었다네. 이처럼 사랑스러운 여성을 가슴에 껴안고 번개처럼 몸을 날리다보니 주위의 모든 것이 눈앞에서 사라져 버렸다네.

빌헬름! 그때 나는 솔직히 말해 마음 속 깊이 다짐하였다네. 내가 사랑하고 갈망하는 그녀는 나 아닌 다른 사람과는 왈츠를 추게 해서는 안되겠다고, 비록 그러다가 내가 멸망하는 한이 있더라도 말이야. 자네는 이 심정을 이해할 줄로 믿네!

한 숨 돌리기 위해 홀 안을 한 바퀴 걷고 나서 롯테는 자리에 앉았지. 간수해 두었던 오렌지를 꺼내 롯테에게 주었더니 대단한 효과를 발휘했지. 남은 과일은 그것뿐이었어. 다만 롯테가 그것을 여러 조각으로 쪼개 옆에 앉은 뻔뻔스러운 부인에게 착한 마음으로 나눠주는 것을 보고 나는 가슴을 찔리는 것과도 같은 기분이었어.

세 번째 영국춤을 출 때에는 우리는 다시 한 번 한 조가 되었다. 춤추는 사이를 누비고 지나가면서 이루 말할 수 없는 기쁨에 젖어, 공개적이고도 순수한 즐거움을 그대로 드러내고 있는 롯테의 눈과 팔에 내가 넋을 잃고 있는 사이, 우리는 어떤 부인 곁을 스치게 되었다. 그 부인은 젊어 보이지는 않았지만 사랑스러운 얼굴을 하고 있어서 나도 눈여겨본 부인이었다. 그런데 그 부인은 웃는 얼굴로 롯테를 바라보면서 마치 위협이라도 하듯 손가락을 높이 추켜들고 우리가 서로 옆으로 스쳐지나갈 때 두 번이나 의미심장하게 알베르트라는 이름을 부르는 것이었다네.

"실례입니다만 알베르트가 누구입니까?" 나는 롯테에게 물었다. 그녀가 나에게 막 대답하려고 할 때에 커다란 8자(字)를 그려야 했기 때문에 우리는 서로 갈라서야 했지. 이어 우리가 서로 엇갈리게 되었을 때 그녀의 얼굴에 어딘지 깊이 생각하는 표정이 엿보였지. "선생님에게 내가 숨길 필요가 뭐 있겠어요." 프로메나데를 밟기 위해 나에게 손을 내밀면서 롯테는 말했다. “알베르트는 훌륭한 분이지요. 그래서 나는 그이하고 약혼을 한 사이에요.” 이것은 의외의 말이 아니었다. (왜냐하면 이곳으로 오는 도중 두 아가씨가 마차 안에서 이미 말해 주었기 때문이다.) 그렇건만 이것은 정말로 처음 듣는 것과 같은 생각이 들었어. 왜냐하면 이처럼 짧은 사이에 내게 소중한 존재가 되어버린 그녀와 이 사실을 결부시켜 생각해 본 일이 아직 없었기 때문이다. 나는 갑자기 혼란에 빠져 제정신을 잃고 그만 다른 행렬 사이로 끼어 들어가고 말았지. 그 때문에 모든 것이 뒤죽박죽이 되어버려 일대 혼란을 일으키고 말았지만 롯테가 아주 침착하게 이끌어 주었기 때문에 다시 본래의 제자리로 되돌아올 수 있었어.

아까부터 우리는 지평선에서 번뜩거리는 것을 보았고 나는 그것을 단지 번갯불일 뿐이라고 타일렀지만 춤이 아직 끝나기도 전에 계속 가까이에서 강하게 우르렁대기 시작하더니 결국 번갯불은 음악을 압도해 버리고 말았다. 그러자 세 명의 여인이 행렬에서 빠져나가자 그녀의 파트너들도 뒤를 쫓아 나가 버렸지. 일대 혼란이 일어나자 음악 소리도 멈춰버렸지. 대체로 우리가 한창 즐기고 있을 때에 불행이나 끔찍한 일들이 갑자기 일어나면 보통 때보다도 한층 더 강한 인상을 준다. 이것은 이 두 가지가 커다란 대조를 이루고 있어 한결 더 강하게 느껴지기 때문이기도 하지만, 그보다도 우리들의 감각이 더욱 민감하게 열려 있어 한층 더 빨리 인상을 받아들이기 때문이기도 하다. 그 때문이기도 하지만 몇몇 여인들은 갑자기 이상하게 얼굴을 찡그렸다. 가장 영리한 여자는 구석으로 가서 창문에 등을 돌리고 귀를 꼭 막았지. 다른 한 여인은 그녀 앞에 무릎을 꿇고 앉아 그 무릎에 머리를 파묻었지. 또 다른 여인은 이 두 여자 사이로 기어 들어가 이 자매를 꼭 껴안고 하염없이 눈물을 흘렸지. 집으로 돌아가려고 하는 여인들도 있었다. 또한 불안에 가득차 하늘을 향해 기도를 올리고 있는 수난자들의 아름다운 입술을 훔쳐가려고 하는 젊은 녀석들의 발칙한 행동을 물리칠 기력조차 잃고 어찌 할 바를 몰라 하는 가엾은 부인들도 있었다. 신사 두 셋은 조용히 파이프 담배를 피우려고 아래로 내려갔다. 다른 모든 사람들은 이곳 안주인이 머리를 써서 덧문과 커튼이 쳐진 방안으로 안내하고 싶다고 제안했을 때 사양하지 않고 뒤따라갔지. 우리가 방안으로 들어서자 롯테는 의자를 동그랗게 늘어놓고 재미있는 놀이라도 하자고 제의했고, 모두들 이에 찬성하고는 자리에 앉았지.

그러자 좌중의 많은 사나이들은 키스라는 달콤한 벌금을 받을 수 있을 것이라는 기대 속에 벌써부터 입술을 뾰족하게 내밀고 손발을 뻗어보는 것이었어. "숫자 세기놀이를 하는 거예요." 롯테는 말했다. "이제 아시겠지요? 내가 오른쪽에서 왼쪽으로 돌 테니 순번대로 자기 차례가 돌아오면 그 수를 말해야 해요. 빨리 말을 해야해요. 만일 얼른 대지 못하거나 틀린 사람은 뺨을 한 대씩 맞기에요. 그리고 수는 천까지에요." 이 놀이는 매우 흥미진진하였지. 롯테는 한쪽 팔을 쭉 뻗고, 빙빙 돌기 시작하였지. "하나!" 처음 사람이 시작하면 "둘!" "셋!" 다음 사람이 계속한다. 이어 롯테가 걷기를 그만하고 차차 빠른 속도로 돌자 그만 이 수를 잘못대어 찰싹! 하고 따귀를 얻어맞았지. 그리고 그 다음 사람은 웃고 있는 동안에 또 찰싹! ——이렇게 하면서 빙빙 돌고 또 도는 거지. 나도 두 번 얻어맞았지만 그것도 다른 사람이 맞은 것보다도 나를 더 세게 때리는 것 같아서 마음이 기뻤지. 이렇게 모두가 웃고 떠들어대는 동안 천까지 세기 전에 놀이는 끝나버렸고 서로 친한 사람들끼리 따로 한 군데에 모여 앉았지. 그리고 극성을 부렸던 비바람도 어느새 지나가 버렸어. 나는 롯테를 따라 홀로 갔지. 가면서 롯테는 말했다.

"뺨 때리기 놀이를 하고 있는 사이에 모두들 날씨에 대해서 잊어버린 것 같았어요." 나는 그녀에게 뭐라고 대답할 수가 없었다. "나도," 그녀는 계속했다. "겁이 무척 많지만 다른 사람들에게 원기를 북돋워 주기 위해 언제나 용기 있는 사람처럼 행동하는 사이에 저절로 용기가 생기게 되었지요." 우리는 창가로 걸어갔다. 천둥소리가 멀리에서 아득히 울려왔고 시원한 빗줄기가 대지를 촉촉히 적시기 시작하자 사방에 넘쳐나는 훈훈한 대기의 향기가 이쪽으로 향해 흘러들어 왔지. 롯테는 팔꿈치를 짚고 창가에 기대어 물끄러미 눈길을 사방의 풍경으로 쏟고 있었고, 하늘을 쳐다보고 나서 나를 쳐다보는 눈동자에는 눈물이 흥건히 고여 있었지. 그녀는 자기 손을 내 손 위에 포개었고 "클롭슈토크! (1724~1748 독일의 근대문학은 그의 종교적인 서사시인 〈구세주〉(1748)로 시작된다고 말해지고 있다. 〈저 장엄한 송가〉는 〈봄의 축제〉 속에 나오는 장면이다.)" 하고 외치는 것이었어. 그 순간 그녀의 머릿속에 저 장엄한 송가가 떠올라왔음을 생각해 내고 그녀의 이 한마디로 나는 갖가지 감상의 물결 속으로 휩쓸려 버려 그만 나도 모르게 그 속에 빠져버리고 말았지. 나는 더 이상 참을 수가 없어서 그녀의 손 위에 몸을 구부리고 환희에 넘치는 눈물과 함께 입을 맞추고 말았지. 그리고는 다시 그녀의 눈동자를 바라보았지. ——오, 고귀한 시인이시여! 이 여인의 눈동자에 담긴 당신에 대한 신성한 존경심을 보여줄 수 있다면 얼마나 좋겠습니까! 그리고 이제 당신의 이름이 다른 사람들의 입에 오르내리며 더럽혀지는 것을 두 번 다시는 듣고 싶지 않습니다.

6월 19일

일전에 보낸 나의 편지는 어디에서 끝났는지 이제는 기억할 수 없구나. 기억나는 것은 저 편지를 끝내고 잠자리에 든 때가 새벽 두 시라는 것과 만일 내가 편지를 쓰는 대신 직접 자네에게 이야기를 했더라면 아마 날이 샐 때까지 자네를 붙잡아 두었을 것이야.

무도회에서 마차로 돌아오는 도중에 있었던 일은 아직 적지 않았지만 오늘도 그것을 마음대로 쓸 시간의 여유가 없다네.

그 날 아침 해 뜨는 장면은 참으로 장관이었지. 주위의 숲에는 이슬이 내려앉아 있었고 들판은 다시 소생하고 있었지. 동행한 여자들은 마차 속에서 졸고 있었어. 롯테는 나에게 그녀들처럼 눈붙일 생각은 없는가 하고 물으면서 자기는 조금도 걱정하지 말라는 것이었다. “당신이 눈을 뜨고 있는 동안은,” 나는 말하면서 그녀를 물끄러미 쳐다보았다. “나도 걱정 없어요.” 우리 두 사람은 그녀의 집 문 앞까지 올 때까지 계속 자지 않고 있었다네. 하녀가 살짝 문을 열어 주면서, 아버님과 아이들은 아직 잠들어 있다고 대답했다네. 내가 헤어질 때 그날 중으로 다시 만날 수 있겠느냐고 간청하자 그녀는 내 청을 받아주었다네.

그 뒤부터 햇빛과 달빛 그리고 별들은 변함없이 쉬지 않고 돌아가고 있었지만 나는 그것을 구분할 수 없었고 나를 둘러싼 온 세계는 내 주위에서 사라져 버리고 말았다네.

6월 21일

나는 신이 오직 자기의 성자들에게만 베풀어 준 것 같은 행복한 나날을 보내고 있다네. 앞으로 나에게 무슨 일이 일어날지 알 수 없는 일이지만 나는 인생의 기쁨, 인생의 가장 순수한 기쁨을 맛본 것만은 사실이라네. ——자네는 이제 나의 발하임을 알고 있을 것이다. 나는 이곳에 완전히 자리를 잡고 잘 지내고 있다네. 롯테의 집까지는 불과 반시간 밖에 걸리지 않는 이곳에서 나는 나 자신을 느끼면서 인간에게 주어진 행복 일체를 맛보고 있다네.

발하임을 산책의 목적지로 택했을 때에는, 나는 이곳이 그처럼 천국에 가까운 곳이라는 것을 미처 몰랐다네! 나는 아무리 멀리 산책을 나가더라도 비록 산 위에서든 평지에서든 그렇지 않으면 강물을 사이에 둔 평지에서든 이제는 나의 희망의 모든 것을 담고 있는 저 수렵관을 몇 번이고 바라보았는지 모른다네!

사랑하는 빌헬름! 나는 인간의 내부에 숨어있는 욕망에 대해 여러 가지로 생각해 보았네. 인간은 자기 자신을 확장시키려 하고 새로운 발견을 하려 하고 여기저기를 헤매고 다니지. 그런가 하면 한편으로는 스스로 자진하여 속박에 몸을 맡기고 관습의 궤도를 따라 한결같이 걸어가며 좌우 어느 곳에도 눈길을 보내지 않는 충동도 지니고 있지.

이상하게도 이곳 언덕 위에서 아름다운 골짜기를 굽어 볼 때면, 주위의 모든 것에 마음은 사로잡히고 만다네――저 작은 숲! ――저 그늘에서 쉴 수만 있다면 얼마나 좋을까! ――아, 저 산꼭대기! ――아, 저 꼭대기에서 넓은 대지를 바라볼 수 있다면 얼마나 좋을까! 연이어 펼쳐진 언덕들과 정다운 골짜기들 속으로 스며들어 보았으면! 그러므로 나는 잰 걸음으로 그곳으로 갔다가 다시 되돌아오고 말았다네. 내가 바라던 그 어느 것도 찾아 볼 수 없었기 때문이지. 아, 아득한 먼 곳은 미래와 같구나! 어렴풋한 하나의 위대한 전체가 우리들의 마음 앞에 조용히 떠돌고, 우리의 감정과 우리의 눈도 그 속에 녹아 들어간다네. 우리는 동경한다. 아! 우리의 모든 존재를 바쳐서 오직 하나의 위대하고도 멋진 감격이 주는 기쁨을 만끽하고 싶어한다네. 그러나 아, 우리가 황급히 달려가 그곳이 이곳이 되고 나면 결국 모든 것은 전과 마찬가지로 되어버리고 만다. 우리를 얽매고 있는 가난은 여전하고 우리의 영혼은 또다시 잃어버린 청량제를 찾아 허덕인다네. 그러므로 아무리 정처 없이 떠도는 방랑자라도 나중에는 또다시 조국을 그리워하게 마련이지. 그의 자그마한 오두막 속에서, 아내의 품안에서, 단란하게 어울리는 어린 자식들 속에서, 생계를 이어가는 하루하루의 일거리 속에서, 일찍이 그가 넓은 세상을 애써 다녀도 찾을 수 없었던 기쁨을 발견하게 되는 것이라네.

나는 아침 일찍 해뜨자마자 발하임으로 간다네. 그곳 주막집의 채소밭에서 완두콩을 따서 의자에 걸터앉아 콩 껍질을 까면서 호메로스의 작품을 읽지. 작은 부엌으로 들어가 항아리 하나를 골라내 그 속의 버터를 닦아낸 다음 완두콩을 불 위에 얹어 뚜껑을 덮고는 그 옆에 앉아 가끔 흔들어 주지. 그럴 때면 나는 페넬로페의 오만불손한 구혼자들이 소나 돼지를 잡아 그 고기를 잘게 썰어 불에 굽는 광경을 눈앞에 보는 것처럼 느끼지. 나를 이처럼 조용한 진실된 감정으로 가득 채우는 것은 먼 옛날 족장시대의 생활모습 그대로이기 때문이며 그런 생활 방식이 지금 아무런 어려움 없이 내 생활 속에서 실현되고 있는 것이라네.

나는 단순하고 순박한 사람들의 희열을 느낄 수 있으니 얼마나 행복한지 모르겠다. 그 사람들은 자기가 직접 재배한 야채를 식탁에 올리고 그것을 맛보는 것이다. 아니 양배추뿐만 아니다. 모든 좋은 나날을, 그것을 심은 맑게 갠 날 아침, 그것에 물을 주고 싱싱하게 성장하는 것을 기뻐했던 기분 좋은 저녁, 그 모든 것을 식사하는 순간에 다시 맛볼 수 있는 것이다.

6월 29일

그저께는 이곳에 살고 있는 의사 한 분이 법무관댁을 찾아왔는데 바로 그때 나는 롯테의 동생들과 함께 땅바닥에서 놀고 있었다네. 아이들은 더러 나에게 매달리기도 하고 나를 놀려대기도 했지. 나는 그들을 간질이면서 함께 어울려 크게 소리를 질렀지. 그런데 이 의사는 인형극에 나오는 꼭두각시처럼 겉으로만 점잔을 빼는 것이어서, 말을 하는 도중에도 쉬지 않고 소맷부리의 주름을 잡는가 하면 옷깃의 장식을 만지작거렸지. 그는 내 꼴을 보고 신사의 품위에 어울리지 않는다고 생각했나 보네. 그의 표정에서 충분히 알아차릴 수 있었다네. 그러나 나는 이런 것에는 별로 상대하지 않고 똑똑한 척 늘어놓는 그의 말은 아랑곳없이 아이들이 허물어뜨린 카드집을 다시 세워주었지. 그 날 이후 그는 시내를 돌아다니면서 법무관의 아이들은 그렇지 않아도 버릇이 없는데 베르테르가 완전히 망쳐놓고 말았다고 개탄한다는 것이야.

정말이지 빌헬름, 이 세상에서 아이들처럼 내 마음에 가장 가깝게 느껴지는 존재는 없다네. 아이들을 찬찬히 들여다보고 있으면 사소한 행동에서도 언젠가는 이 아이들이 꼭 필요하게 될 모든 미덕과 능력의 싹이 벌써 나타나고 있음을 알 수 있다. 아이들의 고집 속에서는 장차 지니게 될 성격의 확고함과 요지부동함을, 그리고 제멋대로의 장난조차도 앞으로 경험하게 될 이 세상에서의 위험을 슬기롭게 빠져나갈 수 있는 유머와 경쾌한 기질을 엿볼 수 있지. 게다가 이 모든 것이 순수하고도 완벽하게 드러나는 것을 볼 때 나는 언제나 저 위대한 인류의 스승인 예수 그리스도의 금언(신약성서 마태복음 18장 3절) '만일 너희들이 어린아이들처럼 되지 않는다면! ——'를 언제나 되풀이하여 생각하지 않을 수 없다네. 그렇지만 실상은 어떠한가. 벗이여! 우리들과 동등하며 우리들이 모범으로 삼아야 할 아이들을 우리는 마치 하인처럼 다루고 있지 않나.

아이들은 의지를 가져서는 안 된다는 것이다! ——그렇다면 우리 어른들은 의지를 가지고 있지 않다는 말인가? 도대체 우리는 어디에서 그런 특권을 물려받았다는 말인가? 그것은 우리들이 그들보다 나이가 많고 현명하기 때문이라는 말인가! ——하늘에 계신 착한 신인 당신의 눈에는 나이 많은 어린이와 나이 적은 어린이가 있을 뿐입니다. 이 이외에 아무런 차이가 없습니다. 그리고 당신이 어느 편을 더 기뻐하시는지는 당신의 아드님이신 예수 그리스도가 이미 오래 전에 일러주었습니다. 세상 사람들은 그 분을 믿으면서도 그분의 말씀에는 귀를 기울이려 하지 않고 자기를 표준으로 삼고 아이들을 기르고 있지만 이것 역시 옛날부터 전해 내려오는 바이기도 한 것이다!

그럼 빌헬름, 잘 지내길 바라네. 나는 이 점에 대해서는 이 이상 더 허튼 소리는 말하고 싶지 않네.

7월 1일

롯테가 한 사람의 병든 사람 옆에 있어 준다는 것이 얼마나 고마운 일인지 나 자신이 병상에서 오랫동안 신음하고 있는 환자들보다 더욱 심하게 앓고 있기 때문에 나는 더욱 절실히 느끼고 있다네. 그녀는 며칠 동안 이 거리에 살고 있는 어떤 착실한 부인의 집에서 지내게 될 것이라네. 의사의 말에 의하면 이 부인은 이제는 임종이 가까웠는데 그 마지막 순간에 롯테가 옆에 있어 주기를 바라고 있다는 것이라네.

나는 지난주에 롯테와 함께 성** 목사를 방문했다네. 그곳은 이곳에서 한 시간쯤 걸리는 산 속에 있는 조그마한 마을인데 우리가 그곳에 도착한 것은 오후 네 시경이었지. 롯테는 둘째 여동생을 데리고 갔었지. 우리가 두 그루의 커다란 호두나무로 뒤덮인 목사관 마당에 들어섰을 때 착해 보이는 늙은 목사가 집 앞에 놓인 의자에 앉아 있었다네. 그는 롯테를 보자 다시 기운이 되살아 난 듯 마디가 많은 지팡이를 짚는 것도 잊어버리고 롯테를 맞이하러 자리에서 일어섰어. 롯테는 목사 곁으로 빨리 뛰어가 노인을 억지로 자리에 앉히고는 자기도 그 옆에 앉아 자기 아버지의 안부를 전하고는 목사의 늦둥이자 귀염둥이인 더럽고 지저분한 막내아들을 껴안았어. 정말이지 롯테가 이 늙은 목사를 얼마나 공손하게 대하는지 자네에게 보여주고 싶을 정도야. 절반 귀머거리가 된 그의 귀에 더 잘 들릴 수 있게 소리를 높여 뜻하지 않게 죽은 젊은이의 이야기이며 몸에 상당한 효력을 본다는 카를스바트의 온천장의 이야기를 들려주고, 이번 여름에는 그곳에 가려고 하는 노인의 결심을 칭찬하면서, 얼굴색도 아주 좋아 보이며 지난번 그를 만났을 때보다 기력이 훨씬 왕성해 보인다는 말까지 덧붙였다네. 그러는 동안 나는 목사 부인에게 인사를 드렸다. 목사도 그 사이에 기운을 완전히 되찾고 있었다. 그러자 나는 우리의 머리 위에 그처럼 기분 좋은 그늘을 제공해 주고 있는 아름다운 호두나무를 칭찬하지 않을 수 없었다. 그러자 목사는 좀 어렵기는 했지만 이 나무의 내력을 들려주었다.

"저 오래된 나무는 누가 심었는지는 알 수 없어요. 이 목사라고 말하기도 하고 저 목사라고 말하기도 하지요. 그러나 저쪽 안쪽에 있는 싱싱한 저 나무는 나의 집사람과 같은 나이로 오는 10월이면 50세가 되지요. 집사람의 아버님이 저것을 심어서 그 날 저녁에 집사람이 태어났지요. 집사람의 아버님은 나의 선임목사였지요. 그분이 이 나무를 얼마나 소중히 여겼는지 말로 다 할 수 없답니다. 나도 그에 못지 않게 이 나무를 좋아했지요. 지금으로부터 27년 전에 나는 가난한 대학생의 신분으로 처음으로 이 안마당에 들어왔을 때 집사람은 저 나무 아래에 놓인 목재 위에 앉아 뜨개질을 하고 있었지요."

롯테가 따님은 어디 있느냐고 하자 슈미트씨와 함께 목장에서 일하고 있는 사람들한테로 갔다는 것이었다. 노인은 말을 계속하면서 그 선임목사의 사랑을 받게 되었고 게다가 그 딸의 사랑을 받아 처음에는 부목사가 되었다가 얼마 안 있어 그의 후계자가 된 경위도 말해주었다. 그의 이야기가 끝나고 얼마 안 있어 목사의 따님이 아까 말한 슈미트씨와 함께 뜰 앞을 지나 이쪽으로 들어왔다. 그녀는 진심으로 따뜻하게 롯테를 맞이하였다. 솔직히 말해서 그녀는 나에게도 나쁜 인상을 주지 않았다. 민첩하고 체격이 좋은데다 밤색 머리카락을 하고 있어 한동안을 시골에서 사귀기에는 안성맞춤이었다. 그녀의 애인(나는 그의 태도에서 이것을 알아차렸다.)은 성품이 착하고 조용한 사람이었다. 롯테는 그를 끌어들이려고 아무리 노력을 해도 우리의 대화 속으로 함께 들어오려고 하지 않았다. 그의 얼굴 생김새에서도 알 수 있었지만 그가 말참견에 끼어 들지 않았던 것은 식견이 부족해서가 아니라 오히려 아집과 심술 때문이어서, 그것이 나를 좀 곤혹스럽게 만들었다. 이러한 나의 추측은 유감스럽게도 시간이 지나감에 따라 더욱 확실해졌다. 왜냐하면 우리가 함께 산책을 나갔을 때 프리데리케가 때로는 롯테와 함께 또 어떤 때에는 나와 함께 걸어가면 거무스름한 이 사람의 얼굴색이 한층 더 드러나게 까매지기 때문이다. 그러므로 어떤 때는 롯테가 내 소매를 잡아당기며 내가 프리데리케와 너무 정답게 보인다고 주위를 환기시키기도 했다네.

이러다 보면 사람들이 서로 상대방에게 괴로움을 안겨준다는 것, 무엇보다 인생의 꽃이 한창일 때 모든 기쁨에 대해 마음의 문을 열어야 할 젊은이들이 서로 얼굴을 찡그리고 얼마 안 되는 행복한 나날을 망쳐버리는 일만큼 한심스러운 일은 없다. 이 사람들은 훗날에 가서야 비로소 자기들이 허송 세월을 보냈다는 것을 깨닫지만 그때는 이미 늦은 것이다.

이런 생각에 나는 화가 치밀어, 저녁때 목사관의 안뜰로 다시 돌아와 테이블을 사이에 두고 우유를 마실 때, 화제가 이 세상의 기쁨과 슬픔으로 옮아가자, 실마리를 잡아 몹쓸 변덕을 공격하기 시작했다.

"우리 인간들은 곧잘 좋은 날은 적은 반면에 좋지 않은 날들만이 많다고 불만을 털어놓지만 나는 이것은 옳지 않다고 생각합니다. 만약 우리가 그 날 그 날 신이 우리에게 베풀어주는 좋은 것을 열린 마음으로 기꺼이 받아들인다면 설사 불행이 닥쳐온다 하더라도 우리는 그 불행을 견디어 나갈 수 있는 충분한 힘을 가지고 있는 것입니다." "그렇게 말하기는 쉽지만," 목사 부인은 말했다. "우리는 우리의 마음을 좀처럼 뜻대로 제어할 수는 없습니다. 그것은 우리의 몸 상태에 많이 좌우됩니다. 누구나 몸이 불편하면 매사에 기분이 좋지 않습니다."

나는 목사 부인의 말을 시인하고 나서 계속했다.

"그렇다면 우리가 이것을 일종의 병이라고 인정한다면 이것에 대한 약은 없는 것인지 생각해 보도록 하지요."

"그건 서로 나눠볼 가치가 있다고 생각합니다." 롯테는 말했다. "나도 그것은 우리의 몸의 기분 여하에 달려있다고 생각합니다. 나는 그것을 적어도 경험을 통해서 알 수 있습니다. 나도 마음이 산란하고 울적할 때에는 바깥으로 뛰어나가 정원 안을 이리저리 다니면서 무도곡 한 두 개를 노래합니다. 그렇게 하면 모든 것이 다시 잘 풀려버립니다." "나도 그것을 말하고 싶었습니다." 나는 대답했다. "고약한 변덕은 게으름과 똑같다고 할 수 있습니다. 왜냐하면 그것은 일종의 게으름이기 때문입니다. 우리의 천성은 다분히 그쪽으로 기울어지기 쉽지만 한번 우리가 분발을 하게 되면 모든 것이 잘 풀려가게 되고 활동 속에서 참된 만족을 발견할 수 잇습니다." 프리데리케는 이 말을 아주 주의 깊게 듣고 있었다. 그러나 젊은 사나이는 우리 인간은 자기 자신을 지배할 수 없으며 더구나 자기 감정에 명령을 내린다는 것은 불가능한 일이라면서 이의를 제기했다. "지금 여기에서 문제삼고 있는 것은 불쾌한 감정입니다." 나는 대답했다. "이것은 누구나 벗어나려고 하는 것입니다. 그렇지만 이에 대한 자기 힘이 어느 정도인지는 시험해보기 전에는 아무도 모릅니다. 이것은 분명한 사실입니다. 병이 나면 누구나 의사를 찾아가 자기가 바라는 건강을 얻기 위해 아무리 어려운 절제라도 아무리 쓴 약이라도 마다하지 않습니다." 나는 그 성실한 노인도 우리의 토론에 끼고 싶어서 열심히 귀기울이고 있는 것을 알아차리고 말머리를 노인한테로 돌리고 목소리를 높였다네. "여러 가지 죄를 범해서는 안 된다는 설교는 많이 들었습니다만," 나는 말했다. "목사님들이 설교단에서 고약한 변덕을 훈계하는 것을 들어본 적은 없습니다."* "그것은 도회지의 목사나 할 일이지요." 노인은 말했다. "농부들에게는 우울증은 존재하지 않지요. 물론 그런 설교는 가끔 하는 것도 나쁘지는 않을 것입니다. 적어도 목사 부인이나 법무관에게는 좋은 교훈이 될 것이니까요."

그가 이렇게 말하자 모두들 웃어버리고 말았다. 노인도 진심으로 웃었고 급기야는 심한 기침에 빠져들어 우리의 토론은 한동안 중단이 되고 말았다.

그러자 젊은 청년은 말문을 열었다. “당신은 고약한 변덕을 악덕이라고 말하던데 그것은 나에게는 과장된 말인 것 같습니다.” “천만에요.” 나는 반박했다. “만약에 이것이 자신과 이웃사람에게도 해를 끼친다면 이것은 악덕이라고 불러도 무방할 것입니다. 우리가 서로를 행복하게 해주지 못하는 것만으로도 유감스러운 일인데 가끔 자신뿐만 아니라 서로가 나누어 가질 수 있는 즐거움마저 빼앗아 버려야 한다는 말입니까? 고약한 변덕 속에 있으면서도 주위 사람들의 행복을 망쳐놓지 않으려고 그것을 자기 혼자서 꾹 참고 그것을 감추려고 애쓰는 것처럼 훌륭한 사람이 있다면 말해보십시오! 그렇지 않으면 변덕은 오히려 우리 자신의 자격지심에 대한 내적인 불만인 것이며 어리석은 허영심에서 비롯된 질투와 결부된 것이 아니겠습니까? 우리의 눈앞에는 행복한 사람들이 많이 있지만 유감스럽게도 그것은 우리를 행복하게 해주지는 않기 때문에 이것이 그를 참을 수 없게 만드는 것입니다.”

롯테는 내가 이렇게 열정적으로 말하는 것을 보고는 나에게 미소를 지어 보였다. 그리고 프리데리케의 눈에 눈물이 글썽인 것을 보자 나는 신이 나서 말을 계속했다.

“설혹 어떤 사람의 마음을 지배할 수 있는 힘을 가지고 있다고 해서 그 상대의 마음속에 저절로 끓고 있는 단순한 기쁨까지 빼앗아 가려는 자가 있다면 그는 저주를 받아 마땅한 것입니다. 이러한 폭군의 질투 같은 변덕 때문에 빼앗겨버린 우리들의 순간적인 기쁨은 이 세상의 어떤 선물이나 호의로도 보상 받을 수는 없는 것입니다.”

이 순간 나의 가슴은 벅차기 이를 데 없었다. 지나간 여러 추억들이 넘치듯 육박하여와 내 눈에서는 눈물이 흘러나왔다.

“우리가 매일같이 자신에게 이렇게 타이를 수 있다면 얼마나 좋겠습니까?” 나는 외쳤다. “네가 네 친구에게 해줄 수 있는 일은 단지 네 친구의 기쁨을 기뻐하고 너 자신도 그 기쁨을 함께 나눔으로써 친구의 행복을 더 해주는 것뿐이다.

만약 너의 친구가 불안한 정열에 들볶여 그의 영혼이 슬픔으로 지쳐있을 때에 너는 그에게 한 방울의 진정제를 줄 수 있는가?

---

* 우리는 오늘날 이에 대한 라파터의 훌륭한 설교를 가지고 있다. 특히 구약성서 요나서에 관해서.

또한 인생의 꽃다운 시기를 너 때문에 망쳐버린 소녀에게 마지막 무서운 병이 닥쳐와 그 소녀는 지금 불쌍하게도 쇠약해져서 눈은 멍하니 하늘을 향해 쳐다보며 임종의 땀방울이 창백한 이마를 쉬지 않고 적시고 있을 때, 너는 그녀의 병상 옆에 저주받은 사람처럼 서서 아무리 자기의 모든 것을 다 바쳐도 아무 것도 해줄 수 없다는 사실을 뼈저리게 느낀다. 그리고 죽어 가는 사람에게 한 방울의 강장제도, 기력의 불꽃 하나라도 불어넣어 줄 수 있다면 모든 것을 다 바쳐도 후회함이 없다고 몸 안에 있는 온갖 공포에 와들와들 떨고 있다. 그럴 때가 되면 이제 너는 강장제의 한 방울을 가지고 한 가닥의 용기를 줄 수 없을까 하고 안타까워 하지만 아무 소용이 없는 것이다."

이런 이야기를 하고 있는 동안에 마침 그 자리에 있었던 정경의 추억이 세차게 나를 엄습해 왔다. 나는 손수건을 눈에 갖다 대고 그 자리에서 일어났다. "이제 우리 돌아갑시다." 롯테의 목소리에 나는 다시 제정신으로 돌아왔다. 롯테는 내가 모든 일에 너무 열중해 버린다면서 나를 꾸짖었다. "당신은 그 때문에 몸을 망치고 만다구요! 자기 몸은 자기가 보살펴야 한다구요!"

오! 천사여, 나는 오직 당신을 위해 살아가려 한다오.

7월 6일

그녀는 여전히 위독한 친구 집에 가 있다네. 그녀는 언제나 변함이 없고 구원의 손을 내밀고 있는 부드러운 여자라네. 그녀의 눈길이 가서 머무는 곳에는 고통이 가벼워지고 행복이 생긴다네. 어제 저녁 그녀는 마리안네와 어린 말헨을 데리고 산보를 갔지. 나는 이 사실을 알고 도중에 만나 함께 갔지. 거기서 한 시간 반정도 걷고 나서 다시 시내로 돌아와 샘터에 들렀지. 여기는 전에도 내가 이를 데 없이 좋아하던 곳이었고, 지금은 천 배도 더 귀중한 곳이 되어버렸다네. 롯테는 얕은 돌담 위에 걸터앉고 우리는 모두 그 앞에 서 있었지. 나는 주위를 돌아보았지. 그러나 그 시절 내 마음이 그토록 고독했던 것이 지금 다시 선하게 내 눈앞에 떠올라왔지.

"사랑하는 샘물아! 그 후 나는 이토록 시원한 곳에서 쉬어보지 못하고 자네 옆을 바삐 지나가면서 너를 쳐다보지도 않을 때가 많았지." 아래를 내려다보니 말헨이 컵에 물을 떠가지고 바삐 위로 올라오고 있었다. 나는 롯테를 쳐다보았지. 그리고 그녀가 나에게 얼마나 소중한 사람인가를 느꼈지. 이럴 즈음 말헨은 컵을 들고 가까이 다가왔지. 마리안네가 그것을 받으려고 하자 그녀가 외쳤어. "안 돼!" 그리곤 귀여운 표정을 지으면서 다시 말했지. "안 돼! 큰언니가 먼저 마셔야 해!"

나는 말헨의 착한 마음씨에 감격한 나머지 이 감격을 달리 표현할 도리가 없었기에 말헨을 꼭 껴안고 입을 맞춰버렸지. 그러자 갑자기 말헨은 소리 높여 울기 시작했지.

"당신 행동이 너무 갑작스러웠어요." 롯테가 말하였다. 나는 깜짝 놀랐다. "말헨, 이리 와요. 어서 깨끗한 물로 씻어야지. 그러면 아무렇지도 않지." 롯테는 이렇게 말하면서 아이의 손을 잡고 계단을 내려갔다. 나는 서서 이것을 바라보고 있었다. 어린 여자아이는 젖은 손으로 열심히 볼을 문질러 댔다. 그리고 이 기적의 샘물 덕분으로 모든 불결한 것은 깨끗해지고 치욕은 없어지고 흉측한 수염은 생기지 않게 된다고 믿고 있었다. "이제 그만하면 됐어." 롯테가 말해도 조금이라도 더 많이 씻어 내리는 것이 더 효과가 있다는 듯이 계속 열심히 문지르는 것이었지.

빌헬름, 정말이지 나는 이보다 더 경건한 마음을 갖고 세례식에 참석해 본 적이 없었다네. 그리고 롯테가 위로 올라왔을 때에는 한 국민의 죄과를 제거하여 깨끗하게 해준 예언자를 대하는 것처럼 그녀 앞에 무릎을 꿇고 싶은 심정이었다네.

그 날 저녁 나는 마음의 기쁨을 감출 수가 없어 이 사건을 어떤 사나이에게 말해버렸다네. 이 사람은 사리에 밝은 사람이길래 인간의 마음에 대해 충분히 이해할 것이라고 생각했지만, 그 결과는 어떠했는가! "그것은 롯테가 잘못한 거야. 아주 잘못한 거야." 그는 말했다. "어린아이에게 그런 말을 해서는 안 되지. 그런 것이 수많은 오류와 미신을 생기게 하는 원인이 되는 것이니 아이들을 그런 것에 빠져버리지 않도록 제 때에 보호해 주어야 마땅하지 않겠나."

나는 이 사나이가 일주일 전에 세례를 받았다는 사실을 생각하고는 이 말을 가만히 듣고만 있었지. '우리는 신이 우리를 다루듯이 아이들을 존중해야 한다. 신은 우리를 즐거운 망상 속에 빠져 취해 버리게 만들었을 때 우리를 가장 행복하게 할 수 있는 것이다.' 그러나 마음 속으로는 진리를 굳게 지켰다네.

7월 8일

나는 어찌하여 이처럼 어린애 같은가! 단 한 번만이라도 롯테가 눈길을 보내주기를 이렇게 애타게 바라고 있다니! 나는 어찌하여 이처럼 어린애 같을 수가 있을까! 우리는 발하임으로 갔지. 여자들은 마차로 갔다. 이렇게 산책하는 동안 나는 오직 무심한 롯테의 까만 눈동자 속에――나는 바보다. 용서해 주게――자네에게 보여주고 싶구나. 이 눈을! ――간단히 쓴다면 (몹시 졸려서 지금은 눈이 감겨오니까) 이렇다네. 여자들이 올라타자 마차의 주위를 젊은 W와 젤슈타트와 아우드란 그리고 내가 서 있었지. 이렇듯 경쾌하고 즐거운 친구들이어서 마차에 탄 여자들과의 지껄임이 계속되었다네. 나는 롯테의 눈길을 찾았지. 그러나 그녀의 눈길은 한 사람에게서 다른 사람에게로 옮겨갔지만 나에게는, 나에게는, 나에게는 한 번도 오지 않았어. 나는 체념한 채로 혼자 멍하니 거기에 서 있었지. 나는 마음속으로 그녀를 향해 수천 번 말했지! '잘 가요!'라고. 그러나 그녀는 나를 거들떠보지도 않았지. 마차는 떠나가 버렸지. 그러자 내 눈에서는 눈물이 떠올라 왔지. 떠나가는 그녀의 뒤로 그녀의 머리 장식이 마차의 문에 기댄 채로 밖으로 나왔다네. 그러자 롯테는 뒤를 돌아다보았지. 아, 그녀는 나를 보려고 그랬을까? 벗이여! 어느 쪽인지 결정을 내리지 못하고 망설이고 있지. 그러나 나의 유일한 위로는――아마도 그녀는 나를 뒤돌아본 것이겠지. 잘 자기 바라네! 오, 나는 어찌 이처럼 어린애 같을 수가 있을까!

7월 10일

사람들이 모인 자리에서 롯테의 이야기가 나올 때면 내가 얼마나 못난 모습을 하게 되는지 자네에게 보여주고 싶네! 더구나 누가 나에게 롯테가 마음에 드느냐고 묻기라도 하면 마음에 든다는 말은 죽도록 하기 싫다네. 롯테가 마음에 들어하는 사람치고 그녀로 인해 모든 상념과 모든 감정이 넘쳐나지 않을 사람이 있을까! 얼마 전에 오시안(3세기 아일랜드의 전설의 주인공)이 마음에 드는지를 나한테 묻는 사람도 있더군.

7월 11일

M부인은 병세가 대단히 위독하다는 것이다. 나도 그녀의 생명을 위해 기도를 드리고 있다네. 왜냐하면 나는 롯테와 함께 괴로움을 나누고 있기 때문이지. 내가 그 부인 집에서 로테를 만나는 것은 드물지만 오늘 그녀는 나에게 놀라운 이야기를 들려주었다네.

M노인은 수치스러운 구두쇠로 생전에는 자기 부인을 무척 괴롭혀 늘 애달픈 생각을 갖게 했다는 것이야. 그러나 부인은 어려운 집안 일을 이럭저럭 헤쳐나갔지. 얼마 전에 그녀는 의사에게서 더 오래 살 수 없을 것이라는 말을 듣고는 남편을 자기 병상으로 불러 롯테도 함께 있는 자리에서 그에게 이렇게 말했다는 것이야. "나는 당신에게 한 가지 고백해야 할 것이 있어요. 내가 죽은 뒤에 말썽이 생긴다든지 불쾌한 일이 일어나서는 안 되기 때문이지요. 나는 지금까지 착실하게 그리고 검소하게 집안 살림을 꾸려왔어요. 그렇지만 당신에게 용서를 구해야 할 일이지만 나는 지난 30년 동안 당신을 속여 왔어요. 우리가 결혼하였을 초기에 당신은 나에게 부엌과 집안의 여러 잡비 지출용으로 얼마 되지 않는 금액을 책정했어요. 그 후 우리들의 집안 살림이 더 커지고 장사가 더 늘어났어도 당신은 나에게 주는 매주의 금액을 시대 상황에 맞게 늘려주지는 않았어요. 간단히 말해 당신도 알겠지만 집안 살림이 가장 커졌을 때에도 매주 7굴덴으로 꾸려가야 한다고 요구했지요. 나는 아무 대꾸도 하지 않고 이 돈을 받고 부족한 부분은 매주 생기는 매상금에서 꺼내 메꿨지요. 설마 가정주부가 장부의 돈을 훔칠 것이라고는 아무도 생각지 못할 것이니까요. 나는 단 한가지도 낭비하지는 않았어요. 이런 것을 고백하지 않아도 안심하고 저 세상으로 떠날 수 있지요. 다만 내 뒤를 따라 이 집안 살림을 맡아 볼 사람이 어떻게 해야 좋을지 난처해 할 것이고, 당신은 틀림없이 나의 전처는 그 돈으로 충분히 꾸려나갔다고 고집을 부릴 것이기 때문이지요."

나는 롯테와 함께 인간의 마음은 때로는 믿기 어려울 정도로 인간의 눈을 멀게 만들어 버린다는 이야기를 나누었지. 생활비가 두 배는 더 들 것이라고 짐작이 가는데도 7굴덴으로 살림을 꾸려나간다. 그 배후에는 반드시 무슨 비밀이 숨겨져 있을 것이라고 의심이 갈 것인데 조금도 이상하게 여기지 않으니 말일세. 그건 그렇고 이 세상에는 자기 집에도 예언자의 영원히 떨어지지 않는 기름 단지(구약성서 열왕기상 17장 10-16절 참고)가 있다고 별로 놀라지 않고 믿고 있는 사람들을 직접 알고 있다네.

롯테의 모델이 된 샤를롯테 부프

7월 13일

아니 나는 절대로 잘못 생각하고 있는 것은 아니다!

나는 롯테의 검은 눈동자 속에서 나에 대한 그리고 나의 운명에 대한 참된 관심을 읽어낼 수 있다네. 그렇다, 나는 느끼고 있다. 이 점에 있어서는 나는 내 센스를 믿어도 괜찮지. 그렇지만 롯테는――오, 나는 천국을 이런 말로 표현해도 좋다는 말인가! 롯테는 나를 사랑하고 있는 것이다!

나를 분명히 사랑하고 있다! ――그녀가 이렇게 나를 사랑하게 된 이래로 나라는 사람이 얼마나 귀중한 존재가 되었는지 모르겠다. ――그리고 자네는 이런 것을 이해할 만한 사람이니까 이런 말을 해도 상관없겠지――롯테가 나를 사랑한다는 것을 알고 난 후 나는 내 자신을 존경하게 되었는지 모르겠다네!

이것은 주제넘은 생각일까 아니면 사실 그대로의 느낌일까? ――롯테가 나를 가슴속에 품고 있는 한 나는 두려워할 아무 사람도 없다네. 그렇지만 그녀가 자기의 약혼자에 관해 말할 때면 그처럼 따뜻함과 애정을 갖고 말할 때면 나는 명예와 지위를 빼앗기고 대검까지 박탈당한 사람과 같은 비참한 심정이 되어 버리고 만다네.

7월 16일

나의 손가락이 어쩌다가 그녀의 손가락에 가 닿거나 우리의 발이 식탁 밑에서 서로 스쳐지나갈 때면 온 몸의 피가 혈관을 따라 솟아오른다네. 그리하여 나는 불에 덴 사람처럼 몸을 뒤로 당겨 들이지만 신비로운 감각의 힘에 끌려 나를 다시 앞으로 내밀어버린다네. ──모든 감각이 몰려와 나는 현기증을 일으킨다네. ──그러나 천진난만하고 허물없는 그녀는 이런 사소한 친절이 얼마나 나를 괴롭히는지를 느끼지 못한다네. 뿐만 아니라 서로 이야기를 나누면서 그녀의 손을 내 손 등 위에 얹기도 하고 신이 나면 나한테로 몸을 기대어 그녀의 맑은 입김이 나의 입술에 와 닿으려고 할 때도 있다네. 그럴 때면 나는 벼락이라도 맞은 듯이 넋을 잃고 쓰러질 것만 같아. 빌헬름이여! 내가 언젠가는 감히 이 천국과 같은 그녀를, 그리고 이 신뢰를──! 자네는 내 마음을 알아 줄거야. 아니야, 나의 마음은 아직 그렇게까지 타락하지는 않았네! 다만 나는 약할 뿐이야! 너무 약해서 탈이지! ──그러나 이 약하다는 것이 일종의 타락이 아니겠는가? ──롯테는 나에게는 신성한 존재야. 그녀 앞에서는 모든 욕정이 사라져버린다. 내가 그녀 곁에 있을 때면 나는 어떤 심정으로 있는 것인지 알 수 없을 정도로 되어 버려 마치 내 영혼이 내 모든 신경 속에서 뒤집히는 것만 같다. ──롯테는 하나의 멜로디를 좋아해. 그것을 그녀는 천사와 같은 힘으로 소박하고도 재치 있게 피아노를 쳐서 들려준다. 이것은 그녀의 애창 가곡으로 그 가곡 악보의 첫 소절만 두드려도 나의 모든 고통과 혼란 그리고 시름은 사라져버리고 만다.

옛날부터 전해 내려오는 음악의 신통력에 대한 이야기는 어느 것 하나도 그릇된 점은 없는 것 같다. 저 소박한 가곡을 들을 때마다 나의 마음은 사로잡히기 때문이다! 그리고 롯테는 가끔 내가 내 이마에 총알 한 방을 쏘고 싶은 심정일 때면, 이것을 알아차리기라도 한 듯이 그 노래를 들려주는 것이다. 그럴 때면 나의 영혼의 혼미와 어둠은 사라져 버리고 나는 다시 자유롭게 숨을 쉬게 된다네.

7월 18일

빌헬름, 만약 사랑이 없다면 이 세상은 우리에게 어떤 의미일까! 그것은 마치 불빛이 없는 마술램프와도 같다!

그 안에 불을 켜 놓아야만 비로소 흰 벽에 각양각색의 영상이 비치는 것이다. 비록 그것은 슬쩍 지나가는 환영에 지나지 않는다 해도, 신기한 것을 즐기는 소년처럼 그 앞에 서서 불가사의한 현상에 황홀해 한다면 그것 역시 우리에게 행복을 만들어 주는 것이 된다.

오늘 나는 피치 못할 모임이 있어서 롯테한테 갈 수 없었다네. 그래서 어떻게 했는지 아는가? 나는 그녀에게 하인을 보냈다네. 그것은 오늘 롯테 곁에 있었던 사람을 내 몸 곁에 두고 싶었기 때문이야. 나는 하인이 돌아오기를 얼마나 초조하게 기다렸던가. 그리고 그가 돌아왔을 때 얼마나 기뻤던가. 부끄럽지만 않았으면 그를 껴안고 키스라도 했을 것이다.

형광석은 낮에 햇볕에 놓아두면 햇빛을 흡수해서 밤이 되어도 한동안 빛을 낸다고 하는데 나에게는 이 하인이 바로 그와 같았지. 롯테의 시선이 그의 얼굴에, 그의 볼에, 그의 웃옷 단추, 외투깃에 머물렀다면 이 모든 것이 나에게는 신성하고 값진 것으로 생각된다네! 나는 이 순간만은 천 탈러를 준다고 해도 이 청년을 내놓지 않았을 것이라네. 그와 함께 있는 것이 나에게는 그토록 즐거웠다네.

제발 웃지 말아주게. 빌헬름, 우리를 즐겁게 하는 것을 어찌 환상이라고 할 수 있겠는가?

7월 19일

"오늘은 그녀를 만날 것이야!" 아침에 눈을 뜨고 마음이 상쾌해져 아름다운 햇빛을 볼 때면 나는 외친다네. "오늘은 그녀를 만날 것이야." 이렇게 외치고 나면 나는 더 이상 바랄 것이 없게 된다. 모든 것이 이 기대 속에 짜맞추어진다.

7월 20일

공사와 함께 **으로 부임하는 것이 좋을 것 같다는 자네의 아이디어는 나는 찬동할 수가 없어. 남에게 예속 당하는 것이 싫고 게다가 그 공사는 성미가 고약하다고 널리 알려져 있잖아. 어머니는 나의 사회활동을 원한다고 하는데 나는 그 말에 웃지 않을 수 없지. 지금 나는 아무 활동도 하지 않고 있다는 말인가? 내가 완두콩을 세든 편두콩을 세든 결국 매한가지 아닌가? 세상만사는 따지고 보면 모두 끝에 가서는 시시한 것이라네. 그것이 자신의 정열이나 욕구에서 나온 것이 아니고, 다른 사람을 위해 돈이나 명예나 그 밖의 것을 얻으려고 악착같이 일하는 인간은 어리석은 자라고 부르지 않을 수 없다네.

7월 24일

나더러 그림 그리기를 게을리 하지 말라고 염려해 주길래 사실은 아무 말도 하지 않고 그냥 지나가려고 했지만 사실대로 말한다면 나는 그 후 화필을 손에 잡아 본 적이 없다네.

나는 지금처럼 행복감에 젖어 본 일이 없고 작은 조약돌이나 풀잎에 이르기까지의 모든 자연에 대한 감수성이 이처럼 풍부하고 절실해진 적은 없었지. 그러나 나는 이것을 어떻게 표현해야 좋을지 모르겠다. 나의 표현력은 너무나 보잘것없고 내 영혼에 비치는 모든 것은 모호하고 흔들리고 있어 제대로 윤곽을 잡을 수가 없다. 그러나 점토나 밀랍이라도 갖고 있다면 무엇이고 만들어 낼 수 있을 것 같다. 이런 심정이 더 오래 계속된다면 나는 점토를 손에 쥐어야 할 것 같다. 물론 엉뚱하게 과자를 만들어 버릴 수도 있지만 말이다.

나는 롯테의 초상화를 세 번이나 그려보았지만 세 번 다 실패하고 말았다. 조금 전까지만 해도 그림이 썩 잘 그려졌건만 이번에도 실패하고 나니 더욱 화가 난다. 그 후 나는 그녀의 실루엣을 그렸는데 이것으로 우선 만족해야 할 것 같다.

7월 26일

잘 알았습니다. 사랑하는 롯테! 모든 일을 잘 알아서 처리하겠으니 앞으로도 계속 일을 맡겨 주십시오. 그런데 한 가지 부탁이 있습니다. 나에게 보내는 편지에는 제발 잉크가 번지지 않게 모래를 뿌리는 일은 하지 말기를 바랍니다. 오늘 편지를 받자마자 그것을 입술에 갖다 대었더니 그만 입안에서 모래를 씹어버리고 말았답니다.

7월 26일

나는 그녀를 너무 자주 만나지 말아야 하겠다고 여러 번 결심을 했다. 하지만 어떻게 그것을 지켜낼 수 있다는 말인가! 나는 매일 유혹에 못 이겨 나가면서, 내일은 가지 말고 집에 머무르겠다고 스스로 엄숙하게 맹세를 한다. 그러나 그 내일이 오면 금세 피치 못할 이유를 발견하고는 자기도 모르는 사이에 그녀 곁에 와 있는 것이다.

"내일도 오시는 거죠." 롯테가 전날 밤에 말하면——어떻게 내가 찾아가지 않을 수 있겠는가? 또는 롯테에게서 무슨 부탁을 받으면 그 결과를 그녀에게 직접 알리는 것이 예의라고 생각한다. 또 날씨가 아주 좋을 때면 발하임으로 간다. 거기까지 가면 롯테가 있는 곳까지는 불과 30분이면 갈 수 있다! 이렇게 되면 그녀를 아주 가까이에서 느낄 수 있는 분위기 속으로 들어간다. 그럴 때면 눈 깜짝 할 사이에 나는 그녀 곁에 가 있는 것이다.

나의 할머니는 곧잘 나에게 지남철로 된 산 이야기를 들려 주셨다. 배가 이 산 가까이에 오기만 하면 철로 된 모든 것을 몽땅 빨아먹어 쇠붙이와 함께 못이 산 속을 향해 날아가기 때문에 불쌍한 선원들은 무너져 내리는 널빤지에 깔려 비참하게 죽고 만다는 것이다.

7월 30일

알베르트가 돌아왔다네. 그러나 나는 이제 떠나야지. 그가 아무리 가장 훌륭하고 고귀한 인물이라고 하더라도 그리고 어느 모로 보나 나보다는 앞서 가는 사람이라는 것을 인정을 하지만 그처럼 완벽한 성격을 소유하고 있는 사람을 내 눈앞에 본다는 것은 참을 수 없는 일이라네.——그녀를 소유하다니! 아무튼 빌헬름, 약혼자가 나타난 거야. 그는 훌륭하고 사랑스러운 사나이로 우리 모두 호의를 가지지 않을 수 없는 사람이지. 다행히도 그를 마중 나갔을 때 나는 거기에 없었어. 내가 만일 그 자리에 있었다면 나는 가슴이 터져 버렸을 걸세. 게다가 그는 신중을 기하느라 내가 있는 데에서는 롯테에게 아직 한 번도 키스를 한 적이 없었어. 신이여, 그의 이 조심성을 보답해 주시라. 롯테를 존경하는 것만 봐도 나는 그를 사랑하지 않을 수 없어. 그는 나에게 호의를 보내고 있는데 그것은 아마 자기 마음에서 우러나온 것이라기보다는 롯테가 그렇게 행동하도록 만들었을 것이다. 이런 점에서 여자란 섬세하고 빈틈이 없지. 두 사람의 숭배자를 서로 사이좋게 지내게 할 수 있다면 이득을 보는 것은 언제나 여자 쪽이기 때문이지. 그러나 이런 일은 끝까지 잘될 것이라는 보장은 없다네. 어쨌든 나는 알베르트에게 경의를 표하지 않을 수 없다. 그의 침착한 태도는 나의 안절부절 못하는 불안정한 성격과 두드러진 대조를 이룬다. 그는 풍부한 감수성을 가지고 있을 뿐만 아니라 롯테의 좋은 점도 잘 알고 있다. 그는 고약한 변덕에 사로잡히는 일은 별로 없어 보이더군. 이 변덕이야말로 내가 다른 무엇보다도 제일 싫어하는 죄악이라는 것을 자네도 잘 알고 있지.

그는 나를 분별력이 있는 사람으로 여기고 있는 것 같아. 내가 롯테를 사모하고 있고 그녀가 행하는 모든 일에 대해 열렬히 기뻐하는 것은, 그의 승리감을 드높여 준다네. 그리고 그럴수록 롯테를 한층 더 사랑하게 만든다. 그가 가끔 롯테를 가벼운 질투심을 갖고 괴롭히는 것은 아닌지 그 문제에 대해서는 여기서는 따지지 않겠네. 적어도 내가 만약 알베르트의 입장이라면 질투라는 악마의 덫에서 완전히 빠져나올 수 있을 것이라고 장담하기는 어려울 것 같다. 악마의 질투 같은 건 이젠 아무래도 괜찮다. 롯테와 함께 지내는 기쁨은 이제는 사라져 버리고 말았다네. 이것을 나의 어리석은 행동이라고 해야 할까? 아니면 나의 눈먼 행동이라고 해야 할까? ——새삼 무슨 말이 필요하단 말인가! 이미 사실 그 자체가 말해주고 있지 않은가! 이렇게 되리라는 것을 알베르트가 이곳에 오기 전에 벌써 나는 알고 있었지. 그녀에 대해서는 어떠한 야심도 가져서는 안 된다는 것을 알고 있었고 또한 나는 그녀에게 무엇을 요구할 수 있겠는가. ——물론 그것은 그토록 사랑스러운 사람 옆에 있으면서 아무런 욕심도 갖지 않는 것도 한계가 있지 않겠는가. ——그런데 지금 실제로 다른 사나이가 나타나 그녀를 빼앗아 가려고 하자, 이 어리석은 바보는 그만 눈이 휘둥그래져 멍하니 바라보고 있을 뿐이라네.

나는 이를 갈면서 나의 비참한 상태를 비웃고 있다. '단념하는 것이 좋을 것이다. 아무래도 별도리가 없지 않은가.' 그러나 만일 누가 나보고 이렇게 말하는 자가 있다면 나는 그 자를 두 배 세 배 더 비웃어 주겠다. 그런 허수아비 같은 자는 내 눈앞에서 물러가야 해! ——숲 속을 이리저리 헤매고 다니다가 롯테가 있는 곳으로 가면 알베르트가 정원 정자에 롯테와 함께 앉아 있곤 한다. 그럴 때면 어찌할 바를 몰라 실컷 실룩거리며 계속 익살을 부리고 미친 짓을 해대지.

——"제발," 롯테가 오늘 말하더군. "부탁이에요. 어제 저녁과 같은 행동은 삼가주세요! 당신이 그처럼 우스꽝스럽게 굴면 겁이 나는데요."

자네에게만 하는 말이지만 나는 알베르트의 바쁜 시간을 알고 있어서 그

때 재빨리 그녀를 찾아가지. 롯테가 혼자 있는 것을 발견할 때면 나는 언제나 기분이 좋지.

정원에 앉아 있는 롯테와 알베르트에게 다가가는 베르테르

8월 8일

용서해 주게, 사랑하는 빌헬름! 피할 수 없는 운명에는 그저 순순히 복종해야 한다고 우리에게 요구하는 사람들을 나는 참을 수 없다고 비난하였지만, 그것은 절대로 자네를 두고 한 말은 아니었네. 자네도 그들과 비슷한 견해를 갖고 있으리라고는 정말 상상조차 하지 못했다네. 결국 자네의 생각이 옳을지 모르지. 그러나 벗이여! 이것만은 들어주기 바라네. 이 세상에는 이것 아니면 저것이라는 식으로 해결되어지는 일은 극히 드물다네. 매부리코와 납작코 사이에 여러 종류의 코가 있듯이 인간의 감정이나 행동에도 갖가

지 정도의 차이가 있는 법이야.

그러므로 자네의 의견은 전적으로 옳다고 인정하면서도 이것이 아니면 저것이라는 사이를 빠져나가려고 한다고 해서 나를 못마땅하게 여기지는 말아 주게.

자네는 말한다. 어느 쪽인가. 롯테에 대해 희망을 가질 수 있는가, 아니면 없는가. 여기에 달려 있다는 것이야. 만일 희망이 있다면 끝까지 희망을 버리지 말고 희망을 이루도록 노력해야 할 것이다. 만일 희망이 없다면 용기를 내어 자기의 모든 정력을 좀먹는 불행한 감정에서 벗어나야 한다는 것이지! ——벗이여! 그것은 그럴듯한 말이다. 그러나——그것은 말은 쉽지만 실천이 어려운 것 같다.

자네는 서서히 악화되어 가는 병 때문에 하루하루 죽음으로 다가가고 있는 불행한 사람에게 차라리 단도로 목을 찔러 단번에 삶을 마감해 버리라고 충고할 수 있겠는가? 병자의 힘을 좀먹는 병환은 동시에 그 병으로 해방되려는 용기까지 빼앗아 가는 것이 아니겠는가?

하긴 자네는 이와 비슷한 비유를 들어 반론을 제기할 수도 있을 거야. 즉 주저하고 망설이다가 자기 생명까지 위태롭게 하느니 차라리 썩어 들어가는 한 쪽 팔을 잘라버리는 것이 낫지 않겠느냐고? 나도 모르겠네. 비유를 가지고 서로 옥신각신 하는 것은 이제 그만두기로 하세.

정말이지, 빌헬름! 나도 때로는 후다닥 일어나 모든 것을 훌훌 털어 버릴 수 있는 용기가 솟아나는 순간이 있기도 하지. 그러나 그 순간 어디로 향해 가야할 지 알 수만 있다면 나도 곧장 그리로 갈 텐데 말일세.

——같은 날 저녁

한동안 팽개쳐 두었던 일기를 오늘 다시 읽어보고 깜짝 놀랐다네. 나는 뻔히 알면서도 이 일에 한 걸음 한 걸음 발을 들여놓고 말았던 것이라네! 언제나 확실하게 자기의 처지를 알고 있으면서도 마치 어린아이처럼 행동해 왔던 것이야. 지금도 그런 것을 확실하게 알면서도 거기에서 헤어나올 기미는 전혀 보이지 않으니 말이다.

롯테로 인해 베르테르의 가슴에 싹 트는 기쁨

8월 10일

나는 이처럼 바보가 아니었더라면 이를 데 없이 행복한 나날을 보낼 수 있었을 것이다.

한 사람의 마음을 즐겁게 하기 위해서라면 지금 내가 처해있는 환경만큼 모든 조건들이 잘 갖춰진 경우는 그렇게 흔하지는 않을 것이다. 정말이지, 우리의 마음만이 우리의 행복을 만들어 낼 수 있다는 것은 틀림없는 사실이다. ——사랑스러운 가족의 한 사람이 되고 노인으로부터는 친자식처럼 사랑을 받고 아이들로부터는 아버님처럼 공경을 받고 그리고 롯테에게서도! ——그리고 성실한 알베르트, 그도 변덕스럽고 버릇없는 행동으로 나의 행복을 문란하게 한 적은 없고 진정한 우정으로 나를 감싸주고 있다네. 그는 이 세상에서 롯테 다음으로 나를 가장 사랑해 주고 있지.

빌헬름! 그와 내가 함께 산보하면서 롯테의 이야기를 나누는 것을 옆에서 듣다보면 자네도 아마 재미있어 할 것이야. 이 세상에서 우리 두 사람의 관계만큼 우습기 짝이 없는 것은 없을 것이야. 그 때문에 나는 여러 번 눈물을 흘려야만 했지.

가령 알베르트는 나에게 성실한 롯테의 어머니에 대한 이야기를 들려주었다네.

롯테의 어머니가 임종할 때, 집안 일과 아이들을 롯테에게 부탁하고는 롯테는 자기에게 맡겼다는 것이야. 이때부터 롯테는 완전히 딴 사람이 되어 열성으로 집안 살림을 돌보면서 진짜 엄마처럼 되어 버렸다네. 그녀는 한 시도 헛되이 보내지 않고 그녀의 시간을 아이들의 사랑과 집안 일에 쏟았으며 언제나 쾌활하고 경쾌한 마음씨를 잃어 본 적이 없었다고 했지. 나는 이런 이야기를 들으면서 알베르트와 나란히 길을 걷고 있었지. 나는 길가의 꽃을 꺾어 꽃다발을 엮어 길옆을 흘러가는 시냇물에 던지고 그것이 조용히 떠내려가는 모습을 바라보았다네. 자네에게 써보냈는지 잘 모르겠지만 알베르트는 이 고장에 머물면서 수입이 상당히 좋은 궁정의 어떤 관직을 얻게 될 모양이야. 그는 궁정으로부터 좋은 평을 받고 있다네. 매사에 착실하고 열성도 대단하니 그런 점에서 그를 따를 사람을 찾기는 어려울 것 같네.

8월 12일

확실히 알베르트는 이 세상에서 가장 훌륭한 사람이다. 그런데 어제 그와 사소한 일로 말다툼을 했어. 나는 작별인사를 하러 그를 찾아갔지. 그것은 갑자기 산으로 향해 멀리 말을 달리고 싶었을 따름이고 이 편지도 지금 산에서 쓰고 있는 것이라네.

나는 알베르트의 방안 이곳 저곳을 둘러보던 중 그의 권총들이 내 눈에 띄어 그에게 말했지.

"이 권총을 잠깐 빌려 쓸 수 있을까요? 여행할 때 갖고 갔으면 해서요."

"좋도록 하세요." 알베르트는 말했다네.

"그러나 총알을 장전하는 것은 당신이 직접 해야 해요. 그 총은 단지 장식용으로 걸어둔 것이니까요."

내가 권총 한 자루를 벽에서 끄집어내리자 알베르트는 말을 계속 이어갔다. "조심한다고 했는데 뜻하지 않았던 불상사를 저지르고 난 후로는 이런 것에는 손을 대지 않게 되었어요." 나는 이 말에 호기심이 생겨 그 사연을 물었더니 이렇게 이야기하는 것이었지.

"전에 나는 약 3개월 간을 시골에 사는 친구네 집에 머문 일이 있었지요. 그때 비록 총알을 장전해 두지는 않았지만, 권총을 두 자루나 갖고 있어서 밤에도 마음놓고 잠을 잘 수 있었지요. 그러다가 어느 비 오는 날 오후에 한가하게 자리에 앉아 있었는데 어쩐지 그 날 저녁에는 강도가 들지 모르겠다는 불길한 생각이 머릿속에 떠올라 혹시 권총이 필요할지 모른다는 생각을 하게 됐어요. ——이런 기분은 당신도 이해할 수 있을 것이에요. ——그래서 나는 하인에게 권총을 내주면서 이것을 잘 손질하여 총알을 재어두라고 일렀어요. 그런데 그 하인 녀석이 하녀들과 장난을 치면서 놀려주려고 하는 순간에 어찌 된 일인지 뜻하지 않게 권총이 발사되어——그때 방탄 장치가 되어 있었는데도——하녀의 오른쪽 엄지 손가락 모지근에 깊숙이 꽂혀 손가락이 으스러지고 말았어요. 울고불고 야단났었지요. 결국 나는 치료비를 물어야 했어요. 이런 일이 있은 뒤부터는 나는 어떤 무기든지 총알을 넣어 두지 않기로 결심했어요. 아무리 조심을 해도 무슨 소용이 있어요? 어떤 위험이 어디에 숨어 있는지는 미리 알아차릴 수는 없어요! 그렇지만——."

그런데 자네도 알다시피 나는 알베르트를 대단히 좋아하지만 이 '그렇지만'이라는 말만은 정말로 질색이라네. 왜냐고? 모든 일반적인 명제는 예외가 따라다닌다는 것은 자명한 것이 아니겠는가? 그런데 이 사람은 지나치게 용의주도하다는 것이네. 조금이라도 성급한 것, 일반적인 것, 확실하지 않은 것을 말했다고 생각할 때면 곧바로 그 말을 한정짓거나, 수정하거나, 자르고 첨가하기 시작하여 마지막에는 제일 중요한 말은 어디론가 빠뜨리고 말지. 이번에도 그는 그런 식으로 나왔어. 그래서 나도 더 이상 그의 말을 듣지 않고 엉뚱한 망상을 일으켜 갑작스런 몸짓으로 총구를 내 이마의 오른쪽 눈 위에 갖다 댔지.

"세상에!" 알베르트는 외치면서 권총을 나의 손에서 빼앗았어. "이게 무슨 짓이오!" "총알도 들어 있지 않은데 뭘 그래요." 나는 말했지.

"그야 물론 그럴 테지만 왜 이런 끔찍한 짓을 하는 겁니까? 아무튼 어떻게 인간이 자신의 목숨을 끊으려는 바보 같은 짓을 하는 것인지 나는 도저히 상상조차 할 수 없어요. 그런 일은 생각만 해도 불유쾌하지요."

"당신네 같은 사람들은," 나는 소리쳤지. "무슨 일에 대해서든지 그것은 옳지 않은 짓, 혹은 현명한 짓, 또는 이것은 나쁘니 이것은 좋으니 하고 한 마디로 잘라 말하기를 좋아하지만 그건 다 사리에 맞지 않습니다. 그런 결정적인 판단을 내리기 전에 어떤 행동의 내부적인 상태를 살펴본 일이 있었던가요? 어찌하여 이런 행동을 하게 되었는지 그리고 어찌하여 이런 일이 일어날 수밖에 없었는지 그 원인을 아주 확실하게 설명할 수 있습니까? 만약 그럴 수 있다면 방금처럼 그렇게까지 성급하게 말할 수는 없을 텐데요."

"그러나", 알베르트는 말했다. "그 동기가 무엇이든 그런 특정한 종류의 행위가 죄악이라는 것은 당신도 인정하시겠지요?"

그의 의견에 나도 어깨를 한 번 으쓱해 보이면서 수긍하고 나서 이렇게 말하였다네. "그렇지만 알베르트씨, 그 경우에도 몇 가지 예외가 있지요. 절도가 죄악이라는 것은 확실한 사실입니다. 그러나 어떤 사람이 굶어 죽게된 가족을 먹여 살리기 위해 도둑질을 했다면 우리는 그를 동정해야 하나요? 아니면 벌을 내려야 할까요? 부정한 아내와 그 비열한 유혹자를 당연히 격분한 나머지 처단한 남편이나 한동안을 억제할 수 없는 사랑의 환락에 몸을 맡긴 처녀에게 누가 맨 먼저 돌을 던질 수 있을까요? 우리나라의 법률까지도 이 냉혈동물 같은 현학자들마저도 감동되어 그들에 대한 처벌을 보류할 것이오."

"그건 전혀 사정이 다른 문제지요." 알베르트가 대답했다. "왜냐하면 자기 자신의 정열에 휘말려 제정신을 잃은 인간이나 사리분별이 전혀 없는 술 취한 사람이나 다 미친 사람이라고 볼 수 있으니까요."

"아, 당신네들. 이성을 잃지 않은 사람들이여!" 나는 웃으면서 외쳤다. "그런 행위를 한 마디로 '격렬한 감정! 술주정뱅이! 정신이상자!' 하면서 나하고는 아무런 상관이 없다고 옆에 냉정하게 서 있기만 하는 당신네들이야말로 도덕군자 양반들이라고 불러야하겠어요. 술주정뱅이를 욕하고 터무니없는 짓을 행하는 사람을 업신여기면서 마치 제사장처럼 그들 옆을 지나가면서 바리세인들처럼 자기를 그들 중의 하나로 만들어 주지 않은 신께 감사해 하겠지요. (신약성서 누가복음 18장 11절 참고) 나는 여러 번 술에 취해 봤고 나의 격정은 거의 광기에 가까웠지만 후회해 본 적은 없습니다. 왜냐하면 뭔가 위대하고 불가능한 일을 성취한 비범한 사람들은 모두 옛날부터 술주정뱅이나 미친놈이라고 지탄받아 왔던 사실을 배워 알기 때문이지요.

그러나 일상 생활에서도 자유롭고 고귀한 그리고 예상 밖의 비범한 일을 해내는 사람은, 그 도중에는 거의 예외 없이 '저 사람은 술에 취해 있어. 저 인간은 바보야.'라는 욕설을 배후에서 퍼 붙는 소리를 듣지요. 당신네들은 참으로 똑똑하고 현명하지만, 부끄러운 줄 알아야 합니다."

"그것 역시 당신이 사로잡혀 있는 망상 중의 하나입니다." 알베르트는 말했다. "당신은 모든 일을 과장해서 말하는데 적어도 지금 우리가 문제삼고 있는 자살만 하더라도 자살을 위대한 행동인 것처럼 비교하여 말한다는 것은 옳지 않습니다. 아무리 생각해 보아도 자살은 나약함입니다. 왜냐하면 고통스러운 삶을 꼭 참고 견디어 나가는 것보다 죽는 것이 훨씬 더 쉽기 때문이지요."

나는 여기서 말을 중단하려고 했어. 나는 한창 진지하게 이야기를 하고 있는데 상대방은 시시한 틀에 박힌 말을 끄집어내는 것만큼 내 마음을 초조하게 만드는 것은 없기 때문이야. 그러나 이런 이야기는 벌써 여러 번 들었고 이런 일에 여러 번 화가 났기 때문에 나는 마음을 가다듬고 오히려 활기를 띠고 말했지. "당신은 그것을 나약함이라고 말하는 것인가요? 제발 겉모양만 보고 속지 마십시오. 폭군의 압제에 신음하던 백성이 드디어 궐기하여 그 사슬을 끊어버릴 때에 당신은 그 민족을 약자라고 말할 수 있겠습니까? 자기 집에 불이 났을 때 너무 놀라 괴력이 솟아 나옴을 느껴 평소에는 생각조차 할 수 없는 무거운 짐을 가볍게 나르는 사람이나 모욕을 당한 사람이 분노한 나머지 여섯 명과 싸워 물리친 사람을 나약하다고 말할 수 있을까요? 긴장이 장점이라고 말해진다면 어째서 극도의 긴장의 힘을 단점이라고 하겠어요?"

알베르트는 나를 쳐다보며 말했다. "실례의 말이지만 당신이 언급한 예는 이 경우에는 해당되지 않는 것 같군요."

"그럴지도 모르지요." 나는 말했다. "나의 추리법은 가끔 허튼 소리에 가깝다고 이미 여러 번 비난받아 왔어요. 자, 그러면 원래 즐거워해야 할 인생의 무거운 짐을 스스로 내던져버릴 결심을 하는 사람의 심정은 어떤 것인지, 그것을 이번에는 다른 논법으로 추구할 수 있을지 알아봅시다. 왜냐하면 우리는 공감할 수 있는 경우에만 그것에 대해 토론할 자격이 있기 때문입니다."

"인간의 본성에는," 나는 말을 계속했다. "한계가 있습니다. 기쁨, 슬픔, 괴로움도 어느 정도까지는 참을 수 있지만 그 한계를 넘어서면 파멸하고 맙니다. 따라서 이런 경우 문제되는 것은 어떤 사람이 약하고, 어떤 사람이 강한가 하는 것이 아니라 윤리적이든 육체적이든 자기의 고통의 한계를 견디어 낼 수 있는가 없는가에 달려 있지요. 그러므로 자기의 목숨을 스스로 끊은 사람을 비겁하다고 하는 것은 악성 열병에 걸려 생명을 잃은 사람을 보고 비겁자라고 부르는 것과 마찬가지로 부당하고 괴상한 일이라고 생각해요."

"그것은 궤변이오. 대단한 궤변이오." 알베르트는 외쳤다. "결코 당신이 생각하는 것처럼 궤변은 아니지요." 나는 대꾸했다. "육체가 심하게 결단나고 체력이 소모되어 전혀 기능을 발휘하지 못하고 이제는 회복할 수도 없고 아무리 운이 좋은 변화가 생겨도 생명의 정상적인 영위를 회복할 수 없을 때에는 그것을 죽음에 이르는 병이라고 불러도 당신은 동의하겠지요.

알베르트씨, 그렇다면 이 경우를 정신에 적용해 보기로 합시다. 인간의 마음이 점점 외곬로만 깊이 빠져 들어가는 과정을 상상해보지요. 외부에서 받아들인 인상이 작용하여 여러 가지 관념이 고정되어 불타오르는 정열 때문에 모든 냉철한 사고력을 빼앗기고 마침내 파멸해 버리고 말 겁니다. 침착하고 이성적인 사람은 이런 불행한 인간의 정신 상태를 바라보고 충고도 할 수 있겠지만 그것이 무슨 소용이 있겠습니까! 그것은 마치 건강한 사람이 병자의 머리맡에 서서 병상을 지켜본들 자기의 체력을 조금도 환자의 몸에 불어넣어 줄 수 없는 것과 마찬가지입니다."

이런 말투는 알베르트에게는 너무나 일반적인 것이었어. 그러므로 나는 얼마 전에 익사한 시체로 발견된 소녀를 기억하느냐고 물으면서 그 이야기를 다시 꺼냈지. "아주 착하고 어린 처녀였고, 집안 살림과 매주 되풀이되는 일들로 소일하는 좁은 환경에서 자랐지요. 즐거움이란 조금씩 사 모은 나들이옷을 일요일에 입고 또래 친구들과 어울려 교외로 산보를 나간다거나 큰 축제일에 빠짐없이 춤을 추러 간다거나 그 밖에 남들과 옥신각신 했던 이야기와 쑥덕공론으로 이웃여자와 여러 시간을 정신이 나가도록 수다를 떠는 것이 전부였지요. 그러던 것이 쉽게 불처럼 타오르기 쉬운 성격은 드디어 은

밀한 욕망을 느끼게 되었고 거기에 남자들의 추켜세움과 알랑거림은 그녀의 욕망을 더욱 거세게 만들어버려 점점 지금까지와 같은 즐거움은 싱거워지게 되었을 때에 드디어 한 남자를 만나게 되었지요. 그녀는 전에는 느껴보지 못했던 감정으로 세차게 끌려가 이제는 자기의 희망의 모든 것을 이 사나이에게 걸고 주변 세계를 완전히 잊어버려 유일한 자인 이 사나이의 목소리 이외에는 아무것도 들리지 않고 오직 이 남자만을 사모하게 되었지요. 아직껏 경박한 허영심의 쾌락에 물들지 않았기 때문에, 그녀는 오로지 그의 아내가 되기를 갈망했으며, 이제까지 맛보지 못했던 모든 행복을 그와의 영원한 결합 속에서 찾으려고 했고, 그리워하는 기쁨 모두를 맛보려고 했지요. 남자의 거듭되는 약속은 그녀에게 모든 희망의 확신을 보증해주었고 그녀의 욕정을 더욱 심화시킨 대담한 애무는 그녀의 영혼을 사로잡고 말았지요. 몽롱한 의식 속에서 사랑의 희열을 예감하고 때로는 극도로 긴장하여 모든 소원을 움켜잡으려고 두 팔을 쑥 내밀었던 것이지요. 그런데 그때 그 사나이는 그녀를 버렸어요. 몸과 마음이 얼어붙고 넋을 잃고 그녀는 심연 앞에 서게 되었어요. 그녀를 에워싼 사방은 모두 암흑뿐이며 어떤 희망, 어떤 위안 그리고 어떤 기대도 가질 수 없었어요. 그 사나이의 존재 속에서만 자신의 존재를 느끼고 있었지만 그 사나이는 그녀를 버렸어요. 그녀의 눈앞에 가로놓인 넓은 세계도 보이지 않고 잃어버린 것을 메워줄지도 모를 많은 사람들까지도 눈에 들어오지 않아요. 이 세상의 모든 것으로부터 버림을 받은 외톨이라고만 느끼고는——눈이 멀어버려 견딜 수 없는 마음의 고통에 짓눌려 사방을 에워싼 죽음 속으로 모든 고뇌를 끊어버리고 말지요!

——보십시오, 알베르트! 이것이 많은 세상 사람들이 체험하는 일들이 아니겠습니까! 그리고 이것이 또한 병이라는 것이 아니겠습니까? 생명이 헝클어져 서로 싸움질하는 여러 가지 힘의 미궁 속에서 빠져나갈 출구를 찾지 못하면 죽음의 길 밖에 택할 것이 없는 거랍니다.

이것을 옆에서 바라보고 있다가 이렇게 말하는 작자가 있으면 그 자는 저주를 받아 마땅하지요. '바보 같은 여자다! 조금만 더 참고 기다렸다면, 때가 오면, 절망도 가라앉게 되어 다른 남자가 나타나 위로를 받을 수 있었을 텐데.' 이것은 마치 이처럼 말하려고 하는 것과 같은 것이지요. '정말로 어리석은 놈이야. 열병을 앓다가 죽다니! 체력이 회복되고 정력이 몸에 붙어 혈액이 제대로 돌아갈 때까지 기다렸어도 모든 일이 잘 되어 오늘날까지 무난히 살 수 있었을 텐데!"

알베르트는 이러한 비유에도 얼른 납득이 가지 않는지 그래도 몇 가지 반대 의견을 말하였지. 그가 말한 가운데에는 이러한 것도 있었지. 내가 말한 것은 단순하고 지각없는 소녀의 이야기에 지나지 않으며 그렇게까지 외곬으로 치닫지 말고 상황을 좀더 포괄적으로 바라보는 분별력을 가졌더라면 그 지경이 되지는 않았을 것이라는 거요.

"이봐요, 알베르트씨!" 나는 소리 질렀다. "인간은 다 마찬가지랍니다. 남보다 조금 더 이성을 갖고 있다고 해서 그것이 무슨 소용이 있단 말이오. 그것은 일단 정열이 끓어 오르고 인간성의 한계선에 다다르면, 거의, 아니 전혀 아무 소용도 없는 것이랍니다. 이야기는 나중에 또 하기로 합시다."

이렇게 말한 뒤 나는 모자를 손에 집어 들었다네. 나는 가슴이 무척 답답했어. ——이리하여 우리는 서로 그냥 헤어지고 말았지.

이 세상에서 남을 이해한다는 것이 얼마나 어려운 것인가.

8월 15일

분명히 이 세상에서 사랑만큼 인간에게 없어서는 안 될 절실한 것은 없을 것이다. 나는 롯테가 나를 잃고 싶어 하지 않는다는 것을 그녀의 몸짓으로 느낄 수 있다. 아이들도 내일도 역시 내가 와 줄 것으로 알고 있다. 오늘은 롯테의 피아노를 조율해 주기 위해 찾아갔었지만 그 용건은 이루지 못했다. 아이들이 이야기를 해 달라고 졸랐고 롯테까지도 아이들에게 이야기를 해 주라고 부탁했기 때문이었다.

나는 아이들에게 저녁 빵을 잘라 주었다. 지금은 아이들도 내가 나눠주는 것을 롯테가 빵을 나눠줄 때나 다름없이 좋아한다. 그리고 나는 그들에게 '손이 시중드는 공주 이야기'(공주가 옥에 갇혀 굶어 죽게 되었을 때 천장에서 많은 손이 내려와 먹을 것을 주었다는 옛날 이야기)를 들려주었다. 그러느라고 나도 꽤 공부를 했지. 아이들이 내 이야기를 듣고 어찌나 깊이 감동하는지 나는 깜짝 놀라지 않을 수 없었다.

두 번째로 이야기를 들려 줄 때는 줄거리를 깜빡 잊어버려 가끔 적당히 꾸며대니까 아이들은 첫 번째 이야기와 다르다고 항의하는 거야. 이래서는 안되겠기에 지금 나는 조금도 틀리지 않도록 장단을 맞춰서 정확하게 암송하는 연습을 하고 있다네. 여기서 또 한 가지 깨달은 점이 있다면 그것은 지은이가 개정판을 펴낼 때에 내용에 손을 대면 비록 그것이 예술적으로는 훨씬 나아졌다고 하더라도 그 책에 손상을 입힌다는 사실이다. 아무래도 독자들에게는 첫 번째 인상이 좋은 법이야. 이때에는 아무리 터무니없는 이야기라도 듣고 있으면 납득이 가고 그것은 머릿속에 달라붙어 좀처럼 떠나지 않지. 그런데 나중에 다시 고치거나 지워버린다는 것은 엄청난 실수를 범하게 되지.

8월 18일

인간에게 행복을 가져다주는 바로 그것이 나중에는 도리어 화근이 된다니, 이것 또한 현실의 운명일까?

전에는 생생한 자연에 대해 내가 마음 속에 품었던 뜨거운 공감은 나를 넘쳐나는 기쁨으로 가득 차게 했고 주위의 세계를 낙원으로 만들어 주었지. 그랬건만 지금은 그것이 나를 못 견디게 괴롭히고 가책의 유령이 되어 어디를 가나 내 뒤를 따라 다닌다네. 일찍이 나는 바위 위에서 강 건너 저 언덕까지 이어진 풍요로운 골짜기를 바라보고 주위의 모든 것들이 싹트고 자라나는 것을 바라보았지. 또한 저 멀리 산들은 기슭에서 봉우리까지 울창한 나무로 덮이고 꾸불꾸불 뻗어 내린 골짜기에는 아름다운 숲이 그늘을 던지는가 하면 유유히 흐르는 시냇물은 속삭이는 갈대 사이를 미끄러지듯 흘러가며 산들거리는 저녁 바람이 몰고 온 아름다운 구름을 비추고 있었지. 새들은 숲 속에서 흥겹게 지저귀며 빨갛게 물든 저녁 노을 속에 수많은 모기떼들이 앵앵거리며 춤추고 딱정벌레들은 저물어 가는 마지막 햇살을 받아 윙윙거리며 풀숲에서 날아오르고 있었다네.

주위의 이러한 활발한 움직임에 이끌려 땅 위를 주의 깊게 들여다보면 바로 내가 서있는 딱딱한 바위에서 마음껏 자양분을 흡수하는 이끼며 메마른 모래 언덕까지 비스듬히 자라나고 있는 관목들이 자연의 품안에서 깊이 타오르는 거룩한 생명력을 나에게 분명히 나타내어 보여 주었지. 이때 나는 이 모든 것을 뜨거운 가슴속에 품고, 넘치는 그 풍요 속에서 신이라도 된 듯한 기분에 사로잡혔지.

그리고 내 영혼 속에서 무한한 세계의 찬란한 모든 모습들이 생기 있게 움직이고 있었지. 거대한 산들이 나를 에워싸고 심연이 눈앞에서 입을 벌리고 있었으며 개천들이 콸콸 흘러내리고 큰 강이 발 밑을 흘러가고 숲도 봉우리도 진동했지. 나는 이루 헤아릴 수 없는 위대한 힘이 땅 속 깊숙이 뒤얽혀 작용하고 있음을 역력히 보았지.

하늘과 땅 사이에는 바야흐로 오만가지 피조물의 종족들이 꿈틀거리고 있지. 삼라만상은 그야말로 천태만상으로 번식하고 있지. 그런데 그 사이에서 인간은 작은 집을 지어 서로 의지하고 자신의 몸을 보호하기 위해 보금자리를 마련하고는 자기 나름대로는 이 넓은 세계를 지배하고 있는 줄로 생각하고 있지. 가련한 천치 같은 인간들! 너는 스스로가 왜소하기 그지없기에 세상을 그처럼 얕보는 것이 아니겠는가. ——접근할 수 없는 높은 산에서부터 사람들이 들어간 적 없는 황야를 지나 미지의 넓은 대양의 끝에 이르기까지 거기에는 영원히 창조하는 자의 정신의 입김이 흐르고 있으며 그 정신의 목소리를 들으면서 살아가는 보잘것없는 미미한 티끌에까지도 창조주는 기뻐하신다네. ——아, 그때 나는 머리 위를 날아가는 학의 날개를 빌어 무한한 대양의 기슭 끝까지 날아가기를 얼마나 동경하였던가! 무한한 자의 거품이는 술잔에서 넘쳐나는 생명의 환희를 마시면서 한 순간만이라도 스스로 제한받고 있는 가슴 속으로, 삼라만상을 자신 속에 그리고 스스로의 힘을 통해 창조하는 신의 축복어린 한 방울을 맛보려고 나는 얼마나 갈망하였던가!

벗이여! 지금 나는 오직 그 당시를 회상할 때에만 행복을 느낀다네. 저 형용할 수 없는 감정을 불러일으켜 다시 그것을 입 밖에 내고자 하는 것만으로도 벌써 내 영혼이 되살아나기는 하지만 곧 지금 내가 처한 실상의 불안감을 한층 더 절실하게 느끼게 된다네. 내 영혼을 가리고 있던 장막이 걷히는 듯싶더니 무수한 생명의 무대는 내 앞에서 영원히 입을 벌리고 있는 무덤의 심연으로 변하고 말았어. 그런데 자네는 '그것은 존재한다'고 감히 말할 수 있겠는가. 모든 것은 다 사라져 버리지 않는가?

모든 것은 번갯불처럼 빨리 사라져 버리고 존재의 힘을 완벽하게 지속시키기란 불가능하지 않는가. 아, 그것은 거센 물결에 휩쓸려 가라앉고 바위에 부딪쳐 산산조각이 나지 않는가 말이다.

매순간들은 자네 자신과 자네 주위의 사랑하는 사람들의 생명을 좀먹고 있고 자네는 한 순간도 예외 없이 파괴자인 것이며 파괴자가 되지 않을 수 없는 것이다. 우리들의 무심한 산책조차 수많은 곤충들의 생명을 빼앗는 것이다. 우리의 한 발짝 떼어놓는 발길이 개미들이 애써 세워놓은 전당을 뒤집어 엎어버려 하나의 작은 세계를 유린하여 비참한 무덤으로 만들어 놓을 수도 있다. 그렇다. 아! 마을들을 송두리째 쓸어버리는 대홍수, 도시를 한꺼번에 삼켜버리는 대지진, 이런 어쩌다가 일어나는 보기 드문 재난에 내가 상심하는 것이 아니다. 자연의 모든 것 속에 숨어 잠재해 있는 잠식력, 이것이 내 마음을 허물어뜨리는 것이다.

이때까지 자연은 자기 자신과 자기 이웃을 파괴하지 않는 것은 하나도 만들지 않았다. 그러므로 나는 하늘과 땅 사이에서 끊임없이 작용하는 모든 힘에 둘러싸여 불안에 떨며 비틀거리고 있다. 또한 거기에서 내 눈에 비친 것은 오직 영원히 집어삼키고 영원히 되새김질하는 괴물뿐이다.

8월 21일

아침마다 괴로운 꿈에서 깨어나면 나는 헛되게도 그녀에게로 두 팔을 내뻗는다네. 밤마다 행복하고도 순수한 꿈에 젖어 착각을 일으킬 때면 나는 그녀와 함께 풀밭에 앉아 그녀의 손을 잡고 끊임없이 입을 맞추고는 잠자리에서 그녀를 찾곤 한다.

아! 이렇게 꿈속에서 그녀를 찾아 더듬다가 눈을 뜨면 나는 가슴이 메어 눈물이 쏟아지곤 하지. 나는 어두운 미래를 생각하며 위로할 길 없이 하염없이 울뿐이다.

8월 22일

비참하구나! 빌헬름! 나의 활동력은 아주 무디어지고 불안한 게으름으로 변해버리고 말았다. 한가한 기분도 될 수 없고 그렇다고 아무 일도 할 수 없다네. 상상력도 없어지고 자연을 바라봐도 전혀 감동을 느낄 수 없고 책을 보면 구역질이 난다네. 인간이란 이렇게 자아를 잃게 되면 모든 것이 사라져버리는 모양이다. 사실 나는 날품팔이 일꾼이 되었으면 하고 생각할 때가 종종 있다. 날마다 잠에서 깨면 그 날 하루의 목적이 생기고 이렇게 할까 저렇게 할까하는 희망을 갖게 될 테니 말이다. 나는 알베르트가 서류 속에 파묻혀 있는 것을 보고 있으면 부러워서 그의 처지와 바꿀 수 있다면 얼마나 좋을까 하고 상상해 보기도 하지. 나는 벌써부터 여러 번 자네나 장관에게 편지를 내어 공사관에 일자리를 부탁해 볼까 생각했지. 그 정도의 일자리라면 거절당할 것 같지도 않고 자네도 보증해 줄 걸로 믿고 있었기 때문이지. 장관은 벌써부터 나를 아껴 오던 터라 나에게 일자리를 갖도록 권고해 왔었지. 나는 한때는 그럴 생각도 해보았지만 나중에 다시 생각해 보니 자유에 진저리가 난 말이 안장과 마구를 등에 얹어 달래서 사람을 태워서 허리가 휘어져 버렸다는 우화가 머릿속에 떠올라 어떻게 하면 좋을지 망설이게 되었다네. 사랑하는 벗이여! 지금 상황의 변화를 바라는 내 심정은 어쩌면 일종의 불쾌한 초조감에서 비롯되는 것으로 이것은 어딜 가나 나의 뒤를 쫓아다니는 것은 아닐까?

8월 28일

나의 병이 나을 수 있는 것이라면 틀림없이 이 사람들이 고칠 수 있을 것일세. 오늘은 내 생일이라네. 그래서 아침 일찍 알베르트한테서 소포를 받았어. 뜯어보니 분홍색 리본이 눈에 들어왔어.

그것은 내가 롯테를 처음 만났을 때 그녀가 가슴에 달고 있던 것인데 그 뒤 나는 그것을 여러 차례 달라고 졸랐던 것이야. 또 그 소포에는 사륙판 책 두 권이 들어 있었어. 자그마한 베트슈타인 판의 《호메로스》였는데 이것은 내가 지금 갖고 있는 무거운 에르네스티 판을 산책할 때 질질 끌고 다녔기에 이 불편을 덜기 위해 진작부터 갖고 싶어 하던 책이었지. 참으로 놀라운 일이 아닌가! 이렇게 두 사람은 내 소망을 미리 알고 세세한 우정의 선물을 보내오니 말이다. 이러한 의사 표시는 흔히 그 선물을 보내는 사람의 허영심 때문에 받는 사람이 일종의 굴욕을 느끼기 마련인 비싼 선물보다 수천 배나 값진 것이다.

나는 이 리본에 수천 번이나 입을 맞추었다네. 그리하여 지금은 이미 지나간 다시는 돌이킬 수 없는 저 행복했던 며칠 동안의 즐거운 추억을 숨을 들이 쉴 때마다 홀짝 홀짝 들이마시고 있다네.

빌헬름! 이것이 요즈음 나의 형편이지만 나는 불평은 하지 않는다네. 인생의 꽃이란 환상에 지나지 않는다. 얼마나 많은 꽃들이 흔적조차 남기지 않고 져버렸던가 말이다. 그리하여 열매를 맺는 꽃들은 얼마나 적으며 그리고 이 열매들 중에서 익은 놈은 또 얼마나 되겠는가! 그러나 익은 과일이 항상 없던 것은 아니지. 오, 나의 벗이여! 이렇게 해서 겨우 익은 열매를 우리가 그대로 거들떠보지도 않고 맛도 보지 않은 채 썩힐 수야 있겠는가?

그럼 잘 있게! 멋진 여름이구나. 나는 곧잘 과일을 따는 긴 장대를 손에 들고 롯테의 과수원 나무에 올라가 우듬지에 달린 배를 딴다네. 그러면 롯테는 내가 떨어뜨리는 배를 아래에서 받곤 하지.

8월 30일

불행한 자여! 너는 정말로 바보가 아닌가? 너는 스스로를 속이고 있지 않는가? 언제까지 이렇게 미쳐 날뛰는 끝없는 정열은 도대체 무엇이란 말인가?

이제 나의 기도는 오직 그녀에게 바치기 위한 기도일 따름이다. 나의 상상력 속에는 그녀의 모습 밖에는 나타나지 않는다. 그리고 나를 에워싼 세계의 모든 것을 나는 그녀와 관련시켜서만 바라보게 되었다. 이렇게 함으로써 나는 한동안이나마 즐거운 시간을 가질 수가 있다.——다만 그녀와는 다시 헤어져야 할 그때까지이긴 하지만 말이다.

아, 빌헬름이여! 내 마음은 가끔 나더러 그녀와의 이별을 강요할 때도 있다.——그녀의 옆에 두 시간이고 세 시간이고 앉아서 그녀의 자태와 거동 그리고 우아한 말솜씨에 정신이 팔려 있다가 점점 나의 모든 감각이 긴장되고 눈앞이 캄캄해져 귀도 전혀 들리지 않게 되고 마치 암살자에게 목이 졸리듯 답답해지고 이어 심장이 세차게 고동치고 답답한 가슴에 숨통을 틔워보려고 하면 감각은 더욱더 혼란해질 뿐이다.

빌헬름! 나는 이 세상에 정말 살아있는 건지 그렇지 않은 것인지 조차 알 수 없을 때가 가끔 있다! 그리고 때때로 슬픔에 압도당해 버릴 때면 롯테는 나에게 자기의 손위에 얼굴을 파묻고 마음껏 눈물을 쏟아내 답답한 가슴을 씻어 버릴 수 있게 안타까운 위로를 얻는 것을 허락해 주지. 그러나 이 허락이 없을 때에는 나는 롯테 옆을 떠날 수밖에 없지. 밖으로 뛰쳐나가 버리지. 그리고는 먼 들판을 이리저리 헤매면서 다니지. 그리하여 가파른 산을 기어 올라가는 것이 기쁨으로 바뀌지. 길 없는 숲 속을 헤쳐 덤불에 걸리고 가시에 찔리면서도 앞으로 나아가면 기분도 조금은 나아진다. 어느 정도이지만 말이다! 나는 피로와 갈증 때문에 가는 도중에 여러 번 쓰러져 버릴 때도 있었지. 또 깊은 밤중에 둥근 달이 외로운 숲 속에서 하늘 높이 떠 올라와 나도 발바닥의 상처의 아픔을 조금이라도 덜어보려고 구부러진 나무 위에 앉아 있으면 어스름한 달빛 속에서 지쳐버린 나머지 나도 모르게 꾸벅 잠들어 버리고 만다네.

아, 빌헬름! 수도자의 독방과 가죽옷 그리고 가시 박힌 허리띠가 바로 내 영혼이 갈망하는 청량제라네.

잘 있게나! 이 비참한 생활의 말로는 무덤 외에는 없을 것 같다.

9월 3일

빌헬름! 나는 이곳을 떠나야 해! 망설이던 끝에 결심을 굳히게 된 것은 자네 덕분이야. 고맙네. 벌써 2주일 전부터 그녀 곁을 떠나야겠다는 생각을 품고 있었어. 이제 나는 떠나야 해. 그녀는 다시 시내의 친구 집에 와 있어. 그리고 알베르트는――어쨌든――나는 떠나야만 해!

9월 10일

빌헬름! 정말로 견디기 어려운 밤이었어! 이제 나는 모든 고통을 이겨냈다네. 이제 나는 그녀와는 두 번 다시는 만나지 않겠어. 아, 벗이여! 자네의 목을 껴안고 끝없는 눈물을 흘리며 황홀한 심정으로 이 가슴을 휘몰아치는 갖가지 느낌을 쏟아낼 수 있으면 얼마나 좋을까! 나는 지금 여기에 앉아 새로운 대기를 향해 허덕이면서 내 마음을 진정시켜 아침이 오기를 기다리고 있다. 날이 밝으면 나를 데려갈 마차가 오도록 되어 있다.

아, 그녀는 지금 고요히 잠들어 있어 나를 다시 못 보리라고는 생각하지 못할 것이다. 나는 몸을 뿌리치고 나와 버렸다. 전날 밤에는 두 시간 동안이나 그녀와 대화를 나누면서도 내 계획을 눈치 채지 못하도록 나는 마음을 굳게 먹었지. 그렇다고 하더라도 우리의 대화는 얼마나 희한한 것이었던가!

알베르트는 저녁식사가 끝나면 곧 롯테와 함께 정원으로 나오겠다고 약속했다네. 나는 테라스 위의 높은 밤나무 아래에서 서성거리면서 저물어 가는 해를 바라보고 있었다. 나에게는 이 정든 계곡과 조용히 흐르는 강물 저쪽으로 사라져 가는 해를 보는 것도 오늘이 마지막이겠구나 하고 생각하면서 말이다. 지금까지 나는 얼마나 자주 여기서 그녀와 함께 서서 저 멋진 광경을

베쯜라르의 그림. 멜리안 그림, 1646년

바라보았던가. 그런데 지금은——나는 그처럼 정들어 버린 가로수 길을 이리저리 걸어보았다. 내가 롯테를 알기 전부터, 나는 마음에 호소해 오는 말로는 다할 수 없는 정취에 이끌려 이곳에 찾아오곤 했지. 그러다가 내가 그녀와 사귀게 된 처음부터 우리가 서로 똑같이 이곳을 좋아한다는 것을 발견하고는 우리는 얼마나 기뻐했던가. 확실히 이곳은 내가 본 것 중에서 인간의 손으로 만들어진 가장 낭만적인 곳 중의 하나인 것이다.

우선 밤나무 사이로 전망이 넓게 탁 트여 있지.——아. 그렇지. 이곳에 대해서는 내가 벌써 자네에게 여러 번 써 보낸 것이 생각나지만——가로수 사이로 들어서면 큰 떡갈나무들이 길 양쪽을 벽처럼 둘러싸고, 그와 잇닿은 수풀 때문에 가로수 길은 점점 어두워지고, 그 맨 끝은 소름이 끼치게 만드는 정적이 감도는 조그마한 공터로 끝나고 있지. 어느 대낮에 내가 처음으로 이곳에 발을 들여놓았을 때 나는 얼마나 신비스러운 감정이 들었는지 그때 일을 지금도 똑똑히 기억하고 있지. 그때 나는 이 고장이 나에게 행복과 고통의 어떤 무대가 될 것이라는 예감을 어렴풋이 느꼈다. 내가 약 반시간쯤 이별과 재회의 애달프고도 달콤한 생각에 잠겨 있을 때, 그들이 테라스를 올라오는 발소리가 들려왔어. 나는 곧 뛰어가서 두 사람을 맞았고, 몸을 떨면서 그녀의 손에 입을 맞추었지. 우리가 맨 위까지 올라갔을 때 수풀로 뒤덮인 언덕 위로 달이 떠올라왔지. 우리는 여러 가지 이야기를 주고받으면서 어느새 어두운 정자로 왔지.

롯테는 그 안에 걸터앉았고 알베르트는 그녀의 옆에 앉고 나도 앉았지. 그러나 나는 마음이 산란하여 오래 앉아 있을 수가 없었지. 나는 자리에서 일어나 롯테의 앞으로 가서 왔다 갔다 하다가 다시 자리에 앉았지. 나는 어쩐지 마음이 초조하여 견딜 수 없었다. 롯테는 떡갈나무 벽 끝에 걸려 우리 앞 테라스를 환히 비추고 있는 달빛의 아름다움에 대해 우리의 주위를 환기시켰다. 정말로 아름다운 광경이었다. 짙은 어둠이 우리를 에워싸고 있었으므로 달빛은 더욱 선명하였다. 우리는 아무 말 없이 있었다. 얼마 안 있어 롯테가 입을 열었다.

"나는 달밤에 산책을 하면 언제나 돌아가신 분들이 생각나요. 그리고 죽음이라든가 미래에 대해서 저절로 생각하게 되지요. 우리도 언젠가는 저 세상에 가게 될 것이니까요!"

그녀는 이렇게 말하고 더할 바 없는 깊은 감정을 담은 목소리로 말을 계속했다.

"베르테르씨! 우리는 저 세상에서 다시 만나게 될까요? 서로 얼굴을 알아볼 수 있을런지요. 어떻게 생각하세요? 당신은 어떤 의견을 가지고 있지요?"

"롯테!" 나는 그녀의 손을 잡았다. 눈에는 눈물이 가득 했다. "우리는 만나게 되고 말고요! 이 세상이든 저 세상이든 다시 만나게 될 겁니다."

나는 더 이상 말을 계속 할 수 없었다. 빌헬름! 어째서 내가 지금 이렇게 쓰라린 이별을 가슴속에 품고 있을 때 그녀는 나에게 이런 말을 꺼냈을까!

"그러시다면 돌아가신 분들은 우리에 대해 알고 계실까요?" 롯테는 말을 계속했다.

"우리가 몸 건강히 잘 살면서 따뜻한 사랑으로 그 분들을 이처럼 그리워하는 것을 알고 계실까요? 아, 고요한 밤에 내가 어머니의 아이들——지금은 나의 아이들이지만——그 아이들 사이에 앉아 있으면 마치 이전에 어머니의 주위에 몰려 있었던 것처럼 내 주위로 몰려옵니다. 그럴 때면 어머니의 모습이 내 옆에 떠올라 옵니다. 나는 어머니가 그리워 눈물을 글썽이며 하늘을 바라보죠. 어머니가 임종하실 때, 나는 아이들의 어머니가 되겠다고 약속했어요. 그 약속을 내가 어느 만큼 지키고 있는지 잠시나마 어머니에게 보여드리고 싶어 메인 가슴으로 이렇게 부르짖고 있어요.

'사랑하는 어머니! 만일 제가 아이들에게 어머니처럼 훌륭한 어머니 노릇

책을 읽고 있는 베르테르. 삽화는 1876년 그로테 판(版)에서

을 못하더라도 용서하여 주세요. 아, 그러나 저로서는 제가 할 수 있는 모든 것을 힘껏 했어요. 옷을 입히는 일은 물론이고 식사도 제때 먹이고 그리고 무엇보다도 그 애들을 부양하고 사랑하고 있어요. 어머니께서도 우리들이 사이좋게 잘 지내는 것을 보실 수만 있다면 얼마나 좋겠어요? 거룩하신 어머니! 그렇게 되면 어머니는 반드시 신께 감사하실 거예요. 또한 신을 찬양하실 거예요. 임종하실 때 슬픈 눈물을 흘리며 아이들의 행복을 비시던 그 신을 말입니다.'"

롯테는 이렇게 말했다네. 아, 빌헬름! 누가 그녀의 말을 되풀이하여 그대로 이야기할 수 있겠는가! 어떻게 차디찬 죽은 글자로 이 성스러운 정신의 꽃을 표현할 수 있다는 말인가? 그때 알베르트가 옆에서 부드럽게 말참견을 했다.

"사랑하는 롯테! 당신은 너무 지나치게 흥분하고 있어요. 그런 생각에 사로잡힌다는 것은 나도 잘 알고 있지만 제발 부탁이오."

"아니에요, 알베르트씨!" 롯테는 말했다. "당신은 설마 잊지 않으셨겠지요. 아버님이 여행을 떠나고 안 계시는 동안 아이들을 재워 놓고 저녁마다 우리끼리 조그마한 둥근 탁자를 앞에 놓고 앉았을 때의 일 말이에요. 당신은 가끔 좋은 책을 옆에 가지고 있었지만 그것을 읽는 일은 거의 없었어요.— 책보다도 어머니의 훌륭한 영혼과 사귀는 것이 다른 모든 것보다 더 소중했기 때문이었어요. 어머니는 아름답고 상냥하며 명랑하여 언제나 부지런히 일하시는 분이었어요. '제발, 저를 어머니와 똑같은 여인이 되게 해 주십시오.' 나는 항상 이렇게 잠자리에서 눈물을 흘리며 기도를 드려왔어요. 신께서는 알고 계실 거예요."

"롯테!" 나는 외쳤다. 그녀 앞에 몸을 던지고 그녀의 손을 쉬지 않고 흘러내리는 눈물로 적셨다. "롯테! 신은 당신에게 축복을 내리실 것입니다. 그리고 어머님의 영전도 결코 당신을 떠나가지 않을 것입니다."

"당신이 나의 어머니를 알고 지냈더라면," 롯테는 내 손을 꼭 잡고 말했다. "참 좋아했을 거예요. 어머니는 당신이 인정하고도 남을 분이었어요."

나는 이 말을 듣고 정신이 아득해져 가는 듯하였다. 이처럼 자랑스러운 말을 그녀는 나에게 한 적이 없었다. 그녀는 계속해서 말했다. "하지만 어머니는 막내가 6개월도 채 되지 않아 한창 일할 나이에 돌아가셨어요. 어머니의 병환은 오래 계속 되지 않았어요. 조용히 운명에 몸을 맡기고 계셨지만 어린 아이들, 특히 막내 때문에 마음을 아파했어요. 임종이 가까이 왔을 때 어머니는 저더러 아이들을 모두 데려오라고 말씀하시기에 저는 아이들을 모두 데리고 갔어요. 작은 아이들은 무슨 영문인지도 모르고 큰 아이들은 어찌할 바를 몰라 침대 옆에 서 있었지요. 어머니는 두 손을 들고 아이들을 위해 기도를 올리고 아이들에게 차례로 입을 맞춘 다음 밖에 내보내고는 저에게 아이들의 어머니가 되어 달라고 말씀하셨어요. 저는 어머니의 손을 잡고 맹세했어요. 어머니는 말씀하셨어요.

'너는 매우 어려운 약속을 했다. 너는 어머니의 마음과 어머니의 눈이 되어야 한다. 그것이 어떤 것인지 잘 알고 있을 게다. 네가 여태까지 감사의 눈물을 흘리던 것으로 보아 나는 짐작이 간다. 그리고 아버지에게는 한 아내의 성실과 순종으로 잘 섬기도록 하여라.'

이렇게 말씀하시고 어머니는 아버지에 대해서 물으셨지요. 아버지는 견디기 어려운 슬픔을 우리에게 보이지 않으시려고 밖으로 나가셨어요. 아버지는 무척 상심한 상태에 있었어요. 알베르트씨! 당신은 그때 방안에 계셨지요. 어머니는 사람의 발소리를 들으시고 누구냐고 물어보시고는 당신을 자기 곁에 부르셨어요. 그리고 당신과 나를 한참동안 바라보시다가 둘이서 부부가 되어 함께 행복하게 잘 살라고 말씀하시고는 안심하시는 듯한 눈길로 우리를 다시 쳐다보셨어요."

——이때 알베르트는 롯테의 목에 입을 맞추고 큰 소리로 말하는 것이었다.

"그럼, 행복하고 말고! 우리는 앞으로도 행복하게 살아갈 거야!" 평소에 그처럼 냉정하던 알베르트도 완전히 제정신을 잃어버리고 말았고, 나 자신도 어찌할 바를 모르고 있었다. 롯테는 계속하여 말했다.

"알베르트씨! 이런 우리 어머니가 돌아가셨어요! 아, 이 세상에서 제일 사랑하는 사람을 잃어버리다니. 이런 일을 누구보다도 뼈저리게 느끼는 것은 아이들일 거예요. 아이들은 검은 옷을 입은 사람들이 어머니를 데리고 갔다며 오래도록 슬퍼했어요."

롯테는 자리에서 일어섰다. 나는 그제서야 제정신을 차려 깜짝 놀라면서 앉은 채로 그녀의 손을 잡았다. "이제 가십시다." 그녀는 말했다. "밤도 깊었으니까요." 이렇게 말하면서 그녀는 손을 빼려고 하였다. 그러나 나는 더욱 꼭 쥐고 말했다.

"우리는 다시 만나게 될 겁니다. 우리가 어떤 모습을 하고 있든지 서로 알아 볼 수 있을 것입니다. 나는 그냥 떠나야 하겠어요. 나는 기꺼이 떠나렵니다. 그러나 영원히 떠나는 것이라면 나는 견딜 수 없습니다. 자, 롯테. 아무쪼록 잘 있어요. 알베르트씨도 그럼 또다시 만날 수 있겠지요."

그러자 롯테가 농담을 하듯 말했지. "내일 말씀이지요?"——나는 이 '내일'이라는 말이 어떤 것인지를 또렷하게 느낄 수 있었다. 아, 롯테는 자기 손이 내 손에서 빠져나가는 것도 알지 못하고 있었다.

두 사람은 가로수 길을 저쪽으로 나란히 걸어갔지. 나는 우두커니 서서 달빛 아래 그들의 뒷모습을 전송하였다. 그리고는 땅바닥에 몸을 던져 마음껏 울음을 터뜨리고 말았다네. 그리고는 다시 몸을 일으켜 테라스 위로 뛰어갔다. 아직도 저쪽 아래 보리수나무 그늘 속에 롯테의 흰옷이 정원 출입문 쪽으로 어렴풋이 아른거리는 것이 보였다. 나는 두 팔을 내밀었다. 그러나 그녀의 모습은 그만 사라져 버렸다.

달빛 아래에서, 롯테와 알베르트를 배웅하는 베르테르

제 2 권

1771년 10월 20일

어제 우리는 이곳에 도착했다. 공사는 몸이 불편해서 이삼 일은 집에 있을 모양이다. 이 사람만 불친절하지 않아도 모든 일은 잘 되어 갈 것이다. 나는 알고 있다. 운명은 나에게 가혹한 시련을 주려고 작정한 것 같다. 그러나 용기를 내야한다. 가벼운 기분으로 살아가노라면 어떠한 일에도 견디어 갈 수 있을 것이다. 가벼운 기분으로라니? 어떻게 이런 말이 나의 펜 끝에서 흘러나올 수 있는지 그저 웃음만 나온다. 아, 내 몸에 좀 더 가벼운 피가 흐르고 있다면 나는 이 햇빛 아래에서 가장 행복한 사람이 되었을 것이다. 아, 이게 무슨 꼴이란 말인가! 다른 친구들은 얼마 안 되는 능력과 재주를 갖고도 내 앞에서 자못 기분 좋게 가슴을 펴고 돌아다니고 있는데 나는 어째서 내 능력과 재질에 절망을 느끼고 있다는 말인가! 착한 신이여, 나에게 이 모든 것을 베풀어주신 당신은 어째서 그 중 절반을 도로 물리시고 그 대신 나에게 자신감과 만족감을 주시지 않았습니까?

참자! 참아라! 그렇게만 하면 차츰 나아질 것이다. 정말이지 벗이여! 자네가 말한 대로야. 세상 사람들 틈바구니에 끼어 매일 같이 어울리면서 그들이 하는 일들을 살펴보고 난 다음부터는 나는 나 자신과 훨씬 쉽게 타협할 수 있게 되었다네. 확실히 우리는 모든 것을 자기 자신과 그리고 자기 자신을 모든 것과 비교하게 되어 있는 이상 행복과 불행은 우리가 관계하는 상대에 따라 달라지는 것이다. 그러므로 고독만큼 위험한 것은 없는 것이다. 우리의 상상력은 그 본질상 위로 향해 높이 올라가려고 하고 또 문학과 시의 환상 이미지에 영향 받아 인간의 서열이 만들어지지만 그 가운데서 우리는 가장 밑에 있는 존재이며 우리 이외의 모든 것은 우리보다 훨씬 훌륭하게 보이고 다른 사람은 모두가 다 완벽하게 보이는 것이다. 이것은 자연스러운 현상이다. 우리는 자신이 여러모로 부족하다는 것을 느낀다. 그리고 우리가 갖고 있지 못한 것을 다른 사람이 갖고 있다고 생각한다. 그 뿐만 아니라 우리는 우리가 갖고 있는 모든 것을 상대에게 주어버리고 만다. 게다가 일종의 이상적인 생활의 즐거움마저도 덧붙여진다. 이렇게 하여 완전무결한 행복한 인간이 만들어지는데 그것은 바로 우리 자신이 만들어낸 산물에 지나지 않는다.

이와는 반대로 만약 우리가 아무리 약한 처지이고 고생스럽다 할지라도 우리가 전력을 다해 오직 앞으로 꿋꿋이 전진해 나아가기만 하면, 아무리 그 발걸음이 더디고 길을 돌아서 가더라도 어느새 돛을 달고 노를 저어 가는 다른 사람들보다 앞서 갈 수도 있는 것이다. ——이렇게 하여——다른 사람과 나란히 심지어 다른 사람을 앞질러 갈 때면 비로소 자신에 대한 자주적인 감정이 생기는 법이다.

11월 26일

나는 이곳에서 이럭저럭 잘 지낼 수 있을 것 같다. 무엇보다도 고마운 것은 할 일이 많다는 것이다. 게다가 갖가지 새로운 인물들이 내 앞에서 화려한 연극을 보여주고 있다. 얼마 전에 나는 C백작을 알게 되었는데 날이 갈수록 존경하지 않을 수 없는 인물이다. 그는 시야가 넓고 박식하지. 그럼에도 불구하고 그는 냉정한 사람이 아니며 그와 교제해 보면 그는 우정과 사랑에 대한 풍부한 감수성이 빛나고 있음을 알 수 있다. 이 사람에게서 부탁 받은 일을 무사히 끝냈을 때 그는 나에게 관심을 갖게 되었다. 우리가 서로 이해할 수 있다는 것, 다른 사람들과는 달리 나와는 흉허물없이 이야기를 나눌 수 있다는 사실을 나하고 나눈 처음 몇 마디의 대화만으로도 알아차렸던 것이다. 나도 그가 나에게 보여준 허물없는 태도는 아무리 칭찬을 해도 모자랄 것 같다. 이 세상에서 무엇이 우리의 마음을 따뜻하게 해주는가를 말하면서 위대한 인물이 흉금을 터놓고 들려주는 것을 보는 것만큼 기분 좋은 것도 드물다.

12월 24일

이미 짐작은 하고 있었지만 공사는 정말로 불쾌하기 그지없는 인물이다. 나는 이처럼 지독한 고집불통은 본 일이 없다네. 꼼꼼하고 까다롭기가 꼭 노

처녀 같다. 자기 자신에게 만족해본 일이 없으니 누가 무슨 일을 해주어도 고맙다고 생각하지 않지. 나는 일을 후딱 해치우는 것을 좋아하고 일단 끝낸 일은 그대로 내버려두지. 그럴 때면 공사는 문서를 내게 도로 내주면서 이렇게 말하는 것이다. "물론 이것도 나쁘지는 않지만 한 번 다시 잘 검토해 보게. 더 좋은 말과 딱 들어맞는 표현이 생각날 걸세." 그럴 때면 나는 화가 치밀어 오르지. '그리고'라든가 접속사 하나라도 빠뜨려서는 안 된다는 거야. 가끔 내 문장 속에 도치법이라도 나오면 큰일나지. 복합문장을 쓸 때에도 의례적인 어법에 맞춰서 하지 않으면 이 사람은 이것을 전혀 이해하지 못하니 이런 사람을 상대한다는 것은 불행한 일이야.

다만 C백작이 나를 신뢰해준다는 것이 그나마 나에게는 유일한 위로가 된다네. 최근에 백작은 나에게 아주 솔직하게 공사의 너무 느리고 지나치게 꼼꼼한 태도에 대해 불만을 털어놓았어. 이런 사람은 스스로에게는 물론이고 다른 사람에게까지도 괴로움을 준다고 말했다네.

"그렇지만," 백작은 말했다. "이런 일은 참고 체념하는 길밖에는 별도리가 없어요. 이런 일은 산을 넘어가야 하는 나그네와 같은 것이지요. 물론 산이 없으면 가는 길은 훨씬 쉽고 거리도 가깝지요. 그러나 산은 우리 눈앞에 있는 것이니 넘어가야 하지요."

늙은 공사도 백작이 자기보다는 나에게 더 깊은 호감을 갖고 있다는 것을 눈치 챈 모양으로 그것이 마음에 거슬렸던지 기회 있을 때마다 내 앞에서 백작의 험담을 늘어놓았지. 당연한 일이지만 나는 그 반대의 입장을 취했다네. 이리하여 사태는 더욱더 악화되어 갔지. 어제는 나까지도 한데 묶어 말했기 때문에 나는 화가 났어.

"이런 세속적인 일에 백작은 대단히 능숙하지. 일에 능숙하고 글 솜씨도 대단하지. 그렇지만 모든 문장가가 대개 그렇듯이 근본적인 학식에 있어서는 부족한 점이 많아."

이렇게 말하고는 '어때, 한 대 얻어맞았지.'라고 말하려는 듯한 표정을 지었지. 그러나 나는 그따위 말에 영향을 받을 리 없었다. 나는 이러한 사고방식을 갖고 있고 이러한 태도를 취하는 인간을 멸시했다. 그러므로 나는 이에 굴복하지 않고 강경하게 되받아 쳤던 것이다. 즉 백작은 인품에 있어서나 학식에 있어서 존경하지 않을 수 없는 분이라고 말해주고 나서 이렇게 덧붙였다.

"백작은 자신의 정신을 넓히고 수없이 많은 대상에 대해 영향을 끼치면서도 이 정신적인 활동을 세속적인 일상 생활의 일에까지 훌륭하게 적용시키고 있는데, 이런 사람은 아직까지 본 일이 없습니다." 이런 말을 해도 공사에게는 그저 공염불이었지. 나는 이 이상 더 허튼 소리에 관여하여 말다툼을 벌이고 싶지 않아 그냥 물러서 나와 버렸다네.

이렇게 된 것도 당신들 모두의 책임이다. 당신들이 그럴듯한 말로 내 목에 이런 멍에를 씌워 놓고는 일하는 것이야말로 최고의 미덕이라고 노래 불렀기 때문이다. 일이라고! 감자를 심는다든가 말을 타고 시내로 나가 곡식을 파는 농부 쪽이 나보다는 훨씬 보람 있는 일을 하고 있는 것이다. 그렇지 않으면 내가 지금 감금되어 있는 노예선과 같은 이 사무실에서 앞으로 10년을 더 뼈빠지게 일을 해 보이겠다. 게다가 이곳에서 곁눈질로 서로를 살피고 지내는 야비하기 그지없는 인간들의 허울좋은 비참함과 지루함은 그야말로 가관이다. 한 발짝이라도 남보다 앞서가려고 빈틈없이 눈을 번득거리고 있는 출세욕, 이것은 비참하고도 가련하기 그지없는 집념을 노골적으로 드러낸 것이다. 가령 여기에 한 여인이 있다. 그녀는 누구한테나 자기 가문과 출생지를 자랑하고다닌다. 그 말을 들으면 모르는 사람은 이렇게 생각한다. "어리석은 여자로군. 그따위 가문이나 출생지를 자랑하고 다니다니." 그러나 우리를 이루 말할 수 없이 분개하게 만드는 것은 실제로 그녀는 바로 이 근처에 사는 어떤 서기의 딸에 지나지 않다는 것이다. 이렇게 어리석고 파렴치한 행동을 거침없이 하고 다니는 뻔뻔스러운 족속들은 나는 도저히 이해할 수가 없어.

벗이여, 물론 나도 나의 잣대로 다른 사람을 재어보는 일이 얼마나 어리석은 짓인가를 더욱 절실히 느끼고 있어. 또한 나는 나의 일로 할 일이 태산같고 내 가슴은 이처럼 폭풍우처럼 벅차게 요동치고 있으니 다른 사람의 일에는 참견할 생각이 없다네. 다만 그들이 내가 가는 길을 그대로 가게 하면 되는 것이야.

무엇보다도 나를 가장 안타깝게 만드는 것은 숙명적인 저 시민적 인간관계 말이다. 물론 나도 계급이 차별이 필요하다는 것과 나 자신도 거기에서 많은 혜택을 받고 있다는 것은 다른 사람들 못지 않게 잘 알고 있지. 다만 내가 이 지상에서 그나마 맛보고 있는 조그마한 기쁨, 한 가닥 행복이나마 누릴 수 있는 순간에 그런 것들로 인해 방해받고 싶지는 않지.

요즘 나는 산책길에서 B양과 알게 되었지. 그녀는 격식을 따지는 따분한 환경 속에서도 본래의 인간성을 그대로 간직하고 있는 사랑스러운 여자야. 서로 대화를 나누는 동안에 우리는 좋아하게 되었고, 그녀와 헤어질 때 그녀를 찾아가도 되느냐고 물었더니 그녀는 내 요청을 아무런 거리낌 없이 받아들여 주기에 나는 적절한 시기를 택해 방문하는 것이 무척 기다려졌을 정도였다. 그녀는 이 고장 출신은 아니고 숙모네 집에 살고 있었다. 그 늙은 부인의 인상은 별로 마음에 들지는 않았지만 나는 애써 그 부인에게 신경을 썼고 대화도 주로 그 부인을 중심에 두고 했기 때문에 반시간도 채 못 되어 대충 사정을 파악할 수 있었는데 그것은 나중에 B양이 나에게 말해준 그대로였다. 그녀는 이렇다 할 재산도 없고 이렇다 할 재주도 없어 조상의 족보 외에는 의지할 곳도 없이 오직 대대로 전해 내려오는 가문의 지위라는 울타리 속에서 숨어사는 형편이다. 그러므로 낙이라고 한다면 2층 창문을 통해 이 고장 사람들을 내려다보는 것 이외엔 별로 다른 재미를 모르고 지내고 있다. 젊었을 때에는 미인이었던 모양으로 재미나게 장난을 부리면서 놀고 살다가 타고난 변덕으로 많은 젊은이들을 괴롭혔다는 것이야. 하지만 중년에 이르러서는 어떤 늙은 장교를 만나 얌전하게 집 안에 들어앉아 살았다는 거야. 장교는 그 대가로 생활비를 넉넉히 주고 사십대 내내 그녀와 살다가 죽었다는 것이야. 이제 오십 고개를 넘은 그녀는 의지할 곳 없는 혼자의 몸이 되었다네. 만약 그처럼 사랑스러운 조카딸이 없었더라면 아무도 그녀를 상대해 주지 않았을 걸세.

1772년 1월 8일

대체 어떤 인간들이기에 이럴 수가 있다는 말인가! 언제나 형식적인 예식에 대해서만 관심을 두고 연회석상 같은 데에서는 조금이라도 윗자리를 차지하려고 일 년 열두 달을 두고 실랑이를 벌이고 있으니 말이다. 게다가 이들은 이 밖에 할 일이 없는 것은 아니다. 하찮은 일로 곧잘 시비를 벌이면서 정작 중요한 일들은 오히려 뒤로 제쳐놓기 때문에 일은 산더미처럼 쌓여있는 형편이다. 지난주에 썰매를 타러 갔을 때에도 말썽이 생겨서 모처럼 즐겁게 놀자던 계획을 망쳐버리고 말았지. 원래 석차라는 것은 문제가 되지 않으며 맨 윗자리에 있는 자가 반드시 제일 중요한 역할을 하는 일은 거의 없다. 그런 것도 모르고 있으니 참으로 어리석은 녀석들이다! 얼마나 많은 국왕들이 자기 장관들에 의해 지배되고 또 얼마나 많은 장관들이 자기 비서들에 의해 지배받고 있는가 말이다. 이 경우에 제1인자는 누구라는 말인가? 내 생각으로는 다른 사람들을 굽어 살피며 자기의 계획을 완수하기 위해 남의 힘과 정열을 불러일으킬 수 있는 수완과 지략을 가지고 있는 사람인 것이다.

1월 20일

사랑하는 롯테! 세찬 눈보라를 피해 이 초라한 시골 농가의 방 한구석에 도망쳐 들어와 나는 지금 당신에게 이 글을 쓰지 않을 수 없습니다.

저 쓸쓸한 D라는 거리의 내 마음에는 전혀 다가오지 않는 아무런 인연도 없는 낯선 사람들 틈에 끼어 있을 때는 나는 당신에게 편지를 쓸 생각은 전혀 나지 않았습니다. 그런데 지금 이 오두막집의 고독과 제한된 환경 속에서, 게다가 눈보라와 우박이 미친 듯이 창문을 때리는 것을 보자 나는 무엇보다 당신을 생각하였습니다. 이 방에 발을 들여놓자마자, 오, 롯테! 당신의 모습과 당신의 생각이 신성하고 포근하게 갑자기 내 마음을 가득 메웠습니다. 아, 그 행복했던 첫 순간이 되살아났습니다.

나의 롯테여! 아무렇게나 파도 사이를 떠도는 나의 모습을 당신이 보신다면 어떻게 생각할까요! 나의 모든 감각은 차츰 매말라 가고 있습니다. 가슴이 벅차오르는 일이 조금도 없고 행복한 시간이란 단 한순간도 없습니다. 아무 것도, 아무 것도 존재하지 않습니다.

마치 나는 요지경 속에서 난쟁이들과 조랑말들이 눈앞에서 돌아다니는 것을 보고는 이것은 혹시 내 착각이 아닐까 하고 스스로에게 물어 보기도 한답니다. 하긴 나도 이들과 함께 연극을 하고 있습니다. 아니 오히려 꼭두각시처럼 연극을 하고 있습니다. 그리고 가끔 이웃사람들의 나무 손을 잡아보고는 깜짝 놀라서 뒤로 물러서기도 합니다. 저녁때면 아침에 뜨는 해를 보려고 마음속으로 작정하지만, 막상 아침이 되면 잠자리에서 일어날 엄두가 나지 않습니다. 한낮에는 한낮대로 밤이 되면 달구경이나 할까 하고 생각하다가도 막상 밤이 되면 방안에 그대로 죽치고 들어앉아 있습니다. 나는 아침에는 왜 일어나고 밤에는 왜 자야하는지 그 이유를 모르고 있습니다. 나의 생활을 이끌어 나가던 효모가 없어진 것입니다. 예전에는 깊은 밤중에도 잠에서 깨어나 있게 하던 자극도 사라졌으며 아침이면 나를 눈뜨게 하던 자극도 어디론지 없어져 버렸습니다. 나는 이곳에서 좋은 여성다운 여자 한 분을 만났습니다. B양으로 꼭 당신을 닮았습니다. 사랑하는 롯테! 내가 이렇게 말하면 '웬 고상한 겉치레의 아첨의 말도 잘하시네요!' 하시겠지만 그건 틀린 말은 아닙니다. 얼마 전부터 나는 제법 상냥해졌습니다. 그리고 재치도 풍부해졌습니다. 그러므로 이곳 부인들은 나만큼 남의 칭찬을 잘하는 사람은 없을 거라고 합니다. '당신은 내가 거짓말도 멋지게 할 줄 안다고 덧붙일 겁니다. 그러지 않고는 배길 수가 없으니까요. 그렇지 않은가요?'

B양의 이야기를 하려는 참이었어요. 그녀는 풍부한 생활감정을 갖고 있고 그 푸른 눈동자가 그것을 충분히 말해줍니다. 자기의 신분 따위에 대해서는 오히려 무거운 짐으로 여기고 있습니다. 신분이 그녀의 마음을 조금도 만족시켜 주지 않기 때문이겠지요. 그리고 시끄러운 주위의 잡음으로부터 애써 빠져나가기를 바라고 있습니다. 우리는 둘이서 순결한 행복으로 가득 찬 풍경을 머릿속에 그리며 몇 시간이고 즐겁게 보내곤 합니다. 아! 그리고 물론 당신에 대한 이야기도 빼놓을 수 없지요. 그녀가 당신을 얼마나 칭찬했는지 모릅니다. 그것은 그녀의 마음 속으로부터 스스로 우러나오는 찬사임에 틀림없습니다. 당신의 이야기를 몹시 듣고 싶어 하며 당신을 사랑하고 있습니다. 아, 나는 당신의 아늑한 방에서 당신의 발 아래에 앉아 있고 싶습니다. 그러면 그 귀여운 아이들은 내 주위를 함께 좋아라고 뛰어다니겠지요. 당신이 만일 너무 시끄럽다고 야단을 치면 나는 그 아이들을 한 자리에 모아 놓고 무시무시한 옛날 이야기를 들려주어 얌전히 앉아 있게 하겠습니다.

태양은 눈으로 반짝이는 들과 산 너머로 장엄하게 사라지고 있습니다. 눈보라도 잠잠합니다. 이제 나는 새장 속에 다시 갇힐 수밖에 없습니다. 그럼, 안녕히 계십시오. 알베르트는 당신 곁에 계신지요? 그리고 어떻게 지내는지요? 이런 것을 물어서 미안합니다.

2월 8일

일주일 내내 정말로 불쾌한 날씨가 계속되고 있지만 나에게는 오히려

우아한 자태의 롯테

잘 된 일이다. 왜냐하면 내가 이 고장에 온 뒤로는 날씨가 좋으면 으레 누군가가 나타나 하루를 망쳐놓거나 불쾌한 일을 당하지 않는 날이 하루도 없었기 때문이다. 그러므로 비가 오거나 눈보라가 치거나 서리가 내리거나 눈이 녹거나 하면 생각한다. '아, 잘됐다! 이런 날에는 집에서 한가로이 지내는 것이 밖에 나가는 것보다 못할 리가 없다. 또 그 반대로 밖으로 나가 지낸다고 해서 집 안에서 지내는 것보다 나을 것이 없다. 어쨌든 잘된 일이야!' 아침에 해가 떠올라 쾌청한 날씨가 될성 싶으면 나는 소리 높여 외쳐대지 않을 수 없지. '이제 저 친구들이 또 하늘이 내려준 좋은 선물을 빼앗으려고 서로

야단을 부리겠군!' 이 자들은 언제나 무엇이든 서로 맞붙어 망쳐버리고 말지. 건강, 명예, 오락 그리고 휴양까지 이들은 모조리 빼앗으려고만 하지. 그것은 대체로 그들의 어리석음과 무지 그리고 그들의 옹졸한 생각에서 나오는 것이다. 그런데 그들의 어이없는 말투를 들어보면 이것도 그들은 이를데 없는 최선의 호의를 갖고 하고 있다는 것이다. 이따금 나는 그자들 앞에 무릎을 꿇고 간절히 부탁이라도 하고 싶은 심정이라네. '제발 그처럼 미친 사람 모양, 자기의 창자 속을 휘젓지 말아 달라'고.

2월 17일

공사와 나는 더 이상 함께 일을 하지 못할 것 같다. 이 인물은 내가 아무리 노력을 다해도 도저히 견딜 수 없는 존재야. 이 자가 일을 처리하는 방식이나 사무를 보는 모양은 정말로 우습기 짝이 없어서 나는 그대로 참고 보고만 있을 수 없어 그만 반론을 제기하여 버리고 말지. 그리고 나는 내 나름대로의 판단과 나의 독특한 격식에 따라 일을 처리하기도 하지. 그러면 당연한 것이지만 그의 마음에 들지 않게 되지. 그래서 최근에 그는 궁정에 내 일에 대하여 고발했던 모양이야. 그 때문에 나는 장관으로부터 꾸지람을 듣게 되었다네. 아주 가벼운 꾸지람이었지. 그러나 꾸지람은 어디까지나 꾸지람이지. 나는 사직서를 내려고 했었는데 마침 장관께서 사신*을 보내왔지. 이 편지는 나도 모르게 무릎을 꿇게 만들었고 그의 고결한 깊은 생각에 머리를 수그리지 않을 수 없게 만들었다네. 장관은 나의 지나치게 예민한 감수성을 훈계하면서도 역시 활동과 제3자에 대한 영향이라든지 일에 대한 철저함에 대한 나의 과격한 견해를 청년다운 훌륭한 기백으로 칭찬하면서, 그것을 죽이지는 말고 잘 살려서 진가를 발휘함으로써 유효한 성과를 거둘 수 있게 계속 앞으로 나아갈 것을 격려해주었다네. 그 덕분으로 나도 일주일 뒤에는 기운을 다시 되찾을 수 있었고 정신도 다시 통일시킬 수 있었다. 마음의 평화란 고귀한 것으로 그것 자체가 기쁨인 것이다. 사랑하는 벗이여! 이 보석은 아름답고 값진 것이기는 하지. 그러나 쉽게 부서지지 않는다면 얼마나 좋겠는

---

* 이 훌륭한 인물에 대한 존경심에서 여기서 언급된 편지 즉 장관의 사신과 나중에 보내온 또 한 통의 편지 내용은 이 서간집에는 넣지 않았다. 독자들이 아무리 따뜻한 감사하는 마음으로 받아들인다고 하더라도 이런 대담한 행동은 용납될 수 없다고 생각되기 때문이다

가?

2월 20일

내가 사랑하는 그대들이여! 신의 은총이 그대들 두 사람 위에 내리시기를 빕니다! 그리고 내게는 베풀어주지 않은 좋은 나날을 그대들에게 주어지기를 빕니다!

알베르트씨! 당신이 나를 속인 것에 오히려 고맙게 생각합니다. 나는 당신들의 결혼 날짜를 기다리고 있었습니다. 그리고 그 날에는 롯테의 실루엣을 엄숙히 벽에서 떼어 내어 휴지통에 집어넣을 작정이었습니다.

이제 당신들은 어엿한 한 쌍의 부부가 되었는데도 롯테의 실루엣은 아직껏 이 벽에 걸려 있습니다. 이렇게 된 이상 그대로 두기로 하겠습니다. 걸어두어도 나쁠 것은 없겠지요.

그러니까 나도 당신들과 함께 있는 것입니다. 당신에게 폐를 끼치지 않으면서 롯테의 가슴속에 들어 있는 셈이지요. 그렇습니다. 나는 그 속에서 두 번째 자리를 차지하고 있는 것이지요. 또 그 자리를 언제까지나 간직하고 싶습니다. 또 간직해야 할 것입니다. 아, 만일 롯테가 나를 잊어버리면 나는 미쳐버릴 겁니다. 알베르트씨! 이런 생각 속에는 지옥이 존재합니다.

알베르트씨, 그럼 안녕히 계십시오! 그리고 그대 하늘의 천사여! 롯테여! 안녕!

3월 15일

나는 정말로 불쾌하기 짝이 없는 모욕을 당하였으니 이 고장을 떠나야겠다. 나는 치가 떨려 이를 부드득 간다. 제기랄! 진정 보상 받을 길 없는 불쾌감이다. 이것 역시 전적으로 자네들의 책임이 아니겠는가. 자네들은 나를 부채질하고 떠밀다시피 하여 내 마음에 들지 않는 이 자리를 차지하도록 했으니 말이다. 그러나 이제 나도 깨닫게 되었다. 자네들도 깨닫게 된 셈이야! 내 과격한 사고방식이 일을 망쳤다고 탓하지 말게. 사랑하는 벗이여! 여기 연대기 필자들이 쓰는 것과 같은 간명한 이야기를 적어 보내기로 하겠다.

C백작이 특별히 나를 사랑하고 두둔한다는 이야기는 이미 세상이 다 아는 일이며 지금까지 자네에게는 백 번이나 말해왔지. 그런데 나는 어제 그 백작

댁의 회식에 초대받아 갔었어. 마침 이날 저녁에는 상류계급의 신사 숙녀 여러분들이 백작댁에 모이기로 되어 있었어. 물론 나는 그런 줄은 전혀 몰랐지. 그리고 나 같은 아랫사람은 그 속에 감히 낄 수 없다는 것도 미처 생각하지 못하였지.

아무튼 나는 백작댁에서 식사를 함께 하였어. 그리고 식사가 끝나자 우리는 큰 홀 안을 왔다 갔다 하면서 환담을 나누기도 하고 그곳에 온 B대령과도 이야기를 나누었지. 그러는 동안 파티 시간이 다가왔지. 나는 어리석게도 아무 것도 눈치 채지 못했어. 그러자 매우 신분이 높은 S부인이 남편과 잘 부화된 거위새끼 같은 딸을 데리고 나타났다네. 그 따님은 납작한 가슴에 값진 코르셋을 두르고 있었지. S부인은 대대로 물려받은 거만스러운 귀족적인 눈짓과 벌렁거리는 콧구멍을 보여주며 옆으로 지나갔지.

나는 워낙 이런 족속들에게는 반감을 갖고 있었기 때문에 물러갈 생각을 하고 백작의 시시한 잡담에서 해방될 때만을 기다리고 있었지. 그때 마침 B양이 들어왔어. 그녀는 만나면 언제나 가슴이 후련해지므로 나는 그냥 머물러 있기로 작정하고 그녀의 의자 뒤로 가서 섰지. 그녀와 잠시 이야기를 하고 있는 동안에 나는 어쩐지 그녀의 말투가 평소처럼 거리낌 없는 태도가 아니고 당황해 하는 듯한 표정을 짓는 것을 알아차렸지. 그것은 나로서는 전혀 뜻밖의 일이었지. '이 여자도 다른 족속들과 마찬가지로구나!' 이렇게 생각하니 은근히 폐부를 찔리는 듯한 심정이 되어 버려 그 자리에서 뛰쳐나와 버리려고 하였지.

그러나 나는 주춤하고 그냥 앉아 있었지. 우선 내가 그녀에 대해 그릇된 오해를 갖고 있다면 그것을 풀고 싶었고, 그녀의 입에서 이해할 만한 따뜻한 말을 직접 들어볼까 해서였지. 이리하여 잠시 머뭇거리고 있는 동안 파티 손님들은 속속 모여 들어왔지. 프란츠 1세 대관식 때부터 전해 내려온 의상 그대로를 몸에 걸친 F남작, 직책상으로 폰 R씨라고 불렸던 궁중고문관인 R(독일에서는 폰 von은 그 당시에는 귀족호칭이었다. 궁중고문관은 반드시 귀족이 아니더라도 이 칭호를 붙였다.)씨와 귀가 먼 그의 부인 그리고 꼴사나운 몸차림을 한 J도 빠뜨릴 수 없는 인물로 그는 고대 프랑크식 옷차림의 터진 곳을 최신 유행의 옷 천으로 메꾸고 있었다. 이런 사람들이 몰려 들어왔고 나도 낯이 익은 몇 분하고 이야기를 나눴지만 이상하게도 나한테로 돌아오는 그들의 대답은 예외 없이 너무나 입이 무거웠다. 나는 이것은 웬일일까

하고 이상하게 생각했지만 나는 오직 B양에게만 신경을 쓰고 있었지. 그리고 내가 전혀 눈치 채지 못한 사이에 홀의 한쪽 구석에 여자들이 귀엣말로 속삭이는 소리가 들리더니 그것이 곧 남자들한테로 전달되는 것이었다. S부인이 백작과 이야기를 나누더니(이것은 나중에 B양이 나에게 들려준 말이지만) 드디어 백작이 나한테로 다가와 나를 창가로 데리고 갔다.

"자네도 알겠지만," 그는 말했다. "우리 사회 풍습에는 좀 이상한 데가 있어서 자네가 여기 우리들 사이에 끼어 있는 것을 모두들 못마땅하게 생각하는 모양이야. 나야, 괜찮지만——" 나는 얼른 그의 말을 가로막고 미소를 지으면서 인사를 했지. "각하! 대단히 죄송하게 되었습니다. 진작 눈치 챘어야 할 걸 그랬습니다. 그러나 각하께서는 저의 실수를 너그럽게 용서해 주실 것이라고 믿습니다. 실은 아까부터 물러가려고 하고 있었는데 어쩌다보니 그만 정신이 없었나 봅니다."

백작은 내 손을 정답게 꼭 잡았다. 그것으로 그는 모든 말을 대신하고 싶었던가 보았다. 나는 그 높은 분들의 모임에서 빠져나와 마차를 집어 타고 M이라는 곳을 향해 곧장 달렸어. 거기서 언덕 위로 해가 저무는 광경을 바라보며 좋아하는 호메로스를 펼치고 오디세우스가 고상한 돼지 목동들의 환대를 받는 멋진 대목을 읽어 내려갔다. 그것은 정말로 모두 훌륭했고 내 마음에 들었다.

저녁 때 식사하러 돌아와 보니 객실에는 아직도 몇 사람이 남아서 한구석에 책상보를 벗겨내고 주사위를 굴리고 있었지. 그러자 성격이 솔직한 아델린이 들어오더니 모자를 내려놓고 나에게 다가와서 나직한 목소리로 말을 걸었다네.

"아니꼬운 창피를 당했다지?"

"내가 말인가?"

"백작이 자네를 파티장에서 내쫓았다고 하던데."

"난 그 따위 파티는 질색이야. 오히려 신선한 바깥바람을 쐬었더니 마음이 훨씬 홀가분해졌어."

"자네가 별로 대수롭지 않게 생각하고 있으니 다행이네. 그렇지만 나는 은근히 화가 치미는걸. 벌써 어딜 가나 소문이 자자하다네."

막상 그런 말을 듣고 보니 나도 울화가 치밀어 오르기 시작했지. 그제서야 나는 파티에 참석한 작자들이 나를 힐끔힐끔 쳐다본 것은 그 때문이었구나 싶어 온몸에 피가 끓어 올라왔지.

그런데 오늘은 가는 곳마다 모두들 나를 딱하게 여기고 있는 거야. 게다가 전부터 나를 시샘하던 자들은 신바람이 나는 듯이 별별 험담을 다 늘어놓는 것이 아니겠나. 이런 식의로 말이야. '머리가 남보다 약간 뛰어났다고 해서 우쭐대며 세상 물정을 무시하고 건방지게 굴더니 꼴좋게 당했구나' 나는 당장에라도 가슴에 비수를 꽂고 싶은 심정이었다네. 흔히 아무리 자립이니 독립이니 하고 말하지만 비열한 자들이 유리해진 자기들 입장을 이용하여 이러니 저러니 터무니없는 소문을 터뜨리는 꼴을 어떻게 감당하느냐 말이다. 그들이 떠드는 이야기가 조금도 근거 없는 것이라면 그대로 흘려 버릴 수도 있겠지만.

3월 16일

모든 일이 나를 초조하게 만들고 있다. 오늘 가로수 길에서 B양을 만났다네. 나는 참을 수 없어 먼저 말을 걸었다. 그리고 동행한 사람들과 좀 떨어지자 그 날 저녁에 그녀가 취한 태도에 대한 나의 불쾌한 감정을 털어놓기 시작하였다.

"오, 베르테르씨!" 그녀는 사뭇 진실된 말투로 말했다. "제 심정을 잘 알고 계실텐데요. 나는 몹시 당황했어요. 그걸 그렇게 오해하시다니요. 홀에 들어갔을 때 나는 당신 때문에 얼마나 괴로웠는지 몰라요. 나는 미리부터 모든 것을 짐작하고 있었어요. 당신에게 귀띔해 드리려고 수백 번이나 목구멍까지 말이 올라왔어요. S부인과 T부인은 당신하고 한자리에 어울리느니 차라리 남편과 함께 자리를 떠나려고까지 했던 것을 나는 알고 있었어요. 그리고 백작 자신도 그분들의 기분을 언짢게 해서는 안되겠다고 생각하고 있었어요. 그런데 드디어 이렇게 말썽을 빚게 되다니요!"

"뭐라고요. 아가씨?" 나는 놀란 심정을 억지로 감추며 반문했다. 그저께 아델린이 하던 말이 끓는 물처럼 나의 혈관 속을 달려지나갔던 것이다.

"나는 지금까지 얼마나 괴로웠는지 모르겠어요!"

착한 B양은 이렇게 말하면서 눈물을 글썽거렸다. 나는 더 이상 자신을 억제할 수가 없어서 하마터면 그녀의 발 밑에 몸을 내던질 뻔했다.

"좀더 확실하게 말해보세요!" 나는 큰 소리로 외쳤다. 그녀의 두 볼에서는 뜨거운 눈물이 흘러 내렸다. 나는 제정신이 아니었다. 그녀는 눈물을 감추려고 하지 않고 손으로 닦으면서 말하였다.

"나의 숙모님도 잘 알고 계시지요. 그 분도 그 자리에 있었어요. 어떤 눈초리로 그 광경을 바라보고 있었는지 아세요? 베르테르씨! 나는 어제 밤새도록 그리고 오늘 아침에도 당신과의 교제에 대하여 설교를 들어야 했어요. 당신을 멸시하고 당신을 헐뜯는 것을 나는 잠자코 듣고 있을 수밖에 없었고, 나는 당신을 변호하려고 했지만 내가 생각한 절반도 말할 수 없었어요. 그런 말은 입 밖에도 내지 못하게 했어요."

그녀의 말 한마디 한마디가 내 가슴을 쿡 찔렀다. 그녀가 차라리 아무 말도 하지 않았더라면 얼마나 좋았을까? 그러나 그녀는 그것을 눈치 채지 못했다. 그뿐만 아니라 그녀는 이렇게 덧붙였다. 앞으로 무슨 고약한 소문이 퍼질는지 모른다는 것이야. 그리고 전부터 비난의 표적이 되었던 나의 오만불손한 태도가 벌을 받게 되어 모두들 고소해 할 것이라는 것이야.

빌헬름! 그녀가 동정에 가득 찬 목소리로 이런 말을 하는 것을 듣고 나는 때려 눕혀진 듯한 기분이 되었고 아직도 내 마음은 미칠 듯이 들끓고 있다네. 누구나 나를 대놓고 비난하는 사람이 있으면 나는 그놈의 몸뚱이를 칼로 푹 찔러 줄 수가 있을 것이다. 그자의 피라도 보면 기분이 좀 풀릴 것 같다. 아, 나는 수백 번이나 칼을 집어 들고 이 답답한 가슴에 숨통을 트려고 했던가. 듣건대 혈통 좋은 말은 마구 몰아 세워 너무 흥분하게 되면 본능적으로 핏줄을 물어뜯어 피가 흘러내리는 것을 보고서야 한숨 돌린다고 하는 이야기가 있다. 이와 마찬가지로 때때로 나도 내 핏줄을 끊어서 영원한 자유를 얻고 싶은 생각이 간절해진다.

3월 24일

나는 궁정에 사직서를 제출했는데 아마 받아들여질 것이다. 자네들에게 미리 양해를 구하지 못한 것을 용서해주기 바란다네. 아무튼 나는 이곳을 떠나야만 하겠다. 자네들이 나를 이 자리에 그대로 머물러 있도록 설득하려는 심정을 잘 알고 있다네. 그러니 나의 어머니에게 납득이 가도록 완곡하게 잘 말해주기 바라네. 지금으로서는 내 몸 하나 추스르지 못하는 실정이니 내가 어머니를 도와드리지 못하여도 어머니는 양해해 주실 거야. 물론 어머니가 슬퍼하실 일이기도 하다.

추밀고문관이나 공사를 목표로 내디딘 아들의 화려한 출세 행로가 갑자기 끊어져 버린 셈이니 조랑말을 끌고 다시 마구간으로 되돌아간 격이지. 아무튼 이 문제에 대해서는 자네들이 어떻게 해석하건 상관없네. 내가 유임할 수 있고 또 유임해야 할 것이라는 등 마음대로 이야기하게나. 아무튼 나는 떠나갈 거라네. 어디로 가는지 자네들에게 알려주마. 실은 ○○공작이 나와 가까이 사귀기를 바라고 있다네. 내 뜻을 듣고 그는 자기 영지에 가서 아름다운 봄을 함께 지내지 않겠느냐고 제안해 온 것이야. 모든 것을 내가 하고 싶은 대로 맡기겠다고 약속해 주었다네. 어떤 점에서 우리 둘은 서로가 잘 이해할 수 있는 사이므로 나는 행운을 하늘에 맡기고 그분과 함께 갈 작정이라네.

추신

4월 19일

자네가 보내준 두 통의 편지는 고맙게 받았네. 내가 답장을 하지 않은 것은 궁정에서 사직서에 대한 허가가 내려질 때까지 이 편지를 부치지 않고 보류해 두었기 때문이야. 나는 혹시 어머니가 장관에게 청탁이라도 해서 내 계획을 어렵게 만들지나 않을까 하여 은근히 염려하였기 때문이야. 그러나 이제 모든 일이 뜻대로 해결되어 내 사직서에 대한 허가가 내려졌다네.

궁정에서 나의 사직을 허락하지 않았고, 또 나한테 보내온 장관의 편지 내용에 대해서는 이야기하고 싶지도 않네. 만일 알리면 자네들은 다시 새삼스럽게 한탄하고 떠들 터이니 말이야.

황태자께서는 석별금으로 25두카텐과 그 밖에 특별히 내리시는 말씀이 계셨어. 나는 그만 감격하여 눈물을 흘렸다네. 따라서 내가 일전에 어머니에게 요구한 돈은 필요 없게 되었네.

5월 5일

내일 이곳을 떠날 작정이야. 가는 도중에 불과 6마일 떨어진 곳에 내가 태어난 곳이 있으므로 오랜만에 들려 꿈 많고 복되던 지난날을 더듬어 볼 작정이야.

아버지가 돌아가시고 지금의 참기 어려운 도시에 눌러 앉기 우해 우리가 그 정든 고향을 떠나올 때, 어머니가 나를 마차에 태우고 나온 바로 그 낯익은 성문을 거쳐서 들어가 볼 작정이라네.

그럼 잘 있게. 빌헬름! 가는 도중에 또 소식 전하겠네.

5월 9일

나는 고향 방문을 순례자와도 같은 경건한 마음으로 끝마쳤다네. 그리하여 뜻하지 않은 여러 가지 감회에 사로잡히고 말았다네. 마을 어귀에서 바로 15분 걸리는 곳에 있는 커다란 보리수나무 밑에 오자 나는 마차를 세우고 내려 마부에게 일러 마차를 먼저 보냈지. 하나 하나의 추억을 마음껏 되새기고 싶었기 때문이지. 나는 이 보리수나무 아래 우두커니 서서 일찍이 소년 시절에 내 산책의 목적지이자 종착 지점인 이곳을 회고해 보았다네. 그 후 얼마나 많은 변화가 있었던가! 그 무렵에는 언제나 행복하기만 하던 미지의 세계를 얼마나 열렬하게 그리워하였던가! 그 세계로 나가면 흡족한 마음의 양식을 얻을 수 있고 온갖 즐거움을 누릴 수 있으며 결국 찾아 헤매는 내 가슴도 충족시킬 수 있을 것이라고 믿었던 것이다.

이제 나는 그 넓은 세계로부터 여기 이렇게 되돌아온 것이다. 아, 벗이여! 그 많던 희망은 산산이 부서지고 얼마나 많은 계획들이 여지없이 허물어져 버렸던가! 앞을 내다보니 그토록 몇 천 번이고 내 소원의 대상이던 산들이 눈앞에 펼쳐져 있었어. 그 옛날 나는 몇 시간이고 여기 앉아서 아득한 그 산들을 그리워하고 멀리 어슴푸레한 정다운 숲이나 골짜기를 넋을 잃고 바라보았던 것이다. 그리고 돌아갈 시각이 되어도 나는 이 정든 곳을 떠나가는 것을 얼마나 싫어했는지 모른다.

이윽고 나는 고향거리 가까이에 다가왔어. 눈에 익은 낡은 별장들은 아직도 기억이 새로워 무척 정다운 인사를 서로 나눴지만 새로 지은 것들은 어쩐지 눈에 생소하고 내가 없는 동안에 개축한 집들도 영 마음에 들지 않았다네. 나는 성문을 지나 거리로 들어서자마자 옛날의 나 자신으로 돌아가는 것 같았다.

사랑하는 벗이여! 구구한 이야기를 늘어놓고 싶지 않네. 내 눈에는 그토록 매력이 있는 것도 막상 이야기를 하고 보면 한없이 단조로워지니 말이다.

나는 거리의 광장을 면한 옛 우리 집 곁에 있는 쪽으로 숙소를 정하기로 마음먹고 발길을 그리로 옮기면서 두루 살펴보았다네. 성실한 늙은 여선생이 우리 개구쟁이들을 곧잘 가두어 놓던 교실이 지금은 잡화점으로 변해버렸다네. 나는 그 어두컴컴한 교실 속에서 간신히 견디어내던 불안과 눈물과 우울 그리고 오뇌가 머릿속에 떠올라왔어.

한 발짝 한 발짝 발을 옮길 때마다 내 마음을 끌지 않은 것은 하나도 없었다. 아마 성지를 순례하는 사람일지라도 이렇게까지 허다한 종교적인 추억이 서려있는 곳에 직면하는 일은 없을 것이다. 그리고 이토록 성스러운 감동에 넘쳐흐르는 일도 없을 것이다. 이야기를 하자면 수 천 가지로 끝이 없지만 한 가지만 더 적어보겠다.

나는 강을 끼고 아래로 내려가 어떤 저택이 있는 곳까지 갔다. 옛날에 내가 즐겨 거닐던 곳으로 소년시절에 납작한 돌을 던져 먼 데까지 물 위를 몇 번 튕기는지를 연습했던 곳도 여기였다네. 생각하면 여기서 흘러가는 물줄기를 바라보며 나는 얼마나 신기한 예감에 사로잡혀 그 물줄기를 따라갔던가? 그리하여 나는 그 물줄기가 닿을 여러 나라에 대하여 얼마나 신비스러운 상상을 꿈꾸었던가? 이윽고 상상력이 다하여도 나는 눈에 보이지 않는 먼 곳의 풍경을 마음 속에 뚜렷이 그려보는 것이었다.

사랑하는 벗이여! 그 훌륭한 우리 조상들도 그처럼 한정된 약간의 지식으로 얼마나 행복하게 살아왔던가! 그들의 생활 감정이나 시는 또 얼마나 순수하였던가! 오디세우스가 측량할 수 없는 대양이니 무한한 대지에 대해 말을 했을 때, 그 말은 참으로 진실하고 인간적이고 절실하고 친밀하고 신비로웠어. 내가 지금 지구가 둥글다고 초등학교 아이들도 다 알고 있는 이야기를 한들 그것이 대체 무슨 소용이 있단 말인가? 인간은 얼마간의 흙덩이만 있으면 그 위에서 얼마든지 즐길 수 있다네. 그리고 약간의 흙덩이만 덮어두면 그 밑에서 잠들기에도 흡족하다.

나는 지금 이곳 공작댁 수렵관에 와서 지내고 있다네. 공작과는 앞으로 여전히 함께 즐겁게 지낼 수 있을 것 같다. 그 분은 성실하고 소박한 사람이다. 그런데 그 분을 에워싸고 있는 이상한 인간들의 정체를 나는 도무지 알 수 없어. 악당들은 아닌 듯 싶은데 그렇다고 성실한 인간 같지도 않다. 하긴 가끔 성실한 듯이 보이기도 하지만 어쩐지 미덥지가 않다. 더구나 유감스럽게 생각되는 것은 공작께서 단지 귀로 들었거나 눈으로 읽는 일만으로 곧 잘 이야기하는 점이라네. 그것도 다른 사람으로부터 배운 듯한 관점에서 말한다는 것이라네. 그리고 공작은 내 이해력이나 재능을 내 마음씨보다 더 높이 평가하고 있다는 것이라네. 그러나 이 마음씨야말로 나의 유일한 자랑거리이며 이 마음만이 일체의 모든 힘, 즉 모든 행복 그리고 모든 재앙의 원천이란 말이다. 아, 내가 알고 있는 지식쯤은 누구나 알고 있는 것이지만 내 마음씨만은 나만이 가지고 있는 것이라네.

5월 25일

나는 어떤 계획을 가지고 있었다네. 그러나 그것이 실천에 옮겨지기까지는 아무에게도 말하지 않으려고 했는데 지금에 와서는 그것이 좌절되어 버렸으므로 말해도 괜찮겠지. 나는 전쟁터에 나가려고 했던 거였어. 이것은 내가 오랫동안 가슴에 품고 있었던 생각이었지. 공작을 따라 여기까지 온 것도 실은 그 때문이었어. 공작은 모처에 근무하는 장군이야. 나는 공작과 함께 산책하는 도중에 내 계획을 이야기했다네.

그랬더니 공작께서 적극적으로 만류하는 것이었어. 하기는 내가 전쟁터에 나가려는 것은 정열이 아니라 변덕에서 나온 것이었기 때문에 그 분이 내 의도를 반대하는 여러 가지 이유를 귀담아 듣지 않을 수 없었던 것이야.

6월 11일

자네가 뭐라고 말하든지 나는 더 이상 이곳에 있을 수 없네. 여기에 있다고 내가 무엇을 할 수 있다는 말인가? 지루한 시간만 흘러갈 뿐이다. 물론 공작은 나를 정성껏 환대해 주고 있다네. 그러나 나는 이곳에서 마음을 안정시킬 수 없다네. 지내고 보니 공작과 나는 아무런 공통점이 없었다네. 그는 어디까지나 이지적인 인간이며 그나마 평범하기 그지없는 이지적인 인간에 불과했어. 그러므로 이분과의 교제는 좋은 책을 읽는 것 이상의 흥미를 자아내지는 못했다네. 앞으로 일주일만 이곳에 있다가 또다시 정처 없는 방랑길로 오를 작정이라네. 그나마 보람 있는 일을 했다면 그것은 그림을 그린 것이었어. 공작은 예술에 대해서는 예민한 감각을 갖고 있지만 만약 그가 시시한 학문적 지식이나 학술 용어에 얽매이지 않는다면 예술에 대해 훨씬 더 잘 이해할 수 있을 것이다. 내가 자연과 예술 세계에 대해 따뜻한 상상력을 갖고 두루 설명할 때에도 그는 판에 박힌 학술 용어를 내세워 그것으로 문제가 원만히 해결된 것으로 생각하고 있는데 그럴 때면 나는 가끔 안타까운 마음이 인다네.

6월 16일

그렇다. 나는 단지 이 땅 위를 떠도는 나그네에 지나지 않는다. 이 세상의 순례자이다. 하지만 자네들은 그 이상의 존재라는 말인가?

6월 18일

내가 어디로 갈 작정이냐고? 자네에게만 은밀히 털어놓겠네. 아직도 두 주일은 여기 그대로 머물러 있으려고 한다네. 그리고 나서 ○○지방에 있는 광산에 가볼까 하네. 그러나 결국 그것은 단지 하나의 구실일 뿐이며 오직 롯테의 곁으로 다시 돌아가고 싶은 것이 진심이라네. 나는 한편 나 자신을 비웃으면서도 그 마음이 원하는 대로 그냥 내버려두는 수밖에 없다네.

7월 29일

아니, 그것으로 괜찮아! 모든 것이 그것으로 잘 된 거야! 내가——그녀의 남편이라면! 오, 나를 만드신 신이시여! 만일 당신이 그런 기쁨을 나에게 마련해주셨다면 나는 한평생 쉬지 않고 감사의 기도를 올렸을 것입니다.

나는 항의하려는 것은 아닙니다. 내가 그토록 눈물겨워함을 용서해 주십시오! 나의 이런 헛된 소망을 용서해주십시오!

그녀가 내 아내가 된다면! 이 세상에서 가장 사랑하는 그녀를 내 품에 안을 수 있다면! 그러나 알베르트가 그녀의 날씬한 몸을 껴안고 있다고 생각하면 빌헬름이여, 나는 온 몸이 오싹해진다네.

그런데 내가 이런 말을 해도 괜찮을까? 안 될 건 또 뭐가 있겠나? 빌헬름! 나는 생각하고 있다. 그녀는 나와 사는 것이 알베르트의 아내가 되는 것보다는 훨씬 행복했을 거야! 그는 그녀의 가슴속에 품고 있는 내면적인 소망을 모두 채워줄 수 있는 그런 인간은 못된다네. 우선 감수성에 일종의 결함이——이 점에 대해서 어떻게 생각하든 그건 자네의 자유지만——함께

베르테르의 사랑을 거절하지 못해 안타까워하는 롯테

느끼고 심장이 요동치는 것이 알베르트에게는 결여되어 있다는 얘기야. 가령 좋아하는 책을 읽고 나와 롯테가 한 마음으로 감명을 받는 대목에서도 알베르트는 그런 공감을 느끼지 못한다네. 이 밖에 수백 건의 다른 경우에 있어서도 제 삼자의 어떤 행위에 대해 우리 두 사람이 느꼈던 감탄이 저절로 입 밖에 나왔을 때에도 알베르트에게서는 아무런 반응도 볼 수 없지. 사랑하는 빌헬름! 그러나 그는 롯테를 진심으로 사랑하고 있다네. 그만한 사랑이라면 얻지 못할 것이 뭐가 있겠나! 성가신 인간이 찾아와 나를 훼방놓았어. 나의 눈물은 말라버렸고 기분도 산만해졌네. 그럼, 사랑하는 벗이여, 안녕!

8월 4일

나만이 고통스러운 꼴을 당하는 것이 아니다. 인간은 모두 희망에 속고 기대에 배신당하게 마련이다. 나는 보리수나무 아래에 살고 있는 마음씨 착한 부인을 찾아갔다. 맏아들 녀석이 밖으로 뛰어나오면서 나를 반가이 맞아주었고 녀석이 좋아라 소리 지르는 바람에 어머니도 따라나왔다네.

그런데 그녀는 몹시 초췌해 보였어. "선생님, 나는 어쩌면 좋아요? 우리 한스가 죽었답니다." 그녀가 말하지 않겠나? 한스는 그녀의 막내아들이었다. 나는 말을 못하고 잠자코 있었다. "그리고 내 남편은," 그녀는 말을 이어갔다. "스위스에서 돌아왔지만 아무런 소득도 없었어요. 만약 착한 사람들의 도움이 없었더라면 구걸까지 하면서 올 뻔했어요. 오는 길에 열병에 걸렸어요."

나는 위로의 말이 얼른 입에서 나오지 않아 어린애에게 약간의 돈을 쥐어주었다. 그러자 사과라도 몇 개 들라고 내놓기에 받아 가지고 그 슬픈 추억의 장소를 떠나왔다네.

8월 21일

내 마음은 손바닥을 뒤집듯 돌변하기 일쑤라네, 때로는 인생의 즐거움이 다시 찾아올 듯한 서광이 비치기도 하지. 아, 이것은 그저 한순간에 불과하지만 말이다! ——내가 몽상에 잠겨 있노라면 이런 생각이 머릿속에 저절로 떠오르곤 한다. 만일 알베르트가 죽기라도 하면 어떻게 될까? 아마 너는 필경——그리고 그렇지 그녀는——이런 무서운 생각이 떠오르는 것이야. 이렇게 환상을 뒤쫓아가 끝내는 심연 앞까지 와서는 몸부림치면서 뒤로 물러서곤 한다네.

성문을 지나 처음으로 롯테를 무도회에 데리고 가기 위해 마차로 지나가던 길이다. 그 사이 얼마나 많이 변했는지 모르겠다. 모든 것은 이곳 저곳 자취도 없이 사라져 버렸다. 그 당시의 흔적은 찾아볼 길이 없고 그 무렵의 내 가슴의 고통은 지금은 잠잠하기만 하다네. 한때 영화를 누리던 영주로서 성곽을 싸 올리고 휘황찬란한 장식을 해 놓고는 임종에 임하여 사랑하는 승계자인 아들에게 희망을 걸고 남기고 갔지만, 그 성곽은 불타버려 완전히 잿더미가 되고 지금 나는 그 폐허에서 망령이 되어 돌아다니는 것과 같은 그런 느낌이다.

9월 3일

때때로 나는 도무지 이해할 수가 없는 생각이 되어 버릴 때가 있다네. 내가 오직 그녀만을 사랑하며 그처럼 끔찍하게 그리고 외곬으로 사랑하고 있고 그녀 이외에는 아무것도 알지 못하며 그녀 이외에는 아무것도 가진 것이 없는데 어떻게 다른 사람이 그녀를 사랑할 수 있고 사랑해도 된다는 자격을 가지고 있다는 말인가?

9월 4일

정말이지 모든 것이 그런 것이다. 자연이 가을로 접어드니 내 마음도 가을색으로 물들어 가고 있다. 내 마음의 나뭇잎은 누렇게 물들고 내 주위의 나뭇잎들은 벌써 떨어져가고 말았다네.

언젠가 내가 이 고장에 왔을 때 어느 농가의 하인에 대해 자네에게 써 보낸 일이 있었지. 이번에 나는 발하임에 오자 그 사나이에 대해 수소문을 해 보았다네. 모두들 그는 일하던 집에서 쫓겨났다고 할 뿐이고 그 밖의 일에 대해서는 모르는 척하더군. 그런데 어제 나는 다른 마을로 걸어가는 도중에 우연히 그와 마주치게 되었다네. 내가 말을 걸자 그는 자기 이야기를 들려주었는데 그의 이야기에서 나는 두 배, 세 배로 전보다 더 깊은 감동을 받게 되었다네. 아마 내가 되풀이하여 그의 이야기를 자네에게 들려주면 내가 감동 받은 이유를 쉽게 알 수 있을 것이야.

그러나 그런 이야기를 속속들이 늘어놓은들 무슨 소용이 있겠나? 내가 왜 자신을 괴롭히는 이러한 일들을 가슴 깊이 간직해 두지 않고 자네에게까지도 걱정을 끼치는 것일까? 무엇 때문에, 언제나 나를 동정하고 책망하는 기회를 자네에게 주는 것일까? 이것도 아마 타고난 나의 운명인가 보다.

처음에 그 젊은이는 말로는 다할 수 없는 슬픔을 갖고 좀 겁먹은 듯한 표정으로 내 물음에 마음 내키지 않는 답변을 하다가 곧 제 정신을 차리고 내 인간됨됨이를 알아차린 것처럼 한결 솔직하게 자기의 잘못을 고백하고 자기의 불행을 내게 하소연하는 것이었다네.

벗이여! 나는 그의 말 한 마디, 한 마디를 여기에 되도록 자세히 적어 자네의 판단을 기다리고자 하네. 그는 이렇게 고백하였다네. 아니, 오히려 추억이 가져다주는 일종의 쾌감과 행복감까지 느끼면서 이야기를 들려주었다네.

주인 마나님을 사모하는 정은 날로 그의 가슴에 점점 더 심해져서 나중에는 자기가 무엇을 하고 있는지 분간도 못할 지경에 이르렀다는 것이야. 그의 말을 그대로 적으면 어떤 쪽으로 머리를 돌려야 할는지 모르게 됐고 먹을 수도, 마실 수도 그리고 잠잘 수도 없게 되었다는 거야. 아예 목구멍이 꽉 막혀버린 듯 했고 나중에는 해서는 안될 일을 하게 되고 해야 할 일은 잊어 먹었다는 거야. 마치 마귀한테라도 홀린 것만 같던 그런 어느 날 주인 마나님이 이층 방에 혼자 있는 것을 알고 뒤쫓아 올라갔대. 아니 오히려 그저 끌려갔다고 하는 것이 더욱 적절할 거야. 주인 마나님이 자기의 청을 들어주지 않자 급기야는 완력으로 정복하려고 했다네. 어떻게 해서 그런 마음을 먹게 되었는지 자기도 알 수 없다는 거야. 마나님에 대한 자기의 사랑은 어디까지나 진지했으며 자기는 그녀와 결혼하여 일생을 함께 보내고 싶은 생각만이 가장 큰 희망이었다는 것은 신을 증인으로 내세울 수도 있다고 했다네. 한참 이렇게 이야기를 하고 나서는 아직도 할 말이 많으나 말문이 막히는 듯 더듬거리기 시작하였다네. 그러나 끝내 수줍은 얼굴을 하고 그 마나님이 자기의 정다운 표시를 받아주었을 뿐만 아니라 그녀에게 가까이 다가갈 수 있게 허용해주었다는 사실을 고백하였다네. 그는 몇 번 침묵을 지킨 끝에 자기가 이런 말을 하는 것은 결코 주인 마나님을 나쁜 사람으로 만들려는 것이 아니라 자기는 여전히 그녀를 사랑하고 또 존경한다는 것이었어.

그리고 그런 이야기는 한 번도 남에게 한 일이 없지만 자기는 어리석고 못난 인간은 결코 아니라는 것을 당신이 믿어 주었으면 해서 이야기했을 따름이라고 되풀이하여 변명을 하였어.

벗이여! 여기서 내가 언제나 입버릇처럼 부르는 옛 타령을 다시 하겠다.

나는 그가 내 앞에 서 있던 그대로의 모습을 자네의 눈앞에 보여줄 수 있었으면 하고 생각한다. 어찌하여 내가 그의 운명에 대해 동정을 갖게 되었는지 또한 공감하지 않을 수 없었는지 자네가 이해할 수 있도록 모든 것을 생생하게 이야기할 수 있었으면 얼마나 좋겠는가!

하지만 그럴 필요가 없을 것 같다. 자네가 내가 어떤 운명에 놓여 있는지 알고 있을 뿐만 아니라 나 자신에 대해서도 잘 알고 있을 것이므로 내가 특히 불행한 모든 사람들에게 마음이 끌리는 까닭을 자네는 알고도 남을 터이니 말이다.

이 편지를 다시 읽어보고 나는 아직 이야기의 결말을 말하지 않았다는 것을 알게 되었어. 그러나 그런 결말은 곧 자네에게도 짐작이 갈 거야. 그 마나님은 사나이로부터 자기 몸을 지키려고 했어. 그때 마침 그녀의 오빠가 찾아왔던 것이야. 그 오빠는 벌써 오래 전부터 이 하인을 미워하여 내쫓을 궁리를 하고 있었다네. 그도 그럴 것이 이 누이에게 자식이 없는 이상 유산은 당연히 자기 자식들 몫으로 차례가 오게 마련인데, 누이가 재혼이라도 하게 되면 그것이 송두리째 날아가 버리기 때문에 걱정되었던 거야. 그리하여 그녀의 오빠는 바로 그 자리에서 하인을 내쫓고 설사 누이가 나중에 용서하는 일이 있더라도 다시는 집에 발을 들여놓지 못하도록 일을 더 시끄럽게 만들어 놓은 모양이야.

그 후 주인 마나님은 다른 하인을 고용했는데 이 사나이 때문에 오빠와 싸움을 벌였다는 것이야. 소문으로는 주인 마나님은 그 사나이와 결혼한다는 것이 확실하다는 거야. "그렇게 되면 나는 그 꼴을 그냥 보고만 있을 수만은 없다." 그녀의 오빠는 말했다는 것이야.

내가 자네에게 말한 이야기는 조금도 과장이 없다네. 문장을 수식하지 않고 도리어 완곡하게, 아주 완곡하게 이야기했을 뿐이라네. 게다가 도덕적인 단어를 사용하다 보니 이야기가 거칠어졌다네.

그러므로 그의 애정과 성실성 그리고 정열은 결코 소설적으로 꾸민 이야기가 아니야. 그러한 사랑은 우리가 흔히 교육받지 못한 미개인으로 취급하는 계급에 속하는 사람들의 가슴속에 가장 순수하게 살아 숨쉬고 있다네. 그런데 우리 교양인은——사실 교양의 희생물에 지나지 않는 거야! 제발 이야기를 좀더 진지한 마음으로 읽어 주기 바라네. 오늘 나는 이 편지를 쓰고 마음을 차분하게 가라앉힐 수 있었다네. 내 필적으로 보아 알 수 있겠지만 여느 때처럼 성급하게 갈겨쓰지 않았어. 사랑하는 벗이여! 그것을 읽고 이 이야기가 다름 아닌 자네 친구의 이야기이기도 하다는 것을 생각해 주게나. 그렇다. 나의 과거도 그랬고 또 나의 장래도 그럴 것이다. 그러나 나는 불쌍한 사나이가 지닌 결단력과 용기의 절반도 갖고 있지 못하다. 나를 감히 그와 비교할 수 있다면 말이다.

9월 5일

롯테는 공무로 시골에 출장 가 있는 남편에게 간단한 편지를 썼다.

사랑하는 당신에게!

한시라도 빨리 돌아와 주세요. 오직 당신이 돌아오기만을 손꼽아 기다리고 있어요.

그러나 이때 그의 한 친구가 찾아와서 알베르트는 사정이 생겨 빨리 돌아오지 못할 것이라는 소식을 전하였다네. 롯테가 남편에게 보낼 이 편지는 부치지 않고 그대로 두었기 때문에 오늘 저녁에 내 눈에 띄었지. 나는 이 편지를 읽고 미소를 지어 보였어. 그녀가 무엇 때문에 웃느냐고 묻기에 나는 대꾸하였지.

"상상력이란 신이 주신 선물이군요." 그리고 이렇게 덧붙였어.

"나는 이 편지가 나를 위해 쓰여진 것이라고 멋대로 상상해 보았지요."

그녀는 갑자기 입을 다물어 버렸어. 내 말이 그녀의 기분을 건드린 모양이었어. 나도 입을 다물고 잠자코 있었다네.

9월 6일

결단을 내리기가 쉬운 일이 아니었지만, 나는 롯테와 처음 춤을 추었을 때 입었던 검소한 푸른색 연미복을 벗어버리기로 결심했다네. 아주 낡아서 이제는 볼품 없게 되었기 때문이야. 그래서 이번에 깃과 소매까지도 전의 것과 똑같게 그리고 노란 조끼와 바지까지 곁들여서 한 벌 새로 지었어. 하지만 예전과 같은 멋은 나지 않는다. 아마 시간이 지나면 그것도 몸에 배어 마음에 들게 되겠지.

9월 12일

롯테는 며칠동안 알베르트를 맞이하기 위해 여행을 떠나가 있었어. 오늘 내가 그녀의 방에 들어갔더니 그녀가 나를 맞이하였어. 나는 기쁨에 넘쳐 그

롯테의 손에 키스하는 베르테르

녀의 손에 키스를 하였지. 한 마리의 카나리아가 거울에서 날아와 그녀의 어깨 위에 가 앉았어.

"새로 사귄 친구예요." 그녀는 말하면서 그 카나리아를 자기 손위에 올려놓더군.

"아이들에게 선물로 주려고 해요. 아주 귀엽거든요. 이걸 좀 보세요. 빵을 주면 날개를 파닥거리고 얌전하게 쪼아 먹어요. 뿐만 아니라 나하고 입도 자주 맞춘답니다. 자, 이것 보세요!" 롯테가 입술을 내밀자 귀여운 카나리아는 귀염성 있게 그녀의 어여쁜 입술에 주둥이를 갖다 대는 거였어. 마치 행복을 느끼기라도 하는 것 같았다네.

“새가 당신에게도 입을 맞추게 해 볼게요.” 그녀는 새를 나에게 건네 주었어. 이리하여 새의 작은 주둥이는 그녀의 입에서 내 입술로 옮겨왔고, 새가 쪼아대는 촉감은 사랑으로 가득 찬 향락의 숨결 같기도 하고 또 무슨 예감 같기도 하였어.

“이 새의 키스는 뭔가를 요구하는 것만 같은 눈치군요. 애무만으로는 불만이라는 표정인데요. 먹이를 바라는 눈치예요” 나는 말했어.

“내 입에서 모이를 곧잘 받아먹어요.” 그녀가 말했다. 그녀는 빵 조각을 몇 개 입에 물고 카나리아에게 먹여 주었다. 그 입술은 천진스러운 미소를 짓고 있었고 사랑의 기쁨에 넘쳐나는 것만 같았다.

나는 고개를 옆으로 돌려 그 모습을 외면하고 말았다네. 그녀는 그래서는 안 되는 일이었어! 그런 순결한 행복으로 충만한 광경을 보여줌으로써 내 상상력을 자극하는 건 안될 일이었지. 인생이 무의미하여 허탈한 상태에 있는 내 마음을 굳이 일깨워 줄게 뭐란 말인가! 그렇다고 그녀가 그래서는 안 될 까닭은 어디에 있단 말인가! 그녀는 그토록 나를 신뢰하고 있고 내가 얼마나 자기를 사랑하는지 그녀 자신도 잘 알고 있기 때문이야.

9월 15일

빌헬름! 이 세상에 남아 있는 그래도 아직도 가치 있다고 여겨지는 것은 퍽 적은데 그것에 대해서 아무런 감각이나 감정을 갖지 못한 자가 있다는 것을 생각하면 나는 정말로 미칠 지경이야. 자네도 기억하고 있겠지. 저 호두나무, 성 ○○촌의 그 성실한 목사관에서 내가 롯테와 함께 그 호두나무 그늘 밑에 앉아 이야기를 나누던 저 호두나무를 기억할거야. 그것은 참으로 훌륭한 호두나무였지!

그 나무 덕분에 목사관이 얼마나 정답고 얼마나 서늘했는지 모른다네! 그 멋진 나뭇가지들! 나는 곧잘 몇 십 년 전으로 거슬러 올라가 이 나무를 심은 성실한 목사님들을 생각해보곤 한다네.

학교 선생은 할아버지로부터 전해들은 어떤 목사의 이름을 이야기해 주었지. 예컨대 매우 훌륭한 분이었다는 거야. 그래서 나는 그 호두나무 아래에 서기만 하면 성스러운 마음으로 그 분에 대한 추억에 사로잡히곤 하였다네.

사실 그 학교 선생은 우리가 어제 호두나무가 잘린 데 대하여 이야기를 주고받을 때 눈에 눈물이 글썽거렸어. ――그 호두나무는 잘렸던 것이다! 나는 미칠 것만 같았어. 그 나무에 맨 처음 도끼를 들이댄 짐승 같은 놈을 나는 죽이고만 싶었어. 가령 이런 나무 두세 그루가 내 집 안마당 안에서 자라다가 그 중에 한 그루가 늙어서 말라죽기만 해도 슬퍼서 못 견디는 내가 그 광경을 그대로 보고만 있어야 하다니.

사랑하는 벗이여! 그런데 여기 한 가지 흥미로운 일이 있어! 인간의 감정이란 얼마나 신기한 것인가! 온 마을 사람들이 불평을 하기 시작한 거야. 나는 그 목사 부인이 버터와 달걀, 그 밖의 진상품이 눈에 띄게 줄어든 것으로 자기가 그 고장에 얼마나 큰 상처를 입혔는지 느낄 수 있게 되었으면 좋겠네. 사실은 바로 그 새로 온 목사(우리의 늙은 목사는 세상을 떠나갔다네.)의 부인이 그 나무를 베게 한 문제의 장본인이었다네. 비쩍 마른 병약한 여자로 아무도 자기에게 호감을 가져주지 않으니까 자기도 세상을 냉담하게 바라보게 되었던 것이야. 그런데 그 여자는 어리석게도 배운 척하며 성서를 연구한답시고 새로 유행하는 도덕적, 비판적 기독교 개혁에 열을 올리는가 하면, 라파터의 광신적인 태도에 대해 어깨를 으쓱하고 멸시하는 등 완전히 망가진 건강 때문인지 신이 창조한 이 땅 위에서 즐거움이란 전혀 모르고 사는 여자라네. 그러니 남의 소중한 호두나무쯤 얼마든지 잘라 버릴 수 있지 않겠나. 정말 기가 막힐 노릇이야. 내 말을 좀 들어보게나. 그 여자는 이렇게 변명을 늘어놓고 있다네. 잎이 떨어지면 뜰 안이 지저분해지고 나뭇잎이 무성할 때에는 햇빛을 가로막고 호두열매가 익으면 마을 아이들이 돌을 던지니 이 모든 것이 그녀의 신경을 건드려 케니코트(1718~1821. 영국의 신학자로 구약성서의 원전 비판의 개척자)나 젬러(1725~1791. 독일의 경건파의 신학자) 그리고 미하엘리스(1717~1791. 독일의 신학자로 독일에서의 성서 연구의 창시자)를 비교 검토하려고 해도 자신의 깊은 사색을 방해받고 만다는 것이야.

마을 사람들, 그 중에서도 늙은 분들의 불만이 큰 듯 하기에 나는 물어 보았지.

"여러분들은 왜 보고만 있었습니까?"

"이 고장에서는 촌장님 마음대로이지요. 어찌할 도리가 없답니다." 그들은 대답하는 것이었어.

――그런데 재미있는 사건 하나가 일어난 거야. 그렇지 않아도 멀건 수프

만을 끓여다 주는 마누라의 심술 때문에 속앓이를 하던 목사는 이번에는 촌장과 공모하여 그 나무값을 서로 나눠 가지자고 했다네. 그러나 관리소에서 이 사실을 알고 관청에 바치라고 통고를 했다는 것이야. 왜냐하면 목사관의 호두나무가 서 있는 땅은 옛날부터 관리국에 속해 있었기 때문이지. 결국 호두나무는 관리국에 의해 최고 입찰자에게 경매로 넘어가고 말았지. 아무튼 그 호두나무는 현재 쓰러져 있네.

내가 만일 군주라면 촌장이고 목사 부인이고 관리국이고 모조리——하지만 내가 정말 군주라면 내가 관할하는 영토 내에 있는 나무 따위에 대해 신경을 쓰지 않을 것이야.

10월 10일

나는 롯테의 까만 눈동자를 바라보기만 해도 행복에 잠긴다! 그렇건만 알베르트 자신은 그다지 행복해 보이지 않는다. 이건 얼마나 복통할 일인가? 만약 내가 그의 자리에 있었다면 느낄 행복감만큼 말이다. ——물론 나는 이렇게 문장 속에 작대기를 긋는 짓을 하고 싶지 않지만 지금은 달리 표현할 길이 없고——이것으로도 충분히 내 심정이 이해될 것이라고 믿고 있다네.

10월 12일

오시안이 내 마음 속에서 호메로스를 밀어내고 말았다. 이 영웅은 얼마나 황홀한 세계로 나를 끌어들이는가! 나는 자욱한 안개에 싸인채 어스름한 달빛 속에 조상들의 망령을 꾀어내는 비바람에 흩날리며 황야를 넘어 방랑한다. 저 산 너머로 숲을 울리며 흘러내리는 여울물 소리에 섞여 동굴에서 사는 혼령의 신음소리가 간간이 들려오고, 용감히 싸우다 전사한 거룩한 용사이자 애인이 잠들어 있는 이끼 끼고 풀이 무성한 네 개의 묘석 옆에서 울부짖는 처녀의 통곡 소리가 들려온다.

이윽고 나는 백발이 성성한 방랑 시인을 만난다. 그는 넓은 황야에서 조상들의 발자취를 찾다가 드디어 그 묘석을 발견한다. 그가 넘실거리는 바다 저쪽으로 숨으려는 정다운 저녁별을 비탄에 싸여 바라볼 때, 이 영웅 시인의 가슴속에는 지난날의 추억이 생생하게 되살아난다. 그 무렵엔 용사들의 위험한 앞길에는 부드러운 빛이 비춰주었고, 꽃다발에 장식되어 당당하게 개

선하여 돌아오는 배 위로는 달빛이 가득했던 것이다. 나는 그의 이마에 드리워진 깊은 고뇌를 읽으며 이제 마지막으로 혼자 뒤에 남은 그도 피로에 지친 채 무덤으로 비틀거리며 걸어간다. 그리고 오래 전에 사라져 버린 망령을 앞에 두고 괴로움 속에 타오르는 환희를 들이마시며 차디찬 대지와 바람에 나부끼는 무성한 풀들을 내려다보면서 이렇게 외친다.

"아름답던 나의 모습을 전해들은 방랑자가 나를 찾아 올 것이다. 그리고 이렇게 물을 것이다. 그 가수, 핑갈의 훌륭한 아들은 어디에 있는가? 방랑자의 발길은 내 무덤 위를 스쳐서 지나갈 것이다. 그러나 그는 이 지상에서는 영영 나를 찾을 수 없을 것이다."

아, 나의 빌헬름! 나는 당장 숭고한 무사처럼 칼을 빼들고 서서히 죽어 가는 고뇌에서 우리의 영주인 오시안을 단칼에 해방시켜주고 싶다. 그리하여 이 반신(半神)의 모습으로 변해 가는 그의 뒤를 나도 함께 쫓아가고 싶다.

10월 19일

아, 이 공허! 가슴속에 뼈저리게 느끼는 이 무서운 공허감! 한 번만이라도 오직 한 번만이라도 그녀를 내 가슴에 안아볼 수 있다면 이 공허감은 완전히 채워질 수 있을 것이라고 나는 때때로 생각한다네.

10월 26일

그렇다, 사랑하는 벗이여! 한 인간의 존재는 보잘것없다는 것이 점점 더 확실해졌다네. 정말이지 인간의 존재는 보잘것없는 것임을 나는 분명히 알게 되었다네. 한 여자 친구가 롯테를 찾아왔어. 나는 책을 가지러 옆방으로 갔지. 그러나 도무지 읽고 싶은 생각이 조금도 나지 않아 무얼 써보려고 펜을 들었어. 그녀들이 나지막한 목소리로 이야기하는 것이 들려왔어. 누구는 이번에 결혼하게 되었고 또 누구는 병을 앓고 있는데 그것은 중병인 것 같다는 등, 거리에서 일어나고 있는 두서없는 이야기들이었지. "그분은 기침이 심하대, 뼈만 남았대나 봐. 그리고 가끔 인사불성 상태에 빠지기도 한대." 찾아온 손님이 말했다.

"그분도 이제는 오래 살지는 못할 거야. ○○도 병세가 좋지 않다면서." 롯테가 묻자 그녀의 친구는 대답하였다. "온몸이 퉁퉁 부었대."

그러자 나의 상상력은 나도 모르게 작동하여 나 자신도 그 불쌍한 사람들의 병상 옆에 있는 것과도 같은 심정이었고, 이 병든 사람들이 생명과 이별을 고하는 것을 한사코 항거하고 있는 것을 두 눈으로 확실하게 볼 수 있었다. 그렇건만 빌헬름! 저 두 여자들의 말투는 마치 얼굴도 전혀 모르는 제삼자가 죽었다는 소문을 지껄이는 것과도 같았다. 나는 그 방을 두루 살펴보았다. 그곳에 걸려있는 롯테의 옷가지들이며 알베르트의 서류 그리고 이제는 아주 눈에 익어서 익숙해지고 정이 든 가구들과 잉크병까지도 바라보며 나는 깊은 생각에 잠겼다.

'한 번 보란 말이다. 너는 도대체 이 집에서 뭐란 말인가! 하긴 다들 너를 친구로 여기고 있고 또 너를 존경하고 있다. 너는 가끔 그들에게 기쁨을 주고 너의 마음은 그들이 없이는 살 수 없는 것처럼 보인다. 하지만——만약 네가 떠나가 버린다면 이 테두리에서 떠나가 버린다면? 그들은 네가 없어진 것에 대해 그들의 운명 속에 남긴 빈자리를 얼마나 오래 느낄 것인가. 그들은 슬픔을 얼마나 오래 느낄 것인가.

아, 인간이란 얼마나 허망한 것인가. 자기의 현존재를 확증할 수 있는 그곳, 한 번만 자기의 현존의 참된 인상을 남길 수 있는 곳, 연인의 추억과 영혼 속에서까지도 인간은 흔적도 없이 사라져 버려야 하는 것이다. 그것도 아주 순식간에 말이다!

10월 27일

인간 서로간의 관계가 이렇게까지 쌀쌀할 수 있을까 하고 생각할 때면 나는 가슴을 찢고 싶고 머리통을 때려 부숴 버리고 싶다. 아, 사랑, 즐거움, 따뜻함 그리고 환희도 이쪽에서 주지 않는 한 저쪽에서도 주려고 하지 않는다. 그리고 내가 행복에 가득 찬 마음을 가지고 있다고 하더라도 내 눈앞에 냉랭하고 힘없이 서 있는 사람을 행복하게 만들 수는 없다.

저녁에

나는 참으로 많은 것을 가지고 있다. 그러나 롯테를 그리워하는 감정이 그 모든 것을 삼켜 버리고 만다. 나는 참으로 많은 것을 가지고 있다. 그러나 그녀가 없으면 모든 것이 무(無)로 돌아가 버리고 만다.

10월 30일

나는 벌써 수백 번도 더 그녀의 목에 매달릴 뻔했다! 이처럼 그녀의 사랑스러운 몸짓을 여러 번 보면서도 손을 댈 수 없다니, 이 안타까운 심정은 신만이 알고 있다. 손을 내밀고 붙잡는 것은 가장 자연스러운 인간의 충동이 아니겠는가. 어린아이들은 눈에 띄기만 하면 무엇이든지 손부터 먼저 내밀지 않는가. ——그런데 나는?

11월 3일

신은 헤아리고 계신다네. 내가 얼마나 여러 번 두 번 다시는 잠에서 깨어나지 않기를 희망하면서, 아니, 때로는 그렇게 되기를 믿으면서 잠자리에 들었다가도 그 이튿날 아침에 눈을 뜨고 햇빛을 다시 바라보게 되면 얼마나 비참한 심정이 되어 버리던가. 아, 내가 차라리 변덕스러운 인간이라면, 모든 것을 날씨 탓으로, 제삼자의 탓으로, 계획이 실패한 사업의 탓으로 돌릴 수만 있다면, 이 견딜 수 없는 불만스러운 무거운 짐의 절반만이라도 덜 수 있을 것이다.

그렇지만 정말로 슬픈 일이다! 모든 죄가 다 나에게 있다는 것을 너무나 뚜렷이 느끼고 있다. ——하지만 이것은 죄라고 할 수는 없지. 어쨌든 예전의 온갖 행복의 원천이 그러했던 것처럼 모든 불행의 원천도 내 마음 속에 도사리고 있는 것만은 사실이다. 일찍이 넘쳐흐르는 정감 속에서 떠돌아다니면서 한 걸음 한 걸음 앞으로 내디딜 때마다 천국이 열리고 하나의 복된 세계를 남김없이 포옹했던 과거의 나는 지금의 나와는 같은 사람이 아니었던가? 그러나 이 마음은 이제는 죽어 버렸고, 어떠한 감동도 거기에서 흘러나오지 않고 있다. 나의 두 눈동자는 메말라 버렸고 나의 이마에는 불안한 주름만 잡혀가고 있다. 나는 그토록 괴로워하고 있다. 왜냐하면 나의 삶의 유일한 기쁨이었던 것을 잃어버렸기 때문이다. 그로 말미암아 내가 내 주위의 세계를 창조해냈던 그 신성한 생명력을 잃었기 때문이라네.

창밖으로 멀리 언덕을 내려다보고 있으면 아침 해가 안개를 헤치며 솟아올라와 고요한 풀밭을 비추고, 유유히 흘러가는 시냇물이 기슭에 늘어선 낙엽 진 버드나무 사이를 누비며 이쪽으로 굽이쳐 오고 있다.

아, 그러나 이렇게 아름다운 자연도 내 눈앞에 니스를 칠한 한 장의 그림처럼 굳어져 버린 것으로 보인다. 나는 단 한 방울의 행복감도 내 심장으로부터 내 머릿속으로 끌어올리지 못한다. 마치 말라버린 우물처럼 빈 물통 모양, 사내 대장부가 신의 눈앞에 서 있을 따름이다! 마치 농부가 하늘이 청동색으로 변하고 대지가 메말라갈 때 하늘을 쳐다보면서 비를 갈구하듯 나는 땅 위에 엎드려 신에게 눈물을 내려 달라고 몇 번이나 기도를 드렸는지 모른다.

그렇지만 아, 우리가 그처럼 간절히 갈망하였지만 신은 비도 햇빛도 내려주시지 않는다. 생각만 해도 괴로웠던 그 시절, 어째서, 그렇게 행복감을 느낄 수 있었을까! 아마 그때는 내가 참을성 있는 성령이 찾아오기를 기다리고 신이 나에게 주시는 기쁨을 감사하는 마음으로 받아들였기 때문이었을 것이다.

11월 8일

롯테는 내가 절제 없다고 꾸짖었다. 아, 그 꾸짖는 모습은 얼마나 사랑스러웠던가! 절제 없는 생활 태도란 내가 한 잔의 포도주를 입에 대면 곧잘 한 병을 다 들이켜 버리는 버릇을 지적하는 것이다.

"이 롯테를 생각해서라도 그러지 마세요."

"생각하라고요!" 나는 대뜸 말했다. "그런 말을 내게 할 필요가 있습니까? 나는 생각하고 있어요. 아니, 생각하고 있다 뿐이겠어요! 당신은 내 머릿속에서 떠난 적이 없어요. 오늘도 나는 며칠 전에 당신이 마차에서 내린 그곳에 앉아 있었어요."

그녀는 나를 이 이상 더 깊이 이야기 속에 끌어들이지 않으려고 화제를 다른 데로 돌렸다네. 벗이여! 나는 이제 정신이 나갔어. 그녀는 나를 마음대로 할 수 있게 되었어.

11월 15일

고맙다. 빌헬름! 자네의 가슴에서 우러나온 동정과 호의에 가득 찬 충고에 대해 나는 고맙게 생각한다. 그러나 너무 걱정하지 말기를 바란다. 나도 마지막까지 견디어 보련다. 사실 이제는 지칠 대로 지쳐 있지만 아직도 헤쳐

나갈 힘은 충분히 갖고 있다.

자네도 알지만 나는 종교를 숭상하고 있다. 종교가 고달픈 자들에게 지팡이가 되고 많은 병든 자들에게 청량제가 되고 있다는 것을 나는 잘 알고 있다. 그러나 과연 종교는 누구에게나 그런 작용을 할 수 있을 것인가? 또는 그런 작용을 해야만 하는 것인가? 이 세상에는 설교를 들었건 안 들었건 종교의 그런 작용을 받지 않는 사람이나 또 앞으로도 받지 않을 사람이 얼마나 많은가 하는 것을 자네는 눈으로 보고 있을 것이야. 그런데 종교가 나에게는 반드시 지팡이가 되고 청량제의 역할을 해야만 한다는 말인가? 하나님의 아들조차 주님이 그에게 보내는 자들만이 그의 주위에 모이게 된다고 말하지 않았는가? (신약성서 요한복음 17장 24절) 만일 내가 주께서 보낸 인간이 아니라면? 그리고 만일 하나님께서 나를 그 곁에 매어 두실 생각이 있으시다면? 제발 오해는 하지 말아달라. 또 내가 진지하게 하는 말을 제발 조롱이라고 보지 말기를 바라네. 나는 내 영혼의 한복판에 있는 것을 자네에게 털어놓았을 뿐이야. 그렇게 하지 않을 바에는 나는 도리어 잠자코 있는 것이 옳은 일이지. 그렇지 않아도 나는 이런 문제에 대하여 두 말도 하고 싶지 않기 때문이라네. 그것은 나뿐만 아니라 아무도 잘 알지 못하는 일이니까.

결국 자기 처지를 감내하고 자기의 잔을 마셔 버리는 것, 이것이 인간의 운명이 아니겠는가? 그리고 이 잔은 하늘에 계신 신도 인간의 모습을 택하고 그 입술에 잔을 갖다 댔을 때 쓰디쓰기만 한 것이라고 말씀하였다. 그렇거늘 내가 어찌하여 허세를 부려 그것이 달콤하기라도 한 듯한 표정을 지을 필요가 있겠는가?

나의 모든 존재가 삶과 죽음의 중간에 끼어서 떨며 과거가 번개처럼 미래의 어두운 심연 위에 번뜩이고 그 주위의 온갖 것이 소멸되어 가며 나와 더불어 세계가 몰락해 가는 그와 같은 무서운 순간에 어찌하여 이 작은 내가 자신을 부끄러워할 필요가 있겠는가? 아무리 몸부림쳐도 자기의 힘이 모자람을 절실히 느끼고 안간힘을 쓰며 '나의 하나님, 나의 하나님! 어찌하여 나를 버리셨나이까?' (신약성서 마태복음 27장 46절) 하고 부르짖는 것이 자기만을 의지할 수밖에 없는 막다른 낭떠러지에 쫓기어 자기를 상실하고 끝없이 몰락하여 가는 인간의 소리가 아니겠는가? 그런데 내가 그런 부르짖음을 부끄럽게 여겨야 할 필요는 없는 것이다. 또 하늘을 한 장의 헝겊처럼 둘둘 말아 버릴 수 있는 힘(신약성서 요한 묵시록 6장 14절 참고)을 왜 내가 겁낼 필요가 있겠는가?

11월 21일

롯테는 그녀 자신과 나까지 파멸의 길로 들어서는 독약을 스스로 만들고 있다는 것을 알지 못하고 느끼지 못하고 있다. 그리고 그녀가 내 몸을 파멸로 이끄는 잔을 나에게 내밀 때 나는 황홀한 환락 속에 그 잔을 다 들이마신다.

나를 쳐다보는 그녀의 정겨운 눈초리——자주? 아니 자주라고 말할 수는 없지만 때때로 나를 바라보는 그녀의 상냥한 눈, 내가 무의식적으로 나타내는 감정의 표시를 곧잘 받아들이는 그녀의 따뜻한 호의, 그리고 그녀의 얼굴에 나타내는 나의 인내에 대한 동정은 무엇을 뜻하는 것일까?

어제 내가 집으로 돌아올 때 그녀는 나에게 손을 내밀며 말하였다. "안녕히 가세요. 사랑하는 베르테르씨!" 사랑해요! 이렇게 나를 부른 것은 이번이 처음이었어. 이 한 마디 말이 나의 뼈에 사무쳤다. 그리하여 나는 입 속으로 그 말을 몇 백 번이나 되풀이했다네.

밤에 잠자리에 들 때에도 혼잣말로 속으로 중얼거렸지. "안녕히 주무세요. 사랑하는 베르테르씨!" 이렇게 소리치고는 혼자 웃지 않을 수 없었다네.

11월 22일

'롯테를 저에게 맡겨 주십시오!' 나는 그렇게 기도 드릴 수는 없다. 그러나 가끔 그녀는 역시 내 사람이라는 생각이 든다. '그녀를 저에게 돌려주십시오!' 이렇게 기도 드릴 수도 없다. 그녀는 이미 다른 남자의 사람이니까 말이다.

나는 가슴이 쓰라린 나머지 궤변을 늘어놓고 있는 것이다. 마음 내키는 대로 내버려 두면 계속해서 명제와 반대 명제의 끝없는 기도문이 나오게 될 것이다.

11월 24일

내가 괴로움을 얼마나 꾹 참고 있는지 그것을 그녀는 느끼고 있다. 오늘따라 그녀의 눈빛이 내 가슴을 깊숙이 꿰뚫고 들어왔다. 오늘도 내가 그녀를 찾아갔을 때 그녀는 혼자였다. 나는 아무 말도 하지 않았고 그녀는 나를 가만히 바라보았어. 나는 그러한 그녀의 자태에서 사랑스러운 아름다움이 더 보이지 않고 그렇다고 훌륭한 내면적인 빛도 더 보이지 않았다. 그런 것은 모두 내 눈앞에서 모조리 사라져 버렸다. 그 대신 그녀의 훨씬 더 희한한 눈빛이 내 마음을 휘감았다. 깊고 깊은 관심과 더할 나위 없이 연민의 빛을 띤 동정이 가득한 눈빛이었어.

나는 그때 왜 그녀의 발 밑에 몸을 던지지 않았는가? 그리고 나는 왜 그녀의 목에 끝없이 키스 세례를 퍼부어 보답하지 않았던가? 그녀는 몸을 피하여 피아노 앞에 가서 앉았어. 피아노를 치면서 흘러나오는 가락에 맞춰 나지막이 아름다운 노래를 부르는 것이었어.

나는 그렇게 매력 있는 입술을 여태까지 본 일이 없었다. 그녀의 입술은 열려 있었으며 마치 달콤한 피아노의 가락을 들이마심에 따라 그 순결한 입술에서 다시 은밀한 반향이 메아리치는 것만 같았다.——아니, 이런 말로 무엇을 전달할 수 있다는 말인가!——나는 더 참을 수 없어 그만 경건히 고개를 숙이고 마음 속으로 맹세하였다.

'입술이여, 그 위에 하늘의 혼령들이 감돌고 있는 입술이여! 나는 감히 입술을 맞댈 생각은 하지 않으련다.'

그러면서도 한편 나는 결코 단념할 수 없었어.——아, 역시 이런 생각이 장벽처럼 내 영혼 앞을 가로막고 있다.——그 행복을 내 것으로 맛볼 수 있다면——파멸하여 그 죄를 짊어져도 좋다. 그런데 그것을 과연 죄라고 할 수 있을까?

11월 26일

나는 이따금 나에게 이렇게 혼잣말을 하기도 한다. '너의 운명은 따로 비길 데 없는 것이다. 그러므로 다른 사람들의 인생을 축복해 주어라.——너만큼 괴로움을 당하는 사람은 이 세상에 아직 아무도 없기 때문이다.'

그리고 옛 시인의 시를 읽으면, 나는 내 마음 속을 들여다보는 것만 같다. 나는 이렇게 많이 참고 견디어야 한다. 아, 인간은 내 이전에도 이처럼 비참하였을까?

11월 30일

나는 아무래도 내 본래의 제 정신으로 돌아갈 수는 없는 것일까! 어디를 가나 나를 당황하게 만드는 사건에 부딪치게 되니 말이다. 아, 운명이여! 아, 인간이여!

점심 때 나는 개천을 따라 걸어가고 있었다. 나는 요즘 식욕을 잃어버렸다. 모든 것이 황폐해 보였고 산으로부터는 습하고 차가운 저녁 바람이 불어오고 골짜기에는 회색 비구름이 몰려가고 있었다.

멀리에서 남루한 푸른색 옷차림의 사나이 하나가 보였는데 바위틈을 기어다니면서 약초라도 찾고 있는 모양이었다. 내가 가까이 다가가자 발소리를 듣고 힐끗 돌아보았는데 나는 그 사나이의 얼굴에서 어딘지 남다른 데가 있다는 인상을 받았다. 얼굴 전체에 고요한 슬픔이 풍기지만 순진하고 착한 인간미도 엿보였다.

검은머리는 두 갈래로 나누어 핀으로 묶고 남은 부분은 굵게 땋아 등뒤로 늘어뜨리고 있었다. 옷차림으로 보아 신분이 낮은 계급에 속하는 사람임을 짐작할 수 있었다. 내가 그의 일에 참견을 해도 불쾌하게 여기지 않을 것 같아 무엇을 찾고 있느냐고 물어보았다.

"꽃을 찾고 있어요. 그런데 하나도 눈에 띄질 않아요." 그는 한숨을 쉬며 이렇게 대답하였다.

"계절이 다 지났으니 그럴 수밖에 없지요." 나는 미소를 지으면서 말하였다.

"꽃은 여러 종류 피어있거든요." 그는 내가 서 있는 데로 내려오면서 말했다. "우리 집 정원에는 장미하고 인동덩굴, 두 가지 종류가 있어요. 하나는 아버지가 주셨는데 둘 다 잡초처럼 우거졌어요. 벌써 이틀째나 그것을 찾아다니고 있는데 도무지 찾을 도리가 없어요. 이 근처에는 언제나 꽃이 피어 있답니다. 노란꽃, 푸른꽃, 붉은꽃들 말이에요. 그리고 용담초에는 유난히 예쁜 꽃이 피지요. 그런데 하나도 보이지 않는군요." 나는 그의 말투에 어딘지 좀 꺼림칙한 데가 있어 그에게 넌지시 물었다.

"그런데 꽃을 가지고 무엇을 하려는 거지요?"

그의 얼굴이 이상야릇한 미소로 일그러졌다.

"선생님만 알고 계세요. 애인에게 꽃다발을 갖다주기로 약속했거든요." 그리고 입에 손가락을 갖다 대는 것이었다.

"그거 참 멋진데요." 내가 말하자 그는 이렇게 말했다.
"그런데 내 애인은 없는 것이 없어요. 그녀는 부자이지요."
"그렇지만 당신의 꽃다발만한 것이 어디 있겠어요."
"그녀는 보석도 있고 또 왕관까지 가지고 있지요."
"대관절 그녀의 이름이 뭐지요?"
"네덜란드 정부에서 나에게 봉급만 지불해 주었더라면,"
그는 말을 계속하였다.
"나도 이런 일은 하고 있지 않았을 것입니다. 이전에는 정말로 좋았어요. 그러나 이제는 틀렸어요." 멀리 하늘을 쳐다보는 그의 눈물에 젖은 눈동자가 모든 것을 말해주는 것이었다.
"그렇다면 그때에는 퍽 행복했겠군요?" 내가 물었다.
"아무렴요. 그 날이 다시 돌아오면 얼마나 좋겠어요! 그때가 참 좋았지요. 물 속에서 헤엄치는 물고기처럼 재미있었어요."
마침 그때 한 노파가 "하인리히!" 하고 소리치며 이쪽으로 쫓아왔다.
"하인리히! 그새 어디 가 있었니? 그 동안에 우리가 얼마나 찾아다녔는데. 어서 밥 먹으러 가자."
"아들이신가요?" 나는 노파에게 다가서면서 물어 보았다.
"네. 불쌍한 아들이랍니다. 하나님은 나에게 너무나 무거운 십자가를 짊어지게 하셨습니다." 노파는 대답하는 것이었다.
"저렇게 된 지가 언제부터입니까?" 나는 물었다.
"이렇게 조용해진 것은 한 반년 전부터지요. 고맙게도 이만하기가 다행이지요. 전에는 일 년 동안을 미쳐서 날뛰며 정신병원에서 사슬에 매어 지냈답니다. 지금은 아무한테도 행패는 부리지 않지요. 다만 말끝마다 임금과 폐하만 상종하고 말하는 척해서 탈이지요. 전에는 정말 상냥하고 온순한 아이였어요. 살림도 곧잘 도와주었지요. 글씨도 잘 썼지요. 그런데 갑자기 우울증이 생기더니 열병 끝에 그만 미쳐버리더군요. 그러나 지금은 보시는 바와 같이 그만한 편이지요. 말씀드리기가 뭣하지만…."
나는 그녀의 쏟아내는 말문을 가로막고 물어 보았다.
"그런데 아들의 말을 들으면 한때 매우 행복하고 즐거웠던 모양인데 그건 어느 때의 이야기인가요?"

"실없는 소리예요."

노파는 민망한 듯이 미소를 머금고 말하였다.

"미쳤을 때의 이야기를 하는 거예요. 글쎄 그걸 언제나 자랑삼고 있지 뭐예요. 정신병원에 들어가서 자기가 어떤 비참한 꼴을 하고 있었는지 알지 못하면서 말예요."

노파의 이 말에 나는 벼락을 맞은 듯 충격을 받고 지폐 한 장을 노파의 손에 쥐어 주고 그곳을 떠났다.

"내가 행복했을 때!" 나는 입 속으로 중얼거리며 곧장 시내로 발걸음을 재촉하였다. '네가 물고기처럼 헤엄치며 즐거웠던 그 시절!'——하늘에 계신 하나님이시여! 당신은 이처럼 인간은 이성을 갖추기 전의 어릴 때와 다시 이성을 잃었을 때 말고는 행복하지 못하도록 인간의 운명을 정해 놓으신 것입니까!

가여운 사나이! 나는 차라리 너의 슬픔과 너를 괴롭히는 그 광기를 부러워한다! 너는 희망에 넘쳐 너의 여왕을 위하여 꽃을 꺾으러 다니는구나. 이 추운 겨울철에 꽃이 눈에 띄지 않는다고 슬퍼하며 왜 꽃을 찾을 수 없는지 모르고 있다.

그런데 나는 희망도 목적도 없이 밖으로 나갔다가 다시 마찬가지 상태로 집으로 돌아올 뿐이다. 그러나 너는 네덜란드 정부에서 봉급만 지불해 주었더라면 자기는 훌륭한 사람이 될 수 있었다고 망상을 하고 있다. 너는 정말 축복 받은 사나이다! 자기가 불행하게 된 것을 세상이 훼방을 놓은 탓이라고 생각하고 있으니 말이다. 너는 느끼지 못하고 있는 것이다.——네가 비참하게 된 원인이 파괴된 네 자신의 가슴속에 있으며 너를 미치게 만든 머릿속에 있는 것이다. 그리고 너는 이 땅 위에 어떤 임금도 너를 다시 구해줄 수 없다는 사실을 느끼지 못하고 있다.

병든 사람이 병을 고치려고 온천을 찾아 먼 여행길에 올랐다가 오히려 그 때문에 병이 악화되어 임종의 고통을 받게 되었다고 해서 이를 비웃는 인간이나 혹은 양심의 가책에서 벗어나 영혼의 고통을 덜기 위해 그리스도의 무덤을 찾아 순례의 길을 떠난 사람을 보고 비웃는 인간이 있다면, 그 인간은 위로를 못 받고 죽어 버리는 것이 차라리 마땅하다. 그러한 인간은 상처받은 발바닥을 이끌며 길 아닌 길을 더듬어 가는 한 걸음 한 걸음이 능히 상처 입은 영혼을 쓰다듬어 주는 한 방울의 약이 되어 괴로운 하루의 나그네 길을 견디어 낼 때마다 허다한 고뇌에서 벗어나 안식을 누리게 되는 것이다.

그것을 어찌 감히 망상이라고 단정할 수 있겠는가? 그대들, 폭신폭신한 소파 위에 앉아 입만 나불거리는 자들이여! 그대들은 이것을 감히 망상이라고 부를 권리가 있다는 말인가? 망상! ――아, 하나님이시여! 당신은 내 눈물을 보고 계십니다. 당신은 인간을 이렇게 가난하게 만드신 것도 모자라 이 보잘것없는 인간이 당신에게 바친 약간의 믿음마저 앗아가려는 형제들까지 덤으로 보내주셔야 했습니까? 만물을 사랑하시는 하나님이시여! 병을 고치는 약초나 포도즙의 효험을 믿는 것은 우리를 에워싼 삼라만상 속에 우리가 언제나 필요로 하는 힘, 병을 낫게 하는 힘을 당신이 숨겨 두신데 대한 신뢰심이 아니고 무엇이겠습니까?

정체를 알 수 없는 하나님이시여! 한때 나의 마음을 즐거움으로 가득 채워 주시더니 이젠 나를 외면하시는 아버지시여! 하나님 아버지시여! 나를 당신 곁에 불러들이소서. 더는 침묵하지 마십시오. 목마른 이 영혼은 이 이상 당신의 침묵을 참을 수가 없습니다. "아버지! 제가 다시 돌아왔습니다. 당신의 뜻에 따라 더 오래 했어야 하는 여행을 중단하고 돌아왔다고 화내지는 마십시오. 세상은 어디를 가나 마찬가지더군요. 고생과 노동 뒤에 비로소 보수와 즐거움이 있게 마련입니다. 그러나 나에게 그것이 무슨 소용이 있겠습니까? 나는 아버지가 계신 곳만이 제일 좋습니다. 나는 아버지가 보시는 앞에서 괴로움과 즐거움을 함께 나누고 싶습니다." 예상치 못했던 아들이 뜻밖에 돌아와 그 아버지의 목을 끌어안으며 이렇게 부르짖을 때 인간이라면 그리고 아버지라면 어찌 이를 화낼 수 있겠습니까?

이 아들까지도 쫓아내려고 하시나이까?

12월 1일

빌헬름! 내가 지난번 편지에 써 보낸 그 행복하고도 불행한 사나이는 전에 롯테의 아버지 밑에서 일하던 서기였다네. 남몰래 롯테를 사모하여 혼자서 가슴을 앓던 끝에 그것을 고백했다가 해고당하고 드디어 미쳐버리고 말았다는 거야. 이 이야기를 듣고 나는 얼마나 충격을 받았는지 모르겠다. 다만 이 무미건조한 글에서나마 내 심정을 짐작해 주기를 바라네.

알베르트는 태연하게 이 이야기를 나에게 들려주었어. 아마 자네도 알베르트만큼이나 태연하게 이 편지를 읽고 있을 터이지.

12월 4일

제발 부탁이다. 벗이여! 나는 이제 끝장났어. 나는 더 이상 견딜 수가 없어. 나는 오늘 롯테의 곁에 있었어. ──앉아 있었다고. 그녀는 피아노를 치고 있었어. 다채로운 선율에 온갖 감정이 넘쳐흘렀어. 모든 것이! ──자네는 어떻게 생각하나? 그녀의 어린 동생은 내 무릎 위에 앉아 인형에게 옷을 입혀주고 있었다네. 내 눈에는 눈물이 글썽거렸어. 내가 고개를 숙이니 그녀의 결혼 반지가 눈에 들어왔지. 내 눈에서는 눈물이 마구 쏟아져 내렸어. 그때 갑자기 그녀는 꿈결같은 감미로운 옛 곡조를 연주하기 시작하였어. 그것은 참으로 돌발적이었어. 이윽고 지난날의 어떤 일이며 몇 번이나 이 곡을 듣던 때의 일이며 그 밖에 우울과 분노와 물거품으로 돌아간 희망에 대한 추억에 사로잡혀 나는 방안을 왔다 갔다 했지. 서러움이 복받쳐 가슴이 미어질 것만 같았어.

"제발 그 피아노 좀 그만 쳐요."

나는 폭발할 것만 같은 감정에 못 이겨 그녀에게 소리쳤어. 그녀는 곧 손을 멈추고 나를 응시하더니, 미소를 띤 얼굴로 나를 불렀지.

"베르테르씨!" 그 미소는 아직도 내 가슴속에 고스란히 남아있다네.

"베르테르씨! 몸이 안 좋으신 모양이에요. 평소에 그렇게 좋아하던 곡도 마음에 안 들어 하시니 말이에요. 그만 댁으로 돌아가세요. 부탁이에요. 제발 마음을 진정시키세요."

나는 자리를 박차고 나와 버렸어. 오, 하나님! 당신만은 나의 이 비참한 꼴을 알고 계시니 이제 그만 끝내게 해주십시오.

12월 6일

롯테의 모습이 어디를 가나 나에게서 떠날 줄을 모른다! 눈을 떴을 때나 꿈을 꾸고 있을 때, 그녀의 모습이 내 마음속 구석구석을 차지하고 있다. 두 눈을 감으면 내면의 시력이 하나로 모이는 여기, 이 이마 속에 그녀의 까만 눈동자가 나타나곤 한다. 바로 여기 말이다! 그러나 자네에게 확실하게 표

피아노를 치는 롯테. 몰랑게 그림, 괴테박물관 소장(뒤셀도르프)

현할 수가 없다. 내가 눈을 감으면 언제나 거기에 또렷하게 나타난다. 마치 바다처럼, 심연처럼, 이 두 눈동자는 내 앞에 쉬고, 내 마음 속에 머물고, 내 이마의 모든 감각을 온통 채우고 있다.

인간, 이 반신(半神)이라고 칭송 받고 있는 것은 도대체 무엇이란 말인가? 가장 필요로 하는 바로 그 순간에 그 힘이 빠져 있는 것이 아닌가? 너무 기뻐서 하늘로 날아 오르고 싶을 때나 고난의 구렁텅이에 빠져 있을 때나, 무한한 절대자의 품속에 녹아들어 가기를 바라는 바로 그 순간에도 다시금 둔하고 차가운 의식 속으로 끌려 나오게 되지 않는가?

편집인으로부터 독자에게

나는 우리의 친구 베르테르의 마지막 며칠에 대한 주목할 만한 자필 기록이 많이 남아 있었으면 하고 얼마나 바랐는지 모릅니다. 이것은 편집자의 서술에 의해, 그의 편지가 중단되는 것을 피하고 싶었기 때문입니다.

그래서 나는 그의 신상에 대해 잘 알고 있는 사람들의 입을 통하여 정확한 자료를 모아 보려고 애썼습니다. 신상에 관한 것이라야 사실 간단하여 그에 대한 이야기 중 몇 가지 사소한 점을 제외하면 모두가 이구동성으로 일치되는 것이었습니다. 다만 그와 밀접한 관계가 있던 사람들의 마음씨에 대해서는 의견도 달랐고 판단도 각각 달랐습니다. 결국 우리 편집자가 취할 태도는, 지금까지 여러모로 애써서 얻어들은 이야기를 충실히 서술하고, 고인이 남기고 간 편지를 그 중간에 삽입하고, 또 비록 몇 줄 안 되는 종이 쪽지라도 찾아낸 것은 소홀히 다루지 않는 것, 이 밖에는 없습니다. 특히 비범한 사람들의 행실일진대 그 진정한 동기를 찾아내기가 어려운 것이고 보면, 더더욱 이 방법을 택할 수밖에 없었습니다.

베르테르의 가슴속에는 욕구 불만과 이에 따르는 불쾌감이 점점 깊이 뿌리를 내렸고, 서로 뒤얽혀 버려 나중에는 그의 존재 전체를 지배하고 말았던 것입니다. 그는 정신 상태의 균형을 완전히 잃었고, 마음 속의 흥분과 격정은 타고난 천성에 갖추어진 힘을 모조리 무너뜨리고 이를 데 없이 꺼림칙한 작용을 일으켰으며, 드디어는 일종의 허탈만이 그에게 남게 되었던 것입니다. 그는 오늘날까지 이와 같은 상태에서 벗어나려고 싸워왔습니다. 그리하여 그 허탈감에서도 애써 벗어나려고 하였지만 가슴 깊이 도사린 불안 때문에 그의 정신력, 즉 쾌활한 성격이나 예리한 감수성까지도 좀먹어 들어갔던 것입니다. 그리하여 남들과 어울려도 곧 우울한 표정을 짓게 되고 따라서 점점 더 불행해지고 이렇게 불행해짐에 따라 그는 점점 균형을 잃고 한쪽으로 치우친 사람이 되어갔다는 것입니다. 이것이 알베르트의 친구들이 이야기한 한결같은 내용이었습니다.

그들의 말에 의하면, 알베르트는 순수하고 조용한 인물로 오랫동안 갈망해 오던 행복을 손에 넣고 그 행복을 계속 유지해 나가려고 희망했지만 베르테르는 알베르트의 이러한 태도를 판단하지 못했다는 것입니다. 이를테면 베르테르는 하루하루를 자기의 전 재산을 탕진하고 저녁때가 되면 굶어 허덕이는 사나이였다는 것입니다. 한편 알베르트로 말하면 짧은 시일 내에 좀처럼 성격이 변하는 사람은 아니며 언제나 베르테르가 존경하여 마지않던 그런 꿋꿋한 성격의 소유자였습니다. 그가 누구보다도 롯테를 사랑하고 롯테를 자랑스럽게 여겨 롯테가 더할 바 없이 훌륭한 여자라는 것을 누구에게서나 인정 받으려고 했다는 사실을 생각할 때, 조금이라도 아내에게 의아한 눈치가 보이면 곧 해명하려고 했다고 해서 또 그 경우에 단순한 수법이긴 하지만 그 소중한 보물을 아무하고도 나눠 가지고 싶어 하지 않은 것에 대해 나쁘게 생각할 사람이 누가 있겠습니까?

혹시 베르테르가 아내와 함께 있으면 그는 곧 아내의 방에서 나오곤 했다는 사실을 친구들도 저마다 인정하고 있지만, 그것은 어디까지나 자기 친구로서의 베르테르가 싫다거나 아니꼬와서가 아니라 자기가 곁에 있으면 베르테르가 조금이라도 부담스러워하는 것을 느꼈기 때문이라고 합니다.

한번은 롯테의 아버지가 병에 걸려 방안에서만 지내고 있을 때, 그는 롯테를 데려오라고 마차를 보낸 적이 있었습니다. 롯테는 그 마차를 타고 아버지에게로 갔습니다. 그 날은 첫눈이 내려 그 일대가 아름답게 은빛으로 뒤덮였습니다.

베르테르도 그 이튿날 아침 롯테를 뒤쫓아갔습니다. 혹시나 알베르트가 그녀를 데리러 오지 않으면 자기가 그녀를 집까지 데려다줄 생각이었습니다.

그 맑고 아름다운 날씨도 베르테르의 우울한 마음을 유쾌하게 해주지는 못했습니다. 그는 일종의 압박감에 억눌려 있었으며 여러 가지 슬픈 환영이 그의 머릿속에서 떠나지 않았고, 그의 마음은 오직 비통한 생각을 쉬지 않고 뒤쫓고 있을 따름이었습니다.

베르테르는 언제나 불만 속에서 나날을 보내왔기 때문에, 그의 눈에는 남들도 언제나 위태로운 상태에 놓여 있는 것처럼 비쳤습니다. 그리하여 알베르트와 롯테의 원만한 부부사이를 자기가 망쳐 놓았다고 생각하고는 자신을 책망해 왔던 것입니다.

한편 이러한 생각 속에는 알베르트에 대한 은근한 반감도 함께 섞여 있었던 것입니다.

그는 길을 가면서도, 이 한 점에 생각을 집중했습니다.

"그렇지, 그렇고 말고." 그는 남몰래 이를 갈면서 혼잣말로 말했습니다.

"그것을 정답고 친밀하고 모든 일에 애정이 깃든 사이라고 할 수 있을까? 차분하고 언제나 변함이 없는 성실한 관계라고 할 수 있을까? 싫증이 난 거야! 그리하여 무관심해진 거야! 알베르트는 보잘것없고 하찮은 일에 더 마음을 쏟고 있지 않은가. 그는 자기가 누리고 있는 행복을 올바르게 평가하고 있을까? 롯테에게 응분의 존경을 바치고 있는 것일까? 그는 롯테를 소유하고 있다. 암, 소유하고 있고 말고. 그것은 더 말할 필요가 없는 것이다. 그것은 벌써 알고도 남는 사실이다. 그런 생각에는 이제 익숙해졌다. 그럼에도 불구하고 그것을 생각하면 미칠 것만 같다. 죽을 것만 같다.

그런데 왜 알베르트는 나와의 우정을 그대로 유지하는 것일까? 내가 롯테를 좋아한다고 해서 자기 권리가 침해당한 것으로 생각하고 있는 것은 아닐까? 그리하여 롯테에 대한 나의 애착을 동시에 자기에 대한 무언의 비난이라고 생각하고 있지나 않을까? 나는 잘 알고 있다. 나는 그것을 분명히 느끼고 있다. 그는 나와 만나기를 꺼려한다. 나를 멀리하고 싶은 거야. 내가 여기에 있는 것이 그에게는 귀찮은 것이다."

그는 몇 번이고 빨라지는 걸음을 멈추어 서서는 때로는 오던 길을 다시 되돌아가려고 하였습니다. 그러나 그때마다 발길을 앞으로 내딛고는 깊은 생각에 잠겨 혼잣말을 하면서 결국 자기도 모르게 수렵관에 도착하고 마는 것이었습니다.

현관에 들어선 그는 노인과 롯테의 안부를 물었습니다. 그리고 집 안 분위기가 웬일인지 어수선하다는 것을 느꼈습니다. 이윽고 큰아들의 말에 의하면 발하임에서 농부 한 사람이 다른 사람한테 살해당한 불상사가 일어났다는 것이었습니다.

베르테르는 이 소식을 들었어도 그다지 큰 인상을 받지 못했습니다. 그가 방문을 열고 들어서자, 롯테는 노인을 열심히 설득하고 있었습니다. 노인은 병중인데도 불구하고 즉시 현장으로 가서 범행을 실제로 조사해야 한다고 우겨댔기 때문입니다. 범인은 아직 밝혀지지 않았고 피살자는 이른 아침에 현관문 앞에서 발견되었습니다. 여러 가지 억측이 떠돌고 있지만, 피살자는 어느 과부의 하인이었습니다. 그 과부는 전에도 다른 하인을 고용하고 있었는데 그를 해고하자 하인이 불만을 품고 집을 뛰쳐나갔다는 것이었습니다. 이런 이야기를 들은 베르테르는 그 자리에서 펄쩍 뛰면서 큰 소리로 외쳤습니다.

"정말입니까? 곧 가봐야겠군요. 서둘러 가봐야 할 것 같습니다." 그는 발하임을 향해 급히 떠났습니다. 그의 머릿속에는 기억의 하나하나가 생생하게 떠올라왔습니다. 그는 범행을 저지른 자가 자기와 여러 번 이야기를 나눴고 그러는 사이 자기에게는 아주 귀중한 존재가 되어버린 그 사나이라는 사실을 조금도 의심할 여지가 없었습니다.

시체가 놓여 있는 주막으로 가려면 보리수나무 사이를 지나야 하는데 전에는 그렇게 호감이 갔던 그 일대가 어쩐지 무서워졌습니다. 전에는 이웃에 사는 아이들이 곧잘 모여와 떠들며 놀기도 하였던 그 문지방이 지금은 피에 물들어 있었습니다. 인간의 가장 아름다운 감정이라고 할 수 있는 사랑과 성실이 폭력과 살인으로 변해버린 것입니다. 커다란 보리수나무는 잎이 다 떨어지고 서리로 덮여 있었습니다. 묘지의 야트막한 담을 에워싸고 무성한 울타리를 이루고 있던 아름다운 생울타리가 벌거숭이가 되고, 앙상한 나뭇가지 사이로 눈에 덮인 비석들만이 힐끗 보였습니다.

주막 앞에는 마을 사람들이 모여서 웅성거리고 있다가 베르테르가 가까이 다가가자 별안간 고함 소리가 났습니다. 멀리 무장한 경관의 무리가 모였던 것입니다. 범인을 잡아끌고 온다고 모두들 외쳤습니다. 베르테르는 그리로 머리를 돌렸습니다.

베르테르가 그쪽을 바라보니 의심할 여지가 없었습니다. 범인은 바로 그 과부를 끔찍이 사랑하던 머슴이었습니다. 베르테르는 며칠 전만 해도 누적된 분노와 절망에 싸여 여기저기 헤매는 그를 마주친 적이 있었습니다.

"어떻게 그런 끔찍한 일을 저지른 거야? 이 불쌍한 사람아!" 베르테르는 소리치면서 그 사나이에게 다가갔습니다. 사나이는 베르테르를 보고 잠자코 있다가 침착한 어조로 이렇게 말하였습니다.

"아무도 그 여자를 차지할 수 없어요. 그녀도 다른 어떤 남자도 취하지 않을 테니까요.”

사람들이 그를 주막 안으로 끌고 들어가자 베르테르는 곧 그곳을 떠나고 말았습니다. 그는 무섭고 강한 충격을 받아 몸도 마음도 뒤흔들리고 혼란에 빠져 버리고 말았습니다. 여태까지의 슬픔과 불만과 허탈감에서 한순간에 벗어나 버리고 말았습니다. 이어서 그 사나이를 구제해야 한다는 말할 수 없는 욕구가 그를 사로잡고 말았습니다. 그는 사나이를 정말 불행한 사람이라고 동정하고 범인임에는 틀림없으나 아무런 죄가 없다고 생각했습니다. 그리고 입장을 바꾸어 자기의 처지로서 깊이 생각해 보고 다른 사람들에게도 납득시키려는 마음에서 범인을 변호하고 싶어 이미 열렬한 변론이 입안에서 감돌고 있었습니다. 그는 즉시 수렵관을 향해 발길을 재촉하는 도중에도 법무관에게 할 이야기를 처음부터 끝까지 입 속으로 되뇌고 있었던 것입니다.

방에 들어서자 알베르트가 와 있었습니다. 순간 베르테르는 불쾌한 기분이 들었으나 곧바로 마음을 가라앉히고 법무관에게 범인을 옹호하는 열변을 토했습니다.

법무관은 머리를 옆으로 두세 번 가로 저었습니다. 베르테르가 모든 힘과 정열과 열성을 다해 인간이 인간을 변호할 수 있는데 필요한 모든 어휘를 총동원하여 소신을 피력하였지만, 법무관은 그것으로 조금도 마음이 움직이지 않았습니다.

오히려 법무관은 베르테르에게 말할 기회도 다 주지 않고 심하게 반박하기 시작하였습니다. 살인자를 옹호하다니 될 말이냐고, 베르테르를 책망하는 것이었습니다. 이어서 그런 것이 통한다면 모든 법률은 무효가 되고 말 것이며 국가의 모든 질서는 완전히 파괴되어 버린다고 덧붙였습니다. 그리고 끝으로 이런 사건의 처리에 있어서 자기는 책임자로서 모든 일이 질서 정연하게 선례의 과정에 따라 되어 나가도록 힘써야 한다는 것이었습니다.

그러나 베르테르는 이에 굴복하지 않고 혹시 그 사나이가 도망치도록 돕는 자가 있더라도 너그럽게 보아달라고 법무관에게 거듭 간청하였습니다. 드디어 알베르트도 말참견을 하더니 법무관의 편을 들기 시작하였습니다. 이리하여 베르테르는 결국 지고 말았습니다.

“안 될 말이야. 그 사나이는 구제 받을 수 없네.” 법무관이 두 세 번 단호하게 말하자 베르테르는 무서운 고뇌의 표정을 짓고 그곳을 떠났습니다. 법무관의 이 말이 그에게 얼마나 큰 충격을 주었는지 그것은 그의 서류 가운데 들어있는 다음과 같은 쪽지를 보면 짐작할 수 있었습니다. 이 쪽지는 분명히 그 날 쓴 것이 틀림없습니다.

'불쌍한 사나이여! 너는 끝내 구원을 받을 수 없다. 나는 잘 알고 있다. 우리가 똑같이 구원받지 못한다는 사실을.'

알베르트가 마지막으로 법무관 앞에서 체포된 자에 대하여 한 말은 베르테르의 마음을 극도로 상하게 만들었습니다. 그 말 가운데는 베르테르에 대한 반감까지도 은근히 비치고 있었던 것입니다. 하긴 곰곰이 생각해 보면 법무관과 알베르트의 말은 지당할지도 모른다고 영리한 베르테르는 일단 수긍하기도 하였습니다. 그러나 자기가 그들의 견해를 인정한다면 자기의 가장 깊은 존재 자체를 송두리째 부정해야만 할 것 같이 생각되었습니다. 이에 관련된 쪽지도 그의 서류 속에서 발견되었는데 그것은 그와 알베르트와의 모든 관계를 단적으로 말해 주고 있습니다.

'그는 훌륭하고 착한 사람이다. 그러나 이런 말을 내가 몇 번이고 되풀이해 말해본들 무슨 소용이 있으랴! 다만 내 오장육부를 쥐어뜯게 할 따름이다. 나는 결코 공정할 수가 없다.'

포근한 저녁에다 눈이 녹기 시작한 날씨라 롯테는 알베르트와 함께 걸어서 집에 돌아왔습니다. 도중에 그녀는 가끔 뒤를 돌아보았습니다. 아마 베르테르가 동행이 되어 주지 않아서 못내 서운해하는 눈치였습니다. 알베르트는 베르테르의 이야기를 하기 시작하였습니다. 그는 공정한 입장에서 베르테르를 비난하였습니다. 그는 베르테르의 불행한 정열에 대하여 언급하면서 가능하면 그를 멀리하고 싶다고 했습니다.

"나는 우리를 위해서도 그렇게 되기를 바라오. 제발 부탁이오. 당신에 대한 그의 관심을 다른 데로 돌려 너무 자주 찾아오는 것도 피했으면 좋겠소. 남들의 눈도 있지 않소? 벌써 여기저기 소문이 파다하게 나돌기 시작하였소."

롯테는 아무 말도 하지 않고 듣고만 있었습니다. 이런 아내의 침묵이 알베르트의 마음을 건드린 것 같았습니다. 그 뒤로는 아내에게 일체 베르테르의 이야기를 입밖에 내는 일이 없었습니다. 그리고 간혹 그녀가 먼저 베르테르의 이야기를 하면 말을 중단하거나 화제를 다른 데로 돌리곤 했습니다.

베르테르가 그 불쌍한 사나이를 살리려고 애쓴 헛된 시도는 마치 꺼져가는 등불의 마지막 불꽃과도 같았습니다. 그럴수록 그는 날로 고뇌와 절망 속에 빠져 들어갈 따름이었습니다. 특히 범인 자신이 범행을 완강히 부인하고 있으므로 경우에 따라서는 베르테르 자신이 반대 증인으로서 불려나갈지도 모른다는 말을 듣고서 거의 정신을 잃을 지경이었습니다.

지금까지 베르테르가 근무 생활 중에서 겪은 모든 불쾌한 일들——공사관에서의 불화에서 싹튼 아니꼬운 감정, 그가 저지른 모든 잘못, 비위 상하던 여러 가지 모욕 등이 그의 머릿속을 어지럽혔습니다. 이 모든 두통거리 때문에 일이 손에 잡히지 않는 것도 당연하다고 그는 혼자 생각하는 것이었습니다. 그는 세속적인 일에 손을 대려고 하여도 좀처럼 실마리를 잡을 수 없는 무력한 사람이니 장래의 희망은 모두 끊어지고 말았다고 생각했습니다. 이리하여 그는 자기의 변덕스러운 감정이나 사고방식 그리고 끝없는 정열에 푹 빠져들어 사랑하는 여자와의 슬픈 교제를 언제까지 끊지 못하고 드디어는 그녀의 안정된 생활마저 파괴하고 희망도 목적도 없는 일에 무리하게 정력을 다 바치고는 점점 슬픈 종말로 다가가고 있었던 것입니다.

그의 정신적 혼란과 방황, 그칠 줄 모르는 충동과 끈질긴 노력, 삶에 대한 권태, 이 모든 것에 대하여는 그가 남긴 몇 통의 편지가 가장 유력한 증거가 될 것이므로 여기에 싣도록 하겠습니다.

12월 12일

사랑하는 빌헬름! 나는 지금 마귀에게 쫓기는 불행한 사람들과 똑같은 상태에 놓여 있다네. 그런데 때때로 무엇인가가 나를 사로잡고 놓지 않는다네. 그것은 불안도 아니고 욕망 같은 것도 아니라네. 영문 모를 그 무엇이 내 마음 속에서 난동을 부리는 거라네. 그리하여 이 놈이 내 가슴을 갈기갈기 찢어놓고 내 목을 졸라맨다네. 그 괴로움! 그 쓰라림! 그럴 때면 나는 인간을 적대시하는 이 계절의 무시무시한 밤의 풍경 속을 헤매고 다닌다네.

어제 저녁에도 밖에 나오지 않고는 못 배길 지경이었어. 갑자기 눈이 녹아내려 강물이 범람하고 개울은 넘쳐 발하임 아래쪽에 있는 골짜기는 물에 잠겨 버렸다는 이야기를 들었어. 그 골짜기를 나는 전부터 무척 좋아했는데!

밤 열한 시가 넘어서 나는 집을 뛰쳐나왔어. 눈앞에는 어마어마한 광경이 나타났지. 바위 위에서 아래를 내려다보았더니 사나운 물줄기가 소용돌이

쳐 밭도 목장도 생울타리도 온통 뒤덮어 그 널따란 골짜기 상류부터 하류까지 바람결에 휘몰아치는 성난 바다처럼 되어 버렸어! 이윽고 먹장구름 속에 숨어 있던 달이 나타나자, 눈앞에 가로놓인 물바다는 처절할 정도로 달빛에 반사되어 소용돌이치며 울부짖는 것이었어. 그만 온 몸에 소름이 오싹 끼치면서 억누를 길 없는 그리움에 사로잡히고 말았지.

아, 나는 두 팔을 벌리고 심연을 향하여 길게 숨을 들이켰다네. 깊이! 깊이! 그리하여 내 고뇌와 슬픔을 물결과 함께 흘려보내고 씻어 버리려는 환희에 싸여 나는 넋을 잃고 말았다네.

그러나 발을 이 땅 위에서 떼고 이 모든 괴로움을 단번에 청산하지 못했음을 깨달았고, 내 모래시계의 모래는 아직도 다 없어진 것은 아니다. 나는 그것을 느끼고 있어. 아, 빌헬름이여! 저 질풍으로 구름을 갈가리 찢어대 홍수를 일으킬 수만 있다면, 나는 나의 인간적 존재쯤은 기꺼이 내던지고 싶었어. 아! 이런 큰 환희는 언젠가 얽매인 이 몸에도 주어지지 않겠는가?

나는 어느 무더운 날 롯테와 함께 산책하던 길에 잠깐 쉬어간 일이 있는 버드나무 그늘을 슬픈 마음으로 내려다보았지만, 그곳 역시 물이 범람하여 그 버드나무도 거의 알아볼 수 없을 정도였어.

빌헬름, 롯테의 목장과 수렵관은 어찌되었을까 하고 나는 생각했어. 그리고 우리들의 정자는 지금쯤 사나운 물결에 휩쓸려 볼품없이 망가져 버렸을 것이야. 마치 감옥에 갇힌 사람들이 자기 집 가축의 우리나 목장이나 혹은 고위 관직에 대한 꿈을 꾸듯이 과거의 햇살이 온 몸에서 반사되었던 것이야. 나는 그 자리에 한동안 서 있었어.

나는 이제 나 자신을 더 이상 책망하지 않아. 나에게는 손수 목숨을 끊을 만한 용기가 있기 때문이야. 그럴 마음만 먹는다면. 그렇지만 나는 지금 여기서 죽음이 가까운 목숨을 한 순간이라도 연장시켜 편히 지내보려고, 남의 집 울타리에서 땔감을 긁어모으고 남의 집 문 앞에 서서 빵을 구걸하는 노파처럼 앉아 있다네.

12월 14일

어찌된 영문일까? 사랑하는 벗이여! 나는 나 자신에 대하여 놀랍고 무섭다네. 롯테에 대한 나의 사랑은 어디까지나 신성하고 순수하며 남매 사이와 같은 것이 아니겠는가? 일찍이 내가 그녀에게 망측한 욕망을 품은 일이 있었던가? 나는 맹세하지는 않겠지만——그런데 아무튼 꿈을 꾸었다네! 이렇게 상반되는 작용을 어떤 불가사의한 힘의 탓으로 돌렸던 옛날 사람들의 태도는 얼마나 옳았던가. 지난밤에 일어난 일이었지. 나는 생각만 해도 온 몸이 떨린다네. 나는 롯테를 가슴에 꼭 껴안고 사랑을 속삭이는 그녀의 입술에 뜨거운 키스를 퍼부었다네. 내 눈길은 그녀의 황홀한 눈빛을 정신 없이 보고 있었다네.

신이여! 지금도 내가 이 벅찬 기쁨을 마음 속 깊이 그리움과 함께 되새기며 행복에 잠긴다면, 과연 나는 벌을 받아야 할 죄를 짓고 있는 것일까요? 롯테여! 롯테여! 나는 이제 막바지에 도달한 것 같소. 나의 감각은 혼란에 빠져 있고 벌써 일주일 전부터 나는 사고하는 능력을 잃어가고 있소. 내 눈에서는 눈물이 넘쳐나고 어디를 가나 기분이 좋지 않다네. 그런가 하면 어디를 가도 기분이 좋기도 하다. 나는 아무 것도 원하지 않으며 또 아무 것도 바라지 않는다. 그러니 이제 나는 이곳을 떠나는 것이 좋을 것 같다.

이러한 상황 속에서 베르테르는 목숨을 버리려는 결심을 점점 굳혀갔던 것입니다. 그리하여 롯테의 곁으로 돌아온 후에도 그 결심은 그의 마지막 기대이자 희망이었습니다. 그러나 지나치게 서두르거나 경솔히 행동하는 것은 삼가야 한다고 그는 자신에게 타일렀습니다. 확신을 갖고 냉철한 결단을 내려 그 결의를 실천에 옮겨야 한다고 자기 자신에게 타일렀습니다. 그의 회의나 마음의 갈등은 빌헬름에게 보내는 편지의 서두라고 짐작되는 한 장의 종이 쪽지에서 잘 나타나고 있습니다. 그의 서류 속에서 발견되었는데 날짜는 적혀 있지 않았습니다.

그녀가 살아 있다는 사실, 그녀의 운명 그리고 내 운명에 대한 그녀의 동정은 잿더미가 된 내 머릿속에서 아직도 마지막 눈물을 빚어내고 있다.

장막을 걷어 올리고 그 안에 발을 들여놓으면 일은 끝나는 것이다! 그런데 어찌하여 나는 이렇게 머뭇거리고 망설이고 있는 것일까? 그 속이 어떤 곳인지 몰라서 그러는 것일까? 한 번 가면 두 번 다시 돌아오지 못함을 알기 때문일까? 어쨌든 확실히 알지 못하는 곳에는 혼란과 암흑만이 있다고 생각하는 것이 우리 인간 정신의 본성인 것 같다.

드디어 그는 자살이라는 비관적인 생각에 점점 정이 들고 친숙해졌던 것입니다. 그리하여 그의 결심은 돌이킬 수 없이 굳어졌습니다. 이에 대해서는 그가 빌헬름에게 보낸 다음과 같은 두 가지 의미가 담긴 편지가 증언해 줄 것입니다.

12월 20일

빌헬름! 그 말을 그렇게 해석해 준 자네의 애정에 대해서 나는 고맙게 생각한다네. 확실히 자네의 말이 맞네. 나는 이제 떠나가는 것이 좋을 것 같네. 그러나 자네들한테로 돌아오라는 제의는 그대로 받아들일 수는 없어. 나는 조금 더 빙 돌아서 가고 싶어. 더욱이 이제부터는 추위가 계속 되고 길이 좋아질 것 같기 때문이야. 자네가 나를 데리러 온다니 대단히 고맙긴 하네. 그러나 두 주일만 더 연기해 주기 바라네. 그 동안 내가 편지로 자세한 것을 알려주겠네. 무엇이든 다 익기 전에는 따지 않는 것이 좋다네. 두 주일 전과 뒤는 상당히 큰 차이가 있기 때문일세.

나의 어머니에게는 아들을 위해 기도해 달라고 말씀드려 주기 바라네. 동시에 내가 어머니에게 여러 가지 걱정을 끼쳐드려 죄송하게 생각한다는 말도 전해주기 바라네. 기쁘게 해 주어야 할 사람들을 도리어 슬프게 하는 것이 나의 운명인 것 같아. 그럼 잘 있게. 사랑하는 벗이여! 하늘이 자네에게 축복을 내리시기를 기원하네. 안녕!

그 무렵, 롯테의 심정은 어떠했는지, 남편에 대해서 그리고 그 불쌍한 베르테르에 대하여 어떻게 생각하고 있었는지 그것을 말로 표현하기는 어려울 것 같습니다. 그러나 그녀의 성격으로 미루어 보아 짐작이 가지 않는 것도 아닙니다. 아름다운 마음씨를 가진 여자라면 롯테와 똑같은 입장이 되어 생각하고 롯테와 똑같이 느낄 수도 있을 것입니다. 어쨌든 이것만은 분명한 사실일 것입니다. 그녀는 베르테르를 멀리할 수 있는 모든 조치를 취해야겠다고 혼자서 굳게 결심했으리라는 것입니다. 만일 그러기를 망설였다면 그것은 진정으로 베르테르를 아끼는 마음에서였을 것입니다. 그러한 결심이 베르테르에게 얼마나 쓰라린 일이며 거의 실천에 옮기기 어렵다는 것을 그녀는 잘 알고 있었습니다. 그러나 요즘 그녀는 점점 단호한 태도를 취해야 하는 처지에 놓여 있었던 것입니다. 이러한 관계에 대하여 그녀는 언제나 침묵을 지켜왔지만 남편 역시 그런 일에 대하여는 입을 떼려고 하지 않았습니다. 때문에 그녀로서도 남편처럼 자신도 굳은 결의를 하고 있다는 것을 실제 행동으로 나타내 보이는 것이 중요하다고 생각했던 것입니다. 여기 마지막으로 인용한 편지를 베르테르가 친구에게 쓴 그 날은 마침 크리스마스 전인 일요일이었지만, 그 날 저녁 그는 롯테의 집을 찾아갔습니다. 그녀는 집에 혼자 있었습니다. 그녀는 어린 동생들을 위해 크리스마스 선물로 사 온 몇 가지 장난감들을 정리하고 있었습니다. 베르테르는 그녀에게 아이들이 퍽 기뻐할 것이라고 말하고 이어서 자기도 어렸을 때에 갑자기 문이 열리며 촛불과 과자와 사과 등으로 꾸며진 크리스마스 트리가 나타났을 때에는 천국에라도 간 듯이 황홀해졌다는 이야기를 했습니다.

"당신에게도," 그녀는 당황한 듯한 기색을 아름다운 미소 속에 감추어 버리는 것이었습니다. 그리고 다음과 같이 말을 이었습니다.

"얌전하게 있으면 당신에게도 선물을 드리지요. 긴 초와 그 밖에 다른 것도."

"얌전하게 굴라니, 어떻게 하라는 거지요?" 베르테르는 물었습니다.

"대관절 어떻게 하라는 거지요? 롯테!"

"목요일 저녁이," 롯테는 말했습니다. "바로 크리스마스 이브니까 아버지와 아이들이 한 자리에 모여 각각 선물을 받게 돼요. 그때 당신도 오세요. 하지만 그 전에는 오면 안 돼요."

베르테르는 그만 가슴이 뜨끔하였습니다.

"제발 부탁이에요. 그렇게 하기로 일단 결정했어요. 내 마음의 안정을 위해서라도 그렇게 해주세요. 이대로 가다가는 정말이지 안되겠어요!"

그는 롯테에게서 시선을 돌리고 한동안 방안을 왔다 갔다 하면서 '이대로 가다가는 안 된다'고 가만히 중얼거렸습니다. 롯테는 그 말 한 마디가 베르테르를 얼마나 무서운 상태로 몰아 넣었는지를 곧 알아차리고 여러 가지 화제를 던져 그의 관심을 딴 데로 돌리려고 하였습니다. 그러나 아무 소용이 없었습니다.

"좋아요. 롯테! 이제는 두 번 다시 당신을 만나지 않겠습니다!" 베르테르는 큰 소리로 대답하였습니다.

"왜 그런 말씀을 하시는 거죠. 베르테르씨! 앞으로 얼마든지 만날 수 있잖아요? 또 만나 주셔야 해요. 다만 자제를 해 주십사 할 뿐이에요. 당신은 왜 한 번 마음에 품은 것은 끝까지 뿌리를 뽑고야 말려는 정열을 갖고 태어났을까요? 제발 마음을 진정시키세요. 제발 부탁이에요."

그녀는 이렇게 말하고 나서 베르테르의 손을 잡고 다음과 같이 덧붙였습니다.

"제발 부탁이니 자제를 해주세요! 당신의 인격이나 재능이 당신에게 얼마나 커다란 즐거움을 제공하고 있는지 잘 알고 계시지 않은가요! 대장부답게 행동을 해야 해요! 당신에게 동정이나 베푸는 것이 고작인 나와 같은 여자에게 바치는 이런 슬픈 집착을 제발 다른 데로 돌리세요."

베르테르는 이를 악물고 처참한 얼굴로 그녀를 쳐다보았습니다. 그녀는 베르테르의 손을 잡고 있었습니다.

"잠시라도 좋으니 마음을 가라앉혀 주세요. 당신은 자기 자신을 속이고 스스로 몸을 망치려고 하고 있어요! 왜 하필 저라야 하지요. 베르테르씨? 이미 딴 남자의 소유자가 된 저라야만 한다는 이유가 있어요? 나는 걱정이에요. 나를 소유할 수 없다는 것 자체가 당신으로 하여금 그런 소망을 품게 하지 않나 싶어서요."

베르테르는 물끄러미 못마땅한 눈초리로 그녀를 쳐다보면서 아까부터 그녀가 잡고 있던 자기 손을 슬그머니 뺐습니다.

"현명하시군." 베르테르는 외쳤습니다.

"역시 현명하시군! 알베르트가 일러준 모양이지요? 교묘하군요. 굉장히 교묘한 방법이군요!"

"누구나 할 수 있는 말이지요. 이 넓은 세상에 왜 당신 마음에 드는 여자가 한 사람도 없겠어요? 마음먹고 찾아보세요. 반드시 있을 거예요. 저희는 벌써부터 당신이 고집스러운 생각에 사로잡혀 있는 것을 잘 알고 있어요. 당신 자신을 위해서도 그렇지만 저희를 위해서도 얼마나 걱정이 되는지 몰라요. 용단을 내리세요. 어디 여행이라도 하시면 틀림없이 기분이 풀릴 거예요. 정말이에요. 훌륭한 여인을 찾아내어 데리고 돌아오세요. 그리하여 진정한 우정에서 우러나는 행복을 함께 누렸으면 좋겠어요." 그녀는 말했습니다.

베르테르는 실망 끝에 롯테의 발끝에 쓰러진다. 리레이 그림, 1786년

"그런 이야기는," 베르테르는 롯테의 말에 차디찬 미소로 대답했습니다. "인쇄하여 여기 저기 가정교사들에게 나누어주는 것이 좋겠어요. 사랑하는 롯테! 조금만 더 나를 이대로 가만히 내버려두세요. 그러면 모든 일이 잘 끝날 테니까요."

"베르테르씨! 그것만은 꼭 지켜 주셔야 해요. 크리스마스 이브 전에는 오시면 안 돼요!"

베르테르가 막 대답을 하려는 순간 알베르트가 방으로 들어왔습니다. 두 사람은 서로 싸늘하게 저녁 인사를 나누고 어색하게 서로 방안을 왔다 갔다 했습니다. 베르테르는 싱거운 이야기를 몇 마디 던지다가 그만 두어버렸습니다. 알베르트 역시 마찬가지였습니다. 그는 아내에게 부탁해 둔 일을 몇 마디 물었고 롯테가 아직 일을 처리하지 못했다는 대답을 듣자 아내에게 한두 마디 이야기를 더 건네는 것이었습니다. 그 말투는 베르테르에게는 차디차게, 아니 아주 냉혹하게까지 들렸습니다. 그는 방에서 나오려고 하였으나 그럭저럭 여덟 시까지 머뭇거리고 있었습니다. 그는 불쾌감과 불만감이 점점 더 커져만 갔습니다.

마침내 식사 준비를 하는 기미를 보고 모자와 단장을 집어 들었습니다. 알베르트가 더 있다가 식사를 함께 나누자면서 붙잡았으나 베르테르의 귀에는 인사치레로만 들려 고맙다는 한 마디만 건네고는 밖으로 나와버렸습니다. 그는 집으로 돌아왔습니다. 젊은 하인이 불을 켜들고 발길을 비춰주려고 하자, 그는 하인에게서 불을 받아 들고 혼자 자기 방에 들어가 소리내어 울음을 터뜨리고 말았습니다. 흥분한 나머지 뭐라고 혼잣말을 중얼거리며 방안을 왔다 갔다 하다가 옷을 입은 채 침대 위에 쓰러지고 말았습니다. 열한 시쯤 해서 하인이 장화를 벗기려고 방에 들어와 보니 여전히 드러누워 있었습니다. 베르테르는 하인에게 장화를 벗기게 한 다음 다음날 아침에는 자기가 부를 때까지 방에 들어오면 안 된다고 엄중히 일렀습니다.

12월 21일 월요일 아침, 그는 롯테에게 다음과 같은 편지를 썼습니다. 이 편지는 그가 죽은 후에 그의 책상 위에서 발견되어 롯테에게 전해졌던 것입니다. 그는 여러 가지 사정으로 이 편지를 단번에 내려쓰지 않고 끊어서 쓴 듯합니다. 나는 이 편지를 이에 맞춰 순서대로 일부분씩 나누어 소개하려고 합니다.

롯테여! 드디어 결심하였습니다. 나는 죽을 것입니다. 나는 이 편지를 될 수 있는 대로 낭만적인 과장 속에서가 아니라 아주 태연한 마음으로 당신을 만나게 될 날 아침에 쓰고 있습니다.

당신이 이 편지를 읽을 때면 이미 사랑하는 롯테여! 인생의 마지막 순간까지 당신과 대화를 나누는 것 이외에는 어떤 즐거움도 모르던 이 불안하고 불행한 사나이의 굳어버린 시신 위를 차디찬 무덤이 덮고 있을 것입니다. 어젯밤에는 무척 무서웠습니다. 그러나 아, 한편으로는 자비로운 밤이기도 하였습니다. 죽으려는 결심을 확고히 굳힌 것은 바로 어젯밤이었습니다.

어제 내가 극도로 흥분한 나머지 당신을 뿌리치고 집으로 돌아왔을 때, 그 모든 일이 내 마음 속에 물밀듯이 밀려들어 왔습니다. 그리하여 당신의 곁에 있으면서도 희망도 즐거움도 맛볼 수 없는 나의 존재가 소름이 끼치도록 느껴졌을 때, 나는 내 방에 들어서자마자 정신없이 무릎을 꿇고 외쳤습니다. 오, 신이시여! 당신이 나에게 위안의 쓰디쓴 눈물을 주셨습니다. 무수한 계획과 무한한 희망이 나의 마음을 미친 듯이 날뛰게 하였습니다.

이윽고 마지막으로 죽어버리자는 최후의 결단 하나가 확고하게 내 마음을 채웠습니다. 나는 자리에 누웠습니다. 아침에 잠에서 깨어나 맑은 정신 속에서도, 죽어버리자는 결심은 변함없이 내 마음 속에 깊이 박혀 있었습니다. 이것은 결코 절망이 아닙니다. 이것은 내가 끝까지 참고 견디다가 당신을 위해 내 몸을 희생시킨다는 확신을 뜻할 뿐입니다. 그렇습니다. 롯테! 나는 어째서 이 사실을 잠자코 있어야 할까요? 아닙니다. 우리 세 사람 중에서 한 사람은 없어져야 합니다. 그러므로 내가 그 한 사람이 되려는 것입니다. 오, 사랑하는 롯테여! 갈가리 찢어진 나의 가슴속에서는 남몰래 이런 생각이 미친 듯이 떠올랐습니다.

'당신의 남편을 죽일까! 당신을! 아니, 나를! 역시 내가 가야지요!'

어느 아름다운 여름날 저녁, 당신이 산에 오를 일이 생기면 내가 그토록 즐겁게 그 산골짜기를 걸어올라 오던 일을 생각해 주십시오. 그리고 내 무덤을 바라보고 그 위에 무성한 풀들이 저무는 햇살을 받아 바람에 나부끼는 것을 보아주십시오. 이 편지를 쓰기 시작하였을 때에는 마음이 한결 차분했는데 지금 나는 어린아이처럼 울고 있습니다. 이 모든 광경이 너무나 생생하게 내 눈앞에 떠오르기 때문입니다.

베르테르는 아침 열 시경에 하인을 불러 이삼일 내로 여행을 떠날 터이니 옷을 손질하고 짐을 꾸려 두라고 일렀습니다. 그리고 아직 빚을 갚지 않은 곳에는 잊지 말고 계산서를 받아오고 빌려준 몇 권의 책도 찾아오도록 하였습니다. 그리고 매주 얼마씩 도와주던 몇몇 가난한 사람들에게는 두 달 분을 미리 지불하도록 지시했습니다.

그는 식사를 자기 방으로 가져오도록 하고 식사가 끝나자 곧 말을 타고 법무관을 찾아갔으나 법무관은 집에 없었습니다. 그는 깊은 시름에 잠긴 채 정원 안을 이리저리 서성거렸습니다. 마치 모든 슬픈 추억을 마음 속에 깊이 쌓아두려고 하는 거와도 같았습니다.

그런데 아이들이 베르테르를 언제까지나 가만히 둘 리가 없었습니다. 그의 뒤를 쫓아다니면서 달려들더니, 내일하고 모레 그리고 한 밤만 더 자고 나면 롯테 누나한테로 가서 크리스마스 선물을 받는다고 떠들어댔습니다. 그리고는 얼마나 좋은 선물일까 하고 그 조그마한 상상력을 마음껏 펼쳐 보이면서 앞으로 일어날 갖가지 기적들을 그에게 말하는 것이었습니다.

"내일하고 모레 그리고 한 밤만 더 자고 나면!" 베르테르는 큰 소리로 말하면서 아이들에게 뜨거운 키스를 해주었습니다. 이윽고 떠나려는데 가장 나이어린 꼬마 사내아이가 베르테르의 귀에다 입을 대고 무언가를 소곤거렸습니다. 그 아이는 형들이 예쁜 연하장을 써 두었다는 것이었습니다. 아주 커다랗게 한 장은 아버지에게, 하나는 알베르트와 롯테에게, 하나는 베르테르 아저씨에게 썼는데 새해 첫날 아침에 드릴 것이라고 말했습니다. 이 말에는 베르테르도 그만 가슴이 내려 앉아버리는 것 같았습니다.

그는 아이들에게 용돈을 조금씩 나누어주고 아버님께 인사를 여쭈어 달라고 말한 다음 말을 타고 눈물을 글썽거리면서 그 자리를 떠났습니다.

오후 다섯 시쯤 집으로 돌아오자마자 하녀에게 밤중까지 난롯불을 꺼뜨리지 말라고 당부하고 하인에게는 아래층에 있는 책이나 속옷을 트렁크에 넣고 옷은 부대에 넣어서 꿰매어 두라고 지시했습니다. 그리고 나서 얼마 뒤에 롯테에게 보내는 다음과 같은 구절이 실려있는 마지막 편지를 쓴 것으로 보입니다.

당신은 내가 찾아오리라고는 예상하지 못했을 것입니다! 당신의 말을 순순히 따라 나는 크리스마스 이브에나 되어서야 만날 수 있으리라고 생각했을 것입니다. 오, 롯테! 그러나 오늘이 아니면 영원히 볼 수 없습니다. 크리스마스 이브에 당신은 이 편지를 손에 들고 온 몸을 떨면서 불쌍한 눈물로 그것을 적실 것입니다. 나는 단행하겠습니다. 그렇게 하지 않을 수 없습니다. 아, 결심을 하고 나니 나는 얼마나 마음이 후련한지 모르겠습니다.

한편 롯테는 이상한 상태에 빠지게 되었습니다. 베르테르와 마지막 이야기를 나누고 나서 그녀는 베르테르와 헤어지는 것이 얼마나 어려운 일이며 베르테르 자신도 자기와 헤어져야 한다면 얼마나 고통스러운 일인가를 절실히 느끼게 되었습니다.

크리스마스 이브까지는 베르테르가 오지 않을 것이라는 말을 알베르트와 함께 있을 때에도 넌지시 비쳤습니다. 그런데 알베르트는 갑작스럽게 할 일이 생겨 이웃에 사는 어떤 관리에게로 말을 타고 가서 그날 밤은 그곳에서 묵게 되었습니다.

그러므로 롯테는 지금 혼자 있게 되었습니다. 그녀의 곁에는 동생들도 하나 없었습니다. 그녀는 자신의 처지를 곰곰이 생각해 보았습니다. 그녀는 지금 남편과 영원히 결합되어 있다는 사실을 새삼스럽게 깨달았습니다. 남편의 사랑과 성실성 그리고 온순하고 믿음직스러운 인품에 대해서는 자기도 진심으로 남편을 받들고 있어 그에게서 인생의 행복을 마음껏 누릴 수도 있도록 하늘이 미리 정해준 것만 같았습니다. 그녀는 남편이 자기 자신과 아이들에게 언제까지나 소중한 존재임을 절실히 느꼈던 것입니다.

한편 그녀에게는 베르테르도 없어서는 안 되는 존재가 되어 버렸습니다. 처음 알게 되었을 때부터 서로 마음이 통하였으며 오랫동안 교제해오는 동안에 일어난 모든 일들이 그녀의 가슴속에 지울 수 없는 추억을 남겼던 것입니다. 그녀가 흥미 있게 느끼거나 생각한 것은 모두 베르테르와 나누어 가지는 버릇이 생겨 만일 그가 자기에게서 영원히 떠나버린다면 그녀에게는 메꿀 수 없는 구멍만이 생길 것입니다.

아, 이럴 때 베르테르가 자기 오빠가 되어 주었으면 얼마나 행복할까? 아니 그와 자기 친구 가운데 한 명과 결혼시킬 수만 있어도 그와 알베르트의 사이를 다시 예전처럼 회복시킬 수 있을 것입니다. 그녀는 자기의 친구들을 하나 하나 짚어보았습니다. 그러나 저마다 어딘지 곤란한 부분이 있어서 베르테르와 어울릴 만한 친구는 하나도 찾아낼 수 없었습니다.

이렇게 여러모로 생각해 보는 동안 그녀는 이제 비로소 베르테르를 자기 것으로 가지고 싶은 것이 자기가 은밀히 바라고 있는 진정한 소망이라는 것을 무의식적이긴 하지만 깊이 느끼게 되었습니다. 그러나 이와 동시에 자기는 그를 차지할 수 없으며 또 차지해서도 안 된다고 자신에게 타이르는 것이었습니다. 이처럼 순진하고 아름다운 마음으로 늘 쾌활하게 처신하던 그녀도 이날 밤에는 웬일인지 우수와 비애에 빠져 버려 행복에 대한 기대를 잃고 말았습니다. 가슴은 죄어들고 먹구름이 그녀의 눈앞을 가렸습니다.

어느덧 여섯 시 반이 되었을 때 그녀는 베르테르가 계단을 올라오는 소리를 들었습니다. 이어서 그의 발자국 소리와 자기를 찾는 목소리가 또렷이 울려왔습니다. 그녀는 가슴이 두근거렸습니다. 전에는 그가 찾아왔다고 해도 이런 일은 한 번도 없었습니다. 될 수 있으면 그녀는 그와 만나지 않는 것이 좋을 것 같았습니다. 그가 방에 들어서자 그녀는 당황하여 흥분한 어조로 말하였습니다.

"당신은 약속을 어기셨군요."

"나는 아무 것도 약속한 일이 없는데요." 베르테르는 대답하였습니다.

"약속은 안 했어도 나의 청만은 들어주어야 하잖아요." 그녀는 항의를 하고 이렇게 말하였습니다.

"나는 우리 두 사람의 평온을 위해서 그렇게 청을 드렸던 거예요."

막상 이렇게 말하면서도 그녀는 자기가 무엇을 말하고 있는지 분명히 알 수가 없었습니다. 그리고 베르테르와 단 둘이 있는 것을 피하려고 하녀를 시켜 친구들을 몇 명 부르러 보냈을 때에도 대체 자기가 무슨 짓을 하고 있는지 잘 분간할 수 없었습니다. 베르테르는 갖고 온 몇 권의 책을 내려놓고 다른 책은 없느냐고 물었습니다. 그녀는 친구들이 어서 와 주었으면 싶기도 하고, 아예 오지 않기를 원하기도 했습니다. 이윽고 하녀가 돌아와서 두 친구분이 다 사정이 여의치 않아 올 수 없다는 전갈을 알렸습니다. 롯테는 하녀에게 바로 옆방에 가서 일을 하라고 말하려고 하였지만 그것도 그만 두었습니다.

베르테르는 방안을 서성거리고 있었습니다. 그녀는 피아노로 미뉴에트를 치기 시작하였습니다. 그러나 그것도 잘 쳐지지 않았습니다. 그녀는 마음을 가다듬고 여느 때와 마찬가지로 소파에 앉은 베르테르의 곁에 가서 앉았습니다.

"뭐 적당한 읽을거리라도 없습니까?" 그는 물었습니다. 베르테르의 손에는 아무 것도 들려있지 않았습니다.

"저기 내 서랍 속에," 그녀가 말을 시작했습니다.

"당신이 번역한 〈오시안의 노래〉 몇 편이 들어있어요. 나는 아직 그것을 읽어보지 않았어요. 당신이 읽어 주었으면 좋겠다고 생각했지요. 그러나 그 뒤 좋은 기회를 가질 수도 없었고 만들 수도 없었어요."

베르테르는 빙그레 웃으면서 그 원고를 꺼내어 손에 들었을 때 온 몸에 전율이 흘렀습니다. 그리고 눈물이 먼저 가득 흘러내렸습니다. 이어 그는 자리에 앉아 읽기 시작하였습니다.

저물어 가는 밤하늘의 별이여! 너는 아름답게 서쪽에서 찬란히 반짝이며 빛나는 머리를 구름 밖으로 내밀고 장엄하게 그대의 언덕을 넘어가고 있구나. 너는 무엇을 찾기에 거친 들판을 누비고 다니는가? 사나운 바람도 잔잔하고 멀리서는 시냇물의 속삭임이 들려온다. 출렁이는 물결은 바위를 넘실대고 파리 떼 윙윙대며 들판을 날아간다. 아름다운 빛이여! 너는 무엇을 찾고 있는가? 네가 눈웃음을 치며 지나가면 흐르는 물결은 기쁜 마음으로 너를 껴안고 아름다운 머리칼을 적셔주고 있구나. 잘 가거라. 고요한 별빛이여! 나타나라. 너 찬란한 오시안의 영혼이 깃든 별빛이여!

이제 힘차게 그 빛이 나타나는구나. 세상을 떠난 내 벗들이 다시 눈앞에 보인다. 그들은 예전처럼 로라의 들판으로 모여든다. 영웅 핑갈은 안개 젖은 기둥이 되어 찾아오고, 그의 부하들이 그를 에워싸고 있다. 보라! 저 노래하는 시인들을. 백발이 성성한 울린! 당당한 리노! 사랑스러운 가인 알핀! 그리고 그대 부드럽게 탄식하는 미노나를! 그대 나의 친구들이여! 셀마 성에서 축제가 있던 이후(오시안의 아버지이자 성주(城主)인 핑갈은 이곳에서 가끔 부하들과 축하연을 즐겼다.) 그대들은 얼마나 많이 변했는가. 그날 산들거리는 봄바람이 언덕을 넘어와 가만히 속삭이는 풀잎들을 번갈아 눕히듯 우리는 서로 노래를 겨루어 영광을 얻고자 했다.

그때 마침 미노나는 아름다운 모습으로 나타났으니 지그시 감은 눈에는 눈물이 고여 있었고, 그녀의 머리칼은 언덕에서 불어오는 차분치 않은 바람에 세차게 휘날리고 있었다. 그녀가 아름다운 노래를 부르니 용사들의 가슴은 슬픔에 젖어 버렸다. 그들은 노래에서 여러 번 살가르의 무덤을 바라보고 하얀 콜마의 어두운 집도 때때로 굽어보았기 때문이다. 아름다운 노래를 부르던 콜마는 그 언덕에 홀로 버려졌다. 살가르는 돌아온다고 약속했건만 급기야는 어두운 밤이 사방을 에워싸 버리고 말았다. 언덕 위에 외로이 앉아 있는 콜마의 저 노랫소리를 들어 보라.

콜마

캄캄한 밤입니다. 나는 비바람이 몰아치는 이 언덕 위에서 홀로 길을 잃었습니다. 바람은 산 속에서 사납게 울부짖고 물살은 거세게 바위에 부딪쳐 흘러내려 갑니다. 이 언덕에 버려진 나에게는 비를 피할 오두막도 없습니다.

오, 달아! 어서 구름을 헤치고 나오너라! 별이여! 비추어 다오. 너의 빛으로 나를 인도하여라. 사랑하는 나의 사람에게로. 지금 그는 줄을 푼 활을 곁에 놓고 사냥개들이 헐떡이는 곁에서 사냥의 피로를 풀고 있으리라. 그러나 나는 여기 물살이 거세게 흐르는 바위 위에 홀로 앉아 있구나. 물소리와 바람소리는 소란한데 사랑하는 그의 목소리는 들리지 않는구나.

나의 살가르, 어찌하여 머뭇거리고 있나요? 벌써 약속을 잊으셨나요? 저기엔 바위와 나무, 여기엔 콸콸 흐르는 강물이 있어요! 밤이 깊어지면 이리로 오겠다고 약속을 했잖아요. 아, 나의 살가르는 어디에서 헤매고 있는 것일까요? 나는 그대와 함께 도망치려고 아버지와 오빠를 저버렸어요. 오만한 그들을! 오랜 세월 동안 우리 두 부족은 서로 적이었건만 그대와 나는 이토록 정다운 사이. 아, 살가르여!

오, 바람아! 잠시만 잠잠해다오. 오, 시냇물이여! 잠시만 고요히 흘러가다오. 내 목소리 골짜기를 울려, 헤매던 방랑자가 들을 수 있도록. 살가르여! 이렇게 외치는 나랍니다. 여기 나무와 바위도 있어요. 내 사랑 살가르여! 여기 내가 있는데 그대는 어찌하여 오기를 망설이고 있지요?

보세요, 저기 달이 나타났어요. 시냇물은 골짜기에 반짝이고 잿빛 바위들이 언덕 위에 솟아 있건만, 그 봉우리에 그의 모습은 보이지 않고 그의 도착을 알리는 개 한 마리 없네. 나만 홀로 여기 앉아 있어야 하는구나!

저 아래 벌판에 쓰러져 있는 사람들은 누군가요? 혹시 사랑하는 내 님인가요? 아니면 내 오빠인가요? 오, 벗들이여. 말해주세요. 아무 대답이 없구나! 내 가슴은 이토록 설레이는데 아, 그들은 이미 죽어 있구나! 그들의 칼은 싸움터에서 붉게 물들어 있구나! 오, 나의 오빠여! 어찌하여 나의 살가르를 죽였어요? 오, 나의 살가르! 왜 내 오빠를 죽였어요? 둘 다 나에게는 소중한 사람이었는데! 오, 당신은 언덕 위의 수많은 사람들 중에서도 가장 아름다운 사람이었는데! 전쟁터에서는 누구보다도 얼마나 용맹을 떨쳤던가. 대답해 보세요! 사랑하는 사람들이여! 내 목소리를 들어주세요. 아, 그러나 그들은 말이 없다! 영원히 침묵하고 있구나! 당신들의 가슴은 흙처럼 차갑기만 하구나!

오, 언덕의 바위에서, 폭풍우 몰아치는 산꼭대기에서 말해다오. 죽은 이들의 영혼이여! 말해 주세요! 나는 조금도 두렵지 않아요! ──그대들은 쉬러 어디로 갔느냐? 산 속의 어느 동굴에서 내 그대들을 다시 찾아낼 수 있느냐? 바람결에 귀를 기울여도 가느다란 목소리 하나 들리지 않고 언덕 위 비바람에 귀를 기울여도 대답소리 하나도 들리지 않는구나.

나는 슬픔에 잠겨 여기 앉아 눈물 속에서 아침이 오기를 기다립니다. 어서 무덤을 파헤쳐 주세요. 죽은 자들의 친구들이여. 그러나 내가 그곳에 도착할 때까지는 흙을 덮지 마세요. 내 목숨도 꿈처럼 사라져가고 있는데 어찌 나

혼자만이 살아 남아 있을 것인가요. 여기 바위에 부딪쳐 흘러가는 냇가에서 나는 친구들과 함께 살리라. 언덕 위에 밤이 찾아오고 들판에 바람이 몰아칠 때 나의 넋은 그 바람을 타고 나의 친구들의 죽음을 슬퍼하리라. 사냥꾼들은 오두막에서 나의 목소리를 듣고 두려워하면서도 사랑하게 될 것입니다. 나의 감미로운 목소리는 돌아간 친구들을 위해 부른 것이니 이 두 분은 나에게는 몹시 사랑하는 사람들이랍니다.

오, 미노나여! 살며시 얼굴을 붉히는 토르만의 딸이여! 이것이 그대의 노래였다. 우리는 콜마를 위해서 눈물을 흘렸고 우리의 영혼은 침울해졌다.

울린은 하프를 들고 나와서 알핀의 노래를 들려주었지. ──알핀의 노랫소리는 부드럽고 리노의 마음은 뜨겁게 불타올랐다. 그러나 그들은 이미 좁은 무덤 속에 누워있고 그들의 목소리는 더 이상 셀마 성에서 울려 퍼지지 못했다. 일찍이 두 용사들이 살았을 적에 울린은 사냥에서 돌아와 마침 언덕 위에서 둘이 다투어 부르던 노래를 들었다. 그 노래는 부드럽고도 비참했다. 최고의 영웅인 모라르의 죽음을 탄식하는 노래였기에. 그의 영혼은 핑갈의 영혼과 같았고 그의 칼은 오스카르의 칼과도 같았다. ──그러나 그는 싸우다 죽었고 그의 아버지는 슬픔에 잠기고 누이는 눈물을 흘렸다. 용감한 모라르의 누이 미노나의 눈에서는 눈물이 넘쳤다. 미노나는 울린의 노래가 들려오기 전에 물러섰으니 이것은 서쪽의 달이 폭풍우가 올 것을 미리 알고 아름다운 얼굴을 구름 속에 감추는 것과 같았다. ──나는 그 구슬픈 노랫소리에 울린과 함께 하프를 탔네.

리노

바람도 자고 비도 멈췄다. 하늘은 맑게 개고 구름은 흩어진다. 머무를 줄 모르는 태양은 도망치면서 언덕 위를 비추고 산속의 계곡물은 빨갛게 물들면서 골짜기에 흘러내리도다. 흐르는 물결이여! 아름답구나. 너의 지저귐 소리. 그러나 내 귀에 들려오는 저 목소리는 더욱 아름답구나. 그것은 알핀의 목소리다. 그는 죽은 사람을 슬퍼하고 있다. 그는 늙어서 머리는 수그러지고 눈물어린 두 눈은 빨갛게 물들었다. 알핀이여! 너 슬기로운 가인이여! 어찌하여 말없이 언덕 위에 홀로 서 있는가? 숲 속을 스쳐가는 돌풍처럼 저 멀리 거친 해변의 물결처럼 슬퍼하고 있는가?

알핀

리노여! 나의 눈물은 죽은 자들을 애도하고 나의 노래는 무덤 속에 잠든 자들을 위한 것이다. 언덕 위에 서 있는 너의 모습은 늠름하기가 이를 데 없고 거친 벌판에서 아들들이 에워 싼 너의 얼굴은 아름답기 그지없구나. 그러나 너도 모라르처럼 쓰러지고 말 것이다. 너의 무덤 옆에는 애도하는 벗들이 모여 앉을 것이며 언덕은 너를 잊을 것이다. 너의 활은 화살도 없이 방안에 놓여 있을 것이다. 오, 모라르여! 너는 언덕 위의 노루처럼 재빠르고 밤하늘의 불꽃처럼 사나웠다. 너의 분노는 폭풍우와 같았고 너의 칼은 황야를 내려치는 번갯불과 같았다. 너의 목소리는 비 내린 뒤의 숲 속의 여울과 같았고 아득한 언덕의 우레 소리와 같았다. 수많은 전사들이 너의 손에 쓰러지고 너의 분노의 불길은 그들을 삼켜버렸다. 그러나 네가 싸움터에서 돌아왔을 때 너의 얼굴에는 평화가 깃들여 있었다. 그대의 얼굴은 소나기가 내린 뒤의 태양과 같았고 고요한 밤하늘의 달과 같았다. 너의 가슴은 폭풍이 그친 뒤의 호수처럼 고요했다. 이제 너의 집은 비좁기 그지없고 너의 잠자리는 어둡기 한이 없다. 너의 무덤은 단지 세 걸음 밖에 안되니 오, 위대한 지난날의 그대여! 이끼 낀 네 개의 망두석만이 너의 유일한 기념물로 남는구나! 잎이 떨어진 나무여! 바람에 나부끼는 무성한 풀만이 사냥꾼들에게 모라르의 무덤을 가리킬 뿐이다. 너에게는 죽음을 슬퍼할 어머니도 없고 사랑의 눈물을 뿌릴 애인도 없다. 그대를 낳은 분은 세상을 떠났고 모르글란의 딸도 이미 전쟁터에서 숨졌다.

저기 지팡이에 몸을 의지하고 있는 저 자는 누구인가? 늙어서 백발이 성성하고 눈물로 눈자위가 붉게 물든 저 자는 누구인가? 오, 모라르여! 너밖에는 자식이 없는 바로 너의 아버지다! 아버지는 전쟁터에서의 너의 명성을 들었으며 적이 너에게 쫓겨 사방으로 흩어져 갔다는 소문을 들었다. 아, 그러나 그가 입은 상처에 대해서는 못 들었던가? 울어라! 모라르의 아버지여! 울어라! 그러나 당신의 아들은 당신의 울음소리를 듣지 못하리니. 죽은 자는 깊이 잠들고 베고 누운 흙 베게는 낮으니. 죽은 자에게는 결코 목소리가 들리지 않고 외쳐대는 소리에도 결코 깨어나지 않는다. 오, 그 어느 날 무덤에도 밝은 아침이 찾아와 잠든 자에게 외칠 것인가? '어서 깨어나라'고.
잘 있거라! 세상에서 가장 고귀한 자여! 그대 싸움터의 정복자여! 그러나 이제 싸움터에서 그대를 찾아볼 수 없고 우거진 숲이 그대의 칼날에 번쩍이는 일도 다시는 없으리. 그대는 자손도 두지 않았지만 노랫소리가 그대의 이름을 길이 전하고 후세 사람들은 듣게 되리라. 그대의 이야기를. 싸움터에서 쓰러진 그대 모라르의 이야기를——.

영웅들의 슬픔은 드높았으며 그 가운데서도 아르민의 찢어질 듯한 한숨소리가 가장 컸다. 아르민은 젊은 나이에 싸움터에서 쓰러진 아들의 죽음을 생각했기 때문이다. 이름난 갈말의 군주인 카르모르도 함께 영웅들 가까이에 앉아 있었다.

"어찌하여 아르민은 그처럼 슬피 우는가?" 그는 말을 이었다. "울어야 할 까닭이 무엇인가? 즐거운 노랫소리가 들려오지 않는가? 그 노래는 호수에서 피어올라 산골짜기에 퍼지는 안개와도 같아 그 물기는 꽃봉오리를 피어나게 하리. 그러나 이윽고 태양이 솟아오르면 안개는 걷히게 마련이다. 그대는 어찌하여 그토록 슬퍼하는가? 아르민이여! 호수로 둘러싸인 고르마의 지배자여!"

나는 어째서 이다지도 슬플까! 그도 그럴 것이 내 슬픔은 하찮은 이유로 그런 것은 아니라오. 카르모르여! 그대는 아들 하나 잃은 적이 없고 꽃다운 따님도 잃은 적이 없소. 용감한 아들 콜라르는 아직 살아 있고 미인 중의 미인인 아닐라도 살아 있소. 그대 집안의 나뭇가지에 꽃이 만발하고 있는 거라오. 오, 카르모르여! 그러나 아르민은 우리 집안의 마지막 자손이었다오. 오. 내 딸 다우라여! 너의 잠자리는 어둡기만 하구나. 무덤 속 너의 잠은 답답하겠구나. 네가 아름다운 목소리로 노래 부르며 잠에서 깨어날 날은 언제일까? 불어 다오. 가을 바람이여! 불어라, 어두운 들판을 휘몰아치거라! 숲속을 흐르는 거센 물결이여. 마구 줄기차게 흘러라! 폭풍우여! 떡갈나무 꼭대기에서 울부짖어라! 오, 달아, 구름을 헤치고 너의 창백한 얼굴을 보여 다오. 내 자식들이 숨진 그 끔찍한 밤을 나에게 생각나게 해다오. 용감한 아린달이 전사하고 사랑하는 딸 다우라가 죽은 그 날을.

다우라여! 나의 귀여운 딸아! 너는 아름다웠다. 푸라의 언덕 위에 걸린

달처럼 아름다웠고, 내리는 눈처럼 희고, 숨쉬는 산들바람처럼 부드러웠다. 나의 아들 아린달이여! 너의 활은 강했고 그의 창은 날쌔고 너의 눈초리는 파도 위의 서릿발, 그대의 방패는 폭풍 속의 불기둥이었다.

전쟁으로 이름을 떨친 아르마르가 찾아와 다우라의 사랑을 청하자 그녀는 오래 거절하지는 않았다. 이들의 미래를 걱정해 주는 친구들의 소망 또한 아름다웠다. 그러나 오드갈의 아들 에라트는 원한을 품고 있었으니 그의 동생이 아르마르의 손에 죽음을 당했기 때문이다. 에라트는 어느 날 뱃사공으로 변장하고 찾아왔다. 파도를 헤쳐 가는 그의 배는 아름답기 그지없고 백발을 인 위엄 있는 얼굴은 평온했다. "소녀 중의 가장 아름다운 소녀여." 그는 말했다. "아르민의 귀여운 딸이여! 저 바다 한복판 바위 기슭과 나무에서 붉은 열매가 반짝이는 곳, 거기 아르마르가 그대를 기다리고 있습니다. 나는 아르마르의 애인인 그대를 안내하기 위해 물결치는 거친 바다를 건너 왔습니다." 그가 말하자 곧 다우라는 그를 따라가 아르마르를 불렀지만 바위에 부딪히는 메아리 외에는 대답이 없었습니다. "아르마르여! 그리운 그대여. 사랑하는 그대여! 어째서 그대는 나를 이토록 괴롭히는가? 아르나르의 아들이여. 들어주세요. 그대를 부르는 것은 다우라입니다." 배신자 에라트는 웃으면서 육지로 도망쳤다. "아린달! 아르민! 다우라를 구해줄 사람은 어디 있는가!" 그녀는 아버지와 오빠를 소리 높여 부르니 그 목소리가 바다를 건너왔다. 그때 사냥에 신이나서 언덕을 뛰어 내려온 나의 아들, 아린달의 허리춤에서는 화살이 철썩거리고 손에는 활이 쥐어 있었고 주위에는 털이 거무스레한 사냥개 다섯 마리가 그를 따랐다. 그는 뻔뻔한 에라트를 기슭에서 발견하자 곧 덜미를 잡아 떡갈나무에 얽어매고 허리를 칭칭 감았다. 붙잡힌 에라트는 바람결에 신음소리를 내고 아린달은 다우라를 데려오려고 조각배를 바다에 띄워 파도를 헤치며 나갔다. 아르마르는 격분한 나머지 뛰어와 잿빛 깃털을 매단 화살을 쏘았으니 윙 하고 날아간 화살은 너의 가슴에 박혀버렸다. 오, 아린달이여! 나의 아들아! 배신자 에라트 대신에 네가 죽다니. 조각배는 바위에 닿았으나 그는 그 속에서 쓰러져 죽었다. 오, 다우라여! 너의 발 밑에 오빠의 피가 흐르니 너는 얼마나 원통했겠는가!

조각배가 파도에 산산이 부서지자 아르마르는 바다에 뛰어 들었으니 다우라를 살리기 위해 자신이 죽으려던 것이었다. 때마침 언덕에서 돌개바람이 거세게 휘몰아치자 아르마르는 영원히 물 속에 가라앉아 버리고 다시는 떠오르지 않았다.

나는 들었노라. 파도에 씻기는 바위 위에서 내 딸의 울음소리를. 몸부림치며 외치는 그 소리를 듣고서도 이 아버지에게는 딸을 구할 길이 없었다. 나는 밤새도록 바다 기슭에 서서 희미한 달빛 속에 딸의 얼굴을 보았다. 나는 밤새도록 딸의 울음소리를 들었던 것이다. 바람소리 거세고 비는 산허리를 때리는데 동이 틀 무렵엔 딸의 울음소리가 한결 약해지더니 바위틈의 수풀을 스치고 지나가는 저녁 바람처럼 숨져버렸다. 가지가지 슬픔을 앓은 채 그녀는 죽어가고 이 아르민만이 홀로 남았구나. 싸움터에서 나의 패기는 꺾이고 처녀들 사이에서 내 위신은 땅에 떨어졌다.

산에서 폭풍이 몰아치고 북풍이 거센 파도를 드높일 때면, 나는 울부짖는 바다 기슭에 하염없이 앉아 그 무서운 바위를 바라본다. 기울어지는 그림자 속에 나는 때때로 본다. 내 아이들의 넋이 가엽게도 조화롭게 어울려 돌아다니고 있는 것을.

롯테의 눈에서는 왈칵 눈물이 흘러내렸습니다. 그녀의 답답한 가슴을 얼마쯤 씻어주는 눈물과 함께 베르테르의 시 낭독은 그만 중단했습니다. 그는 원고지를 집어 던지고 롯테의 손을 꼭 쥐고 흐느껴 울었습니다. 롯테는 다른 손으로 손수건을 꺼내어 눈을 가렸습니다. 두 사람의 감동은 엄청난 것이었습니다. 그리하여 이들은 그 고귀한 사람들의 운명 속에서 자신들의 불행을 함께 공감했으며 눈물이 두 사람을 하나가 되게 했습니다. 베르테르의 입술과 눈은 롯테의 팔에서 불타올랐습니다. 동시에 그녀는 온몸이 전율했습니다. 그녀는 몸을 피하려고 하였습니다. 순간 괴로움과 동정심은 납덩이처럼 그녀를 휩싸버렸고 온몸을 무겁게 짓눌러 꼼짝할 수가 없었습니다. 그녀는 한숨을 몰아쉬며 정신을 차려 흐느끼면서 다음을 계속 읽어달라고 부탁했습니다. 그녀의 목소리는 마치 하늘에서 들려오는 듯 하였습니다. 베르테르는 온몸이 떨렸고 가슴은 터져 버릴 것만 같았습니다. 그는 원고를 다시 집어들고 더듬더듬 읽기 시작했습니다.

"봄바람아! 왜 너는 나를 깨우는가? 너는 정답게 소곤거리는구나. '나는 하늘의 이슬로 그대를 적셔주려고 한답니다!' 그러나 내가 시들어 버릴 시간이 가까이 다가오고 내 잎사귀들을 떨어뜨릴 폭풍우도 다가오고 있다! 일찍이 내 아름다운 모습을 보고 간 방랑자가 나를 찾아와 들판을 이리저리 헤매겠지만 나를 다시는 찾아내지는 못하리라."

이 노래의 거센 힘이 불행한 베르테르의 마음을 압도하고 말았습니다. 그는 완전히 절망으로 가득 차 롯테 앞에 몸을 내던지며 그녀의 두 손을 붙잡아 자기의 눈과 이마에 갖다 대고 비볐습니다. 그러자 베르테르의 무서운 계획에 대한 예감이 그녀의 머리를 스치고 지나가는 것 같았습니다. 그녀의 마음은 혼란 상태에 빠져버려 베르테르의 두 손을 자기 가슴에 갖다 대고는 너무나 마음이 아픈 나머지 그에게 몸을 기울였습니다. 빨갛게 상기된 두 사람의 뺨이 서로 맞닿았습니다. 그 순간 그들에게는 이 세계가 송두리째 사라져 버렸습니다. 베르테르는 팔로 그녀의 허리를 껴안고 떨고 있는 그녀의 입술에 미친 듯이 격렬한 키스를 퍼부었습니다. "베르테르씨!" 그녀는 얼굴을 돌리면서 숨막히는 듯한 목소리로 외쳤습니다. "베르테르씨!"

그녀는 힘없는 손으로 자기의 가슴에서 그를 밀어냈습니다. 그리고는 롯테는 침착한 어조로 이를 데 없이 고귀한 감정을 담아 외쳤습니다. "베르테르씨!" 베르테르는 이에 거역하려고 하지 않고 그녀를 자기 팔에서 풀어주고는 정신을 잃고 그녀 앞에 쓰러졌습니다. 그녀는 몸을 뿌리치듯 일어나 혼란과 불안, 분노와 애정, 어느 쪽인지 분간할 수 없을 만큼 몸을 떨면서 이렇게 말하였습니다. "베르테르씨! 이것이 마지막이에요! 이제는 두 번 다시는 만나지 않겠어요." 그리고는 불쌍한 청년에게 애정에 찬 눈길을 보내면서 옆방으로 뛰어들어가 문을 잠가 버렸습니다. 베르테르는 그녀 쪽을 향해 두 팔을 내밀었지만 감히 그녀를 붙잡으려고 하지는 않았습니다. 그는 소파에 머리를 기대고 땅바닥에 쓰러진 채 그대로의 모습으로 반시간이나 그대로 있었습니다. 그러다가 인기척 소리에 그는 다시 제정신으로 돌아왔습니다.

하녀가 식사 준비를 하려고 들어왔던 것입니다. 그러자 베르테르는 방안을 서성거리다가 다시 혼자 되자 조그마한 옆방 문 앞에 가서 나직한 목소리로 불렀습니다. "롯테! 롯테! 꼭 한 마디만 하겠소! 작별 인사만이라도." 그녀는 아무 말도 하지 않았습니다. 베르테르는 거듭 기다리고 애원했습니다.

사랑의 열정 때문에 괴로워하는 베르테르

그는 드디어 몸을 돌려 떠나면서 외쳤습니다. "잘 지내요. 롯테! 영원히 잘 있어요!"

그는 거리의 성문까지 걸어왔습니다. 문지기는 그를 알아보고 아무 말 없이 밖으로 내보내 주었습니다. 하늘에서는 진눈깨비가 내리고 있었습니다. 열한 시경이 되어 그는 다시 성문을 두드렸습니다. 그가 집에 돌아왔을 때 하인은 자기 주인이 모자를 어디에 두고 온 것을 알아차렸습니다. 그러나 쓸데없는 말참견을 할 용기가 나지 않아 잠자코 주인의 옷을 벗겼습니다. 옷은 흠뻑 젖어 있었습니다. 나중에 이르러서야 그 모자는 골짜기를 내려다 볼 수 있는 언덕 절벽의 바위 위에서 발견되었습니다. 비가 쏟아지는 캄캄한 밤에 그가 미끄러 굴러 떨어지지 않고 바위 위로 어떻게 올라갈 수 있었는지 알 수 없는 일이었습니다.

그는 침대에 누워 오랫동안 잤습니다. 이튿날 아침에 시키는 대로 하인이 커피를 끓여 가지고 방에 들어가 보니 그는 뭔가 글을 쓰고 있었습니다. 그것은 롯테에게 보내는 다음과 같은 편지였습니다.

드디어 마지막입니다. 아침에 내가 눈을 뜨는 것도 이것이 마지막입니다. 이 눈은 아, 이제는 햇빛을 볼 수 없을 것입니다. 오늘은 흐리고 안개 낀 날씨가 태양을 가리고 있습니다. 슬퍼해 다오. 자연이여! 너의 아들, 너의 친구, 너의 애인의 마지막 순간이 다가가고 있다. 롯테! 뭐라고 비교할 데가 없는 감정이군요. '이것이 마지막 아침이다.' 자신에게 다짐해 보는 것이 어렴풋한 꿈인 것만 같습니다. 마지막 아침! 롯테! 이 마지막이라는 의미를 잘 알 수 없습니다. 지금 나는 이렇게 기운이 넘쳐나고 있지 않습니까? 그런데 내일이면 손발을 축 늘어뜨린 채 바닥에 누워 있을 것입니다. 죽음! 그것은 무엇을 뜻하는 것일까요? 이 죽음에 대하여 무슨 설명을 한다고 해도 그것은 한낱 잠꼬대를 하는 것에 지나지 않습니다. 나는 사람들이 죽는 것을 여러 번 보았습니다. 인간의 능력은 극히 제한되어 있어 삶의 처음과 끝에 대해서는 전혀 알지 못합니다. 나는 아직도 나의 것입니다. 아니, 당신의 것입니다! 그렇지요. 아, 사랑하는 롯테여! 그런데 이 몸뚱이가 한순간에 헤어지고 떨어져 버리다니. 그것도 영원히? 아니요. 그런 일이, 롯테! 그런 일이 있을 수 있을까요. 어떻게 내가 없어져 버릴 수 있단 말이오? 어떻게 당신이 내 시야에서 사라질 수 있겠습니까? 우리는 이렇게 함께 살아 있지 않나요! 그런데 사라져 버리다니! ——그것은 대체 무엇을 의미하는 것일까요? 그것은 어디까지나 말에 불과한 것입니다. 하나의 공허한 울림에 불과하지요. 그러므로 그것은 나의 마음에 아무런 감흥도 주지 않습니다. ——죽음! 롯테! 내가 차디찬 흙 속에 묻히다니. 그처럼 갑갑하고 그처럼 어두운 곳에!

나에게는 한 여자 친구가 있었습니다. 그녀는 어찌할 바를 몰라하던 나의 소년 시절에 가장 소중한 존재가 아닐 수 없었습니다. 그런데 그녀가 죽은 것입니다. 나는 유해를 따라 묘지까지 갔었습니다. 구덩이에 관을 내려놓고 밑에서 밧줄을 뺐습니다. 이윽고 첫 번째 삽이 흙을 떠 관 뚜껑 위로 던져 넣자 관의 덮개에서 불안한 듯한 둔한 소리를 냈습니다. 그러나 계속하여 삽질을 하는 동안 그 둔한 소리는 점점 잦아들었습니다. 결국 관은 다 묻혀 버리고 말았습니다. 나는 그만 무덤 옆에 쓰러져 버렸습니다. 나의 가장 깊은 내면 세계가 무언가에 잡혀 휘청거리고 결박을 당하고 갈가리 찢기는 것 같았습니다. 그리하여 나는 어떤 일이 일어났는지, 또 앞으로 어떤 일이 일어날지 전혀 알 도리가 없었습니다. 죽음! 그리고 무덤! 이런 말들을 나는 이해할 수 없었습니다.

오, 어제 일을 용서해 주십시오! 거듭 용서해 주십시오! 그것이 내 인생의 마지막 순간이었습니다. 오, 나의 천사여! 처음으로, 생전 처음으로 의심의 여지도 없이 나의 가장 깊은 내면으로부터 환희의 감정이 뜨겁게 불타올랐습니다. '그녀가 나를 사랑한다! 나를 사랑해!' 당신의 입술에서 흘러나온 성스러운 사랑의 불꽃이 내 입술에서 아직도 타오르고 있습니다. 그리고 새롭고 따뜻한 환희가 내 가슴속에 넘쳐흐르고 있습니다.

아, 나는 당신이 나를 사랑하고 있다는 것을 분명히 알고 있습니다. 그 정이 어린 첫 눈길에서, 처음 나눈 악수에서 나는 그것을 알게 되었습니다.

그러나 내가 당신과 떨어져 있을 때나 알베르트가 당신 곁에 있는 것을 보았을 때 나는 또 다시 열병과 같은 의혹으로 절망에 빠지곤 했습니다.

언젠가 그 불유쾌한 회합에서 당신이 나에게 말을 건넬 수도, 악수의 손을 내밀 수도 없었을 때 당신은 나에게 꽃을 보냈다는 사실을 지금도 기억하십니까? 아, 나는 그 꽃송이 앞에 무릎을 꿇고 밤새도록 앉아 있었습니다. 그것은 당신의 사랑을 나에게 입증하는 꽃이었으니까요. 그러나 그런 인상도 이제 사라져 버리고 말았습니다. 마치 믿음이 두터운 신자에게 증거로써 보여준 신의 은총에 대한 감격이 신자의 마음에서 점점 약해져 가듯이 말입니다.

모든 것은 허무한 것입니다. 그러나 어제 내가 당신의 입술에서 맛보고 지금 내가 마음으로 느끼는 불타오르는 이 생명만은 영원히 끌 수 없는 것입니다. 당신은 나를 사랑하고 있습니다! 나는 이 팔로 당신을 껴안았고 이 입술은 당신의 입술에 가 닿아 떨었던 것입니다. 당신은 나의 것입니다! 그렇습니다. 롯테! 영원히 내 것입니다.

알베르트가 당신의 남편이라는 것이 어떻다는 말입니까? 남편! 그것은 다만 이 세상에서의 일일 따름이겠지요. 이 세상에서 내가 당신을 사랑하고 알베르트의 품에서 당신을 빼앗는다는 것은 죄가 되겠지요. 죄라고요? 좋습니다. 내가 스스로 벌을 내리겠습니다. 나는 그 죄가 가져다주는 천국의 기쁨을 맛보았고 내 마음 속에 생명의 향유와 에너지를 다 빨아들였습니다. 당신은 이 순간만큼은 나의 것입니다. 암, 그렇고 말고! 오, 나의 롯테여! 나는 먼저 떠나갑니다. 나의 아버지 곁으로 그리고 당신의 아버지 곁으로 가서 하소연하렵니다. 하늘에 계신 아버지는 당신이 올 때까지 나를 위로해 주실 것입니다. 당신이 오면 나는 뛰어가 당신의 손을 잡고 전능하신 신이 보시는 앞에서 당신을 포옹하고 당신과 같이 있으렵니다.

나는 꿈을 꾸고 있는 것이 아닙니다. 망상도 아닙니다. 마지막 무덤 가까이에 이르니 내 마음은 더욱 밝아졌습니다. 우리는 언젠가는 저 세상에 가게 마련입니다. 저 세상에서 우리는 다시 만나게 될 것입니다! 당신의 어머니도 만날 테지요! 당신의 어머니를 만나서 아, 그리하여 당신의 어머니에게 내 속마음을 전부 털어놓을 겁니다! 당신을 꼭 닮은 어머님께!

밤 11시 무렵에 베르테르는 하인에게 알베르트가 돌아왔는지 물었습니다. 하인은 그가 말을 끌고 저쪽으로 가는 것을 보았다고 대답했습니다. 그러자 베르테르는 다음과 같은 내용이 담긴 쪽지를 하인에게 주었습니다.

'여행을 떠나려고 하는데 권총을 좀 빌려 주시겠습니까? 그럼 안녕히 계십시오!'

사랑스러운 여인 롯테는 지난밤에 거의 잠을 이루지 못했습니다. 그녀가 두려워하던 일이 마침내 일어나고 말았기 때문입니다. 그것도 예견할 수도 두려워할 수도 없는 그러한 형태로 일어나고 말았던 것입니다. 평소에는 그처럼 맑게 그리고 가볍게 흐르던 피가 마치 열병에라도 걸린 듯 끓어오르고 오만가지 생각으로 아름다운 그녀의 가슴을 뒤흔들어 놓았습니다. 그녀가 가슴 깊이 느끼는 것은 베르테르와의 포옹에서 일어난 불길함이었을까요? 아니면 그의 뻔뻔스런 행동에 대한 불쾌감이었을까요? 이것도 저것도 아니라면 그녀가 지금 놓여있는 위치와 아무 거리낌 없는 순진성과 자기 자신을 믿고 살아오던 지난날과 비교해 현재 그녀가 처한 현실이 불만스러워서였을까요? 이제 그녀는 남편을 어떻게 대하면 좋단 말인가 하고 생각해 보았습니다. 남편에게 사실 그대로를 고백해도 꺼림칙한 데는 없지만 막상 고백한다는 것은 마음에 걸리는 장면이어서 어떻게 고백하는 것이 좋을까? 게다가 그들 부부는 베르테르의 문제에 대해서는 두 사람 모두 오랫동안 상관 안하고 지내왔던 것입니다. 롯테가 먼저 침묵을 깨뜨리고 이렇게 사태가 어려울 때 그런 생각지도 못할 어처구니없는 이야기를 남편에게 고백해도 좋다는 말입니까? 베르테르가 찾아왔다는 사실 하나만을 알려주어도 불쾌하게 생각하지 않을까 싶어 걱정이 되는데 하물며 그런 추태를 벌였다는 말을 어떻게 감히 말할 수 있을까? 남편이 끝까지 자기를 공정한 눈으로 보고 조금도 어떤 선입견을 갖지 않고 받아들일 수 있으리라는 것을 기대할 수 있을까요?

그러나 그녀는 여태까지 남편에게는 투명한 유리처럼 언제나 솔직히 아무 구애됨이 없는 태도를 취해 왔고, 마음속에 생각한 것은 무엇이든지 남편에게 숨긴 일도 없었고 숨기지도 못하지 않았던가? 롯테는 이 생각 저 생각을 하다보니 걱정이 태산 같았습니다. 드디어 그녀는 그저 걱정과 곤혹에 빠져버리고 말았습니다.

그리고 이제 그녀의 생각은 완전히 놓쳐버린 베르테르에게로 되돌아갔습니다. 그녀에게 그는 이미 잃어버린 것이나 다름없는 존재였습니다. 그를 잃는다는 것은 이제는 너무나 괴로운 일이었지만, 그냥 그대로 내버려 둘 수밖에 없었습니다. 그러나 베르테르가 그녀를 잃어버린다면 베르테르에게는 이 세상에 남는 것이 아무 것도 없게 됩니다.

롯테는 그동안 뚜렷하게 느끼지는 못했으나 남편과의 사이에 이미 깊이 뿌리박고 있던 위화감이 이때 얼마나 무겁게 그녀의 가슴을 압박하고 있었는지 모릅니다! 그처럼 이해심이 많고 선량한 사람들끼리 눈에 보이지 않는 어떤 생각의 차이로 서로 침묵을 지키기 시작했고, 서로 자기가 옳고 상대방이 잘못했다고 생각하기 시작했던 것입니다. 이러한 사태는 날로 더욱 얽히고설켜 위태로운 순간에 이르러서도 그 매듭을 풀 수 없게 되었습니다. 다행히 두터운 애정으로 두 사람이 본래대로 가까이 지내고 서로의 애정과 관용을 더 굳게 해주었더라면 그리고 서로가 속 시원히 흉금을 털어놓을 수 있었더라면 우리의 친구인 베르테르는 구제될 수 있었을지도 모릅니다.

게다가 또 한 가지 특수한 사정이 첨가되어 있었습니다. 베르테르가 보낸 편지로 알 수 있듯이 그는 이 세상을 떠나고 싶다는 것을 전혀 비밀에 부치지 않았다는 것입니다. 그런데 알베르트는 그의 이러한 견해를 여러 번 반박해 왔습니다. 롯테와도 이 점에 대해서 이야기를 나눈 일이 있었는데 알베르트는 자살행위에 대해서는 철저한 반감을 품고 있었으며 보통 때는 그의 성격에 전혀 볼 수 없었던 신경질까지 부리면서 그러한 의도가 진지한 것인지 자기는 대단히 의심할 이유가 있다고 말했던 것이었습니다. 뿐만 아니라 다소 농담 비슷하게 그것은 전혀 믿을 수 없는 일이라고까지 롯테에게 피력한 바 있었습니다.

한편 롯테가 그런 끔찍한 광경을 머릿속에 그릴 때에는 이러한 남편의 말이 어느 정도 위로가 되는 것이었습니다. 한편 그녀는 남편의 그런 태도 때문에 자기를 괴롭히고 있는 문제를 남편에게 털어놓기가 더욱 어려웠습니다.

알베르트가 돌아왔습니다. 롯테는 당황하는 기색으로 남편을 맞아들였습니다. 알베르트는 기분이 좋지 않았습니다. 일이 순조롭게 되지 않았던 것입니다. 근처에 사는 그 고관을 만나보니 융통성이 없고 편협한 인간이었던 것입니다. 게다가 오고가는 도로가 나빴던 것도 그의 기분을 불쾌하게 만든 또 하나의 원인이었습니다.

알베르트는 아무 일도 없었느냐고 롯테에게 물었습니다. 얼떨결에 그녀는 베르테르가 어제 저녁에 다녀갔다고 대답했습니다. 이어 그는 편지 온 것이 없느냐고 물었고 편지 한 통과 소포 몇 개가 그의 방에 놓여있다는 대답을 듣자 자기 방으로 들어갔습니다. 혼자 남겨졌던 그녀에게 사랑하고 존경하는 남편이 돌아와 곁에 있다는 사실은 새로운 위안을 주었습니다. 남편의 고결한 마음씨와 애정과 친절을 생각하자, 그녀의 마음도 한결 진정되었습니다. 그녀는 어쩐지 남편한테로 가보고 싶어 일감을 손에 들고 그의 방으로 갔습니다. 이것은 전에도 흔히 했었던 일입니다. 남편은 소포를 풀고 편지를 읽고 있었습니다. 그 가운데에는 몇 가지 별로 유쾌하지 않은 내용도 있는 것 같았습니다. 롯테가 몇 마디 묻는 말에 그는 짧게 대답하고는 책상 앞으로 가서 무엇인가를 쓰기 시작하였습니다.

두 사람은 한 시간가량을 이렇게 함께 한 방에 있었습니다. 롯테는 점점 마음이 어두워졌습니다. 설령 남편의 기분이 좋을 때라고 하더라도 지금 꺼림칙한 일을 남편에게 털어놓는다는 것이 얼마나 어려운 일인가를 느끼게 되었습니다. 그녀는 슬펐습니다. 그 슬픔을 떨치기 위해 흘러내리는 눈물을 감추려고 하면 할수록 더욱 마음이 초조해졌습니다.

그때 베르테르가 심부름을 보낸 어린 하인이 찾아왔습니다. 그녀는 몹시 당황했습니다. 그 소년은 갖고 온 쪽지를 알베르트에게 건넸습니다. 그는 태연스럽게 롯테를 바라보면서 말했습니다. "이 사람에게 권총을 내 줘요." 그리고는 하인에게 말했습니다. "즐거운 여행이 되길 바란다고 주인 양반에게 전해 주게." 이 말에 롯테는 번갯불에라도 얻어맞은 것처럼 충격을 받고 비틀거리며 자리에서 가까스로 일어섰습니다. 자기가 뭘 하고 있는지 스스로도 알지 못한 채, 그녀는 천천히 벽 쪽으로 걸어가 떨리는 손으로 권총을 꺼내어 먼지를 털었습니다. 그리고 머뭇거리기만 했습니다. 만일 남편이 의아한 눈초리로 바라보며 재촉하지 않았더라면 더 오랫동안 망설이고 있었을 것입니다. 롯테는 아무 말도 입 밖에 내지 못하고 그 하인 소년에게 그 불길한 무기를 건네주었습니다. 그 소년이 집에서 나가버리자 그녀는 일감을 집어 가지고 자기 방으로 돌아왔습니다. 말로는 표현할 수 없는 불안감에 빠져버렸습니다. 그리고 어쩐지 무서운 일이 벌어질 것만 같은 예감이 들었습니다. 그녀는 남편의 발 밑에 엎드려 어젯밤에 일어난 사건과 자기가 잘못했다는 것 그리고 불안한 예감을 차라리 모두 털어놓는 것이 어떨까 하는 생각도 해보았습니다. 그러나 그렇게 해보아도 별로 좋은 결과가 나올 것 같지 않았습니다. 더구나 남편을 설득하여 베르테르한테로 가보라고 한다는 것은 어림도 없다는 사실을 깨달았습니다.

식사 준비가 다 되었습니다. 그때 그곳에 마음씨 착한 여자 친구 하나가 잠깐 무엇을 물어볼 일이 있어 찾아왔습니다. 그녀가 곧 돌아가려다가 그대로 머물러 주었기 때문에 식사 때는 화제도 어색하지 않았습니다. 롯테는 식사를 하는 동안 이리저리 화제를 돌리면서 베르테르에 대한 불안을 잊을 수 있었습니다.

하인 소년은 권총을 가지고 돌아왔습니다. 베르테르는 롯테가 권총을 직접 내주더라는 말을 듣고 미친 듯이 감격하면서 받았습니다. 그는 소년에게 빵과 포도주를 가져오게 하여 식사를 하도록 한 다음 자신은 자리에 앉아 편지를 쓰기 시작하였습니다.

권총은 당신의 손을 통해 내 손에 들어왔습니다. 당신은 권총의 먼지를 닦

아주셨다지요. 나는 수없이 그 권총에 입을 맞췄습니다. 당신이 이 권총을 어루만졌으니까요. 하늘의 정령이여! 그대는 내 결심을 확고하게 해주었습니다. 그리고 롯테여! 당신이 나에게 이 권총을 내주었습니다. 사실 나는 당신을 통해서 내 죽음을 받기를 원하였습니다. 아, 이제 소원대로 되었습니다. 나는 심부름 보낸 소년에게 자세하게 물어보았습니다. 당신은 권총을 내주면서 잘 가라는 인사말 한 마디도 하지 않았다면서요. 슬픕니다. 설마 나를 영원히 당신과 결합시킨 그 순간 때문에 당신은 나에게 마음의 문을 굳게 닫아버리는 것은 아니겠지요? 롯테! 수천 년이 지나도 그때의 감동은 그대로 남을 것입니다! 그리고 나는 알고 있습니다. 이렇게까지 당신을 위해 마음을 불사르고 있는 남자를 당신은 미워하지는 않으리라고 생각합니다.

식사를 마치자 베르테르는 하인 소년에게 모든 짐을 완전히 다 꾸리게 하고는 많은 서류를 찢어버렸습니다. 그리고 밖에 나가 아직도 남아있는 자질구레한 빚을 다 갚았습니다. 일단 집에 돌아왔다가 비가 오는데도 다시 성문을 지나 백작의 정원과 그 주변 더 먼 곳까지 배회하였습니다. 이어 어둑어둑한 밤이 찾아 들 무렵 집으로 돌아와 편지를 썼습니다.

빌헬름! 마지막으로 들과 숲과 하늘을 보고 돌아왔네. 그럼 잘 있게. 어머니, 저를 용서해 주십시오! 빌헬름, 우리 어머니를 위로해다오! 신께서 모두에게 축복을 내려주시기를! 내 물건은 모두 정리해 놓았다네. 부디 잘 있게! 우리는 저 세상에서 다시 더욱 기쁜 얼굴로 만나게 될거야.

알베르트씨! 그동안 당신에게는 여러 가지로 미안합니다. 제발 나를 용서해 주십시오. 나는 당신 가정의 평화를 깨뜨렸고 당신 부부 사이에 불신을 일으켜왔습니다. 안녕히 계십시오! 나는 이제 끝을 내려고 합니다. 나는 죽음으로써 당신 두 분이 행복해지기를 빌겠습니다. 알베르트씨! 당신의 천사를 행복하게 해주십시오! 신의 축복이 당신 위에 내리시기를!

베르테르는 그 날 밤에도 계속하여 많은 서류를 뒤적이면서 그 중에서 많은 것을 찢어 난로 속에 집어넣어 버렸고 남은 몇 개의 서류 보따리를 빌헬름 앞으로 봉인을 하여 부치기로 하였습니다. 편집자인 나도 그 가운데의 여러 개를 보았지만 그 소포 속에는 짧은 문장과 단편적인 감상문들이 들어있었습니다. 밤 10시쯤 해서 베르테르는 하인에게 난로에 불을 더 지피라고 이르고는 포도주를 한 병 가져오게 한 뒤 하인에게 자러 가라고 보냈습니다. 하인의 방은 다른 하인들의 방과 마찬가지로 베르테르가 있는 곳으로부터 훨씬 뒤쪽에 있었습니다. 하인은 옷을 입은 채로 자리에 누웠습니다. 다음날 아침 일찍 일어나기 위해서였습니다. 베르테르가 아침 6시 전에 우편 마차가 집 앞에 올 것이라고 말했기 때문입니다.

밤 11시가 지나서

사방이 무척이나 고요합니다. 그리고 내 영혼도 참으로 고요합니다. 신이시여! 이 마지막 순간에 이러한 따스함과 힘을 나에게 베풀어주신 당신께 감사를 드립니다.

사랑하는 롯테! 나는 창가로 걸어가 하늘을 바라봅니다. 황급히 지나가는 구름 사이로 아직도 영원한 하늘가에 반짝이는 별들 하나 하나를 바라봅니다. 그렇다! 너희 별들은 땅 위로 떨어지지는 않으리라! 영원하신 분이 너희들 모두 그리고 나를 자기 가슴에 꼭 품어주고 있기 때문이다.

큰곰자리의 북두칠성이 보입니다. 이 별은 수많은 별들 중에서 내가 가장 좋아하는 별입니다. 밤늦게 당신과 헤어져 당신의 집을 나설 때면 언제나 저 별은 내 맞은 편에서 나를 바라보면서 반짝이고 있었습니다. 나는 그 별을 쳐다볼 때마다 얼마나 황홀한 기분에 빠져버리곤 하였는지 모릅니다. 그럴 때면 나는 가끔 두 손을 추켜들고 그 별을 가리키며 지금 내가 향유하고 있는 행복의 거룩한 증표로 삼았던 것입니다. 오, 롯테! 지금 이 순간에도 나에게는 당신을 생각나게 하지 않는 것은 단 한 가지도 없으며 당신은 언제나 나를 에워싸고 있는 것입니다. 나는 마치 어린 아이처럼 신성한 당신의 손이 와 닿은 것이면 그것이 아무리 하찮은 것일지라도 무엇이든 탐욕스럽게 끌어 긁어모으지 않았습니까!

당신의 사랑스러운 실루엣 그림! 이것을 당신에게 기념물로 남겨놓고 가겠습니다. 그러니 롯테! 이 실루엣 그림을 소중히 간직해주십시오. 오, 내가 집 밖으로 나갈 때나 집에 돌아왔을 때 이 그림에 수없이 키스를 하고 인사를 보냈던 것입니다.

나의 시체는 당신의 아버님에게 처리해 달라고 편지로 부탁드렸습니다. 교회 묘지에는 두 그루의 보리수나무가 서 있습니다. 그 안쪽 들판에 인접한 외진 한 귀퉁이, 그곳에서 나는 영원히 잠들고 싶습니다. 아버님께서는 나의 이런 부탁을 들어주실 것으로 믿습니다. 당신도 아버님께 부탁드려 주십시오. 신앙심이 깊은 기독교 신자들은 이 가련하고 불행한 사람 옆에 묻히기를 싫어한다는 것을 잘 알고 있기 때문입니다. 아, 나는 차라리 당신들의 손으로 그저 길가에나 쓸쓸한 골짜기에 묻히기를 바라고 있습니다. 그러면 사제나 레위 사람들은 묘석 앞에서 십자를 그으면서 지나가겠고 사마리아 사람은 눈물 한 방울을 뿌려 주겠지요(신약성서 누가복음 10장 30절 이하 참고). 자, 롯테여! 나는 이 차디찬 무서운 잔을 아무런 두려움 없이 손에 들고 죽음의 황홀을 들이마실 것입니다! 당신이 이 잔을 나에게 건네준 것이니 나는 주저하지 않겠습니다. 모든 것, 내 인생의 모든 소원과 희망이 이것으로 다 채워지는 것입니다. 죽음의 철문을 두들기면서도 나는 이렇게 냉정하고 태연합니다.

이런 모양으로 죽는다고 하더라도 당신을 위해 죽는다는 행복과 당신을 위해 이 몸을 희생시키고 있다는 행복을 누리고 싶습니다. 당신의 생활에 다시 안정과 즐거움을 되돌려 줄 수만 있다면 나는 용감하게 그리고 기쁜 마음으로 죽으려고 합니다. 그러나 아, 사랑하는 사람을 위해 자신의 피를 흘리고 죽음으로써 친구들에게 몇 백 배로 새로운 생명의 불길이 타오르게 한다는 것은 극소수의 고귀한 사람들에게만 할 수 있었던 일이었습니다.

롯테! 나는 이 옷을 입은 그대로 묻히고 싶습니다. 당신의 손이 와 닿아 성스러워진 옷이었으니 말입니다. 이것도 당신 아버님께 부탁드렸습니다. 나의 영혼은 이미 관 위를 떠돌고 있습니다. 사람들이 내 주머니를 뒤지지 않게 해주십시오. 이 분홍빛 리본은 내가 처음으로 당신을 만났을 때 당신이 가슴에 달고 있었던 것입니다. 그때 당신은 아이들에게 둘러싸여 있었지요. 오, 그 아이들에게 수 천 번의 키스를 해주십시오. 그리고 이 불행한 친구의 운명을 이야기해 주십시오. 정말 귀여운 아이들! 나를 가운데 두고 내 주위에 몰려들곤 했던 아이들! 아, 나는 얼마나 당신과 굳게 맺어져 있었던가요! 처음 만난 그 순간부터 나는 당신 곁을 떠날 수가 없었습니다. ――이 리본도 나와 함께 묻어주십시오. 내 생일날에 당신이 나에게 선물로 준 것입니다. 그런 것들을 나는 닥치는 대로 모두 모아 두었습니다. ──아, 인생의 길이 나를 이렇게 여기까지 몰고 올 줄은 몰랐습니다. 제발 부탁입니다. 마음을 진정해 주십시오.

총알은 재어 놓았습니다. 시계가 열두 시를 치고 있습니다. 그럼 롯테, 안녕!

이웃 사람 하나가 총탄의 섬광을 보았고 총소리를 들었습니다. 그러나 곧 모든 것이 조용해졌기 때문에 더는 주의를 기울이지 않았습니다.

다음 날 아침 6시에 하인은 불을 켜 들고 주인의 방으로 들어갔습니다. 주인은 방바닥에 쓰러져 있었고 옆에는 권총이 떨어져 있었으며 방바닥에는 피가 흐르고 있었습니다. 그는 비명을 지르며 주인의 몸을 끌어안고 일으켰습니다. 하인은 급히 의사에게로 뛰어갔습니다. 그 길로 알베르트에게도 달려 갔습니다. 롯테는 초인종이 울리는 소리를 듣자 곧 온 몸이 부들부들 떨렸습니다. 남편을 서둘러 깨워 일으켜 함께 밖으로 나왔습니다. 하인은 울부짖으며 더듬거리는 목소리로 사건의 전모를 알려주었습니다. 롯테는 정신을 잃고 알베르트 앞에 쓰러졌습니다.

의사가 왔을 때 불쌍한 베르테르는 방바닥에 그대로 쓰러져 있었고 이미 다시 살아날 가망이 없었습니다. 맥박은 뛰고 있었으나 팔다리는 벌써 마비된 상태였습니다. 탄환이 오른쪽 눈 위로 머리를 관통했던 것입니다. 뇌수가 터져 나와 있었습니다. 소용없는 줄 알면서도 팔의 정맥을 열자 피가 뿜어져 나왔습니다. 베르테르는 아직 여전히 숨을 쉬고 있었습니다.

의자 등받이에 피가 묻어 있는 것으로 보아 아마 책상 앞에 앉은 채로 총을 쏘았던 것 같습니다. 그리고 방바닥에 떨어져 몸부림치면서 의자 주위를 뒹굴다가 창문 쪽을 향해 힘이 빠진 채 반듯이 드러누워 있었습니다. 장화를 신고 푸른 연미복에 노란 조끼를 입은 정장을 한 옷차림이었습니다.

집안 사람들과 이웃, 나아가서는 마을 전체가 이 때문에 발칵 뒤집혔습니다. 알베르트가 방안으로 달려들어 왔습니다. 베르테르는 침대 위에 뉘어져 있었습니다. 이마에 붕대를 감고 얼굴은 이미 죽은 사람과 같았습니다. 손발은 전혀 움직이지 않았습니다. 단지 폐에서 아직도 골골거리는 소리만이 약하게 또는 강하게 들려왔습니다. 임종이 다가오고 있었습니다.

베르테르, 이루지 못한 사랑 때문에 자살하다

포도주는 한 잔밖에 마시지 않았습니다. 책상 위에는《에밀리아 갈로티》(레싱의 희곡으로 여기서도 여주인공은 자살로 끝난다.)가 펼쳐진 채로 있었습니다.

알베르트의 놀라움과 롯테의 슬픔에 대해서는 아무 말도 하지 않기로 하겠습니다.

늙은 법무관은 소식을 듣자 말을 몰아 뛰어들어 왔습니다. 그는 뜨거운 눈물을 흘리면서 죽어 가는 베르테르에게 입을 맞추었습니다. 그의 큰 아이들도 아버지의 뒤를 좇아 걸어서 왔습니다. 그들은 비통한 표정을 하고 침대 위에 엎드려 베르테르의 손이며 입에 키스하였습니다. 특히 베르테르가 가장 사랑하였던 가장 큰 사내아이는 언제까지나 베르테르의 입술에서 떨어지려고 하지 않았습니다. 베르테르가 완전히 숨을 거둔 뒤에 사람들이 그 아이를 억지로 떼어놓아야 했습니다.

마침 법무관이 참석하여 여러 가지 조치를 취했기 때문에 다른 소동은 일어나지 않았습니다. 법무관은 저녁 11시즈음 베르테르가 미리 정해준 장소에 묻으라고 지시했습니다. 유해 뒤를 따른 것은 이 노인 법무관과 그의 사내아이들뿐이었습니다. 알베르트는 롯테의 생명이 염려되었기 때문에 갈 수가 없었습니다. 일꾼들이 유해를 운반해 갔습니다. 성직자는 한 사람도 따라가지 않았습니다.

영혼과 쾌락의 계약

곽복록

악마와 계약해 영혼을 파는 대신 지상의 쾌락을 손에 넣었다는 '파우스트 전설'은 중세 시대 독일에서 여러 전설로 내려왔다. 악마와의 계약은 그렇다 치고, 마술사 파우스트 박사라는 인물이 실제로 있었던 것은 사실이다. 오래된 문서에 의하면 그는 '역사상 가장 완벽한 연금술사'라 한다.

괴테와 '파우스트'의 만남은 괴테의 유년시절로 거슬러 올라간다. 어린 괴테는 인형극에 열중했다. 인형극에는 파우스트 이야기가 빠뜨릴 수 없는 레퍼토리였다. '파우스트'는 그 무렵에 상연되던 인형극 중에서도 가장 인기있었다. 그때 괴테는 인형극이 연출하는 '파우스트'에 깊은 인상을 받았고, 그 인상이 괴테 성장과 함께 그의 정신에 심화되어 갔다.

괴테가 20세(1769) 때 쓴 희곡 《공범자들》의 주인공은 다음과 같은 독백을 한다.

> "또 속이 끓어오른다
> 파우스트 박사는 이런 내 심정의
> 절반도 맛보지 못했을 것이다."(3막 6장)

이 대사에서도 분명히 알 수 있듯이, 젊은 그의 가슴에 깊이 파고든 '파우스트'는 라이프치히대학 시절 내면화되고, 그것에 피와 살이 붙어 슈트라스부르크대학 유학시절에는 이미 창작 의도가 마음속에 자리잡아간 것으로 생각할 수 있다.

이와 함께, 법률 공부를 끝마치고 고향으로 돌아온 괴테는 공교롭게도 1771년 10월부터 1772년 1월 14일 사이 유아살인죄로 재판을 받은 미혼녀 스잔나 브란트의 처형을 목격하고, 큰 충격을 받아 더욱 《파우스트》 작품구성을 세운 것으로 보인다.

비평가들은 괴테가 《파우스트 초본(Urfaust)》을 쓴 시기를 그의 창작활동이 절정을 이룬 1773~1775년으로 추정하고 있다. 《파우스트 초본(Urfaust)》은 가련한 거리의 소녀를 둘러싼 연애비극이었다. 사랑을 해서 아이를 갖고 그 아이를 죽인 죄로 재판을 받는다. 영아살인은 괴테를 비롯하여 '질풍노도'의 시인·극작가들이 즐겨 다룬 테마이며 가까운 곳에 얼마든지 소재가 있었을 것이다. 교회나 세속의 도덕이 아무리 감시를 해도, 젊은 남녀가 서로 사랑하는 것까지는 막을 수 없다. 서로 사랑하면 아이가 생긴다. '샘물 곁'에서 처녀들이 소곤거리며 주고받은 말은, 언제나 남녀의 사랑이야기였다.

《파우스트》가 오늘 인류의 문학유산 가운데서도 불멸의 자리를 차지하게 된 형태로 완결된 것이 1831년이니, 본격적으로 이 작품을 구상할 때부터 60년 이상의 세월이 소요된 것으로 볼 수 있다.

괴테는 탈고한 파우스트 원고를 봉함하고는, 에커만에게 말한다(에커만, 《괴테와의 대화》, 1831년 6월 6일).

> "이제부터의 나의 삶은 고스란히 선물받은 것이네.
> 그러니 이제는 뭘 하든지, 하지 않든지 간에 같은 것이지."

다소 기묘하지 않은가? 괴테는 60세가 다 되어서 《파우스트 제1부》를 세상에 발표했다. 그런데 그 작품의 상당 부분은 이미 괴테가 20대이던 시절에 탄생해 있었다. 젊은 가슴속에 둥지를 틀었던 작품이 그의 머리에 흰 서리가 내릴 무렵까지 그대로 잠들어 있었던 것이다. 질풍노도라 불리던 청년 시절과, 인생에 익숙해진 중년 시절과, 늙음의 내리막길에 선 자의 지혜가 하나의 작품 속에 그대로 살아 있다. 주인공은 늙었으면서도 젊다. 젊으면서도 늙었다. 늙은 심장에 젊은 피가 고동치고 있었던 것이다.

그 뒤, 1년이 채 못된 1832년 3월에 83세의 삶을 마쳤으니, 괴테에게 있어서 《파우스트》는 삶을 지탱시켜 준 지주 같은 것이라는 생각마저 든다.

그러기에 우리는 독일 문학을 생각할 때, 괴테를 비켜갈 수가 없듯이, 괴테의 문학을 이야기할 때 《파우스트》를 빼놓을 수가 없다.

《파우스트》 이후, 2세기가 지난 오늘 우리가 파우스트를 잊지 못하는 것은, 변함없이 인기를 누리고 있는 괴테 때문에도 아니고, 독일문학이나 세계 문학에 대한 관심 때문만도 아니다.

우리는 《파우스트》에서 우리들 자신을 발견하고, 《파우스트》를 통해서 우리들 자신이 일상생활에서는 할 수 없는 체험을 할 수 있기 때문이다. 괴테의 말을 빌리면, '채색된 영상(4727)'으로서의 우리들 자신을 볼 수 있기 때문이다. 그러면 《파우스트》의 무엇이 우리에게 이런 매혹적인 체험을 끊임없이 던져 주는 것일까?

괴테의 말을 들어보자.

> "독일인들이 찾아오면 내가 파우스트 속에 어떤 이념을 구현하려 했는가라고 묻는다. 마치 내가 그것을 알고 있어서 설명할 수 있다고 생각하는 모양이다! —천국에서 지상을 거쳐 지옥으로, 이렇게 하면 어느정도 모양이 잡힐는지는 모른다. 하지만 이것은 이념 따위가 아니라, 줄거리의 흐름이다. 그리고 악마가 내기에 패하는 것, 또 깊은 고난에 찬 헤매임 속에서도 언제나 향상을 지향하는 사람은 구제 받는다는 것, 이것도 분명히 유효하게 많은 것을 해명할 훌륭한 사상이지만 작품 전체와 개별 장면의 밑바탕에 특별하게 존재하는 이념은 아니다. 만약 내가 《파우스트》 속에서 표현한 것처럼, 풍부하고 다채롭고, 그리고 극히 다양한 인생을 오직 한결같이 일관된 이념의 가느다란 실로 이을 수 있었다면, 실제로 멋진 것이 되었을 것이다. 사실 시인인 나에게 있어서 추상적인 것을 구상화하려는 것은 나의 방식에 맞지 않았다. 나는 이때까지 갖가지 인상을 받았다…… 그리하여 나는 시인으로서 그러한 직관과 인상을 가슴속에서 예술적으로 완성하고 형상화하여, 다른 사람들이 내 작품을 듣거나 읽었을 때, 나와 똑같은 인상을 받을 수 있게 생생한 표현으로 옮겼을 뿐이다."(에커만, 《괴테와의 대화》, 1827년 5월 6일)

《파우스트》가 괴테의 전 생애를 빌려 완성되는 과정을 살펴본다.

1. 《파우스트》의 성립

괴테의 《파우스트》가 최초로 간행된 해는 1790년이다. 《파우스트 단편》이라는 이름으로 발표된 이 작품은 뒷날 완성한 《파우스트》의 제1부에 해당하는 것이지만, 이름 그대로 단편적인 것이었다. 그 뒤 실러의 권유를 받아 새 장면들이 많이 보완되어, 1808년에 《파우스트 제1부》가 출판되었다. 그리고는 오랜 세월이 지나서야 제2부 집필을 시작한 괴테의 집필동기는, 영국의 시인 바이런(1788~1824)의 영웅적인 죽음이었던 것으로 알려져 있다.

그 죽음은 괴테가 《파우스트》 전체를 통해서, 진실성이란, 개인과 전체의 역사적 발전의 통일에 의해서 이루어진다고 하는 그의 확고한 신념을 표출하게 된 원인으로 생각할 수 있다. 또한 괴테는 계몽주의 사상에서, 그 사상의 중심인 '인류의 진보'에 대한 신념을 이어받았다. 그럼으로써 괴테는 개인의 운명에 대해서 극히 냉철한 눈으로 관조하였고, 인류의 진보는 수없이 개인의 비극을 거치지 않으면 안된다는 변증법적 관계를 생각하게 되었던 것이다.

괴테의 인생관과 세계관의 발전 흔적이라는 측면으로도 볼 수 있는 《파우스트》의 주인공 파우스트는 괴테가 만들어낸 것은 아니다. 괴테가 그의 과거로부터 물려받은 파우스트 전설이나, 파우스트 극에 나오는 '파우스트'는 다음과 같은 성격으로 요약할 수 있다.

그는 온갖 학문적인 탐구를 계속해도 만족할 수 없어서 악마의 힘을 빌어 우주의 신비를 찾아내고, 부를 얻고, 향락을 취하고, 일시적일지라도 신과 같은 존재가 되려고 악마와 계약하게 된다. 그 계약의 내용은 악마가 24년간 파우스트의 욕망을 채우기 위해서 봉사하지만, 그 기간이 지나면 거꾸로 파우스트를 마음대로 자기의 것으로 삼는다는 것이다.

그래서 악마와 더불어 세계를 돌아다니면서, 마법으로 온갖 쾌락을 맛보지만 그의 마음은 채워지지 않는다. 결국 그는 자신의 행동을 뉘우치게 되고, 마음속으로 신에게 비는 기도를 드리려 한다. 이 결정적인 순간에 악마는 그리스 최고의 미녀 헬레나를 데리고 온다. 파우스트는 그녀의 아름다움에 도취해서 포옹하게 되지만, 헬레나는 복수의 여신으로 변하고 악마는 파우스트를 지옥으로 끌고 간다. 24년간의 계약이 끝난 것이다. —유년시절,

괴테의 마음을 사로잡았던 인형극 파우스트의 줄거리도 이렇게 끝나는 것으로 되어 있었다.

한편 인형극 말고도 대중본으로 파우스트는 널리 읽혀지고 있었다. 온 우주의 모든 것을 알게 되고, 그것들을 지배하는 이법(理法)을 알아서 신처럼 막강해지고 싶은 인간, 그러면서도 이 대망 때문에 만족할 줄 모르고, 헤매고 괴로워하는 인간의 숙명.

결국 파우스트적인 충동과 숙명은 다름 아닌 괴테 자신의 것이 아니었던가 하는 생각이 들게 된다. 따라서 괴테의 《파우스트》는 그의 작가적 삶의 시작에서부터 움트고, 그 삶의 종말과 함께 완결된 것이다. 이것은 괴테의 생애라는 시간상의 추이(推移)를 빌린 비유만은 아니다.

《파우스트》를 비극이라고 하지만, 일반적인 비극에 그치지 않는다는 것은 제2부 제4막부터 전개되는 '구제'에 있다는 것이 널리 지적되어온다. 그러나 그 구제가 밖으로부터 주어지는 것이 아니고, 인간의 창조적 활동의 자각과 그것의 영위를 통해서 이뤄지는 미래라는 것에 《파우스트》의 영원한 문학적인 가치가 승화되는 것으로 볼 수 있다. 결국 비극 《파우스트》는 그 '구제'에 이르는 과정을 전개한 대서사시라 할 수 있다.

2. 《파우스트》적 구제

파우스트가 구제에 이르기까지 다음과 같은 단계를 거친다. 제 1 단계는 파우스트의 첫머리의 〈밤〉의 장면에서 〈마녀의 부엌〉까지의 전개로 볼 수 있다. 파우스트는 우주의 진리를 밝혀내려 하지만, 지식의 무력함에 환멸을 느끼고, 마침내 악마의 도움을 받아서 현세의 온갖 관능적 쾌락을 탐하게 되는 것이다.

이어 마녀가 지은 약으로 20대의 젊음으로 회춘한 파우스트가 교회에서 돌아오는 마르가레테에게 첫눈에 반하는 〈길거리〉의 장면에서 제1부의 끝인 〈감옥〉에 이르는 이른바 〈그레트헨 비극〉이 이어진다. 악마의 충동으로 관능적인 흥미를 가지고 순진한 소시민의 처녀에게 접근한 파우스트는 그레트헨의 순결에 자기 욕망을 부끄러워하게 되고, 차츰 마음속으로 깊은 애정을 느끼게 된다.

그러면서도 파우스트의 마음속에는 “나아가라! 향상하라!”라는 억누를 수 없는 인간적인 충동이 솟아나서 그레트헨이라는 소세계에 머물러 있을 수 없다. 이와 같이 스스로의 인간 완성을 바라는 내면적 욕구가 그레트헨과의 연애에서의 탈출로 표출하는 데에서 이 연애 비극의 심각성이 이뤄지는 동시에, 그레트헨 비극이 괴테의 연애 비극의 전형으로 일컬어지는 이유이다. 파우스트의 애정이 진실에 가까워질수록 그것이 그에게 주는 비극성이 강해진다.

제2부에 들어서면서 〈그레트헨 비극〉이 〈헬레나 비극〉으로 바뀐다. 즉 그레트헨 비극을 극복한 파우스트가 몸과 마음을 가다듬어 삶의 진의를 파악하기 위한 새로운 추구를 하려 들지만, 이 또한 그를 구제할 수 없는 것으로 되어버린다. 고전적 미의 이상을 나타내는 헬레나가 현실적으로 파우스트의 눈앞에 나타나는 것은, 제3막 〈스파르타에 있는 메넬라오스왕의 궁전 앞〉 장이 되면서부터이다.

헬레나와의 결혼은 조숙한 천재아 오이포리온을 출생케 하지만, 파우스트가 게르만 정신을 상징한다면, 오이포리온은 헬레나가 상징하는 그리스 정신과의 결합을 의미하는 것으로 볼 수 있다. 이 오이포리온의 생명은 덧없는 종말을 맞게 된다. 그리고 이와 함께 고전적 미와 결합됨으로서 넘쳐나는 게르만 정신도 그 속에 담을 새로운 형식을 얻지 못한 채 비극적인 종말을 고하게 되며, 여기까지가 제 3 단계라 할 수 있다.

그리고 제 4 단계는 마침내 파우스트가 이웃을 위해서 새로운 활동을 시작하고, 사회와 인류를 위한 창조적 활동에 자각해서 참된 구제를 얻게 되는 제4막, 제5막에 해당한다. 그리고 이 단계에서 괴테의 평생의 작업 《파우스트》는 파우스트와 함께 영원한 삶의 지속을 이루게 되는 것이다.

3 《파우스트》의 전개

제1부

첫머리에 나오는 〈드리는 글〉과 〈무대 위에서의 서막〉은 내용상으로 이 희곡의 줄거리와 관계가 없는 것처럼 보이지만, 실제로는 장대한 드라마의 막을 올리는 의미심장한 시그널 사운드에 비유될 수 있다. 이어지는 〈천상의 서곡〉은 메피스토펠레스가 파우스트를 유혹하게 되는 동기와 파우스트에 대한 신의(神意)를 나타낸 서곡으로 작품 전체를 뒷받침하는 사상을 밝히는 것으로 볼 수 있다. 이것은 구약성서의 욥기(제1장 6~12장)의 구상과 같은 것으로 지적된다.

제1부가 개막되면, 깊은 밤 노교수 파우스트의 서재에서의 탄식이 시작된다. 그는 자신이 '이 세계의 가장 깊은 곳에서 통합하고 있는 것'(382)—우주의 본체, 창조의 원리를 밝힐 수 없음을 고백한다. 그는 개념적인 지식탐구의 길을 포기하고, 직감과 체험으로 우주의 신비의 문을 열려고 한다.

파우스트는 마법의 글로 자연 물질계의 지배자인 지령(地靈)을 불러낸다. 그러나 지령은 그의 왜소함을 비웃고 모습을 감춰버린다. 마법의 힘을 빌려도 체험하고 소유하려는 길에 이를 수 없다고 생각한 파우스트는 극단적인 결정을 내린다. 즉 유약한 육체에 얽매이고 있는 한, 자기가 이르고 싶은 영(靈)들의 세계, 순수 활동의 영역으로 들어설 수 없다고 판단한 그는 인간이라는 옷을 벗기로 결심하는 것이다.

마침내 독배를 들려는 순간 부활절의 종소리와 함께 예수 부활의 합창 소리가 교회에서 경건하게 울려와 그의 손에서 독배를 떨어뜨리게 한다. 그리고 그날 오후 조수 바그너와 더불어 산책을 하게 되는데, 돌아오는 길에 '삽살개'의 모습으로 변한 메피스토펠레스가 서재로 따라 들어온다.

파우스트는 하늘의 계시인 신약성서의 요한복음을 그의 모국어로 옮기려 한다. 그 첫머리인 "태초에 말씀이 있었느니라!"(1224)의 '말씀'을 '뜻'으로 옮겨 보고 '힘'으로 바꿔봐도 미흡하기만 한 파우스트는 결국 '행동'으로 옮긴다. '말씀'에서 '뜻'으로 '힘'에서 '행동'으로 바뀌는 것은 앞으로 전개될 제2부의 바탕 사상의 암시로 볼 수 있다.

그리고 이때 삽살개의 모습에서 방랑하는 학생으로 모습을 바꾼 메피스토펠레스는 악마로서의 자신의 본질과 역할을 설명한다. 그리고 며칠 뒤 그는 기사의 모습으로 다시 나타난다. 마음의 안정을 잃은 파우스트를 넓은 세상으로 끌어내려는 그의 저의가 이번 변신에 나타나 있다. 그의 안내만 받으면 갈망하던 행복과 만족을 이룰 수 있을 것을 확약한다. 그러나 악마의 능력마저 의심하는 파우스트는 그 부정을 담보로 악마와 내기를 건다. 그 내기는 이 세상에서는 악마가 파우스트의 노예로 시중을 들지만 저 세상에서는 그 반대가 되는 것으로 해서 성립되는데, 이때 파우스트는 다음과 같이 시작하는 그 유명한 조건을 내세운다.

> "어느 순간을 보고 '멈추어라! 너는 정말 아름답구나!' 내가 이렇게 말한다면, 자네는 나를 쇠사슬로 묶어도 좋다. 그때 나는 나락으로 떨어져도 좋다!"(1699~1702)

그리고 악마는 파우스트로부터 거듭 다짐을 받고 피로 서명시키며 만족한다. 계약이 성립된 뒤에 파우스트를 찾아 온 대학 초년생을 악마가 대신 만나서 "모든 이론은 회색 빛깔이고, 생명의 황금나무는 푸른 빛을 띠고 있다네"(2038~39)라고 말한 것은 그때의 파우스트의 마음이기도 하였을 것이다.

이렇게 해서 성립된 내기에 이기기 위해서 악마가 처음 안내한 곳은 '라이프치히의 아우에르바하 지하 술집'이었다. 그러나 흥청대는 대학생들과 어울리기에는 너무 늙은 파우스트를 위해서 악마는 그의 회춘의 필요성을 느낀다.

그가 파우스트를 데리고 간 '마녀의 부엌'에서 마녀가 조제한 약을 마신 파우스트는 20대의 젊은이가 된다. 젊음을 되찾은 파우스트를 주인공으로 전개하는 데서 시작해서 제1부의 끝까지를 〈그레트헨 비극〉으로 보는데, 이 부분의 묘사는 전 편을 통해서 가장 인상적이다. 묘사의 간결성과 박진성, 풍요로움과 선명성은 작자자신이 같은 20대가 아니면 기대할 수 없는 필치로 평가 받고 있다.

젊은 파우스트가 만난 최초의 청춘의 모습은 교회에서 집으로 돌아가는 순진한 처녀 그레트헨이었다. 기회를 놓칠 새라 〈저녁〉의 장에서 메피스토펠레스는 파우스트의 관능적 욕망을 자극하기 위해 그녀가 없을 때 그를 그녀의 거실로 안내한다. 그러나 이것은 악마의 오산이었다. 청조하고 순결한 처녀의 체온이 감도는 그 방에서 파우스트는 본능적인 욕망에 수치심을 느끼고, 마음속으로부터 그녀에 대한 진실한 진실한 사랑을 느끼게 되었기 때문이다.

결국은 이웃집 여자, 마르테 부인의 중매로 전개되는 파우스트와 그레트헨의 연애 장면인 〈정원〉 에서 괴테 자신의 연애 경험만이 묘사할 수 있는 처녀의 일상생활을 보여준다.

이어지는 〈숲과 동굴〉 의 장도 이와 마찬가지로 연애의 중도에서 상대를 버리고 양심의 가책으로 고뇌하면서 자연 속에 묻히려 하는 괴테 자신의 체험이 파우스트를 통해서 나타난다. 그레트헨에 대한 애욕에 몸이 달아 오르지만, 파우스트는 더 이상 처녀를 유혹하는 일에 죄책감을 느끼고 자연의 깊은 품 안에서 명상에 잠기려 한다.

자연으로 도피한 파우스트를 메피스토펠레스가 그냥 둘 리가 없었다. 그래서 다시 그레트헨과의 만남이 이뤄지는데, 이 장면에서 파우스트를 사모하는 처녀의 괴로움은 유명한 〈물레의 노래〉(3374~3413)로 표현된다. 이어지는 〈마르테의 정원〉 에서 파우스트와 그레트헨이 주고받는 신앙의 문답은 파우스트의 구제에 관여하는 그레트헨의 지순하고 한결같은 신앙의 힘의 암시로 볼 수 있다. 그리고 이 장에서 비로소 두 사람이 육체관계를 맺게 한 것은 괴테의 《파우스트》 구성의 고도의 복합적인 일면으로 볼 수 있다.

이로부터 그레트헨은 비극의 길로 줄달음질친다. 그녀는 파우스트와 밀회하기 위해서 그로부터 받은 수면제를 어머니에게 먹이는데, 양을 잘못 넣어 어머니의 목숨을 잃게 만든다. 그녀의 타락을 알게 된 오빠는 파우스트에게 결투를 청하였으나 죽음을 당한다. 그리고 잉태하게 된 파우스트의 아이를 안고 헤매던 그레트헨은 아이를 연못에 던지고, 사생아 살인의 중죄인으로 잡혀서 사형수가 되는 것이다. 그러나 파우스트는 그녀의 이 비참함을 알지 못한다. 메피스토펠레스는 〈발푸르기스의 밤〉 의 향연을 비롯해서 향락적인 장소로 끌고 다녔기 때문에 쇠사슬에 묶여 끌려가는 그레트헨의 환영만을 볼 뿐이다. 〈흐린 날, 들판〉 에 이르러 비로소 그레트헨의 비극을 알게 된 파우스트는 놀라 그녀를 구출하기 위해서 감옥으로 말을 달린다. 그러나 그레트헨은 그를 형리로 착각하고 그 자신의 처형 장면을 환상하는 상태에 있다. 그런 그녀가 파우스트가 자기를 구출하기 위해 온 것을 알게 되지만, 그녀는 탈출하려 하지 않는다. 신의 심판에 몸을 맡기려하는 그레트헨의 순결한 영혼을 메피스토펠레스가 알 리 없다. 그러나 여기까지 파우스트를 끌고 와서 탐욕과 그 충족 속에 파우스트를 집어 넣어도, 끝내 그를 매몰시킬 수 없음을 느끼고, 메피스토펠레스는 자기의 계획이 실패로 돌아간 것을 깨닫는다.

그러므로 악마의 입에서 나온 자포자기의 고백이 “그 여자는 심판을 받았다!”(4611)라는 부르짖음으로 나타나지만, 메아리처럼 천상에서 돌아오는 소리는 “구원을 받았다!”(4612)라는 울림이다. 그러나 괴테는 이 비극의 클라이맥스에서 그레트헨의 입에서 “하인리히! 나는 당신이 무서워요”(4610)이 말을 나오게 한다. 자기를 죄의 구렁으로 밀어 넣은 남자에 대한 공포때문에 나온 소리지만, 끝까지 파우스트를 부르는 그녀의 부름—그것이 사랑이며, 영원한 그 사랑이 파우스트를 구제하는 길잡이가 되는 것이다.

제2부

제2부는 복잡하게 엉켜있다. 시간과 공간이 뒤섞여 있어 언뜻 보면 이해가 잘 안 된다. 흔히 독자가 어찌할 바를 모르는 것도 그 탓이다. 고전 그리스나 고대 로마의 지식을 끊임없이 요구하다가 어느 사이 내던진다. 의미를 풀다가 지치는 것은 독자만이 아니다. 괴테학자들도 또한 그러했으며, 훌륭한 ‘파우스트 주해서’는, 제2부에 이르면 원문 이상으로 어려워지고 혼란스러워진다.

메피스토펠레스가 파우스트를 서재에서 끌어낼 때 “먼저 작은 세상을 보고 그 다음에 큰 세상을 보기로 합시다”(2053)라고 하였다. 제1부에서 괴테가 파우스트를 통해서 보여준 모든 장면은 ‘작은 세상’에 해당하는 것이라면, 이제부터 전개되는 제2부는 그 상층의 세계가 된다.

비극으로 끝난 제1부에서의 파우스트의 심신의 피로를 치유하는 장면에서 제2부는 다시 시작한다. 험준하고 숭고한 알프스산 속에서 다시 되살아난 파우스트의 마음의 눈에 어린 영롱하고 찬란한 대자연의 모습—파우스트의 입에서 나온 “인생이란 채색된 영상으로만 파악될 뿐이다.”(4727) 이 말은 이 작품의 에필로그인 “모든 무상한 것은/한낱 비유에 지나지 않는다”(12104~12105) 이 말의 도입에 대응한다. 이제까지 남김없이 거친 소시민의 세계로부터 파우스트와 메피스토펠레스는 바야흐로 보다 넓은 상층의 세계로 들어서게 되는 것이다.

그런 둘의 모습은 먼저 신성로마제국의 궁성에 나타난다. 국고가 바닥이 나서 위태롭게 된 나라에서 두 사람은 지하에 묻힌 보물을 담보로 해서 그 위기를 구출하고 황제의 두터운 신임을 얻게 되는데, 그것은 또 그 황제의 어처구니없는 욕망을 불러일으킨다. 황제는 이들에게 이 세상 최고의 미남 미녀인 파리스와 헬레나를 나타나게 해달라고 청한 것이다.

이 황제와 두 사람의 만남 자체가 시공을 초월한 차원인데, 괴테는 여기서 다시 극복해야 할 시공을 위해서 '어머니들'(6216)이라는 영원히 쓸쓸하고 고독한 자리를 설정한다. 그곳은 일체의 물(物)의 본과 형태와 도식(圖式)이 있는 곳이다. 일체의 생명의 형태가 그 어머니들로부터 태어나는 것이다. 그곳에서 끌어들인 삼발이 향로에서 피어오르는 연기에서 나타난 미녀 헬레나를 보고 황홀경에 빠진 것은 파우스트였다. 그러나 함께 등장한 미남 파리스가 헬레나를 꼭 껴안는다. 화가 난 파우스트가 마법의 열쇠를 갖다 대자 폭음과 함께 헬레나와 파리스 두 유령은 사라지고, 기절한 파우스트를 메고 메피스토펠레스는 궁성에서 물러난다.

제2막은 장면이 바뀌어서 옛 서재의 장에서 시작된다. 그새 명실공히 석학이 된 옛 조수 바그너가 인조인간 호문쿨루스를 탄생시킨다. 이 호문쿨루스가 파우스트를 그가 꿈꾸는 헬레나의 나라—그리스로 데리고 가는 것이다. 메피스토펠레스의 외투에 태워 그리스의 최고 전설의 지방 테살리아로 공중비행하는 호문쿨루스의 시험관이 그 속에서 빛을 내는 장면은, 오늘의 우주선의 비행을 예견한 것처럼 느껴지기도 한다.

테살리아의 장면에서 괴테는 그가 깊은 관심을 가졌던 지구의 생성에 관한 해박한 지식을 피력하고 있다. 괴테는 물질 속에 잠재하는 생명을 생성하게 하는 정신적인 형성본능이 있을 것으로 믿고 있었다. 그것을 이 장면에서는 에로스라는 신으로 나타내고 있다.

이 테살리아의 장면은 〈고전적 발푸르기스의 밤〉 이라고 불리며, 여러가지 전설적 요괴가 나타나는데 대부분은 《파우스트》의 줄거리와는 무관한 것들이다. 어쩌면 괴테는 여기서 그리스 미의 발전 단계를 추(醜)에서 미로 보는 그의 견해를 제시하려한 시도일지 모른다. 어쨌든 이 장면에서 파우스트는 저승의 여왕 페르제포너에게 탄원해서 헬레나를 다시 지상으로 돌려 받게 된다.

이어지는 제3막은 〈스파르타에 있는 메넬라오스왕의 궁전 앞〉 이다. 때마침 트로야성을 함락하고 그 성에 유괴된 왕비 헬레나를 구출한 그리스군이 스파르타로 되돌아온다. 궁전 여집사로 둔갑한 메피스토펠레스는 헬레나를 속여 스파르타 국경에 있는 성으로 가게 한다. 여기서 그녀는 이 성의 우두머리인 게르만 부대의 수령과 결혼하는데 그가 곧 파우스트였다. 괴테는 실로 '시인은 세계 전체를 소재로 삼을 수 있음'을 증명하고 있는 것이다. 단순한 공상이 아니라 그 고대를 실감나는 중세 기사시대로 옮겨 온 것이다. 그러므로 고대 그리스의 미녀는 중세의 기사로 바뀐 파우스트로부터 기사적 예우를 받게 되는 것이다.

두 사람의 결혼은 곧 게르만의 영웅과 그리스 미녀의 결합, 북구의 생명력과 남구의 형식미의 조화를 상징하는 것으로 볼 수 있다. 이 결합의 산물이 곧 오이포리온의 탄생으로 나타난다. 조숙한 천재아 오이포리온이 전쟁의 체험을 위해 날아 오르다가 추락사하는 줄거리의 설정은 괴테에게 큰 충격이던 천재 시인 바이런의 죽음에서 얻은 것으로 볼 수 있다. 어쨌거나 오이포리온을 잃은 헬레나는 지상에 머물 끈이 끊기고 저승으로 되돌아갈 수밖에 없게 된다.

모든 아름다움은 쉴새없이 모습을 바꾼다. "행복과 아름다움은 언제까지나 함께 있을 수 없다는/옛말이 슬프게도 제게서 증명되고 있어요."(9939~9940) 이 말을 남기고 헬레나는 파우스트의 곁을 떠나 버린다. 파우스트도 더이상 미적 향락을 추구할 의욕을 잃어버린다. 마침내 그는 새로운 도전을 자신 속에서 발견하는데, 바로 해안을 뻗는 황무지를 간척해서 이상의 나라를 건설하는 일이다.

밤낮을 가리지 않고 그는 신하들을 격려해서 토목공사를 진행한다. 자유로운 백성과 함께 자유로운 땅에 살며, 진취적인 백성과 함께 미래의 행복한 나라를 꾸미고 있는 것이다. 파우스트에 내재해온 선의 추구가 비로소 그 모습을 갖추어나가는 과정에서 회색빛 여인 '근심'의 입김으로 그는 실명한다. 그러나 이때 비로소 그의 마음의 눈이 열리게 되는 것이다. 비로소 그는 삶의 보람과 삶의 참뜻을 깨우치게 되는 것이다.

그는 이렇게 말하면서 쓰러져 죽는다.

"나는 순간에 대해 이렇게 말해도 좋을 것이다.
'멈추어라, 너는 정말 아름답구나!'"(11581~11582).

이때 메피스토펠레스는 내기에 이긴 것으로 판단한다. 그러나 《파우스트》의 첫머리에서 악마가 파우스트를 유괴할 수 있도록 신에게 허락받았을 때, 신은 '그가 지상에 살고 있는 동안'(315)이라는 조건을 붙였다. 그때 메피스토펠레스는 말했다.

"쓰레기를 그 자에게 먹이겠습니다. 좋아서 먹을 겁니다"(334).

하지만 파우스트는 그 오욕의 쓰레기를 먹는데 만족하지 않았다. 무의미하고 무가치한 향락에 만족하지 않고, 겨레를 위한 창조적 건설적 활동에서 비로소 만족을 찾아낸 것이다. 그러므로 형식적으로는 파우스트의 패배인데도 불구하고 내용적으로는 그렇지가 않았다.

그러므로 "시계는 멈추었다—"(11592) 외치면서 그의 부하를 독려해서 파우스트의 주검에서 빠져나오는 영혼을 사로잡으려는 악마의 계산은 오산으로 돌아간다. "끊임없이 애쓰며 노력하는 자를/우리는 구원할 수 있습니다."(11936~11937) 천사들은 노래하고 파우스트의 영혼은 악마의 손으로 넘어가지 않게 된다.

그러나 인간의 마음의 구제는 오로지 자력만으로는 얻을 수 없다는 것이 괴테의 믿음이었다. 하느님의 은총이 있어야 하는 것이다. 그래서 괴테는 여기서 그 옛 애인 그레트헨이 나타나 성모 마리아에게 그의 영혼을 위해 은총을 비는 결정적인 장면을 설정한다. 그녀에게 이끌려 파우스트의 영혼은 영광의 자리로 오른다. 그레트헨이나 파우스트는 덧없이 무너지는 땅위의 존재일 수밖에 없다. 그런 그들이면서 심혼을 기울인 노력과 하늘로부터의 은총으로 말미암아 천상계에 빛나는 위대한 현상으로 완성됨을 보여주는 것이다. 그리고 그 구제의 종극의 길잡이는 천상에서는 성모 마리아, 지상에서는 그레트헨과 두 여성적 속에 구현 되어 있는 영원한 사랑이었다.

4. 인류의 문학유산 《파우스트》

주인공 파우스트와 메피스토펠레스의 결연(結緣)에서 시작해서 절연으로

막을 내리는 이 비극은 작품의 내용으로나 형식으로나 명확하게 특이한 존재임을 주장하고 있다. 즉 우리는 《파우스트》 제2부에서 아득한 트로야 전쟁 이래 3,000년의 세월에 걸쳐 유럽이 낳은 각양각색의 시형식의 유산을 접할 수 있는데, 이점에서도 《파우스트》는 다른 어떤 문학작품도 해내지 못한 무한가치의 문학유산을 담아낸 것으로 평가되는 것이다. 바로 이 점에서 《파우스트》는 문학작품으로서 특이한 진면목을 제시하는 것이다.

시 형식만이 아니다. 상대역인 메피스토펠레스도 악마이기는 하지만, 전통적으로 인간이 상상한 존재로서의 악마로 보기에는 인간적인 면을 강렬하게 보여주고 있다. 이렇게 보면 주인공 파우스트도 우리들의 일반적인 '인간'의 범주에서 벗어나는 존재이면서도, 그가 하는 모든 행위나 심상은 너무나 인간적이다.

이 밖에도 괴테는 작품에 등장하는 모든 전설적인 실재나 심지어 인조 인간 호문쿨루스마저도 인간의 체온을 역력히 느낄 수 있도록 부각시키고 있다. 결국 《파우스트》는 이 지구 위에서 실현할 수 있는 인간의욕의 가능성의 극대를 전개해 보인 작품이라고 할 수 있다.

이에 따라, 《파우스트》는 인간적인 문제를 언어라는 도구의 극대화를 동원해서 규명해 낸 문학작품이다. 그러기에 이 작품을 완성하는 데는 괴테의 천재의 힘으로도 60년이라는 긴 생애를 몰입하지 않을 수 없었던 것이다. 그래서 《파우스트》는 그 어느 문학유산보다도 인간이 만든 인간을 위한 작품이다.

이미 괴테 자신이 가리킨 것처럼, 분명히 이 작품은 '말할 수 없는'(12108) 작품이다. 《파우스트》에는 캐면 캘수록 넓어지는 시각이 있고, 의미와 상징이 깊히 담겨져 있음을 관계 연구자들의 다채로운 연구결과에서 볼 수 있다.

그리고 무엇보다 중요한 점은 괴테가 품고 있던 '세계문학'의 완벽한 규범을 제시한 것이 《파우스트》라 하지 않을 수 없다. 이 작품에서 우리는 그가 제창한 '세계문학'의 이념이 '국민문학'과 대립하는 것이 아니라는 것을 알게 된다. 《파우스트》는 가장 국민적인 문학이야말로 가장 세계적인 문학일 수 있음을 보여 주었고, 그래서 인류와 더불어 위대한 문학의 영원한 유산으로 남았다.

절망을 초극하는 청춘의 아름다움

곽복록

괴테는 1771년 8월, 슈트라스부르크 대학에서 법률공부를 마치고 고향 프랑크푸르트로 돌아왔다. 그는 고향에서 1년쯤 쉬었다가, 그 다음해 5월에 제국 고등법원이 있는 베츨라로 떠났다. 법률 사무를 견습하기 위해서였다. 그즈음 베츨라에는 독일 여러 지방에서 사절들이 와 있었다.

이 사절 수행원들은 유능한 젊은 청년들이어서, 괴테는 이들과 자연스럽게 어울렸다. 특별히 괴테와 가깝게 지낸 사절 서기관도 있었다. 하노버 왕국 예하 브레멘 공사관 비서관인 케스트너와 브라운슈바이크 공사관 비서관인 예루살렘이 그들이었다. 그런데 괴테는 샤를 롯테 부프를, 케스트너의 약혼녀임을 알지 못한 채, 사랑하게 된다. 그는 그녀에게 격정적인 연정을 느끼자 남몰래 괴로워하다가, 결국 단념하고 도망치듯 고향으로 돌아왔다.

괴테는 베츨라에서 돌아온 뒤 한동안 삶에 대한 권태에 사로잡혀 죽음을 결심하고 자살 시도까지 했다. 그 정도로 괴테의 정신 상태는 불안정했다. 그런데 그때 괴테는 옛 친구인 예루살렘이 자살했다는 소식을 듣는다. 동료 서기관의 아내를 짝사랑하다가 사람들의 빈축을 사기에 이르자 케스트너에게 권총을 빌려 자살했다는 것이다.

강한 충격을 받은 괴테는 비로소 꿈에서 깨어났다. 그는 자신의 연애 체험과 친구의 자살사건을 하나로 엮어 소설로 만들 결심을 했다. 작품 창조를 통해 자신의 위기를 극복하려 한 것이다. 그야말로 괴테에게 어울리는 천재적 수단이었다. 결국 《젊은 베르테르의 슬픔》이란, 작가 자신의 청춘에 들이닥친 위기를 극복하기 위한 작품이었던 것이다.

1774년 《젊은 베르테르의 슬픔》이 나오자 이 작품은 열광적으로 읽혔고, 베르테르가 일으킨 선풍은, 마치 우리가 정신적인 유행성 감기에 걸린 것처럼 대단했다.

이 작품에는 젊은 괴테의 내부에 굽이치고 있던 거의 모든 정열이 나타나

샤를롯테 부프

있기 때문에, 이제까지 계몽적 오성주의(悟性主義)에 묶이어 숨막힐 듯한 소사회 속에서 감정의 배출구를 찾지 못했던 당시 젊은이들의 어두운 기분이 이 소설을 읽음과 동시에 폭발해서 커다란 센세이션을 일으켰다.

젊은이들은 푸른 웃도리에 누런 조끼를 입고 승마용 바지에 목이긴 장화를 신은 베르테르의 모습을 따랐고, 여자들은 평범한 남편을 싫어하고 베르테르처럼 다정다감한 재사를 사모했다. 심지어는 베르테르처럼 자살을 모방하는 사람까지 나타나 그 영향은 국경을 넘어서 유럽 전체에 파급되었다. 그 중에서도 특히 프랑스에서는 가장 많은 베르테르의 애독자가 나왔다고 한다. 《젊은 베르테르의 슬픔》를 즐겨 읽었던 나폴레옹은, 훨씬 뒷날 1808년 59세인 괴테와 에어푸르트에서 회견했다. 그 1주일 지나서 나폴레옹은 바이마르로 괴테를 찾아가, 《젊은 베르테르의 슬픔》의 감명을 화제에 올리며 대화를 나누었다고 한다.

이 소설은 인간이 살아가는 방식 그 자체를 문제 삼았다. 독자들은 주인공이 왜 자살할 수밖에 없었는지 곰곰이 생각해 보게 된다. 이전까지의 소설에서는 사람이 사랑 때문에 자유의지로 죽음을 선택한다는 것은 상상할 수 없는 일이었다. 예를 들어 루소의 《신 엘로이즈》. 이 소설의 여주인공은 남편과 행복한 결혼생활을 보내면서, 정신적으로는 애인과 깊은 사랑을 나누고 있다. 하지만 베르테르의사랑은 그런 식으로는 채워지지 못했다. 그는 완전한 사랑을 원했다. 그러나 베르테르의 운명의 연인인 롯테는 처음부터 남의 아내가 될 사람이었다. 남의 아내를 사랑하는 것은 세상이 용서하지 않는 일이었다. 이처럼 절망적인 상황에 빠진 베르테르에게 남겨진 방법은 단 하나, 바로 죽음이었다. 게다가 베르테르는 롯테와 만나기 전부터 이미 죽음에 대한 동경심을 품고 있었다.

젊은 작가인 괴테가 이 작품 하나로 유명해졌다는 것은, 세계문학사상 유례가 드문 일이었다. 그 뒤 괴테는 오랫동안 《젊은 베르테르의 슬픔》의 작가로서 알려졌다. 《파우스트》가 그의 대표작이라고 간주되기에 이른 것은 그가 죽은 뒤의 일이었다.

괴테는 에커만에게, 그의 작품 《젊은 베르테르의 슬픔》에 대해 결론적으로 이렇게 말하고 있다.

"그 속에는 내 자신의 가슴속에서 흘러나온 내면적인 것, 사상과 감정이 담뿍 담겨져 있지…… 그건 그렇고 이미 여러 번 말한 바 있지만 이 책이 출판된 이래로 나는 한 번만 다시 읽었을 뿐이야. 그리고 이것을 두 번 다시 읽지 않도록 조심하고 있지. 이것은 순전히 봉화 그 자체이지!—이것에 접근하는 것만으로도 벌써 섬뜩해지지. 그리고 거기에서 빛어 나오는 병적인 상태 속으로 다시 흘러 들어가는 것을 두려워하고 있지… 누구나 일생을 살아가는 동안 《젊은 베르테르의 슬픔》은 자기 자신을 위해서만 씌어진 것이라고 생각하는 시기가 한 번쯤은 있을 것이야. 만일 이것이 일생에 한 번만이라도 없었다면 곤란하기 그지없는 일이지." (《괴테와의 대화》 3부 543~545.)

주인공 베르테르는 자살했지만, 그를 낳은 괴테는 그 뒤 50년 넘게, 지칠줄 모르는 위대한 문호의 길을 걸어갔다.

《파우스트》의 번역대본과 주석본은 괴테 전집의 다음 특별본(Sonderausgabe)을 사용하였다.

1. Goethe·Faust
   Der Tragödie erster und zweiter Teil
   Herausgegeben und kommentiert
   von Erich Trunz
   Verlag C. H. Beck München 1994

2. Johann Wolfgang Goethe
   Faust
   Texte und Kommentare
   Herausgegeben von Albrecht Schöne
   Lizenzausgabe für die Wissenschaftliche
   Buchgesellschaft
   Deutscher Klassiker Verlag
   Frankfurt am Main 1999

《젊은 베르테르의 슬픔》의 번역에는 다음 텍스트를 사용하였다.

Goethe·Die Leiden des jungen Werther
Deutscher Taschenbuch Verlag
München 2004

괴테의 생애

곽복록

괴테와 계몽주의

요한 볼프강 폰 괴테(Johann Wolfgang von Goethe)는 1749년 8월 28일 독일 중부 마인 강변의 프랑크푸르트에서 태어났다.

괴테의 성장기는 독일의 도시 시민 계급이 흥성해 가던 시기였고, 이는 정신사적으로 계몽주의의 최성기에 속한다. 독일은 이 계몽주의에 의해 참다운 의미의 근대로 돌입했다고 해도 좋을 것이다.

문학에서는 시의 클롭슈토크, 소설의 빌란트, 희곡의 레싱이라고 하는 세 사람의 위대한 문인을 낳았다. 그들이 닦은 문학의 한길에 괴테라는 엄청난 천재를 맞아들인 것이 독일 문학에 새로운 전기를 마련하는 결정적인 계기가 되었다.

어린시절

괴테는 유복한 시민 가정에서 태어났다. 장인(匠人)으로부터 입신하여 꽤 많은 재산을 모은 할아버지의 힘으로 아버지는 대학 교육을 받았지만 일정한 직업은 갖지 않고, 아들에게는 법률학을 공부시켜 집안을 빛내고자 하였다. 외할아버지는 프랑크푸르트의 시장이었는데, 어머니는 명랑한 인품이었다. 이 부모 밑에서 괴테는 모든 종류의 교육을 집에서 받으며 행복한 유년 시절을 보냈다. 만년의 괴테는 부모를 다음과 같은 시로 그려내었다.

아버지로부터 나는 체력과
인생의 진지한 삶을 물려받았다.
어머니에게서는 명랑한 기질과
이야기를 만들어 내는 즐거움을.

괴테는 좋은 환경에서 태어나 자신에게 주어진 자질을 충분히 살린 사람이었다. 애틋한 정으로 어머니를 따랐으며, 이 어머니로부터 물려받은 쾌활함과, 아버지로부터 물려받은 진지함과 끝내 살아가고야 말 장부다움을 스스로의 본질과 조화시켜, 청춘의 격렬한 정열적인 삶으로부터 장년기의 진지한 책임 있는 삶으로 성장하고, 만년의 커다란 예지의 경지에 다다른 것이다.

그의 일생은 인간의 존재와 사색의 다양한 영역을 섭렵하며, 갖가지 착오와 실험을 거쳐 총체적인 자기 실현에 이르는 여정이었다.

괴테(1749~1832)

라이프치히 대학생활

16세 때 괴테는 아버지의 뜻대로, 처음으로 고향을 떠나 작센국 수도 라이프치히 대학에 입학했다. 아버지의 모교인 이 대학에서 법률학을 배우게 된 것이다. 프랑크푸르트와 라이프치히는 오늘이나 옛날이나 거의 비슷한 크기의 도시로 현재 인구 약 70만, 그때는 약 10만여로 그 무렵의 유럽 도시로서는 매우 큰 편이었다. 그러나 두 도시의 분위기는 매우 달랐다. 라이프치히는 1409년 창립된 대학을 중심으로 한 학술적 분위기가 짙었고, J. S. 바흐 이래 음악 도시로서도 널리 알려졌으며 또 견본시, 동방 교역상 중요한 교통의 요충으로서도 활기를 띠고 있었다. 도시가 갖는 개성이란 불가사의한 것이다. 괴테는—프랑크푸르트가 중세적인 건물, 거리, 탑, 성벽 따위가 무질서하게 늘어선 오랜 세월에 걸친 갖가지 형상의 모임에 지나지 않으며, 우연과 자의에 맡겨져 일정한 방향이 없음에 비해, 라이프치히는 균형 잡힌 아름답고 높은 건물로 가득 차 있고,

과거의 그림자를 짊어지지 않은, 복지와 부를 약속하는 새 시대의 숨결이 넘쳐 흘렀다—라고 한 것으로 보아 이 도시에서 매우 신선한 인상을 받았음을 알 수 있다.

그러나 자기 가운데 무한한 가능성을 예감하며 배우고, 놀고, 그러면서도 자기 안에 무엇하나 확실한 것이라고는 갖지 않은 무력의 자각과 좌절감을 맛보며 라이프치히에서 보낸 3년의 면학 시기는, 거센 초조감에 마음을 죄면서도, 아직 자신에게 맞는 적합한 세계를 찾아내지 못한 모색의 시기이기도 했다.

독일 정신과 경건주의

라이프치히에서 병을 얻어 프랑크푸르트의 집으로 돌아온 괴테는 한때는 생사가 걱정될만큼 중태에 빠지기도 했으나 가까스로 고비는 넘겼다. 이 병상 생활은 반 년이 넘었으며 그동안 괴테는 차츰 종교에 마음이 이끌렸다. 더구나 외가로 친척이 되는 클레텐베르그(1723~74)라는 부인의 경건주의에 감화되어, 그의 내면에는 범신론적 경향이 강하게 자라났다. 괴테는 《빌헬름 마이스터의 수업 시대》의 제6권 〈아름다운 혼의 고백〉에서 클레텐베르그 부인을 영원히 기념하고 있다.

괴테뿐만 아니라 계몽주의 이래 근대에 있어서 독일적인 사유에 대한 경건주의의 영향은 주목할 만하다. 계몽주의가 내세우는 이성과 미덕의 개념으로써 독일인 특유의 내면의 어두컴컴한 심연을 뛰어넘는다는 것은 독일인에게는 거의 불가능한 일이었다. 넘치는 이성 개념에 시달린 생활 감정에는 윤기가 없었다. 이를 보충하는 것처럼 종교적 정도에 의해 내면 정화를 꾀하는 경건주의가 불붙어 오른 데에 사뭇 독일적인 성격이 있다. 〈아름다운 혼의 고백〉의 내성은 한결같이 내면에 따라 삶에 대해 소극적인 것을 느끼게 하지만, 그것이 이 파의 본질이 아니라, 무릇 이 종파는 굳어버린 신교의 형식화에 저항해서 묻힌 영혼의 불을 피워 올리고, 개인의 생명에 권리를 돌려줌으로써 계몽주의와 공통의 지반 위에 섬과 동시에, 어디까지나 종교성의 전개로써 합리주의에 대한 비합리주의의 지류를 이룬다. 이와 함께 내면의 성실한 경건은 직업에 있어서의 세속적 유능을, 나아가서는 시민성의 자각을 불러일으켰다. 다시 경건주의는 친첸도르프에 의해, 모든 개인은 신에 의해 단 한번만의 삶과 고유한 종교 생활이 주어지고 있으며, 인간은 식물의 성장처럼 심령의 자연스런 발생

▶괴테의 아버지 요한 가스파르와 어머니 에리자베트 텍스토르

▼18세기 중반 프랑크푸르트 풍경
성 니콜라스 교회가 있는 뢰머베르크 광장은 시민생활의 중심지였다.

에 내맡겨지지 않으면 안 된다고 말하여져, 신의 내재와 인간의 식물적 형성이라고 하는 괴테에서 결정을 본 사상은 여기에 그 초석을 굳히게 된 것이다.

괴테에 앞서, 경건주의의 결실로서 웅대한 종교 서사시 〈메시아스〉에 의해 시단에 새로운 바람을 보내어 커다란 반향을 불러 일으킨 것은 클롭슈토크였다.

시라고는 하지만 그것은 어릴 때부터 경건주의에 깊이 길러진 시인의 종교적 정서에서 분출되어 나온 싱싱한 서정시의 연속이며 시인 자신의 넘쳐날 듯한 정감의 표백이었다. 그는 송시에 있어서도 많은 뛰어난 작품을 썼지만, 괴테의 《젊은 베르테르의 슬픔》을 읽은 사람이라면 "클롭슈토크!"라고 말한 것만으로

베르테르와 롯테의 마음이 통하게 되는 장면을 떠올릴 수 있을 것이다.

슈트라스부르크

건강을 회복한 괴테는 다시금 집을 떠나고 싶은 마음이 생겨 이번엔 그 무렵 프랑스령이었던 슈트라스부르크 대학에 몸담는다. 슈트라스부르크의 법률학은 실용적인 학문으로 괴테에게 그다지 어려울 것이 없었는데, 이곳에서 가깝게 지낸 의학생 친구가 많은 것을 동기로 그는 의학에 관심을 두어 의학, 화학, 해부학 강의에 나가는 한편 카드놀이와 댄스 등 사교 생활에도 열중했다. 여름 학기가 끝날 무렵에는 학사 후보자 시험에 합격했다.

슈트라스부르크는 아름다운 자연에 싸인 도시로 여기에는 고딕 건축의 유명한 대사원이 있었다. 괴테는 처음 이 도시로 들어가는 마차 속에서 이 대사원을 올려다보고 이미 이상한 감명을 받았었는데 그 후 가까이 갈 때마다 더욱 깊은 인상을 받았다. 이에 대해서는 상징적인 뜻이 있다. 괴테뿐 아니라 독일인이라면 누구나, 고딕 건축과 같은 공간과 시간을 넘어 반성과 실현을 구해서 영원히 동경하고 애써 마지않는, 이를테면 비극적 형식에 접한 쪽에 완성과 규율과 조화에 접하는것보다 더욱 해방감을 느끼는 경향이 있다. 어두컴컴한 내면의 안쪽에서 거칠 정도로 솟구치는 생명감이 스스로를 승화시킨 예술 양식에 접해 비로소 상승하고 치유되는 것이다. 고딕 예술은 그들에게는 바로 생명의 타오름과 진혼(鎭魂)의 표백이었다.

헤르더와의 만남

1770년 9월 요한 고트프리트 헤르더가 눈 수술을 받기 위해 슈트라스부르크로 와서 머물게 되었다. 이미 신진 비평가로서 명성을 떨치고 있던 헤르더와 알게 되었다는 것은 괴테에게는 운명적인 사건이었다. 헤르더의 냉혹할 만큼 가차없는 지도를 받아가며 괴테는 호메로스, 하만, 오시안, 셰익스피어, 민요의 세계 등을 알게 되었다. 모두가 자연에 뿌리박은 인간의 진실한 외침이었다. 헤르더는 괴테의 내부에 있는 시인적 천재를 불러일으켰다. 거기에 프랑스 문화의 영향이 짙은 오성만능(悟性萬能)의 계몽 사상에 반발해서 독일인 특유의 창조 감정이 폭발하고 있었다. 헤르더와 괴테의 만남은 슈트름 운트 드랑(疾風怒濤)이라고 부르는 문학 운동과 직결된다. 한편 이 무렵에는 괴테로 하여금 싱싱한 서정시를 쓰게 한 동기가 된 프리데리케 브리온과의 연애 사건이 있었다.

어린 시절의 괴테와 누이동생 코르넬리아

프리데리케

1770년 10월에 괴테는 슈트라스부르크 교외의 한 마을 제젠하임의 목사를 찾아간 일이 있는데 목사의 딸 프리데리케를 보고 마음이 끌렸다. 전원에 싸인 마을에 어울리는 밝은 자연 그대로의 순수하고 소박한 그녀를 괴테는 진지하게 사랑하여, 〈오월의 노래〉 〈그림 리본에 부쳐〉 〈환영과 작별〉 등 훌륭한 청춘시를 낳았지만 끝내 그들은 맺어지지 못했다. 괴테는 일생에 걸쳐 여러 번, 그때마다 진실한 연애를 체험했지만, 대상을 모조리 흡수하고 나면 그 곁을 떠나 버리곤 했다. 상대 여성들은 괴테에게 사랑받은 것을 행복한 추억으로 가슴에 품고 지낸 듯하지만, 객관적으로 본다면 괴테와 같은 신재(神才)에게 사랑받은 여성은 불행할 수밖에 없었다. 그러한 가운데서도 프리데리케와의 연애 사건만은 괴테에게 평생토록 죄책감을 불러일으켜, 그것이 여러 작품에 예컨대 《파우스트》의 그레트헨 등에 깊은 그늘을 던졌다.

슈트름 운트 드랑

헤르더와 괴테, 그리고 괴테보다도 10살 젊은 실러 등에 일어난 슈트름 운트 드랑의 문학 운동이란 무엇인가. 이성내지 오성(悟性)의 개념에 대한 비합리적 자연 감정의 폭발이라는 외적 모습은 계몽주의와 어긋나는 것이지만, 이 운동이 계몽주의 속에서 이미 준비되어 있었다는 것은 셰익스피어나 경건주의가 이 운동의 원천이 된 것으로도 알 수 있다. 일단 이성의 이름으로 해방된 인간의 주체성이, 그 이성의 비이성적 지배 때문에 비뚤어지고 억압되어 개체의 신문명에 의한 인간 퇴락의 위기를 막고, 창조적 발전 작용을 갖는 유기적 생명체인 자연에 적응한 인간성 회복에의 외침, 이것이 바로 이 운동이 의미하는 것이었다. 이 운동의 제일 원천이 된 것은 루소이다. 또 정치적 사회적 이념에서 보면 계몽주의 이념을 한층 첨예화해서 계승했다고도 할 수 있다.

전반적으로 본다면 슈트름 운트 드랑 운동은 루소에서 발달해 유럽 전체에 낭만주의 운동을 일으킨 운동이고, 독일 자체에 있어서는 고전주의로부터 낭만주의에 이르는 독일 관념론 전개의 첫걸음이었다. 이것은 하나의 혁명운동이었다. 문학뿐만 아니라 사회, 정치, 문화 전반에 걸쳐 낡은 정신 질서에 대한 자연과 삶의 반역을 외친 것이었다. 요컨대 자연의 의지에 순응하는 삶의 체험에 따른 자아의 확장이었다. 그런데 루소가 요구하는 인간성 실현을 이룩할 수 있는 개성은 천재가 아니어서는 안되었다. 이 운동을 〈천재 시대〉라고 부르게 된 것은 여기에서 비롯된다. 이제 인간은 신의 창조 작용조차도 빼앗는다. 괴테는 시 《프로메테우스》에서 이렇게 노래한다.

……아니 나는 여기 앉아
내 모습을 본떠
인간을 만들겠다고
괴로워함도 우는 것도
또 나와 같이
그대(제우스)를 돌아보지 않음도
그대와 같은 종족인
인간을 만들겠다고

괴테는 이러한 많은 체험 속에서도 법률학에 힘써 논문을 제출하고 토론을 거쳐 1771년 8월 득업사 칭호를 받은 뒤, 프리데리케와 작별을 한 다음 프랑크푸르트로 돌아왔다.

희곡 《괴츠》

그즈음 득업사는 세상에서 박사로 인정해 주었다. 아버지는 크게 만족해서 이 아들을 맞이하고, 괴테는 얼마 후 정식 변호사로서 개업인가를 받았다. 그러나 실제 사무는 아버지가 거의 처리해 주었기 때문에 괴테는 전부터 뜻을 두어오던 문학과 여행에만 골몰했다. 이러한 때 우연히 입수한 기사(騎士) 괴츠 폰 베를리힝겐의 전기를 읽고, 이 강직하고 긍지높은 남자의 모습을 중세 독일에서 끌어와 전하고 싶다는 열망에 불타, 1771년(22세) 가을에 희곡의 형식을 빌어 단숨에 썼다. 강직한 괴츠는 동란(動亂) 속에서 자기의 자유를 주장하다가 끝내 밀어닥치는 근대의 힘에 눌려 짓밟혀 간다. 이 희곡의 초고를 존경하는 헤르더에게 보냈는데, 그는 〈셰익스피어가 당신을 망쳐 놓았다〉는 혹독한 비평을 보내왔다.

로빈스 코린트가 근대적으로 묘사한 괴츠
《괴츠 폰 베를리힝겐》은 셰익스피어를 모범으로 삼은 희곡이다.

이 초고는 실제의 무대에 알맞도록 고쳐 써서 1773년 자비 출판하기로 했다. 그런데 이 작품은 뜻밖에도 커다란 반향을 불러일으켜, 슈트름 운트 드랑의 대표작이라는 평까지 받았다.

베츨러

《괴츠》가 출판되기 전 1772년 5월 괴테는 프랑크푸르트의 북쪽 수십 킬로 지점에 있는 베츨러로 갔다. 그 무렵 독일 최고 재판소인 〈신성 로마제국 고등법원〉에서 법률의 전문적인 실무 견습을 하기 위해서였다. 고등법원에서 받은 인상은 더없이 나빴다. 모든 것이 형식 투성이고 법무는 정체하고, 재판 중에는 몇십 년, 몇백 년이나 걸리고 있는 것들도 있는 형편이었다.

그러나 베츨러 교외의 작은 마을에서 열린 무도회에서 괴테는 롯테를 만난다. 건강하고 상냥한 샤를롯테 부프에게 그는 격정적인 동경을 품었지만, 그러나 그녀는 이미 유능하고 선량한 법무서기관 케스트너와 약혼한 사이였다. 세 사람은 저마다 괴로워하다 마침내 괴테는 결심하고 베츨러를 떠났다. 이 샤를롯테가 《젊은 베르테르의 슬픔》의 모델이 되었다. 전에 라이프치히에서 공부할 무렵 알고 지내던 젊은이가 마찬가지로 베츨러에 파견되어 와 있다가 불행한 연애 때문에 자살했다는 사실을 그는 그 고장을 떠난 뒤에야 알았다. 괴테 자신이 체험한 절망적이 사랑과, 이 젊은이의 불행한 파멸을 소재로 삼아 쓴 작품이 《젊은 베르테르의 슬픔》이다. 이 작품은 1774년, 그가 스물다섯 살 나던 해에 출판되었다.

이 작품은 그즈음 젊은이들에게 커다란 충격을 주고 사람들 마음을 사로잡아 온 유럽에 번역본이 출판되고, 독일 문학은 이것을 계기로 비로소 세계문학으로까지 발돋움하게 되었다. 나폴레옹도 이집트 원정을 떠날 때 이 책을 가지고 갔고, 몇 번이나 되풀이해 읽었다고 스스로 말하고 있다. 심정의 솔직한 토로와 청춘의 싱싱한 표현, 아름다운 자연의 적확(的確)한 묘사, 이러한 점들이 이 작품을 근대 이후의 독일의, 유럽 소설의 한 원형이 되게 한 것이다.

파우스트 초본(Urfaust)

《젊은 베르테르의 슬픔》의 작자로서 괴테의 이름은 유럽뿐만 아니라 중국에까지도 알려지고, 슈트름 운트 드랑의 대표자로서 많은 사람들이 프랑크푸르트로 그를 찾았다. 그는 계속 문학적 성장을 이룩하여 우주적인 넓이와 높이에 이르는 뛰어난 장시(長詩)를 많이 지었다. 앞에서 일절을 소개한 《프로메테우스》도 이 시기의 작품이다. 나아가 그는 거인적인 내면의 충동으로 잠자코 있을 수가 없어, 역사 속의 위대한 인간상을 모두 시로 노래하고 희곡으로 재현하고 싶어했다. 그중에서 특히 그의 마음을 끈 것은 16세기에 실재한 인문주의자이며 연금술사인 파우스트 박사였다.

루터와 동시대 인물인 파우스트 박사에 대해서는 그의 죽음 뒤 갖가지 민간 전설이 생겨나, 악마에게 혼을 팔아 마법을 몸에 지녔지만 드디어 비참한 종말을 고했다는 그의 이야기가 전해 내려오고 있었다. 자연의 불가사의한 힘을 지배하고 모든 것을 탐구해서 알아내고자 하는 인간의 근원적인 욕구가 파우스트의 모습에 오롯이 담겨 있었다. 이것은 이를테면 신에 대한 반역이었다. 하늘과 땅 사이에서 오직 인식에의 충동에로만 내달린 인물, 파우스트—이 남자의 전설은 독일인 괴테의 마음을 사로잡았다. 16세기 말에 이미 괴테의 출생지인 프랑크푸르트에서 파우스트 전설에 대한 민중본(民衆本)이 인쇄되었으며, 그것이 영국으로 건너가 셰익스피어와 같은 시대의 극작가 크리스토퍼 말로우에 의해 극화되고 그것은 다시 독일로 역수입되어 민중본의 개작을 재촉해 인형극으로까지 만들어졌다.

《파우스트》 제1부에 나오는 〈발프르기스의 밤〉의 한 장면
독일 화가 람베르크 그림.

괴테는 어릴 때부터 인형극으로 이 파우스트와 친해졌는데 프랑크푸르트에서 이십대 전반기에 이 인물을 극화해 보려고 생각했었다. 학문과 지식이 인생과의 직접적인 연관을 잃어버리고 메말라 버린 데 절망한 주인공은 몸소 인생과 자연의 진리를 파악하려고 한다. 그래서 신의 닮음꼴인 인간이 초인이 될 것을 갈망하고 세계로 나간다. 그러나 어두운 서재에서 나간 그가 한 일은 소녀 그레트헨을 사랑하고 지나친 욕망 때문에 이 소녀를 죽음의 파멸로 몰아넣는 것이었다. 이러한 내용의 희곡을 그는 끓어오르는 정열을 가지고 썼다. 이것이 《파우스트 초본》이라고 불리는 것이다.

이것을 괴테는 다시 바이마르에서 써 보태어 늘그막에 이르기까지 집필을

바이마르 궁정 전경 1774년 소실되고 나서 재건된 성관. 클라우스 그림. 바이마르 궁정은 괴테에게 참된 가정이었고, 궁정 사람들은 그의 정신적 가족이었다.

계속해 세계 문학의 가장 위대한 작품으로 이루어 놓은 것이다.

이 작품을 쓰고 있을 무렵 우연히 은행가의 딸 릴리 쇠네만과 알게 되어 그녀를 사랑하고, 약혼하여, 시민적인 생활에 들어가려고 하나, 역시 내면의 깊은 충동은 그를 평범한 변호사, 한 사람의 시민으로는 놓아 두지 않아, 마침내 약혼을 취소하고 괴테는 젊은 바이마르 공 아우구스트의 초청을 받아 1775년 가을 프랑크푸르트를 떠난다.

바이마르

그 무렵 인구 겨우 10만에 지나지 않던 바이마르 공국의 수도 바이마르 시는 라이프치히나 프랑크푸르트와는 비교도 안될 만큼 가난한 도시였다. 그러나 문학적으로는 놀랄 만한 역사와 전통을 갖고 있었다. 중세에는 튜링겐 방백(方伯)이 이 근처 발트부르크에서 궁정 연애 시인(민네젱거)들에게 시회(詩會)를 베풀곤 했다. 그 발트부르크는 또 16세기에 마르틴 루터가 성서를 독일어로 옮겨 근세 독일어를 이루고 시와 음악을 사랑해 독일적인 혼(魂)을 불러일으킨 곳이기도 했다.

작은 공국이기는 했지만 독일의 저명 인사를 궁정의 교육계에 초청하는 전통과 분위기가 있었다. 이 공국의 군주가 된 아우구스트 공이 괴테를 친구로 초청한 것이다. 괴테는 지위도 책임도 없는 하나의 손님으로, 주어진 자유를 마음껏 누리며 아우구스트 공과 함께 생활을 즐겼다. 그런 가운데 궁정의 누구한테서도 사랑을 받고 존경을 받았다. 그러는 동안에 어느덧 젊은 왕의 마음에 들어 국정상 여러 문제에 대해 의논 상대가 되고 마침내 서른살에 대신에 임명되어 국정에도 참여하게 되었다. 처음엔 연봉 1200달러를 받고 나중엔 3000달러를 받았다. 이것으로 그의 경제 생활도 자유업(그때는 아직 작가나 시인의 인세 수입이 완전한 법적 뒷받침을 받지 못하고 있었다)의 불안정한 생활에서 벗어나 확실한 기반을 얻기에 이르렀다.

칼 아우구스트(1757~1828)
독일의 작센 마이마르 대공. 괴테가 아우구스트 공의 초청으로 바이마르로 부임했을 때 괴테 나이 26세, 아우구스트 공이 18세였다.

그러나 그는 세계 속을 단순한 자유인으로서 돌아다니는 것이 아니라 하나의 공동체를 이루고 있는 이 땅 바이마르에 머물며, 친구를 위해, 또 인간으로서의 윤리를 위해 사회의 일원으로 남에게 도움되는 일을 하고자 결심했다. 이제까지는 단지 자아 형성만을 꾀하고 형성 도상에 폭발하는 자기의 에네르기만 표현하면 되었다. 그러나 지금은 한 구체적인 지역에서 인간 사회의 관계 속에 인간성 실현을 위해 사회인으로서 일하리라 결심한 것이다. 구체적으로 그것은 정치의 행정을 맡는 일이었다. 이 직무를 그는 죽을 때까지 책임감을 가지고 이행해 나갔다. 그것은 그의 내부에 있는 아버지로부터 물려받은 북부 독일적인, 다시 말해 〈프로테스탄트적 윤리〉와 책임감이 훌륭하게 합쳐진 것이었다.

궁정에선 물론 《젊은 베르테르의 슬픔》의 작가가 국정에 참여하는 데 대해 반대 의견이 없지 않았다. 그러나 아우구스트 공은 젊기는 하나 괴테의 본질을 꿰뚫어 보고 그에 대한 신뢰를 멈추지 않고 1782년에는 신성 로마 황제에게 청원하여 괴테를 귀족으로 승격시켜 궁정에 있어서의 그의 위치를 확고하게 했다. 이때부터 괴테에게는 폰 괴테라는 귀족의 칭호가 붙게 된 것이다. 폰(von)은 영국의 Sir에 해당하는 것이다. 이후 그는 재상이 되어 재정은 물론 문교, 산업 등 전반에 걸쳐 공인(公人)으로서의 직무를 수행하게 되었다. 그의 이 생활은 약 십 년간 이어진다.

보편적 천재

바이마르의 공적 생활로 사적인 시간을 모두 뺏겨 버린 것 같으면서도 괴테의 보편적인 천재성은 더욱더 넓고 풍부하게 전개되어 갔다. 그는 정무(政務), 특히 재정 담당의 필요에서 지질학과 광물학을 열심히 연구했다. 스피노자의 철학을 철저히 연구하는 한편, 동물학, 식물학에도 깊이 파고들고, 해부학 분야에서는 〈괴테의 골〉이라고 부르는 악간골(顎間骨)을 발견해 학문상의 공적도 남겼다. 또 서정시를 비롯, 문학의 모든 장르에 걸쳐서 창작했을 뿐만 아니라 어떤 때는 손수 붓을 들어 그림도 그렸다. 레오나르도 다 빈치나 미켈란젤로와 같은 의미에서의 거대한 보편적 천재가 여긴 거목과 같이 크게 자라기 시작한 것이다. 그것은 이미 단순한 청춘의 혈기로 들먹거리는 젊은 말(馬), 젊은 나무가 아니라, 유럽이 자랑하는 보편적 인간성의 위대한 전형이었다. 그 본질에는 자연과 인간이 되고자 하는 순수한 서정성이 핵심을 이루고 있었다. 이 무렵에 나온 〈달에게〉라든가 〈나그네의 밤노래〉 등의 시는 세계 문학의 주옥(珠玉)이라고 해야 할 것이다.

이 거목은 그저 위만을 향해 솟아올라간 것은 아니었다. 무한한 가능성을 모든 방향으로 뻗어 가지를 펴고 뿌리를 뻗어 나감으로써, 개체인 자기 존재가 사회라고 하는 전체 속에 놓여져 있음을 알고, 규범이라는 것을 알게 된 것이다. 말하자면 자연 가운데 엄연한 법칙성을 풍부한 직관으로 꿰뚫어 보고, 법칙성 때문에 자연의 미(美)가 있음을 알아낸 것이다. 그 법칙성은 죽은 수식(數式)이 아니라 생성, 발전하는 생명체 자체가 갖는 유기적인 법칙성이어서 인간성의 발전과도 통하는 것이었다. 그에게 있어서는 시인인 것과 과학자인 것과 그리고 정치의 공인(公人)으로서의 책무가 유례가 없을 만큼 하나를 이루고 있

〈캄파니아에 있는 괴테〉 티슈바인 그림.

었다.

슈타인 부인

참다운 자기 표현을 위해 엄격한 규범을 스스로에게 짐 지운 것은 정무나 학문을 위해서만 얻어진 인생 태도는 아니었다. 그것은 동시에 그보다 일곱 살 연상인 슈타인 부인과의 더없이 인격적인 교제와 사랑에서 비롯된 것이었다.

9년간의 결혼 생활로 이미 세 아들의 어머니였던 병약하고 순정적인 이 부인은, 거센 기질의 젊은 예술가 괴테에게 규범과 질서의 감각을 주어, 자기 표현만이 귀중한 것이 아니라 인간 사회의 좋은 예법, 규율의 필요성을 자연스럽게 일깨워 주고 온건한 태도로 깊이 마음에 스며들도록 영향을 주었다. 이 부인의 모습은 《타소》와 《이피게니에》에 아로새겨졌는데, 그녀에게 바친 몇 편의 단시(短詩)는 독일문학사 중 가장 빛나는 보석이라고 할 수 있다. 이리하여 그녀와의 깊은 상호 감화(相互感化) 속에 청년 괴테는 당당한 장년으로 성장해갔다. 이론이나 관념적인 개념이 아니라, 살아 있는 한 인간과의 부딪침에서 가장 깊은 의미의 자아 형성을 이루어 나간 것이다. 슈타인 부인은 그의 예술을 모두 깊이 이해한 최초의 여성이었다. 그에게 있어 슈타인 부인은 〈인간성〉—바로 그것이었다. 그녀의 인도(引導)를 계기로 해서 보편적 인간의 자아 형성이 이룩된 것이다. 괴테가 그녀에게 기울어진 약 10년 동안에 그녀에게 보낸 편지는 무려 1,780통에 이른다.

이탈리아로의 여행

게르만의 모든 부족들은 늘 남쪽에 이끌렸으며, 중세의 독일 황제들도 햇빛 밝은 이탈리아를 향해 마음을 설레었다. 독일인은 모두 어두운 북방에 살아 남국 로마를 동경해 마지 않았다. 괴테의 아버지도 이탈리아에 여행했던 일이 있어 괴테와 누이동생은 곧잘 그 고장의 이야기를 들었으며, 프랑크푸르트의 집에는 이탈리아 풍경화가 몇 개나 벽에 걸려 있었다. 시대가 바뀜에 따라 고전과 고대를 재평가하는 기운이 일기 시작하면서 빙켈만 등의 고전 미술의 학문적 소개가 세상에 나오게 되었다. 빙켈만에게 감격한 프랑스의 한 작가는 빙켈만의 출생지 이름을 필명으로 해서 스탕달이라 했다. 괴테도 라이프치히 시절에 그의 책을 읽고 이탈리아의 미술을 직접 보고 싶은 불 같은 충동을 느꼈다. 그런 동경을 그는 〈그대는 아는가 저 남쪽 나라〉라는 시에서 노래했다.

드디어 그 동경이 이루어지는 날이 왔다. 그가 로마에 간 것이다. 1786년 9월 3일 그는 누구에게도—아우구스트 공에게도, 슈타인 부인에게도 알리지 않은 채 카를스바트에서 로마에의 여행길에 올랐다. 십 년에 걸친 오랜 동경을 더는 억누를 수 없이 된 그는 모든 일을 포기하고 내면의 충동이 제촉하는 대로 마차를 남으로 남으로 달렸다. 알프스를 넘어 이탈리아의 땅을 밟았을 때 그의 기쁨은 더할 나위 없이 순수한 것이었다. 로마에서의 자유로운 생활, 밝은 풍토와 기후, 새로운 환경과 고전, 고대 예술과 르네상스의 눈부신 문화 유산, 그리고 무엇보다도 밝고 명랑한 남국의 사람들, 이런 것이 그를 참으로 행복하게 했다. 그는 그 모든 것에서 빛을 보았다.

일년 반의 이탈리아 여행으로 마음에 은근히 피어나고 있던 조화와 유기적 전체성이라는 예술관을 명확한 것으로 만들었다. 그가 찾게 된 것은, 단순한 정열의 이글거림이 아니라 자아 완성을 이룬 아름다운 전체성의 표현이었다. 이탈이아 여행 도중 그는 《타우리스의 이피게니에》를 완성했다. 바이마르에서 쓰기 시작한 것을 이탈리아에서 완성한 것이다. 동시에 희곡 《에그몬트》도 마무리 짓고 《타소》도 이탈리아에서 거의 이루어졌다.

다시 바이마르로 돌아오다

1788년 6월, 괴테는 바이마르로 돌아왔다. 예술의 위대성과 고귀함, 미와 품위에 대한 감각을 몸에 익혀 예술가로서 완전히 재생되어 돌아온 것이다. 그러나 이 고전주의적인 예술감은 전과 조금도 달라지지 않은 바이마르에서는 아무런 반향도 일으키지 못하고 서먹서먹한 경향으로 맞아들여졌다. 아름다운 조화(造花) 만드는 처녀 크리스티아네 불피우스를 자기 집에 살게 하면서부터 슈타인 부인과의 관계도 결정적으로 식어 버렸다. 이 처녀와의 관능적인 사랑의 체험이 영원의 도시인 로마에서의 경험과 결합되어 《로마의 애가(哀歌)》《베네치아 경구(警句)》 등의 작품이 되었다. 고전주의적인, 다시 말해 명확한 형식과 윤곽을 가진, 문체에 구애됨이 없는 감각적인 내용을 담은 이 장시(長詩)는 바이마르 궁정에서는 호평을 얻지 못했다. 그러나 그는 세상의 무시에도 불구하고 끝내 불피우스와의 사랑을 지켜 동거 생활 18년 만에 정식으로 혼인신고를 하고 내내 그녀와의 가정을 충실히 지켰다.

공적(公的)으로 차츰 더 고독하게 된 괴테는 시 쓰는 일과 자연 연구에 전념했다. 아우구스트 공만은 우정을 변치 않고 무거운 책무를 덜어 주기 위해 광산 관계 일과 학예부의 일만으로 공무를 줄여 주었다. 이 밖에도 괴테는 궁정극장 감독 일을 위촉받았다.

1789년 프랑스 혁명이 일어나고 그 뒤로 계속되는 동란 속에서, 그는 혁명이라고 하는 수단에 의한 사회 변혁에는 찬성할 수가 없고 또 한편 반(反)나폴레옹 전쟁에서 볼 수 있는 편협한 내셔널리즘에도 등을 돌렸다. 그러나 전쟁은 그가 있는 바이마르 공국도 휩쓸어 두 번이나 종군하지 않으면 안 되었다.

혼란 속에서도 유머와 아이러니가 담긴 서사시 《라이네케 여우》(1793) 등을 썼다. 출정한 진영에서는 〈광학(光學)〉연구와 〈색채론(色彩論)〉에 몰두했다. 대불 전쟁(對佛戰爭)에서 얻은 경험은 뒤에 자전(自傳)적 성격의 작품으로 생각되는 《프랑스에의 출정》과 《마인츠 공위(攻圍)》 등에 반영되었다. 혁명에서 취재한 것으로는 희곡 《대 코프타》(1791)와 《시민 장군》(1793) 등이 있지만 그다지 역사의 깊은 본질적 이해에는 이르지 못한 것들이다.

대혁명과 연관을 가진 현실을 다루면서 고전주의의 뛰어난 대표적 서사시가 된 것은 《헤르만과 도로테아》(1797)이다. 괴테의 체험으로 이야기한 독일 시민 생활의 긍정적인 빛나는 증언으로서, 이 작품은 《젊은 베르테르의 슬픔》과 나란히 오늘날도 독일인에게 널리 애독되고 있으며, 괴테 스스로 만년에 《헤르만과 도로테아》는 자기가 지금도 좋아하는 거의 유일한 작품이며 깊은 공감 없이는 읽을 수 없다고 했다.

실러와의 우정

괴테가 실러를 처음 만난 것은 그가 이탈리아에서 돌아와 얼마 안 되어서였다. 처음 그는 청년기의 격정에 넘치는 정열적인 실러를 그다지 좋아하지 않았다. 그러나 1794년 어느 강연회에서 돌아오는 길에 실러가 얼핏 말을 건 것이 계기가 되어 두 사람의 해후는 아름다운 우정으로 자라갔다. 괴테가 눈(目)의 사람이며 직관과 자연에의 사랑으로 사는 사람이라고 한다면 실러는 이지와 사변과 타오르는 듯한 이상주의에 사는 사람이었다. 이렇듯 자질이 다르고 나이도 10살이나 실러 쪽이 젊었지만, 자연과 예술의 본질적 통일이라는 점에서 두 사람은 서로 깊이 공감하고 창작 방법의 차이를 넘어서 서로 상대의 입장을 이해하고 존경하고 또 서로 비판했다. 이렇듯 알찬 시인끼리의 10년에 걸친 우정은 세계 문학사에도 유례가 드문 일이다. 오랫동안 중단되었던 《파우스트》도 실러의 격려에 의해 다시금 손을 대게 되었다. 희곡 제작을 놓고 서로 북돋고 편지를 주고 받으며 발라드에 대해 이야기하고, 많은 명작을 썼다. 소설 《빌헬름 마이스터의 수업 시대》를 쓴 것도 이 시기였다. 문학사가 결코 풍요하지 못한 독일이 이 두 사람의 고전주의 작가의 우정과 창작을 한꺼번에 가졌던 이 시기는, 확실히 철학, 음악 등의 모든 영역과 더불어 세계사상의 훌륭하고도 장엄한 모습이다.

독일의 고전주의

괴테와 실러, 이 둘의 창조적 성과를 독일 고전주의라고 부르는 것은 어떤 까닭에서인가? 이는 그들의 창조가 근본적으로 그리스 정신과 독일 정신의 종합에 의한 내면적 이념문화, 관념적 이상주의 때문이라 할 수 있다. 이것은 실제적 가치를 가지고 내면에 세워져, 현실을 이끌어 갈 만한 힘을 갖고 있었다.

괴테와 실러가 이에 이르기까지에는 얼마나 많은 자기 희생이 필요했던 것일까.

만년에 비서를 상대로 구술하는 괴테
늙은 괴테의 충직한 조수는 에커만이었다.

독일인이 가진 그 깊은 내면성, 생명과 영혼의 어두운 근원에서 무한을 찾아 헤매는 자아 감정, 그것은 〈슈트름 운트 드랑〉에서 보이듯이 한편에 있어서 인간성을 얻는 일에 필요한 에네르기이기는 했지만 동시에 붕괴와 파멸을 불러오는 위험을 담고 있었다. 거기에는 다른 한편의 극으로서 그리스에 의한 정신의 자기 규제라는 것이 필요하였다. 바로 그리스 정신이 아주 자연스런 공동체의 결과물로서 보여준 것을, 독일 정신은 스스로의 마신에 따른 급박한 성질을 교정하며, 자율과 극복 끝에 형상화해서 얻지 않으면 안 되었다. 그것은 언제나 개인 정신의 고독한 창조 작업이고 가상에의 도피가 아니라 본성인 음악적 낭만성의 극복 과정이며 비극적 수고였다. 그러므로 고딕 예술에 감동하는 독일인은 독일 고전주의를 대할 때 조화의 귀결보다는 거기 이르는 과정에 담긴 고통의 표정을 민감하게 읽어냈다. 괴테가 제시하는 것도 이와 같은 고통스러운 체념일 수밖에 없었으며 《이피게니에》나, 《빌헬름 마이스터》나, 《파우스트》가 모두 그러한 모습을 나타내고 있는 것이다.

실러 죽다

둘도 없는 친구 실러가 죽자, 괴테는 커다란 정신적 타격을 받고 깊은 고독에 빠지나, 아우구스트 공으로부터 증정받은 바이마르의 아름다운 집에 살면서부터 온 세계에서 오는 많은 방문객을 맞이하게 되었다. 그중에는 베토벤을 비롯하여 멘델스존도 있었다. 허무에 빠진 그는 산다는 것의 의미를 깊이 통찰하고 고독한 가운데서 생명의 빛을 찾는 삶의 방법을 계속 추구했다. 이 무렵, 장년기에서 노년기로 들어가기 시작한 그는 다시금 짧지만 진실된 연애를 체험했다. 〈체념〉이라고 하는 인생의 예지에 의해 사랑의 위기를 뛰어넘고, 그런 것이 양분되어 소설 《친화력》(1809)과 시집 《서동시편(西東詩編)》(1819)이 나왔다.

《친화력》은 《빌헬름 마이스터의 수업 시대》의 속편으로 〈체념한 사람들〉이라고 하는 부제를 단 《빌헬름 마이스터의 편력 시대》 속에 단편으로 넣을 작정이었는데 붓을 들고 쓰는 가운데 커다란 소설이 된 것이다. 명확한 구도와 맑게 트인 문체로 쓰인 훌륭한 소설로, 근대 독일에 있어서 사회 소설 최초의 걸작이 되었다.

1803년 헤르더가, 1805년 실러가 죽고, 다시 1808년에 어머니를 잃은 괴테는 반생을 돌아보며, 성숙해서 안정된 당당한 문체로 자서전을 쓰기 시작했다. 이것이 곧 《「나의 인생」 시와 진실》이다. 태어나서부터 바이마르로 출발하기까지의 기록이지만 단순한 청춘의 기록으로 그치지 않고 문화사, 정신사의 취향까지 갖춘 대작품이 되었다.

서동시편(西東詩編)

1815년 가을, 고향 프랑크푸르트로 돌아온 괴테는 옛 친구 빌레머의 아름답고 젊은 아내 마리안네에게 강하게 이끌렸다. 그들 두 사람의 사랑은 페르샤의 시인 하피즈에 의한 시에 자극되어 이룩된 시집 《서동시편》에 깊이 반영되었다. 두 사람의 사랑은 절도 있는 것으로, 시의 교환이라고 하는 더없이 순수한 정신적인 사랑이었다. 동양풍으로 노래한 시인의 시집으로서, 이 시의 표제의 의미는 다음 시구 속에 잘 나타나 있다.

동양은 신의 것
서양은 신의 것
북쪽도 남쪽 나라도
신의 손 안에서 편안하여라

또한, 〈지상의 아이들의 최고의 행복은 인격이다〉라고 읊은 귀절은 매우 음미할 만하다. 그리고 그 속에 수놓아진 마라안네와의 〈함께 들은 노래〉는 참으로 불가사의한 아름다움으로 가득 차 있다.

노년의 괴테

1816년 아내 크리스티아네를 잃고, 슈타인 부인도 아우구스트 공도 죽고, 외동 아들 아우구스트도 여행지 이탈리아에서 객사(1830)하여 늘그막 괴테의 고독과 내면의 정적은 더욱 깊어갔다. 그러나 파우스트처럼 그도 불모(不毛)의 정체(停體)라는 것을 모르는 사내였다. 마리엔바트에서 알게 되어 구애까지 한, 그리고 얼마 안 가 곧 단념한 17세의 처녀 울리케 폰 레베초와의 사랑과 고뇌에서 《마리엔바트의 애가(哀歌)》(1823)가 나왔다. 이해에는 또, 늙어서도 여전히 시작(詩作)과 문학적 창조와 자기 형성에 힘쓰고 있는 괴테와의 대화를 기록에 남긴 에커만이 찾아와 그의 비서가 되어 주었다.

외면으로는 조용한 생활을 보내면서도 내면에서는 쉬임없는 창조 활동을 이어가던 괴테는 그 후도 많은 시를 짓고 단편 소설 《노벨레》 등을 썼는데, 평생을 걸려 완성하고 그것에 의해 인생의 여정을 완결한 것이 소설 《빌헬름 마이스터의 편력 시대》(1829)와 《파우스트 제2부》(1831)이다.

1832년 3월 16일, 가벼운 감기로 자리에 누운 괴테는 3월 22일 여든두 해 남짓한 생애를 닫고 실러와 가지런히 바이마르에 묻혔다. 죽음 직전에도 손을 움직여 손가락으로 W라고 쓴 것은 자기 이름 볼프강의 머리글자였던가. 행동에 살고, 영원한 생명을 문자에 새겨 표현하려고 한 시인의 면목을 여실히 나타내는 이야기이다.

그가 마지막으로 한 말은 "더 빛을……"이었다.

괴테 연보

1749년 8월 28일 요한 볼프강 괴테는 마인 강변의 프랑크푸르트에서 법학박사이자 황실고문관인 아버지 요한 카스파르 괴테와 텍스토르가(家) 출신의 어머니 카타리나 엘리자베트의 장남으로 태어남.

1750년 12월 7일 여동생 코르넬리아 출생.

1752/55년 유치원에 다님.

1755년 암 그로센 히르쉬그라벤 가(街)에 있는 생가 개축. 아버지의 감독 아래 개인교습을 받기 시작함. 11월 1일, 리사본에 지진이 일어나자 괴테는 종교적 충격을 받음.

1759년 프랑크푸르트가 프랑스군에 점령됨— 7년 전쟁(1756~1764).

1764년 요셉 2세가 신성로마제국의 황제로 프랑크푸르트에서 대관식을 올림. 괴테도 이 광경을 구경함.

1765년 10월부터 1768년까지 라이프치히 대학에서 법학 공부.

1767년 처녀 시집 《아네테 가요집》, 희곡 《연인의 변덕》 완성.

1768/70년 고향 프랑크푸르트에서 병으로 요양하면서 지냄.

1770년 3월부터 1771년 여름까지 슈트라스부르크에서 유학 체류. 이때 헤르더를 알게 되어 가깝게 지냄. 제젠하임 방문. 프리데리케 브리온(1752~1813)을 알게 됨. 법학사 학위 취득.

1771년 《프리데리케 브리온을 위한 시》 발표. 8월 6일 법학박사 학위받음. 8월 중순 프랑크푸르트로 귀향. 8월 말 프랑크푸르트 배심재판소의 변호사로 승인받음. 《셰익스피어의 날에 부쳐》 《철수(鐵手) 고트프리트 폰 베를리힝겐 역사 극본》 발표.

1772년 1~2월 메르크 및 다름슈타트 시(市)의 감상주의파와 친교를 맺음. 5~9월 베츨러 소재 제국대법원에서 법관시보로 일함. 샤를롯테 부프와 알게 됨. 《독일 건축술에 관하여》 발표. 잡지 《프랑크푸르트 학자보(學

者報)》의 동인이 됨. 《방랑아의 폭풍 노래》 발표.

1773년 《넝마촌락의 대목장 축제》 《사티로스》 《연극적 협주곡》 《신(神)들과 영웅과 빌란트》 《에르빈과 엘미레》 《목사의 편지》 발표.

1773/75년 《파우스트 초본》 《프로메테우스》 《마호메트》 발표.

1774년 7~8월 라봐터와 바제도브와 함께 란지방 및 라인지방 여행. 뒤셀도르프에 있는 야코비 형제 방문. 12월 프랑크푸르트에서 작센-바이마르-아이나흐의 황태자 아우구스트 공작과 처음 만남. 《젊은 베르테르의 슬픔》 《클라비고》 《클라우디네 폰 빌라 벨라》 《영원한 유대인》 발표.

1775년 5월부터 7월까지 스위스 여행. 11월 칼 아우구스트 공(1757~1828)의 초빙을 받고 바이마르로 이주.

1776년 추밀원의 일원으로 임명. 괴테의 추천으로 헤르더가 종교총감독에 임명됨. 샤를롯테 폰 슈타인(1742~1827)을 알게 됨. 일메나우 채광에 착수.

1777년 6월 8일 여동생 죽음. 9~10월 아이제나흐와 바르트부르크 성(城)에 체류. 12월 말을 타고 하르츠 여행. 《릴라》 《감상(感傷)의 승리》 발표. 《빌헬름 마이스터의 연극적 사명》 첫 부분 완성. 《겨울 하르츠 여행》 발표.

1778년 5월 베를린 방문—바이에른 왕위계승전(1778~1779).

1779년 군사 및 도로공사위원 취임. 산문극 《타우리스의 이피게니에》를 씀. 9월부터 1780년 1월까지 스위스 제2차 여행.

1780년 광물학 연구에 몰두하기 시작. 《토르크바토 타소》 집필 시작.

1781년 여름~이후 몇 년 티푸르트에서 바이마르 궁정 사교계에 참석. 11월(~1782년 1월) 바이마르 자유미술학교에서 해부학 강연. 《여자 어부》 《엘페노르》 발표.

1782년 귀족 증서를 받음. 재무관리 책임 위임.

1783년 9~10월 두 번째 하르츠 여행. 괴팅겐과 카셀 여행. 《신적(神的)인 것》 발표.

1784년 해부학 연구. 악간골 발견.

1785년 군주동맹 토의. 식물학 연구 시작.

1786년 9월부터 1788년 6월까지 이탈리아 여행. 운문극 《타우리스의 이피게니에》와 《에그몬트》를 완성.

1788년 정무에서 물러남. 크리스티아네 불피우스(1765~1816)를 알게 됨. 《로마비가》를 씀.

1789년 12월 아들 아우구스트가 태어남(1830년 사망). 다섯 아이들 중 혼자 살아남은 아이임.

1790년 3~6월 베네치아 여행. 4월 두개골의 척추골 이론 발견. 7~10월 프로이센군(軍)의 야영지인 슐레지엔 지방을 돌아봄. 크라카우와 스텐스토하우 여행. 《색채론》 연구 시작. 《식물의 변형》《베네치아의 경구(警句)》 발표. 《파우스트, 프라그멘트》 인쇄.

1791년 궁정극장 총감독 취임. 《대코프타》. 《광학논집》 2편.

1792년 8월부터 11월까지 프랑스 원정—제1차 대프랑스연합전쟁(1792~1795). 《신판저작집》 출판되기 시작(7권 1799년까지).

1793년 《라이네케 폭스》. 《시민장군》. 5월부터 7월까지 마인츠 포위.

1794년 7월 말 예나에서 자연연구학회 회의가 끝난 뒤 실러와 식물 원형에 관한 대담. 실러와 교우 시작. 7~8월 아우구스트 공작과 함께 베를리츠와 드레스덴 여행. 《흥분한 자들》《독일 피난민들의 대화》 발표. (이후 몇 년) 자주 예나에 체류하면서 예나 대학 교수들과 교제. 자연과학 연구, 특히 변형론과 색채론에 몰두.

1795년 7~8월 카를스바트에 체류. 《동화》 발표. 《크세니엔》 집필 시작.

1796년 《크세니엔》 발표. 《빌헬름 마이스터의 수업시대》 끝냄. 《헤르만과 도로테아》 발표. 벤베누토 첼리니의 전기 번역.

1797년 8~11월 세 번째 스위스 여행. 8월 프랑크푸르트에 체류. 어머니를 마지막으로 봄. 12월 바이마르 도서관과 고전(古錢) 진열실 최고 감독. 《담시》 발표. 《파우스트》 다시 쓰기 시작.

1798년 3월 바이마르의 근교 오버로슬라에 토지를 갖게 됨. 10월 12일 실러 작 《발렌슈타인의 야영》 공연으로 개축된 바이마르 궁전극장 개관. 예술잡지 《프로필레엔》 출간 시작(1800년까지 계속됨).

1799년 9월 바이마르 미술애호가들의 첫 번째 전시회. 12월 실러가 예나로부터 바이마르로 이주. 《아킬레스》 발표. 《자연스러운 딸》 집필 시작. 볼테르 작 《마호메트》 번역.

1800년 4~5월 아우구스트 공작과 라이프치히와 데사우 여행. 《파우스트》 제2부의 '헬레나 장면' 집필. 볼테르 작 《탕크레드》 번역. 《팔레오프론과 네

오테르페》 발표.

1801년 안면단독에 걸림.

1802년 예나의 프롬만가와 교제. 그곳에서 빌헬미네 헤르츠리프(1789~1865)를 알게 됨.

1803년 《자연스러운 딸》 발표. 헤르더 죽다.

1804년 스탈 부인 내방. 《빙켈만과 그의 세기》 씀—나폴레옹 황제로 즉위.

1805년 신장 기능 이상으로 중병을 앓음. 실러 죽음. 첼터(1758~1832)와 친교가 시작됨. 《실러의 종(鐘)에 대한 에필로그》 발표.

1806년 10월 14일 예나 결전. 바이마르가 프랑스군에 의해 점령됨. 크리스티아네 불피우스와 정식 결혼—라인동맹 체결. 《동물의 변형》 발표.

1807년 《파우스트 제1부》 완성. 《판도라》 집필 시작.

1808년 《파우스트 제1부》 출판. 12권으로 된 최초의 전집(1806~1808). 에어푸르트에서 나폴레옹과 처음 만남—제3차 대프랑스연합전쟁(1805~1807) 종결.

1809년 《친화력》 발표. 《자서전》 집필 시작—나폴레옹의 대오스트리아 원정. 티롤, 스페인, 칼라브리아에서의 봉기.

1810년 《색채론》 완성. 열세 권으로 된 《괴테 작품집》 발간.

1811년 《시와 진실》 제1부 발표. 1831년에 완성하여 죽은 후인 1833년 출판.

1812년 베토벤 및 오스트리아 여황제 마리아 루도비카를 만남—나폴레옹의 러시아 원정. 《시와 진실》 제2부 발표.

1813년 4월부터 8월까지 테플리츠 체류—나폴레옹 대 러시아, 프러시아, 오스트리아 동맹군과의 전쟁. 10월 16일부터 18일에 걸쳐 라이프치히 결전. 1814년 4월 나폴레옹 퇴위. 엘바 섬에 격리됨. 빈 회의 개최됨. 《시와 진실》 제3부 발표.

1814년 《에피메니데스 잠을 깸》. 마인 강, 라인 강 유역 여행. 마리안네 빌레머(1860년 사망)를 알게 됨.

1815년 다시 마인 강, 라인 강 유역 여행. 폰 슈타인 남작과 함께 쾰른 여행. 두 번째의 전집 간행 20권(1815~1819)—나폴레옹 100일 천하. 워털루 전쟁. 나폴레옹 세인트 헬레나 섬에 유배, 바이마르 대공국으로 됨.

1816년 크리스티아네 죽음. 잡지 〈예술과 고대〉(1832년까지 계속) 간행.

1817년 극장 총감독의 지위에서 물러남. 아들이 오틸리에 폰 포그비시(1796~1872)와 결혼. 손자 발터(1818~1885), 볼프강(1820~1883)이 태어남. 손녀 알마는 1845년 17세로 죽음. 《말의 원형, 신비한》《나의 식물연구사》 발표. 잡지 《자연과학, 특히 형태학》 발간(1824년까지 계속).

1819년 《서동시집》 완성. 베를린에서 《파우스트》의 여러 장면 처음으로 상연—카를스바트 결의.

1820년 4~5월 카를스바트 체류. 여름과 가을, 예나 체류. 9월 18일 손자 볼프강 탄생. 《빌헬름 마이스터의 편력시대》 집필. 《온건한 크세니엔》 일부 발표.

1821년 《빌헬름 마이스터의 편력시대》 제1부 〈초판〉 출간. 7월부터 8월까지 보헤미아의 요양지에 체류. 이때 마리엔바트에서 울리케 폰 레베초(1804~1899)를 알게 됨.

1823년 이 해의 시작에 중병에 걸림. 요한 페터 에커만(1792~1854)의 바이마르 내방. 《마리엔바트의 비가》.

1825년 《파우스트 제2부》의 집필 다시 시작.

1826년 《전집 결정판》 1831년까지 40권, 그리고 1833년부터 42년까지 20권 증보. 그중의 제1권은 《파우스트 제2부》(1833년). 실러의 두개골을 손에 쥐고 관찰. 《단편소설》 발표.

1827년 《중국과 독일 세시기(歲時記)》《온건한 크세니엔》 발표.

1828년 6월 14일 칼 아우구스트 대공작 사망. 7~9월 도른부르크에 은거.

1829년 1월 브라운쉬바이크에서 《파우스트》 초연. 《빌헬름 마이스터의 편력시대》 완성. 《이탈리아 여행기, 제2차 로마체류》 발표.

1830년 아들 아우구스트가 로마에서 죽음. 파리의 아카데미에서의 퀴비에와 죠프로와의 논쟁에 깊은 관심을 보임—파리의 7월 혁명. 《시와 진실》 제4부 발표. 마흔 권으로 된 《괴테 작품집, 최종 완성판》 출간(1827년에 시작).

1831년 유서 작성. 《파우스트 제2부》 완결. 일메나우에서 마지막 생일을 축하함.

1832년 3월 14일 마지막 외출. 3월 16일 발병. 3월 22일 별세—3월 26일, 칼 아우구스트 공가의 묘소에 묻힘. 권위 있는 괴테 전집(Weimarer Ausgabe)

은, 바이마르의 대공비인 조피에 의해 1887년에 출판을 시작, 1919년에 완결된 것이다. 제1부 창작 63권, 제2부 자연과학논문 14권, 제3부 일기 16권, 제4부 서간 50권 등 모두 143권으로 되어 있다.

곽복록(郭福祿)
조치(上智)대학교 독어독문학과 수학. 서울대학교 문리과대학 독문학과 졸업. 미국 시카고 대학교 대학원 독문학과 졸업(석사). 독일 뷔르츠부르크대학교 독문학과 졸업(문학박사). 서울대학교·서강대학교 독문과 교수 역임. 한국독어독문학회 회장. 한국괴테학회 초대회장. 서강대학교 명예교수. 지은책 《독일문학의 사상과 배경》 등과, 옮긴책 에커만 《괴테와의 대화》, 토마스 만 《마의 산》, 헤르칸 카자크 《강물 뒤의 도시》, 하인리히 뵐 《아담, 너는 어디 가 있었나》, 프리덴탈 《괴테 생애와 시대》, 슈테판 츠바이크 《어제의 세계》, 요한 볼프강 괴테 《빌헬름 마이스터의 편력시대》 니체 《차라투스트라는 이렇게 말했다》 등이 있다.

세계문학전집013
Johann Wolfgang Goethe
FAUST/DIE LEIDEN DES JUNGEN WERTHER
파우스트/젊은 베르테르의 슬픔
요한 볼프강 폰 괴테/곽복록 옮김
동서문화사창업60주년특별출판
1판 1쇄 발행/2016. 6. 9
발행인 고정일
발행처 동서문화사
창업 1956. 12. 12. 등록 16-3799
서울 중구 다산로 12길 6(신당동 4층)
☎ 546-0331~6 Fax. 545-0331
www.dongsuhbook.com
*

사업자등록번호 211-87-75330
ISBN 978-89-497-1472-1 04800
ISBN 978-89-497-1459-2 (세트)